ro
ro
ro

Tomas Ross

JAROMIR
und das verborgene Tor

Aus dem Niederländischen
von Andrea Kluitmann

Rowohlt Taschenbuch Verlag

Für Iona Roselinde

Veröffentlicht im Rowohlt Taschenbuch Verlag,
Reinbek bei Hamburg, Juli 2005
Lizenzausgabe mit Genehmigung
des Carl Ueberreuter Verlages, Wien

Die Originalausgabe erschien in den Niederlanden unter dem
Titel »De verborgen poort« by Leopold/Elzenga, Amsterdam
rotfuchs-Comic Jan P. Schniebel

Umschlagillustration Volker Fredrich
Umschlaggestaltung any.way, Andreas Pufal
Druck und Bindung Druckerei C. H. Beck, Nördlingen
Printed in Germany
ISBN 3 499 21254 4

Die Verabredung

»Mensch, gib mir das sofort zurück!« Jaromirs Stimme überschlug sich vor Wut.

»Ach, sieh mal einer an, eine Verabredung!« Lisanne lachte laut.

»Hört mal alle her, unser Kleiner hat eine Verabredung mit einem Mädchen.« Sie hielt das Hausaufgabenheft aufgeklappt in die Höhe. *»Sechs Uhr Bahnhof Hollands Spoor. Pauline abholen.* Bringt dein Babysitter dich hin?«

Ein paar andere Mädchen kicherten.

»Pauline, Pauline ist 'ne tolle Biene«, sang Juri spottend.

»Halt die Klappe!«, zischte Jaromir. Obwohl er einen Kopf kleiner war, schubste er Juri zur Seite und sprang auf.

»Dumme Ziege! Ich mach das bei dir doch auch nicht.«

Er griff nach dem Hausaufgabenheft in Lisannes Händen.

»Dann darfst du eben keine Verabredungen in dein Hausaufgabenheft eintragen«, zog Lisanne ihn auf. »Das ist schließlich für deine Hausaufgaben gedacht oder sehe ich das falsch, Iona?«

Das Heft glitt Jaromir fast aus seinen feuchten Händen. Keuchend drückte er es an sich.

Lisanne grinste ihrer Freundin zu, die im Türrahmen des Klassenzimmers stand. »Was meinst du? Ob sie sich schon geküsst haben?«

Iona lachte wiehernd. »Jarolein? Bist du verrückt geworden? Der denkt doch immer noch, dass die Babys ... Au!«

Sie schrie auf, als Jaromir sie, so fest er konnte, an den Haaren zog. »Mann, bist du völlig übergeschnappt?!« Jaromir hörte es schon nicht mehr. Er rannte mit seinem Rucksack und dem Hausaufgabenheft in den Gang und stürmte in großen Sprüngen die Treppe hinunter. Unter ihm lag die verlassene Eingangshalle der Schule, über ihm tobten wütendes Geschrei und wildes Gerenne. Er rannte über den Schulhof zu den Fahrradständern, während er seinen Fahrradschlüssel aus der Hosentasche kramte. Zum Glück war er heute Morgen spät dran gewesen, sodass sein Rad jetzt ganz vorne stand.

Kaum eine Minute später raste er über den Schulhof, fuhr die rot angelaufene Iona fast um, rief noch einmal »Dumme Ziege!« und sauste zwischen der eisernen Temposchleuse auf die Straße.

Was für eine Gemeinheit, sein Hausaufgabenheft zu klauen! Shit, sobald er die Chance bekäme, würde er sich an Lisanne rächen, darauf konnte sie Gift nehmen. Die dachte wirklich, dass sie sich alles erlauben konnte. Bloß, weil sie mit den Schwachköpfen aus der neunten Klasse rumhing. Und Juri konnte ihm auch den Buckel runterrutschen.

Bei der ersten Ampel zog er den Reißverschluss seiner Jacke zu und steckte das Hausaufgabenheft zurück in den Rucksack. Es schneite ein wenig und auf den Straßen herrschte kaum Verkehr. Die Turmuhr des Friedenspalastes zeigte an, dass es gerade zwei Uhr gewesen war. Ferien. Eigentlich seltsam, Osterferien mit Winterwetter, aber es war natürlich toll, dass er frei hatte, wenn Pauline nach Holland kam. Sechs Uhr, Bahnhof Hollands Spoor. Er hätte es eigentlich nicht mal aufschreiben brauchen. Seit ihrem Anruf aus Frankreich hatte er kaum an etwas anderes denken können. Und seit Neujahr hatte er jeden Tag auf einen Anruf oder einen Brief von ihr gewartet. Einen einzigen Brief hatte er bekommen, gemeinsam mit einem Päckchen. Darin war ein Video, das in der Dordogne gemacht worden war, in Bouzac, wo Pauline wohnte. Aber das war alles gewesen.

Er hatte sich nicht getraut selbst anzurufen. Das war natürlich blöd, aber was hätte er sagen sollen? Vielen Dank für das Video? Das war noch viel blöder.

Er bog in die Laan van Meerdervoort ein. Im Metropolis lief der Film Babyblue. Juri hatte gesagt, dass er ganz toll sein solle. Juri. Blödmann. Ob Pauline sich den Film mit ihm ansehen wollte? Oder ging sie vielleicht nicht gern ins Kino? Seltsam, in Frankreich hatten sie überhaupt nicht über ihre Hobbys gesprochen.

Noch seltsamer war es, dass er sich ihr Gesicht nicht mehr richtig vorstellen konnte. Dunkles kurzes Haar, das wusste er noch, aber ihre Augenfarbe? Idiotisch, dabei hatte er sich gestern nach dem unerwarteten Anruf noch das Video von den Weihnachtsferien angesehen. Und jetzt wusste er es schon nicht mehr.

»Hier ist Pauline. Du weißt bestimmt nicht mehr, wer ich bin, was?«

Er war so nervös gewesen, dass er einen Moment keinen Ton herausbringen konnte.

»Hallo? Jaromir? Bist du noch dran?«

Ihr Vater Evert, mit dem sie in der Dordogne lebte, musste wegen seiner Arbeit nach Südlimburg. »Und tja, also, ich dachte, vielleicht könnte ich bei dir vorbeikommen?«

Pauline Thijssen aus Bouzac. Sie wollte ihn besuchen. Mit dem Zug. Ankunft um sechs Uhr

»Du kannst ruhig ein paar Tage bleiben, wenn dein Vater es erlaubt. Ich habe doch Ferien.«

Ein paar Minuten später hatte sie ihn zurückgerufen und gesagt, dass sie durfte.

»Nett, dass du uns auch informierst«, hatte Anke ironisch gesagt, als er es ihr erzählte. »Einfach so ein fremdes Mädchen einzuladen.«

»Mama. Manuel kennt sie. Und ihren Vater auch.«

»Und wo soll sie schlafen?«

»Vielleicht in Manuels kleinem Zimmer? Er ist doch in Drenthe.«

»Aha, der Herr hat schon gründlich darüber nachgedacht.« Aber dabei hatte sie gelacht. »Was macht ihr Vater dort in Frankreich noch mal?«

»Er ist Biologe, spezialisiert auf Fledermäuse.«

»Ach, klar, darum natürlich Südlimburg. Ich glaube, im Sint Pietersberg gibt es viele Fledermäuse. Ich hoffe, ihr geht nicht dorthin, Jaro. Ich meine, wenn ich nur daran denke, was euch in den Höhlen in Bouzac hätte zustoßen können.«

Jaro kniff die Augen gegen den Schnee zusammen. Letztes Jahr war er zu Weihnachten mit seinem Vater Manuel und dessen englischem Freund Professor Higgins in Bouzac in der Dordogne gewesen. Manuel und Higgins wollten archäologische Untersuchungen in den dortigen Höhlen durchführen.

Eigentlich war Manuel Ägyptologe. Er beschäftigte sich schon seit Jahren mit den Pyramiden in Ägypten. Dort hatte er vor nicht allzu langer Zeit in einem Schacht der Großen Pyramide von Giseh einen seltsamen Stein entdeckt. Einen Talisman, eine Art Amulett mit der Abbildung des ägyptischen Gottes Horus und komischen kleinen Punkten. Als Manuel und Anke mit dem Stein zu Higgins nach England gefahren waren, waren sie überfallen worden. Anke wurde bewusstlos im Auto aufgefunden und Manuel war weg. Wie sich später herausstellte, war er entführt worden. Die Entführer ließen ihn erst frei, als sie den Talisman in ihrem Besitz hatten.

Die Polizei dachte, dass es auf Kunstraub spezialisierte Diebe waren, weil so ein Fund aus der Antike viel Geld wert war. Aber mit dem Talisman stimmte etwas nicht. Higgins, der viel über die französische Prähistorie wusste, meinte, er sei aus einer Steinsorte gemacht, die in der französischen Dordogne häufig vorkam. Was unmöglich zu sein schien, weil die alten Ägypter niemals in Frankreich gewesen waren. Manuel und Higgins hatten in den Höhlen bei Bouzac keinen Beweis für Higgins' Theorie finden können, aber das lag daran, weil ein paar Höhlen während ihrer Untersuchungen eingestürzt waren. Sie hatten sich gerade noch in Sicherheit bringen können, ebenso wie Pauline und Jaromir, die sie dort besuchen wollten.

Während der Schnee ihm ins Gesicht blies, versuchte Jaromir sich an den Einsturz zu erinnern, aber irgendwie schaffte er das nicht. Manuel glaubte, dass das am Schock lag. Viele Leute, die mit knapper Not dem Tod entronnen waren, litten unter Gedächtnisverlust.

Er bog links bei den Hochhäusern ein. Er wohnte an der anderen Seite der Stadt, fast drei viertel Stunden mit dem Fahrrad von der Schule entfernt.

Shit!, dachte Jaromir. In zwei Stunden muss ich dieses ganze ellenlange Stück wieder mit der Straßenbahn zurück zum Bahnhof fahren. Aber er lächelte, als er daran dachte.

Pauline

Als Jaromir aus der Straßenbahn stieg, war es fünf nach sechs. Auf dem großen verschneiten Bahnhofsvorplatz wimmelte es von Menschen. Aufgeregt rannte er Richtung Eingang. Er zwängte sich zwischen einem Pärchen hindurch, stieß gegen einen Mann mit Koffer und wäre fast über einen Zeitungsverkäufer gestolpert, bis er endlich keuchend in der Bahnhofshalle ankam. Ein Mädchen schaute ihn wütend an, als er sich am Informationsschalter vordrängelte.

»Hey! Hast du keine Augen im Kopf?«

»Auf welchem Gleis kommt der Zug aus Paris an?« Jaromirs Stimme klang vor Aufregung ganz heiser.

»Gleis sechs.«

»Blödmann«, schnauzte das Mädchen, als er wieder an ihr vorbeirannte.

Gleis sechs. Natürlich war das ganz am Ende. Und natürlich war die Rolltreppe wieder kaputt. Die Treppe daneben war mit Passagieren und Gepäck verstopft. Der Zug sollte um sechs Uhr ankommen, hatte Pauline gesagt. Er war also fast zehn Minuten zu spät. Und das alles bloß, weil irgendein Trottel von Autofahrer die Straßenbahngleise blockiert hatte.

Atemlos rannte er die Treppe zum Gleis hoch

und starrte völlig erstaunt auf die Schienen, die glänzend unter den Neonleuchten in der Dämmerung verschwanden.

Keine Spur von einem Zug.

Mit zitternden Knien blieb er stehen. War der Zug schon wieder abgefahren? Shit. Das gab's doch gar nicht. Am Gleis standen Leute mit Gepäck, die eindeutig warteten. Hatte der Zug vielleicht Verspätung? Darüber klagten ja alle ständig. Das konnte gerade jetzt, wo es schneite, gut sein. Nervös blickte er sich um. Oder war sie doch schon angekommen? Vielleicht war sie bereits nach unten gegangen, weil sie dachte, er warte in der Halle auf sie? Aber dort war sie nicht gewesen. Gerade als er einen Mann fragen wollte, ob der Zug erst ankam, hörte er eine Lautsprecherstimme über das Gleis schallen: »Achtung, Achtung. Der internationale Zug aus Paris fährt in wenigen Minuten auf Gleis sechs ein. Wiederholung. Der internationale Zug ...«

Jaromir atmete erleichtert auf. Eine ganz normale Verspätung. Da hatte er aber Glück gehabt. Wenn er schnell ans andere Ende des Gleises rannte, konnte er besser Ausschau nach Pauline halten. Wie sah sie bloß noch mal aus? Kurzes dunkles Haar und grüne Augen. Grün, ja. Aber ihre Nase? War die klein gewesen? Eine Stupsnase?

Am Eingang zum Restaurant stieß er mit einem Kontrolleur zusammen, der ihn lachend festhielt. »Ho, ho. Wartet etwa dein Mädchen auf dich?«

Jaromir grinste verlegen. Plötzlich war der Bahnhof von einem lauten stampfenden Geräusch erfüllt. Die Scheinwerfer des Zuges kamen wie zwei glühende Augen auf ihn zu. Er runzelte verärgert die Stirn, denn auch hier waren lauter wartende Leute. Die erleuchteten Abteile rasten an ihm vorbei. Shit. Hielt das Ding denn nie an? Angespannt schaute Jaromir um sich. Warum war er auch nur so verdammt klein? So ziemlich der Kleinste der Klasse. Dreizehn Jahre. Sogar die meisten Mädchen waren größer. Jetzt stand er hinter einer Wand aus Rücken. Da stand ein leerer Gepäckkarren. Er sprang hinauf und sah, dass der Zug langsam zum Stehen kam. Die Türen öffneten sich zischend und die Menschen drängten sich in Scharen nach draußen. Jaromir kniff die Augen ein wenig zusammen. Was für eine Menschenmenge – als hätte die halbe Welt in diesem Zug gesessen! Hunderte Köpfe, lachend, verärgert, kahl, mit Hüten, Männer, Frauen, Kinder. Und gleichzeitig drängten sich Dutzende Reisende vor den Zugtüren um einzusteigen. Überall erklangen Stimmengewirr und andere Geräusche. Wo war Pauline? Immer unruhiger glitten seine Augen über die Reisenden, die sich auf dem Weg zu den Treppen an ihm vorbeischoben. Da kam der Allerletzte. Die Türen gingen zu. Der Zug zitterte und setzte sich stampfend in Bewegung. Einen Moment später fuhr er langsam unter der Überdachung hinaus, zurück in die Finsternis.

Nervös spähte Jaromir über das nun fast menschenleere Gleis. Keine Pauline. Wo war sie? Hatte sie den Zug verpasst? Oder hatte sie ihn, Jaromir, verpasst und er sie? War sie zwischen all den Passagieren schon nach unten gegangen?

Unruhig ging er zur Rolltreppe zurück. Und plötzlich sah er sie, unter ihm in der Halle zwischen all den Fremden. Ein großes Mädchen in grüner Jacke, das einem Mann in dunkler Jacke folgte. Sie trug eine Plastiktüte und eine hellblaue Sporttasche.

»Pauline!«

Seine Stimme echote gegen die Mauern nach oben, aber natürlich konnte sie ihn in diesem Lärm nicht hören.

»Pauline!«

Immer zwei Stufen überspringend rannte er die Rolltreppe hinunter, stürzte fast und hastete durch den Gang. In der Halle stand er ruckartig still und sah sich verwirrt um.

Wo war sie bloß?

Vor kaum einer halben Minute hatte sie hier gestanden. Und jetzt?

War sie schon nach draußen gegangen?

Keuchend rannte er zum Ausgang. Ein magerer Junge zupfte ihn am Ärmel. »Hey, hast du vielleicht ein wenig Kleingeld?« Unwirsch schob Jaromir ihn zur Seite.

Er sah, wie der Mann in der dunklen Jacke auf der anderen Seite des dämmrigen Platzes, zwischen den Straßenbahnen, etwas zu Pauline sagte. Sie nickte lachend und ging mit ihm in die Bahnhofsstraße.

»Pauline!«

Er hatte Seitenstechen und seine Schläfen klopften, als er auf den Bahnhofsvorplatz rannte. Ein Auto bremste in letzter Sekunde, ein Radfahrer fluchte und im allerletzten Moment konnte er einer Straßenbahn ausweichen.

»Pauline!«

Verzeifelt sah er sich um.

Wo konnte sie nur geblieben sein? Das gab's doch gar nicht? Gerade noch war sie hier mit dem Mann vorbeigegangen. Er kniff die Augen zusammen und blickte sich verzweifelt um.

Und dann sah er sie wieder. Nicht einmal fünfzig Meter von ihm entfernt auf der anderen Straßenseite. Sie stieg hinten in ein Taxi ein, dessen Lampen aufleuchteten. Jaromir öffnete den Mund um zu schreien, aber er brachte keinen Ton heraus.

Warum nahm sie ein Taxi? Sie hatten doch ganz klar abgesprochen, dass er sie abholen würde? Oder war hier etwas faul? Wurde sie entführt, genau wie Manuel damals in England? Natürlich nicht! Was für eine blödsinnige Idee. Sie hatte einfach vergessen, was sie ausgemacht hatten! Aber warum war der Taxifahrer bis in die Bahnhofshalle gekommen?

Automatisch setzten sich seine Beine wieder in Bewegung.

»He, kannst du nicht aufpassen?«

Eine dicke Frau im Pelzmantel sah ihn wütend an. Er rannte zwischen den Radfahrern hindurch, hörte eine Straßenbahn klingeln und ein Auto mit quietschenden Reifen bremsen, bevor er mit einem großen Sprung auf dem Gehweg auf der anderen Seite landete.

»Pauline!«

Das Taxi fuhr kaum einen Meter von ihm entfernt an seiner Nase vorbei.

»Pauline!«

Den Bruchteil einer Sekunde sah er ihr Gesicht, aber sie sah ihn nicht und sagte etwas zu dem Mann am Steuer. Das Taxi beschleunigte. Die Rücklichter glühten hellrot auf. Eine Sekunde später schoss der Wagen um die Ecke und war verschwunden.

Einen Moment lang blieb Jaromir reglos stehen. Er fühlte sein Herz gegen die Rippen hämmern. Dann rannte er zurück zur Straßenbahnhaltestelle.

»Wie kann das denn sein? Hat sie unsere Adresse?«

»Ja, natürlich. Sie hat das Videoband doch auch hierher geschickt?«

»Und du bist dir sicher, dass sie es war?«

»Was?« Jaromir zögerte einen Moment und nickte dann. »Ganz sicher.«

Anke runzelte die Stirn. »Tja, das ist wirklich seltsam. Also, ein Taxi muss doch viel schneller hier sein als du mit der Straßenbahn, sollte man meinen. Hat sie kein Handy?«

»Mama, woher soll ich das denn wissen?«

»Na ja, ich versuche ja nur dir zu helfen.« Anke lächelte und stand auf. »Ich würde mir noch keine Sorgen machen. Wir wohnen schließlich am anderen Ende der Stadt, hinter dem Neubaugebiet. Viele Taxifahrer kennen sich hier nicht aus.«

Sie ging in die Küche. Bedrückt schaute Jaromir auf die Uhr. Es war kurz nach sieben. Pauline war vor fast einer Stunde in das Taxi gestiegen. Wenn der Taxifahrer den Weg nicht kannte, konnte er doch auf seinen Stadtplan schauen oder jemanden fragen? Und warum war der Kerl bloß in der Bahnhofshalle gewesen? Er schnupperte hungrig. Es roch nach Essen. Möhreneintopf mit Rippchen, sein Lieblingsgericht. Anke hatte es extra für ihn und Pauline gemacht.

»Hast du auch keine Telefonnummer von ihrem Vater in Limburg?«

»Nein.«

Die Türklingel ließ ihn aufschrecken. Jaromir sprang auf. Im Flur stieß er mit Anke zusammen. Er rannte weiter und sah im Licht der Außenlaterne eine dunkle Silhouette hinter der Mattglasscheibe. Er hörte das Geräusch eines wegfahrenden Autos. Jaromir riss die Tür auf.

»Hallo.« Paulines Augen glänzten, aber sie lachte erstaunt. »Du siehst aber nicht gerade krank aus.«

»Was? Was meinst du?«

Hinter sich hörte Jaromir Anke.

»Hallo. Du bist also Pauline. Komm rein, Kind, du bist bestimmt völlig durchgefroren. Meine Güte, da habt ihr euch ja wohl gründlich missverstanden ... Jaromir, los, sei ein Gentleman und nimm Pauline die Tasche ab.«

Verwirrt beugte Jaromir sich vor. Was meinte Pauline mit »krank«? Machte sie Spaß?

»Ich bin Jaromirs Mutter. Sag ruhig Anke, ja?«, hörte er Anke sagen. »Achte bitte nicht auf den ganzen Kram hier im Flur, ich muss noch kurz ein paar Sachen bei meiner Zeitung vorbeibringen.«

Pauline lachte. »Ach ja, Sie sind Fotografin, oder?«

»Ja«, sagte Anke. »Gib mir mal deine Jacke. Du hast bestimmt Hunger. Was war denn mit dem Taxi los? Habt ihr euch verfahren?«

»Nein, wir hatten eine Panne.«

»Eine Panne?«

Pauline hatte ihre Jacke ausgezogen und lachte Jaromir an. »Wenn du mich abgeholt hättest, wären wir schneller gewesen. Merde! Wir haben ich weiß nicht wie lange an dieser Tankstelle rumgestanden.«

Merde?, dachte Jaromir, was war das noch mal? Ein französisches Schimpfwort? »Aber ich war da!«, sagte er aufgeregt.

»Was?« Ihre grünen Augen leuchteten auf. »Wo denn?«

»Auf dem Bahnhof. Ich habe dich gesehen und gerufen, aber du hast mich nicht mehr gehört.«

Pauline runzelte die Stirn. »Das verstehe ich nicht. Du hattest den Fahrer doch gebeten mich abzuholen, weil du krank bist?«

»Was?«

Auch Anke machte jetzt große Augen. »Hat er das gesagt?«

»Ja. Stimmt es denn nicht?«

Jaromir schüttelte den Kopf. »Wie ... wusste er, wie du heißt?«

»Ja. Er kam zu mir und fragte, ob ich Pauline Thijssen bin und auf Jaromir van Praag warte. Also habe ich ja gesagt.«

Plötzlich lachte Pauline nervös. »Du machst einen Scherz, oder?«

»Nein, bestimmt nicht.«

Einen Moment lang war es totenstill.

Dann fragte Anke: »Kann dein Vater es bestellt haben? War er vielleicht doch ein wenig besorgt und hat ein Taxi für dich am Bahnhof bestellt?«

Pauline schüttelte den Kopf. »Nein, so ist er nicht.«

»Und«, sagte Jaromir, »dann hätte der Taxifahrer ja auch nicht gesagt, dass ich krank bin.«

Anke nickte zögernd. »Na ja, auf jeden Fall bist du jetzt da. Komm erst mal weiter, es ist kalt hier. Hoffentlich magst du Möhreneintopf, den bekommst du in Bouzac bestimmt nicht.«

»Wie sah der Mann aus?«

Jaromir hatte Tee gekocht, als Anke nach dem Essen mit ihren Fotosachen zur Zeitung gefahren war.

»Puh, das weiß ich wirklich nicht mehr«, sagte Pauline. »Ganz normal, ein Taxifahrer eben.« Sie sprang auf. »Oje, jetzt hätte ich fast vergessen, dass ich dir was mitgebracht habe. Stehen meine Sachen noch im Flur?«

»Äh, ja.«

Sie ging aus dem Zimmer.

Den Kopf voller Rätsel starrte Jaromir vor sich hin. Ein Taxifahrer, der seinen Namen kannte und wusste, dass Pauline um sechs Uhr mit dem Zug ankommen würde. Wie war das nur möglich? Das wussten doch nur Anke und die ... Lisanne. Lisanne und Iona! Das war's! Diese dummen Gänse hatten in seinem Hausaufgabenheft geschnüffelt und sich natürlich einen blöden Scherz erlaubt. Sehr witzig! Er stand schon wütend auf, um nach dem Telefon zu greifen, als ihm einfiel, dass Lisanne heute schon am frühen Nachmittag mit ihren Eltern in Skiurlaub gefahren war. Tja, dann musste er sie eben später ... Aber wenn sie schon weg war, wie konnte sie es dann getan haben? Iona? Dann musste sie es gewesen sein.

Er blickte auf, als Pauline mit einer Plastiktüte im Türrahmen stand.

»Das ist wirklich seltsam«, sagte sie. »Ich bin mir ganz sicher, dass ich es mitgenommen habe.«

»Was?«

»Ein Mäppchen mit Fotos.« Sie setzte sich an den Tisch und kramte wieder in ihrer Tasche herum. »Erinnerst du dich noch daran, dass Evert in den Höhlen Kameras aufgehängt hatte?«

Jaromir nickte. Paulines Vater filmte damit Tag und Nacht die Fledermäuse um zu sehen, wie sie flogen und brüteten.

»Du hast mir doch schon das Videoband geschickt«, sagte er.

»Ja, aber da warst du ja nicht drauf. Evert hat für den Fall, dass die Videokameras mal ausfallen sollten, sicherheitshalber auch noch eine Art automatischen Fotoapparat dort installiert.« Sie zog einen Umschlag hervor. »Na ja, vielleicht liegen sie ja noch zu Hause in Bouzac. Ich habe auch die Negative mitgenommen, weil ich dachte, du möchtest vielleicht eine Vergrößerung haben. Dein Vater ist auf den Fotos auch drauf. Wo ist er übrigens?«

»Manuel? In Drenthe.«

»In Drenthe?« Sie lachte überrascht. »Was macht ein Ägyptologe denn in Drenthe?«

Jaromir grinste. »Er arbeitet dort mit Professor Higgins.«

»Der englische Freund, mit dem ihr zur Weihnachten bei uns wart?«

»Ja. Professor Higgins erforscht Stonehenge. Diese enormen Steine in England, weißt du, die in einer Art Kreis stehen. Niemand versteht, was das bedeutet und woher die Steine kommen.«

Pauline nickte. »Weiß ich. Die gibt's bei uns in Frankreich auch, nur etwas kleiner.«

»Oh, wirklich? Er glaubt jedenfalls, dass dieselben Menschen, die Stonehenge gebaut haben, auch die Hünenbetten in Drenthe gemacht haben.«

»Ich dachte immer, das seien prähistorische Gräber«, sagte Pauline.

»Das weiß man eben nicht genau. Higgins meint, dass die alten Kelten, die Stonehenge vielleicht gebaut haben, auch in Drenthe gewesen sind.«

»Oh, Shit.« Pauline sprang auf. »Ich habe glatt vergessen meinen Vater anzurufen um zu sagen, dass ich gut angekommen bin. Darf ich mal kurz?«

»Klar. Ich gebe dir das Telefon. Bestell ihm schöne Grüße von mir.«

Zwei Stunden später lag Jaromir im Bett. Er dachte an Pauline, die bestimmt schon schlief. Sie war todmüde von der langen Reise gewesen.

Er starrte zur Decke und dachte an das Dorf in Frankreich, in dem sie mit ihrem Vater wohnte, und an ihr Haus in der Nähe des Flusses. An die Zimmer mit den vielen ausgestopften Vögeln und Fledermäusen und Hunderten von Büchern, zwischen denen Jaromir zu seinem Erstaunen auch Bücher von Manuel über die Pyramiden entdeckt hatte. An Evert, der in den Höhlen Kameras aufgehängt hatte, um Fledermäuse zu fotografieren. Hatte Pauline die Fotos, die damals gemacht wurden, wirklich zu Hause liegen gelassen? Oder hatte das seltsame Taxi mit ihnen zu tun? Es blieb doch ein Rätsel.

Seine Gedanken stockten, weil er draußen einen Wagenschlag hörte. Anke? Ein paar Sekunden später stand er fröstelnd barfuß vor dem Fenster und spähte auf die dunkle Straße hinaus. Auf der anderen Straßenseite erstreckten sich pechschwarze Weiden. Seltsam, dass er zwar eine Autotür hatte schlagen hören, aber kein Motorengeräusch. Anke war es jedenfalls nicht, sonst müsste er ihr Auto sehen.

Im milchigen Schein der Laternen lag die Straße ruhig da. Jaromir fröstelte wieder, aber diesmal lag es nicht an der Kälte. Er dachte an jenen Abend, der jetzt schon wieder lange zurücklag. Damals hatte er auch hier am Fenster gestanden und ein langes Auto ohne Lichter gesehen, in das zwei schwarz gekleidete Männer eingestiegen waren. Dann war das Auto weggefahren, aber das Seltsame war, dass er auch an jenem Abend kein Motorgeräusch gehört hatte. Es war der schreckliche Abend gewesen, an dem sie erfahren hatten, dass Manuel verschwunden war ... Später stellte sich heraus, dass er wegen des Talismans, den er aus Ägypten mitgebracht hatte, entführt worden war.

Einen Moment lang glaubte Jaromir unten im Vorgarten einen Schatten zu sehen, aber als er genauer hinschaute, sah er, dass es der große Strauch am Zaun war. Er grinste über seine Angst, zog die Vorhänge zu und wollte gerade wieder ins Bett kriechen, als ihm etwas einfiel.

Hatte Pauline nicht erzählt, dass das Taxi eine Panne gehabt hatte? Dass der Fahrer darum zu einer Tankstelle gefahren war? Pauline war dort vielleicht einen Moment ausgestiegen. Hatte der Mann die Gelegenheit dazu genutzt, die Fotos aus ihrer Tasche zu nehmen?

Was für ein Unsinn. Woher sollte der Fahrer wissen, dass sie die Fotos dabei hatte und warum sollte er sie haben wollen?

Wahrscheinlich war es wirklich nur ein übler Streich von Lisanne und Iona gewesen. Vielleicht sogar von Juri?

Jaromir schloss die Augen und lächelte. Sie waren eben eifersüchtig und sonst gar nichts, weil Pauline hier bei ihm war. Juri, der noch nie eine Freundin gehabt hatte!

Ein seltsamer Fund

Als Jaromir verschlafen nach unten kam, lag ein Zettel von Anke auf dem Frühstückstisch. Sie war für die Zeitung zu einer Ausstellung nach Amsterdam gefahren und würde erst am späten Nachmittag zurückkommen. Ein 20-Euro-Schein lag auf einem Einkaufszettel.

Aus der Küche duftete es nach frischem Kaffee. Pauline war schon auf. Sie lachte entschuldigend, als er zu ihr ging.

»Sorry, aber ich habe in euren Küchenschränken nach Kaffee und so gesucht.«

»Macht doch nichts.«

Die Uhr über dem Kühlschrank zeigte fast zehn Uhr an.

»Hast du gut geschlafen?«

»Und ob!«, sagte sie. »Wie ein Murmeltier. Und du?«

»Bist du nicht von einem Auto wach geworden?«

Sie runzelte die Stirn. »Nein. Warum?«

»Och, nichts.« Jaromir öffnete den Kühlschrank. »Möchtest du ein Ei?«

»Nein, danke.«

Er schlug zwei Eier mit Speck in die Pfanne.

»Du, noch mal kurz zurück zu den Fotos«, sagte er. »Als du mit dem Taxi an der Tankstelle warst, bist du dort ausgestiegen?«

»Äh, ja.« Sie wurde rot. »Ich wollte Blumen für deine Mutter kaufen, aber sie waren so teuer.«

»Und der Taxifahrer?«

»Der stand drinnen und sprach mit einem Mechaniker, jedenfalls ...« Sie starrte ihn ungläubig an. »Glaubst du etwa, dass der Taxifahrer meine Fotos geklaut hat?«

»Wäre doch möglich?«

»Lächerlich. Warum sollte er das machen? Schnappschüsse von einer Höhle in der Dordogne.«

Jaromir nickte missmutig und schob die Spiegeleier auf sein Brot. Er hatte gestern Nacht doch noch eine Idee gehabt? O ja. Er stellte die Pfanne zurück auf den Herd und rannte ins Wohnzimmer.

»Was ist denn?«

Er antwortete nicht und suchte nervös im Telefonbuch nach Ionas Nummer. Einen Moment lauschte er angespannt, aber als er den Anrufbeantworter hörte, hängte er auf.

Pauline schaute ihn mit großen Augen an, aber Jaromir schüttelte nur den Kopf und nahm einen Bissen. »Was habt ihr eigentlich mit Bingo gemacht?«, fragte er, um das Thema zu wechseln. Bingo war der Hund von Evert und Pauline. Jaromir war in den Weihnachtsferien viel mit ihm spazieren gegangen und hatte mit ihm rumgetollt.

»Zu den Nachbarn gebracht«, sagte Pauline. »Du kennst ihn ja, der schlägt sich ganz gut alleine durch.«

Nach dem Frühstück räumten sie zusammen die Spülmaschine ein. Inzwischen dachte Jaromir darüber nach, was sie unternehmen konnten. Was machte ein Mädchen von vierzehn gerne? Ins Kino gehen? Das war mehr was für abends. Aber was sollten sie jetzt machen? Er wollte ihr gerade vorschlagen, in die Stadt zu fahren, als sie fragte: »Zeigst du mir noch den Rest von eurem Haus?«

»Was? O ja, klar.«

Sie gingen nach oben, wo Anke auf der ersten Etage ihr Atelier hatte; ein großes Zimmer mit einer Verbindungstür zu ihrer Dunkelkammer, in der sie ihre Fotos entwickelte und abzog. An der Wand hingen vergrößerte Fotos, auch ein paar von Jaromir, als er noch kleiner war. Aber vor allem von Ländern, in denen Anke mit Manuel für seine archäologische Arbeit herumgereist war: Ägypten, Südamerika, Griechenland.

»Sie macht doch auch die Fotos für die Bücher deines Vaters, oder?«

»Ja.«

»Kannst du auch entwickeln und abziehen?«

»Nein, davon habe ich null Ahnung: Ich kapiere Chemie in der Schule schon kaum. Außerdem würde Anke mir was antun, wenn ich mit ihren Sachen rummache.«

Pauline bewunderte ein großes Foto der Pyramide von Giseh. »Das ist wirklich was anderes als Evert mit seinen Langohrfledermäusen. Was willst du später eigentlich mal werden? Auch Fotograf oder Archäologe?«

»Ich weiß es nicht«, sagte Jaromir. »Am liebsten würde ich Filme machen.«

»Was für Filme?«

»Keine Spielfilme, sondern eher so Filme wie beim Discovery Channel, weißt du. Dokumentationen über rätselhafte Dinge. Das stelle ich mir echt cool vor.«

»Wie dieses Stonehenge.«

»Zum Beispiel. Oder über UFOs und so.«

Sie grinste. »Ich glaube ja, dass das alles Unfug ist. Letztens hat sich doch auch wieder herausgestellt, dass so ein ganz berühmtes Foto vom Monster von Loch Ness eine Fälschung war?«

»Ein Foto! Das heißt doch noch nicht, dass es das Monster nicht gibt!«

Sie gingen noch eine Treppe höher zur obersten Etage, wo Manuels Arbeitszimmer war.

»Du darfst hier nichts anfassen«, sagte Jaromir, während er die Tür öffnete. »Nicht einmal die Putzfrau darf hier rein.«

»Puh«, sagte Pauline.

Manuels Arbeitszimmer erstreckte sich über den gesamten zweiten Stock und sah aus wie ein archäologisches Museum. Wo immer man auch hinsah, waren Vitrinen mit Töpfchen, Schmuck und bronzenen kleinen Figuren. Im Raum stand ein echter Sarkophag und überall hingen Totenmasken und Papyrusrollen. Die Wände waren mit meterhohen Bücherschränken bedeckt. Mitten in dem großen Raum stand ein gigantischer altmodischer Schreibtisch.

»Das Heiligtum der Heiligtümer«, sagte Jaromir, »und wenn du ...«

Er wurde von der Klingel unten im Flur unterbrochen.

»Bin gleich wieder da«, sagte er und rannte nach unten. Neugierig sah Pauline sich um. Obwohl es ganz anders war, erinnerte das Zimmer sie an ihr Zuhause in Bouzac. Dort hatte ihr Vater eigentlich auch eine Art Museum mit all seinen lebendigen und ausgestopften Tieren gebaut. Sie bekam einen Schreck, als ihr Blick auf eine kleine Mumie fiel, die reglos in einer gläsernen Truhe lag. Ein paar Zentimeter neben ihr fiel ein wenig Sonnenlicht durch das Dachfenster. Im grellen Licht tanzten Staubteilchen wie grauer Schnee durchs Zimmer. Kein Wunder, wenn hier nie jemand sauber machen darf, dachte sie amüsiert. Plötzlich kniff sie die Augen zusammen. Sie sah im Sonnenlicht etwas Silbernes funkeln. Zögernd bückte sie sich, um das Ding aufzuheben. Es war oval und sah ein wenig wie ein flaches silbernes Ei aus. Was war das? Ein archäologischer Gegenstand, den Jaromirs Vater gefunden hatte? Ein antikes Schmuckstück? Auf jeden Fall war es alt und kostbar, das konnte man sehen. Wahrscheinlich war es runtergefallen und niemand hatte es gemerkt. Sie hielt es gegen das Licht und sah, dass darauf eine Figur abgebildet war. Eine Art Mensch im Rock, der aber seltsamerweise einen Vogelkopf hatte. Neben der Figur waren drei kleine Erhebungen. Sie drehte das Ei um und entdeckte einen Kreis aus rostigen Flecken.

»Pauline?«

Sie erschrak, als hätte man sie ertappt und richtete sich schnell auf.

»Ja?«

Sie schob das Ding hinter ihrem Rücken zwischen die Papiere auf dem Schreibtisch.

»Hast du den Film hier oben?«

Jaromir stand außer Atem im Türrahmen.

»Was? Welchen Film?«

»Du hattest doch die Negative von den Fotos dabei, die verschwunden sind?«

»Äh, ja. Warum?«

»Unten steht Diederik, das ist ein Mann, der für meine Mutter arbeitet und für sie ein paar Fotos abziehen soll. Ich dachte, dass er deine Negative auch gleich abziehen kann.«

»Ja, klar. Ich hole sie schnell.«

Sie ging an ihm vorbei in das kleine Zimmer, in dem sie schlief.

Jaromir drehte sich zum Treppenhaus um. »Diederik?«

Von unten kam eine Stimme zurück: »Ja?«

»Kannst du's jetzt gleich machen?«

»Hängt von der Menge ab.«

»Vierundzwanzig Aufnahmen«, sagte Pauline. Sie kam mit einem Umschlag in der Hand aus dem Zimmer. Jaromir war schon halb auf der Treppe nach unten.

Warum hatte sie das silberne Ei eigentlich so heimlich weggelegt? Weil sie Angst hatte, eins auf den Deckel zu bekommen, weil sie Manuels Sachen angefasst hatte? Das war Unsinn, sie hatte das Ding doch gefunden. Vielleicht vermisste er es schon lange und wäre sogar froh gewesen. Missmutig schüttelte sie den Kopf und ging die Treppe hinunter. Im Flur bei Ankes Zimmer stand ein magerer junger Mann mit Kranzbart, der sie fröhlich ansah.

»Aha! Jaros französische Freundin. Ich bin Diederik.«

Jaromir spürte, dass er rot wurde. Pauline lachte. »Ich bin auch Holländerin.«

»Aber du wohnst doch in Frankreich?«

»Ja, vorläufig schon.«

»Dann hast du's auf jeden Fall besser als wir hier. Sind sie das?«

Diederik nahm die Negative. »Wie möchtest du sie haben? Groß, klein, matt oder glänzend?«

Unten klingelte das Telefon. Jaromir rannte die Treppe hinunter. Eine Sekunde, bevor es zum fünften Mal klingelte und sich der Anrufbeantworter automatisch einschalten würde, nahm er keuchend den Hörer ab.

»Jaromir.«

»Hey, Jaro, hier ist Juri. Du, ist deine Freundin schon da?«

»Was?«

»Na los, sei nicht so stur. Ich hab dein Hausaufgabenheft doch nicht aus deiner Tasche geklaut.«

»Nein, aber ...«

»Okay, ich weiß. Tut mir Leid. Aber hör mal zu, ich gehe heute Abend mit Iona ins Kino, in *Babyblue*, und da dachte ich, vielleicht hätten du und Pauline Lust, mitzukommen?«

Verdutzt schaute Jaromir sich selbst im Spiegel über dem Telefon an. Meinte Juri es ernst oder wollte er ihn zum Besten halten?

»Mit dem Taxi?«, hörte er sich selbst fragen.

»Wie bitte?« Juri lachte ungläubig. »Hast du etwa zu viel Geld? Mit dem Taxi! Willst du Eindruck schinden oder was? Also, kommst du nun mit oder nicht?«

»Äh, ich rufe dich gleich zurück, okay?«

»Okay.«

Als Juri aufgelegt hatte, blieb Jaromir noch eine Weile mit dem Hörer in der Hand stehen. Im Spiegel sahen seine braunen Augen ihn nachdenklich an. Juri war es also bestimmt nicht gewesen. Sonst hätte er sicherlich anders auf die Anspielung mit dem Taxi reagiert. Und Iona wahrscheinlich auch nicht. Wenn sie ihm einen Streich hatten spielen wollen, würden sie ihn jetzt wohl kaum fragen, mit ins Kino zu gehen.

Langsam legte er den Hörer wieder auf und zuckte zusammen, als das Telefon sofort wieder klingelte.

»Hier ist Jaro.«

»Tag, Jaro, hier ist Evert.«

»Oh, äh, hallo!«

»Alles in Ordnung?«

»Ja, klar. Möchtest du Pauline sprechen?«

»Gerne. Hör mal, ich würde gerne am Ende der Woche bei euch vorbeikommen. Wie lange kann sie eigentlich bleiben?«

»Oh, das weiß ich nicht. Ich hole sie mal, ja?«

Die Landkarte

»Siehst du? Nichts Besonderes«, sagte Pauline. »Wer sollte die schon stehlen wollen?«

Die Fotos waren bis auf eins alle gelungen. Dreiundzwanzig glänzende Aufnahmen. Auf über der Hälfte war ungefähre dasselbe abgebildet: der Eingang einer Höhle in der Dämmerung. Während Jaromir sich die Fotos ansah, erinnerte er sich wieder daran, wie er mit Pauline in die Höhle gegangen war, um zu Manuel und Higgins zu gelangen, die dort prähistorische Zeichnungen und Steinarten untersuchten. Sie hatten nichts finden können, aber das kam daher, weil ein paar Höhlen durch ein Unwetter eingestürzt waren. Auf manchen Fotos konnte man deutlich erkennen, dass dort Fledermäuse lebten. Sie hingen, mit dem Kopf nach unten, in Reihen nebeneinander.

»Wie kleine Regenschirme«, sagte Pauline. »Sieh mal, das bist du. Das Foto würde ich an deiner Stelle vergrößern lassen.«

Auf dem Foto stand Jaromir in gebückter Haltung neben einem großen Stalagmiten, der wie eine gigantische Tropfkerze vom Boden der Höhle emporwuchs. Irgendwo über seinem Kopf musste eine Spalte gewesen sein, durch die ein wenig Sonnenlicht hereinfiel. Auf dem nächsten Foto hatte die Kamera Pauline und ihn gemeinsam aufgenommen, während sie hintereinander gingen. Er erinnerte sich wieder daran, wie glitschig der Boden gewesen war und wie muffig es gerochen hatte. Hatten sie Manuel und Higgins damals eigentlich gefunden? Seltsam, dass er sich nicht mehr daran erinnern konnte.

»Weißt du eigentlich noch, ob wir Manuel und Higgins damals gefunden haben?«

Pauline zog die Augenbrauen hoch. »Ich glaube nicht. Oder warte mal, war da nicht was mit ihren Batterien? Die waren leer und dein Vater war nach Gourdon gefahren um neue zu kaufen?

»Ist das nicht erst später gewesen?«

»Oh.« Pauline zuckte mit den Schultern. »Kann gut sein. Ich weiß nur noch, dass ein Sturm losbrach und wir draußen Professor Higgins entdeckten, der sich unterstellte.«

Doch ein wenig erstaunt darüber, dass sie beide nicht mehr wussten, was damals genau geschehen war, starrte Jaromir wieder auf die Fotos.

»He«, sagte Pauline. »Sieh dir das mal an.«

Jaromir drehte den Kopf. Sie hielt das misslungene Foto gegen das Licht. »Wenn du genau hinschaust, siehst du dort lauter Linien oder so was in der Art.«

Jaromir kniff die Augen ein wenig zusammen. Das Foto war nicht viel mehr als ein dunkles Rechteck, als wäre es unterbelichtet worden.

»Es sieht aus wie eine Wand.« Pauline deutete auf das Bild. »Sieh mal dort.«

Jaromir sah, was sie meinte. Wenn man genau hinschaute, sah man, dass in die Wand der Höhle lauter wellige Streifen und Linien gekratzt waren.

»Vielleicht Steinschichten?«

Sie schüttelte den Kopf. »Nein, die hätten viel mehr Einkerbungen und wären bedeutend rauer.«

Plötzlich wurden ihre Augen groß. »Könnte es eine Zeichnung sein? So eine prähistorische Zeichnung wie die Jäger und Hirsche in der Höhle von Lascaux?«

»Was?« Jaromir grinste. »Natürlich nicht. Ich meine, das ist der Eingang. Das müsste längst bekannt sein, es gibt dort so viele Touristen.«

»Dort eben nicht. Die sind alle unten in den Höhlen an der Straße. Du weißt doch noch, wie lange wir klettern mussten, bevor wir oben waren? Und dieser Eingang hier befindet sich auf dem Land von diesem seltsamen Kerl, der dort gewohnt hat, weißt du noch?«

»Welcher seltsame Kerl?«

»Dieser komische Kauz, der dort ganz alleine wohnte. Ein Osteuropäer, hast du das vergessen? Der Kerl mit den seltsamen Ohren.«

Jaromir runzelte die Stirn. Ein Mann mit seltsamen Ohren? Den Bruchteil einer Sekunde flitzte ein Bild durch seinen Kopf, war aber sofort wieder weg.

»Hast du eine Lupe?«, fragte Pauline.

»Ich habe was viel Besseres. Anke hat oben eine

Leuchtplatte, auf der sie sich Negative anschaut. Diederik hat dir die Negative doch zurückgegeben?«

»Ja, die liegen noch in der Dunkelkammer.«

Sie gingen aus dem Zimmer.

»Stell dir vor«, sagte sie, »und wenn es nun doch prähistorische Zeichnungen wären!«

Er lachte. »Dann hast du sie entdeckt und die Höhle bekommt deinen Namen.«

»Grotte de la Pauline. Klingt gar nicht schlecht.«

»Ha, ha.«

Sie gingen die Treppe hinauf.

»Ach ja«, sagte Jaromir, »ein Freund von mir hat gerade angerufen und gefragt, ob wir heute Abend mit ins Kino gehen.«

»In welchen Film?«

»Er heißt *Babyblue.*«

»O ja, toll.«

»Du gehst bestimmt nie ins Kino?«

»Nein. Nur ganz selten, wenn wir nach Sarlat fahren.«

Die Leuchtplatte war eine Art viereckiger langer Tisch. Aber statt einer Tischplatte war eine gläserne Platte in den hölzernen Rahmen gefasst. Darunter, erklärte Jaromir, waren Neonröhren installiert. Das Glas war gewölbt und geschliffen wie eine Lupe, sodass die Negative haarscharf vergrößert wurden.

Jaromir steckte den Stecker in die Steckdose und das weiche gelbliche Licht ging an.

»Okay«, sagte er grinsend. »Bist du bereit für die Entdeckung des Jahrhunderts? Weißt du, was ich glaube? Dass ein paar Jungen oder so das gemacht haben. Sie haben ihre Namen oder ein paar Zeichnungen mit einem Nagel in den Stein gekratzt.«

Aber im selben Moment starrte er verblüfft auf das Bild auf der Glasplatte. Und Pauline sagte ganz leise: »Grottverdommt noch mal!«

Das war eine Art Fluch, die ihr Vater benutzte, wenn er sauer war. Er meinte damit eine Art von Grotten in der Nähe seines Häuschens in Frankreich, die für Touristen zugänglich waren.

Auf dem Negativ war die Wand nun natürlich weiß und die Linien und Streifen pechschwarz. Als hätte jemand sie mit schwarzer Tusche gezogen.

»Es sieht aus wie eine Karte«, sagte Pauline aufgeregt. »Oder?«

Jaromir nickte. Die Linien sahen wirklich aus, als würden sie die Küsten von Ländern angeben. An manchen Stellen sah man Buchten wie von einem Meer oder Ozean. Weil die Höhlenwand natürlich uneben war, zogen sich andere grobe Streifen und Flecken durch die Abbildung, aber wenn man die Augen ein wenig zusammenkniff, konnte es wirklich durchaus eine Landkarte sein.

Aber wovon?

Und warum hatte jemand eine Karte an eine Höhlenwand gezeichnet? Eigentlich seltsam, irgendwie erinnerte ihn die Karte an ...

»Das sieht ja aus wie Holland«, sagte er erstaunt. »Siehst du das?«

Mit dem Zeigefinger folgte er einer gewellten Linie am oberen Rand.

»Was?« Pauline beugte sich vor. »Sorry, aber das erkenne ich nicht.«

»Hier.« Jaromir zeigte es ihr. »Diese schräge Linie, die nach oben führt. Dann könnte hier Den Haag liegen, dort Zandvoort, bis Den Helder.«

»Und die Watteninseln? Und Seeland?«

Jaromir schwieg. Sie hatte Recht. Und die Küste von Groningen und Friesland stimmte auch nicht und statt der seeländischen Inseln sah man eine große Ausstülpung. Oder kam das durch das Relief im Gestein der Höhle?

»Hey!«

Jaromir sah erschrocken auf, aber Pauline starrte reglos auf das Bild. »Ich weiß, was es ist. Und du hast Recht. Es ist wirklich Holland.«

»Was?«

Aber sie hörte nicht zu und verfolgte mit dem Zeigefinger eine der gewellten Linien. »Und dort geht's nach Dänemark.« Plötzlich sah sie ihn triumphierend an. »Die Watteninseln gab es damals noch nicht. Und Seeland doch auch nicht? Und England war noch mit dem europäischen Festland verbunden. Das war früher doch so, ich weiß nicht vor wie langer Zeit?«

Jaromir nickte geistesabwesend. Das stimmte.

Oder besser gesagt: Das glaubten die Gelehrten. Die Kontinente waren früher eine einzige große Landmasse gewesen, die durch Erdbeben auseinander gerissen worden waren. Und so sollte auch England von Frankreich und Belgien losgerissen worden sein. Und die Watteninseln von den Küsten Groningens und Frieslands.

»Und dort, wo die Flecken sind ...«

Er hörte ihre Stimme, verstand aber kaum, was sie sagte, weil Gedanken und Fragen sich in seinem Kopf überschlugen. Das alles stimmte vielleicht. Aber wer hatte das auf eine Höhlenwand in einem kleinen französischen Dorf gezeichnet? Und zwar so, dass es niemandem auffallen konnte? Warum?

Er sah auf.

»Wohin gehst du?«

Aber sie war schon im Flur, er hörte sie die Treppe hinaufpoltern. Was machte sie jetzt? Typisch Mädchen, einfach so wegzurennen.

Er sah sich wieder die fleckige Karte an. Unten würden die Linien dann noch einen Teil Frankreichs darstellen, aber das konnte man kaum erkennen, weil der Felsen dort sehr bröckelig war. Dann würde Bouzac genau an der Stelle liegen, an der auf dem Negativ ein paar Flecken sichtbar waren.

Er hörte Pauline keuchen, bevor sie wieder hereinkam. In der rechten Hand hielt sie einen glänzenden Gegenstand.

»Was ist das?«, fragte er neugierig.

»Weißt du das nicht?«

Er schüttelte den Kopf. »Eine Brosche oder so?«

Sie reichte es ihm. »Es lag auf dem Boden im Arbeitszimmer deines Vaters, ganz hinten. Ich glaube, dass es hinuntergefallen ist. Es ist seltsam, aber wenn du dir die Karte ansiehst, dann ... Jaro, was ist denn?«

Aber Jaromir konnte kein Wort herausbringen. Wie gebannt starrte er auf das flache silberne Ei.

Die sieben Flecken

»Der Talisman sah ungefähr so aus. Er war allerdings aus Stein, einem grünlichen Stein, aber ansonsten war er fast identisch.« Jaromirs Stimme klang tonlos, aber er spürte sein Herz vor Aufregung klopfen. Das silberne Ding, das Pauline gefunden hatte, sah dem verschwundenen Tailsman, den Manuel letztes Jahr in Ägypten gefunden hatte, wirklich ähnlich.

Sie saßen beide mit einem Glas Cola in Ankes Zimmer.

»Die Figur mit dem Falkenkopf ist der ägyptische Gott Horus«, erklärte er. »Was diese komischen Punkte sollen, weiß ich nicht. In den Talisman waren übrigens auch noch Ringe eingraviert.«

»Und die Flecken?«, fragte Pauline. »Du hast doch gesagt, dass die auch auf den Fotos waren, die Anke damals in der Pyramide gemacht hat?«

Er nickte zögernd. »Vielleicht. Aber das kann doch auch Zufall sein?«

»Das glaubst du doch wohl selbst nicht.«

Er schwieg. Nein, das tat er nicht. Es konnte einfach kein Zufall sein, dass die gleichen Flecken nun hier auf dieser idiotischen Höhlenzeichnung wieder auftauchten. Noch dazu in Frankreich! Die gleichen Flecken, die Anke im Schacht der Pyramide von Giseh fotografiert hatte. Sieben Flecken, die in einer

Art Halbkreis angeordnet waren. Kreis, dachte er, die Getreidekreise. Sie mussten einfach damit zu tun haben! Aber womit? Kreise, genau wie die Ringe auf dem Talisman.

Als könnte Pauline seine verwirrten Gedanken erraten, fragte sie: »Und was war nun mit den Getreidekreisen?«

Jaromir nahm einen Schluck Cola und fing an zu erzählen. Wie Manuel und Anke letzten Sommer in England überfallen wurden. Anke war bewusstlos ins Krankenhaus eingeliefert worden, aber Manuel war wie vom Erdboden verschluckt gewesen. Äußerst seltsam war, dass genau an diesem Tag nicht weit von der Stelle, an der ihr Auto gefunden wurde, ein seltsamer Kreis in dem wogenden Korn aufgetaucht war. Genau wie bei anderen Getreidekreisen konnte sich niemand erklären, wie er gemacht worden war. Kein Halm war abgeknickt und das Muster des Kreises, das eigentlich aus zwei Ringen mit einer Art schmalem Gang bestand, war perfekt sichtbar. Man wusste nur, dass die Kreise, von denen man inzwischen Hunderte gesehen hatte, in nur wenigen Stunden gemacht worden sein mussten und genauso schnell wieder verschwanden.

Pauline nickte. »Evert glaubt, dass sie vielleicht Spuren von außerirdischen Flugobjekten sind. Fliegende Untertassen oder so?«

»Ja«, sagte Jaromir. »Da ist er nicht der Einzige.« Wieder war da ein Erinnerungsfetzen, den er nicht festhalten konnte. Es hatte etwas mit ihrem Besuch in Frankreich zu tun. Verärgert schüttelte er den Kopf. »Na ja, Manuel wurde jedenfalls entführt, weil die Entführer den Talisman haben wollten.«

»Das hast du erzählt.« Pauline lachte ihn an. »Also keine Männchen in fliegenden Untertassen, sondern Verbrecher aus Fleisch und Blut. Oder?«

Jaromir nickte unschlüssig.

»Und Professor Higgins dachte also, dass der Talisman aus der gleichen Steinart gemacht ist, die in den Höhlen bei uns in Bouzac vorkommt?«, sagte Pauline.

»Ja. Wenn das so wäre, könnte Manuel mit seiner Theorie Recht haben, dass es schon lange vor den Ägyptern eine Zivilisation auf der Erde gegeben hat.«

»O ja?«

»Noch vor der Sintflut.«

Pauline lächelte erstaunt. »Ist das nicht nur eine Bibelgeschichte?«

»Nein, Geologen haben bewiesen, dass es zwischen zwölftausend und zehntausend vor Christus eine enorme Sintflut gegeben haben muss. Manuel glaubt, dass die Fluten die Zivilisationen, die es damals gab, vernichtet haben und nur die Pyramiden in Ägypten und Mittelamerika übrig geblieben sind.«

»Aha.« Pauline kniff die Augen zu schmalen Schlitzen zusammen. »Und wie will er das beweisen?«

»Das kann er nicht. Es sei denn ...« Jaromir griff

nach dem dicken Buch, das er aus Manuels Zimmer geholt hatte. Es trug den Titel *Das Geheimnis der Großen Pyramide* und der Autor war Dr. Manuel van Praag.

Er schlug das Buch in der Mitte bei dem Fototeil auf.

»Sieh mal. Das hier ist die so genannte Königskammer der Pyramide.«

»Das ist doch das Grab eines Pharaos?«

»Na ja, das ist eben die Frage. Man hat ein paar hundert Jahre an der Pyramide gebaut. Welcher König ist so verrückt, sich ein Grab zu bestellen, das erst in ein paar Jahrhunderten fertig ist?« Jaromir grinste und zeigte auf das Foto eines schmalen dunklen Rechtecks in der schrägen Wand der Königskammer. »Das ist der Eingang eines Schachtes. Es gibt mehrere Schächte in der Pyramide, die meisten sind, glaube ich, Luftlöcher. Dieser hier ist aber von außen verschlossen.« Er schob seinen Finger auf das Foto daneben, auf dem der Schacht von innen abgebildet war. Nach ein paar Metern sah man eine Art winziger Tür mit zwei Griffen, von denen einer abgebrochen war.

»Der Talisman lag nicht weit von diesem Türchen entfernt. Aber man kann nicht in den Schacht hinein, weil er nur etwa zwanzig mal zwanzig Zentimeter groß ist.«

»Und wie ist Manuel an den Talisman rangekommen?«

»Mit einem langen Stiel.«

»Das meine ich nicht«, sagte Pauline. »Wie ist das Foto entstanden, der Talisman war doch auf einem Foto drauf? Sonst hätte Manuel ja gar nicht wissen können, dass er in dem Schacht lag?«

»Stimmt. Mit einer Roboterkamera. Ein deutscher Archäologe hat das zuerst gemacht. Natürlich wollte er seine Untersuchungen fortsetzen um herauszufinden, was hinter der Türe ist, genau wie Manuel. Aber die ägyptische Regierung hat das verboten. Aber was Anke entdeckt hat, war das hier – sieh mal ...«

Jaromir blätterte um.

Pauline hielt den Atem an.

An einer Innenseite des Schachts sah man sieben große und kleine Flecken. Sie waren im Halbkreis angeordnet und sahen aus wie gemalt.

»Wahnsinn«, sagte Pauline heiser.

Jaromir hielt das aufgeschlagene Buch neben die Glasplatte der Leuchtplatte. Die Flecken auf dem Foto des Schachts waren genau dieselben wie die auf dem vergrößerten Negativ.

Er sah Pauline an und sie sah ihn an. Dann schauten sie wieder auf die seltsamen schwarzen Linien vor ihnen. Und auf die sieben Rostflecken.

»Weißt du, was wir eigentlich machen müssten?«, sagte sie leise.

»Ja«, sagte Jaromir. »Ich glaube, dass ...«

»Jaromir? Seid ihr da?«

Ankes Stimme schallte durchs Treppenhaus.

»Jaromir?«

»Ja!«, rief er und klappte das Buch zu.

»Wo seid ihr?«

»Oben.« Jaromir war schon aufgestanden. Auf der Treppe kamen Ankes Schritte rasch näher.

Blitzschnell zog er den Stecker aus der Steckdose, sodass die Neonröhren unter der Leuchtplatte erloschen.

Anke stand erstaunt im Türrahmen. »Was macht ihr denn hier?«

Jaromir verzog das Gesicht. »Äh, Diederik ist gerade da gewesen und Pauline wollte gerne sehen, wo du arbeitest.«

»Ach so.« Anke lachte erleichtert. »Diederik ist also schon hier gewesen, das ist gut. Wo hat er die Fotos gelassen?«

»Ich glaube in der Dunkelkammer.«

»Gut. Habt ihr übrigens schon eingekauft?«

Jaromir bekam einen Schrecken. »Shit!«

Anke war schon in die Dunkelkammer gegangen und Jaromir gab Pauline das Buch. Er gab ihr ein Zeichen, dass sie es mit in den Flur nehmen sollte.

»Hat Manuel noch angerufen?«, fragte Anke durch die angelehnte Tür.

»Nein.«

»Und sonst wer?«

Jaromir ging in die Dunkelkammer, in der Anke die Fotos, die Diederik abgezogen hatte, kritisch betrachtete.

»Nicht für dich. Paulines Vater. Und Juri, ob wir heute Abend ins Kino mitkommen.«

»Schön.«

Jaromir wollte sie gerade nach dem silbernen Ei in Manuels Zimmer fragen, als sie die Fotos kopfschüttelnd hinlegte.

»Sind sie nicht gut?«, fragte er.

»Nein«, sagte sie verärgert und nahm die Negative, um sie gegen das Licht zu halten. »Misslungen. Ich wusste, dass sie nicht gerade toll geworden sind, aber das hier geht einfach nicht.«

»Was denn?«

»Ach, die Fotos sind für den Katalog einer Ausstellung in Maastricht und müssen so schnell wie möglich zum Drucker.«

»Kannst du sie nicht noch einmal machen?«

Anke biss sich auf die Lippe. »Doch, aber alle Gemälde sind inzwischen in Maastricht, also müsste ich dort hin.«

»Ja und?«

»Ja und?« Sie lachte grimmig. »Ihr seid hier und Manuel ist vorläufig noch in Drenthe. Ich könnte natürlich Diederik fragen, aber sie wollten unbedingt, dass ich den Auftrag selber erledige.«

»O ja, äh.« Jaromir zögerte. Hinter der Tür sah er Pauline wieder hereinkommen. »Mama, dürfen Pauline und ich nach Drenthe?«

»Was?« Anke sah ihn mit großen Augen an. »Was wollt ihr denn dort?«

Jaromir merkte, dass er rot wurde, und weil er wusste, dass Anke immer alles sah, drehte er sich schnell zu Pauline um, als wolle er sie etwas fragen.

»Ich würde mir gerne die Hünenbetten ansehen, Frau van Praag«, sagte Pauline lächelnd. »Ich muss für die Schule noch ein Referat in Geschichte halten und da wollte ich das gerne als Thema nehmen, weil niemand in Frankreich je davon gehört hat.«

Anke nickte langsam. »Ja, das verstehe ich. Aber, äh, ich weiß nicht, ob das so eine gute Idee ist. Ich meine, dein Vater muss es auch erlauben ...«

»Evert ist damit einverstanden, da bin ich mir sicher«, sagte Pauline.

»Und wo wollt ihr schlafen?«

»Manuel und Professor Higgins haben doch ein Häuschen gemietet?«, sagte Jaromir.

»Ja, aber ich glaube nicht, dass sie dort sehr erpicht auf eure Gesellschaft sind, was meinst du?« Anke ging aus dem Zimmer.

Jaromir seufzte und rannte hinter ihr her. »Vielleicht können sie noch ein Häuschen für uns dazumieten.«

Anke drehte sich um. »Und wie, meinst du, wird Paulines Vater das finden? Ihr beide allein in einem Haus?«

Jaromir merkte, dass ihm wieder das Blut in den Kopf stieg, aber dieses Mal sah er seine Mutter an. »Sei nicht so ... Wir können uns doch aufteilen?

Dann schlafe ich eben bei Manuel oder so – oder bei Professor Higgins.«

Anke schwieg und ging die Treppe hinunter.

»Es trifft sich doch sehr gut«, fuhr Jaromir fort, während er Pauline ansah. »Dann kannst du in aller Ruhe nach Maastricht fahren. Oder?«

Unten drehte Anke sich um. Ihre Augen glitten forschend über Jaromir, der eine Stufe über ihr stand. Einen Moment lang hatte Jaromir Angst, dass sie Nein sagen würde. Dann nickte sie.

»Einverstanden, unter drei Bedingungen.«

»Was denn?«

»Manuel und Higgins müssen damit einverstanden sein.«

»Natürlich.«

»Ich möchte selbst von Paulines Vater hören, dass er es erlaubt.«

Pauline nickte. »Ich rufe ihn gleich an.«

»Und was noch?«, fragte Jaromir.

»Ihr geht jetzt einkaufen und sorgt fürs Essen, damit ich die Vorbereitungen für Maastricht treffen kann.«

Nach Drenthe

»Die meisten Archäologen glauben, dass Hünenbetten Gräber waren, man nennt sie auch Hünengräber«, las Jaromir laut vor, um das Geratter des Zuges zu übertönen. »Sie stammen wahrscheinlich aus der Zeit der Trichterbecherkultur der Neuen Steinzeit vor etwa fünftausend Jahren.«

»Sind sie so alt?«, fragte Pauline. »Ich dachte, die Niederlande standen damals mehr oder weniger unter Wasser und niemand wohnte dort.«

Jaromir biss in einen Apfel. »Das sagt man, ja. Man sagt viel. Auch, dass es ganz sicher Gräber gewesen sein müssen.«

»Das ist doch auch so?«

»Nein, nicht unbedingt.« Jaromir sah aus dem Fenster, hinter dem die Weiden von Overijssel vorbeiflitzten. »Hier steht, dass man denkt, all die Pfeilspitzen und Becher und so liegen in den Hünenbetten, weil man sie den Toten für ihre Reise ins Jenseits mitgegeben hat. Das Verrückte ist nur, dass noch immer niemand weiß, wie ein Hünenbett früher ausgesehen hat.«

»Es sind doch große Steine, die aufeinander gestapelt sind?«

»Ja, jetzt. Aber früher war ein Hünenbett ein Hügel. Man bedeckte die Steine mit Moos und Sand. Sieh mal, so.« Er legte das Buch auf den kleinen

Tisch am Fenster. Auf einer Abbildung sah man drei Männer in Tierfellen. Sie zogen einen mit Sand gefüllten Karren über riesige Steine, die zusammen eine Art Dach über dem Boden bildeten.

»Wie haben sie die Steine dorthin gekriegt?«, fragte Pauline verwundert. »Waren sie früher etwa stärker?«

Jaromir grinste. »Manche Verrückte glauben, dass die Hünenbetten von Riesen gebaut wurden, andere glauben, dass magische Kräfte im Spiel waren. Es ist genau wie mit den Pyramiden. Niemand begreift, wie sie die enormen Klötze an einer Stelle sammeln und aufeinander stapeln konnten. Manche Leute glauben, dass sie sie über Baumstämme gerollt haben. Na ja, hier steht, dass ein Stein von so einem Hünenbett manchmal fünfundzwanzig Tonnen wiegt und dass ein paar hundert Mann gebraucht wurden, um ihn vom Fleck zu bewegen.«

»Das ist doch möglich?«

»Vielleicht, aber warum? Warum sollten sie sich so viel Mühe gegeben haben, um solche gigantischen Gräber zu bauen? Und dann noch über der Erde? Wenn sie ihre Toten gegen wilde Tiere schützen wollten, hätten sie doch eher ein Loch in die Erde gegraben und es mit Platten oder Steinen abgedeckt. Bei so einem Hünenbett kann ein Tier doch im Nu den Sand abkratzen? Und dann kriecht es zwischen diesen Riesensteinen einfach hinein.«

»Igitt«, sagte Pauline und schüttelte sich. »Daran

darf ich gar nicht denken. Darum möchte ich auch verbrannt werden. Stell dir vor, du bist noch nicht tot, wenn du begraben wirst!«

»Na ja, stell dir vor, du wirst dann im Sarg in den brennenden Ofen geschoben, puh.«

»Brr«, sagte Pauline. »Hör lieber auf.«

Der Zug ratterte über eine hohe Eisenbrücke, unter der ein breiter Fluss dahinströmte. Am Horizont tauchte eine Stadt mit Kirchtürmen und Fabrikschloten auf. Jaromir vermutete, dass es Deventer war. Er schaute auf seine Armbanduhr. Es war kurz nach drei. In einer Stunde würden sie in Assen sein. Dort mussten sie mit dem Bus zu dem kleinen Ort Wateringen fahren, in dessen Nähe Manuel und Higgins einen Bungalow gemietet hatten. Higgins würde sie an der Bushaltestelle im Dorf abholen, weil Manuel zu einem befreundeten Kollegen zur Universität in Groningen gefahren war. Zu Jaromirs Erstaunen hatte Manuel ihr Kommen sogar für eine gute Idee gehalten. Meistens wollte er bei seinen Forschungsarbeiten niemanden dabeihaben, obwohl Jaromir einmal in Ägypten mit gewesen war. »Wissenschaftliche Untersuchungen«, sagte Manuel immer wieder, »erfordern Konzentration – und dabei kann man keine Zuschauer gebrauchen.« Meistens begleitete Anke ihn. Sie machte die Fotos und Umschläge von Manuels Büchern. Manuels Entgegenkommen lag bestimmt daran, dass diese Wochen in Drenthe für ihn auch eher ein Urlaub waren, dachte Jaromir. Hünenbetten waren Higgins' Spezialität und Manuel war nur dabei, weil dieser sein Gast und Freund war. Ob er wusste, was das silberne Ding war, das sie gefunden hatten? Dummerweise hatten sie in der Aufregung vergessen Anke danach zu fragen und heute Morgen, als sie zum Bahnhof gingen, war sie schon weg gewesen.

Jaromir schaute zu Pauline, die ihm gegenüber saß. Sie hatte die Augen geschlossen und ihr Kopf war ein wenig schräg Richtung Fenster gelehnt. Schlief sie? Er fühlte sich ein wenig unsicher nach dem gestrigen Abend im Kino. Als im Film eine Frau ermordet wurde, hatte Pauline nach seiner Hand gegriffen. Und sie nicht mehr losgelassen. Jaromir war froh gewesen, dass er sich seine Jacke über die Knie gelegt hatte und Juri, der immer neugierig zu ihnen hergeschaut hatte, nichts davon sehen konnte. »Du bist ja bis über beide Ohren verliebt, Mann!«, hatte Juri grinsend gesagt, als sie in der Pause zusammen was zu trinken geholt hatten.

»Red keinen Quatsch, bloß weil ich sie zufällig kenne?«

»Gib's ruhig zu, du müsstest dein Gesicht sehen, wenn du sie anschaust.«

War es so deutlich? Anke hatte auch so geheimnisvoll gelächelt, als sie nach Hause gekommen waren.

Komisch, dass er sich vor ein paar Tagen nicht einmal an ihr Gesicht erinnern konnte. Nun war es, als kannten sie sich schon hundert Jahre. Und als sie ihre Hand in seine gelegt hatte, war er so nervös geworden, dass er nicht gewusst hatte, was er machen solle. In dem Café, in dem sie nach dem Film noch was getrunken hatten, hatten Iona und sie über alles Mögliche geredet. Über Frankreich, Den Haag, über Kleider und Musik, während Juri Cola trank und immer wieder sagte, warum der Film seiner Meinung nach nicht logisch war. Aber als sie danach zusammen nach Hause gefahren waren, Pauline auf Ankes Rad, hatte sie ihm am Gartentor einen Kuss gegeben. »Merci monsieur!«

War sie auch in ihn verliebt? Oder bedeutete ein Kuss für Mädchen nicht viel? Er war auf jeden Fall bestimmt noch eine Stunde wach im Bett gelegen und mit der Zunge über seine Lippen gefahren, als hätte er leckere Bonbons gegessen, deren Geschmack er bewahren wollte.

Sie war hübsch, wie sie dort saß. Weiche Haut mit ein paar Sommersprossen auf den Wangen, dunkle Augenbrauen und lange Wimpern, kleine volle Lippen, die leicht geöffnet waren. Iona hatte am vergangenen Abend, als sie beim Café in verschiedene Richtungen geradelt waren, den Daumen in die Luft gehoben. Jaromir war stolz wie ein Pfau gewesen.

Zufrieden nahm er das Buch von Manuel über die Pyramiden wieder zur Hand. Verglichen mit den Pyramiden oder Stonehenge waren die Hünenbetten nach Ansicht der Forscher nicht so bedeutend. Dennoch waren sie – wenn man länger darüber nachdachte – eigentlich ein genauso großes Rätsel. Ganz abgesehen von der Tatsache, dass die Steine so extrem schwer waren und warum die Erbauer die Hünenbetten nun wirklich gemacht hatten – warum gab es sie nur dort in Drenthe? Jaromir wusste, dass es viele Steinformationen dieser Art gab. Die alten Kelten hatten ganze Felder damit vollgebaut; sie wurden Dolmen genannt. Warum hatte jemals ein Stamm oder ein Volk ausgerechnet in einem so kleinen Gebiet, wie Drenthe es damals war, bleischwere Steine aufeinander gestapelt? Selbst wenn es einfach Gräber gewesen waren, konnte man doch annehmen, dass es sie auch anderswo geben müsste. Nach der Eiszeit gab es genug Findlinge. Warum sollten die Menschen nun gerade an dieser einen Stelle kolossale Grabmonumente errichten, während ihre Zeitgenossen ihre Toten schon längst unter der Erde begruben oder verbrannten?

Er lehnte sich zurück und starrte wieder aus dem Fenster. Aber statt der Weiden sah er wieder das Negativ auf Ankes Leuchtplatte und die sieben seltsamen Flecken. Dieselben Flecken in demselben Muster wie im Schacht der Pyramide von Giseh und auf dem silbernen Ei, das Pauline in Manuels Arbeitszimmer gefunden hatte.

Zufall? Nein, Pauline hatte Recht. Das glaubte er selbst nicht. War auf dem Foto wirklich eine alte Karte abgebildet? Das wäre völlig verrückt, weil die

Flecken sich dann etwa an der Stelle befinden würden, wo heute Drenthe lag. Aber warum sollte so eine Karte in eine Felswand eingekerbt worden sein, die tausend Kilometer weiter südlich lag, in der Dordogne? Heute Morgen hatte er die Linien des Negativs, so gut er konnte, nachgezeichnet. Wenn jemand wusste, was sie bedeuteten, dann war es Professor Higgins als Experte in prähistorischer europäischer Geschichte. Die Zeichnung, das Negativ und das silberne Ding waren in seinem Rucksack. Jaromir schloss die Augen und fragte sich, ob Manuel das silberne Ei schon vermisst hatte. Wahrscheinlich war es eine Imitation des Talismans, ein Souvenir, das in Ägypten an Touristen verkauft wurde. Es schien auch nicht aus echtem Silber zu sein, es war sehr leicht. Aber es blieb ein Rätsel, dass die Flecken darauf zu einem Halbkreis angeordnet waren.

Durch das rhythmische Rattern der Räder auf den Schienen döste er ein. Ein Mann mit seltsamen Ohren, hatte Pauline gesagt. Der Besitzer des Lands am Eingang zu den Höhlen oben auf dem Berg. Ein Osteuropäer. Komisch. Er wusste genau, wie der Berg aussah und auch der dunkle Spalt in der Felswand stand ihm haarscharf vor Augen. Aber ein Mann mit seltsamen Ohren?

Plötzlich lief es ihm kalt über den Rücken. Ruckartig durchfuhr ihn die Erinnerung an den Taxifahrer, der Pauline am Bahnhof abgeholt hatte. Ein paar Sekunden lang hatte das Licht der Straßenlaterne sein Gesicht beschienen. Hatte er Mann nicht auch so seltsame spitze Ohren gehabt? Oder bildete er sich das nur ein?

Ein nächtlicher Besucher

»Also, *kids*, ihr habt Glück.«

Lachend zeigte Higgins auf eine Stelle zwischen den Tannen. »Manuel hat gestern nach eurem Anruf mit dem Vermieter gesprochen. Dieses Häuschen dort ist die nächsten drei Tage frei.«

Er sprach das Wort »frei» mit einem rollenden r aus, aber man konnte sein Niederländisch gut verstehen. Professor Higgins war seit vielen Jahren oft in Holland und arbeitete schon sehr lange mit Manuel zusammen.

»Ich gehe vor.«

Das war auch nötig, denn in der Finsternis waren die Tannen nicht mehr als Silhouetten und das Häuschen, auf das er zeigte, war nur noch ein vager dunkler Umriss. Es war kalt. Die Luft roch nach Harz und Holzfeuer. In der Ferne erklang der düstere Ruf einer Eule. Über den Baumkronen jagten pechschwarze Wolken über den Abendhimmel. Ab und zu sah Jaromir zwischen den Bäumen ein Licht. Mit dem Rucksack auf dem Rücken ging er fröstelnd hinter Pauline und Higgins her.

»Wie geht's deinem Vater?«, hörte er Higgins fragen. »Noch immer auf Fledermausjagd?«

»Und ob«, sagte Pauline. »Ich soll Ihnen übrigens schöne Grüße von ihm bestellen. Wenn er es zeitlich schafft, kommt er noch hier vorbei.«

»Aha, das wäre nett!«

Sie gelangten an ein Gartentor. Higgins drückte es auf. Dahinter führte ein Pfad zu dem Bungalow, dessen Fenster schwarz glänzten.

Higgins zog einen Schlüssel aus der Jackentasche. »Alle Bungalows haben Heizung, es ist also auf jeden Fall warm.«

Er öffnete die Haustür und schaltete draußen und drinnen eine Lampe an. Sie traten in den Flur. Das Zimmer dahinter war noch dunkel. Durch die Fenster am Ende des Raumes konnte Jaromir die ersten Sterne am Himmel sehen.

»Das ist das letzte Häuschen«, sagte Higgins und knipste das Licht an. »Dahinter liegt die Försterei.«

Jaromir sah, dass Pauline sich beherrschen musste um nicht loszuplatzen, weil Higgins das letzte Wort so lustig aussprach: Foresterai. Im Zimmer standen zwei Sessel, ein Esstisch, ein Sofa und ein Fernseher. In der Ecke war eine kleine Küche mit Herd und Kühlschrank. Higgins öffnete ihn. Jaromir sah ein paar Flaschen Sprudel, eine Tüte Milch, ein Stück Käse und Tomaten.

»Ich habe im Dorf ein paar Sachen eingekauft«, sagte Higgins. »Aber natürlich essen wir in unserem Bungalow. Möhreneintopf, was haltet ihr davon?«

Pauline nickte begeistert, aber Jaromir wusste, dass sie dasselbe dachte wie er: Nicht schon wieder!

Higgins ging zur Tür. »Ihr habt natürlich jeder ein Zimmer. Und ein winziges Badezimmer. *Listen,* wenn ihr jetzt eure Sachen auspackt, dann mache ich in unserem Bungalow den Kamin an und wärme das Essen schon mal auf. Dann könnt ihr dort was trinken, ihr habt bestimmt Durst.«

Pauline nickte und verschwand in einem der beiden Schlafzimmer. Jaromir blieb in der Küche stehen. Er dachte an Ankes Bemerkung, dass Evert vielleicht nicht wollte, dass sie zu zweit in einem Häuschen wohnten.

Kaum eine halbe Stunde später saßen sie vor dem knisternden Kamin. Der Bungalow von Higgins und Manuel war bestimmt doppelt so groß wie ihrer. Während Jaromir trank, merkte er, wie müde er war, er fühlte sich wohlig träge. Pauline ihm gegenüber hingegen schien hellwach zu sein. Sie saß vornübergeneigt und hörte Higgins, der mit einem Glas Whisky in der einen und einer qualmenden Pfeife in der anderen Hand erzählte, was Manuel und er hier machten, gefesselt zu.

»Das Seltsame ist«, sagte er, »dass niemand weiß, wie alt die Hünenbetten hier sind. Wir nehmen zwar an, dass sie aus der Zeit rund dreitausend Jahre vor Christus stammen, aber es ist doch zweifelhaft. Genau wie bei Stonehenge, du weißt schon, der riesige Steinkreis bei uns in England. Die ersten Gelehrten sagten, dass er um Fünfzehnhundert vor Christus zu datieren ist, aber danach stellte sich heraus, dass manche Steine viel früher dort hingestellt worden sein mussten. Auch der Grund dafür ist nicht bekannt, obwohl manche sagen, dass es nur Gräber gewesen sind.«

»Versuchen Manuel und Sie zu beweisen, dass Stonehenge und die Hünenbetten vielleicht etwas miteinander zu tun haben?«, fragte Pauline.

»*Sure*. Es wäre sehr sonderbar, wenn das nicht der Fall wäre.«

Higgins schaute erschrocken auf. »*Oh dear*. Jetzt hätte ich fast auf den Eintopf vergessen.« Er legte die Pfeife in den Aschenbecher und stand auf, das Glas noch in der Hand. »Dumm von Manuel, zum Essen in Assen zu bleiben, jetzt verpasst er eine echt britische Mahlzeit.«

Jaromir lächelte und versuchte die Augen offen zu halten. Higgins ging in die Küche und man hörte scheppernde Geräusche.

»Wann erzählst du ihm denn endlich von den Flecken?«, flüsterte Pauline.

»Was? Äh? Ach, ihr unterhaltet euch gerade so gut.«

»Aber es hat doch damit zu tun? Warum zeigst du ihm die Karte nicht?«

In diesem Moment fragte Higgins: »*Say*, Jaromir? Hast du nicht gestern am Telefon gesagt, dass du noch Fotos von den Weihnachtsferien in Bouzac hast?«

Pauline nickte Jaromir heftig zu. »Hol sie doch.«

»Äh, ja«, sagte er perplex. »Stimmt.« Er stand auf

und ging zu seiner Jacke, die an der Garderobe im Flur hing.

»Das Verrückte ist, dass ich mich kaum an diese Woche dort erinnern kann.« Er lachte, nahm den Whisky und ging damit zurück ins Zimmer. »Na ja, das wird wohl am Alter liegen – und an dem hier.« Er hielt das Glas kurz in die Höhe und schüttete sich den Inhalt ohne es abzusetzen in die Kehle.

Pauline lachte unsicher.

Jaromir kam wieder zurück. »Wir haben etwas Seltsames entdeckt, glauben wir.«

»O ja?«

»Ja. Wir dachten nämlich erst, dass ein Foto missglückt war, darum habe ich nur das Negativ. Es ist von der Höhle oben auf dem Berg in Bouzac.«

Higgins runzelte fragend die Stirn. Jaromir faltete die Karte, die er gezeichnet hatte, auseinander und legte sie neben das Negativ auf den Tisch.

»Es sieht aus, als wären lauter Linien und Streifen über die Felswand gezogen. Wenn man genau hinsieht, bilden sie eine Art Karte.«

Higgins runzelte wieder die Stirn und zog seine Brille aus der Brusttasche. »Woher hast du das?«

Er nahm das Negativ und hielt es gegen den Schein der Lampe, die über dem Tisch hing.

»Ach«, sagte Pauline. »Mein Vater hat immer zwei Video…«

Aber sie schwieg abrupt, als sie sah, dass Higgins die Augen hinter den Brillengläsern fast aus dem

Kopf fielen. *»Oh my God«,* sagte er aufgeregt. *»The map.«*

»The map?«, fragte Jaromir verblüfft.

»Die Karte«, sagte Pauline.

»Das weiß ich auch, dass das Karte bedeutet!«, flüsterte Jaromir sauer, aber sie hörte ihm nicht zu und sah Higgins an, der jetzt auf Jaromirs Zeichnung starrte.

»Kennen Sie die Karte denn?«

Higgins kleine blaue Augen glänzten. »Nein. O ja. Oder ...« Einen Moment lang schien er völlig verwirrt zu sein, genau wie Jaromir und Pauline. »Seid ihr euch sicher, dass das in der Höhle dort ist?«

»Ja«, sagten sie beide gleichzeitig.

Kopfschüttelnd ging der Professor mit seinem leeren Glas zur Flasche, um sich noch einen Whisky einzuschenken. Es war, als habe er ihre Anwesenheit völlig vergessen, dachte Jaromir. Was war denn mit der Karte und dem Negativ?

»In alten Chroniken«, sagte Higgins, als spräche er zu sich selbst, »ist die Rede von einer Karte, die aus der Zeit lange vor der Neuen Steinzeit stammt, also von vor dreitausend Jahren, die Zeit, in der die meisten Gelehrten den Bau der Hünenbetten vermuten.«

»Wer soll sie denn gemacht haben?«, fragte Jaromir.

Higgins seufzte. »Das ist nicht bekannt. Natürlich nicht. Es geht hier um die Prähistorie und das heißt, dass es hier in Europa noch keine Schrift gab. Jedenfalls ...« Er lächelte ein wenig unsicher und setzte sich wieder hin. »Nun – das nimmt man wenigstens im Allgemeinen an.« Er starrte wieder auf Jaros Zeichnung. »Auf dieser Karte sollen Heiligtümer eingezeichnet sein.«

»Die Flecken«, sagte Pauline.

»Das sieht ganz danach aus.« Higgins schüttelte wieder den Kopf, als könne er seinen Augen noch immer nicht trauen.

»Dann hätte Manuel auch Recht«, sagte Jaromir. »Wenn es nämlich dieselben Flecken sind wie im Schacht der Pyramide ...«

In diesem Moment drehte sich ein Schlüssel in der Haustür und gleich darauf erklang Manuels fröhliche Stimme. »Hier riecht es auf jeden Fall gut. Und unsere Gäste sind auch schon angekommen?«

Eine Sekunde später trat er ins Zimmer.

»Sieh mal einer an.« Breit lächelnd ging er auf Pauline zu und umarmte sie. »Wie geht's dir, mein Mädchen? Hier ist es ein wenig kälter als in *la douce France*, was? Sorgt Jaromir denn anständig für dich?«

Pauline nickte lachend, aber Manuel hatte Higgins' Gesichtsausdruck schon gesehen. »Was ist los, George? Nicht genug zu essen? Sorry, dass ich doch hier auftauche, aber meine Verabredung ist geplatzt und da ...«

Dann sah er die Zeichnung, die Jaromir von dem Negativ gemacht hatte, und zog die Augenbrauen hoch. Aber er sagte nichts, auch nicht zu Jaromir. Er bückte sich verwundert und kniff die Augen ein wenig zusammen.

»Woher habt ihr das?«, fragte er leise.

Noch bevor ihm jemand antworten konnte, klingelte das Telefon. Higgins nahm ab.

»Ah, Anke.«

»Oh Shit!«, sagte Jaromir. »Völlig vergessen.«

»Yes«, sagte Higgins. »Sie sind hier, ja. *Wait a second.*«

Er reichte Jaromir, der schon zum Telefon rannte, den Hörer. »Deine Mutter.«

Manuel war völlig in sich gekehrt. Er stand über den Tisch gebeugt, die Augen fast gegen das Papier gedrückt.

»Sorry, Mama«, sagte Jaromir. »Ich habe glatt vergessen anzurufen. Ja, alles okay. Manuel kommt gerade herein. Was? Gut. Mache ich. Tschüss.«

Er legte auf und hörte Pauline sagen, dass er die Zeichnung anhand eines Fotos aus Everts Kamera in Bouzac gemacht habe.

»Das ist unglaublich«, sagte Manuel mit einem nervösen Lachen. »Higgins, ist dir klar, was das hier ist?«

»I know, old boy. Ich habe gerade von den alten Chroniken erzählt.«

Manuel schüttelte den Kopf und griff automatisch nach dem Glas Whisky, das Higgins für ihn eingeschenkt hatte. »Ägypten, Frankreich und jetzt

Drenthe«, sagte er langsam, während er einen Schluck nahm. »Fantastisch.«

»Da ist noch was.«

Manuel sah auf.

»Ja, äh, Jaromir hat mir erlaubt, mir Ihr Zimmer anzuschauen, und da habe ich eine Art flaches Silberei gefunden.«

»Ein flaches Silberei?«

»Genau wie der Talisman, den du in Ägypten gefunden hast«, sagte Jaromir. »Ein Amulett. Horus ist darauf und Kreise. Aber es ist ganz aus Silber.«

Verwundert schüttelte Manuel den Kopf. »Ich weiß von nichts. Ja, der Talisman, klar, aber ein silbernes Amulett?«

Auch Higgins sah überrascht aus.

»Hast du es dabei?«, fragte Pauline angespannt.

»Was?« Jaromir stand schon auf. »Nein, nicht hier. Es ist in meinem Rucksack in unserem Haus. Ich hole es schnell.«

Er ging in den Flur und wickelte sich seinen Schal um den Hals. Eine Sekunde später rannte er zwischen den Tannen zu ihrem Häuschen. Seltsam, dass Manuel das Amulett nicht bekannt vorkam, obwohl es in seinem Arbeitszimmer gelegen hatte. Der eiskalte Wind pfiff durch die kahlen Zweige und er bekam einen Schrecken, als er dicht neben sich Geraschel in den Sträuchern hörte. War das auch der Wind? Ein Tier? Er stand still und blickte ängstlich um sich.

Shit! Hatte er etwa plötzlich Angst im Dunkeln? Jaromir grinste hämisch und rannte weiter, erschrak wieder, weil ein Zweig sein Gesicht streifte, und sah den vagen Umriss des kleinen Bungalows schon vor sich, als er plötzlich überrascht stehen blieb. Brannte es hier irgendwo? Verdammt, dachte er nervös, hatte Pauline oder er etwa im Haus irgendwas an...? Seine Gedanken stockten, weil er sich plötzlich ganz sicher war, dass er trotz des heulenden Windes ein Knacken gehört hatte. Das Geräusch eines Menschen, der auf Zweige trat. Den Bruchteil einer Sekunde sah er sich selbst, wie er vor Monaten in England über einen Pfad gegangen war, der von Bäumen und dichten Sträuchern gesäumt war. Damals hatte er auch gedacht, jemand wäre in der Nähe. Jemand hätte ihn gerufen ... Eine gruselige hohe Stimme, die »Geh weg! Geh weg!« geschrien hatte. Oder hatte er das etwa geträumt? Nervös ballte er die Hände zu Fäusten und schnupperte. Die Luft roch frisch, aber dennoch meinte er wieder den Brandgeruch wahrzunehmen. Er schlich weiter und sah erleichtert, dass es nur noch ein paar Schritte bis zum Gartentor waren. Womöglich kam der Brandgeruch aus einem der offenen Kamine der anderen Bungalows oder jemand hatte irgendwo ein Feuer gemacht, vielleicht ein Wilderer in den Wäldern auf der anderen Seite. Er drückte das Gartentor auf und tastete in der Hosentasche nach dem Hausschlüssel, während er über den Gartenpfad rannte. Im selben Moment sah er, dass links vom Häuschen ein Schatten auf ihn zukam. Der Schatten eines Mannes. Er sah die Umrisse eines Hutes und einer Jacke mit hochgestelltem Kragen. Jaromir wollte schreien, aber seine Zunge war wie ein Schwamm, der seine Stimme erstickte. Mit zitternden Knien drehte er sich um, aber noch bevor er sich bewegen konnte, durchzuckte ein scharfer Schmerz seinen Nacken. Einen Moment schien es, als explodiere ein Feuerwerk in seinem Kopf. Dann drehten sich das Häuschen und die dunklen Bäume um ihn wie ein durchgedrehtes Karussell und ihm wurde schwarz vor Augen.

Brandgeruch

»So, junger Mann. Anscheinend bist du wieder in unserer Welt gelandet.«

Jaromir erstarrte. Zwischen seinen Wimpern tauchte eine schwarze Gestalt mit verschwommenem Gesicht auf, die sich über ihn beugte. Er spürte wieder Panik aufsteigen, aber jemand nahm ihn in den Arm.

»Ganz ruhig, mein Junge, ganz ruhig.«

Manuels Stimme. Wo war er bloß? Jaromir wollte den Kopf drehen, schrie aber vor Schmerz auf.

»Bleib liegen, Jaromir. Pauline, kannst du den Schal bitte noch mal unter warmes Wasser halten?«

Pauline? Manuel?

Wo war er?

Langsam ließ der Schmerz nach. Jetzt sah er, dass der fremde Mann vor ihm eine Uniform trug. Die Knöpfe seiner Jacke glänzten im Lampenschein.

»Geht's wieder?«

Jaromir versuchte zu nicken und merkte zu seiner Überraschung, dass er das konnte. Er sah jetzt auch, dass der Mann ein Polizist war. Schräg hinter ihm stand Higgins, daneben Pauline. Manuel stellte sich neben Jaromir und nahm seine Hand.

»Gut«, sagte der Polizist. »Du bist im Bungalow deines Vaters. Er hat dich vor einer halben Stunde auf dem Gartenpfad zu eurem Häuschen gefunden.

Erinnerst du dich noch daran, dass du dorthin wolltest?«

»Ja.«

Der Polizist lächelte Manuel beruhigend zu. »Dein Gedächtnis funktioniert zum Glück noch. Jemand hat dir einen kräftigen Schlag auf den Kopf verpasst. Woran erinnerst du dich?«

»Wasser«, sagte Jaromir leise.

Der Polizist runzelte erstaunt die Stirn. »Wasser?«

»Er möchte was trinken«, sagte Pauline.

Jaromir hörte sie weggehen.

»Da war jemand beim Häuschen«, sagte er heiser, während er sich ein wenig aufrichtete. Er entdeckte erst jetzt, dass er auf dem Sofa lag. Jemand hatte ihm die Schuhe ausgezogen.

»Ja?«

»Ich weiß nicht ... Ich glaubte schon vorher, im Wald Schritte gehört zu haben.« Dankbar nahm Jaromir das Glas, das Pauline ihm reichte. Er trank, aber das Schlucken tat weh. »Ich dachte erst, es wäre der Wind. Als ich fast an der Haustür angekommen war, sah ich plötzlich jemanden ...« Er schwieg einen Moment und spürte, dass seine Beine zu zittern anfingen.

Manuel strich ihm übers Haar. »Es ist ja vorbei.«

Der Polizist lächelte wieder. Er war noch jung, ein blonder Mann mit vor Kälte geröteten Wangen. »Konntest du etwas erkennen?«

»Nein. Er war groß, glaube ich, und der Kragen

seiner Jacke war hochgestellt. Er trug einen Hut. Ich wollte wegrennen, aber da ...« Er verzog das Gesicht. »War es ein Einbrecher?«

»Wir nehmen es an«, sagte der Polizist. »Meine Kollegen suchen im Haus nach Spuren. Das kommt hier leider häufiger vor. Touristen haben oft viel Geld dabei.«

Man hörte eine Tür und einen Moment später sah Jaromir eine Polizistin ins Zimmer kommen. Sie nickte ihm freundlich zu.

»Hallo. Na, es scheint dir ja wieder ein wenig besser zu gehen, was?« Sie sah ihren Kollegen an. »Wir haben weder draußen noch drinnen Spuren finden können, aber der Boden ist gefroren und es ist vielleicht besser, morgen Früh bei Tageslicht weiterzusuchen.« Sie schaute kurz von Jaromir zu Pauline. »Dann können die Kinder auch in Ruhe nachsehen, ob etwas gestohlen ist.«

Ein paar Stunden später starrte Jaromir die Schlafzimmerdecke an. Neben ihm stöhnte Manuel leise im Schlaf. Ansonsten war es in dem großen Bungalow ganz still. Higgins schlief auf dem Sofa und Pauline lag in seinem Bett. Um nichts in der Welt wären sie jetzt zu ihrem eigenen Häuschen zurückgegangen. Übrigens hätte Manuel das auch nicht erlaubt. Und die Polizei auch nicht, wegen eventueller Spuren. Sie hatten allerdings noch nichts gefunden. Jaromir versuchte nachzudenken. Jemand hatte ihn zu Boden geschlagen. Ein Einbrecher. Vielleicht hatte er ihn erwischt, als er gerade ins Haus hinein wollte. Weshalb? Das schien klar zu sein – wegen des silbernen Amuletts. Er schüttelte sich wieder bei der Erinnerung. Sein Nacken tat zum Glück nicht mehr weh und abgesehen von einer Schürfwunde an dem Knie, auf das er gefallen war, fehlte ihm nichts.

Manuel und Pauline waren doch noch kurz mit den beiden Polizisten in das kleine Haus gegangen. Obwohl keine Einbruchsspuren zu sehen waren, war doch jemand dort drinnen gewesen. Ihr Gepäck war durchsucht worden und überall lagen Kleider und Sachen herum. Pauline hatte vor Nervosität und in dem ganzen Chaos nicht so schnell erkennen können, ob etwas fehlte. Außer dem silbernen Amulett oder was auch immer es war. Denn das war verschwunden. Da war Jaromir sich ganz sicher. Er hatte es nämlich in ein T-Shirt gerollt im Seitenfach des Rucksacks verstaut. Ganz sicher.

Irgendwo draußen in der Nacht rief die Eule wieder. Der Brandgeruch, dachte Jaromir schläfrig, hatte er den wirklich gerochen? Hatte doch jemand in einem der anderen Häuschen den Kamin angezündet? Das konnte nicht sein. Die Polizei hatte gesagt, sie wären die einzigen Gäste auf dem Gelände und erst ab dem nächsten Tag würden weitere Urlauber erwartet.

Und da war noch was. Etwas, das vor ein paar

Monaten passiert war. Jaromir hatte damals bei Lisanne und ihren Eltern gewohnt, weil Manuel und Anke von Ägypten her auf der Durchreise zu Higgins in England unterwegs waren. Higgins hatte ihn angerufen und gefragt, ob Manuel den Talisman aus der Pyramide vielleicht zu Hause in Den Haag gelassen hatte. Doch der Talisman war nicht dort und er hatte gedacht, Manuel habe ihn bei sich. Aber in ihrem leeren Haus hatte es eigenartig nach Brand gerochen. Und vom Fenster aus hatte er einen Mann gesehen. Einen dunkel gekleideten Mann mit Hut, der in ein langes schwarzes Auto gestiegen und weggefahren war. Ein Auto, das seltsamerweise kein einziges Geräusch gemacht hatte. In Manuels Zimmer war ein Fenster offen gewesen und Jaromir erinnerte sich daran, dass er noch gedacht hatte, der Mann wäre ein Einbrecher, der den Talisman hatte stehlen wollen. Aber das stimmte nicht, weil Manuel den Talisman bei sich in England gehabt hatte.

Plötzlich sah Jaromir vor sich, wie es gewesen sein konnte. Hatte der Mann damals das Amulett verloren? Als er durchs Fenster gestiegen war? Und hatte niemand es gefunden, weil Manuel nie jemanden in sein Arbeitszimmer ließ?

Irrsinnig!, dachte er. Ein Einbrecher, der nichts mitnimmt, sondern etwas liegen lässt.

Brandgeruch. Ein dunkel gekleideter Mann mit Hut. Jaromir zog sich das Federbett über den Kopf. Ganz kurz sah er Bilder von Männern, die auf einen

Berg stiegen, auf dem oben Lichter brannten. Aber in derselben Sekunde hatte er sie schon wieder vergessen.

Warum hatte er den Polizisten eigentlich nicht von dem Brandgeruch erzählt? Hatte er Angst, dass sie ihm nicht glaubten? Dass Manuel oder Higgins, oder – noch viel schlimmer – Pauline denken würden, er habe eben eine blühende Fantasie? Wie ein kleiner Junge, der sich verlaufen hatte und Gespenster zu sehen glaubte?

Er schüttelte sich, drehte sich um und versuchte an andere Dinge zu denken, aber es gelang ihm nicht.

Der verschobene Stein

Jaromir wachte mit einem Ruck auf, weil jemand an die Schlafzimmertür klopfte.

»Bist du schon wach?«, fragte Pauline zögernd.

Jaromir schoss in die Höhe. »Äh, ja.«

»Möchtest du ein Ei?«

»Was?« Erstaunt sah er, dass Manuel nicht mehr neben ihm lag. Der Wecker auf dem Nachttisch zeigte schon fast zehn Uhr an. »Ja, gerne. Wo ist Manuel?«

»Schon unterwegs mit Professor Higgins. Spiegelei oder gekocht?«

Verwirrt stieg Jaromir aus dem Bett. »Äh, Spiegelei.« Sein Nacken war ein wenig steif, aber er konnte den Kopf zum Glück ganz normal bewegen. Die Schürfwunde am Knie war rotblau, aber sie tat nicht mehr weh. Er nahm seine Kleider vom Stuhl und zog sich an.

Als er die Vorhänge aufzog, sah er, dass es geschneit hatte. Die Landschaft mit den schneebeladenen Tannen sah aus wie eine lebende Weihnachtskarte. Zwischen den Bäumen sah er tiefe Reifenspuren. Manuel war also mit dem Auto weg. Wohin? Nicht zum Hünenbett. Higgins hatte gestern noch gesagt, dass es ganz in der Nähe war.

Im Spiegel über dem Waschbecken schaute Jaromir sich seinen Hals und seinen Nacken an, aber er konnte keine Schrammen oder Beulen entdecken.

Die vagen und ein wenig stechenden Kopfschmerzen hinterm Ohr waren anscheinend das einzige Andenken an gestern Abend.

Langsam kamen ihm die Ereignisse wieder ins Gedächtnis. War Manuel vielleicht zur Polizei gefahren? Mit Higgins? Die Polizisten hatten ihn nämlich gebeten, noch zum Präsidium zu kommen, um eine Anzeige wegen Einbruch mit Gewaltanwendung zu erstatten.

Er ging hungrig schnuppernd ins Wohnzimmer. Der Geruch von Spiegeleiern stieg ihm in die Nase. Pauline stand am Herd.

»Wo sind Manuel und Higgins?«

»Erst zur Polizei ins Dorf und danach fahren sie zu irgendeinem Institut in Assen. Sie haben deine Zeichnung und das Negativ mitgenommen, das wird wohl damit zu tun haben.«

Sie lachte ihn an. »Wie fühlst du dich?«

»Geht so.« Jaromir setzte sich an den gedeckten Tisch und fragte sich, was das für ein Institut in Assen war. Assen, die Hauptstadt der Provinz Drenthe. Er konnte sich nicht erinnern, jemals dort gewesen zu sein. Eigentlich seltsam, er war wohl in Kairo und London gewesen, aber nicht in Assen.

Pauline kam mit zwei Tellern zu ihm. »Schmierst du schon mal die Brote? Ich bin übrigens heute Morgen in unserem Haus gewesen, aber ich vermisse, glaube ich, nichts. Man kann aber gut sehen, dass jemand etwas gesucht hat.«

»Durftest du da eigentlich einfach so rein?«

»Na ja, vielleicht nicht, aber es ist doch unser Häuschen? Ich bin einfach unter dem rot-weißen Band durchgekrochen.«

»Aha!«

»Ja.« Sie grinste. »Ganz schön unheimlich, dass irgendein fremder Typ in unseren Sachen rumgekramt hat.«

»Und das silberne Ding gestohlen hat.«

Sie nickte und legte auf jedes mit Butter bestrichene Brot ein Spiegelei. »Und du bist dir ganz sicher, dass du es mitgenommen hast?«

»Absolut.«

Sie schenkte Milch ein. »Es kann gut sein, dass der Kerl, der dich k.o. geschlagen hat, einen Komplizen hatte, der drinnen nach dem Amulett gesucht hat. Es war ja auch das einzig Wertvolle. Und dann haben sie sich blitzschnell davongemacht.«

Jaromir aß und überlegte, ob er von dem Brandgeruch und der dunklen Gestalt, die er zuvor gesehen hatte, erzählen sollte.

»Hättest du Lust, gleich zu dem Hünenbett zu gehen?«, fragte Pauline. »Ich möchte Fotos für mein Referat machen und bei dem Schnee können wir sonst doch nirgendwo hin.«

»Okay.«

»Können die Flecken kein Zufall sein?«

Jaromir sah auf. »Du hast doch gesehen, wie aufgeregt Manuel und Higgins waren?«

»Aber sie können sich doch auch täuschen? Dass die Karte einzigartig ist, verstehe ich natürlich, aber die Flecken ...« Pauline schüttelte den Kopf. »Es ist alles so seltsam.«

»Na ja, wenn du darüber nachdenkst, was wir in der Schule über Pyramiden und Hünenbetten lernen ... Sie wissen einfach nicht, was sie da erzählen, und reden anderen nach dem Mund, die es auch nicht wissen. Das ist noch viel seltsamer.« Jaromir trank einen Schluck Milch. »Ein Beispiel: Sie sagen auch, dass die größte Pyramide, die bei Giseh, als Grab für den Pharao Cheops gebaut wurde. Aber man brauchte fast sechshundert Jahre, um die Pyramide zu erbauen. Das ist doch verrückt? Ein König bestellt sich doch kein Grab, an dem sechs Jahrhunderte lang gebaut werden muss?«

Pauline runzelte die Stirn. »Aber wofür soll die Pyramide denn wirklich gebaut worden sein?«

»Das weiß ich auch nicht. Es gibt Leute, die sagen, dass es Sternwarten waren, weil die Schächte, wie Anke einen fotografiert hat, auf die Sterne gerichtet sind. Andere wiederum behaupten, dass es Monumente sind, die außerirdische Kulturen gebaut haben.«

»Das glaubst du doch wohl selbst nicht?«

»Warum nicht?«

Pauline grinste. »Also bitte! Marsmännchen oder so?«

Jaromir sah sie verärgert an. »Warum denken alle

immer sofort an grüne Männchen? Es gibt Milliarden Sterne, sogar Sterne, die größer sind als unsere Sonne. Und es gibt ich weiß nicht wie viele Planeten. Du glaubst doch nicht, dass der Mensch das einzige intelligente Lebewesen im Universum ist? Ausgerechnet hier auf der Erde, einem kleinen unwichtigen Planeten irgendwo am Ende des Alls, einer Art Stecknadelkopf.«

Eine Stunde später trotteten sie durch den frischen Schnee. Am Rande des Bungalowparks war ein Tor, hinter dem eine kurvige Straße lag. Unterwegs hatten sie neue Gäste gesehen. Väter und Mütter mit kleinen Kindern, die Schneeballschlachten veranstalteten.

Jaromir hatte eine Broschüre dabei, die im Haus von Manuel und Higgins lag. Eine Broschüre für Touristen, in der allerlei Sehenswürdigkeiten in der Umgebung des Bungalowparks beschrieben wurden und auch eine Landkarte abgedruckt war.

»Dort bei den Bäumen müssen wir nach links.« Er zeigte auf eine Gruppe mächtiger Bäume mit schneebedeckten Ästen. Dahinter schimmerte verschneites Ackerland.

Sie gingen weiter. Der Schnee blieb an ihren Schuhen haften. Sie sahen niemanden, aber als sie an den Bäumen vorbeikamen, rief Pauline: »He, ist das dort drüben nicht Manuel?«

Mit zusammengekniffenen Augen spähte Jaromir

in die Richtung, in die sie wies. Vor den schneebedeckten Feldern stand ein Mann in gekrümmter Haltung bei großen Steinen, die an eine niedrige Mauer erinnerten. Jaromir erkannte seinen Vater an der grünen Jacke und der orangefarbenen Pudelmütze.

»Manuel!« Seine Stimme echote durch die kalte Luft.

Manuel sah auf und winkte.

Jaromir und Pauline gingen schnell auf ihn zu. Am Rande des schmalen Pfades zeigte ein Schild vom Fremdenverkehrsamt an, dass sie zum Hünenbett D XXX gingen.

»So, ihr beiden, gut geschlafen?«

Sie nickten und gingen auf das Hünenbett zu, das aus großen Findlingen bestand, auf die noch viel größere gestapelt waren.

Manuel lachte, als er Jaromirs Gesicht sah. »Tja, das ist was anderes als die Sphinx, was?« Er klopfte auf einen der Steine. »Aber mindestens genauso rätselhaft, weißt du.«

»Ich dachte, du wolltest mit Professor Higgins nach Assen fahren«, sagte Jaromir.

»Was? O nein. Er hat mich erst zum Polizeipräsidium gebracht, um ein paar Formulare zu unterschreiben, aber weil ich gestern nur kurz hier war, hatte ich mehr Lust, mich noch ein wenig hier umzusehen. Ich bin auch gerade erst angekommen.«

Manuel sah ihn fragend an. »Wie fühlst du dich? Hast du noch Schmerzen?«

»Nein. Ich hatte nur beim Aufstehen noch ein wenig Kopfweh, aber das ist jetzt auch weg.«

»Das ist gut. Hör mal, ich habe der Polizei gesagt, dass nur das silberne Ding fehlt.« Manuel schaute ihn nachdenklich an. »Bist du dir sicher, dass es in meinem Zimmer lag?«

»Ja. Pauline hat es unter dem Dachfenster gefunden.«

»Komisch. Keine Ahnung, was es sein könnte. Ich kann mir höchstens vorstellen, dass es in einem Paket für eine Ausstellung in Leiden letzten Monat gewesen ist. Aber die haben mir nicht gesagt, dass sie es vermissen.« Er grinste. »Es kann natürlich gut sein, dass es zu dem ganzen Zeug gehört, das ich im Laufe der Jahre gesammelt habe. Das würde Anke wahrscheinlich sagen. Wusste sie nicht, was es war?«

Jaromir schüttelte den Kopf. »Ich habe sie nicht gefragt, sie war schon weg.«

Manuel sah wieder zu Pauline hin, die das Hünenbett wie eine professionelle Fotografin von allen Seiten betrachtete. »Wozu machst du die Fotos eigentlich, Pauline?«

Pauline stand still. »Ich muss für die Schule ein Referat halten, aber ich weiß nicht worüber. Ehrlich gesagt weiß ich nichts über Hünenbetten.«

Manuel grinste. »Wir auch nicht. So, wie du das Hünenbett hier siehst, ist es damals natürlich nicht gebaut worden. Was übrig geblieben ist und wir jetzt sehen, ist sozusagen nur das Skelett. Die großen Steine waren überall von kleinen Steinen umgeben, dem so genannten Trockenmauerwerk. Darüber haben die Erbauer wahrscheinlich Sand und Moos und Blätter und so gelegt, sodass eine Art Hügel entstand.« Manuel klopfte wieder auf einen der Steine auf dem Boden. »Es gibt außerdem verschiedene Arten von Hünenbetten. Portalgräber, auf denen keine Decksteine liegen, wie auf diesem Grab hier, Ganggräber, Treppengräber mit einer Treppe, die nach unten führt und von denen wir eigentlich nur ein einziges Grab kennen, ein so genanntes Langgrab, das eigentlich aus zwei Portalgräbern besteht, und eine Art, die wir Dolmen nennen, genau wie die seltsamen Steine bei euch in Frankreich. Von denen gibt es hier auch nur eins, und das ist nicht in Drenthe, sondern in Groningen.«

»Wie viele Hünengräber gibt es eigentlich?«, fragte Pauline.

»Zweiundfünfzig, wenn man die Dolmen mitzählt«, sagte Manuel. »Wir wissen aus alten Schriften, dass es viel mehr gegeben haben muss. Die Bauern haben anständig aufgeräumt, weil sie die Steine benutzten um ihr Land abzugrenzen oder um Häuser damit zu bauen.«

»Aber sie stammen alle aus derselben Zeit, von vor dreitausend Jahren«, sagte Pauline.

Manuel machte eine zögernde Gebärde. »Das

glaubt man, ja. Aber Higgins, der Spezialist auf diesem Gebiet ist, meint, dass sie durchaus auch viel älter sein können. Das Verrückte ist auch, dass wir zum Beispiel keine Häuser oder Siedlungen der Menschen gefunden haben, die sie gebaut haben.«

Während Manuel ununterbrochen redete, ging Jaromir um das Hünenbett herum. Er wusste aus Erfahrung, dass sein Vater vorläufig nicht aufhören würde. Er ging auf die andere Seite und sah, dass man dort zwischen zwei stehenden Steinen hineingehen konnte. Der große flache Stein auf den beiden anderen erinnerte ihn an das Dach eines Tunnels. Neugierig bückte er sich, um zwischen den Findlingen hindurchzuschauen, aber es war zu dunkel, um etwas erkennen zu können.

Oder doch? Im Schnee verlief eine Art Spur, eine lang gezogene Rille. Als wäre hier etwas fortgeschleppt worden. Die Spur endete an einem der Trägersteine, aber das Seltsame war, dass dort kein Schnee lag, sondern nur dunkler Sand. Hatte jemand hier heute Morgen etwas weggezogen? Den Trägerstein? Unmöglich. Der war viel zu schwer.

Verwundert richtete er sich auf. Das musste er Manuel zeigen!

»Die meisten Gelehrten nehmen also an, dass es Gräber gewesen sind«, hörte er Manuel sagen. »Daher auch die Namen wie Portalgrab und Langgrab und so. Einen echten wissenschaftlichen Beweis dafür gibt es jedoch nicht. Und auch nicht dafür, wie die Menschen damals solche enormen Felsbrocken schleppen oder aufeinander stapeln konnten. Was das angeht, ist es genauso ein Rätsel wie die Pyramiden der Ägypter.«

»Papa!«

Manuel drehte sich um.

Jaromir winkte. »Komm und sieh dir das mal an!«

Mit großen Schritten kam Manuel zu ihm. »Was ist denn?«

Jaromir zeigte auf die Spur im Schnee.

Manuel kniff die Augen ein wenig zusammen. »Was ist damit?«

»Na ja, es sieht aus, als ob der Stein verschoben wurde. Sonst hätte dort doch auch Schnee gelegen?«

Pauline kam hinzu. »Das kann doch nicht sein«, sagte sie verwundert. »Der Stein wiegt bestimmt ein paar tausend Kilo. Dafür braucht man einen Bulldozer.«

Manuel hockte sich hin und ließ den Sand durch die Finger gleiten. »Seltsam«, sagte er. »Der Sand fühlt sich ein wenig warm an.« Er schnupperte. »Als hätte jemand ein Feuer darauf gemacht oder so. Riecht ihr nichts?«

Pauline schnüffelte, aber sie schüttelte den Kopf. Jaromir sagte nichts.

»Wirklich«, sagte Manuel erstaunt. »Das verstehe ich wirklich nicht. Es sieht tatsächlich so aus, als sei der Stein zur Seite geschoben worden. Siehst du?«

Plötzlich leuchtete ein grelles Licht auf. Als Jaromir erschrocken aufblickte, flammte es wieder auf.

Durch die Sternchen sah er Pauline mit ihrer Kamera. »Shit, Mann! Ich hätte einen Herzschlag kriegen können, ja?«

Pauline lachte ihn aus. »Ihr seht aus wie zwei Hünenbettbauer, die mal nachsehen, ob alles in Ordnung ist.«

Auch Manuel lachte, aber nicht von Herzen. Er schaute noch immer auf den Stein und die Spur im Schnee.

»Ich glaube doch, dass wir uns täuschen«, sagte er grüblerisch. »Vielleicht hat ein Wildschwein oder ein Hund hier rumgegraben. Man sieht zwar keine Spuren, aber wenn der Wind von der anderen Seite kam, erklärt das, warum der Boden hier unbedeckt ist.«

Es klang nicht überzeugend. Manuel stand auf und klopfte sich den Schnee von der Hose. »Komm, wir schauen mal, ob Higgins schon wieder da ist.«

Aber Professor Higgins war noch nicht zu Hause. Manuel ging gleich in sein Schlafzimmer und kam mit einer großen Mappe zurück. Er zog ein paar Papierbögen daraus hervor und breitete sie auf dem Tisch aus. Jaromir sah, dass es sauber gezeichnete Bleistiftskizzen waren. Auf jeder Zeichnung war der Grundriss des Hünenbettes von allen Seiten, der Vorder- und der Rückseite und auch einmal von oben zu sehen. Alle Steine waren nummeriert und zwischen ihnen Linien gezeichnet, die sie miteinander verbanden. Es sah so ähnlich wie eine Bauzeichnung aus, fand Jaromir.

»Das hat Higgins gemacht, um die Entfernungen und die Höhe und die Breite zu berechnen. Da, das ist der Stein, der aussieht, als ob er verschoben wurde.«

Sie beugten sich über die Bögen. Jaromir sah nun viel besser als in Wirklichkeit, wie das Hünenbett aufgebaut war. An jeder Seite lagen sechs Trägersteine in unregelmäßigen Abständen. An der Vorderseite befand sich ein großer und an der Hinterseite ein kleinerer Schlussstein. Das Hünenbett hatte die Form eines umgekehrten Ruderbootes. Auf den nummerierten Steinen hatte Higgins in einer anderen Farbe die Decksteine gezeichnet, ebenfalls sechs. Sie waren alle größer als die Trägersteine und unregelmäßig geformt. In der Mitte einer Längsseite standen noch zwei Trägersteine, auf denen ein kleiner Deckstein lag. Als solle er eine Öffnung bedecken, dachte Jaromir, einen Zugang nach innen.

»Aber ich kann hier nicht sehen, ob der Stein wirklich anders liegt«, sagte Manuel. »Ihr?«

Jaromir schüttelte zweifelnd den Kopf.

»Nein«, sagte Pauline. »Wir müssten eigentlich mit der Zeichnung noch mal zurück zum Hünengrab.«

»Macht ruhig, wenn ihr wollt.« Manuel sah auf seine Armbanduhr. »Wo bleibt Higgins denn bloß? Er sollte schon längst zurück sein.«

»Was wollte er eigentlich in Assen?«, fragte Jaromir.

»Er ist zum paläontologischen Institut gefahren«, sagte Manuel und ging in die Küche. »Wenn jemand hier in der Gegend etwas über alte Karten wie die auf Paulines Foto weiß, dann ist es der Mann, der dort arbeitet.«

Manuel nahm die Kaffeekanne und spülte sie.

»Paläo ... was?«, fragte Pauline.

»Paläontologisch«, sagte Jaromir stolz. »Das hat doch was mit Fossilien zu tun, Manuel?«

»Ja. Paläontologen sind Geologen, die Fossilien untersuchen.« Manuel sah Pauline grinsend an. »Pauline, möchtest du auch noch wissen, was Geologen und Fossilien sind?«

Pauline lächelte. »Nein, nicht nötig. Geologen

sind Leute, die die Bildung der Erdkruste untersuchen, und Fossilien, äh ...«

»Sind alle Wissenschaftler über vierzig«, feixte Jaromir.

»Sehr witzig!«, sagte Manuel. »Warte nur ab, Kleiner, bis du so alt bist.«

»Fossilien sind doch die Reste von Pflanzen und Tieren von früher?«, fragte Pauline.

Manuel nickte. »Sehr gut. Higgins glaubt, dass Stonehenge und auch manche Hünenbetten hier älter als dreitausend Jahre vor Christus sind, wie Forscher immer glaubten. Er hat Holzstücke und Pflanzenreste, die dort gefunden wurden, gemessen und festgestellt, dass sie Tausende Jahre älter sein müssen.«

»Genau wie die Karte auf dem Felsen in Bouzac, meinen Sie?«, fragte Pauline.

»Oh, sicher. Wenn es wirklich eine Karte ist, muss sie ich weiß nicht wie alt sein.« Manuel holte seinen Taschenkalender hervor und ging zum Telefon. Er wählte eine Nummer. »Es würde nicht nur bedeuten, dass es schon viel früher, als wir denken, Zivilisationen gab, auch hier, sondern auch, dass sie Kontakt miteinander hatten. Ja, Guten Tag, Sie sprechen mit Professor van Praag, Herr van Dam. Tut mir Leid, dass ich Sie störe, aber ich suche meinen Kollegen Professor Higgins. Wie bitte?« Manuel runzelte die Stirn. »Seltsam. Na ja, dann wird er bestimmt jeden Moment hier eintreffen. Was?«

Er hörte zu. »Aha. Ja, vielen Dank. Er wird mir bestimmt gleich alles erzählen.«

Manuel legte auf.

»Und?«, fragte Jaromir.

»Higgins war schon weg. Vielleicht ist er noch kurz in die Stadt gefahren, eine Zeitung holen oder so. Der Archivar, Herr van Dam, sagt, dass er gefunden hat, was er sucht! Es hatte etwas mit alten Karten zu tun, die im British Museum in London aufbewahrt werden.« Manuel ging in die Küche um Kaffee einzuschenken. »Ich glaube, dass ich schon mal eine E-Mail nach London schicke.«

»Im British Museum?«, fragte Jaromir überrascht. »Shit, dort liegt doch auch dieser seltsame Stein, der in Amerika gefunden wurde?«

Manuel stand still. »Verflixt«, sagte er. »Das stimmt. Der Stein von Mallery, klar liegt der dort. Dass ich nicht eher daran gedacht habe!«

»Und was ist der Stein von Mallery?«, fragte Pauline. »Und wer ist dieser Mallery?«

»Das habe ich dir doch schon erzählt«, sagte Jaromir, »als wir bei euch in Frankreich waren.«

»Nein.«

»Doch. Ich bin mir ganz sicher.«

»Nein, wirklich nicht.«

Manuel grinste. »Ihr werdet alt. Na ja, dann erzählst du's eben noch mal, Jaro.«

»Mallery war ein Archäologe«, erzählte Jaromir mit glänzenden Augen, »der vor langer Zeit in Nordamerika einen Stein mit seltsamen Buchstaben darauf gefunden hat. Wo hat er den Stein noch mal gefunden, Manuel?«

»In Pennsylvania. Das war ja gerade das Verrückte. Die seltsamen Buchstaben wurden auch im Mittleren Osten und in Ägypten gefunden. Und soweit wir feststellen können, stammen sie aus der Zeit vor etwa zwölftausend Jahren.«

»Wahnsinn!«, rief Pauline. »Zehntausend Jahre vor Christus? Ich wusste nicht, dass die Menschen damals schon schreiben konnten!«

»Nein«, sagte Manuel grüblerisch, »das konnten sie auch nicht. Das ist ja der springende Punkt. Sehr gut, Jaromir, dass du das noch weißt. Hört mal, ich weiß ja nicht, was ihr vorhabt, aber ich mache mich jetzt an die Arbeit. Vielleicht könnt ihr später im Dorf fürs Abendessen einkaufen?«

Auf dem Weg zum Dorf, das ein paar Kilometer vom Bungalowpark entfernt war, sagte Pauline plötzlich: »Weißt du, was ich so seltsam finde? Dass ich nicht mehr genau weiß, was wir in Bouzac alles gemacht haben, als du da warst. Hast du mir wirklich von dem Stein in Amerika erzählt?«

Jaromir sagte nichts.

»Was ist denn?«, fragte Pauline besorgt.

»Na ja, dass ich ... Ich habe auch gerade daran gedacht. Bei mir ist es dasselbe. Es ist, als wäre da in meinem Gedächtnis ein schwarzes Loch.«

»Du also auch?«

Er nickte. »Ja. Ich meine, wir sind damals doch in die Höhle gegangen? Die Höhle, in der die Karte in die Felsen eingraviert ist?«

Pauline zögerte.

»Doch«, sagte Jaromir. »Weißt du nicht mehr, dass ich mich so vor den Fledermäusen erschreckt habe?«

»O ja.«

In Gedanken versunken gingen sie am Straßenrand entlang.

Der Himmel über ihnen war grau. Ab und zu kam ein Auto vorbei. Die Kirchturmuhr in der Ferne schlug viermal.

»Wenn wir noch zum Hünengrab wollen, müssen wir uns beeilen.«

»Ja.«

Der kleine Supermarkt lag, wie Manuel ihnen erklärt hatte, am Dorfeingang. Eine Viertelstunde später trotteten sie mit zwei vollen Einkaufstaschen zurück. Der Himmel wurde nun violett-schwarz und sie konnten schon die ersten Sterne erkennen. In der Innentasche von Jaromirs Jacke steckte ein Papier, auf das er eine von Higgins' Karten so genau wie möglich übertragen hatte.

Aber nun, da es so schnell dunkel wurde, fand Pauline es besser, erst am nächsten Morgen zum Hünenbett zu gehen.

»Aber wir kommen fast daran vorbei«, sagte Jaromir und grinste. »Oder hast du etwa Angst vor den Weißen Weibern?«

»Wovor?«

»Den Weißen Weibern. Wenn Nebelschleier über der Heide hingen, dachte man früher, dass es Hexen waren.«

»Ach Quatsch, mir ist einfach eiskalt.«

Jaromir hörte nicht zu. Er spähte zu den Nebeln, die in der Dämmerung zwischen den Bäumen hingen, und stand still. »Siehst du das?«

»Was?«

»Lichter.« Seine Stimme war heiser und leise. »Dort. Auf der anderen Seite.«

Pauline drehte sich um. Ihr Atem stieg in weißen Rauchwölkchen aus ihrem Mund. »Ich sehe nichts. O ja, da. Was kann das sein?«

Jaromir sagte nichts. Irgendwo in seinem Kopf tauchte ein Bild von Lichtern vor dem Hintergrund dunkler Berge auf. Und das hier? Zwei Lichter, die zwischen den Baumstämmen zu schweben schienen. Taschenlampen? Oder Scheinwerfer? Unsinn, dann müsste man in dieser stillen Kälte sicherlich auch Geräusche hören. Außerdem tanzte der eine Lichtpunkt höher als der andere. Beide schienen zu blinken. Also doch Taschenlampen? Aber es waren Lichtkreise und keine Strahlen.

»Ist es ein Auto?«

Auch Paulines Stimme klang heiser.

Jaromir schüttelte den Kopf. Am liebsten wäre er

umgekehrt und weggerannt. Mit den Lichtern stimmte etwas nicht, sie hatten etwas Unnatürliches und Beängstigendes, als wären sie lebendig, bedrohlich wie die Augen eines Monsters, das dort hinter den Bäumen lauerte. Natürlich rannte er nicht weg, auch wenn das vielleicht nur daran lag, dass Pauline neben ihm stand.

Er spürte, wie ihre kalte Hand nach seiner tastete, und griff danach.

»Ich glaube, es ist beim Hünenbett«, flüsterte sie.

Jaromir nickte. Das hatte er auch schon gedacht.

Manchmal sah es so aus, als verschwinde einer der Lichtkreise, aber dann leuchtete er ein paar Sekunden später an einer anderen Stelle wieder auf, größer und hellrot, wie Feuerwerk, das explodiert. Panisch biss Jaromir sich in die Wange. Neben sich hörte er, wie Pauline nach Luft schnappte. Das Licht stieg plötzlich wie ein kleiner Feuerball blitzschnell in die Höhe. Einen Moment lang funkelte er wie einer der Sterne über den pechschwarzen Baumkronen und dann war er weg. So plötzlich, dass es schien, als hätte es ihn nie gegeben. Das andere Licht leuchtete noch immer an derselben Stelle und verschwand dann auch – ganz plötzlich, als hätte jemand es ausgeknipst.

Pauline atmete auf. Im Dunkeln glänzten ihre Augen erschrocken. »Was war das bloß?«

»Ich weiß ...«

Irgendwo hinter ihnen sprang ein Automotor so

unerwartet an, dass sie einander in Panik umklammerten und Pauline einen spitzen Schrei ausstieß.

»Es ist nichts«, beruhigte Jaromir sie, aber er spürte, dass seine Knie zitterten.

»Wer ist das?«

»Keine Ahnung. Vielleicht ein Bauer oder ein Förster.«

Das Dröhnen scholl durch die Luft. Anscheinend war der Motor oder der Auspuff kaputt, denn das Geräusch stockte ab und zu. Ein paar Sekunden später sahen sie wieder zwei Lichter nicht weit von ihnen entfernt über die verschneiten Felder streichen und dann Richtung Straße drehen. Die roten Rücklichter verschwanden schnell, aber das unregelmäßige Dröhnen des Motors konnte man noch lange Zeit hören.

»Los.« Jaromir zog Pauline mit sich. »Wir werden hier noch zu Eiszapfen.«

Sie rannten mit den Einkäufen in Richtung Zaun, der den Bungalowpark umgab. Hier und dort brannte Licht und manchmal zeichnete sich das Dach eines Hauses gegen den Abendhimmel ab.

»Glaubst du, es war das Auto?«, keuchte Pauline. »Dass die Lampen kaputt waren oder so?«

»Und wie soll das vor sich gegangen sein? Du hast doch mit eigenen Augen gesehen, dass das eine Licht aufgestiegen ist.«

»Aber was kann es denn sonst gewesen sein? Es ist doch seltsam, dass gerade zufällig ein Auto in der

Nähe war? Vielleicht hatte jemand eine Panne und hat dann mit einer Taschenlampe ...«

»Die dann nach oben scheint und anschließend in einen Baum klettert«, unterbrach Jaromir sie.

»Na ja, hast du etwa eine bessere Erklärung?« Sie lachte nervös. »Ja, du glaubst natürlich, dass es ein UFO war oder so was.«

Jaromir drückte das Gartentor auf. War es möglich, was sie sagte? Ein ganz normaler Autofahrer? Während sie auf den erleuchteten Bungalow zugingen, versuchte er sich die tanzenden Lichter wieder vorzustellen. Dann müsste ein Scheinwerfer kaputt gewesen sein und das andere Licht von einer Taschenlampe oder etwas Ähnlichem stammen. Aber das Licht einer Taschenlampe wurde doch nicht plötzlich knallrot? Und schoss auch nicht in die Höhe wie eine Leuchtrakete? Das hatte er sich auf keinen Fall bloß eingebildet, Pauline hatte es auch gesehen. Ein UFO? Fiel ihm noch etwas anderes ein? Natürlich hatte er daran gedacht. War es das gewesen?

»Schade, dass ich meine Kamera nicht dabeihatte«, sagte Pauline. »Obwohl ich wahrscheinlich vor lauter Nervosität abzudrücken vergessen hätte.«

Jaromir klingelte und Manuel machte ihnen auf. »Mensch, wo seid ihr denn so lange geblieben? Ich bin gerade zurückgekommen. Ich dachte, die gehen bestimmt noch kurz am Hünenbett vorbei.« Er nahm Pauline die Einkaufstaschen ab. »Kommt schnell rein, der Kamin brennt schon.«

»Warst du gerade eben am Hünenbett?«, fragte Jaromir überrascht.

Manuel zog die Tür zu.

»Nicht gerade eben, schon ein wenig früher, weil das British Museum mir eine Mail geschickt und um ein Foto gebeten hat. Also habe ich schnell bei Tageslicht noch ein Polaroidfoto gemacht.« Er stellte die Tasche in der Küche ab. »Der Stein lag noch genauso da wie vor ein paar Jahrhunderten.«

»Was?« Jaromirs Kiefer klappte vor Erstaunen herunter. »Woher weißt du das?«

»Weil ich einen Jagdaufseher getroffen habe. Der sagte, dass es wahrscheinlich ein Reh gewesen ist, das bei den Steinen nach Futter gesucht hat. Und dass die Erde noch ein wenig warm war, lag daran, dass Sand unter dem Schnee sich immer ein wenig wärmer anfühlt. Na ja, ich kam mir natürlich ganz schön dumm vor. Der große Professor van Praag, der denkt, dass ein Stein von einem Hünenbett verschoben worden ist.«

Manuel stellte die Einkäufe auf die Spüle. »Aha, ich sehe, Jaromir macht seine Spezialität – Nasi Goreng. Lecker!«

Jaromir sah, dass Pauline den Mund öffnete, um von den seltsamen Lichtern zu erzählen. Wild schüttelte er den Kopf und hielt warnend einen Zeigefinger vor den Mund. Sie sah ihn verblüfft einen

Moment an, sagte aber nichts. Zum Glück, dachte Jaromir. Manuel findet sowieso schon, dass ich mir zu viel Discovery Channel ansehe.

»Übrigens ist Higgins noch immer nicht ...« Manuel sah auf und hob einen Finger. »Wenn man vom Teufel spricht.«

Draußen hörte man Motorgeräusche. Zwei Lichtbündel glitten über das dunkle Küchenfenster, während der Automotor ein paar Mal stotterte und dann aussetzte.

»Ja«, sagte Manuel. »Wir müssen morgen kurz zur Werkstatt, etwas mit dem Auspuff von dem Mietwagen stimmt nicht. Räumt schnell mal die Sachen weg, dann schaue ich, ob noch genug Holz da ist, und schenke Higgins einen Kurzen ein.«

Er ging aus der Küche und trat ins Wohnzimmer.

Mit großen Augen sah Pauline Jaromir an. »Higgins?«

Jaromir nickte kaum merklich. Sie hatte Recht. Das stotternde Geräusch klang genauso wie das Auto, das sie vor kaum einer Viertelstunde am Wald beim Hünenbett hatten wegfahren hören. War Higgins dort gewesen? Warum eigentlich nicht?, dachte er sofort. Higgins war zum Forschen hier. Hatte der Archivar von dem Institut nicht am Telefon gesagt, dass Higgins etwas entdeckt hatte? Vielleicht hatte er neue Informationen gefunden und war gleich zum Hünenbett gefahren. Natürlich. Das erklärte auch, warum er erst jetzt nach Hause kam.

Higgins hatte natürlich eine Lampe dabei gehabt. Vielleicht hatte er etwas in den Bäumen gehört und wollte wissen, was es war. An Paulines Gesicht sah er, dass sie dasselbe dachte. Aber das rote Licht? Oder war es eine Art Verfärbung gewesen, die durch die Schneeluft entstanden war?

»Hello!« Higgins' dunkle Stimme schallte durch das Wohnzimmer. »Sorry, dass es so lange gedauert hat«, sagte er in seinem englischen Tonfall, »aber ich dachte, es sei eine gute Gelegenheit, gleich ein paar neue Kleider zu kaufen, das musste wirklich mal wieder sein.«

Er sah Pauline und Jaromir und ging auf sie zu. »Wie geht's, *kids?* Keine bösen Träume gehabt nach unserem Einbrecher?«

Sie schüttelten den Kopf.

»Und dein Nacken tut nicht mehr weh, Jaromir?«

»Nein«, sagte Jaromir.

»Good.« Higgins zog seine Pfeife hervor und zündete sie an. »Manuel, ich habe im Institut leider nichts gefunden, was ein Anhaltspunkt für die Höhlenzeichnung in Bouzac sein könnte.«

Manuel schaute überrascht in seinem Stuhl am offenen Kamin auf. »Oh, nicht? Ich hatte gerade den Archivar van Dam an der Strippe und der meinte, dass du etwas gefunden hast.«

Higgins' durch seine dicken Brillengläser verkleinerten Augen weiteten sich ein wenig. Als bekäme er einen Schrecken, dachte Jaromir.

Higgins schüttelte den Kopf. »Das dachte ich erst auch, aber es stellte sich als Missverständnis heraus. Eine Karte, die aus einer viel späteren Zeit stammt, aus dem Mittelalter, *pity* also. *Well,* ich habe gefragt, ob wir morgen Früh weiter suchen können. Was hältst du von einem guten Glas Whisky zum Aufwärmen, *old boy?*«

Händereibend beugte er sich über die Flaschen in der Hausbar.

»Sind Sie vielleicht beim Hünenbett gewesen?«, fragte Jaromir.

»Sorry?« Higgins richtete sich mit zwei Gläsern in der Hand auf. »Nein, was soll ich dort? Außerdem hatte ich dafür gar keine Zeit, ein paar neue Hemden zu kaufen dauert bei mir eine Ewigkeit. Warum fragst du?«

Jaromir sah Manuels warnenden Blick. Seltsam, Manuel wollte eindeutig nicht, dass Higgins wusste, sie hätten gedacht, einer der Trägersteine wäre verschoben worden.

»Och, nichts«, sagte er. »Nur so.«

Er zog die Kühlschranktür auf und sah Pauline an. »Möchtest du was trinken?«

»Ja, bitte«, sagte sie. An ihrer Stimme hörte Jaromir, dass sie genauso erstaunt war wie er. Warum log Professor Higgins? Oder war es doch ein anderes Auto gewesen?

Weil sie um nichts in der Welt in ihrem kleinen Haus schlafen wollten, verbrachten Jaromir und Pauline auch diese Nacht in dem großen Bungalow.

Am nächsten Morgen waren Manuel und Higgins genau wie am vorigen Tag schon früh mit dem Auto nach Assen gefahren, um – wie Higgins gesagt hatte – weiter im Archiv nach Hinweisen zu forschen. Auf der Spüle stand ein Berg Geschirr und auf dem Küchentisch lag ein Zettel von Manuel. Er entschuldigte sich dafür, dass er den Abwasch nicht erledigt hatte (»wir wollten euch nicht aufwecken, weißt du«), aber dass Higgins und er sie heute Abend als Gegenleistung zum Essen einluden. Und er bat Jaromir, ab und zu die E-Mails auf seinem Notebook abzurufen und nachzuschauen, ob Nachrichten vom British Museum dabei waren. Daneben hatte er die Telefonnummer vom Museum in Assen geschrieben.

Nach dem Frühstück erledigte Jaromir den Abwasch, während Pauline die Betten machte. Danach half sie ihm mit Abtrocknen und Aufräumen.

»Können es vielleicht Irrlichter gewesen sein?«, fragte sie plötzlich.

»Was?«

»Die beiden Lichter im Wald gestern.«

»Irrlichter?«

»Die gibt's doch. Das sagt man auf jeden Fall bei uns in Bouzac. Ich glaube, dass es etwas mit Gasen im Boden oder so zu tun hat. Sie sehen im Dunkeln aus wie tanzende Lichter oder Flammen.«

»Weiß ich. Aber die gibt's nur in Moorlandschaften. Hier nicht, hier ist Sandboden.«

»Aber was kann es dann gewesen sein? Higgins war es ja nicht.«

»Und was ist mit dem Auto?«

»Aber Higgins lügt doch nicht?« Pauline goss Wasser in die Kaffeemaschine. »Möchtest du auch Kaffee?«

Eigentlich trank Jaromir nie Kaffee, weil er ihm einfach nicht schmeckte. Aber jetzt, wo Pauline ihn trank, kam es ihm kindisch vor, abzulehnen. Er erinnerte sich daran, dass sie in Frankreich im Haus ihres Vaters Evert auch immer Kaffee getrunken hatte. Bestimmt eine französische Sitte, dachte er und räumte die Gläser in den Schrank.

»Kann es nicht ein anderes Auto gewesen sein?«, fragte Pauline. »Manuel sprach von einem Jagdaufseher. Die fahren doch regelmäßig in der Gegend herum?«

»Mit genau demselben Motorschaden?«

»Warum nicht?«

»Und das Licht, das aufstieg? Das war bestimmt keine Taschenlampe!«

»Weiß ich nicht. Es ging alles so schnell und man konnte es auch nicht gut sehen.«

Jaromir schwieg und starrte aus dem großen Wohnzimmerfenster. Es hatte anscheinend letzte Nacht nicht mehr geschneit, der Pfad war sauber. Aber sonst lagen überall noch dicke Schneeschichten. Hinter den niedrigen Tannen im Garten konnte er bei den rot-weißen Bändern, mit denen ihr eigenes Häuschen umspannt war, einen Polizeiwagen erkennen. Eine Polizistin trat mit einer Tasche nach draußen und stellte sie im Auto ab. Jaromir fragte sich, was dort drin sein konnte. Doch Spuren? Haare? Partikel von Kleidungsstücken? Sand oder Erde, die an den Schuhen gewesen war? So machten die das doch? Aus irgendeinem Grund hatte er das Gefühl, dass sie nichts mehr finden würden.

»Ich wollte eigentlich noch mal zu dem Hünenbett«, sagte Pauline.

Er schaute auf.

»Ich würde gerne noch ein paar Fotos machen.«

»Für dein Referat?«

»Auch.« Sie lachte ein wenig gequält. »Hör zu. Ich habe gestern doch auch Fotos von dem Stein gemacht, der vielleicht verschoben worden ist? Na ja, wenn ich jetzt noch mal dieselben Fotos mache und wir vergleichen sie danach, dann wissen wir doch sicher, ob wir uns getäuscht haben oder nicht.«

Jaromir nickte langsam. Das war wirklich keine dumme Idee.

Eine halbe Stunde später stiefelten sie durch den

hohen Schnee zwischen den Bungalows. Da und dort spielten Kinder. Ein Vater zog einen Schlitten mit drei kleinen Kindern. Ein Junge und ein Mädchen bauten aus großen Schneebällen ein Hünengrab nach, das Jaromir und Pauline eine Weile bewundernd betrachteten.

»Und doch ist das alles verrückt«, sagte Pauline, als sie am Ausgang des Bungalowparks angekommen waren. »Auf jeden Fall, wenn man alles zusammennimmt. Da ist der ägyptische Talisman, den Manuel in der Pyramide gefunden hat. Dann hat Anke die Flecken im Schacht der Pyramide fotografiert. Die Flecken stehen auf dem Talisman, aber genau dieselben Flecken sind auf einer Höhlenzeichnung in Bouzac abgebildet. Stimmt, oder?«

Jaromir nickte. »Und dazu kommt noch, dass Higgins und Manuel dachten, der Talisman sei aus jener Steinsorte gemacht, die auch in den Höhlen in Frankreich vorkommt. Darum waren wir ja überhaupt in den Weihnachtsferien bei euch.«

»Ach ja.«

»Und dann ist da noch das Stück Stein, das dieser Mallery im letzten Jahrhundert in den USA gefunden hat. Darauf sind Buchstaben oder Zeichen in einer Sprache, die ein wenig der Sprache der Phönizier ähnelt, die vor langer Zeit im Mittleren Osten lebten. Der Stein ist noch älter, er stammt aus der Zeit von zehntausend Jahren vor Christus.«

»Und was bedeuten die Zeichen?«

»Das ist es ja gerade – man hat noch nicht alles entziffert.«

»Komisch. Und wie ist der Stein nach Amerika gekommen?«

Jaromir zuckte mit den Achseln. »Manuel glaubt, dass es schon viel länger Zivilisationen gibt, als wir denken. Und Menschen, die von Europa nach Amerika reisten.«

»Warum haben wir dann nichts von ihnen gefunden?«

»Weil es etwa Zehntausend vor Christus eine große Sintflut gegeben hat, die alles vernichtet hat.«

Pauline stand plötzlich still. »Die Sintflut von Noah mit seiner Arche?«

Jaromir nickte. »Ja, das habe ich dir doch schon erzählt. Die kommt in sehr vielen Kulturen vor. Bei den alten Persern, aber auch bei den Mayas in Mexiko und den Inkas in Peru. Und Geologen haben nachgewiesen, dass es damals eine große Flut gegeben haben muss, allein schon, weil die Eiszeiten endeten. Das habe ich letztens noch in einer Zeitschrift für Naturwissenschaften gelesen.«

Sie verließen den Weg und gingen in den verschneiten Wald. Dort war es mucksmäuschenstill. Der Schnee war unberührt und ihre Stiefel versanken tief in der weichen Masse.

»Okay«, sagte Pauline. »Und dann stellt sich also heraus, dass die Höhlenzeichnung eine Art Karte ist, auf der wiederum sieben Flecken stehen. Genau hier in der Gegend, in der das Hünenbett ist.«

»Und ein silbernes Amulett«, sagte Jaromir.

»Shit, klar. Das hätte ich fast vergessen. Abrakadabra, ra, ra, ra.«

Jaromir lachte so laut, dass seine Stimme zwischen den Bäumen widerhallte.

»Was ist denn daran so witzig?«, fragte Pauline erstaunt.

»Weil du ›ra‹ gesagt hast. Ra ist auch Re und Re ist der alte ägyptische Sonnengott. Der Vater von Horus, der auf dem Talisman abgebildet ist.«

»Alle Achtung. Bist du etwa ein wandelndes Lexikon?«

Aber sie sah ihn so bewundernd an, dass er sich bückte, eine Hand voll Schnee nahm und ihn ihr plötzlich ins Gesicht rieb.

»Hör auf! Hör auf!« Auch sie griff sich eine Hand voll Schnee und warf damit nach ihm. Irgendwo über ihnen erklang ein schriller Schrei, und als sie aufschauten, sahen sie einen Raubvogel über die weißen Baumkronen wegfliegen.

»Eine Waldeule«, sagte Pauline außer Atem.

»Woher weißt du das?«

»Siehst du die hellen Flecken an ihrem Schwanz?«

»Ja. Du bist eben ein wandelndes Lexikon.«

»Ha, ha.«

Zwischen den letzten Bäumen schimmerte der Acker, auf dem das Hünengrab lag.

»Weißt du«, sagte Jaromir, »trotzdem ist das alles gar nicht so seltsam, wenn man es im Zusammenhang betrachtet. Es ist einfach das, was Manuel schon früher in seinen Büchern geschrieben hat. Und was ich gerade sagte: Vor sehr, sehr langer Zeit muss es Menschen gegeben haben, die schon schreiben konnten und Kontakt miteinander hatten. Also vor der Prähistorie und ...«

»Hey!« Pauline zeigte in Richtung Hünenbett. »Wer ist denn das?«

Jaromir sah ihrem ausgestreckten Arm nach und im selben Moment rannen ihm eisige Schauer über den Rücken. Beim verschneiten Hünenbett tauchte die Silhouette einer dunkel gekleideten Gestalt mit Hut auf. Es war ein Mann, der ein wenig gekrümmt an den großen Steinen entlangging.

»Er ist mit dem Auto da«, flüsterte Pauline. »Sieh nur, dort bei den großen Bäumen.« Zu Jaromirs großer Erleichterung war es kein schwarzes Auto, sondern ein grüner Jeep. »Es ist ein Jagdaufseher.«

»Ach ja?«

»Sieh nur.«

Die Sonne brach nun durch die Zweige und beschien den Hut des Mannes. Es war ein breitrandiger grüner Hut mit einer Feder am Hutband, wie Pfadfinder ihn trugen. Jetzt sah man auch, dass der Mann einen moosgrünen Cordanzug trug, dessen Hosenbeine in halbhohe Stiefel gestopft waren.

»Puh«, sagte Pauline, »zum Glück.«

»Warum?«, sagte Jaromir. »Du brauchst doch keine Angst zu haben. Wir sind hier in Drenthe, nicht mitten im finsteren Amsterdam oder so.«

»Du hast doch auch Schiss gehabt!«

»Ich? Überhaupt nicht. Warum sollte ich?«

Sie sagte nichts mehr, lachte ein wenig und stampfte durch den Schnee. Der Jagdaufseher hatte sie nun auch entdeckt und blieb stehen.

»Guten Morgen«, sagte er neugierig. »Ihr kommt bestimmt vom Bungalowpark.«

Sie nickten. Der Jagdaufseher auch, aber er schaute dabei besorgt drein. »Seht ihr die Reifenspuren dort im Schnee?«

Dicht neben den Steinen, die das Portal des Hünengrabs bildeten, sah man zwei parallele gerippte Spuren, die eine Kurve bildeten.

»Das muss heute Nacht passiert sein«, sagte der Jagdaufseher. »Die Spuren sind nämlich gefroren und jetzt friert es nicht mehr.« Er sah wütend aus. »Es sind immer dieselben Scherereien. Alle wissen genau, dass man hier nicht mit dem Auto fahren darf, aber sie tun es trotzdem. Touristen, Pärchen, die ein stilles Fleckchen suchen, Wilderer.«

Bei diesem Wetter?, wollte Jaromir sagen, Wilderer oder verliebte Pärchen, wenn es friert? Aber er schwieg, genau wie Pauline. Gestern Abend war also wirklich ein Auto hier gewesen.

Pauline holte ihren Fotoapparat aus dem Etui und machte ein paar Fotos. Sie konnte diese Spuren gleich mit fotografieren, gleichzeitig mit dem Hünenbett und dem verschobenen Stein.

»Gibt's auch Fußspuren?«, fragte Jaromir.

Der Jagdaufseher lachte. Er hatte rosige Wangen, trug einen blonden Schnauzbart und an einem Ohr funkelte ein kleiner goldener Ring. »Bist du von der Polizei oder so? Ja, es gibt Fußspuren, sogar jede Menge. Aber die sagen mir nichts. Hierher kommen so viele Leute, um sich die Hünengräber anzusehen.« Gleich darauf tauchten auf seiner Stirn lauter Falten auf. »Aber wenn du verrückte Spuren sehen möchtest, musst du mal dort drüben schauen.« Er zeigte auf die verschneiten Äcker. »Ich verstehe nicht die Bohne davon, aber da muss irgendein Künstler sich ausgelebt haben. Ein Schneekünstler.«

Sosehr Jaromir sich auch anstrengte, er konnte nichts sehen. Die niedrig am Himmel stehende Sonne blendete ihn.

»Was ist dort denn?«

»Als hätte jemand mit einem Stück Holz oder so einen Kreis in den Schnee gezogen. Aber wirklich perfekt. Kann gleich ab ins Museum.« Der Jagdaufseher lachte wieder und ging zu seinem Jeep. »Also, ich mach mich jetzt davon, mal sehen, ob zu Hause der Kaffee schon dampft. Tschüss!«

Pauline grüßte höflich zurück, aber Jaromir hörte nichts mehr. Obwohl er noch immer zu den Äckern schaute, sah er etwas ganz anderes. Er sah wogende goldgelbe Kornfelder in einer Hügellandschaft, die er vor Monaten in England gesehen hatte, als Manuel entführt worden war. An der Stelle, an der das geschehen war und seine Mutter Anke in ihrem Mietwagen gefunden wurde, waren Kreise im Korn gewesen. Zwei große Kreise ineinander. Und so kunstvoll gemacht, dass kein einziger Halm abgeknickt war. Niemand wusste, von wem sie stammten und warum es sie gab. Und bevor sie ausführlich untersucht werden konnten, hatte der Wind sie auseinander geweht. Aber eine Woche später würden die gleichen Kreise nicht weit von seinem Haus in Den Haag entfernt gefilmt und fotografiert werden. Und als sie letzte Weihnachtsferien in Bouzac gewesen waren, war da auch was, das ...

»Jaromir, der Träumer.« Pauline sah ihn spöttisch an. »Wo warst du? In Peru oder Ägypten?«

»Kreise«, sagte Jaromir tonlos. »Weißt du noch, dass ich dir in Frankreich davon erzählt habe? Und dass dein Vater auch ein Buch darüber hat?«

Sie lachte. »Ja. Getreidekreise, oder? Und Evert dachte doch genau wie du, dass UFOs ... O Jaromir, bitte, du willst mir doch nicht erzählen, dass du jetzt auch wieder glaubst, dass dieser Schneekreis dort auch ...«

Sie stockte und sah ihn mit großen Augen an. »Glaubst du wirklich, dass die Lichter gestern Abend von so einem UFO stammten und der Kreis dadurch gemacht wurde?«

Jaromir nickte grübelnd. »Das Verrückte ist, dass

ich ganz kurz dachte, wir hätten in Frankreich auch so einen Kreis gesehen, aber ich weiß es nicht mehr.«

Sie kniff die grünen Augen zusammen. »Ich glaube nicht.«

»Komm, los«, sagte er.

»Was?«

»Komm mit zu dem Schneekreis. Mal schauen, was es ist.«

»Oh, o ja.«

Sie stopfte die Kamera in ihre Jackentasche und rannte hinter ihm her. »Das wäre doch lächerlich. Warum sollten ausgerechnet hierher UFOs kommen? Wenn es sie überhaupt gibt.«

Aber Jaromir gab keine Antwort. Er rannte nicht mehr, sondern machte zögernd noch ein paar Schritte. Etwa fünfzig Meter weiter war eine Stelle, die leicht abfiel, sodass der Schneekreis sichtbar war. Die Sonne schien den Schnee zu erleuchten. Der Außenkreis hatte einen Durchmesser von bestimmt zehn Metern, die Ränder waren ein paar Zentimeter hoch. Ein zweiter Kreis befand sich in dem Außenkreis. Beide Kreise waren, wie der Jagdaufseher gesagt hatte, absolut perfekt rund. Und das Seltsame war – das sah Jaromir auf den ersten Blick –, dass nur eine Fußspur zu den Kreisen und wieder zurückführte. Die mussten von den Stiefeln des Jagdaufsehers stammen, der war ja schließlich dort gewesen. Aber wer hatte die Kreise gemacht?

Genau wie bei den Getreidekreisen war keine Unebenheit zu erkennen.

»Sie sind wunderschön«, sagte Pauline. »Wer kann das nur gemacht haben?«

Mit klopfendem Herzen ging Jaromir weiter. Er war aufgeregt und hatte auch Angst, obwohl er nicht wusste, wovor.

»Sieh nur.«

Er erschrak vor Paulines Stimme und drehte sich mit einem Ruck um. Über dem Wald hinter ihnen schien die Luft sich in einer grauen Spirale zu drehen, die wie ein Trichter auf sie zukam. Jaromir wusste sofort, was das war. Er rannte zurück und zog Pauline an ihrer Jacke.

»Weg hier. Los, rennen.«

»Was ist das denn?«

»Ein Wirbelsturm.«

»Was?«

Er reagierte nicht mehr und zog sie mit durch den lockeren Schnee Richtung Hünenbett. Er wagte keine Sekunde sich umzusehen, aber er wusste, dass der Tornado sich mit rasender Geschwindigkeit näherte, weil das Geräusch eines tobenden Sturms in seinen Ohren schallte. Der Himmel über ihnen wurde von einer auf die andere Sekunde eisgrau. Aus den kahlen Bäumen löste sich kreischend ein großer Schwarm Krähen. Das Tosen des Windes erinnerte an die tobende See.

»Leg dich flach auf den Boden, schnell«, schrie Jaromir und ließ sich hinter einen der großen Steine des Hünengrabes fallen. Er legte die Arme schützend über den Kopf, Wangen, Nase und Mund in den eiskalten Schnee gedrückt. Pauline lag anscheinend halb über ihm, denn er spürte ihr Gewicht und die Wärme ihres Körpers auf sich. Sein Trommelfell schmerzte von dem dröhnenden und pfeifenden Sausen. Dann, ganz plötzlich, war es still. Mucksmäuschenstill. Er konnte seine eigenen Atemzüge und die von Pauline hören. Keuchend rollte sie von ihm runter. Er rappelte sich auf. Die schneebedeckte Landschaft lag friedlich da. Nicht ein einziger Windhauch bewegte die Bäume. Der Schnee glitzerte in der Sonne und der Himmel war wieder strahlend blau. Aber der Schnee war vom Hünengrab weggeweht worden und lag nun in Haufen auf der anderen Seite. Noch bevor er richtig stand, wusste Jaromir schon, dass die Kreise verschwunden waren.

»Grottverdommt noch mal!«, sagte Pauline und schnappte nach Luft. »Was war das bloß? Wie ist das nur möglich, ein Tornado hier in Drenthe?« Ihr Gesicht war gerötet. »Was ist? Wohin schaust du?« Sie drehte den Kopf in dieselbe Richtung und ihr Mund klappte zu.

»Grottverdommt noch mal«, sagte sie wieder, aber dieses Mal viel leiser. »Wie ist das nur möglich?«

Jaromir schüttelte den Kopf. Ein paar Minuten standen sie dort und rührten sich nicht, als erwarteten sie, dass die Kreise jeden Moment wiederkommen würden, aber schließlich sagte Jaromir: »Komm, wir gehen nach Hause und schauen, ob Manuel und Higgins schon da sind.«

Nebeneinander gingen sie zurück, durch den Wald zum Weg.

»Glaubst du, dass es Zufall ist?«, fragte Pauline.

Jaromir zog ein Gesicht. »Vielleicht. Ich habe mal im Fernsehen gesehen, dass plötzlich so ein Tornado auftauchte. In Amerika.«

»Aber nicht in Drenthe.«

»Nein.«

Schweigend betraten sie den Bungalowpark. Ihr Bungalow war noch immer mit einem rot-weißen Band abgesperrt, aber die Polizei war nicht da.

»Vielleicht sind sie endlich fertig«, sagte Jaromir. »Da kann man sich vorstellen, wie lange sie für einen Banküberfall brauchen.«

»Aber jemand ist bei uns«, sagte Pauline verwundert. An dem großen Bungalow stand ein dunkelblaues Auto, aber noch bevor Jaromir sich fragen konnte, wem es gehörte, rannte Pauline los.

»Evert!«

Um die Ecke des Hauses war ein großer Mann erschienen. Er hatte ein mageres Gesicht, das von strohblonden wuscheligen Haaren umgeben war, und trug einen Dufflecoat. In der Hand hielt er ein Handy, das er gegen sein Ohr hielt, jetzt aber mit einem breiten Grinsen sinken ließ.

»Pauli!«

Er nahm seine Tochter in den Arm und grinste Jaromir an. »Tag, Herr van Praag, wie geht es Ihnen?«

Jaromir lachte. »Tag, Evert.«

Evert sah neugierig zu den rot-weißen Bändern hinüber. »Was ist denn dort passiert? Mord? Totschlag?«

»Das ist unser Bungalow«, sagte Pauline. »Sie haben eingebrochen und Jaromir k.o. geschlagen.«

»Was?«

Jaromir nickte.

»Grottverdommt noch mal! Wann?«

Sie erzählten es ihm, während sie in den Bungalow gingen.

»Ist dein Vater nicht da?«, fragte Evert.

»Der ist mit Professor Higgins zum Archiv eines Museums in Assen«, sagte Jaromir. »Aber wenn ich schnell Kaffee mache, kannst du Evert alles erzählen, Pauline.«

Der Mann mit dem Taxi

Unterwegs im Auto nach Assen bat Evert sie, alles noch einmal zusammenzufassen, und diesmal erzählte Jaromir. Von dem Negativ, von dem Pauline gedacht hatte, es wäre misslungen, von der Höhlenzeichnung, die möglicherweise eine uralte Karte Nordwesteuropas darstellte, von dem Talisman aus der Pyramide und dem silbernen Amulett in Manuels Arbeitszimmer, über die Flecken, das Hünengrab und die seltsamen Zeichen auf dem Stein, den der Archäologe Mallery vor so langer Zeit in den USA ausgegraben hatte. Evert schwieg die ganze Zeit, während er den Schildern nach Assen folgte. Manchmal nickte er kurz. Jaromir erinnerte sich, dass er bei Evert und Pauline zu Hause in Bouzac auch schon über den Schacht in der Pyramide erzählt hatte. Evert war begeistert zu seinem Bücherregal gegangen und hatte zwischen all den Büchern über Fledermäuse zuerst ein Buch über Getreidekreise hervorgezogen. Danach hatte er das Buch von Manuel hervorgeholt, das *Das Geheimnis der Großen Pyramide* hieß. Darin hatte Manuel geschrieben, dass die Pyramiden wahrscheinlich viel älter waren, als die Fachleute dachten, und dass die Erbauer verschwunden waren, als vor etwa zehntausend Jahren vor Christus eine Sintflut große Teile der Erde überschwemmt hatte. Zu Jaromirs großer

Freude teilte Evert diese Meinung. Das tat er auch jetzt, denn er nickte nachdrücklich, als Jaromir endlich zu Ende erzählt hatte.

»Manche Leute«, sagte er ernsthaft, »behaupten, dass die großen Steine wie die von den Pyramiden, bei Stonehenge und hier von den Hünengräbern, durch Gedankenkraft verschoben werden können. Sie nennen das Levitation.«

»Pap, das glaubst du ja wohl selbst nicht!«, rief Pauline.

»Hast du eine bessere Erklärung?« Evert grinste in seinen Spiegel. »Kräne und Bulldozer hatten sie ja nicht.«

»Sehr witzig«, sagte Pauline.

»Nein, mal im Ernst, Pauli. Niemand weiß es. Das gilt auch für die Getreidekreise. Das hast du jetzt doch mit eigenen Augen gesehen.«

»Ja, aber ich behaupte deswegen noch längst nicht, dass jemand ihn mit der Kraft seiner Gedanken gemacht hat.«

Jaromir starrte nach draußen. Evert hatte auch keine Erklärung für den seltsamen Wirbelsturm gehabt, der den Schneekreis weggeblasen hatte. Aber er hatte vom Bungalow aus gleich den Wetterdienst angerufen. Dort war schon eine Windhose gemeldet worden. Das sei eine Seltenheit, aber durchaus normal, sagte der Wetterdienst.

Tja, es hängt eben davon ab, was man normal nennt, dachte Jaromir trübsinnig.

Sie fuhren über eine breite Straße an dem Assener Stadtschild vorbei. Es war Everts Idee gewesen, nach Assen zu fahren. Es war nicht weit und er wollte die Fotos entwickeln lassen, die er im Sint Pietersberg gemacht hatte.

»Dann können wir unsere Fotos auch gleich entwickeln lassen«, hatte Pauline gesagt. Und sie hatte Evert auch erzählt, dass Manuel und sie dachten, ein Stein vom Hünenbett wäre verschoben worden. »Ich habe Fotos davor und danach gemacht, dann müssten wir das doch gut vergleichen können, oder?«

»Sehr gut. Und dann besuchen wir auch gleich deinen Vater und Professor Higgins, Jaromir, und fragen, ob ich eine Nacht bleiben kann. Außerdem möchte ich mir gerne das Museum ansehen, wenn ich schon mal hier bin.«

Evert fuhr langsamer und spähte durch die Windschutzscheibe.

»Wisst ihr eigentlich, wo das Museum ist?«

»Shit, nein«, sagte Jaromir verdattert.

»Auch nicht, wie es heißt?«

»Sorry, nein.«

»Da sind Schilder«, rief Pauline. Evert bremste und fuhr auf die Seite. Unter einem Schild mit der Aufschrift *Zentrum* war angegeben, in welche Richtung es zum Fremdenverkehrsamt, zum Bahnhof und zum Drenther Museum ging.

»Wir versuchen es eben«, sagte Evert und gab Gas. »Vielleicht gibt's hier ja nur ein Museum.«

Nach ein paar Minuten fuhren sie durch enge kleine Straßen. Über den Dächern sah man einen hohen Turm.

»Am besten parken wir hier und erledigen den Rest zu Fuß«, sagte Evert.

Er lenkte das Auto auf einen kleinen verschneiten Parkplatz. Sie stiegen aus und überquerten einen verlassenen Platz, hinter dem das Einkaufszentrum lag. Es war Mittagszeit und viele Leute machten Einkäufe oder bummelten an den Schaufenstern entlang. Sie sahen ein Fotogeschäft mit einem Stundenservice. Zu ihrem Erstaunen war das Geschäft mit Urlaubern überladen. Evert und Pauline gaben ihre Filmrollen ab und bekamen einen Abholbon. Evert fragte das Mädchen, das sie bediente, nach dem Weg zum Museum. Es lag gleich hinter der Einkaufsstraße. Sie bahnten sich zwischen den Leuten den Weg zu einer Seitenstraße. Evert und Jaromir gingen voran und redeten aufgeregt über die geheimnisvollen Kreise, bis sie hinter sich einen Schmerzensschrei hörten. Ein paar Meter hinter ihnen lag Pauline mit schmerzverzerrtem Gesicht auf dem Gehsteig. Ein Mann stieg erschrocken aus einem Auto, mit dessen Tür er sie anscheinend aus Versehen getroffen hatte. Auch andere Leute kamen näher. Der Mann beugte sich besorgt über Pauline, während Evert und Jaromir zu ihr rannten. Vorsichtig half der Mann Pauline auf. »Geht's? Entschuldige bitte, das war dumm von mir. Ich hätte besser aufpassen müssen.«

Pauline nickte. Ihr Gesicht war blass. »Es ist nicht so schlimm.«

»Wirklich nicht? Ach, deine Jacke ist ja ganz schmutzig geworden.« Der Mann klopfte den Schnee von Paulines Jacke. Er trug eine dunkle Brille und hatte einen kleinen Schnurrbart.

»Alles in Ordnung, Pauli?« Evert lächelte dem Mann zu. »Sie ist meine Tochter.«

»Ach.« Der Mann schien einen Schreck zu bekommen. »Ja, anscheinend fehlt ihr zum Glück nichts. Nochmals, es tut mir wirklich sehr Leid.«

Er drückte die Wagentür zu, schloss die Zentralverrieglung ab und verschwand zwischen den Leuten, die auch wieder weitergingen.

»Du hast nur eine Schramme auf der Wange«, sagte Jaromir. »Halb so wild.« Er sah, dass Evert nachdenklich die Straße hinunterschaute.

»Was ist?«

Evert runzelte die Stirn. »Ich werde mich wohl täuschen«, sagte er, »aber ich glaube, ich hab den Kerl schon mal gesehen.« Er schüttelte den Kopf. »Ich werde alt. Geht's wieder, Pauli?«

Pauline nickte.

»Gut. Wir müssen hier nach links.«

Beim Museum standen Gruppen von Ausflüglern mit Kindern. Jaromir ging als Erster hinein und fragte die Frau hinter der Kasse nach Professor van Praag. Sie zog die Augenbrauen hoch. »Der Name sagt mir nichts. Soll der Herr hier sein?«

»Ja, zusammen mit einem Engländer.«

»Und bei wem sollen sie sein?«

»Bei van Dam«, sagte Pauline hinter Jaromir. »Ein Archivar, der van Dam heißt, oder, Jaro?«

Jaromir nickte.

Die Frau nahm das Telefon. »Einen Moment bitte, ich rufe Herrn van Dam.«

Sie warteten in der Halle und schauten sich die Leute, die Ansichtskarten und ein paar Vitrinen mit archäologischen Funden an. Einen Moment später kam ein älterer Mann in tadellosem Anzug die Treppe herunter. Er trug eine Aktentasche. Die Frau an der Kasse zeigte auf Jaromir und der Mann ging auf sie zu.

»Mein Name ist van Dam. Sie haben nach mir gefragt?«

»Ja«, sagte Jaromir. »Ich bin der Sohn von Professor van Praag und würde gerne meinen Vater sprechen.«

Van Dams freundliche Augen musterten ihn neugierig. »Aha, ja, du siehst dem Professor ein wenig ähnlich. Aber ich muss dich leider enttäuschen, dein Vater und Herr Higgins sind vor etwa einer halben Stunde weggegangen.«

»Oh«, sagte Jaromir enttäuscht.

»Ja, leider.« Van Dam lächelte und hielt die Aktentasche hoch. »Aber es trifft sich gut, dass du hier bist, weil Professor Higgins seine Tasche vergessen hat. Ich wollte ihn gerade anrufen, aber ich nehme an, es ist am besten, wenn du sie gleich mitnimmst, in Ordnung?«

Er reichte Jaromir die Tasche. »Das ist sie.«

Jaromir nahm die Tasche entgegen. »Vielen Dank.«

Van Dam nickte Pauline und Evert zu. »Einen schönen Tag noch.«

Sie sahen ihm nach, während er zwischen den Touristen die breite Treppe wieder hochging.

»Tja«, sagte Evert. »Was machen wir jetzt? Sagt ruhig, was euch lieber ist. Entweder wir stillen Neugier, indem wir uns Pfeilspitzen und Schalen aus der Trichterbecherkultur ansehen, oder ich lade euch zu einem leckeren Mittagessen ein, wir holen die Fotos ab und fahren nach Hause. Ihr dürft bestimmen.«

Zehn Minuten später aßen sie jeder einen Strammen Max im Bahnhofsrestaurant.

»Und trotzdem finde ich es seltsam, dass Professor Higgins gestern noch dachte, in dem Museum hinge eine alte Karte und jetzt plötzlich wieder nicht«, sagte Pauline.

»Oh, Shit«, sagte Jaromir erschrocken.

»Was ist?«

»Ich habe völlig vergessen, Manuels E-Mail abzurufen. Du weißt doch, er wartet auf eine Nachricht vom British Museum in London.«

»Das macht jetzt nichts mehr, sie sind ohnehin schon fast zu Hause.«

»Soll ich kurz anrufen?«, fragte Evert und holte sein Handy aus der Jackentasche.

Jaromir schüttelte den Kopf. »Ich habe die Nummer nicht.«

»Oh. Ist es sehr wichtig? Dann rufe ich die Auskunft an.«

»Nein. Wenn sie zu Hause sind, wird Manuel das schon verstehen.«

Evert steckte das Handy wieder ein. »Okay, lass uns dann mal aufessen, die Fotos holen und gleich zurückfahren.«

Aber als sie in den Fotoladen gingen, sagte Pauline: »Ich kann den Zettel nicht mehr finden.«

»Welchen Zettel?«

»Den Abholbon für meinen Film. Habe ich ihn vielleicht dir gegeben?«

Evert schüttelte den Kopf. »Ich habe nur meinen eigenen.«

»Dir vielleicht, Jaro?«

»Mir? Nein.«

Nervös durchsuchte Pauline wieder alle Jackentaschen. »Ich habe ihn wirklich nicht.«

»Na ja«, sagte Evert. »Dann hast du ihn wahrscheinlich verloren. Macht nichts, sie haben ja deinen Namen aufgeschrieben.« Er zog sein Portmonee hervor und ging zur Abholtheke. Ein junger Mann kam auf ihn zu.

»Das ist mein Bon«, sagte Evert. »Und dann haben wir ein kleines Problem, weil meine Tochter ihren verloren hat.«

»Oh, das macht nichts. Wie ist der Name?«

»Pauline Thijssen. Thijssen, genau wie ich.«

»Thijssen.« Der junge Mann zog eine Lade auf, die bis zum Rand mit Fotomappen gefüllt war. Blitzschnell fuhr er mit dem Finger durch die Stapel. »Stimmt. Die sind für Sie, bitte sehr.«

Er schob zwei Mappen über die Theke zu Evert hin, der neugierig ein paar Fotos herausnahm. Jaromir sah ein paar Aufnahmen von Fledermäusen, die kopfunter von der Decke einer Höhle hingen, und die Nahaufnahme einer großen Eule, die wütend in die Kamera schaute.

Evert lachte zufrieden. »Ein Uhu, mein Junge. Die kommen hier nicht oft vor, aber in den Mergelhöhlen von Sint Pietersberg wohnt ein Pärchen. Und das ist Papa Uhu.«

»Tut mir Leid«, sagte der junge Mann zu Pauline. »Aber die anderen Fotos wurden schon abgeholt.«

»Wie bitte?«, fragte Pauline verblüfft.

»Ja, sieh nur. Hier ist der Abholbon.«

Der junge Mann hielt einen rosafarbenen Zettel hoch. In Blockbuchstaben stand darauf: Pauline Thijssen.

Jaromir fielen fast die Augen aus dem Kopf. »Das gibt's doch gar nicht!«

»Und doch ist es so«, sagte der junge Mann. Er lachte ein wenig unsicher. »Ist das deine Handschrift?«

»Äh, ja.«

»Kann ein Bekannter sie abgeholt haben? Ein

Freund? Wir haben die Fotos auf jeden Fall nicht mehr.«

»Moment mal«, sagte Evert scharf. »Können Sie vielleicht feststellen, wer von Ihnen die Fotos ausgehändigt hat? Und wie bezahlt wurde?«

Der junge Mann zögerte einen Augenblick. »Ich werde kurz nachfragen, Moment.«

Er ging durch den Laden zu einer älteren Frau, die am Computer saß, und zeigte ihr den Abholbon. Sie sah auf und stand dann lächelnd auf.

»Guten Tag. Ja, vor etwa zehn Minuten war ein Mann hier, der die Fotos abgeholt hat.«

»Ein Mann?«, sagte Pauline. »Was für ein Mann?«

»Tja. Da muss ich mal scharf nachdenken.« Die Frau kniff die Augen zusammen. »Ja, es war ein kleiner Mann mit seltsamen Ohren. Ein wenig spitz, wenn ich mich recht entsinne. Er war hier zusammen mit einem Mann, der eine dunkle Brille trug und einen Schnurrbart hatte.«

Die Frau bemerkte ihre Verwirrung nicht und fuhr fort:

»Sie hatten den Abholbon und das ist für uns der Beweis, dass es um den Kunden persönlich geht, sehen Sie. Es tut mir Leid, wenn da etwas schief gegangen ist, aber Sie können es uns nicht übel nehmen.«

»Natürlich nicht«, sagte Evert freundlich. »Darf ich Sie noch etwas fragen? Wissen Sie noch, wie sie bezahlt haben? Wahrscheinlich nicht mit einer Kredit- oder anderen Karte?«

Sie lachte ein wenig. »Nein, ich weiß, was Sie meinen. Dann hätten wir einen Namen. Aber der Herr mit den seltsamen Ohren hat mit einem Fünfhundert-Euro-Schein bezahlt. Die sieht man nicht so häufig, daher kann ich mich noch so gut daran erinnern.«

»Der Mann mit dem Taxi«, sagte Jaromir heiser.

»Taxi?«, fragte Evert verwundert. »Welches Taxi?«

Die sieben Inseln

»So, gehen wir jetzt alles noch mal durch«, sagte Evert und lenkte das Auto auf die Autobahn. »Ein Mann, von dem ihr glaubt, dass er spitze Ohren hat, sagt zu Pauline, dass Jaromir krank ist und er sie darum mit dem Taxi vom Bahnhof abholt. Und als Pauline Jaromir die Fotos von den Höhlen in Bouzac geben will, sind die verschwunden. Ja?«

»Ja.«

»War die Taxifahrt eigentlich schon bezahlt oder hast du das gemacht, Pauline?«

»Nein, das Taxi war schon bezahlt.«

Evert nickte niedergeschlagen. »Dann war es ganz bestimmt ein ausgeklügelter Plan.«

»Aber warum nur?«, fragte Pauline angespannt.

Jaromir zuckte die Achseln.

»Vielleicht doch wegen der Fotos«, sagte Evert. »Wenn es stimmt, was du denkst – egal, wie absurd es auch klingen mag –, wusste der Mann in diesem Moment nicht, dass Pauline auch die Negative der Fotos dabeihatte.« Er gab Gas. »Aber er wusste wohl, dass sie jetzt den Stein fotografiert hat.«

Ja, dachte Jaromir. Wie konnte der Kerl mit dem Taxi das bloß wissen? Oder hatte er es erraten? Wenn es überhaupt der Taxifahrer gewesen war.

Pauline sah auf. »Evert, erinnerst du dich noch daran, dass der komische Mann, der oben auf dem

Berg wohnte, auch solche Ohren hatte? Ein Bulgare oder so?«

»Grottverdommt noch mal.« Evert schaute sie im Rückspiegel an. »Du hast Recht.« Seine Augen wurden groß. »Und jetzt fällt mir auch wieder ein, wo ich den anderen Typ schon mal gesehen habe.«

»Wen?«

»Den Mann, der heute Morgen die Autotür gegen dich geschlagen hat. Der Kerl mit der dunklen Brille und dem Schnurrbart. Der hat den Bulgaren öfter mal besucht, da bin ich mir ganz sicher.«

Jaromir starrte nach draußen. Was ging hier nur vor sich? Der Talisman! Irgendwie hatte alles, was seither passiert war, mit dem grünen Talisman zu tun. Und mit den Kreisen. Wieder glaubte er einen Moment lang, sich an etwas in Bouzac erinnern zu können. Es hatte mit den Höhlen zu tun, in die er mit Pauline gegangen war. Warum wusste er nicht mehr, was dort drinnen geschehen war? Die Höhle war eingestürzt, ja, und Manuel und Higgins hatten es genau wie sie noch gerade rechtzeitig geschafft, dort rauszukommen. Als er gerade mit Pauline darüber sprechen wollte, sagte sie: »Und wenn wir zur Polizei gehen würden?«

»Die werden sich freuen.« Evert lachte verächtlich. »Du glaubst doch nicht im Ernst, dass sie den Mann verfolgen, weil er dich in einem Taxi mitgenommen hat? Oder dass sie an die Kreise glauben? Mal ganz abgesehen davon, dass sie jetzt wieder weg sind.«

Missmutig schüttelte er den Kopf. »Wir haben nichts in der Hand. Und das ist es ja gerade. Mit einem Einbruch in euren Bungalow können sie vielleicht was anfangen, aber das hier ...«

Er bog nach dem Schild mit der Aufschrift »Bungalowpark« rechts ab. »Komm, wir schauen mal, ob Jaros Vater und Professor Higgins uns weiterhelfen können.«

Schweigend fuhren sie an der Rezeption vorbei über die verschneiten Pfade zu dem großen Bungalow. Zu ihrem Erstaunen war das rot-weiße Band an dem kleinen Häuschen jetzt weg.

»Ob wir da jetzt wieder rein dürfen?«, fragte Jaromir. »Das träfe sich gut, dann können Evert und du dort schlafen.«

Evert parkte seinen Wagen.

»He«, sagte Pauline. »Das Auto steht noch nicht da.«

Aufgeregt stieg Jaromir als Erster aus und ging schnell zur Haustür. Er drückte die Klinke herunter, die zu seiner Überraschung nachgab. Im Flur sah er schon, dass Manuel doch zu Hause war. Er saß im Wohnzimmer am Esstisch vor seinem Notebook.

»Papa, Evert ist hier.«

»Wer?«

»Evert, Paulines Vater, weißt du noch?«

»Aha.« Manuel stand auf, während Pauline und Evert hereinkamen. »Sieh mal an, welch ein unerwartetes Vergnügen. Hallo! Wie geht's, seit wir uns in Bouzac gesehen haben?«

Er schüttelte Evert die Hand.

»Tja«, sagte Evert. »Wenn ich ehrlich bin – es könnte besser sein.«

Manuel runzelte die Stirn. »Warum?«

Evert nickte. »Erzähl du, Jaromir.«

Manuel hörte zu, ohne ihn auch nur ein einziges Mal zu unterbrechen. Als Jaromir zu Ende erzählt hatte, schüttelte er den Kopf. »Verrückte Sache. Warum sollten die Männer das machen?«

»Wir glauben wegen eines Fotos, das ich von dem Hünengrab gemacht habe«, sagte Pauline. »Von dem Stein, der erst aussah, als sei er verschoben worden und dann wieder nicht.«

Manuel zog die Augenbrauen hoch. »Aber wie können sie das gewusst haben? Beobachten sie euch? Können sie vielleicht Gedanken lesen?«

Jaromir erstarrte. Wieder ein Erinnerungsfetzen. Etwas mit »Gedanken lesen«. Hatte er nicht gedacht, dass ein dunkel gekleideter Mann mit Hut das konnte, damals in Den Haag, als er zu seinem Haus geradelt war, um den Talisman zu suchen? Und später in Frankreich? Da war was mit dem Hügel, auf dem Manuel und Higgins letztes Jahr Weihnachten in einem Häuschen gewohnt hatten. Da waren ein paar schwarz gekleidete Männer gewesen, die abends vom Hügel herunter gekommen waren und ihn fast entdeckt hatten. Und es war auch etwas mit Manuel gewesen. Aber was? Hatte er das etwa geträumt?

»Und der Schneekreis«, sagte Pauline. »Das ist

doch auch sehr sonderbar. Als ihr in Bouzac wart, tauchten da Getreidekreise auf.«

»Und in England.« Jaromir sah Manuel an. »Als sie dich entführt haben.«

Manuel schüttelte den Kopf. »Ich weiß. Natürlich ist das seltsam, das muss ich zugeben, aber du kannst von mir als Wissenschaftler wohl kaum verlangen, dass ich die Geschichten über fliegende Untertassen und so glaube.«

Er lächelte Evert entschuldigend an. »Ich weiß, dass du daran glaubst, aber mir ist das alles ein wenig zu schwammig.«

Evert grinste. »Hat nicht mal jemand gesagt, dass es zwischen Himmel und Erde mehr gibt, als wir denken?«

»Ja, ja.« Manuel lachte herzlich. »Aber dann stellt sich immer noch die Frage, was dieses Mehr ist. Raten kann jeder.«

»Wo ist Professor Higgins eigentlich?«, fragte Pauline.

»Ach, ganz vergessen. Der ist schon eine Weile weg, zurück nach Assen. Er hat seine Tasche im Museum liegen gelassen und da war was Wichtiges drin, sagte er.«

»Die haben wir schon mitgenommen«, sagte Jaromir. »Herr van Dam hat sie uns mitgegeben, als wir bei euch im Museum vorbeischauten. Er sagte, dass ihr nichts finden konntet und schon wieder weg wart.«

»Stimmt. Es gab dort zwar viele alte Karten, aber die halfen uns nicht weiter.«

Jaromir schaute hinter sich. »Shit. Ich habe die Tasche in Everts Auto liegen lassen. Ich hole sie mal schnell.«

Er wollte schon zurückgehen, als Manuel ihm die Hand auf die Schulter legte. »Das kannst du später machen. Du hast ja wohl völlig vergessen, die E-Mails abzurufen, was? Komm und sieh dir das mal an, Kleiner. Wenn wir gerade über Wissenschaft reden ...«

Jaromir ließ sich zum Notebook mitziehen. Auch Evert und Pauline stellten sich dazu.

Auf dem Bildschirm erschien ein englischer Text.

»Der kam morgens von der Oxford-Universität.«

Manuel drehte sich zu Evert um. »Ich weiß nicht, ob Jaromir dir von dem Stein erzählt hat, den der Archäologe Mallery Ende des 19. Jahrhunderts in Pennsylvania ausgegraben hat?«

Evert nickte zögernd. »Nein, aber ich kenne die Geschichte ein wenig. Ein Stein mit einer Tausende Jahre alten Inschrift, oder?«

»Stimmt. Wahrscheinlich stammt sie von vor etwa zehntausend Jahren vor Christus. Das ist schon einzigartig, aber noch viel einzigartiger ist, dass die Schrift mit der in späteren Texten aus Phönizien im Mittleren Osten übereinstimmt. Bisher war es noch nicht gelungen, etwas von der Inschrift zu entziffern, aber in dieser Nachricht hier steht, dass man inzwischen ein paar Wörter entschlüsselt hat. Das ist schon eine ganze Menge, auch wenn wir noch immer nicht wissen, wie der Stein in einer zwölftausend Jahre alten Erdschicht in den Vereinigten Staaten gefunden werden konnte.«

Evert lachte unsicher. »Ich wage ja kaum, das zu einem Ägyptologieprofessor zu sagen, aber ich habe ein paar Bücher, in denen als Erklärung steht, dass es mit Atlantis zu tun haben könnte.«

»Atlantis?«

Einen Moment lang dachte Jaromir, Manuel würde einen Lachkrampf kriegen. Sein Unterkiefer klappte herunter, aber er brachte keinen Ton heraus.

»Papa, was ist denn?«, fragte er beunruhigt. Aber Manuel antwortete nicht. Stattdessen las er mit großen Augen den Text auf dem Bildschirm, während Evert verwundert zusah.

»Atlantis?«, sagte Pauline. »Das ist doch eine Fabel?«

»Quatsch, überhaupt nicht«, schnauzte Jaromir. »Das war letztens noch auf dem Discovery Channel.«

Dann schwieg er, weil Manuel sie leichenblass anstarrte.

»Hört mal«, sagte er heiser vor Aufregung. »Die Oxford-Universität schreibt, dass die einzigen Wörter, die sie bisher von der Inschrift des Steins übersetzen konnten, so etwas bedeuten wie ›Inseln, die dort liegen, wo die Sonne untergeht‹.«

Einen Moment lang war es totenstill.

»Inseln?«, sagte Evert langsam. »Der Einzige, der meines Wissens nach über Atlantis geschrieben hat, war der griechische Philosoph Plato. Wenn ich mich recht erinnere, hatte ein ägyptischer Priester ihm erzählt, dass vor langer Zeit sieben Inseln jenseits der Säulen des Herkules lagen.«

»Papa. Die Flecken.« Jaromir tanzte vor Aufregung hin und her. »Sieben Flecken. Ja? Sieben Inseln.«

Manuel stand reglos da. Auch Pauline schaute perplex drein, aber Evert nickte heftig. »Ihr sagt, dass die Flecken in der Pyramide von Cheops eine Art Zeichen sind. Bei uns in Bouzac ist es dasselbe. Eine seltsame alte Karte an einer Höhlenwand. Eine Karte, auf der Europa so abgebildet ist, wie es nach Meinung der Geologen vor über zehntausend Jahren ausgesehen hat. Zehntausend Jahre – also so lange, wie der Stein von Mallery in Amerika gelegen hat. Professor van Praag ...« Evert grinste nervös. »Ich meine, Manuel. Das kann doch kein Zufall sein. Zehntausend Jahre vor Christus. Denk mal nach! Du hast so viel darüber geschrieben. Die Sintflut. Alle Gelehrten sind sich darüber einig, dass es damals eine große Überschwemmung gegeben hat, die alles vernichtet hat. Auch Atlantis.«

Manuel holte tief Luft. »Ich begreife, was du meinst, mein Lieber, aber trotz aller Nachforschungen wurde niemals auch nur die Spur eines Beweises für Atlantis gefunden.«

»Das hier ist der Beweis, siehst du das denn nicht?«

»Alles passt doch zusammen, Papa«, rief Jaromir. Seine Augen glänzten. »Du hast doch immer gesagt, dass die Pyramiden viel älter sind, als wir glauben. Und dass es keine Gräber gewesen sein können. Und dass es unmöglich ist, dass ägyptische Nomaden von damals in der Lage waren, Gebäude zu bauen, die nicht einmal wir bauen können.«

Man konnte sehen, dass es Manuel schwindelte. Er rieb sich die Augen und setzte sich hin. »Ich brauche einen Whisky«, sagte er tonlos. »Einen doppelten ohne Eis, bitte.«

»Papa«, sagte Jaromir jetzt drängend. »Es wurde immer gesagt, dass Atlantis eine sehr fortgeschrittene Zivilisation war, die durch eine Katastrophe vernichtet wurde, manche Einwohnergruppen aber noch rechtzeitig flüchten konnten. Manche sollen in den Osten gezogen sein, andere in den Westen.«

»Der Stein von Mallery«, sagte Evert. »Amerika.«

»Und in Lateinamerika gibt es auch Pyramiden«, sagte Jaromir. »Man hat sich immer gefragt, warum nur dort und in Ägypten, auf der anderen Seite der Welt. Und?«

Manuel starrte vor sich hin. »Und hier ein Hünenbett? Und Stonehenge?«

Er schüttelte den Kopf und nahm dankbar das Glas Whisky entgegen, das Pauline ihm reichte. »Sorry, ich gebe zu, dass ich mich kurz hab mitreißen lassen, aber das hier ist wirklich zu verrückt um wahr zu sein.« Er stürzte den Whisky hinunter und wiederholte noch einmal leise: »Zu verrückt um wahr zu sein.«

»Ich ...« Jaromir zuckte plötzlich zusammen, weil er sah, dass sich draußen hinter dem Fenster etwas bewegte. Dann sagte er erstaunt: »Sieh mal dort. Da ist Anke! Was macht die denn hier?«

Sie schauten nach draußen und sahen, wie Higgins fröhlich über den Pfad ging und Anke umarmte. Einen Moment später kamen sie zusammen herein.

»Tja, Manuel«, sagte Higgins lächelnd. »Ich glaube, dass sie nicht ohne dich sein konnte, *old boy.*«

»Was machst du denn hier?«, fragte Jaromir.

»Das hättest du nicht gedacht, was?«, fragte Anke lachend. »Ich bin gleich wieder weg, keine Angst.«

Sie küsste Manuel und dann Jaromir und gab Evert die Hand.

»Sie sind also Paulines Vater. Anke van Praag.«

Evert machte eine kleine Verbeugung. »Ich habe schon viel von Ihnen gehört.«

»Hoffentlich nur Gutes?«

Evert grinste. »Nun ...«

»Ich musste von Maastricht aus noch wegen einer Modeshow nach Zwolle«, sagte Anke, »aber da war ich so schnell fertig, dass ich dachte, ich nehme den Zug und schaue, ob ihr ohne mich zurechtkommt. Ja, und als ich hier durch den Park ging, kam Higgins mir entgegen.«

»Ja.« Higgins schaute um sich. »Sagt mal, van Dam vom Drenther Museum hat mir gesagt, dass ihr meine Tasche schon mitgenommen habt. Wo ist sie?«

Noch in Everts Auto, wollte Jaromir sagen, aber Higgins hatte den Text auf dem Notebook gerade entdeckt und fragte stirnrunzelnd: »Was um Gottes Willen ist denn das?«

»Was? Äh, ja«, Manuel schüttelte ein paar Mal den Kopf, »wir sind hier gerade mitten in einer Discovery-Serie. Mein Sohn behauptet, dass wir den Beweis dafür gefunden haben, dass es Atlantis gegeben hat.«

»Was?«, fragte Anke.

Jaromir sah, dass Higgins einen Schrecken bekam.

Manuel zeigte auf den Bildschirm. »Ich muss zugeben, es ist seltsam. Dein Kollege Ronnie Stuart von der Universität Oxford hat gerade das hier gemailt. Das ist schon fantastisch genug, er scheint nämlich ein Stück des Textes auf dem Stein von Mallery entziffert zu haben.«

»O ja?« Higgins' Augen funkelten hinter den dicken Brillengläsern.

»Sieh nur selbst. Etwas über Inseln, die dort liegen, wo die Sonne untergeht.«

Higgins presste seine Brille fast gegen den Bildschirm.

»Incredible«, murmelte er. *»Really incredible.«* Mit

einem schiefen Lächeln sah er auf. »Es ist wirklich fantastisch, wie du schon sagst, Manuel. Aber Atlantis hat es natürlich niemals gegeben.«

»Das habe ich auch gesagt«, erwiderte Manuel. »Inseln im Westen, tja. Das hängt ganz davon ab, wo das geschrieben wurde, nicht wahr? Wenn das wirklich der Mittlere Osten war, kann es sich genauso gut auf die griechischen Inseln beziehen.«

»Das meine ich auch.« Higgins blickte auf Manuels Whisky. »Gute Idee. Anke, was kann ich dir anbieten?«

»Einen Port, wenn ihr so was habt«, sagte Anke.

Higgins war schon auf dem Weg in die Küche. »Ich werde Stuart gleich mal anrufen.«

»Ich verstehe immer nur Bahnhof«, sagte Anke und setzte sich.

»Mama, hör zu«, sagte Jaromir. »Evert hat dort in Bouzac in den Höhlen Kameras aufgehängt, mit denen er Fledermäuse ...«

Er unterbrach sich und ging in den Flur. »Warte mal, ich hol schnell die Tasche von Professor Higgins, darin ist doch das Foto mit meiner Zeichnung?«

»Was?«, fragte Higgins am Kühlschrank. »Warte.«

»Was ist denn?«, fragte Manuel, aber Higgins reagierte nicht. »Jaromir, warte.« Er verschwand hinter Jaromir durch den Flur nach draußen.

»Was ist denn mit Higgins los?«, wunderte sich Evert.

»Keine Ahnung«, sagte Manuel. »Vielleicht hat er

etwas in seiner Tasche, das er vor Jaromir geheim halten möchte.« Er zwinkerte den anderen zu und nahm einen Schluck.

Draußen zog Jaromir die hintere Wagentür von Everts Auto auf und griff nach Higgins' Aktentasche. Er beugte sich vor, machte das Schloss auf und streckte die Hand nach der gefalteten Karte aus, die er gezeichnet hatte. Aber als er sie hervorziehen wollte, spürte er etwas Hartes. Erstaunt zog er seine Hand zurück. Zwischen den Fingern hielt er einen grünen Stein in Form eines großen flachen Eis.

Eine Sekunde lang dachte Jaromir, dass er sich täusche, aber im selben Moment sah er, dass in den Stein Kreise und ein Mensch mit dem Kopf eines Falken eingraviert waren.

Der Talisman!, wollte er schreien, aber aus irgendeinem Grund konnte er nicht. Seine Finger glitten automatisch zu den drei kleinen Punkten, die sich wie eine Art Druckknöpfe neben den Kreisen erhoben.

Seine Finger schienen sich von selbst zu bewegen. Jaromir war sich nicht bewusst, dass Higgins hinter ihm stand, reglos wie eine Wachspuppe, die Augen hinter den Brillengläsern unnatürlich groß wie die eines Hypnotiseurs. In Jaromirs Kopf erklang eine metallisch klingende Stimme: »Fass sie an. Los, fass sie an.«

Er tat es, trotz seiner Angst, wie ein Roboter, der

keinen eigenen Willen hat. Da war etwas, das stärker war als er. Viel, viel stärker. Und im selben Moment, in dem seine Finger über die Knöpfe strichen, schien es, als stehe er unter Strom. Die Welt um ihn herum explodierte geräuschlos in einem Meer aus Licht. Gleichzeitig hatte er das Gefühl, es erhebe sich eine Windhose, die ihn hochhob und in Schwindel erregendem Tempo mit in die Höhe nahm.

»Atlantis hat es wirklich gegeben«, sagte die Stimme. »Bis Zehntausend vor Christus, in eurer Zeitrechnung. Sieben Inseln, die einen Kreis bildeten. Unsere fernen Vorfahren lebten dort in Wohlstand und Glück, während die Welt um sie herum nichts von ihnen wusste. Wie sollte sie auch? Dein Vater würde diese verflossenen Jahre die Alte Steinzeit nennen, die Periode, in der große Teile der Erde von Eis bedeckt waren. Die Prähistorie, in der Rentierjäger jagten und der Mensch das Feuer entdeckte.«

Jaromir sah nichts außer einem gleißend weißen Licht, das ihn wie eine Kugel umschloss. Als ob er träumte. Aber die Stimme war unbestreitbar echt. Eine tiefe, freundliche Stimme, die Worte in einer Sprache sagte, die er nie zuvor gehört hatte. Trotzdem verstand er sie, als wäre es Niederländisch. Intuitiv wusste er, dass es die Sprache des Steins von Mallery war.

»Vor noch längerer Zeit lebten die Atlanter nicht auf dieser Welt. Sie kamen von einem Planeten, der vernichtet wurde. Seine Bruchstücke schweben noch immer zwischen den vier inneren Planeten und Jupiter.«

Die Asteroiden, dachte Jaromir. Tausende und Abertausende Steinstücke, die hinter Mars einen Gürtel bilden.

Die Stimme schien zu lachen. »Sehr gut, Jaromir. Tatsächlich, die Asteroiden sind die Reste dessen, was einst der zehnte Planet des Sonnensystems war.«

Gedanken lesen, dachte Jaromir. Er kann Gedanken lesen. Ich wusste es!

Seltsamerweise flößte ihm das keine Angst ein und er war auch nicht mehr nervös. Obwohl er außer dem seltsamen hellen Licht nichts sehen konnte, fühlte er sich wohl.

»Unsere Vorfahren flüchteten auf die Erde und gründeten dort Atlantis. Aber wieder wurden sie von einer Katastrophe getroffen, die ihr die Sintflut nennt. Viele kamen ums Leben, aber es gelang auch vielen, sich rechtzeitig in Sicherheit zu bringen.«

»Nach Ägypten«, hörte Jaromir sich selbst sagen. »Und nach Amerika.«

»Nein. Es ist logisch, dass du das denkst, Jaromir. Aber Ägypten und auch Amerika hatten wir schon früher besucht. Nein, unsere Vorfahren wollten an einen Ort, an dem keine Katastrophe sie mehr treffen konnte. Die Zukunft.«

»Die Zukunft?«

»Ist das so verrückt? Eure Gelehrten versuchen schon seit Jahrzehnten das Rätsel des Zeitreisens zu lösen. Eines Tages in ferner Zukunft wird das auch gelingen. Unsere Vorfahren konnten es schon. Ich werde dir nicht erklären, wie das möglich ist. Du würdest es nicht verstehen. Du würdest an Maschinen und Computer denken. Aber damit hat es nichts zu tun.«

Die Stimme schwieg einen Moment. Nun, da seine Augen an das Licht gewöhnt waren, glaubte Jaromir ein paar Gestalten erkennen zu können, fast genauso hell, aber mit menschlichen Zügen. Menschen aus der Zukunft? Lächerlich.

»Wir kommen aus der Zukunft, Jaromir. Der fernen, fernen Zukunft. In eurer Sprache könnte man uns ›Historiker‹ nennen. Archäologen, wie dein Vater Manuel. Und so wie ihr Geschichtsbücher lest um zu verstehen, was in der Vergangenheit geschehen ist, so reisen wir zurück um zu sehen, wie es der Erde erging.«

Jaromir wurde schwindlig. Zeitreisen? War das wirklich möglich? Die Zukunft? Wo war er denn jetzt? Irgendwo in der Zukunft?

»Das Ding, das ihr ›Talisman‹ nennt, ist der Schlüssel, den ein Zeitreisender braucht.«

Jetzt konnte Jaromir auch das Gesicht einer der Gestalten unterscheiden. Ein glattes Gesicht mit hoher Stirn und wachen Augen, die ihn freundlich anschauten. Und während er noch darüber nachdachte, was der Mann über den Talisman gesagt hatte, erkannte er das Gesicht plötzlich. Er hatte diesen Mann schon einmal gesehen. In den Höhlen von Bouzac. Als er dort mit Pauline vom Berg aus hineingegangen war. Die Erinnerung war nun haarscharf, als sähe er sich einen Film an. Damals hatte der Mann einen Hut getragen und den Talisman in der Hand gehalten. Jaromir sah das volle Licht wieder vor sich, wie hier. Und einen Schacht. Und ... Jaromirs Gedanken stockten. Manuel war dort gewesen. Nicht alleine, sondern doppelt. Neben diesem Mann in dem Licht, der nun vor ihm stand, hatte Manuel sowohl links als auch rechts gestanden.

»Ich spüre, dass du dich an alles erinnerst«, sagte die Stimme. »Alles, lieber Jaromir, fing damit an, als dein Vater Manuel in der Pyramide von Cheops einen Talisman fand.«

»In dem Schacht.«

»Ja. Er wurde nicht schlau daraus. Noch nicht. Es war dasselbe wie vor hundert Jahren, als Mallery den Stein fand. Auch er konnte das Rätsel nicht lösen. Natürlich nicht. Stell dir vor, du könntest durch die Zeit reisen und würdest bei der Rückkehr deine Armbanduhr vergessen. Was würde sie einem Rentierjäger oder Neandertaler sagen, wenn er sie finden würde?«

»Sie hatten Angst, dass Manuel schlau daraus würde.«

»Natürlich. Dein Vater ist kein Neandertaler, sondern ein Gelehrter.« Die Stimme lachte ein wenig. »Als wir spürten, dass Manuel einen unserer Schlüssel besaß, mussten wir ihn zurückholen, bevor er seine Schlussfolgerungen ziehen würde.«

»Darum habt ihr ihn entführt.«

»Ja. Wir wollten wissen, was er wusste.«

Jetzt sah Jaromir, dass der Mann neben der sprechenden Gestalt einen runden Kopf hatte und Ohren, die spitz zuliefen. Sofort fiel ihm der Name des Mannes ein. Willeford. Charles Willeford. Ein Mann, der in England gewesen war. Und danach in Den Haag. Und in Bouzac – ein so genannter Bulgare, dem das Land ganz in der Nähe der Höhle gehörte.

»Du dachtest gerade an die Höhle in Bouzac«, sagte die Stimme. »Wie absurd es auch sein mag, du dachtest dort, deinen Vater im selben Moment in doppelter Ausführung gesehen zu haben, nicht wahr?«

Jaromir nickte wortlos.

»Auch das passte in unseren Plan«, fuhr die Stimme fort. »Uns war zwar klar, dass dein Vater nichts von unserer Existenz wusste, aber sein Freund und Kollege Professor Higgins möglicherweise schon. Higgins wollte schließlich nach Frankreich, weil er dahinter gekommen war, dass die Steinsorte des Talismans von dort stammte.«

Wie ist das nur möglich, dachte Jaromir fassungslos. Wie konnte Manuel irgendwo zwei Mal gleichzeitig sein?

»Klonen«, antwortete die Stimme. »Du weißt, dass ihr schon ein identisches Exemplar von einem Schaf oder einer Maus kreieren könnt. In unserer Zeit, Jaromir, können die Gelehrten einen Menschen verdoppeln, komplett mit all seinen Erinnerungen, Träumen und Fantasien.« Die Stimme lachte wieder ein wenig verächtlich. »Bloß ist uns ein kleiner Fehler unterlaufen und du hättest es fast gemerkt.«

Die Narbe, wusste Jaromir sofort. All seine Erinnerungen stiegen jetzt in ihm auf, als habe er lange geschlafen und sei jetzt hellwach. Sein Vater, der echte Manuel, hatte eine lange weiße Narbe unten am linken Bein. Aber auf dem Video, das Pauline ihm nach Weihnachten geschickt hatte, hatte Manuel die Narbe zuerst nicht gehabt, dann aber plötzlich doch. Weil jemand den Film verändert hatte. Genau wie die Aufnahmen eines Programms über fliegende Untertassen auf dem Discovery Channel, das er sich vor langer Zeit angesehen hatte. Willeford war dort vorgekommen. Auch der Film war geändert worden. Wie hatten sie das gemacht? Das würde er wohl niemals erfahren, genau wie so viele andere Dinge nicht. Die Zukunft!

Plötzlich lachte er nervös. »Ihr fliegt mit den UFOs. Es sind gar keine Raumfahrzeuge von anderen Planeten, sondern Zukunftsmaschinen.«

Der Mann mit der hohen Stirn und der Mann mit den spitzen Ohren lächelten beide zustimmend.

»Ihr nennt sie ›Untertassen‹, fliegende Untertassen. Aber das sind sie nicht. Manchmal nehmen sie diese Form an, aber alles ist Licht. Genau wie Geschwindigkeit.«

Lichter, schoss es Jaromir durch den Kopf. Ich habe einen Lichterkranz in Den Haag gesehen, nachts über den Weiden. Und später in Bouzac oben auf dem Berg. Und hier, gestern Nacht am Hünengrab. Und danach waren die Kreise dort gewesen.

»Aber sie machen Kreise im Korn und im Schnee.«

»Das stimmt. Wir sind zwar sehr weit, aber leider können wir nicht verhindern, dass wir Spuren hinterlassen. Zum Glück können die meisten von euch nicht glauben, dass es zwischen Himmel und Erde mehr gibt.«

Evert, dachte Jaromir. Evert hatte es kurz geglaubt, damals in den Höhlen von Bouzac. Evert hatte den Mann mit Hut gefragt: »Kommt ihr aus einem anderen Sonnensystem?« Und als der Mann schweigend gelächelt hatte, hatte Evert plötzlich ausgerufen: »Ich verstehe. Ich weiß, wer Sie sind. Sie kommen nicht aus einem anderen Sonnensystem. Sie sind ein Mensch, genau wie wir, aber Sie kommen aus ...«

Mehr hatte er nicht sagen können, weil der Mann ihn – einfach, indem er ihn anschaute – zu Eis erstarren ließ. Aber natürlich wollte er sagen: »Sie kommen aus der Zukunft!«

»Und der Schacht?«, fragte Jaromir. »Und die Karte mit den Flecken? Und die Hünenbetten? Und die Höhlen? Und ...«

Er schwieg, weil der Mann die Hände erhob. An einer funkelte ein grüner Stein.

»Du fragst viel, Jaromir. Also wirst du viele Antworten bekommen, obwohl ich nicht weiß, ob du viel davon hast.«

Warum lachte der Mann mit den spitzen Ohren nur?, dachte Jaromir. Und warum sollte ich nichts von den Antworten haben? Was meint er bloß?

»Ich habe dir ja bereits erzählt, dass wir in der Zeit reisen können. Jede Reise hat einen Anfangs- und einen Endpunkt. Wie ein Bahnhof. Wir haben eine Art Bahnhöfe in der Zeit. Der Schacht in der Pyramide ist einer dieser Bahnhöfe. Stonehenge ist ein anderer, genau wie die Höhlen in Lascaux und Bouzac. Und das Hünenbett hier in Drenthe. Und es gibt noch viel mehr. Jeder Bahnhof ist ein Tor, ein verborgenes Tor an Stellen, die euch rätselhaft erscheinen und für die ihr keine Erklärung habt. Unsere Vorfahren schufen sie und wir benutzen sie noch immer. Die Flecken sind das Symbol von Atlantis. Sieben Flecken in einem Kreis, die sieben Inseln von vor langer Zeit. Jeder Talisman reagiert auf die Flecken. Der Talisman mit dem Sonnengott Horus ist ein Schlüssel für Ägypten.«

»Und der silberne auch?« Jaromir hörte, dass seine Stimme sich überschlug.

»Der silberne auch.« Der Mann lächelte ein wenig bitter. »Das war der nächste Fehler. Und auch damit lagst du richtig, Jaromir. Er gehörte dem Mann, der vor langer Zeit den Talisman aus Ägypten bei dir zu Hause geholt hat.«

Jaromir schüttelte sich. Er erinnerte sich an den Brandgeruch, der damals im Haus hing. Hatte der auch mit den Reisen durch die Zeit zu tun? Er sah an den Gesichtern ihm gegenüber, dass seine Vermutung stimmte.

»Als du gerade nach Higgins' Tasche gegriffen und den Talisman gefunden hast, konnten wir nicht anders. Du würdest dich schließlich fragen, wie Higgins zu dem Talisman gelangt ist.«

Jaromirs Unterkiefer klappte herunter. Denn nun trat eine andere Gestalt vor. Zu seinem Erstaunen erkannte er Professor Higgins.

»Wir waren nicht mehr in der Lage, unsere Spuren zu löschen«, sagte die Stimme. »Obwohl wir das nach Bouzac noch dachten.«

Jaromir starrte Higgins an, der ihm fast entschuldigend zunickte. War auch er ein Klon? Entsandt von den Menschen aus der Zukunft?

»Ja«, sagte die Stimme. »Wir konnten nicht anders. Wir mussten deinen Vater zurückkommen lassen. Er war stärker, als wir dachten. Erinnerst du dich an seine Stimme, die dich rief?«

Einen Moment lang war Jaromir in Gedanken auf einem Feldweg irgendwo in England. Es stürmte und der Himmel über den sich krümmenden Bäumen wurde plötzlich von der einen auf die andere Sekunde pechschwarz. Über dem Tosen des Windes hallte eine Stimme: »Geh weg. Geh weg.«

Das war Manuel gewesen.

»Die Menschen dürfen niemals wissen, dass es uns gibt.«

Es schien, als würden die Gestalten vager werden, dachte Jaromir. Fast durchsichtig.

»Aber warum nicht?«

»Ich habe dir erzählt, dass unser Volk in die Zukunft flüchtete, um nie mehr von Katastrophen getroffen zu werden. Ich sagte dir, dass wir in die Zeit zurückreisen. Die Menschen, Jaromir, haben allein in den letzten hundert Jahren Katastrophen verursacht, die die Welt fast vernichtet hätten. Denk nur an die Kriege. An Atombomben. An Radioaktivität. An die Umwelt. Immer wieder wird der Fortbestand der Erde bedroht.« Die Gestalten waren verschwunden. »Was geschähe mit uns, wenn die Erde vernichtet würde? Dann würde es schließlich keine Zukunft mehr geben. Dann würden wir nicht existieren«, fuhr die Stimme fort.

Jaromir stand reglos da, bestürmt von Gedanken. Diese Menschen reisten zurück in die Zeit, um Katastrophen zu verhindern!

»Du verstehst es. Was, lieber Jaromir, würden die Menschen tun, wenn sie wüssten, dass es uns gibt? Dass ihre Gegenwart die Zukunft ist?«

Ja, dachte Jaromir. Ich verstehe es. Ich verstehe alles. Man darf die Zukunft nicht kennen. Wenn man sie kennen würde, würde man auch wissen wollen, wie sein Leben weiter verliefe. Wie es seinen Kindern gehen wird, seinen Enkelkindern. Man würde Dinge verändern wollen. Und man würde Fehler machen, manchmal nicht wieder gutzumachende, sodass die Zukunft in Gefahr geraten würde.

Er fühlte sich plötzlich schläfrig und müde. Das Licht schien langsam zu erlöschen, wie am Abend, wenn die Dämmerung hereinbrach. Er konnte die Augen kaum mehr offen halten. Eisige Schauer liefen ihm über den Rücken, als wäre es plötzlich kalt. Er rollte sich zusammen, während der Schlaf ihn übermannte.

»Jaromir!«

Er stöhnte leise.

»Jaromir! Sag was.«

Jemand zog an seiner Schulter, und als er die Augen öffnete, sah er Anke, die sich besorgt über ihn beugte. Hinter ihr standen Manuel, Higgins, Evert und Pauline.

»Gott sei Dank!« Anke lachte nervös und strich ihm übers Haar. »Was ist denn nur passiert, Kleiner?«

»Was?

Panisch blickte er um sich. Er lag im Schnee neben Everts Auto.

»Bist du ausgerutscht oder was?«

»Ich ...« Er holte tief Luft und rappelte sich auf. »Wie spät ist es?«

»Wieso?« Manuel lachte erstaunt. »Du bist vor kaum fünf Minuten aus dem Haus gegangen, um Professor Higgins' Tasche zu holen.«

»Professor Higgins' Tasche?« Verwirrt schüttelte Jaromir den Kopf. »O ja. Ja. Ich weiß nicht ...«

»Ich bin dir nachgegangen«, sagte Higgins lächelnd. Er hielt die Tasche in den Händen und holte ein Päckchen heraus. »Ich hatte heute in der Stadt etwas für dich gekauft, was du nicht sehen solltest, weil ich es dir lieber selbst geben wollte. Hier.«

Erstaunt nahm Jaromir das Päckchen entgegen. Es fühlte sich an wie ein Buch.

»Geht es wirklich wieder?«, fragte Anke besorgt.

»Ja.« Jaromir riss das Papier auf. Das Buch hatte einen farbigen Umschlag. In knallroten Buchstaben stand darauf: *Das Geheimnis von Atlantis.*

»Aha«, sagte Evert. »Das möchte ich auch gerne lesen.«

»Ich dachte, dass dich das vielleicht interessieren wird«, sagte Higgins.

Jaromir starrte auf das Buch.

»Also, meinst du nicht, dass du danke sagen solltest, Jaro?«, sagte Manuel.

Pauline kicherte.

»Äh, Entschuldigung. Vielen Dank, Professor Higgins«, sagte Jaromir.

Higgins nickte.

»Das kannst du morgen auf der Rückfahrt nach Den Haag lesen«, sagte Anke. »Denn wenn du wieder zu Hause bist, wird erst mal wieder was für die Schule getan.«

»Nach Hause?«

»Ja, Kleiner«, sagte Manuel. »Was hast du denn gedacht? Es sind doch keine großen Ferien. Higgins und ich sind hier fertig. Und Evert und Pauline müssen langsam auch wieder nach Hause.«

»Fertig?«

Anke zog ihn an sich. »Armer Junge. Wir schauen sicherheitshalber doch kurz beim Arzt vorbei, wenn wir wieder zu Hause sind.«

»Aber ... Was ist mit den Fotos?«

»Fotos?«

»Paulines Fotos, die gestohlen worden sind.«

»Gestohlen? Jaromir, weißt du denn nicht mehr, dass der Junge aus dem Fotoladen sich geirrt hatte und uns noch hinterhergelaufen ist?«

»Was?«

Jaromir kniff die Augen zusammen. War das wirklich wahr?

»Und das ...?«

»Was?«, fragte Anke und runzelte die Stirn.

»Ich ...« Jaromir zog ein Gesicht. Er wollte etwas über ein Negativ aus Bouzac sagen, aber warum nur?

»Ich weiß es nicht«, sagte er unsicher. Er schaute wieder auf das Buch und schlug es auf. Gleich hinter dem Deckblatt mit dem Titel war eine Karte abgebildet. Darauf waren sieben Inseln in einer Art Kreis. Darunter stand: *Die mögliche Lage des legendären Atlantis.*

»Komm«, sagte Manuel und schlang einen Arm um ihn. »Es wird schon dunkel. Wir trinken vor dem Essen noch was und gehen früh schlafen. Dann sind wir morgen rechtzeitig zu Hause.«

Jaromir nickte. Während sie durch die Dämmerung zurückgingen, sahen die Inseln auf der Karte in dem Buch aus wie Flecken. Einen Moment runzelte er die Stirn, weil ein Gedanke in ihm aufblitzte. Aber in derselben Sekunde war er schon wieder verschwunden.

Inhalt

Tomas Ross
wurde 1944 in den Niederlanden geboren und studierte Journalismus und Anthropologie in Amsterdam. Seit zwanzig Jahren ist er hauptberuflich als Schriftsteller tätig und hat sich seitdem sowohl als Krimi- als auch als Kinderbuchautor einen international anerkannten Namen gemacht. Des Weiteren publiziert er in verschiedenen Zeitschriften und arbeitet als Drehbuchautor.

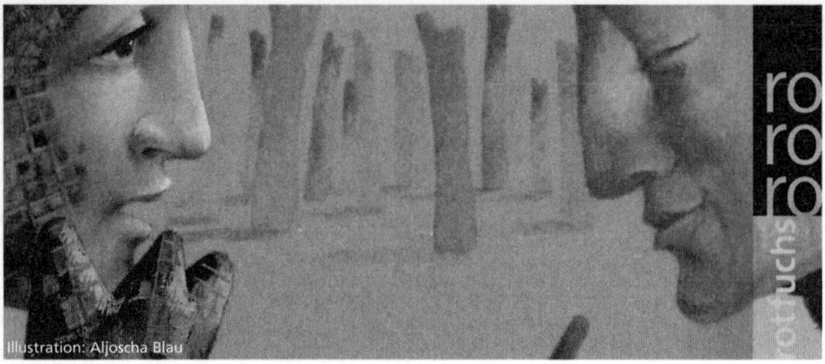
rororo
rotfuchs
Illustration: Aljoscha Blau

Valentine ERMATINGER
Das Rätsel
der drei Schläfer
Rotfuchs
rororo

Kurt Benesch

Die Spur in der Wüste

Das Leben des Charles de Foucauld

Ein biographischer Roman

Verlag Styria

FÜR M.

CIP-Kurztitelaufnahme der Deutschen Bibliothek

Benesch, Kurt:

Die Spur in der Wüste: d. Leben d. Charles de Foucauld; e. biograph. Roman / Kurt Benesch. – Graz; Wien; Köln : Verlag Styria, 1985.

ISBN 3-222-11636-9

Printed in Yugoslavia

Umschlaggestaltung: Zembsch'Werkstatt

Vorsatz: Peter Pleyel

ISBN 3-222-11636-9

Inhalt

I.

Der verlorene Sohn

»Endgültig:
Du weißt, wie dieses Wort zu verstehen ist.
Wir sind beide philosophisch zu gebildet,
um uns vorzumachen,
es gebe auf dieser Welt etwas Endgültiges.«

Charles de Foucauld an Gabriel Tourdes,
18. November 1885

Tamanrasset, 1. Dezember 1916

Die Sonne hatte den Kamm der Berge schon überschritten, aber der quadratische Hof des Bordj, den der alte Mann hastig durchquerte, lag noch im Schatten. Die hohen, von schmalen Schießscharten durchbrochenen Schlammziegelmauern, die ihn umschlossen, ließen die Sonne erst gegen Mittag auf den Lehmboden brennen, nur das schlichte, aus zwei Ästen zusammengebundene Kreuz über dem Eingang stand schon im vollen Licht.

Der alte Mann war eher klein gewachsen, aber er mußte sich bücken, um durch das niedrige Tor in das Innere des Gebäudes zu treten. Er nahm mit einer Hand die schmutzigweiße Kutte zusammen, um nicht über die Stufen zu stolpern, die steil zum ersten Stock hinaufführten, indes die andere Hand die Mauer abtastete, als verfehlte er sonst den Weg.

Der Raum lag im Dunkeln, nur das dürftige Licht der Ölfunzel, deren Docht in einem roten Glas schwamm, ließ einiges erkennen: auch hier gestampfter Lehmboden und eine niedrige, von grobgehauenen Stämmen getragene Decke. An der Wand gegenüber dem Eingang stand eine Kiste, darauf ein Brett, darüber ein weißes Tuch. Auf einem mit Schnitzereien versehenen, aufrecht gestellten Kästchen, dem einzigen Stück im Raum von gewissem Wert, ein metallenes Kreuz. Der alte Mann trat auf die Kiste zu, legte beide Hände auf das Brett mit dem Tuch und beugte das Knie. Es machte ihm Mühe, aber er verharrte lange, die Stirn auf dem Tuch, im Gebet, und seine Lippen murmelten nur immer ein Wort: »Jesus!«

Der alte Mann stand auf, was ihm noch größere Mühe machte, und griff nach dem Seil, das aus einem Loch in der Decke in den Raum hing. Der Morgenwind wehte den dünnen Glockenton hinaus in die Wüste. Heilige Messe.

*

Die hellen Clairons bliesen das Signal »Antreten!« in den Morgen, und die Soldatenschuhe polterten über die Korridore den Ausgängen zu. Aus der Stube 82 im zweiten Stock hatte man eine gute Aussicht auf das Getümmel im Kasernenhof, und Leutnant Morès stand im geöffneten Fenster und streckte die Glieder in die Sonne.

»Antreten, Schweinchen!« rief er und lachte ins Zimmer. »Vor einer Stunde haben sie die Reveille geblasen.«

»Halt doch den Schnabel, Antoine!«

›Schweinchen‹ lag, dekorativ in einen Seidenschlafrock gehüllt, auf einem ausladenden Canapé, das weder seinem Aussehen noch dem Format nach in das eher spartanisch eingerichtete Offizierszimmer paßte. Auch die beiden Fauteuils, kostbare Stücke mit Beauvais-Tapisserie, mußte man beinahe überklettern, wollte man von der Tür aus das Fenster oder eines der beiden Holzbetten erreichen. Nicht weniger dekorativ das zierliche, mit kostbaren Hölzern eingelegte Tischchen, auf dem neben dem silbernen Zigarrenkistchen und einem pompösen Feuerzeug eine Terrine mit feinster getrüffelter Gänseleberpastete stand. Alles griffbereit, so daß der füllige Mann mit dem glatten, runden Gesicht nur den Arm ausstrecken mußte, um sich zu bedienen. In diesem Fall, um mit einem goldenen Löffelchen, dessen Stiel ein feinziseliertes Wappen trug, seinem Mund von Zeit zu Zeit eine gehörige Portion Pastete zuzuführen. Um das Bild des Genießers zu vervollständigen, den nur eine verrückte Laune des Schicksals in diese Umgebung verschlagen haben konnte, trug er in der anderen Hand ein in Leder gebundenes Bändchen Catull, dem er, wie die Pose zumindest vorstellen sollte, seine Morgenlektüre entnahm.

Die Tür wurde aufgerissen, und Henri Laperrine, ein junger Leutnant aus dem Nachbarzimmer, kam hereingestürmt. Seine Toilette war schon weiter gediehen, aber auch er knöpfelte noch an seinem Waffenrock herum.

»Alarm!« rief auch er, dann stutzte er und versuchte den Überraschten zu spielen. »Schweinchen schläft noch?«

›Schweinchen‹ schüttelte den Kopf über die beiden Kameraden, die so krampfhaft die Munteren spielten, obwohl ihnen die durchzechte letzte Nacht noch unübersehbar ins Gesicht geschrieben stand. »Keine Witze unter Ihrem Niveau, meine Herren!« sagte er in blasiertem Tonfall. »Schweinchen schläft nicht, Schweinchen träumt. Und das mit allerhöchster Genehmigung.«

Charles de Foucauld, der dritte der jungen Leutnants, hatte nämlich gerade seinen Stubenarrest abzusitzen, eine unehrenhafte Sache, die allerdings den Vorteil hatte, daß er inmitten des erlesenen Arrangements von Canapé, Fauteuils und Rauchtischchen noch weiter verbleiben durfte. Noch dazu in seinem zivilen Morgenrock, während es für die Kameraden höchste Zeit war, ihre Uniform zu komplettieren.

»Und wovon träumt Schweinchen mit allerhöchster Genehmigung?«

Leutnant de Foucauld legte den Kopf auf den weichen Polster zurück, um den Genuß anzudeuten, der seine Zuhörer erwartete. Da bemerkte er Laperrines Blick, der sich mit unverhüllter Gier an der Terrine mit der Gänseleber festsog.

»Nimm nur, Henri«, sagte er in völlig verändertem Ton, und ein überraschender Zug von Wärme verdrängte für einen Augenblick die zur Schau getragene Arroganz. Er zog ein Tüchlein aus der Brusttasche, wischte das goldene Löffelchen ab und reichte es dem Freund, der begierig danach griff. Dann nahm er seine frühere Pose wieder ein und sagte geheimnisvoll: »Schweinchen träumt vom kommenden Samstag.«

»Und was ist am kommenden Samstag?« fragte Laperrine, jetzt schon mit vollgestopftem Mund, und setzte sich an den Rand des Canapés.

»Aber Henri!« rief Morès, der immer noch am Fenster stand und seine Aufmerksamkeit zwischen dem Gespräch der Freunde und dem teilte, was auf dem Kasernenhof vor sich ging. »Kommender Samstag, das ist doch der Tag, an dem Vicomte Charles Eugène de Foucauld, später Nachfahre des seligen Bertrand de Foucauld und Intimfreund unserer von Rom leider immer noch nicht kanonisierten Paradejungfrau Jeanne, seinen fünfundzwanzigsten und vorläufig letzten Arresttag Anno Domini 1879 beendet haben wird.«

»Verzeih, chèr Vicomte.« Laperrine sprang auf und versuchte, die gestelzte Redeweise der Freunde möglichst zu imitieren. »Daß ich diesen bedeutungsschweren Tag vergessen konnte! Verzeih aber auch meine Neugier: wie soll dieser Tag gefeiert werden?«

Er mußte rülpsen, er hatte zu rasch gegessen und entschuldigte sich beschämt, Foucauld aber deutete nur lächelnd auf das offene Zigarrenkistchen. »Bedien dich! Das macht alles wieder gut.« Dann sank er, ohne sich von dem Befehls- und Trompetenlärm im Hof genieren zu lassen, in seinen Traum zurück. »Ich sehe ein Gesicht, ein wunderschönes Mädchengesicht, dunkle, schwarze Augen, lange, seidige Wimpern und ein Haar bis zu den Schultern – «

»Wenn das nicht Marie-Thérèse ist – « versuchte Morès zu rätseln, obwohl er genau wußte, daß es gar keine andere sein konnte als Foucaulds gegenwärtige Favoritin.

»Marie-Thérèse?« fragte Laperrine und machte große Augen. »Sie kommt aus Paris?«

»Nicht allein«, entgegnete Foucauld und schloß die Lider, als könnte man das, was er sah, anders gar nicht erleben. Er schilderte »ein zartes, in Seide gehülltes, ein von Riemchen aus schwarzem Saffianleder umschmeicheltes Fußgelenk«, das, wie er mit poetischem Schwulst umschrieb, »wenn man es gegen Norden zu verfolgt, immer aufregendere geographische Entdeckungen möglich macht« – und Laperrine tippte auf Françoise.

»Oder Rosalie«, überlegte Morès. Und die Besitzerin der prallen Schenkel, die sämtliche sie umgebenden Hüllen jeden Augenblick zu sprengen drohten, eine heraufkommende Katastrophe, die, der erregenden Wirklichkeit entsprechend, nur die Feder des jüngeren Crébillon zu schildern vermöchte – ja, das konnte nur Catherine sein. Darüber waren sich die Zuhörer einig.

»Bravo! Erraten!« rief Foucauld und begann den Zug zu schildern, der aus Paris in Richtung Saumur angedampft kam, ein Coupé voll lachender, kichernder Nymphen, die sich auf den Plüschpolstern räkelten, wie Ingres' Frauen im türkischen Bad. Nur für die Reise entsprechend vollständiger gekleidet. Deren eine sich rasch noch die Augenbrauen zupfte – Lucille, wie Morès sofort erriet –, während Hélène neben ihr den raffinierten Strumpfbandgürtel, in dem sie den Lohn für gespendete Freuden mit unnachahmlicher Gebärde zum Verschwinden brachte, gegen das marmorweiße Fleisch klatschen ließ. Nicht zu vergessen die kaum dem Kindesalter entwachsene Simone, die sich immerfort die süßen Schokoladefingerchen leckte, auch dann noch, wenn es längst nichts mehr abzulecken gab.

Vom Kasernenhof drangen Befehle herauf und das Aufstampfen Hunderter Stiefel, aber die beiden jungen Männer ließen sich willig von den pseudopoetischen Phrasen ihres Kameraden einhüllen, deren Zauber drei Tage später von der Wirklichkeit eingeholt werden sollte: wenn am Nachmittag um fünf Uhr zehn eine Ladung Pariser Halbweltdamen auf dem Bahnhof eintreffen würde, um gegen einen entsprechenden von Foucauld ausgefertigten Scheck eine rauschende Nacht in Saumur zu verbringen.

Der Zug kam auch pünktlich an, und das halbe Dutzend aus Frankreichs militärischer Elite hatte sein Versprechen, den Damen einen würdigen Empfang zu bereiten, wahr gemacht. In ihrer glänzendsten Montur, Lack, Leder und Maßarbeit aus der Rue de Paris – nur Laperrine, der nicht zu den Wohlhabendsten gehörte, hatte einen geschickten verschwiegenen Schneider in einem Nebengäßchen hinter dem Theater aufgestöbert –, standen sie angetreten und streckten die Arme aus, um die aus der offenen Wagentür herausquellende Weiblichkeit zu empfangen.

»Sind Sie gekommen, Helène!« rief Morès, und die schon in der Stube 82 seit Tagen genannten Namen schwirrten durch die Luft, Lucille und Simone, Rose und natürlich Marie-Thérèse, die Schwarze mit den glosenden Augen, die sich in Foucaulds Arme flüchtete, als hätten die Worte ›Sehnsucht‹ und ›endlich‹ und ›Einsamkeit ohne dich‹, die sie ihm ins Ohr flüsterte, mehr zu bedeuten als sonst bei solchen Gelegenheiten.

Dann ging es in Zweierreihen, Mann neben Mädchen, der in der Nachmittagssonne gleißenden Loire entlang, das stramm im Marschtritt skandierte Lied vom braven Mädchen auf den Lippen, das seinen reichen Liebhaber verlor, weil es sein Herz an einen anständigen, aber armen Studenten hängte. Eine traurige Ballade, die dennoch gut ausging, weil der Student rechtzeitig eine reiche Witwe fand, die ein allseits befriedigendes Leben zu dritt garantierte.

»Revanche für Sedan!« rief einer im patriotischen Überschwang und warf seine Mütze in die Luft, worauf ein kleiner Junge sie eifrig apportierte. Seit den empfindlichen Niederlagen im letzten Krieg, dem Pfahl im Fleisch der stolzen Nation, waren erst acht Jahre vergangen, und die Männer, die da Arm in Arm mit den kostbarsten Damen aus der Rue Saint-Denis sich anschickten, über die Brücke zu stürmen und die Stadt zu erobern, waren dazu ausersehen, diesen Makel zur gegebenen Zeit von Frankreichs Fahnen zu tilgen.

Das erste Etappenziel war freilich das Hotel Budan, der dreistöckige Brückenkopf jenseits des Flusses, in dem schon eine ganze Zimmerflucht gemietet war und dessen Koch, Monsieur Martin, nicht nur die besten Rebhühner zwischen Tours und Angers zu bereiten wußte, sondern auch den Lieblingswein des spendablen Gastgebers, den feurigen Alicante, in genügenden Mengen auf Lager hielt. Das Fest des ersten Tages in der neu gewonnenen Freiheit mußte gebührend gefeiert werden.

»Er wird sicher noch einmal ein guter Offizier«, stöhnte Leutnant Laperrine, als sie, wie schon so oft, mit Hilfe zweier kräftiger Kellner, ihren hundert Kilo schweren betrunkenen Gastgeber vier Stockwerke hoch ins Zimmer 315 schleppten. »Er sorgt für seine Truppe wie ein Vater.«

Marquis Antoine de Morès, Duc de Vallombrosa:

»Ich kenne meinen Kameraden, den Vicomte de Foucauld, schon seit der Schule in der Rue des Postes, aber näher kennengelernt habe ich ihn erst in Saint-Cyr, wo wir im Schlafsaal nebeneinander lagen. Die Militärakademie, schon von Napoleon gegründet, beherbergte damals, wir traten im Oktober 1876 ein, acht Infanteriekompanien und eine Kavalleriebrigade unter der Führung von General Henrion. Damals wehte noch zum Zeichen der Trauer über den verlorenen Krieg von 1870/71 die Fahne auf Halbmast.

Foucauld war damals schon ziemlich fett, er aß auch eine Unmenge und machte kaum Bewegung. Einer der Gründe, weshalb er zur Kavallerie gegangen war, obwohl sein Großvater, Oberst de Morlet, ihn weit lieber bei der Artillerie gesehen hätte. ›Jedes Pferd trägt mich besser als meine eigenen Beine‹, pflegte er zu sagen. Später ließ er sich sogar ein Coupé bauen mit extra niedrigen Stufen, damit er ja nicht zu hoch steigen mußte. Und wenn er im Sattel saß, sah er aus wie ein schwer gepanzerter Kürassier des 16. Jahrhunderts. Schon bei der Einkleidung hatte er Schwierigkeiten. Wir stolzierten schon am nächsten Tag in unserem rotweißen Waffenrock, den roten Epauletten und den hellblauen Tschakos einher, er mußte noch tagelang in Zivil herumlaufen, bis ein Maßschneider seine Uniform fertig hatte. Er war ein unförmiger Junge von zwanzig Jahren, einer von denen, die man in der Schule gewöhnlich tyrannisiert und verprügelt. Von einer Trägheit, aus der er sich nur selten aufraffen konnte, und die sich auch leicht auf andere übertrug.

Ich muß gestehen, auf Anhieb wirkte er alles andere als sympathisch. Schon seine kleinen Augen, die tief in einem Meer von Fett schwammen, und der schreckliche Mittelscheitel mit den kleinen Schmalzlöckchen nach links und nach rechts! Eitel war er nämlich auch noch. Aber das war nur die Oberfläche. Später, bei den Chasseurs d'Afrique, sah man, wie schön, ganz samtig schwarz und strahlend diese Augen waren. Ich habe ihn bald sehr gemocht. Er konnte schön zeichnen, und hätten sie ihn gelassen, er hätte sich die ganze Zeit mit seinem Block in den Wäldern rund um Saint-Cyr herumgetrieben. Da war er plötzlich kein Faulpelz mehr. Leider gab es sonst nicht viel, das ihn begeisterte. Er war oft traurig. Er zeigte es nicht, er war immer gleichmäßig freundlich, aber ich spürte es. Manchmal, wenn alle schliefen, hörte ich ihn leise weinen. Einmal bin ich aufgestanden und an sein Bett gegangen. Wir haben kein Wort gesprochen, aber seither waren wir Freunde.

Er hatte seit seinem sechsten Lebensjahr keine Eltern mehr: Tuberkulose der Vater, Kindbett die Mutter. Eine Menge Verwandtschaft, die nichts mit ihm anfangen konnte, und eine Cousine, in die er verliebt war, die aber acht Jahre älter war als er und irgendeinen Lebemann heiratete. Sie waren alle schrecklich fromm, mit Ausnahme des Lebemannes, sie gingen zur Kirche und träumten von der verlorenen Monarchie – er las Juvenal, Taine, Maupassant und die Positivisten und glaubte an nichts. Der Kinderglaube war ihm schon bald nach der Erstkommunion verlorengegangen. Nur an dem Großvater, Oberst de Morlet, hing er fast abgöttisch, aber auch der starb im zweiten Jahr von Saint-Cyr.

Vicomte de Foucauld war sicher einer der liebenswertesten Menschen, die ich gekannt habe, taktvoll und großzügig. Die meisten von uns waren bei ihm zu Gast, er war ja sehr reich, aber er ließ es keinen spüren. Sogar mich hat er beim Kartenspiel öfter gewinnen lassen, damit mich der Verlust nicht schmerzt. Ja, sie haben ihn alle gemocht. Aber im Grunde war er damals ein armer Teufel.«

*

Die Kadetten der Kavallerieschule von Saumur hatten zwar ihren Eid auf die Republik geleistet, zu der Frankreich nach dem unseligen Krieg gegen Deutschland geworden war, aber besonders freundschaftliche Gefühle für diese Regierungsform hegten sie keine. Sie waren in der Mehrzahl Aristokraten und träumten immer noch von der Monarchie, und Spottlieder auf den gemäßigt republikanischen Präsidenten Jules Grevy, der ihren Mac Mahon, den Sieger in so vielen Schlachten zur Ehre Frankreichs, abgelöst hatte, waren keine Seltenheit. Oberstes Ziel aber war die Revanche gegen Deutschland.

Leutnant Morès nahm leidenschaftlich Anteil an Frankreichs Innen- und Außenpolitik und sollte später auch aktiv eingreifen – Foucauld hingegen war ein absolut unpolitischer Mensch. Er hatte mit seinem zwanzigsten Lebensjahr ein Vermögen geerbt und schien einzig und allein daran interessiert zu sein, es möglichst rasch unter die Leute zu bringen. Unter seine Freunde, die er mit den köstlichsten Leckerbissen bei Budan und in anderen Restaurants verwöhnte, unter Maßschneider, Schuster, Friseure und Kutschenvermieter, unter die Delikatessenhändler, die Blumenbinderinnen, die die Säle für seine Feste schmückten, und natürlich auch unter seine stets wechselnden Freundinnen.

Ein großer Teil der Bewohner von Saumur lebte von der berühmten Kavallerieschule und ihren freigebigen Insassen, und etliche von ihnen waren auch vollauf damit beschäftigt, die oft recht ausgefallenen Wünsche des Vicomte de Foucauld zu erfüllen. Während ein Durchschnittsbürger samt Familie damals von fünfzig Francs im Monat recht auskömmlich leben konnte, gab Foucauld im gleichen Zeitraum bis zu viertausend aus, und die Mahnungen der Familie aus Paris, mit seinem Vermögen, das doch auch noch seinen Nachkommen gehören sollte, sparsamer umzugehen, wurden immer dringlicher. Er aber kümmerte sich nicht darum, und als er seinem Weinlieferanten in einer Augenblickslaune dessen gesamten Vorrat eines seiner Lieblingsweine, des Pontet-Canet, abkaufte, kostete ihn das dreizehntausend Francs.

Kein Wunder, daß Foucauld bei diesem Bemühen, seine freien Stunden mit allen zur Verfügung stehenden Genüssen zu füllen, kaum noch Zeit und Kraft für seine dienstlichen

Pflichten verblieb. Schon in Saint-Cyr war er ein indolenter Faulpelz gewesen, der einzig zum Wochenende auflebte, wenn es nach Paris ging. Dort hatte er eine Wohnung gemietet, die mit ihrer kostbaren Möblierung, mit Büchern, Gemälden und weichen, schwellenden Kissen eher der Absteige eines alternden Lebemannes glich als der eines Kadetten von achtzehn oder neunzehn Jahren. Unter der Woche war er faul, kam zu spät zum Unterricht, hielt nie Ordnung in seinen Sachen, ließ Arreststrafen und Sonderdienste gleichmütig-mürrisch über sich ergehen und strafte seine Vorgesetzten mit Verachtung. Er war sich stets bewußt: auch beim stundenlangen Nachexerzieren blieb er ein de Foucauld, reich wie wenige seiner Kameraden und aus einem Geschlecht, das bis in die Zeit der Kreuzzüge zurück glänzende Namen in Frankreichs Geschichte hinterließ. Und das konnte er auch jeden fühlen lassen, der gesellschaftlich unter ihm stand, besonders wenn es ein Bürgerlicher war. Wenn ihm einer unfreundlich kam, dann konnte seine Liebenswürdigkeit blitzschnell in erschreckende Härte und Arroganz umschlagen. In Saint-Cyr kümmerte er sich nicht einmal um sein Äußeres, kam mit ungebügelten Kleidern zum Dienst oder auch mit fettigen Haaren, die er sich bis ins Genick wachsen ließ.

In diesem Punkt hatte er sich in Saumur gründlich geändert, jetzt achtete er peinlich genau auf sein Äußeres. In seinem Schrank hing stets ein halbes Dutzend Uniformröcke mit den entsprechenden Hosen, ein Sortiment exquisiter Lederhandschuhe, Reitgerten und natürlich die besten Sättel aus England.

Daß er dennoch ein miserabler Reiter war, was sich in allen Zeugnissen niederschlug, störte ihn aber ebensowenig wie die vielen Verweise und Urlaubssperren. Neben seinem gepflegten Äußeren und seinen untadeligen Manieren fehlte ihm so ziemlich alles, was einen guten Soldaten ausmachte. Er verabscheute jede körperliche oder auch geistige Anstrengung, er war ein Dilettant in Strategie und Militärgeschichte und nicht minder beim Exerzieren oder auf dem Schießstand. Daß er etliche Duelle, die ihm amouröse Abenteuer oder auch Auseinandersetzungen mit unliebsamen Kameraden einbrachten, heil überstand, grenzte an ein Wunder.

Die vielen Arreststunden waren ihm eher lieb, als daß sie ihn ärgerten, wie etwa Morès, der über den Verlust einer Stunde Freiheit stundenlang toben konnte. Für ihn hieß Freiheit die Chance, zwischen zwei Büchern aus seinem Regal, dem oder jenem Gericht, zwischen dem leichten Weißen von Saumur, dem Rosé d'Anjou oder dem Château Chinon zu wählen, den schon Rabelais bevorzugt hatte. Freiheit, das hieß, der heimatlichen Straßburger Gänseleber mit Trüffeln aus dem Perigord, der Heimat seiner Vorfahren, dem perlenden Champagner die Ehre geben zu dürfen, das hieß, die herzhaften Rillettes de Tours, die in jedem Fleischerladen zu haben waren, zur bevorzugten Vorspeise zu küren. Und wenn sich zwischen Budan und Foucauld das unübersteigbare Hindernis eines Stubenarrests aufbaute, dann wurde eben die Stube 82 zur Dependance des Luxusrestaurants erklärt, und La Mère Jeanette war mit ihren guten Geistern, ihren Terrinen und Réchauds pünktlich zur Stelle, um den armen Häftling und seine Freunde zu entschädigen. Sogar Mädchen wurden hin und wieder in das fröhliche Gefängnis geschmuggelt. Nur als eine von ihnen partout nicht mehr fort wollte, weil es ihr hier besser gefiel als in der Souterrainwohnung daheim, gab es ernsthafte Schwierigkeiten – und neuerlich Stubenarrest.

So sehr Foucauld jegliche Anstrengung vermied, so eifrig war er dabei, sich lustige Streiche auszudenken oder Feste zu arrangieren, die seinen Kameraden Vergnügen machten. Freund Morès war allerdings bald aufgefallen, daß ihn an den Festlichkeiten, welcher Art immer sie waren, nichts anderes interessierte, als sie zu veranstalten. Er zeigte dabei unerschöpfliche Phantasie, und es gab Kameraden, die von einem seiner schönsten Feste, einem Winterfest auf der zugefrorenen Mosel bei Pont-à-Mousson, noch Jahrzehnte später schwärmen konnten.

Kaum aber waren die Vorbereitungen soweit gediehen, daß das Geschehen zur Zufriedenheit aller ablaufen konnte, würdigte der Regisseur es keines Blickes mehr, brütete stumm vor sich hin und goß sich den Wein flaschenweise in die Kehle. Einzig seiner Freundin Mimi sollte es in Pont-à-Mousson gelingen, ihn bei solchen Gelegenheiten der Düsternis zu entreißen, und sie war es auch, die die unvorstellbare Zeit von mehr als einem halben Jahr an seiner Seite bleiben durfte.

Seine Streiche, übermütig, aber auch frech und unverschämt, wurden schon während seiner Anwesenheit in Saumur als köstliche Anekdoten von Zimmer zu Zimmer und von Lokal zu Lokal bis zum Kommandanten hinauf weitergereicht und je nach Phantasie des Erzählers noch ausgeschmückt. Foucauld selbst hörte dabei gern zu, weniger aus Eitelkeit, es interessierte ihn einfach, wie sich diese Geschichten und seine Rolle darin von Erzähler zu Erzähler veränderten. Am liebsten hörte er bei jenen Anekdoten zu, in denen eine Verkleidung eine Rolle spielte. Er verkleidete sich gern, und der geborene Redner de Morès erzählte immer wieder mit Vergnügen von dem Abend, als sie nach Dienstschluß im offenen Fenster eines Hauses, das ihnen bisher höchst achtbar erschienen war, eine auffallend zurechtgemachte Frau mit langen Haaren und glutvollen Augen bemerkten, die ihnen zuwinkte. Und Foucauld, der sich diesen Scherz ausgedacht hatte, genoß die Reaktionen der Kameraden, die nicht ihm, sondern einem ganz anderen Wesen galten, in dessen Kostüm er geschlüpft war: die Überraschung, ihr Zögern, wie sie einander etwas zuflüsterten, wie der erste sich einen Ruck gab und auf das Fenster losmarschierte. Bis Foucauld den Fächer fallen ließ und sein wahres Gesicht zeigte.

Am liebsten aber hörte er die Geschichte von ihrem Ausflug nach Tours, wo ein Kostümball angezeigt war, den Foucauld besuchen wollte. Leider hatte er wieder einmal Hausarrest, und de Morès wußte anschaulich zu erzählen, wie sie, bevor sie sich verabschiedeten, ihn heuchlerisch bedauert und ihm versichert hatten, sich der Dame seines Herzens ganz besonders anzunehmen. Sie ahnten nicht, wie Morès eingestand, daß Jules, der Friseur, diesmal nicht nur gekommen war, um ihren Freund zu rasieren, sondern daß dieser auch mit ihm die Kleider tauschte. Und daß der junge Mann mit Mütze, Zivilanzug und Vollbart, der im gleichen Zug, ja im gleichen Abteil mit ihnen fuhr, ein ganz anderer war, als sie vermuten konnten.

»Ein Glück, daß wir ihn nicht so ausgerichtet haben wie sonst«, pflegte Laperrine an dieser Stelle der Erzählung einzuwerfen, und Foucauld mußte beim Zuhören immer wieder feststellen, daß er damals überhaupt nicht versucht hatte, dem Gespräch der Offiziere in seiner Abwesenheit zu lauschen. Aber er war zu sehr fasziniert gewesen von der Tatsache, daß diese Männer, die manchmal zu ihm herübersahen, dank seiner Mütze, dem Anzug und dem groben Schuhwerk genau den in ihm sahen, den er darstellen wollte: einen schlichten Handwerksburschen wie diesen Jules, der das reizende Garnisonsstädtchen Saumur an der Loire zum Wochenende verließ, um nach Tours zu fahren. Der das alles überragende Schloß an sich vorbeiziehen ließ, die schlanken Türme der Peterskirche unweit der berühmten Kavallerieschule, die in jeder Straße, in jedem Schaufenster gegenwärtig war, in Form von Reitkostümen, Stiefeln, Sporen, Jagdhörnern und anderen Utensilien, als Gebrauchsgegenstände mit Wappen, Emblemen und verschiedensten Pferdedarstellungen. Auch er, Jules, lebte davon. Im Laden seines Meisters in der Rue de Saint-Nicolas ließen sich die vornehmsten der jungen Herren die Haare schneiden, rasieren und die Nägel maniküren, wie dieser fettleibige Vicomte, der für die paar Minuten Fußweg einen Wagen mietete oder Jules holen ließ, wenn er wieder einmal Stubenarrest hatte. Jules wohnte in Tours bei seinen Eltern, aber im Laden seines Meisters war er daheim und hoffte, eines Tages noch mehr daheim zu sein. Der Meister hatte eine junge Tochter, die ihm gefiel und der er, wie er manchmal zu spüren glaubte, auch nicht ganz gleichgültig war. Er mußte sich nur anstrengen und noch viel Geld zusammenkratzen, wozu der freigebige Vicomte, der jetzt in seinen Kleidern zur Ballnacht nach Tours fuhr, sicher noch einiges beitragen würde.

Foucauld sah zum Fenster hinaus, die letzten verstreuten Häuser wurden von Wiesen und Wäldern abgelöst. Heute hatte er die Stadt zum erstenmal gesehen, wirklich gesehen. Nicht wie sie sich dem blasierten Aristokraten aus Paris darstellte, der sich im Wagen durch die Gassen schaukeln ließ, nein, wie sie sich dem jungen Barbiergesellen darbot, der in dieser Stadt das Glück gefunden zu haben glaubte und den Tag ersehnte, an dem er mit dem Mädchen seines Herzens auf den grünen Wiesen über dem Fluß herumtollen und Hand in Hand mit ihr den Schiffen nachschauen durfte. Für den diese Stadt, an deren letzten Giebeldächern sich seine Augen noch einmal festsogen, bevor der Zug sie in einer Kehre verschwinden ließ, zum Schauplatz seines ganzen Lebens werden sollte. Es war faszinierend, für eine Stunde Bahnfahrt ein anderer zu sein.

Was sich dann in Tours weiter ereignete, war nur noch Anekdotisches für den phantasievollen Morès und seine Zuhörer: wie dem Maskierten beim Essen vor Beginn des Balls der Umhängebart in die Suppe fiel und die Polizei alarmiert wurde, die ihn zwar wieder laufen ließ, als sie seine Geschichte hörte, die aber doch nicht verhindern konnte, daß der endlich Befreite schon an der nächsten Ecke dem Kommandanten der Kavallerieschule höchstpersönlich in die Arme lief. Was ihn, Foucauld, an der ganzen Geschichte interessierte, war diese Fahrt im Zug – auch wenn es Stunden gab, in denen der Vicomte es absolut nicht wahrhaben wollte, das er sich jemals nach dem banalen Leben eines Jules aus der Rue de Saint-Nicolas gesehnt hatte.

Nur eines unterschlug Morès seinen Zuhörern: wie er eines Nachts nach so einem übermütigen Fest den Freund mit weit ausgestreckten Armen draußen auf den Steinen des Ganges gefunden hatte, das Gesicht in säuerlich stinkendem Erbrochenen. Er holte Laperrine aus der Nachbarstube, und sie schleppten den Kameraden auf sein Canapé, er wischte ihm mit dem nassen Lappen die grünliche Brühe aus dem Gesicht, was nicht leicht war, da Foucauld immerfort den Kopf hin- und herschlug.

»Halt doch still!« herrschte ihn Laperrine an. »Du stinkst ja wie die Pest.«

Sie gingen nicht sehr sanft mit ihm um, sie klatschten ihm den Lappen ins Gesicht, sie rissen ihm die Kleider vom Leib und steckten ihn ins Bett. Sie meldeten ihn am nächsten Morgen krank und bestachen den Arzt, seinem Zustand einen schönen lateinischen Namen zu geben, der den Kommandanten beeindruckte. Von den Worten, die Foucauld den ganzen Tag hindurch immer wieder hervorwürgte, und die erkennen ließen, wie ihn vor diesem Leben ekelte, verrieten sie nichts.

*

Immer wenn er an Cousine Marie dachte, spürte er ihre Hand in der seinen, das war seit Jahren so. Und immer wenn er sich besonders schlecht fühlte, mußte er an sie denken. Sie war damals neunzehn gewesen, und der elfjährige Charles hatte sie angestarrt wie ein Wunder. Sie war nicht so schön gewesen wie ihre Mutter, Tante Inès, die er als kleines Kind für eine Märchenkönigin gehalten hatte und von der zu erzählen er seinen Vater immer wieder bat. Da war ihr ausgeprägtes Kinn, das im Lauf der Jahre immer stärker hervortreten sollte, und auch die Nase war eher als markant zu bezeichnen, wie Onkel Sigisbert einmal bemerkt hatte – aber es war etwas an ihr, etwas Unerklärliches, das ihn vom ersten Augenblick an gefangennahm.

Er war seiner Cousine schon früher ein paarmal flüchtig begegnet, diesmal aber, am ersten Tag seiner Ferien bei den Moitessiers im Schloß de la Louye, wurde zu ihrem neunzehnten Geburtstag ein Fest gegeben, als sollte alles dazu aufgeboten werden, um dem kleinen Jungen diesen Tag unvergessen zu machen. Das noch viel größere Wunder aber war, daß Marie nach diesen festlichen Tagen – man nützte die Anwesenheit der Nachbarn, Freunde und Verwandten weidlich aus, um es nicht bei dem einen Abend mit Galadiner, Festkonzert und Tanz zu belassen – keineswegs die gefeierte Festkönigin blieb, die von ihrer Umwelt auch weiterhin die entsprechenden Huldigungen beanspruchte. Im Gegenteil, so sehr er sich vor der schönen, aber strengen Tante Inès ängstigte, der sich alles, von der niedrigsten Dienstmagd bis zum gutmütigen Onkel Sigisbert, unterwarf, so rasch faßte er Vertrauen zu ihrer jüngeren Tochter.

Er hatte sich entsetzlich einsam gefühlt in diesen ersten Tagen. Lauter fremde Verwandte, die ihn vertraulich beim Namen nannten und dann gleichgültig stehenließen, als wäre damit alles getan, was ein kleiner Waisenjunge, der mit seinem Großvater und der jüngeren Schwester in Straßburg lebte, verlangen konnte. Er war sonst nicht leicht einzuschüchtern, jetzt wanderte er bang durch die hohen, prunkvollen Räume, die des Nachts bei Kerzenschein noch unheimlicher wurden. Erst in seinem Schlafzimmer, von dem aus man bei Tag den schönsten Teil des Parks sehen konnte, erst wenn er unter die Decke gekrochen war und diese warme Höhle als den einzigen Raum empfinden durfte, den es außerhalb seines zitternden Ichs gab, fand er Ruhe.

Dem dicken kleinen Cousin aus Straßburg mit dem mürrischen Gesicht war nicht der beste Ruf vorausgegangen, und er war hauptsächlich deshalb hierher geschickt worden, damit sein Vormund, Großvater Oberst de Morlet, der die Siebzig schon überschritten hatte, sich für ein paar Wochen von seinem Enkel erholen konnte. Tante Inès schien dem alten Mann die einzige zu sein, die mit dem renitenten Jungen, der alle Lehrer zur Verzweiflung brachte, fertigzuwerden vermochte. Aber es war nicht Tante Inès, es war ihre Tochter Marie, die, kaum war die festliche Woche vorüber, kaum hatte der Alltag der Familie Moitessier wieder begonnen, dem kleinen Vetter einen Platz innerhalb dieser Familie zuwies und alles dazu tat, um ihm diesen Platz wohnlich zu machen. Sie schien unbegrenzt Zeit für ihn zu haben, und nichts, was ihn bewegte, war zu gering für sie.

Anfangs war er äußerst mißtrauisch gewesen, so sehr sie ihm auch gefiel und so sehr er bis in seine Träume hinein von dem Eindruck zehrte, den das Mädchen im Geburtstagskleid auf ihn gemacht hatte. Er sah keinen Grund, warum irgend jemand freundlich zu ihm sein sollte – abgesehen von dem schwachsinnigen alten Oberst, der einen Narren an ihm gefressen hatte. Er wehrte sich lange gegen die Wärme, die von ihr kam, und war überzeugt, daß die Sache einen Haken haben mußte. Eines Tages aber beschloß er, es anders zu versuchen und nachzugeben, sich einfach hinzugeben, was ein bisher unbekanntes Wohlbehagen versprach. Er erzählte vom Großvater, von Madame de Morlet, der zweiten Frau des Obersten, die sich um ihn und seine um vier Jahre jüngere Schwester Mimi redlich bemühte und in deren Gegenwart er immer nur fror. Er erzählte von dem alten Haus in der Rue des Eschasses, in dem Unmengen verstaubter Bücher und Folianten, Kartenwerke und andere alte Dinge wohnten. Menschen schienen hier nur geduldet zu sein, selbst der Herr Oberst, der im enganliegenden Gehrock, mit steifem weißen Stehkragen durch seine Besitztümer marschierte, als sei er immer noch auf dem Kasernenhof. Er hatte sich nach seiner Pensionierung ganz der Archäologie verschrieben, und sogar seine Freunde, die ihn zuweilen besuchten, Archäologen und Feldmesser, Philosophen und Theologen, erschienen schon so alt und vergilbt und von Patina überzogen wie die Objekte aus griechischer und römischer Zeit in den verglasten Vitrinen.

Seiner Cousine gestand der Junge auch, was sonst nur in den Briefen verzweifelter Lehrer an seinen Großvater geschrieben wurde: daß er vielleicht intelligent und begabt, aber stinkfaul war und sich nur ab und zu, einmal in Mathematik, ein andermal in Latein, für kurze Zeit aufraffen konnte. Auch sonst war er völlig unberechenbar und von seinen Mitschülern gefürchtet, wenn ihn einer seiner Wutanfälle überkam. Als kleines Kind hatte er einmal im Garten seines Großvaters eine Sandburg gebaut, mit Türmen und Zinnen, mit Wehrgängen, Brücken und einem Wassergraben. Als aber Marie, damals nicht viel älter als er jetzt, aus Spaß oder um ihm eine Freude zu machen, brennende Kerzen auf die Türme stellte und als Kanonenkugeln kleine Kartoffeln im Burghof aufhäufte, glaubte er sich verhöhnt und zertrampelte die Burg. Er schrie und weinte noch stundenlang und war nicht zu beruhigen. Er jagte Hunde und Katzen, schlug Fensterscheiben ein, die der Großvater dann gutmütig bezahlte – aber nicht im Spiel, sondern um zu zerstören. Wenn irgendwo im Umkreis der Rue des Eschasses eine Lausbüberei ausgeheckt wurde, konnte man sicher sein, daß der kleine de Foucauld dahintersteckte.

Dann wieder überfielen ihn Anfälle einer alles lähmenden Lethargie. Er schützte Krankheiten vor, um tagelang im Bett liegen zu dürfen, er döste in der Schulbank vor sich hin, man fand ihn an einer Straßenecke auf dem Trottoir sitzen, und wer ihn ansprach, bekam keine Antwort. Und wie er in seiner aktiven Periode das Taschengeld für Knallfrösche oder andere Juxartikel hinauswarf, um die Erwachsenen zu erschrecken, so trug er es zu solchen Zeiten zum Zuckerbäcker oder in ein Restaurant, wo sie dem kleinen Vicomte mit der großen Börse Austern oder Kaviar vorsetzten.

Er war sich dieser Geschehnisse kaum bewußt gewesen, in Maries Gegenwart aber begann er sich überdeutlich an sie zu erinnern. Rückhaltlos gestand er ihr, wie er seinen Großvater liebte, ihn manchmal aber abgrundtief hassen mußte. Er wußte nicht, warum, vielleicht nur, weil der Großvater alt war oder allzusehr auf Ordnung bedacht, vielleicht weil er in einem Maße gütig war, daß es den, der damit beschenkt wurde, erdrückte. Daß es oft zu heftigen Auseinandersetzungen kam, bei denen zumeist der Großvater nachgab, weil er für die Gesundheit des Enkels fürchtete. Und soweit er es selber begriff und in Worte fassen konnte, brach es aus ihm heraus, daß da irgend etwas Unbekanntes ihn zwang, so zu sein, und wenn er in Wut geraten mußte, dann gleich in einem Maß, daß er manchmal in Ohnmacht fiel.

Und manchmal, wenn er offenen Auges sah, was er angerichtet hatte, kam etwas in ihm hoch, nicht die Reue, wie der Beichtvater sie forderte, die sich in wohlgesetzten, auswendig gelernten Worten äußern konnte, nein, etwas Quälendes, Würgendes, das sich nicht ausdrücken ließ. Vor dem man nicht davonlaufen und das man nicht ausspeien konnte. Einmal sagen zu können: ›Verzeih, ich war ekelhaft, ich war hinterhältig‹ – was hätte er darum gegeben!

Marie aber konnte er es sagen, obwohl dieser Beichtvater hinter keinem Gitter saß, sondern ein verehrungswürdiges Mädchen war, das ihn ansonsten weit mehr gehemmt hätte als eine anonyme Stimme in dem knarrenden Holzkasten. Ihr konnte er gestehen, wie das alles, was die Menschen seine Lausbübereien, seine Ungezogenheit, seinen schlechten Charakter nannten, ihn quälte und bis in den Schlaf hinein verfolgte. Seinem Beichtvater hatte er das noch nie erzählt, vielleicht, weil er bei diesem gütigen, weißhaarigen Herrn mit Sicherheit erwarten konnte, daß dieser alles entschuldigte, wenn man ihm nur ein paar Ave Maria oder das Paternoster versprach. Bei Marie aber hatte er eine Verurteilung erwartet, hatte sie ersehnt und gefürchtet, weil er nichts mehr fürchtete, als ihre Güte und Freundlichkeit zu verlieren. Weil er damit zwar alles verloren hätte, was ihm ein Mensch, was ihm Gott vielleicht geben konnte, weil aber einzig dieser Verlust der Schuld angemessen gewesen wäre, die er manchmal auf sich lasten fühlte. Marie aber, die einzige, der er die Berechtigung zugestand, zu verurteilen oder zu entschuldigen, sie verdammte ihn nicht. Von ihr nahm er jede Absolution an, ihre Absolution verkleinerte nichts von seiner Schuld, aber sie tat ihm unendlich wohl.

Er war fast über Nacht ein braver Junge geworden, und der alte Oberst konnte sich vor Staunen nicht fassen, als die ersten Briefe aus de la Louye kamen. Wenn Foucauld an damals zurückdachte, sah er einen kleinen, dicken, folgsamen und eifrig plaudernden Jungen neben einem hübschen Mädchen durch den Park oder über gepflegte Wiesen gehen. Sie hatte seine Hand genommen, und er nahm ihren Schritt auf, damit sie ihn nicht mehr loslasse. Er hätte es nie gewagt, ihre Hand von selber zu nehmen, nicht als Geste der Zärtlichkeit, nicht einmal im Scherz oder um die von der Parkmauer leicht abfallende Wiese mit ihr hinunterzurennen. Aber sie demütigte ihn nie, indem sie ihn allzulange warten ließ, sie umfaßte seine Finger wie die eines kleinen Kindes, und er mußte sich dennoch nicht als Kind fühlen, so ernsthaft hörte sie ihm zu. So ernst und geduldig schwieg sie auch, wenn er manchmal ganz plötzlich zu reden aufhörte, damit sein Gerede ihn nicht unempfindlich mache für die Pulsschläge in seiner Hand, die den Einklang mit den ihren suchten.

Auch Catherine, ihre ältere Schwester, bereits eine Comtesse de Flavigny, eine äußerst kluge und gelehrte Frau, die mehrere Sprachen beherrschte, begleitete sie manchmal auf ihren Spaziergängen. Die beiden nahmen den Jungen in ihre Mitte, hoben ihn hoch – er war noch klein für sein Alter – und ließen ihn hin- und herschwingen. Catherine erinnerte ihn später, wie er einmal unvermittelt stehengeblieben war und ihrer beider Hände in die seinen genommen und betrachtet hatte. »Willst du uns die Zukunft deuten?« hatte Catherine lachend gefragt, obwohl es streng verboten war, an diesen Unsinn zu glauben. Er hatte nichts gesagt und verriet Catherine auch später nicht, daß er die beiden einander so ähnlichen Hände verglichen und sich immerfort und auch später noch gefragt hatte, woran das lag, daß es so ganz verschieden war, ob ihn die eine oder die andere berührte. Er hatte des öfteren die Lust verspürt, sich die Augen verbinden zu lassen und dann zu raten, welches der beiden Mädchen ihn angerührt hatte, wie in dem Gesellschaftsspiel, das auch die Großen manchmal spielten. Aber er hatte es nicht gewagt, vielleicht aus der uneingestandenen Angst davor, Maries Hand könnte etwas von ihrem Zauber verlieren.

Marquis Antoine de Morès, Duc de Vallombrosa:

»Ich glaube, fast jeder seiner Kameraden und Freunde hat etwas anderes in ihm gesehen. Wer er wirklich war, weiß keiner. Für die einen war er das freundliche Schweinchen, das seine Kameraden – natürlich nur die seines Standes – zum Essen, Trinken und zu anderen Vergnügungen einlud, für die anderen war er ein träger, unbotmäßiger Kadett, der es nur seinem Stand und seinem Geld verdankte, daß man ihn nicht längst davongejagt hatte. Für die einen war er dumm und stumpf, für einen Lehrer wiederum der Intelligenteste seiner Klasse, der eben nur nicht lernen wollte. Die hielten ihn für liebenswert, andere für maßlos präpotent. Wahrscheinlich war er beides. In Oran lebt ein Mädchen, das ihn, als sie sechzehn war, in Mascara öfter zu bedienen hatte, und sie schwärmt angeblich heute noch von den unvergeßlichen Augenblicken, wenn sie ihm zuhören durfte. Schüler aus der Jesuitenschule in Paris erzählen, wie er ihnen, offenbar schon weit erfahrener als sie, Adressen von Prostituierten gegeben und sich angeboten hatte, sie bei den Damen einzuführen, falls sie es selber nicht wagten, den ersten Schritt zu tun. Für seinen Großvater war er ein Faulpelz, weil er nicht zur Artillerie wollte, für den kleinen Cousin Gamelin, den späteren General, war er ein Scheusal, weil er, wenn er am Sonntag zu Besuch kam, sämtliche Tortenstücke, derer er habhaft werden konnte, verschlang. Für Monsieur Martin war er ein Genie des Genießens, der ihn, den Meisterkoch von Saumur, zu ungeahnten Höchstleistungen anstachelte, für andere ein Freßsack, dessen Leistungen einzig die Waage des Apothekers zu würdigen wußte.

Je länger die Menschen ihn kannten, desto rätselhafter wurde er ihnen, denn kaum hatte man sich an ihn gewöhnt, war er schon ein anderer. Er war freundlich, und er war mürrisch, er war oft scheinbar recht fröhlich, er konnte stundenlang irgendwo sitzen und in tiefer Melancholie vor sich hinstarren. Und ich bin überzeugt, daß diese Stimmungsumschwünge überhaupt nichts mit dem zu tun hatten, was rings um ihn geschah. Als gäbe es da noch ein zweites Leben, dem er ausgeliefert war und das ihn, unabhängig von dem, was wir sehen konnten, glücklich machte oder deprimierte. Die Mädchen mochten ihn nicht nur, weil er großzügig war, sondern auch witzig und amüsant, höflich und rücksichtsvoll. Aber wenn sie von ihm redeten, schien es, als redete jede von ihnen von einem ganz anderen. Er verlangte nie etwas Perverses von ihnen und tat ihnen auch nicht weh, aber manche hatten oft Angst vor ihm. Marie-Thérèse lief einmal mitten in der Nacht vor ihm davon und konnte am nächsten Tag nicht erklären, warum. Er hatte ganz ruhig geschlafen.

Als wir in Saint-Cyr waren, hatte er nach dem Tod seines Großvaters eine Wohnung in Paris, in der Rue de la Bétie, gemietet, eine herrliche Absteige, in der er die Sonntage verbrachte. Er hatte damals schon seine Erbschaft gemacht und gab Unsummen in Luxusrestaurants aus, beim Rennen oder im Theater. Aber wenn wir alle mit dem letzten Zug nach Saint-Cyr zurückfuhren und einander erzählten, was wir erlebt hatten, saß er mürrisch in einer Ecke und redete kein Wort. Es gibt Leute, die ihn oft lachen gesehen haben wollen, ich selbst habe ihn nur selten lachen gesehen, und dann war es oft ziemlich gequält.

In Saumur schien es ihm ein bißchen besser zu gehen, da hatte er auch die Ablenkung durch die Feste, die er gern arrangierte. Das tat er nicht für sich, sondern eher für uns, und vielleicht gab es auch noch einen anderen Grund. Ich glaube, es waren Versuche, das Alltägliche, das er so haßte, zu durchbrechen, und das nicht zu seinem Vergnügen, sondern einfach, damit es geschah. Auch bei seinen Streichen ging es ihm weniger darum, jemanden zu ärgern oder ihm wehzutun. Ich hörte ihn einmal sagen: ›Armer Teufel! Aber einer muß zum Handkuß kommen.‹ Es ging ihm offensichtlich darum, in ein Ordnungsgefüge, das er für unsinnig hielt, ein bißchen Unordnung zu bringen. Spielerisch natürlich, er war kein Revolutionär – damals nicht. Jedenfalls ein ganz anderer als die üblichen. So kam er zu spät zum Dienst oder abends in die Kaserne ... oder er ließ sein Pferd plötzlich aus der Reihe ausbrechen. Absichtlich.

Ein anderes Beispiel, das ich immer wieder gern erwähne, wenn man mich nach ihm fragt, obwohl ich selber damals schon die Armee verlassen hatte: Es war in der Garnison Pont-à-Mousson bei Nancy, da hatte er die Idee, an einem Abend, an dem der Kommandant Oberst du Pont in seinem Haus eine große Gesellschaft gab, sämtliche Kutschen der Stadt zu mieten. Es muß ein großer Spaß gewesen sein, die Kutscher hatten den Auftrag, immer wieder an den Häusern der Eingeladenen vorüberzufahren und bedauernd die Achseln zu zucken, weil sie schon vergeben waren. Von den Geladenen besaßen die wenigsten eine eigene Kutsche, und geschneit hatte es auch. Endergebnis: du Pont wartete vergeblich auf seine Gäste. Einzig der Bürgermeister und der Apotheker waren gekommen. Aber Foucauld tat das nicht, oder nicht nur, um den Oberst zu ärgern, denn den mochte er sogar recht gern. Er nahm nur die Gelegenheit wahr, etwas in die Welt zu setzen, das der banalen Realität – Oberst lädt ein, Wagen fahren vor, Gäste steigen aus und treten in das erleuchtete Eingangstor – entgegengesetzt war.

Ich fragte ihn einmal, warum er überhaupt bei der Armee sei, und er sagte: ›Weil ich zu nichts anderem tauge.‹ Dabei taugte er auch nicht zum Offizier – zumindest damals nicht. Als wir ausgemustert wurden, stand er von sechsundachtzig Leutnants an der sechsundachtzigsten, also an der letzten Stelle. Ein andermal sagte er: ›Dieser Beruf gibt mir die Möglichkeit, mich zum größten Gourmet und zum elegantesten Mann des 19. Jahrhunderts zu entwickeln. Die Armee ist nur die Form, in der sich das vollzieht, alles muß seine Form haben.‹ Es war erschreckend, zuzusehen, wie er sich darum bemühte: Galauniformen, englische Ulster mit Samtkragen, großkrempige Hüte, ein Monokel am schwarzen Moiréseidenband, obwohl er gesunde Augen hatte. Lauter solchen Plunder. Er sagte: ›Oberst werden kann jeder Idiot, wenn er in Saint-Cyr anfängt. Aber hundert französische Weinsorten nach ihrem Geschmack zu erkennen, dazu braucht Frankreich einen Foucauld.‹ Ein anderes Mal zuckte er nur traurig die Achseln: ›Was soll ich sonst tun? Weißt du etwas für mich, Antoine?!‹«

*

Der Kutscher hatte nach dem letzten großen Schneefall die Räder abmontiert und Kufen an den Wagen geschraubt, wie Foucauld das in der Schweiz gesehen hatte, und sie glitten sanft durch die Gassen der schlafenden Stadt. Foucauld hatte ihm befohlen, nicht direkt zu Mimis Haus zu fahren, er wollte jetzt nicht mit ihr ins Zimmer hinaufgehen, aber er wollte sie auch nicht allein gehen lassen und gleich in die Kaserne zurück. Er wollte sie halten, wie er sie jetzt hielt, eingehüllt sie beide in die verschwenderisch reichen Kamelhaardecken und Pelze, die er fürsorglich zu dem Fest mitgenommen hatte. Es war ein herrliches Fest gewesen, das schönste und eindrucksvollste, das er je inszeniert hatte – und zugleich eine richtige Katastrophe. Er spürte Mimi zittern unter dem seidigen, wallenden Kleid, das die Kameraden so begeistert hatte, weil es so wenig verbarg.

»Dieses Schwein«, murmelte er und meinte Oberst du Pont, den Kommandeur des Vierten Husarenregiments von Pont-à-Mousson. »Alles hat er uns verdorben.«

So schön hatte es begonnen auf der zugefrorenen Mosel, Schlittschuhfahrten und ein Orchester aus Tours, das die neuesten Walzer von Offenbach spielte. Das exquisite Buffet und die blaugoldenen Lichter in den beschneiten Bäumen, Schalen mit brennendem Punsch, die das Eis magisch aufleuchten ließen.

Mimi zitterte unter seinen Händen, und er versuchte sie zu wärmen, obwohl er wußte, daß es nicht die Kälte war, nur eine andere Form von Weinen, das sie vor ihm verbergen wollte, bis sie allein war. Sie wollte ihn in keiner Weise verpflichten, er wußte das, so war die Mimi Cardinale, um die ihn alle beneideten.

Dazu als Würze des Festes der so offen zur Schau getragene Groll der würdigen Offiziersdamen gegen die weniger damenhaften und auch nicht angetrauten, dafür zumeist hübscheren Begleiterinnen der jüngeren Offiziere. Allen voran Mimi, die als Höhepunkt, von hübschen Tänzerinnen umschwärmt, auf einem großen Schlitten zu sehen war, der die Form eines weißen Schwans hatte und, von etlichen jungen Offizieren gezogen, majestätisch über das Eis glitt. Auf kostbaren Pelzen ruhend, eine Astrachanmütze auf dem aschblonden Haar und hinreißend schön in ihrem fast durchsichtigen, bis zu den Knöcheln fallenden Kostüm.

»Dieses Schwein!« preßte er noch einmal zwischen den Lippen hervor. Er hatte dem Zittern unter seinen Händen nichts entgegenzusetzen, er wußte, daß dem nichts entgegenzusetzen war. Er hatte sie sicher nie wirklich geliebt, zumindest nicht so, wie er seine Cousine Marie zu lieben glaubte – immer noch, obwohl sie schon sechs Jahre verheiratet war, vielleicht auch gerade deshalb. Aber er wußte dennoch, daß er es Mimi schuldig war, etwas zu finden, dem vielgepriesenen Festarrangeur mußte doch etwas einfallen, damit dieses Zittern endlich aufhörte. »Er hätte bis morgen warten können«, sagte er, weil ihm nichts anderes einfiel. »Wenigstens bis morgen früh!«

Sicherlich hatte Oberst du Pont es aus reiner Bosheit getan, um sein Fest zu stören. Oder seine Frau hatte ihn dazu angestiftet, sie haßte Mimi, seit die beiden einander beim selben Schneider in der Rue du Faubourg Saint-Honoré begegnet waren – nur daß Mimi damals eine wesentlich größere Summe an der Kassa zurückgelassen hatte. Auf jeden Fall hatte du Pont plötzlich einen Tusch befohlen und eine Depesche aus Paris vorgelesen: den Befehl, daß das Regiment sich acht Tage später in Marseille einzuschiffen habe. Nach Afrika.

Der Schlitten fuhr die Serpentinen zum Schloß hinauf wie durch einen Zauberwald, und die Glöckchen am Bock des Kutschers klingelten leise. »Ich werde schon etwas finden«, flüsterte er Mimi ins Ohr, und sie nickte: »Ja, ja.«

Aber er hatte sich an du Pont revanchiert, glänzend revanchiert, wie sie ihm alle versicherten. Kaum hatte der Oberst seine Depesche zu Ende gelesen, war Foucauld zu seiner Mimi auf den Schwan geklettert, hatte einem Fackelträger die Fackel aus der Hand gerissen, sie hin- und hergeschwenkt und »Hurra, Hurra, nach Afrika!« geschrien. Dann stimmte er noch den Regimentsmarsch an, und Mimi spielte mit. Nicht nur, daß sie mit den enthusiasmierten Kameraden mitsang, sie riß Foucauld mit einem perfekten Bühnenschrei den Säbel aus der Scheide und richtete ihn, eine voranstürmende unheilige Jeanne d'Arc, gegen den sternenübersäten Himmel. Allgemeiner Jubel, glänzender konnte man dem Oberst und seiner eifersüchtigen Gattin die Show nicht stehlen.

»Aber dem haben wir's gegeben, nicht war, Mimi?« flüsterte er ihr zu. Sie nickte wieder und versuchte zu lächeln, und da erkannte er plötzlich, wie verlogen das alles war. Sicher hatte er diese Szene gespielt, zugleich aber hatte er plötzlich eine echte Begeisterung verspürt, wie seit Jahren nicht. Schon das zweite ›Hurra‹ war kein reines Theater mehr gewesen. Er war dem Oberst ja dankbar, gleichgültig, wann und aus welchem Grund dieser die Depesche vorgelesen hatte. Hatte er seinen jungen Leutnant, dem er trotz aller Lausbubenstreiche gewogen war, doch aus der tiefsten Depression seit langem gerissen. Afrika! Das war kein bloßer Theaterschrei.

Und jetzt, während er das Zittern des Körpers spürte, den er so oft liebkost hatte, wurde ihm plötzlich erschreckend klar, wie etwas, das den einen begeisterte, das ihm wie eine Erlösung erschien, schon den Nächsten so tief verletzen konnte. Er hatte es ja schon auf dem Schwanenschlitten bemerkt, wie Mimi, wunderschön anzusehen, gleich der Gestalt der ›France‹ mit Mütze und Kokarde auf dem Gemälde von Delacroix, plötzlich aus dem Triumphgefühl angesichts des jubelnden Publikums in die Erkenntnis gefallen war, was die Depesche in der Hand des Herrn Oberst für sie bedeutete.

Der Kutscher glaubte, lang genug gefahren zu sein, und hielt die Pferde an. Sie standen vor Mimis Haus, und die Glöckchen verstummten.

»Wir sind da, Monsieur le Vicomte«, sagte der Kutscher. »Oder wollen Sie noch – ?«

Mimi sprang auf, sie riß sich förmlich aus Foucaulds Armen und wollte aus dem Wagen. Er aber hielt sie zurück, er nahm einen Mantel vom Sitz, den schönsten, den kostbarsten, den er je einer Frau geschenkt hatte, und hüllte sie darin ein. Die Luft war sehr kalt. Er riß sie an sich, und sie gab einen Augenblick nach. Er hörte etwas wie ein ›Danke!‹ an seinem Ohr und fürchtete schon, sie könnte seine Geste mißverstanden haben. Er hatte plötzlich das irrsinnige Verlangen, ihr alle die Mäntel und Decken, die noch warm von ihrem Körper waren, nachzuwerfen. Die Kutsche, das Pferd, seine Börse, seine Wohnung in Nancy – vergeblich, es gab nichts, das irgend etwas gutmachen konnte. Als der Schlitten wieder anfuhr, hatte sich die Tür hinter ihr schon geschlossen. –

Der Morgen graute, als er auf die Kaserne zufuhr, aber die Kameraden saßen noch bei Leutnant Fitz-James im Zimmer neben dem seinen zusammen. Sie waren seit Jahren darauf gedrillt worden, für Frankreich zu kämpfen, aber den ersten wirklichen Einsatz vor sich zu haben war eben doch etwas anderes, als auf der Schulbank oder beim scharfen Ritt über blühende Wiesen davon zu träumen. Auch kamen die meisten von ihnen aus Eliteschulen wie Saint-Cyr oder Saumur, und das hieß nicht immer, daß sie besonders geeignete Offiziere sein mußten, das hieß eher, daß sie aus den besten Familien Frankreichs stammten. Die Begeisterung vom Festplatz auf der Mosel war also rasch verflogen, und weil sie das einander um nichts in der Welt eingestehen wollten, versuchten sie die Eindrücke des Festes noch möglichst lange in Erinnerung zu behalten: die phantastischen Beleuchtungseffekte und Foucaulds eigene Kreation, Kaffee mit Cognac zubereitet, und natürlich Mimi mit dem Offiziersdegen in der Hand und dem Pelzmantel, der von ihren Schultern glitt, während sie den Regimentsmarsch sang.

Foucauld hörte die Stimmen durch die Wand, an der er lag, aber er hatte keine Lust, hinüberzugehen. Seine Hände spürten immer noch Mimis zitternden Körper, er sah immer noch, wie sie zur Eingangstür hastete, als fürchtete sie einen Verfolger. Bis die Kameraden sich endlich seiner besannen und herüberkamen.

»Was ist los, Kriegsheld?« fragte Fitz-James und drehte das Licht größer. »Wie fühlst du dich auf deinen Lorbeeren?«

»Dem Herrn Oberst hast du's aber gegeben!«

Foucauld ließ den Schwall von Worten über sich ergehen und bedeutete ihnen, sich niederzusetzen, wenn sie schon stören mußten. Aber er hörte ihnen kaum zu. Er dachte an Afrika und an das Wort Setif, ihre nächste Garnison. Er dachte, was ihm sein Cousin, Oberleutnant de Castries, aus Afrika erzählt hatte, und daß man der Wüste da unten förmlich verfallen könne. Und er dachte an den Brief von Morès, den er gestern Nachmittag erhalten und der ihm das ganze Fest verdorben hatte. Morès hatte seinen Abschied genommen und wollte in die Politik gehen, so stand in dem Brief, auf dessen Kopf ein wenig zu groß »Antoine de Morès, Duc de Vallombrosa« zu lesen war. Endlich hatte er Geld und Titel geerbt. »Irgendeinen Sinn muß doch das Leben haben«, stand in dem Brief, den Foucauld jetzt in der Brusttasche stecken hatte, und wütend dachte er: ›Spar dir deine guten Ratschläge, Morès!‹ Aber der Brief war nicht aus dem Gedächtnis zu löschen. ›Irgendeinen Sinn muß doch das Leben haben . . .‹

Plötzlich hörte er die Frage: »Und was machst du jetzt mit ihr?« Laperrine hatte sie gestellt, und das war das erste, das ihn aus seinen Gedanken reißen konnte.

»Mimi?« fragte er, als hätte er daran noch gar nicht gedacht. »Was soll ich mit ihr tun?«

»Na ja, wenn wir wegfahren.« Mimi hatten alle gern, sie war also nicht nur Foucaulds Angelegenheit, und allerlei

Vorschläge prasselten über ihn herein, wie man das am besten regeln könnte. Nur Laperrine, der Freund, setzte sich zu ihm auf das Canapé und fragte leise:

»Soll ich das übernehmen?«

Foucauld sah den Freund dankbar an. Und es war seltsam: was er während der langen Schlittenfahrt auf der verzweifelten Suche nach irgend etwas, das Mimis Schmerz lindern könnte, nicht gefunden hatte, jetzt, im Bedürfnis, nichts von dem preiszugeben, was ihn noch wirklich berühren konnte, kam es ihm ganz leicht von den Lippen: »Mimi? Die nehm ich natürlich mit.«

Allgemeines Entsetzen. »Wie willst du das tun? Du kannst doch nicht – «

»Ich werde ihr eine Schiffskarte kaufen.«

»Schweinchen, jetzt bist du verrückt geworden!«

»Im Gegenteil!« rief er zurück, sprang auf und langte nach dem Morgenchampagner, der jederzeit griffbereit auf dem Kasten stand. Ihm war so leicht zumute wie schon lange nicht.

»Ich denke mir, Afrika müßte ihr gefallen.«

Mimi Cardinale:

»Das waren die schönsten Tage meines Lebens. Er hat im Schiffahrtsbüro eine Karte für mich gekauft, Luxuskabine. Er hat mich zum Zug nach Marseille gebracht, wie ein Ehemann seine Frau, und mir die Hand geküßt. Auf der Schiffskarte ist ›Vicomtesse de Foucauld‹ gestanden. Ich habe ihm gesagt, du bist verrückt, aber er hat nur gelacht. Du wirst Schwierigkeiten bekommen, aber er hat nur gelacht. Da hab ich mitgelacht, obwohl ich noch gar nicht gewußt habe, wie schön es sein wird. Auf dem Schiff bin ich beim Diner neben dem Kapitän gesessen, und die jungen Offiziere waren ganz verrückt nach der vornehmen Vicomtesse, die so freundlich zu ihnen war. Ich hab sogar ein bißchen kokettiert, eine Vicomtesse vergibt sich dabei nichts. Ich hätte wochenlang auf diesem Schiff bleiben können.

Auch in Bône war es nicht anders. Irgend jemand muß dem Subpräfekten gesteckt haben, wer da kommt, wir sind nicht einmal noch gelandet, ist er schon dagestanden. Ein kleiner Dicker mit schwitzender Glatze und einer Menge von Komplimenten. Und daß die Stadt mich willkommen heißt, und daß schon ein Wagen bereitsteht und eine Zimmerflucht im besten Hotel. Die Gastfreundschaft Algeriens und der Regierung Frankreichs, ich hab sie huldvoll angenommen und mir hundertmal die Hände küssen lassen.

Eine Woche später ist das Schiff mit den Offiziersfamilien gekommen, und ich hab mich davongemacht. Das hätte einen Skandal gegeben! In Setif war noch Zeit genug dazu. Ich habe mich von dem Präfekten verabschiedet, weil ich alles für Monsieur le Vicomte vorbereiten müsse. In Setif hab ich ein wunderschönes Haus gefunden und eingerichtet. Ich glaube, es hat ihm gefallen.

Es klingt vielleicht sonderbar, aber das waren die schönsten Tage meines Lebens. Ja, noch schöner, als wenn er dagewesen wäre. Ich hab ganz zu ihm gehört und er zu mir. Jeder Handkuß, jedes Kompliment haben mir gesagt: du bist seine Vicomtesse. Mit Charles hätt ich das alles nur spielen können. Er hätte mir zugezwinkert, er wäre unter dem Tisch mit seiner Hand gekommen und hätte – was anständige Eheleute eben nicht tun. Zusammen mit ihm, so wunderschön es war, hab ich immer diese Fremdheit gespürt. Nicht nur, weil er ein Vicomte war, aus einer der besten Familien Frankreichs, und ich die uneheliche Tochter einer Wäscherin. Die Entfernung zwischen ihm und mir war noch viel, viel größer. Aber am Kapitänstisch, in Bône, im Haus in Setif mit den Berberteppichen vom Markt war er mir nah wie sonst nie. Niemand hat ihn mir wegnehmen können . . .«

*

Es war früher Morgen, als sich der Transportdampfer der afrikanischen Küste näherte, aber Foucauld stand schon lange an der Reling und starrte zu dem hellen Streifen hinüber, der aus dem bleigrauen Wasser tauchte. Sie hatten den Abschied von Europa entsprechend gefeiert, und er spürte den Magen wie einen Stein. Nach mehr als sechshundert Jahren sollte wieder ein de Foucauld seinen Fuß auf Afrikas Boden setzen, und so gern er manchmal über seine Familie spottete, jetzt mußte er dauernd an seinen Ahnherrn, Bertrand de Foucauld, denken, der während des Siebenten Kreuzzugs in Mansourah an der Seite König Ludwigs des Heiligen gefallen war. Jetzt kamen sie ihm wieder in den Sinn, von denen ihm Vater und Großvater erzählt hatten. Jener Jean de Foucauld, Kammerherr des Dauphin, der bei der Krönung Karls VII. im Chor zu Reims ganz nahe neben dem wunderbaren Mädchen Jeanne gestanden war. Armand de Foucauld, der bei dem Blutbad vom September 1792 im Karmeliterkloster von Paris den Märtyrertod starb.

Märtyrertod – Charles konnte sich nicht viel darunter vorstellen, das waren Geschichten aus der Kindheit, wie jene von König Artus oder von Roland, dem mit dem Horn. Auch vom heiligen Augustinus wußte er nicht viel mehr, als daß dieser in seiner Jugend ein rechter Filou gewesen war. Aber daß die kleine Stadt Bône, die sein Schiff ansteuerte, das einstige Hippo, die Bischofsstadt des Heiligen, war, berührte ihn doch.

Es war ein hübsches Städtchen mit einem romantischen Hafen, und das fremdartige Gewimmel auf dem Quai unter ihm, der dem Schiff näher kam, bis die Fender sich knirschend an den Steinblöcken rieben, war ihm, so fremd es ihm auch erschien, irgendwie vertraut. Nur zu nahe durften sie ihm nicht kommen, die dunklen, schweißverklebten Gesichter unter den schmutzigweißen Turbanen, dann verlor sich der morgenländische Zauber. Diese gestikulierenden Hysteriker, die mit französischen Wortbrocken auf sich aufmerksam zu machen suchten, bettelnd die Hände emporreckten, sobald der Blick eines Fremden auf sie fiel, die für jeden geringsten Handgriff ihr Bakschisch verlangten – das sollten die verwegenen Söhne der Wüste mit den edel geschnittenen Gesichtern sein, von denen die Romanciers und Historiker seines Landes geschwärmt hatten? Dazu das Feilschen um hunderttausend Dinge, dieses Spiel zwischen Spaß und Verzweiflung, dem viel zu hoch angesetzten Preis und dem Verlust, den sie in allen Tonlagen zu beklagen wußten! Dazu das, was sie den Soldaten noch alles anzubieten hatten, verschämt und dennoch in aller Öffentlichkeit: Opium und obszöne Bilder, ein minderjähriges, garantiert noch jungfräuliches Schwesterchen, oder auch den hübschen, sauber gewaschenen Bruder.

Foucauld war froh, als sie endlich im Zug nach Setif saßen, einer altersschwachen Bimmelbahn, die aber immerhin so schnell fuhr, daß keiner dieser geschäftstüchtigen Leute ihnen folgen konnte. Die Fahrt nach Setif entschädigte ihn für die erste Enttäuschung. Er hatte noch nie eine so bizarre, erschreckende Landschaft gesehen, in der jede Äußerung der Natur ins Extrem ging. Diese schroffen, abweisenden Felsformationen und die unendlichen Ausblicke in steinige, schon von mancher Sanddüne durchzogene Wüstentäler, Hitze und Kälte, Dürre und Fruchtbarkeit. Noch nie hatte er auch ein solches Grünen und Blühen gesehen wie hier, Musterfarmen und Obstgärten, die jetzt, im Dezember, Früchte trugen, im scharfen Wind wogende Wiesen und Äcker mit blaugrünem Winterweizen. Und das alles hatten, wie ein Begleiter mit leuchtenden Augen erklärte, drei Jahrzehnte französischer Kolonisierung geschaffen. Sie konnten stolz sein auf ihr Vaterland, wie er immer wieder betonte.

Vor fünfzig Jahren schon war ein von König Karl X. befohlenes Expeditionskorps in Algier gelandet, hatte nach und nach die Küsten besetzt und war ins Innere des Landes vorgedrungen. Aber bis heute war Algerien nur am Rande ein kolonisiertes Land ohne feste Grenzen, gegen die die Nomadenstämme anstürmten, aus dem Osten von Südtunesien oder aus der unermeßlichen Weite der Sahara im Süden. Aber auch aus Marokko, in das sich jeder Angreifer leicht zurückziehen konnte, da die Franzosen sich hüteten, in diese noch völlig abgeschlossene und unerforschte Festung der moslemischen Zivilisation einzudringen. Einer der gefährlichsten Angreifer war Mohammed ben el Arbi ben bou Hafc, genannt Bou Amama, ein Marabut, ein moslemischer Heiliger und Asket. Er hatte nahe der Grenze von Marokko eine Kampfgruppe der Senussi, jenes fanatischen europäerfeindlichen Moslemordens, aufgestellt und immer neue Aufstände gegen die französischen Eindringlinge entfacht. Die Lage der Franzosen war diesmal besonders schwierig, weil die Truppen fast aller Garnisonen aus Algerien zum Feldzug gegen die Krumirs, einen Bergstamm im tunesischen Aurès, abgezogen worden waren. Als Entsatz war das Vierte Husarenregiment nach Setif abkommandiert worden, es sollte ab nun 4. Jägerregiment Chasseurs d'Afrique heißen.

Foucauld liebte Manöver, was er selber nicht verstand, da er sich dabei in wenigen Wochen mehr bewegen mußte als sonst in einem ganzen Jahr. Aber nicht nur, daß es die Phantasie des Malers in ihm anregte, die bunt uniformierten Reitertruppen in den riesigen Sandkästen zwischen schroffen Felsmassiven ausschwärmen oder Linie bilden zu sehen, gleich den Zinnsoldaten beim Unterricht. Auch die taktischen Bewegungen im Gelände, Zug und Gegenzug, Vorstoß und Umzingelung einer gegnerischen Einheit, entsprachen seinem Spieltrieb – zumindest in abstrakt-rechnerischer Form oder auch beim Manöver auf dem Rücken eines nicht allzu schnellen und zu schreckhaften Pferdes, wenn nur Platzpatronen krachten. Die Praxis, also ein ernsthaftes Gefecht freilich, würde ihm, wie er befürchtete, sicher weniger gefallen. Schon ein paar Tropfen Blut machten ihn krank, schon ein Steak auf englische Art lehnte er ab. Von der Angst ganz zu schweigen.

Diesmal aber war es anders, alles war diesmal anders. Die Wüste im Süden von Setif war Kriegsgebiet oder konnte es morgen schon sein. Ein riesiger, unerforschter Raum mit ein paar Oasen und Wasserstellen, in dem jederzeit, einmal da, einmal dort, die schnellen Trupps der Aufständischen auftauchen und wieder verschwinden konnten. Foucaulds Cousin, Oberleutnant de Castries, hatte in den letzten

Monaten vergeblich versucht, des Anstifters all der Aufstände, Bou Amama, habhaft zu werden, und war dabei bis Biskra vorgestoßen. Der Marabut aber konnte immer wieder entwischen. Und von der letzten Expedition des Oberst Paul-François Flatters, der bis ins Hoggargebirge, tausendfünfhundert Kilometer weiter in den Süden vorstoßen wollte, um die Möglichkeiten einer Trans-Sahara-Bahn zu erkunden, die Algerien mit dem französischen Sudan vereinigen sollte, hatte man schon seit Wochen nichts mehr gehört.

Die einheimische Bevölkerung, Kabylen, Araber oder Tuareg, waren zutiefst mißtrauisch, und die Soldaten wußten sich immerfort umlauert. Was sie auch taten, ob sie ihre Gefechtsübungen und Orientierungsritte absolvierten oder die lebensentscheidende Tätigkeit des Brunnengrabens trainierten, sie hatten dauernd in Alarmbereitschaft zu sein. Dabei entstand eine für Foucauld ungewohnte Form von Kameradschaft, gleichgültig, ob zwischen Mann und Offizier, zwischen Aristokraten und Bürgerlichen, Franzosen oder Arabern, und der verwöhnte Schlemmer, Liebhaber und Faulenzer aus Pont-à-Mousson war selbst überrascht, wie schnell er sich in dieses harte Leben zu fügen vermochte. Auch die Romantik des Lagerlebens mit Zelten und Gesprächen am Feuer, dem Kontrollieren der Wachposten und dem Hineinhorchen in den unendlichen Raum, den man vor sich wußte, fesselte ihn.

Und dann die Nächte! Anfangs war er viel zu müde gewesen, sie zu erleben, eines Nachts aber war er plötzlich hellwach geworden, als hätte ein auffälliges Geräusch ihn hochgerissen. Es mochte vom Feuer gekommen sein, das schon ziemlich niedergebrannt war, oder von einer der Wachen, die alle höheren Punkte rund um das Lager besetzt hielten, aber er blickte nicht zu ihnen hinüber. Er blieb liegen, wie sein Körper in den letzten Stunden gelegen war. Auf dem Rücken lag er, Arme und Beine weit von sich gestreckt, wie der Frosch, den er als Junge zum Sezieren mit Nadeln auf ein Brett gespannt hatte. Unter sich die Wüste, über sich der Himmel mit den ungeheuren Sternen, leuchtend und groß und nah wie nirgendwo in Frankreich. Ganz flach lag er da, sie preßten ihn förmlich zu Boden, und der Schmerz erschien ihm bald unerträglich. Aber er konnte sich nicht rühren. Er wollte aufstehen, er wollte seine Glieder von dem harten, steinigen Boden losreißen, aber er vermochte es nicht. Er wollte schreien, auch auf die Gefahr hin, daß er die Schlafenden alarmierte, aber er mußte schauen, immerfort schauen. Bis die Morgendämmerung kam und das Gewicht von ihm nahm. Er vergaß diese Nacht und ihren Schmerz nicht wieder.

*

Er war nicht hingefahren damals, obwohl er eine freundliche Einladung bekommen hatte. Was war schon eine freundliche Einladung! Bütten, ein Fetzen Papier, ein Datum. Papier war geduldig, so sagte man doch.

Niemand konnte ihn zwingen, hinzufahren, er war sechzehn Jahre alt. In dem Alter hatten Könige schon Todesurteile unterschrieben. Papier ertrug die schrecklichsten Dinge, seinem weißen, reinen Rücken konnte man alles auflasten, mehr als dem geduldigsten Esel, mehr als einem Dromedar in der Wüste. Der Esel bockte, wenn er nicht mehr weiter konnte, bis man ihn erschlug, das Dromedar streckte die Beine von sich, wenn sein Höcker schlaff war wie ein nasser Lappen.

Nein, niemand konnte ihn zwingen. In der Familie der de Foucaulds bemühte man keinen Beamten der Republik, um einen der Ihren zur Raison zu bringen. Daß man ihn einen trotzigen, ungezogenen Jungen nannte – es gab schlimmere Dinge. Nein, er fuhr nicht zu dieser Hochzeit. Er ging in einen Papierladen und kaufte ein Heft. Er schrieb den ersten Satz in sein erstes Tagebuch. Er schrieb: »Cousine Marie Moitessier heißt seit heute Marie de Bondy.«

Marquis de Morès, Duc de Vallombrosa:

»Eines Tages war er verschwunden. Er kam nicht zum Zapfenstreich und auch nicht um Mitternacht, aber auch beim Morgenappell war der Vicomte noch nicht da. Das war ungewöhnlich, nicht, weil er ein so pflichtbewußter Offizier gewesen wäre oder Angst vor Strafe hatte – nein, es gehörte nur zu seinem Ehrenkodex, bei keiner der Damen, mit der ihn ein Verhältnis verband, bis zum Morgen zu bleiben. Mit einer Ausnahme, Mimi, die einen bei Schweinchen ungewohnten Anfall von Treue auslöste. Aber das war erst in Pont-à-Mousson. Was also konnte geschehen sein? fragten wir uns.

Die Sache war mehr als mysteriös, und spätestens am zweiten Tag mußte der Kommandant davon erfahren. Aber auch am folgenden Morgen war Schweinchen noch nicht da. – Wir nannten ihn Schweinchen, weil er so fett war, und er nahm es uns nicht übel. Im Gegenteil, er nahm es als Kosewort, als Beweis unserer Liebe, ich habe das Gefühl, er dürstete nach solcher Liebe. Damals. – Jetzt wurde die Sache peinlich, und zum erstenmal fiel das Wort Desertion. Wir schickten Depeschen nach Nancy zu seiner Schwester und zu seiner Cousine Marie nach Paris, auch die wußten von nichts. Er konnte auch nicht ausgeritten sein, sein Pferd stand im Stall, und auch sonst fehlte keines. Hätte er einen Zug genommen, wäre das dem Bahnhofsvorstand bestimmt aufgefallen, wie er versicherte. Er kannte uns alle gut.

Der Kommandant hatte bereits die Gendarmerie verständigt, eine Meldung nach Paris zögerte er noch hinaus. Wir baten um einen freien Nachmittag für einen ›scharfen Übungsritt‹ in die Umgebung der Stadt. Es konnte ihm ja etwas zugestoßen sein. Der Vicomte war reich und trug immer eine hübsche Summe bei sich. Schon der Wappenring konnte einen Kenner reizen. Oder war es ein eifersüchtiger Gatte? De Foucauld war nicht nur bei den Damen mit zweifelhaftem Ruf beliebt, und es wäre nicht das erste Duell wegen einer verheirateten Frau gewesen.

Jedenfalls teilten wir uns in mehrere Gruppen und durchstreiften systematisch die Gegend. Ich hatte die Führung meiner Gruppe übernommen und mich, ich muß es zu meiner Schande gestehen, ein bißchen verirrt. Aber das war unser Glück. Wir kamen in ein Dorf, das wir nicht kannten, und ich wollte mich schon vom Pferd schwingen, um in einem der Häuser den kürzesten Weg nach Saumur zu erfragen. Es dämmerte schon.

Da sah ich ihn. Ich meine, ich erkannte ihn nicht sofort, das war bei der Entfernung nicht möglich. Aber meine erste Reaktion war, daß ich meinen Kameraden einen Wink gab, als hätte ich einen Feind ausgemacht. Sie gehorchten sofort, und mit ein paar Sätzen waren wir in einem Versteck von dichtem Buschwerk. Ich deutete auf die Straße, auf der der Landstreicher daherkam. Ich erinnere mich noch heute an jede Einzelheit, die kotige Straße, das halbverfallene Haus gegenüber, die ersten verfärbten Blätter. Es war Frühherbst. Er sah völlig verwahrlost aus, unrasiert, ungekämmt, in abgerissenen Kleidern, einen Beutel über der Schulter. Ich weiß nicht, ob er sich auch Schminke ins Gesicht geschmiert hat oder ob das von anderswo herkam. Ich könnte mir vorstellen, daß er später in Marokko so ausgesehen hat oder dann in Syrien – ich hab seinen Weg ziemlich genau verfolgt. Sogar seine Wangen waren tief eingefallen, und das nach knapp drei Tagen. Er war so verblüffend ein anderer. Er hat uns schon etliche Beispiele seines schauspielerischen Könnens gegeben, aber das war keine Schauspielerei mehr. Dazu hätte er sicher noch ein bißchen übertrieben, gehinkt oder etwas Ähnliches. Er tat es nicht, seinen aufrechten Soldatengang, der zu ihm gehörte, so fett und faul er war, verleugnete er nicht. Der war es auch, an dem wir ihn erkannten.

Dann kam die Kutsche und überholte ihn. Ich weiß nicht, wer drinsaß, ich sehe nur noch, wie der Landstreicher sich ihr zuwandte und bettelnd die Hände hob. Ich sehe noch, wie der Kutscher auf dem Bock die Peitsche hob und Foucauld demütig zur Seite wich. Er wäre fast unter die

Räder geraten. Ich war nahe daran, die Pistole zu ziehen, um dem Flegel in der Livree zu geben, was er verdiente.

Als die Kutsche vorbei war, spürte ich plötzlich die Spannung in mir, und den andern ging es genauso. Fast gleichzeitig brachen wir durch unser Versteck und rannten auf ihn zu, Laperrine, unser Sportsmann, hob Schweinchen hoch und wirbelte ihn herum. Er sagte später, er habe sich gewundert, wie leicht Foucauld gewesen war. Das konnte aber auch Einbildung sein. Charles jedoch reagierte ganz anders als sonst, er blies sich nicht auf und verlor kein Wort darüber, was er in den drei Tagen erlebt hatte. Er sah uns nur stumm an, die blöden Kerle, die um ihr wiedergefundenes Schweinchen herumtanzten. Als hätten wir ihn aus einem Traum gerissen. Als wir heimritten, saß er hinter mir, und der sattellose Trab schüttelte ihn ganz gehörig durch. Aber er sagte immer noch kein Wort, erst als er zum Rapport befohlen wurde und sorgfältig die schönsten Uniformstücke auswählte, die er in seinem Schrank hängen hatte, war er wieder der alte.«

*

Mimi merkte sofort, daß es ein anderer war, der das Tor hinter sich zugeschlagen hatte, auf sie zustürzte und sie heftig an sich drückte. Das tat er auch sonst, dazu mußte er nicht vier Wochen auf Manöver gewesen sein. Er war ein leidenschaftlicher Mann, und sie hatte das offenherzigste Kleid gewählt, um ihn zu empfangen. Er hatte sicher einiges an Gewicht verloren und eine gesunde Hautfarbe, aber das waren nur Äußerlichkeiten, auch wenn sie ihm gut standen. Sie spürte sofort, daß er nicht die Gefährtin so vieler durchliebter Nächte umarmte. Er war übervoll von fremden Dingen, und einfühlsam, wie sie war, flüsterte sie ihm hastig ins Ohr: »Wie war es? Erzähl!« Obwohl sie selbst genug zu erzählen gehabt hätte.

Sie führte ihn an der Hand in den Raum, den sie mit viel Geschmack als Salon eingerichtet hatte, und drückte ihn in einen der bequemen Fauteuils. Er setzte sich, blickte um sich, sah die Chaiselongue, das goldfarbene Kohlenbecken, die arabischen Teppiche an den Wänden.

»Hübsch«, sagte er und streckte herzhaft gähnend die Beine von sich. In dem Augenblick wußte Mimi, daß sie etwas falsch gemacht hatte. Sie grübelte später noch oft darüber nach. Vielleicht hätte sie ihn nicht so heftig abküssen sollen, vielleicht hätte sie ihn nicht, wie er es gewohnt war, in den Salon führen und in den weichen Fauteuil niederdrücken sollen. Was ihn erfüllte, hätte einen anderen Rahmen gebraucht als ein Tischchen mit Cognac, Pralines und den Zigarren Marke Foucauld. Vielleicht hätte sie sich nicht vor ihm hinkauern dürfen, den Lockenkopf auf seinen Knien, all das hatte zum Zeremoniell von Pont-à-Mousson gehört, wenn er seinen Kasernenklatsch mitbrachte und sie ihn mit den Neuigkeiten aus dem Städtchen amüsierte. Das Vorspiel zu dem, was wenig später im Nebenzimmer zur Hauptattraktion des Abends werden sollte.

Ja, sie hatte alles falsch gemacht, der andere Foucauld hatte im Augenblick der ersten Umarmung nach einer anderen Mimi verlangt, aber er hatte es sofort aufgegeben, als er die Mimi von früher in seinen Armen spürte. Und jetzt saß er da, sagte anerkennend: »Hübsch«, ließ den Blick über Wände und Möbel gleiten, Louis XVI. und ähnliches, mit Mühe zusammengetragen, sah zuletzt auf ihre schönen Schultern, wieder ganz der, den sie bis jetzt zu kennen geglaubt hatte. Der andere, den sie vergeblich zum Erzählen animiert hatte, war draußen geblieben oder tief in ihn zurückgekrochen.

»Und nun beichte!« sagte er und spielte mit den blonden Locken, an denen sie den ganzen Nachmittag gearbeitet hatte. »Was ist alles passiert?« Allmählich kam auch das spitzbübische Lachen wieder, das ihn manchmal, wenn er bei ihr war, wie einen kleinen rundgesichtigen Jungen erscheinen ließ. »In vier Wochen kann man ja allerlei anstellen.«

Setif war eine Katastrophe, das häßlichste, provinziellste Nest, das Mimi je gesehen hatte. Langweilige, charakterlose Häuser, kein Platz, der zum Promenieren einlud, kein einziges Schaufenster, vor dem stehenzubleiben sich lohnte. An den drei Kaffeehäusern ging man am besten vorbei. Gottlob hatte sie schon am zweiten Tag ein halbwegs annehmbares Haus gefunden und den freundlichen Kavalieren im Basar, langweiligen, aber recht brauchbaren Handelsleuten, die schönsten Möbelstücke und ein paar Berberteppiche abgejagt.

»Hübsch«, sagte er und griff nach ihr, als sie im Lauf ihrer Erzählung die Verschnürung seines Waffenrocks zu öffnen begann. Sie aber entwand sich ihm rasch. »Wenn du das willst, dann kann ich nicht erzählen. Und das Schönste kommt ja erst.«

»Und was ist das Schönste?«

»Jetzt kommen die Damen«, sagte sie pathetisch und stellte sich in Positur, als wollte sie eine alte schaurige Ballade rezitieren. »Die Damen des Regiments landen in Bône«, rief sie, und Foucauld war sofort von ihrer Darbietung gefangen. Mimi erzählte nämlich nicht, was sie für erzählenswert hielt, sie spielte es. Manchmal mit kaum angedeuteten Gesten, dann wieder sprang sie buchstäblich in eine Szene hinein, deren Personen sie mimte. Durch ihr Spiel wurden die belanglosesten Dinge zu etwas Besonderem, wie jetzt der Auftritt der Offiziersdamen an Deck des Postdampfers aus Marseille. Voran die junonische Gestalt der Frau Oberst mit Lorgnon und breitrandigem Hut, hinter ihr, nach Rang und Dienstalter der Eheherrn gereiht, die anderen Damen. Ihnen gegenüber der kleine, unterwürfige, vor Angst schwitzende Unterpräfekt, dem Mimi schon bei ihrer Ankunft am liebsten einen Kuß auf die Glatze gegeben hätte – wäre sie damals nicht eine Vicomtesse gewesen.

»Das bist du noch«, warf Foucauld empört ein und wollte sie wieder an sich ziehen. Sie hatte ihm den karierten Hausrock gebracht, zog sich aber rasch wieder aus der Gefahrenzone zurück.

»Hände weg! Noch sind wir in Bône!« Die Szene war auch knapp vor dem Höhepunkt: als nämlich der kleine, dicke Unterpräfekt im Lauf seiner wohlgesetzten Begrüßungsansprache zu seinem Unglück erwähnte, daß die Ankunft der hübschen, jungen Vicomtesse de Foucauld vor vierzehn Tagen ihm schon einen Vorgeschmack gegeben hätte, was ihn jetzt erst erwartete.

»Vicomtesse de Foucauld?« übernahm Foucauld das Stichwort und mimte den entgeisterten Blick der Frau Oberst hinter dem Lorgnon.

»Freilich!« rief Mimi, mit der Stimme des Unterpräfekten. »Eine unverkennbare Tochter aus Frankreichs Adel.«

»Die Folge ist allgemeines Entsetzen«, führte Foucauld die Geschichte weiter. Und dann mit der Stimme der Frau Oberst: »Dieser junge Leutnant ist doch gar nicht verheiratet.«

»Woraus der arme schwitzende kleine Mann notgedrungen schließen mußte«, beendete Mimi ihre Pantomime und warf sich Foucauld lachend an den Hals, küßte ihn wieder und wieder und setzte erst nach einer ganzen Weile, die Lippen nah an seinem Ohr, den begonnenen Satz fort: »daß dieser schreckliche Kerl sich seine Dirne nach Afrika mitgebracht hat.«

»Wenn der kleine Mann das nur nicht an die Familie des bösen Leutnants weitergibt! Die stellen ihn glatt unter Kuratel.«

»Um Gottes willen!« tat Mimi entsetzt. »Wovon soll der dann seine Dirne bezahlen?«

»Ganz einfach, er wird Asket.«

»Das ist ja noch schlimmer!«

»Aber billiger.«

»Nein!« schrie Mimi und riß ihn heftig an sich. Er hatte plötzlich das Gefühl, das Spiel könnte Ernst werden, und versuchte die Geschichte weiterzuspinnen.

»Ich frag mich nur, was die Frau Oberst in dieser Stunde der glücklichen Heimkehr ihrem Gatten ins Ohr flüstern mag.« Aber damit machte er die Sache noch schlimmer.

»Um Gottes Willen!« Mimi riß sich los. »Das frag lieber nicht!«

»Aber, aber!« Foucauld zog sie wieder an sich, »das ist doch nicht unsere Sache.«

»Doch«, sagte sie, und er spürte, wie sie zitterte. »Charles, ich hab Angst.«

»Angst?« Er lachte. »Wer kann dir etwas tun?«

»Sie hat ihn doch ganz unter dem Pantoffel, und sie haßt mich«.

»Da bin immer noch ich da.«

»Ja, natürlich«, sagte sie leise. »Du bist da – – solang du da bist.«

Er sah die Schatten über ihrem Gesicht und wischte zart mit der Hand darüber. Sie versuchte zu lächeln.

»Komm!« sagte er zärtlich, faßte sie unter und trug sie ins Zimmer nebenan. Sie hielt ihn so fest umklammert, daß sie ihn beinahe würgte. –

Später, als sie ihn längst wieder losgelassen hatte, lag er noch lange wach. Was diese Mimi für eine herrliche Komödiantin geworden wäre, dachte er. Eine zweite Sarah Bernhardt, hätte sie die großen Gestalten eines Racine, eines Molière ebenso mit Leben erfüllen können wie die zumeist banalen Szenchen aus ihrem Umkreis! Wie lebendig standen die Figuren da! Wie lebendig wurde Mimi, wenn sie Mimi spielte! Ein ganz anderes Leben spielte, ein faszinierendes Leben, so nahe es auch ihrem wirklichen banalen Leben war. Etwas, das über die süße, kleine Mimi himmelweit hinauswies. Etwas, das ihrer Liebschaft, den Festen mit den Freunden, den Nächten, der Stunde des gemeinsamen Erwachens einen Adel verlieh, ein Leuchten, einen Glanz – ach, könnte er nur das richtige Wort dafür finden! Etwas, das jeden mit hineinnahm, der ihr nahe sein durfte. Liebte er sie? Liebte er sie, weil es ein solches Leben, und sei es nur in Augenblicken des Spiels, nur zusammen mit ihr geben konnte?

*

Mimis Angst war nicht grundlos gewesen. Die peinliche Situation, daß eine Pariser Lebedame als Vicomtesse in Setif wohnte, wurde mit Foucaulds Anwesenheit nur noch peinlicher, da er ganz ungeniert weiter mit ihr zusammenlebte. Sogar ein Schildchen: ›Monsieur et Madame Vicomte de Foucauld‹ hatte er demonstrativ an seinem Haustor anbringen lassen.

Den Freunden machte das Spaß, die Geschichte von Mimi und den Offiziersdamen war bald stadtbekannt geworden, und jeder wartete gespannt, wie auf die Zeitungen aus Paris, wie sie weitergehen werde. Aber sie warnten ihn auch. Die verheirateten Offiziere hielten betonte Distanz zu ihm, und Cousin de Castries forderte ihn sogar im Namen der Familie auf, sich sofort von Mimi zu trennen. Foucauld aber dachte nicht daran, im Gegenteil, sooft er konnte, zeigte er sich mit ihr in der Öffentlichkeit, auf der Straße, im Kaffeehaus oder bei Gesellschaften, bei denen man ihn nicht umgehen konnte. Er veranstaltete in seinem Haus Feste, bei denen die erlesensten Tafelgenüsse aus Algier, Oran, selbst aus Paris aufgetischt wurden, aber der Hauptanziehungspunkt war natürlich die skandalumwitterte Mimi. Dank seines liebenswürdigen Wesens und auch seines Geldes wegen hatte er bald sämtliche Honoratioren der Stadt mit ihren Frauen zu Gast, selbst aus Oran kamen sie, und Gegeneinladungen waren an der Tagesordnung. Wen er nicht mochte, den lud er erst gar nicht ein.

Oberst du Pont hatte eine geheime Schwäche für Foucauld, die ohnmächtige Wut der Offiziersdamen, einschließlich seiner eigenen, machte ihm sogar Spaß. Dennoch kam der Tag, an dem er endlich handeln mußte. Die Anwesenheit des Regiments in Setif hatte bald allerlei unerwünschte Elemente in das brave Städtchen gebracht. So war die Rede von einem geheimen Bordell, das sich am Stadtrand etabliert hatte, und allerorten, im Basar und in den Cafés tauchten reizvoll verhüllte Frauen auf. Das war nun nicht weiter bemerkenswert. Jede größere Garnison hatte ihr Bordell, schon Abd el-Kader, der große Gegner der Franzosen, hatte ihnen vorgeworfen, sie hätten nichts als die Prostitution ins Land gebracht. Bald aber wurde gemunkelt, daß die hübschesten dieser Mädchen gegen Abend aus der Öffentlichkeit verschwanden, um die opulenten Gelage in Foucaulds Haus um weitere Genüsse zu bereichern. Mehr noch, auch hübsche Araberjungen sollten dort aus- und eingehen.

Das war zuviel, und nicht nur für die Frau Oberst, an diesem Argument konnte auch der gutmütige du Pont nicht mehr vorbeihören: daß der Groll gegen dieses sittenlose Treiben besonders unter den Moslems von Tag zu Tag wuchs. Kam nicht mit jeder Order aus Paris auch die Mahnung, jegliche Provokation der einheimischen Bevölkerung zu vermeiden?

Foucauld ahnte, was da auf ihn zukam, und auch Mimi bat ihn, die Sache nicht auf die Spitze zu treiben. Sie schlug ihm sogar vor, für ein paar Wochen nach Constantine auszuweichen, bis sich die Situation wieder beruhigt hatte. Zu den Wochenenden konnte er ja mit der Bahn in zwei Stunden bei ihr sein. Er aber lehnte schroff ab. »Ich will dich nicht verleugnen, und ich werde es nicht«, schrie er sie an, und es war der erste Streit, seit sie einander kannten. »Und am Wochenende habe ich anderes zu tun.«

Er war wie besessen davon, sich mit Mimi zu kompromittieren. Sie mußte die neuesten Kleider aus Paris vorführen und Schmuck aus der Rue de la Paix, er setzte sie in den schönsten Wagen, der in Setif aufzutreiben war, und befahl dem Kutscher, sie durch die belebtesten Straßen zu fahren. Die Abende verbrachte er zumeist mit ihr daheim wie ein getreuer Ehemann, er las in einem seiner Bücher oder sah ihr nachsichtig zu, wenn sie sich mit der Handarbeit plagte, die ihr die arabische Dienerin für solche Abende beibringen mußte. An den Wochenenden aber ließ er sein Pferd satteln, so früh wie möglich, und ritt mit Leutnant Thétard in die Wüste hinaus. Erst Montag früh kam er wieder, erschöpft und niedergeschlagen, als müßte er in die Hölle zurück. Mimi verstand das alles nicht mehr, und auch Laperrine, dem sie sich am ehesten anvertrauen konnte, wußte keinen Rat.

Endlich kam der Tag, an dem Foucauld zum Rapport bei Oberst du Pont befohlen wurde. Mimi war völlig klar, was das bedeutete, so viel war schon durchgesickert: entweder sie verließ Setif, oder der Oberst mußte die Angelegenheit an das Kriegsministerium weitergeben. Foucauld blieb lange aus, und als er zurückkam, waren die Freunde schon in seinem Haus versammelt.

»Na, was ist passiert?« rief Laperrine, und sie stürzten auf ihn zu, als er in die Tür trat. Er mußte unwillkürlich lachen, als er ihre erregten Gesichter sah. »Na ja«, sagte er ruhig, aber es war zu spüren, daß er sich nur mit Mühe beherrschte, »Madame du Pont ist es gelungen, Frankreichs glorreiche Armee eines vielversprechenden Offiziers zu berauben.«

»Das kann doch nicht wahr sein!« schrie Laperrine auf.

Foucauld zuckte die Achseln und nahm eine Zigarre aus dem Kistchen, Spezialmischung Charles de Foucauld. Mimi gab ihm Feuer, und er hielt ihre zitternde Hand.

Mimi Cardinale:

»Ich war sicher die stolzeste Frau Frankreichs damals. Charles nimmt meinetwegen Abschied von der Armee! Die Frau Oberst muß zersprungen sein. So stolz und so dumm war ich damals, aber schon ein paar Wochen später hab ich begriffen, was das für einen Mann wie ihn bedeuten muß. Sie waren auch zum ersten Mal richtig böse auf mich, Laperrine und die andern. Ich hätte ihn daran hindern sollen. Einfach verschwinden, das wäre meine patriotische Pflicht gewesen. Aber wer kann Charles an etwas hindern, das er sich einmal in den Kopf gesetzt hat? Er scheint auch so etwas geahnt zu haben. ›Wenn du davonläufst, such ich dich in ganz Frankreich‹, hat er gesagt.

Drei Wochen nach dem Rapport beim Herrn Oberst ist die Antwort aus dem Ministerium gekommen, und wir sind nach Evian am Genfersee gefahren. Er hat nicht nach Paris gewollt. ›Ich muß mich sammeln‹, hat er gesagt und sich mit seinen vielen Büchern eingesperrt. Es war wunderschön dort, obwohl das Wetter besser hätte sein können. Februar, März, April. Keiner hat sich darum gekümmert, wer ich war. Ich hab sogar ein paarmal für ihn gekocht, und dem Feinschmecker hat es geschmeckt. Er war schrecklich lieb zu mir. Trotzdem hab ich bald gewußt, das wird das Ende sein.

Manchmal, wenn die Sonne geschienen hat, war der See wunderschön, aber Charles hat immer nur an Afrika gedacht. Seit er dort war, nur Afrika. Kaum hat er eine freie Stunde gehabt, ist er losgeritten, mit dem Thétard, der jetzt General ist. Nach Süden in die Berberdörfer hinauf. Jede freie Minute waren sie fort, und Thétard hat mir gesagt, das muß ich verstehen. Wen die Wüste einmal gepackt hat, den läßt sie nicht mehr los, das ist schon vielen so ergangen. Einmal haben sie sich verirrt, und Charles ist erst nach zwei Tagen zum Dienst gekommen. Ich hab schreckliche Angst um ihn gehabt. Aber der Herr Oberst hat kein Wort darüber verloren. Solange keine Mimi dahintersteckt –

›Du als Frau kannst das nicht verstehen‹, hat Thétard gesagt, der jetzt General ist. Aber haben ihn die anderen verstanden? Alle haben gesagt, er ist verrückt. Wegen einer Mimi schmeißt man nicht seine ganze Zukunft weg. Auch die von seiner Familie haben nichts verstanden. Zuerst, als er das Geld hinausgeworfen hat, haben sie ihm bitterböse Briefe geschrieben und ihn unter Kuratel gestellt wie einen Idioten. Dann der Skandal wegen dem Austritt aus der Armee. Als ob die Welt untergegangen wäre. Dann hat er ihnen das ganze Geld einfach geschenkt, und sie haben wieder die Köpfe geschüttelt, weil er Mönch geworden ist. Wenn die wüßten, daß er mir noch ein paarmal Geld geschickt hat! Was er auch getan hat, es war für sie verrückt. Sogar für die Madame de Bondy.

Ich weiß das alles von der Hélène. Sie war einige Zeit die Freundin des Olivier de Bondy. Ein richtiges Schwein, aber sie war ganz versessen auf Männer aus diesen Kreisen. Und ob die Madame so ganz unschuldig daran war? ›Weil sie Charles nicht gekriegt hat, hat sie alles dazu getan, die Cousine eines Heiligen zu werden‹, hat er einmal gesagt. Auch kein Vergnügen für einen Mann! Und was sie aufgeführt hat, als er das nette Mädchen aus Algier hat heiraten wollen! Kein Niveau! Eine Mésalliance! Sie hätte ihm jede ausgeredet, bis zum Grab. Aber warum hat sie denn nicht die paar Jahre warten können? Der arme Junge hat sie verehrt wie ein Heiligenbild. Kein Wort hat man über sie sagen dürfen. Aber man könnte ja, Gott bewahre, sitzenbleiben, und wenn der Schmelz der Jugend fort ist – dann lieber doch noch den alten Bondy. Mein Gott – ich hätte zwanzig Jahre auf ihn gewartet, egal, was er dazwischen treibt!

Ich hab ihn lang nicht aus den Augen verloren. Ich hab mir gedacht, vielleicht braucht er mich einmal, und dann bin ich da. Idiotisch natürlich. Aber ich hab mir ja auch eingebildet, ganz am Anfang, ich könnte ihn glücklich machen. Er war so arm und verloren immer, wie ein vernachlässigtes Kind kam er mir vor. Aber das weiß ich jetzt: den kann kein Mensch glücklich machen. Er war ja auch immer so weit fort. Unerreichbar. Seine Hände waren wie zärtliche Automaten, die von irgendwo gelenkt werden.

Zuletzt hat er nur noch von der Wüste geträumt. ›Das müßtest du sehen‹, hat er immer gesagt. ›Da ist eine Mulde, dort kommen schon die Sanddünen aus dem Süden herein. Nur du und ich und der Himmel‹, hat er gesagt. Und einmal hat er mich kurzerhand aufs Pferd gesetzt. Stundenlang auf dem Pferd, mein Hinterteil hat wie Feuer gebrannt. Und dann sind wir in der Mulde gelegen, wie in einem Suppenteller, es war entsetzlich heiß, und der Sand, in alle Ritzen hat ihn der Wind geweht. Und dann in der Nacht die Kälte. Und er hat geschwiegen, ich kenne keinen Menschen, der so lang schweigen kann. Er hat mich nicht angerührt. Ich war überhaupt nicht da. Nur er und der Himmel . . .«

*

Es gab keine Feste in Evian, noch war keine Saison, es gab auch kaum neue Menschen, von denen Mimi erzählen konnte, wenn er von seinen stundenlangen Spaziergängen am See heimkam. Zu Mimi zurückzukehren war jetzt anders als früher, das wußten sie beide. Alles war anders in Evian. Er las viel, eine Beschreibung der Wüste Sahara, die er nicht sehen durfte, ein Buch über die magischen Riten der Rifkabylen, das er nicht nachprüfen konnte. Er lernte arabische und Berbervokabeln, aber niemand war da, der seine Aussprache korrigieren konnte. Nur Mimi war da, bereit wie immer, zu seinen Füßen zu sitzen oder sich zum Ausgehen fertig zu machen, damit alle sehen konnten, was für eine prachtvolle Frau er besaß. Bereit, eine ganze Runde von Herren zu bezaubern und bis in den Morgen hinein ihnen das Gefühl zu geben, was für herrliche Stunden sie verlebten und was für Kerle sie waren. Sie war immer bereit gewesen, und es war ihr fast immer gelungen, das Leben, das sie beide führten, die banalen Geschichten, die sie heimbrachte, mit einem Glanz des Außergewöhnlichen zu umgeben.

Jetzt aber, wenn sie Stunden nebeneinander hinter der Glasscheibe der Veranda saßen, weil es draußen noch zu kalt war, wenn einer auf das erste Wort des anderen wartete, wurde ihm klar, was das turbulente Zusammenleben in der Garnison überdeckt hatte: Mimi war immer nur Reaktion gewesen, ein komischer, manchmal verrückter, erregender Spiegel dessen, was sie wiedergab. Sie konnte karikieren, was täglich an Neuem, Überraschendem angeboten wurde, sie konnte es bis zur Faszination steigern. Es war ihr gelungen, ihm einen Foucauld vorzuspielen, der weit mehr darstellte als den fetten Genießer, der sich läppische Allüren zulegte, um sich von der Welt, von seiner eigenen erbärmlichen Existenz abzuheben. Sie hatte ihm Möglichkeiten seines Wesens gezeigt, eine Schau des Lebens, die ihm die langen Stunden zwischen solchen Höhepunkten erträglich machte. Natürlich war es eine Illusion gewesen, aber er hatte sie wie eine Droge gebraucht, und jetzt wartete er auf seine

Droge, und Mimi besaß sie nicht mehr. In dem behaglichen Zusammenleben in Apartement, Hotelhalle und Park zwischen Frühstück und Souper bei Kerzenlicht, in das nicht einmal die wütenden Briefe seiner Familie störend einbrechen konnten, weil er sie ungelesen zerriß, gab es nichts mehr von dem Fremden, dem Neuen, das sie für ihn verwandeln konnte. Auf sich selbst zurückgeworfen, war sie nur noch die müde, abgeschminkte Schauspielerin, die ihren Text ins applaudierende Publikum losgeworden war, nur noch das hübsche, brave Hausmütterchen, Strickstrumpf in den Händen und Kochrezepte im Kopf. Und sie wußte es, sie spürte, was er von ihr erwartete. Sie versuchte ein Gesellschaftsleben aufzuziehen, sie arrangierte Vergnügungsfahrten nach Genf und Lausanne, sie schrieb an Laperrine, sie flehte Thétard an, nur für ein paar Tage zu kommen, sie schickte Depeschen an Morès nach Paris, nach Amerika und beschwor die übermütigen Stunden von einst. Aber sie konnten nicht kommen, und selbst wenn sie gekommen wären, die Zeit dieser Illusionen war vorbei, auch wenn er das noch nicht recht wußte, auch wenn er immer noch danach verlangte wie ein Verdurstender nach einem einzigen Schluck.

*

Es stand nur als kleine Notiz im ›Journal de Genève‹ vom 7. Mai 1881, und auch die anderen Zeitungen wußten noch nicht mehr. Aber Foucauld genügte es. Nur ein Stockwerk, vierundzwanzig Stufen, die er drei Monate hindurch täglich gezählt hatte, brauchte er für seinen Entschluß.

»Wir fahren nach Paris«, rief er Mimi zu, kaum hatte er die Tür aufgerissen, und sie war nicht einmal erstaunt, obwohl sie noch gar nicht wußte, worum es ging. Ihr erster Schritt war auf den Schrank zu, auf dem die Koffer lagen. »Bou Amama hat Frankreich den Heiligen Krieg erklärt. Die Chasseurs sind in schwere Kämpfe verwickelt. Ich muß hinunter.«

Wenige Stunden später saßen sie im Zug. In den drei Monaten von Evian hatte sich in Afrika allerlei getan. Die Expedition des Oberst Flatters, schon seit vielen Wochen überfällig, war nahe von Wargla, mehr als fünfhundert Kilometer südlich der Mittelmeerküste, von den Tuareg angegriffen und niedergemetzelt worden. Die Folge war eine leidenschaftliche Kontroverse in ganz Frankreich. Jetzt war man endlich mit Tunesien ins reine gekommen, und der Vertrag von Bardo hatte die französische Protektoratsherrschaft anerkannt. Man hatte mit Müh und Not im Norden Algeriens Frieden gemacht – was wollte man jetzt noch mehr? riefen die einen. Lohnten es die Wüsten Afrikas, »dieser Haufen Sand und Steine«, wie der englische Premiere Gladstone sie nannte, daß man dafür auch nur einen Tropfen französischen Bluts hingab? Es lohnte sich, sagten ihre Gegner in Regierung, Parlament und Presse. In der ganzen Welt rafften die Großmächte zusammen, was noch zur Kolonie gemacht werden konnte – sollte Frankreich zurückstehen? Zehn Jahre war es jetzt her, daß es von Preußen gedemütigt worden war, und an eine Revanche gegen das immer mächtiger werdende Deutsche Reich war nicht zu denken. Bot sich da nicht die beste Gelegenheit, in Afrika ein Weltreich zu schaffen? Aber sie stritten zu lange, und Bou Amama, um dessentwillen die Chasseurs nach Afrika verlegt worden waren, nahm dies als Schwäche und erklärte den Heiligen Krieg.

Mimi hörte seinen Erklärungen tapfer zu, sie hörte Algerien und Oran und den Namen Bou Amama, den sie schon so oft gehört hatte, und schwieg. Nur als Foucauld die Uhr aus der Westentasche zog und sagte: »Wenn der Zug pünktlich ist, kann ich noch um halb drei im Ministerium sein«, fragte sie leise: »Glaubst du, daß sie dich nehmen?« Keine Spur von Hoffnung lag in ihrer Frage.

Er brachte sie in einem Hotel nahe dem Ministerium unter. Er wollte noch am Abend und die Nacht mit ihr beisammen sein. Er wollte alles regeln, gleich morgen früh auf der Bank, sie sollte ausreichend versorgt sein. Er wollte mit ihr in Verbindung bleiben, sich verabreden, wann sie einander wieder treffen würden. So eine Strafexpedition konnte ja nicht ewig dauern, und wenn sie tapfer waren – er zuckte zweifelnd die Achseln und lachte dazu – dann war rasch alles wieder vorbei.

Sie saß am Rand ihres Bettes, indes das Mädchen die Blumen im Zimmer verteilte, die er geordert hatte, Rosen, Rosen, Rosen. Sie sah sich auf dem Gare du Lyon, sah sich dem Zug nachlaufen, aus dem er noch winkte, bis er endgültig der Schnellere war. Sie hielt tapfer die Tränen zurück. Sie sagte: »Du mußt gehen«, es war schon drei, aber er blieb. Er sagte ihr nichts von der Erleichterung, die ihn erfüllte, und nichts von seiner Angst, sie zu verlieren. Er sah, wie sich ihre Finger ineinander verkrampften, und plötzlich wurde er sich der Brutalität all dessen bewußt, was er tat. Er mußte nur einen Augenblick von sich selber absehen und den Menschen neben sich einbeziehen, der doch, wie er es in der Kindheit so oft gehört hatte, sein Nächster war.

Er sprang auf. Es war schon vier, als er das Gebäude des Kriegsministeriums betrat, und er nahm gleich zwei, drei Stufen mit einem Schritt. Er rannte an hohen Türen vorbei und beugte sich zu den kleingedruckten Namenstäfelchen. Er dachte, so ist das: man wirft einen Menschen fort, weil man ihn nicht mehr braucht. Weil er kein Geld mehr hat, weil er seine Schönheit verloren hat, weil er zum Krüppel geworden ist – Mimi konnte das Leben nicht mehr verzaubern, eine andere Illusion mußte her.

Er war in Zivil, aber er nahm die Haltung eines Soldaten an, als er vor einem Schreibtisch stand und um seine Reaktivierung bat. Er spürte das Mißtrauen, das ihm entgegenschlug, aber er mußte zu seinem Regiment. Er hatte zu Mimi von Kameradschaft geredet, von Treue und Ehre, von Opferbereitschaft und Vaterlandsliebe. Die Uled Sidi Cheikh hatten seine Kameraden getötet. Sie wagten es, ihr Land behalten und nicht Frankreich dienen zu wollen. Er mußte dabei sein, die Ehre der Grande Nation wiederherzustellen.

›Jamais Arrière‹ war der Wahlspruch seiner Familie, ›Niemals zurück‹, und wenn er nicht mehr als Offizier dienen durfte, dann wenigstens als Gemeiner, bei den Spahis zum Beispiel. Irgendwo mußte doch ein Platz für ihn sein, sie brauchten doch Soldaten für Afrika. Er kämpfte verzweifelt um seine Illusion. Wie sollte er ohne sie leben?

*

Foucauld mußte nicht als einfacher Soldat in den Krieg ziehen. Am 3. Juni wurde ihm der Leutnantsrang wieder zuerkannt, und am Abend des gleichen Tages stieg er in den Zug nach Marseille. Mimi lief ihm auf dem Bahnsteig nach, bis der Zug zu schnell wurde, dann blieb sie erschöpft stehen, und er trat ins Abteil zurück, um sie nicht mehr sehen zu müssen.

Das Schiff landete diesmal in Oran, der häßlichen, baumlosen Stadt am Golf gleichen Namens, aber auch hier trugen die Moscheen ihre Kuppeln, und als die Muezzins bei Sonnenuntergang von den Minaretten zum Gebet riefen, langgezogene Rufe, die noch lange in ihm nachhallten, hatte er das merkwürdige Gefühl, in diese fremde Welt heimgekehrt zu sein. Er meldete sich bei der Kommandantur, erhielt seinen Marschbefehl über Mascara bis Markum, wo die Bahn endete, wo Verpflegung und Munition aus den Waggons auf Kamele geladen wurden. Foucauld schloß sich zu Pferd der Karawane nach Geryville an, dem Stützpunkt des Regiments am Fuß des Dschebel Amour. –

Die Offiziersmesse war nichts als ein hastig zusammengezimmerter Bau aus Brettern und Zeltplanen, und Foucauld, blaß und fett in der Uniform vom ersten Schneider aus Nancy, nahm sich dagegen aus wie ein bunter Paradiesvogel. Auch die Begrüßung durch die Kameraden war alles andere als ermutigend.

»Auch wieder im Lande?« war der erste Satz, den er hörte, und er mußte sich sehr zusammennehmen. Er kannte die meisten, aber sie hatten sich erschreckend verändert: braungebrannt, mager geworden, müde, einer trug den Arm in der Schlinge. Die Art, wie sie ihm beiläufig die Hand gaben, wenn er auf sie zutrat, demonstrierte Gleichgültigkeit, wenn nicht Feindschaft. Daß ein Offizier wegen seiner Geliebten, auch wenn es Mimi Cardinale war, die Armee aufgab, war so ziemlich das ärgste, das sie sich denken konnten. Einer gab ihm nicht einmal die Hand. »Vom Lac de l'amour zum Dschebel Amour«, spöttelte er. »Was für ein Abstieg!«

Es war ein Glück, daß im selben Augenblick die Tür aufflog und Leutnant Laperrine hereinstürzte. »Charles! Daß du wieder da bist!« rief er und drückte den Ankömmling an sich. Er sah in seiner Magerkeit aus, als wäre er noch größer geworden als seine gemessenen 1,95 Meter. Als sie sich voneinander lösten, sah Foucauld, daß der Freund sich ehrlich freute, und das trieb ihm fast die Tränen in die Augen.

»Komm, ich zeig dir alles!« Laperrine nahm den wesentlich kleineren Freund um die Schulter und führte ihn hinaus. Sie erinnerten an das Paar des Cervantes. »Sie meinen es nicht so.«

»Sie meinen es genau so«, widersprach Foucauld. Er konnte wieder lachen. »Und wahrscheinlich haben sie recht.«

Arm in Arm gingen sie durch das Biwak zur Hütte des Oberst Innocenti, des neuen Regimentskommandeurs. Er galt als guter Truppenführer und wußte sich Respekt zu verschaffen. Knapp davor blieb Laperrine stehen. »Und Mimi?«

Foucauld mußte einen Augenblick die Lider zusammenpressen, die Sonne brannte in ungewohnter Schärfe. Bald würde auch er ein solches Arabergesicht haben. »Nicht fragen!« bat er, und sie traten ein. Laperrine tat es nie wieder. –

*

Bou Amama war überall und nirgends, und wenn eine Gruppe von Reitern plötzlich aus dem Nichts auftauchte, um eine Patrouille oder eine größere Einheit der Franzosen anzugreifen und wieder zu verschwinden, dann wußte niemand, ob der Rebellenführer, den sie nun schon seit Wochen jagten, überhaupt dabei gewesen war. Niemand hatte je sein Gesicht gesehen, jeder Nomadenhirte, Kamelführer oder Oasenkaufmann konnte es sein, und vielleicht gab es ihn nicht einmal. Vielleicht war er nur eine Legende? Auch hatten die Gegner überall ihre Schlupfwinkel. Sie kannten jedes Tal und jeden Gebirgszug und hatten in jeder Oase ihre geheimen Verbündeten, die sie mit Waffen, Munition und Nachrichten versorgten. Sie verstanden es, sich in den ödesten Gegenden von dem, was hier gerade noch wachsen konnte, zu ernähren. Sie durchzogen seit Hunderten von Jahren diese Gebiete, kannten die geheimsten Wasserstellen und wußten sie vor ihren Gegnern zu verbergen.

Den Franzosen hingegen waren diese riesigen Steppengebiete, diese Stein- und Sandwüsten völlig unbekannt. Hunderttausende Quadratkilometer waren noch nicht vermessen, es gab keine Straßen, und die wenigen Karten waren äußerst unzuverlässig. Auch waren die französischen Schwadronen für einen Wüstenkrieg ganz unzulänglich ausgebildet und mit ihrem umfangreichen Troß weit schwerfälliger als ihre Gegner. Befehle und Meldungen konnten nur durch reitende Boten weitergegeben werden und kamen erst nach Tagen oder Wochen an – wenn sie nicht zuvor abgefangen wurden.

Laperrine sah also dem Einsatz des verwöhnten Freundes, der den Krieg bisher nur aus dem Manövergelände kannte, mit äußerst gemischten Gefühlen entgegen. Foucauld hatte als Leutnant sofort den Befehl über eine Colonne bekommen, und die altgedienten Korporale und Sergeanten, die als einzige etwas vom Kriegshandwerk verstanden, waren der Schrecken aller jungen Offiziere. Für sie mußte der fette, verweichlichte Geck, der mit einem Schrankkoffer voll der schönsten Uniformen und hochglanzpolierten Stiefel angekommen war und noch am ersten Tag über die Kunst des

Kompaniekochs die Nase rümpfte, ein ideales Opfer sein. Aber Laperrine hatte sich umsonst gesorgt. Das ›Käsebürschchen‹, wie sie ihn nannten, war nach wenigen Tagen tiefbraun wie sie alle, und wenn ihm auch die Haut in Fetzen herunterhing, hörten sie kein Wort der Klage. Der Mann, der seine Reitlehrer zur Verzweiflung getrieben hatte, brachte das Kunststück zuwege, in nur wenigen Wochen zum exzellenten Reiter zu werden, der Gourmet, dem kaum ein Leckerbissen gut genug gewesen war, aß mit Geduld, ja sogar mit Genuß den scheußlichen Fraß, den ihm die Köche vorsetzten. Und als er sah, wie sich die Soldaten ihre Pfeifen mit den dornigen Ästen der Polstersträucher und fein geschnittenen Wurzeln stopften, wenn der Nachschub nicht zur rechten Zeit eintraf, verteilte er kurz entschlossen seine letzten Spezialzigarren ›Vicomte de Foucauld‹ und rauchte von nun an nie wieder.

Laperrine kam aus dem Staunen nicht heraus, und auch die anderen mußten es bald anerkennen: Der Freund schien innerhalb kürzester Zeit ein neuer Mensch geworden zu sein. Er nahm die ärgsten Strapazen ohne Klage hin und meldete sich zu den gewagtesten Patrouilleritten. Er war persönlich tollkühn und vermochte es, seine Leute mitzureißen. Er gab sich kameradschaftlich und verständnisvoll auch dem einfachsten Soldaten gegenüber, und wenn sie nach vielen Stunden im Sattel manchmal der Erschöpfung nahe waren, dann stimmte er Marschlieder an und dichtete zu den altbekannten, unflätigen Texten noch ein paar selbsterfundene hinzu. Nur einmal, als sie in einem abgelegenen Wadi auf ein paar gefesselte Franzosen stießen, die halb verhungert und blind von der Sonne von ihren arabischen Kerkermeistern getreu dem Motto ›Frauen als Pflicht, Männer zum Vergnügen‹ unter fürchterlichen Qualen mißbraucht worden waren, verlor er die Nerven. Er verfluchte den Krieg und seinen Entschluß, wieder Soldat geworden zu sein. Er rannte verrückt gestikulierend im Kreis herum, und es dauerte lange, bis er sich wieder beruhigte.

Es war ja nicht das Soldatenhandwerk, das ihm plötzlich gefiel. Auch wenn er französischer Patriot war, verabscheute er es, Menschen zu töten oder töten zu lassen, die nur durch irgendeine ungünstige Konstellation auf der Gegenseite standen. Nein, es waren die Umstände, unter denen dieses Handwerk betrieben wurde, die ihn faszinierten: die ewige Sonne, die spürbar alles ausdörrte, das mehr war in ihm als das Ziel, dem er entgegenstrebte, der Feind oder die nächste Wasserstelle oder das Regimentsbiwak. Er liebte das steinerne Bett unter der groben Decke, wenn unter freiem Himmel genächtigt wurde. Er liebte es, seine geschundenen Knochen förmlich einzeln zu spüren, wenn er sich am nächsten Morgen unter der aufgehenden Sonne, die den Körper mit Wärme und Kraft durchdrang, von seinem Lager erhob. Hunger und Durst, das Fehlen all der kleinen Bequemlichkeiten aus dem früheren Leben schienen ihm nicht das geringste auszumachen. Er schlief des Nachts wie ein Stein, egal, wo er lag, und während die andern sich erst mühsam die Schwere des Schlafs aus den Gliedern schütteln mußten, sprang er sofort hellwach beim ersten Ton der Reveille auf, als hätte alles in ihm nur darauf gewartet. Es war ihm, wie er Laperrine einmal gestand, als befände er sich in einem Dauerzustand des Erwachens, seit er hier war. Er liebte den Sand, der ihm durch die Ritzen der Kleider kroch und die Haut scheuerte, er liebte es, für Stunden mit seinem Pferd zu verwachsen. Während die meisten anderen der vergeblichen Versuche, Bou Amama endlich zu fangen, allmählich überdrüssig wurden, schien ihm das überhaupt nichts auszumachen. Im Gegenteil, für ihn war es nur ein willkommener Anlaß, weiter zu jagen, weiter im Sand zu liegen und in den Nächten zu frieren, weitere endlose, erschöpfende Tage unter der Sonnenhitze zu brennen. Er glaubte zum ersten Mal seine Existenz zu spüren, wenn sich sein Körper an einem Stein, am Rücken des Pferdes, an der Welt wundreiben durfte.

Und was war das für eine Welt, die da über ihn hereinbrach! Farben, Bilder, Stimmungen, die Geräusche beim morgendlichen Aufbruch, das Knirschen des Pferdegeschirrs und die unwilligen Schreie der Lastkamele und ihrer Treiber. Das gierige Schlürfen der Tiere an den halb ausgetrockneten Brunnen, die Silhouetten der Karawanen, die Baumwolle, Zucker und Tee, Goldstaub und Henna über tausend Kilometer und mehr mit sich führten. Das satte Grün der Oasen, die plötzlich aus dem staubigen Stein auftauchten wie eine Fata Morgana, und die Fata Morgana selbst, die dem durstigen, erhitzten Reiter das Paradies vorgaukelte. Schon der Geruch, der allem anhaftete, im freien Wüstenwind wie in der engsten Hütte! Nichts von der oft zitierten orientalischen Süße der Parfumwarenhandlung, nicht berauschend und nicht ekelerregend, nur faszinierend fremd, unverwechselbar und nicht zu beschreiben. Ein Konglomerat aus Kamelmist und Parfum, Pfeifenrauch und Menschenausdünstung, aus Kaffeeduft und Feuergeruch, aus Ungewaschensein, Urin, der Vielfalt von Gewürzen und hundert anderen Dingen, das an allem haftete, an Häusern, Stoffen und Menschen, an der eigenen Uniform und dem Lederzeug, an den Decken und Satteltaschen – niemand vergaß es, der es je eingeatmet hatte.

Dazu das Land selbst, diese unermeßliche, grandiose Öde, trostlos, wie viele es nannten, nichts Zierliches, Niedliches, das in seiner Begrenztheit und Überschaubarkeit Halt und Hilfe anbot, Verständnis und Ermunterung – Trost. Kein Häuschen mit Blumenschmuck oder geschnitzten Fensterläden wie daheim, über das die Vorüberziehenden in Entzücken geraten konnten, kein behagliches Zimmerchen, dessen Wände den Besucher festhielten wie die Freunde des Genesenden, der die ersten Schritte macht, damit er nicht ins Leere fällt. Kein Wäldchen, in dessen trauter Abgeschlossenheit man vor der Welt, vor dem Bösen, vor dem Unerwarteten geschützt war. Nur selten ein paar Kräuter oder ein Strauch, grau und unscheinbar, hinter Steinen geduckt, stachelig und hart, nichts als Abwehr. Alles Leben schien sich vor der dörrenden Sonne in die Wurzeln geflüchtet zu haben, die, in ein weites Netz verzweigt, tief im Boden nach Wasser suchten.

Und die unermeßliche Stille, die jedes Geräusch, jeden Ruf, das seltene Gezwitscher eines Vogels oder die Sprünge einer flüchtenden Gazelle sofort aufsog. Und das Sirren des Windes, der unablässig nach Südwesten zog und den feinen Sand, den er in jahrhundertelanger Arbeit von den Felsen abrieb, mit sich führte. Bis dieser das Hindernis fand, an dem er sich als hohe, breit hingegossene Düne ablagern konnte.

*

In der zweiten Woche ihrer Expedition gegen Bou Amama, gerade als es den Männern zu dämmern begann, daß ihr Leutnant mehr als nur ein verwöhnter Fresser und Casinohocker war, geriet Foucauld mit seiner Abteilung nach einem ermüdenden Tag in flirrender Sonne in ein ziemlich unübersichtliches Gelände. Plötzlich hörten sie Schüsse, und der Sergeant neben Foucauld schrie auf. Er war im Arm getroffen.

»Deckung!« schrie Foucauld, riß sein Pferd zur Seite und sprang in eine Bodensenke. Die Männer taten es ihm gleich und erwiderten sofort das Feuer.

Foucauld übersah die Lage. Auf dem gegenüberliegenden Hang, hinter großen Felsbrocken gedeckt, hockten die Angreifer. Sie durften ihre Deckung nicht verlassen, um heranzustürmen, und das war gut. Das Gros seiner Männer war etwa hundert Meter hinter ihm mit den Lastkamelen ebenfalls in Deckung gegangen. Er überlegte: hinter dem Kamm des gegenüberliegenden Berges standen sicher die Pferde des Gegners. Wenn er mit einer Gruppe ungesehen den Hügel umging und sich ihrer bemächtigte?

Er wollte eben den Befehl dazu geben, als einer nach Munition schrie. Er war nicht der einzige.

»Munition!« schrie Foucauld zurück zum Troß, aber es kam keine Antwort. »Munition!« Ihr Feuer wurde rasch schwächer. »Was ist los, zum Teufel!« schrie er, sprang auf und rannte zurück.

Er rutschte mit dem Geröll in die Mulde, in der sich die Lasttiere zusammendrängten. Auch die Schüsse des Gegners wurden seltener, er merkte es nicht. Er wollte noch einmal losbrüllen, aber seine Verblüffung war zu groß. Die angeforderten Munitionskisten hingen immer noch auf dem Rücken der Lasttiere, die Kameltreiber aber und die Soldaten lagen, den Rücken gebeugt, auf dem Boden. Hinter ihnen ging eben die Sonne unter, sie sahen es nicht, ihr Blick war nach Osten, gegen Mekka, gerichtet.

»La ilaha illa 'llah«, sang einer, und die anderen antworteten ihm im Chor: »La ilaha illa 'llah, wa Mohammed rasul Allah!«

»Seid ihr verrückt geworden?« schrie er. Der französische Korporal, der einzige, der aufrecht stand, grinste verlegen.

»Abendgebet, Herr Leutnant«, sagte er und zerrte an dem Lederriemen einer Munitionskiste.

»Und da vorn kämpfen die Kameraden!« brüllte Foucauld. »Ich laß euch alle an die Wand stellen!«

»Die lassen sich lieber erschießen, Herr Leutnant. Helfen Sie mir lieber!« Er hatte den Riemen endlich gelöst, und die schwere Kiste krachte zu Boden.

»Das will ich doch sehen!« schrie Foucauld und zog die Pistole, aber keiner der Betenden kümmerte sich um ihn. Da merkte er, daß nicht mehr geschossen wurde. Auch von drüben kam kein Schuß mehr. Er sicherte die Pistole wieder und kletterte ein paar Schritte die Böschung hinauf. Das war doch nicht möglich!

Auch die Angreifer auf dem Hang gegenüber hatten sich zu Boden geworfen, ohne zu bedenken, ob sie damit nicht auch ihre Deckung aufgaben. Weiße Punkte, ungeschützt, jederzeit abzuschießen, lagen sie da. Plötzlich ein Knall neben ihm, er zuckte zusammen. Der Korporal hatte Stellung bezogen und geschossen.

»Aufhören!« rief Foucauld und schlug dem Mann das Gewehr aus der Hand. Der aber lachte nur. »Gibt es was Schöneres, als mitten im Beten hinüberzugehen?« So viel Hohn und so viel Wahrheit! Aber Foucauld konnte den

Mann nicht mehr ansehen. Wie nahe waren ihm plötzlich die weißen Punkte dort drüben am Hang, die ihm und seinen Leuten noch vor zwei Minuten nach dem Leben getrachtet hatten! Und knapp vor ihm lagen seine Männer auf den Knien, die Gewehre im Sand, nur die zwei französischen Sergeanten hatten sich rasch eine Zigarette angesteckt. Und wenn er sich umdrehte, sah er die übrigen neben ihren Kamelen und hörte ihr Beten. Die da drüben und die rings um ihn, er wußte nicht, wohin er blicken sollte, und der Singsang von beiden Seiten war das einzige, das die Stille füllte.

Er kannte die Übersetzung: »Es gibt keinen Gott außer Allah«, bedeuteten die kurzen, fremdartigen Worte, und er sprach sie in seiner Sprache nach. »Und Mohammed ist sein Prophet«. Und dafür vergaßen sie alles um sich, ihr gefährdetes Leben und ihre Angst, und wie sie den auf der anderen Seite am besten töten könnten, und ob sie heute abend noch Wasser finden würden und ob sie je wieder heimkehren durften. Wehrlos, jedem preisgegeben, der ihr Gebet nicht achtete, wie der dreckig grinsende Korporal neben ihm, lagen sie vor ihrem Gott.

Die Sonne war hinter dem Horizont verschwunden, und die Betenden erhoben sich. Noch ein Atemzug Stille, dann fielen auf beiden Seiten die ersten Schüsse. Ein Spahi hatte die Munitionskiste bis neben Foucauld geschleppt, jetzt faßten sie gemeinsam an und rannten nach vorn. Hinter ihnen andere, die weitere Kisten schleppten, aufrissen, den Schießenden die Magazine zuwarfen und selber losballerten, als gelte es, die paar Minuten nachzuholen, die sie versäumt hatten, ihre Pflicht zu tun und ihre Brüder zu töten. Der gegenüberliegende Hang war wie leergefegt, hinter den Felsblöcken blitzte es auf, und winzige Pulverwölkchen stiegen hoch. Nur weiter unten, fast auf ihrer Höhe, lag noch einer. Foucauld riß das Glas an die Augen. Immer heftiger wurde das Feuer von beiden Seiten. Der Mann kniete auf dem Boden, den Rücken tief gebeugt, die Stirn mußte die Steine berühren. Auf dem weißen Gewand ein kleiner roter

Fleck, Foucauld starrte gebannt hinüber. Ob der Mann tot war? Oder verwundet? Foucauld konnte nicht erkennen, ob er sich bewegte. War das der dreckig grinsende Korporal gewesen? Oder hatte er früher als die anderen die Sonne sinken gesehen und zu früh seine Deckung verlassen?

Foucauld vergaß völlig, wo er war, er sah nur noch den kleinen roten Punkt auf dem großen weißen Fleck im Zentrum seines Gesichtsfeldes. Er bemerkte gar nicht, wie sich das Feuer von drüben veränderte, ein Teil der Männer schoß wie verrückt, während sich die anderen, von Felsblock zu Felsblock springend, zurückzogen. Erst als ihn einer darauf aufmerksam machte, wieder der dreckig grinsende Korporal, merkte er, was geschah. Die Angreifer setzten sich über den Kamm des Berges ab, aber es hatte keinen Sinn, sie zu verfolgen. Sie kannten die Gegend besser, und eine Wasserstelle zu finden war wichtiger. In einer halben Stunde würde es dunkel sein.

Foucauld befahl, den Toten rasch zu begraben, und sie schichteten Steine über ihm auf, damit kein Raubtier an ihn herankommen könne. Er lag immer noch so gebückt auf den Knien, als betete er, der blutige Fleck nahe dem Genick war größer geworden.

»Blattschuß«, sagte einer. Foucauld stand dabei. ›Wer die Sonne hinter den Horizont sinken sieht, fällt in die Knie und betet‹, dachte er. ›Wer die Sonne als erster hinter den Horizont sinken sieht, hat die Chance, als erster ins Paradies einzugehen‹, dachte er.

Einer der Männer legte einen zu schweren Stein auf den Haufen, und das Ganze geriet ins Rutschen. Der Tote fiel zur Seite, und Foucauld sah noch einmal sein Gesicht. Er bückte sich unwillkürlich und schloß ihm die Augen. ›Das Paradies‹, dachte er. Dann befahl er, auch das Gesicht mit Steinen zu schützen.

*

Er sah das Gesicht noch Jahre später. Er konnte den Anblick der Männer in den weißen Gewändern, die ihr Leben aufs

Spiel setzten, um Gott gehorsam zu sein, nicht vergessen. Er sah sie jeden Tag fünfmal zu ihrem Gott beten, stehend, knieend, die Stirn gegen den Boden gedrückt, ernst und gelassen. Er betrachtete seine Chasseurs, die, soweit sie Franzosen waren, zur gleichen Zeit, froh über ein paar Minuten Rast, von ihrem Reittier stiegen, sich reckten und gähnten und eine Pfeife mit irgendeinem stinkenden Kraut stopften. Sie waren alle getauft und nannten sich Christen, sie gingen vielleicht zur Christmette oder drückten sich zu Ostern am Rand einer Prozession herum. Welcher von ihnen hätte den Mut gehabt, in Pont-à-Mousson oder in Paris sich auf der Straße niederzuwerfen? Und ohne daß sie dabei ihr Leben gefährdeten? Wer von ihnen schickte wenigstens hier in der Wüste, wo keiner zusah, ein Stoßgebet zum Himmel? Die an Allah glaubten, taten es, Hunderte von Kilometern weit von jeder Moschee, von jedem Dorf, vom Muezzin, der zur Pflicht rief, bewiesen sie ihren Glauben an Gott und ihren selbstverständlichen, unbegreiflichen Gehorsam.

Bis in seine Träume hörte er ihr Gebet, immer das gleiche Gebet von der Größe ihres Gottes, und dann lag er oft stundenlang wach und starrte gegen den Himmel, dessen Sterne ihm so erschreckend nahe waren. Und horchte auf die Stille ringsum, die manchmal so unerträglich wurde, daß er sich bewegen, sich aufsetzen mußte, um ein vertrautes Geräusch zu hören. Und dann dachte er an die Tage von Saumur, da er sich mit Delikatessen vollgestopft hatte. Er dachte an das Schloß von Tante Inès und sein Konto bei der Bank von Frankreich, an den Salon in seiner Wohnung in Nancy, deren Möbelstücke aus der Zeit des großen Napoleon die Kenner in Verzückung geraten ließen. An die Morgenritte in den Bois de Bologne, wenn der Tau noch an den Blättern hing. Köstlichkeiten, die das Leben erst lebenswert machten und die er jetzt überhaupt nicht vermißte, als hätte er sie nie besessen und nie gewollt. Auch die Menschen hier in den Wüstengebieten besaßen fast nichts: ihr Reittier, das ihnen das Überleben sicherte, ein Zelt oder Decken gegen die Kälte der Nacht, eine Waffe, damit sie sich verteidigen konnten, und einen Happen Essen für den nächsten Tag. Ihre Bedürfnislosigkeit beeindruckte ihn tief. »Sie sind nicht einmal imstande, ihre Zelte zu flicken«, spotteten die Kameraden. Aber vielleicht wollten sie das gar nicht? »Dann sind sie eben faul«, sagten die Kameraden. Warum sollten sie nicht faul sein? Es genügte ihnen, in ungeflickten Zelten zu wohnen. Sie waren ständig unterwegs und dennoch überall daheim. Ihnen fehlte alles, was die Europäer in ihrem bürgerlichen Instinkt Dörfer und Städte bauen ließ, was sie dazu drängte, sich an jedem Quadratmeter Boden festzukrallen. Auch sie verteidigten ihre ›Heimaterde‹, die die Franzosen ihnen nehmen wollten, aber sie verteidigten damit nur die Freiheit, ruhelos darüber hinwegzuziehen. Was der Europäer unter Heimat verstand, schien für sie ganz andere Dimensionen zu haben, größer als selbst die unermeßlichen Räume der Sahara.

Nach solchen Nächten erschienen ihm die Tage ganz anders als sonst. Tage der Erwartung, des Wartens auf etwas und der Angst, dieses Etwas könnte eintreten, sich seiner bemächtigen, ihn überwältigen. An solchen Tagen spürte er manchmal ein Prickeln am ganzen Körper, als hätte er Champagner zu rasch in sich hineingeschüttet, dann wieder war ihm, als hätte er Fieber. An solchen Tagen erlebte er alles, was ihm widerfuhr, mit einer Klarheit, einer Unmittelbarkeit, einer Intensität, wie er sie noch nie empfunden hatte. Jeder Augenblick war dieser eine Augenblick und nichts sonst, es gab kein Morgen und kein ›in einer Stunde‹ und keine Vergangenheit.

Eines Tages überfiel ihn tatsächlich ein seltsames Fieber, das sich auch der Regimentsarzt nicht erklären konnte. Er mußte Tage in seinem Zelt liegen und Medikamente schlukken, und die Kameraden machten besorgte Gesichter. Er selber aber lachte nur, er war jung und war sich seiner Kräfte zu sehr bewußt, als daß er sich deshalb ängstigte. Als das Fieber und die entsetzliche Müdigkeit nach etwa einer Woche, wie sie gekommen waren, wieder verschwanden, sagte er zu Laperrine den seltsamen Satz: »Es gibt Qualen, die wohltun.« Später kam er noch einmal auf das Thema zurück und sagte, als wollte er sich selber verspotten: »Und wie wohl sie erst täten, wenn man ihnen einen Sinn geben könnte!«

*

Man verlor seinen Glauben wie die ersten Zähne, nur etwas später. Es schmerzte manchmal. Es war ein Entwicklungsprozeß wie die wachsende Körperbehaarung und die Neugier auf das andere Geschlecht, wie das Vergnügen an sarkastischen Bemerkungen, die einem die wachsende Überlegenheit über andere, über die eigene Kindheit bewußt machte. Später konnte man es nicht einmal richtig beschreiben. Später kämpfte man vielleicht ein bißchen darum oder war traurig. Im Tagebuch des jungen Foucauld war viel darüber gestanden, er hatte es zerrissen. Sobald man darüber schreiben konnte, war alles schon geschehen. Zu spät.

Wenn man fünfzehn war oder sechzehn, verlor man den Glauben. Wenn man die erste Hostie vom Speisgitter abgeholt hatte, war man gesättigt. In Frankreich erhielt man die Erstkommunion mit fünfzehn, erst mit fünfzehn war man reif, den Herrn in sich aufzunehmen und ihn wieder zu verlieren. Ihn zu verleugnen wie Petrus im Hof des Hohenpriesters. Mit fünfzehn war man reif, die großväterliche Bibliothek zu plündern und die von Freunden dazu. Villon war ein Klassiker, und mit Balzac lernte man das Leben kennen, wie es wirklich war und wie man es selbst von Tag zu Tag hellsichtiger erlebte, auf der Straße, in der Kirche, in den Familien der Freunde. Und daß es in aristokratischen Kreisen ganz anders zugehen konnte als in der eigenen untadeligen Familie. Ja selbst dort … Im Beichtstuhl die strengen Gebote, Angst und Zerknirschung, die Hölle in einen Holzkasten gesperrt – draußen, noch in der Kirchenbank, das wirkliche Leben. »Schau sie dir an, wie sie Paar um Paar dastehen. Gib den Befehl, sie müßten sich so zusammenstellen, wie sie am Abend miteinander im Bett liegen werden! Das wäre ein ›Bäumchen-wechsle-dich-Spiel‹!«

»Du bist ja ein Witzbold«, lachte der Großvater. »Aber hüte dich vor der Skepsis! Sie zerstört alles.« Er sah es als Zeichen des Mann-Werdens, wenn sich der Enkel in seinem Zimmer einschloß. »Die jungen Leute müssen ihre Geheimnisse haben«, sagte er stolz, nicht ahnend, daß es die ›Geheimnisse von Paris‹ waren, die der Junge statt der Bibel oder der Heiligengeschichten mit ins Bett nahm. Zum Mann-Werden gehörte auch, daß man eine andere Kirche suchte, in der man sich mit Schulfreunden treffen konnte, wie man sagte, in der auch der Prediger besser, moderner war. Da merkte keiner, daß gleich um die Ecke ein prachtvolles Café lag, mit Marmortischen und großen Spiegeln, in denen schöne, eigenartig bemalte Frauen gleich doppelt zu sehen waren. Frauen, die nicht nur mit ihren Männern oder Freunden, mit ihrem Galan, wie es in den Büchern hieß, bei Tisch saßen, aus hohen Gläsern tranken und geheimnisvoll lachend mit ihren Fächern spielten, sondern auch allmählich auf den jungen Neuling aufmerksam wurden. Zu ihm herübersahen, einander anstießen und auf ihn deuteten, bis eine von ihnen, groß und blond und üppig und von einem betörenden Duft umgeben, mit leise klingelnden Armreifen herübergeschlendert kam, ob sie dem Herrn nicht ein wenig Gesellschaft leisten dürfe.

Ob Gott existierte? Das wußte nur der auf der Kanzel, und Cousine Marie glaubte daran, aber die war weit fort. Die schön bemalte Blonde lachte über die Frage, er wollte nur noch zu schön bemalten Blonden gehen, ihr Lachen fügte keinen Schmerz zu. Opa Morlet war gut, und die Lehrer, zwischen dem radikalen Atheismus ihrer Brotgeber und der Tradition des Landes, das sich noch heute als ›erste Tochter der Kirche‹ verstand, unsicher hin- und herschwankend, waren neutral. Neutral, aber anständig. Sie wußten, Schund oder Literatur, das waren ästhetische Kategorien, Voltaire schrieb seine Dramen nach klassischen Regeln, und Flaubert stieß mit seiner leidenschaftslos sachlichen Darstellung zum Realismus vor – und an den glänzenden Kanzelreden des Jacques Bénigne Bossuet konnte man seinen Briefstil schulen.

Endlich war auch Charles so weit, zweifeln zu dürfen, wie es dem Zeitgeist entsprach. Was war bewiesen, wenn es so verschiedenartige kluge Beweise gab? Sein Verstand war unfähig, bis zur Wahrheit vorzudringen. Wie sollte er auch, der kleine dicke Junge mit den Pusteln im Gesicht, für die er sich schämte! »Du mußt zu Madame Hortense«, sagte einer, »dort lieben sie dir alles weg.« »Mach ich doch schon«, sagte er, »es nützt nur nichts.« Wozu war das alles gut, was er tat? Manchmal überkam ihn die Lust, sich auch den Atheismus beweisen zu lassen, wie man allerorten die Religion bewiesen haben wollte, nur mit ernsthafteren Argumenten als denen, die ihm gewöhnlich begegneten – aber das währte nicht lange. Es war alles so mühsam. Wo war die Selbstherrlichkeit des mündigen Julien Sorel, der bestimmen durfte, was gut für ihn war?

»Mein ganzes Leben wurde zum Tod«, schrieb er später.

II.

Durch die Wüste zu Gott

»Von dem Augenblick an, da ich glaubte,
daß es einen Gott gibt, war mir klar,
daß ich nur noch für ihn leben kann.«

Charles de Foucauld an Henri de Castries,
14. August 1901

Eugénie:

»Ich war damals sechzehn Jahre alt und habe beim Adjutanten des Präfekten von Mascara gedient. Meine Herrschaft hat mich des öfteren mit Kuchen, Eingemachtem und frischem Obst zu Leutnant de Foucauld geschickt. Er wohnte nicht in der Kaserne, er hatte ein kleines Zimmer gemietet. Sie haben mir gesagt, daß er aus einem vornehmen französischen Geschlecht ist, aber er war anders, als ich mir solche Leute vorstellte. Immer wenn ich gekommen bin, ist er in eine Gandura gehüllt auf dem Boden gehockt wie einer von uns und hat im Koran gelesen. Er hat recht gut arabisch gesprochen und hat mich gefragt, woher ich komme, und ich habe ihm erzählt, daß ich nicht in der Stadt bleiben möchte und daß ich einmal einen Mann heiraten möchte wie ihn, und daß ich Kinder haben möchte und alles mögliche noch. Er hat geduldig zugehört, und manchmal hat er mir ein Stück aus dem Koran vorgelesen und gesagt: ›Das ist schön.‹ Er konnte gut reden, und seine Wort waren voller Güte. Einmal hat er gesagt: ›Ich möchte das alles haben.‹ Ich hab nichts verstanden und hab ihn gefragt, was er haben möchte. ›Alles‹, hat er gesagt und hat auf das Buch gedeutet und auf die Wände, ›das und das und die Wüste und dich, die Araber, die Berber . . .‹ Ich war damals schon ein recht hübsches Mädchen, glaub ich. Seine Augen waren wie Feuer, wenn er so etwas gesagt hat, aber manchmal auch voll Zärtlichkeit. Aber er hat mich nie angesehen wie andere Männer . . .

Ich hätte ihn gern noch viele arabische Worte gelehrt, aber dann mußte ich leider fort nach Oran und durfte ihm nie wieder begegnen.«

*

Bou Amama wurde nicht gefaßt, aber die Einsätze der Chasseurs hatten immerhin den Erfolg, daß er sich tief in den Süden zurückzog und die Gefahr größerer Aufstände vorläufig gebannt war. Die Vierten Husaren wurden nach Mascara zurückbefohlen.

Solange Foucauld glaubte, weiter Arabisch lernen zu müssen, konnte er das Leben in Mascara noch ertragen. Er studierte mit dem Dolmetschoffizier, Leutnant Motylinski, Grammatik und islamisches Recht und ritt jede freie Stunde in die Einöde rund um die kleine Stadt. Aber bald war ihm das nicht genug, Mascara war ein Setif ohne Mimi, eine Garnisonsstadt wie jede andere, vielleicht noch schäbiger. Was er suchte, lag jenseits der staubigen Cafés mit den Huren, die sich allmählich auch hier einfanden, um den Chasseurs die Zeit zu vertreiben, das lag jenseits des täglichen Dienstes, der Feld- und Exerzierübungen, jenseits des Casinos mit dem üblichen Geschwätz, den Saufabenden und dem dumpfen Schädel am nächsten Morgen. Er mußte hinaus, er mußte sich dieses Landes, dieser Menschen bemächtigen. Aber wie tat man das? Man wohnte, man lernte die Menschen kennen, ihre Sprache, ihre Gewohnheiten, ihre Sitten. Man ging ihre Wege und trug ihre Kleider, man aß ihre Speisen und fragte und fragte und durchforschte ihr Land. Man durchzog es bis in seine unbekanntesten Regionen, bis dorthin, wo die Geheimnisse dieses Landes liegen mußten. Aber war das alles? Genügte es, auf alte Märchen zu hören, um die Stimmen derer, die sie erzählten, in sich aufzunehmen? Genügte es, fremde Haut zu berühren, um sich den Körper einzuverleiben wie eine Speise?

Aber er war doch Soldat, Angehöriger einer Kolonialmacht, die ihr Reich immer tiefer in den Süden und bis zum Atlantischen Ozean ausdehnen wollte. Was er miterobern half, gehörte es nicht seinem Land? Und was seinem Land gehörte, gehörte es nicht wie auf mystische Weise zu ihm?

»Ich muß hinaus«, sagte er. »Ich halt es da nicht mehr aus«, und Laperrine, der sich wieder einmal um seinen Freund Sorgen machen mußte, schlug vor: »Dann komm doch mit mir!« Er hatte eben erst den Auftrag erhalten, eine Erkundungsexpedition in die Gegend des Niger durchzuführen.

Aber sie ließen ihn nicht mit Laperrine gehen. Foucauld sei noch nicht geeignet für Aufgaben außerhalb des unmittelbaren Dienstes im Regiment, hieß es da. Er sollte sich erst einmal auf seine Ausbildung als Kavallerieoffizier konzentrieren und die Ansätze zu einer Führerpersönlichkeit, die sich in den letzten Wochen gezeigt hatten, entwickeln lernen. Aber sollte Foucauld in Zukunft nicht mehr tun dürfen, als von Garnison zu Garnison zu ziehen, vom Leutnant zum Oberleutnant und Stufe um Stufe nach oben, wie das eben dem Älterwerden entsprach? Nein, dazu war er nicht geschaffen.

»Haben Sie sich einmal die jämmerlichen Karten von Algerien genauer angesehen?« fragte er Oberst Innocenti. »Dagegen etwas zu tun, das wäre bei Gott eine sinnvollere Aufgabe für einen Offizier, der davon etwas versteht, als ›Augen links!‹ und ›Augen rechts!‹« warf er dem General in Algier vor, bei dem er sich hatte melden lassen. Und Marokko, wie war es damit? Beinahe jede Jagd nach Bou Amama hatte an der marokkanischen Grenze enden müssen, da kein französischer Soldat sie zu überschreiten wagte. Und doch wußte jeder im französischen Generalstab, daß Marokko das nächste Ziel der französischen Expansionspolitik im nordafrikanischen Raum sein werde. Aber wie waren sie dazu vorbereitet? Nicht einmal fünfzehn Prozent dieses riesigen Gebiets waren halbwegs bekannt, und das Kartenmaterial geradezu mittelalterlich. Ob das überhaupt jemand verantworten konnte?

Ja, er wollte nach Marokko. Von dem geheimnisvollen Land, das ihnen verwehrt war, träumten sie alle, Laperrine, Motylinski, de Castries, Lyautey – und auch Foucauld, seit er einmal an der Grenze haltgemacht und mit seinem Glas hinübergesehen hatte. Aber auch dafür gab es keinen Urlaub.

»Das kostet euch keinen Sous, mon General, wenn es daran liegen sollte«, rief Foucauld verbittert. »Das übernimmt alles die Familie de Foucauld. Alles für Frankreich!«

Aber der General war unerbittlich. In fünf Jahren vielleicht oder in drei. Auf jeden Fall erst dann, wenn der junge Leutnant gelernt hatte, wie man sich einem Vorgesetzten gegenüber zu benehmen hatte.

»Dann also nicht«, sagte Foucauld, arrogant wie je, salutierte und ging.

Am anderen Tag lag sein Abschiedsgesuch auf dem Schreibtisch des Generals. Es war der 28. Jänner 1882. Leutnant Charles Eugène de Foucauld wurde für immer auf die Reserveliste der französischen Armee gesetzt.

*

Die Familie war mit ihrer Geduld am Ende, jetzt hatte der Neffe, der Cousin, der Schwager, Onkel Charles endgültig die Armee verlassen, diesmal zwar nicht wegen einer Frau, dafür wegen des Hirngespinstes einer Reise in ein wildes, völlig unzivilisiertes Land. Wie konnte ein Mensch sich das Leben so verpfuschen! Zudem mußten sie feststellen, daß Charles in den knapp vier Jahren, seit er über sein väterliches Erbe verfügen konnte, an die hundertzehntausend Francs ausgegeben hatte, mehr als ein Achtel des gesamten Vermögens. Wenn dieses Vermögen, das ja schließlich nicht allein ihm gehörte, nicht weiter sinnlos vergeudet werden sollte, dann war es höchste Zeit, so vor allem die energische Tante Inès, daß der Antrag eingereicht wurde, ihn unter Vormundschaft zu stellen.

Ein entwürdigendes Verfahren, aber als das Gericht Foucauld aufforderte, zu seiner Verteidigung auszusagen, lehnte er ab und schrieb gleichmütig zurück, es sei ihm recht geschehen, er habe sein Vermögen ja wirklich sträflich schlecht verwaltet. Auch gegen seinen älteren Cousin aus Nancy, Georges de Latouche, der am 12. Juni 1882 im Zug des Entmündigungsverfahrens zu seinem Vormund bestellt wurde, hatte er nichts einzuwenden. Im Gegenteil, er vertrug sich sogar recht gut mit ihm. Er war inzwischen nach Algier übersiedelt und erklärte sich auch mit einem monatlichen Salär von 350 Francs durchaus einverstanden. Sogar seine Arabischstunden zahlte er davon.

Nur von der Marokkoreise ließ er sich nicht abbringen, da konnten sie ihn noch so bestürmen und ihm vorhalten, daß dieses verrückte Abenteuer ihn das Leben kosten könnte. Und der Vormund, froh, ein sonst so fügsames Mündel zu haben, bewilligte nach langem Hin und Her schließlich doch einige Sonderausgaben für die Ausrüstung.

Foucauld stürzte sich mit Feuereifer auf die neue Aufgabe, und mit einer Ausdauer, die ihm keiner zugetraut hätte. Er lebte nicht mehr wie bisher in einem vornehmen Hotel, er hatte sich ein billiges Zimmer gemietet, von dem aus er die Stadt, die ihn bezauberte, bis zum Meer hinunter überblicken konnte. Die Kathedrale und die beiden Moscheen, das Meer von Blüten, Hyazinthen und Anemonen, Bougainville und Heliotrop und das Gold der Mimosen, die besonders jetzt aus jedem Stück Erde sprossen. Leutnant Motylinski hatte ihn an einen Monsieur Oscar Mac Carthy, den Direktor der Stadtbibliothek von Algier, empfohlen, der ihm weiterhelfen könnte, und Mac Carthy nahm Foucauld mit offenen Armen auf, als er von dessen Plan hörte, ins Innere Marokkos vorzudringen.

Es war freilich ein tollkühner Plan, aber der alte Mann mit den buschigen Brauen über den blaßblau verträumten Augen – sein Vater war Ire – hatte einen guten Blick für Menschen: Was da in den wachen, ernsten Augen des dunkelgebräunten Mannes glühte, das schien ihm nicht nur Phantasterei zu sein, die vor den ersten Schwierigkeiten kapitulierte. Foucauld hatte ja auch nichts mehr von dem einstigen Schlemmer an sich, das pomadisierte Stutzerbärtchen war längst zu einem Kavallerieschnauzbart geworden, und auf dem Feldzug gegen Bou Amama hatte er mindestens zwanzig Kilo zurückgelassen.

Mac Carthy war selbst einmal so einer gewesen, auch wenn er nur wenige seiner Wünsche hatte verwirklichen können. Er war um die Mitte des Jahrhunderts mit einer Gruppe von Siedlern nach Algerien gekommen, um bei der Entwicklung des Landes mitzuarbeiten. Er wollte aber noch weiter nach Süden, um das unbekannte Land kennenzulernen und zu vermessen. Er wollte bis Timbuktu hinunter und schon damals eine Verbindung zwischen Algerien und dem Sudan herstellen, und da die amtlichen Stellen ihm jegliche Unterstützung versagten, ging er auf eigene Faust, als Derwisch verkleidet, in den südlichen Atlas. Er war einer der Pioniere des algerischen Eisenbahnwesens, bereiste die Wanderdörfer der Nomaden, und seine Aufzeichnungen waren von unschätzbarem Wert. Als man ihm zuletzt als kümmerlichen Dank die miserabel dotierte Stelle des Direktors der Bibliothek von Algier gab, vergrub er sich in deren literarische Schätze und Kartenwerke, als Ersatz für die Realität, von der er nur hatte träumen dürfen.

Foucauld konnte also keinen besseren Helfer finden. Mac Carthy stellte ihm nicht nur jedes wissenschaftliche Material sowie seine eigenen umfangreichen Kenntnisse zur Verfügung, er beriet ihn in allen praktischen Details, von der Auswahl der Vermessungsinstrumente, die in Frankreich bestellt wurden, bis zu den Tauschwaren, die man am günstigsten in Genua kaufte. Er hatte weitreichende Beziehungen zu Behörden und wichtigen Privatpersonen bis nach Marokko, und die einflußreichen Herren der Pariser Geographischen Gesellschaft, mit denen Foucauld vor Antritt der Reise Kontakt aufnahm, legten auf Mac Carthys Ersuchen die Reiseroute fest, die den größten Erfolg versprach. Durch Mac Carthy kam Foucauld auch mit dem Vizepräsidenten der Gesellschaft, Henry Duveyrier, in brieflichen Kontakt, der – etwas seltsam bei einer Korrespondenz über eine Marokkoreise – den angehenden Forscher auf das Volk der Tuareg in der Sahara aufmerksam machte, das man nicht vernachlässigen dürfe.

Das Schwierigste aber war die Wahl eines geeigneten und zuverlässigen Führers, wobei schon dessen Nationalität und Religion Probleme aufwarfen. Von einigen Hafenstädten abgesehen, war Marokko für Europäer unzugänglich, nur wenige Abenteurer waren bisher in Verkleidung und unter Lebensgefahr ins Innere des verschlossenen Landes eingedrungen. Als Fremde, als ›Christen‹ entlarvt zu werden kostete das Leben, und das war weniger religiöse Unduldsamkeit als die Angst vor der Außenwelt, die ja von Jahr zu Jahr mehr ihr Interesse für Marokko und seine möglicherweise verborgenen Schätze bekundete. Foucauld und sein Führer konnten also nur heimlich, verkleidet, nach Marokko eindringen. Da er jedoch als Araber trotz seiner Sprachkenntnisse sich sehr rasch verraten hätte, blieb nur noch der Jude übrig.

Die Juden waren in Marokko eine verachtete Minderheit, auch wenn sie wie die Moslems und die Christen ein ›Volk des Buches‹ waren, auch wenn ihre Propheten verehrt wurden wie Jesus oder Maria. Gerade das aber, so hoffte Mac Carthy, könnte Foucauld schützen. Jahrhundertelang mißhandelt und verfolgt, würden ihn diese Juden vor den Moslems verbergen, selbst wenn sie seine Verkleidung erkannten. Auch sprachen sie, aus den verschiedensten Ländern kommend, die verschiedensten Sprachen, ja selbst ihr Hebräisch mit verschiedenen Akzenten, so daß Foucauld kaum auffallen würde.

Hebräisch mußte er allerdings lernen, und ein Rabbi, den Mac Carthy ihm empfahl, brachte ihm auch noch ein bißchen Ladino bei, das als Verkehrssprache der einst aus Spanien vertriebenen Juden hier noch ziemlich viel gesprochen wurde. Auch in Geographie und in den Anfangsgründen der jüdischen Religion ließ er sich unterweisen, und im Gebäude der Admiralität vervollständigte er seine Kenntnisse aus Saint-Cyr im Kartenzeichnen und dem Umgang mit Sextant und Theodolit. Ein Glück auch, daß diese vielfältigen Studien und Vorbereitungen länger als ein Jahr dauerten, sonst wäre Foucauld über der Aufgabe, einen geeigneten Führer zu finden, längst verzweifelt.

Eines Tages aber, im Februar 1883, stand dieser plötzlich vor ihm: Rabbi Mardochi Abi Serur. Eine außerordentliche Erscheinung, ein etwa sechzigjähriger Jude in einem mit einer Schärpe um die Hüfte zusammengefaßten weinroten Kaftan, der ihm bis zu den Füßen reichte, die in marokkanischen Lederpantoffeln steckten. Darüber ein ebenso langer

Mantel aus blauem Tuch. Um das rote Käppchen zu halten, hatte er einen schwarzen Turban um den Kopf gewunden, unter dem die schwarzen Schläfenlocken hervorsahen. Sein Bart hingegen war schon ziemlich grau. Die Kleider mußten einmal prächtig gewesen sein, jetzt waren sie bestenfalls noch als malerisch zu bezeichnen. Der ganze Mann hatte etwas Theatralisches an sich, als spielte er eine Figur aus einem orientalischen Märchen, er war groß und hager, ging aber schon gebeugt und auch etwas zögernd, als hätte er schlechte Augen.

Rabbi Mardochi hatte ein abenteuerliches Leben zwischen Marrakesch, Timbuktu, Paris und Jerusalem hinter sich, als Rabbiner und Handelsreisender in Goldstaub und Straußenfedern, als Archäologe und Inschriftensammler für die Geographische Gesellschaft, als Lebemann in Paris und wieder als Rabbi in Algier, wo er arme Judenkinder in Talmud und Hebräisch unterrichtete. Er war mehrmals reich gewesen und hatte sein Geld wieder verloren, er war bestohlen, überfallen und erpreßt worden und hatte jetzt äußerste Mühe, seine Frau und vier Kinder zu ernähren. Mardochi war übervoll von Wissenswertem über Marokko und verfügte über einen unerschöpflichen Vorrat an Geschichten und Anekdoten.

Foucauld verbrachte ab nun Tage und Wochen in Mardochis schäbigem Zimmer im Judenviertel von Algier. Er ließ sich in die religiösen Bräuche der Juden und die Liturgie der Synagoge einführen, er ließ sich den Bart stehen und wuchs, unterstützt von dem Kostüm, das Mardochi für ihn ausgewählt hatte, allmählich in seine Rolle als Jude hinein – wobei der Alte einen einfallsreichen Schauspiellehrer abgab.

Mardochi hatte auch bald einen hübschen Namen für seinen Schützling gefunden, Yussef Aleman, ein junger Rabbi aus Moskau, der, auf der Flucht vor den Pogromen in diesem Völkerkerker, mit seinem Meister Mardochi Marokko bereiste, um Geld für verfolgte russische Brüder zu sammeln. Das erklärte seinen fremden Akzent, und darum mußte Mardochi auch immer wieder einspringen, wenn ein heikles sprachliches Problem auftauchte. Er war aber nicht nur ein gelehrter Rabbi, sondern auch Arzt, und das erklärte die seltsamen Instrumente in der Kiste ihres Gepäcks, und daß ein Arzt auch Bleistift und Papier mit sich führen mußte, um sich Aufzeichnungen über fremde Kräuter und deren Wirkung zu machen, war doch sonnenklar. So wurde wochenlang jede nur mögliche Gefahr diskutiert, so entstand Stück für Stück Yussef Alemans Biographie.

Nur als Führer durch tausend Meilen Marokko konnte Foucauld sich den alten, halbblinden und schwerhörigen Mardochi, der vor Rheuma nur noch gebückt gehen konnte, mit bestem Willen nicht vorstellen. Auch war dem Mann mit dem abenteuerlichen Vorleben durchaus zuzutrauen, daß er sich irgendwann in einem abgelegenen Winkel Marokkos aus dem Staub machte und seinen Schützling sitzenließ. Aber Mardochi war weit und breit der einzige, der sich dieses kühne Unternehmen zutraute, und so war es denn eines Tages im Juni 1883 endlich soweit, daß Foucauld, mit Begleitschreiben und allen guten Wünschen seiner Freunde und Verwandten versehen, in einer der engsten Gassen des Judenviertels von Algier untertauchte.

Auch der aufmerksamste Beobachter hätte ihn nicht wieder auftauchen gesehen. Der Mann, der vor dem Spiegel stand, dem einzigen Luxusgegenstand in dem schäbigen Raum, in dem sich Mardochi, seine Frau und vier kreischende Kinder drängten, hatte seinen eleganten dunklen Anzug, Seidenhemd und Schuhe abgelegt und steckte nun in einer halb algerischen, halb syrischen Judentracht: Ein Hemd mit weiten Ärmeln und weiße Hosen bis zum Knie, eine dunkle türkische Weste und darüber ein wallender Talar mit Kapuze. Dazu bestickte Strümpfe und Lederpantoffeln. Bart und Haare waren schon dicht, und unter dem schwarzen Turban ringelten sich schon die ersten kurzen, sorgfältig gebrannten Locken. Mardochi, der im Lauf der Zeit immer mehr Ähnlichkeiten mit Mardochi in der Blüte seiner Jugend entdeckte, ernannte ihn spontan zum Vetter dritten Grades.

Tags darauf wanderten zwei schäbige Juden, ihre schweren Binkel auf dem Rücken, durch die Gassen Algiers dem Bahnhof zu. Niemand hätte in dem Jüngeren, der bescheiden einen Schritt hinter seinem Lehrmeister einhertrottete und sich von den arabischen Dockarbeitern, die ihnen entgegenkamen, widerspruchslos vom Gehsteig drängen ließt, den gepflegten Studenten aus der Stadtbibliothek wiedererkannt oder gar den arroganten, aufgeschwemmten Leutnant der Vierten Husaren. Beim Bahnhof angekommen, stellte er sein Gepäck neben das des Älteren, ging zum Fahrkartenschalter und hielt dem Beamten demütig das abgezählte Geld hin.

»Zwei Karten dritter Klasse nach Oran«, murmelte er in schlechtem, mit Ladinobrocken durchsetzten Französisch. Der Beamte, ein Bekannter Foucaulds aus der Bibliothek, der dort in seiner Freizeit das französische Eisenbahnwesen studierte, zählte angeekelt die schmutzigen Münzen und schob ihm die Karten durch den Glasschlitz. Die Lippen des armen Juden, der die Fahrkarten umständlich in die Tasche seines weiten Mantels stopfte, umspielte ein leises, kaum erkennbares Lächeln. Er hatte seine Gesellenprüfung bestanden.

*

Also wenn man ihn fragte, den Rabbi Mardochi Abi Serur, dann war der junge Foucauld einfach nicht ganz richtig im Kopf. Man mußte sich das nur vorstellen: ein Jüngel aus bester Familie, reich, hübsch, mit einer Zukunft wie im Bilderbuch – und was tat er? Warf die Uniform gleich zweimal hin, einmal sogar wegen einem Mädel, verschwand eines Tages im Judenviertel von Algier, zog sich einen Kaftan an wie der ärmste Jud und ging nach Marokko. Ausgerechnet Marokko, wo die Juden behandelt wurden wie Ungeziefer. Die schönsten Mädels hätte er haben können in Algier, aber nein, den armen Rabbi Mardochi mußte er sich engagieren und kreuz und quer durch Marokko schleppen! Elf Monate hatte er wie ein Mönch gelebt, das konnte Mardochi beschwören, und daß es ihm nicht leichtgefallen war, so was merkte man doch. Also wenn das kein Verrückter war!

Freilich, auch Mardochi hatte die Strapazen überstanden, und für ihn, den alten Mann, war's noch um etliches schlimmer gewesen. Aber er hatte schließlich Familie, und die Kinder brauchten endlich was zum Anziehen, und in einem einzigen Zimmer mit der ganzen Brut war's ja auf die Dauer nicht auszuhalten. Und doch war auch er, Mardochi, nicht ganz richtig im Kopf. Die ganze Sonderprämie hatte er für Retorten und Öfen und Phiolen ausgegeben, und jetzt saß er in seiner Alchimistenküche, dem Traum seines Lebens, und suchte immer noch den Stein der Weisen und immer noch das Gold, das ihn reich machen sollte – indes die Quecksilberdämpfe aus dem Destillierkolben ihm langsam, aber sicher die Lunge zerfraßen.

Aber wer war schuld, wenn die Frau Witwe und die Kinder Waisen sein würden? Wer sonst als Foucauld und sein Kuppler Mac Carthy, der mit dem wasserblauen Blick, der ja Mardochis prekäre Lage gekannt hatte!? Dauernd hatten sie ihm die Francs-Scheine unter die Nase gehalten, wenn da einer nicht schwach werden sollte! Gezahlt hatte er ja gut, der Herr Ex-Leutnant, das mußte man ihm lassen. Aber anständig war's doch nicht gewesen, wahrhaftig nicht! Schon die Art, wie er Mardochi mißtraute und das Geld nur an die Frau auszahlen ließ – wirklich nicht schön! Wie eine Geisel hatten sie sie in Algier festgehalten, die Frau und die Kinder, damit es ihm ja nicht einfiel, seinen Folterknecht einmal mitten in der Wüste stehenzulassen und Adieu zu sagen.

Und war das ganze nicht wirklich ein Betrug? Da kam so ein Bürschel daher, verwöhnt und mit manikürten Händen, und man dachte sich: nun, zwei Wochen, drei Wochen wird er's aushalten, dann läuft er wieder nach Haus zurück, und Mardochi hatte sein Geld. Aber Schmarrn! In dem feinen, verwöhnten Bürschel steckte ein Gigant, der den armen alten Mardochi elf Monate kreuz und quer durch Marokko schleppte, ein Goliath, ein Samson, ein Bündel an

Energie und Ausdauer – wenn das kein Betrug war? Na schön, hatte Mardochi zuerst gedacht, nach Tanger, soll sein nach Tetuan. Aber der wollte ja gleich weiter in die heilige Stadt der Moslems, nach Chechuan, wo vor genau zwanzig Jahren der letzte Europäer spurlos verschwunden war! Und dann nach Fes und weiter und weiter – der Kerl hatte ja vor nichts Angst! Und wie unverschämt er auch noch wurde, als er draufkam, daß sein Führer von all den vielen Orten, die er besuchen wollte, nur die paar größeren Städte kannte! Und den Süden, ja den kannte er. Aqqa, wo er geboren war. Aber die Nester dazwischen – sah doch ohnehin eines wie das andere aus! Nein, er war unerbittlich, ein Sklaventreiber! Was hatte der arme Mardochi frieren müssen im hohen Atlas! Und auf dem Paß von Tizi n-Teluat, nichts wie Eis und Schnee – aber der Junge hatte sich einfach in seinen schwarzen Burnus gewickelt und hatte geschlafen, fester noch als die Maultiere. Den hätten die Räuber davontragen können!

Aber ein geschickter Bursche war er schon, das konnte man nicht leugnen. Dauernd war er mit seinem Kompaß und dem Barometer beschäftigt, maß und schrieb auf, in ganz winzige Heftchen, die er in der hohlen Hand verstecken konnte. Und in der anderen Hand der Bleistiftstummel, ganze Romane mußte der Kerl geschrieben haben. Das mit den Messungen mit dem Sextanten oder wie das hieß, Sonnenstand und der Stand der Sterne in der Nacht, das war natürlich schwieriger gewesen. Der Jüngel oben auf der Terrasse oder auf einem Dach, und er, der arme Mardochi, mußte unten auf der Treppe lauern und jeden abfangen, der da hinauf wollte. Mit endlosen Geschichten mußte er ihn aufhalten, noch eine und noch eine, der alte Mardochi als Scheherezade. Was hatten sie damals alles zusammengelogen, Gott möge ihnen verzeihen! Natürlich war das mit dem Sextanten auf die Dauer nicht unbemerkt geblieben, und dann hieß es jedesmal, das Köpfchen strapazieren. Einmal war das Instrument dazu da, um die Zukunft aus dem Himmel zu lesen, dann um Nachrichten von Abwesenden zu vermitteln, in Taza war es ein Vorbeugungsmittel gewesen gegen die Cholera, ein Apparat zur Wettervorhersage, der vor Gefahren warnte, aber auch die Sünden der Juden aufdeckte. Und dann ging's erst recht los, die Schwindelei, wollte doch jeder seine Zukunft wissen und seine Sünden und das Wetter und was für Gefahren ihm bevorstünden! Und ob sie nicht mit dem oder jenem in Jerusalem, in Kairo, weiß Gott wo in Verbindung treten konnten. Ein Wunder, daß sie bei dem vielen Geschwafel überhaupt noch weiter gekommen waren!

Ja, Phantasie hatte der Kerl, und auch Humor, das mußte man ihm lassen. In Tlemcen war es gewesen, drüben noch in Algerien. Es gab kein Hotel für Juden dort, also saßen sie eben auf dem Randstein und kauten ihr Brot und ein paar Oliven. Da kamen ein paar Offiziere der Chasseurs, die in den roten Hosen und den blauen Röcken, vorbei, die er alle noch kannte.

»Schau dir den an!« sagte einer und deutete auf Foucauld. »Sieht er nicht aus wie ein Affe?« Und dann lachten sie. Foucauld aber nahm das gleichmütig hin, erst als die Herren vorüber waren, beugte er sich grinsend zu Mardochi und sagte: »Der Affe hat dem Menschen dort in Mascara hundertfünfzig Francs beim Billard abgenommen. Da hat sich der Mensch aber geärgert!«

Ja, das war schon ein Spaß gewesen – aber sonst? Armer Mardochi! Tausendmal hatte er die Schinderei schon bereut mit seinen alten Beinen! Aber der Kerl war unerbittlich, er bestand auf seinem Schein. Bis hinunter nach Tissint hatte er Mardochi getrieben, mehr als zweitausend Kilometer durch Wüste und übers Gebirg, und Hitze und Durst und die Angst vor den Räubern! Da nützten auch die schönsten Empfehlungsschreiben nicht immer, da machte jeder Dorfpotentat sich seine eigenen Gesetze, ließ sich seine Gunst und seine Empfehlungen und seine Wächter, die er ihnen mitgab, sündteuer bezahlen. Dreimal waren sie wegen dieser blödsinnigen Instrumente überfallen worden, und wenn das letzte Mal nicht schon so nahe an der algerischen Grenze gewesen wäre –

Warum er gerade nach Marokko müsse, hatte er Foucauld einmal gefragt, wo es doch so viele schöne und weitaus bequemere Länder gäbe. Aber der Kerl hatte nichts anderes zu sagen gewußt als: »Ich muß.« Als ob das eine Antwort wäre! Aber ein guter Schauspieler war er gewesen, er hätte in jedem besseren Theater Furore gemacht, als Shylok, als Romeo, ein richtiger Komödiant war er gewesen, ein Verkleidungskünstler. Hunderte Juden und nicht die Dümmsten waren auf ihn hereingefallen, und wenn Mardochi an Lalla Marnia dachte, wurde ihm ganz warm ums Herz. Da hatten ihn die Gemeindemitglieder doch richtig bedrängt, am Sabbath die Sedra mit ihnen zu beten und ihre Kinder zu segnen – und Foucauld, ganz ehrwürdiger Rabbi mit dem Gebetsschal, in der das Siegel Salomons eingestickt war, wirklich ein schöner Mensch, wie schon Mardochis Frau festgestellt hatte! Wie er den Schrein der Thorarollen geküßt und die ehrwürdigen Gesänge angestimmt hatte, als hätte er in seinem ganzen Leben nichts anderes getan! Nicht immer ganz richtig, aber wen störte das schon in Lalla Marnia! Verständlich, daß sich bei einer so ergreifenden Andacht die Augen der Anwesenden mit Tränen füllten und die Weiber richtig in Verzückung gerieten. Aber daß er, während er die Arme hob, wie er es mit Mardochi geprobt hatte, während er feierlich betete: »Der Herr möge euch segnen und schützen, er möge das Licht seines Antlitzes über euch leuchten lassen« – daß ihm dabei selber die Tränen über die Wangen kollerten, das war doch eher ungewöhnlich. Oder? Wär ein gefährlicher Schauspieler gewesen, der so in seine Rolle hineinkroch, die eigene Frau hätte sich fürchten müssen, wenn der einmal den Othello spielte!

Jedenfalls ein komischer Mensch, Mardochi wurde nicht klug aus ihm. Vielleicht war er nur ein Spion gewesen, und die französischen Militärs ließen jetzt schon die Generalstabskarten zeichnen. Marokko wollten sie ja auch einstekken. Aber das war nur eine Vermutung. Ob ihn wirklich nur das Geld oder das Vaterland getrieben hatte? Manchmal, wenn der alte Mardochi Wache stehen mußte, schlich er die paar Stufen hinauf zum Dach, auf dem Foucauld seine Vermessungen machte. Angeblich machte, denn was sah er da manchmal? Einen, der nichts tat, als in den Sternenhimmel zu starren. Stundenlang. Oder in die Wüste hinaus. Foucauld hatte es nicht leiden können, angeredet zu werden, wenn er so allein war, aber einmal hatte Mardochi es doch gewagt. »Was gibt's denn da zu sehen?« hatte er gefragt. Keine Antwort. »Ist doch nur Wüste«, hatte Mardochi noch einmal angefangen. »Eben.« Auch eine Antwort. Wer hätte daraus klug werden können! Nein, nein, ganz richtig im Kopf war der Mann sicher nicht.

*

In Paris war man anderer Meinung. Hier studierten die Vorstandsmitglieder der Geographischen Gesellschaft die ersten Berichte, die Foucauld Herrn Sekretär Maunoir übergeben hatte, und verfolgten die zweitausendzweihundertfünfzig Kilometer seines Weges, die jetzt zu den bisher bekannten sechshundertneunundachtzig gerechnet werden konnten. In elf Monaten hatte dieser eine Mann, eigentlich ein völliger Laie auf diesem Gebiet, 1406 Quadratmeilen Landes kartographiert, hatte 45 Längen- und 40 Breitenbestimmungen gemacht und zu den zwei Dutzend bisher bekannter Höhenbestimmungen über 3000 neue hinzugefügt. Dazu eine Unzahl von bisher völlig unbekannten Dörfern, kleineren Städten und Burgen, von Straßen, Haupt- und Nebenflüssen, die er in Karten eingezeichnet hatte, dazu mehr als 100 Skizzen, Landschaftsbeschreibungen, die Darstellung der sozialen und rassischen Struktur der verschiedenen Stämme und ihre Beziehungen zum Sultanat in der Hauptstadt. Ebenso eine umfangreiche Studie über die Lebensverhältnisse der Juden in Marokko. Foucaulds Reise, der die volle Bedeutung einer Entdeckungsreise zukomme, hatte, wie Vizepräsident Henry Duveyrier erklärte, der Erforschung Marokkos völlig neue Möglichkeiten eröffnet.

Die Öffentlichkeit wiederum, die Foucaulds begeisterter Mentor Oscar Mac Carthy in Telegrammen und Berichten an die Zeitungen informiert hatte, delektierte sich an den spannenden Abenteuern des jungen Mannes, der über Nacht zum großen Forscher erklärt worden war. An der Episode, wie der völlig ausgeraubte barfüßige jüdische Rabbi in einem algerischen Hotel an der Grenze, das keine Juden und keine Araber aufnahm, mit der Bemerkung, er werde sich beim Hauptquartier der Division beschweren, eine überraschend saubere Visitenkarte aus der Tasche zog, auf der Leutnant Maumené, einer von jenen, die ihn elf Monate vorher als Affen bezeichnet hatten, zu seiner Verblüffung »Vicomte Charles Eugène de Foucauld« lesen mußte. Oder an der gespenstischen Szene, wie zwei der gemieteten Führer, die die beiden Rabbis überfallen, ausgeraubt und gefesselt hatten, den dritten, der nicht mittun wollte, zu überreden suchten, gemeinsam die Gefangenen umzubringen und sich mit der Beute davonzumachen. Und wie Foucauld, der ja arabisch sprach, dem stundenlangen Feilschen um sein Leben Wort für Wort zuhören mußte.

Foucauld war in aller Munde und wurde mit Einladungen überhäuft, Vorträge zu halten, Zeitungsartikel zu schreiben und Abendgesellschaften mit seiner Anwesenheit zu schmücken. Er hatte sich auch äußerlich sehr zu seinem Vorteil verändert und war ein interessanter Mann geworden. Sehnig, braungebrannt, mit einem buschigen Schnauzbart, und was besonders die Damen der Gesellschaft und ihre heiratsfähigen Töchter erschauern ließ, das waren seine dunklen Augen, nicht sehr groß, aber von einem geheimnisvollen Feuer durchglüht, wie in den Gesellschaftsspalten des ›Figaro‹ oder ›Gil Blas‹ zu lesen war.

Der unerwartete Erfolg hatte auch seine Familie beeindruckt, und unter die Vergangenheit wurde ein Schlußstrich gezogen. Auch hier bewunderte man seine Veränderung, wenn er auf den Gesellschaften bei Tante Inès auftauchte, weil es hier ein bekannt gutes Buffet gab, tadellos nach der neuesten Mode gekleidet, still und bescheiden und stets ein freundliches Lächeln auf den Lippen. Was ihnen jedoch allen auffiel: Er bewegte sich wie ein Fremder unter Fremden, und wenn er gebeten wurde, von Marokko zu erzählen oder zumindest zu bestätigen, ob das oder jenes, was über ihn erzählt wurde, auch richtig war, hatte er nichts zu bestätigen und nichts zu leugnen und nur wenig zu erzählen. Bestenfalls wies er mit seinem freundlichsten Lächeln seine Zuhörer darauf hin, daß sie das alles in seinem Buch lesen könnten, an dem er von früh bis spät arbeitete. Grund genug, sich noch intensiver darum zu bemühen, ihn aus der Reserve zu locken. Man mußte doch herausfinden können, was mit diesem Mann in Marokko geschehen war!

Er wußte es selber nicht. Er war zurückgekommen wie ein Geblendeter. Er hatte zu lange in die Sonne gesehen, nun nahm er alles wie im Zustand der Betäubung wahr: die Begeisterung Mac Carthys über seinen Erfolg und seine plötzliche Berühmtheit, die liebevollen Worte seiner Schwester und der Cousine Marie, die langen Gespräche im Pariser Vorort Sèvres mit Duveyrier, dem berühmten Afrikaforscher, der das Kreuz der Ehrenlegion trug, der mit achtzehn Jahren die Sahara durchwandert und mit vierundzwanzig ein Buch über die Tuareg geschrieben hatte.

»Die Tuareg«, sagte er immer, »die müssen Sie kennenlernen«, und Foucauld prägte sich ein: die Tuareg.

Er war wieder in Algier, und Mac Carthy beantragte die Medaille der Geographischen Gesellschaft in Gold. Foucauld bekam sie auch, aber er holte sie gar nicht ab. Vor drei Jahren hätte er sich mit Begeisterung in den Mittelpunkt der feierlichen Zeremonie gestellt, jetzt bat er Olivier, den Mann seiner Cousine Marie, sie für ihn in Empfang zu nehmen, und lachte nur über die köstliche Szene, die man ihm später berichtete: Etliche Festgäste hielten Olivier für Foucauld und raunten einander zu, wie ihm die Strapazen der Reise zugesetzt haben mußten! Was sie aus seinem Gesicht lasen, waren eher die Strapazen des ›Maxim‹ und ähnlicher Etablissements, in denen sich der alte Lebemann von den Pflichten des Familienlebens mit seiner frommen Frau und vier Kindern zu erholen suchte.

Er war von Politikern und hohen Militärs zu Diskussionen geladen worden, wie weit Frankreich sich in Nordafrika engagieren oder ob es seine ganzen Kräfte nicht lieber auf die Revanche gegen Deutschland konzentrieren sollte, auf die General Boulanger, der spätere Kriegsminister, immer heftiger drängte. Er antwortete ihnen nicht einmal, er vergrub sich in seine Studierstube in Algier.

Aber war das eigentlich so wichtig, wie viele Kilometer das Nest Mrimima über dem Meeresspiegel lag? Was bedeutete schon der stolze Nachweis, daß der deutsche Afrikaforscher Gerhard Friedrich Rohlfs sich bei der Kartierung des Wadi Draa um 45 Kilometer geirrt hatte? Er hatte sich, nachdem er elf Monate die bisher unbekannten Wonnen der Askese genossen und gepriesen hatte, in die Dunkelheit der verruchtesten Gassen von Algier gestürzt. Nicht um Vergnügungen nachzuholen, die er so lange entbehrt hatte, er hatte sie gar nicht entbehrt – eher auf der Flucht vor dieser gnadenlosen Helligkeit, die ihm Angst machte und nach der er sich sehnte.

Er machte Pläne mit Duveyrier, er ließ Duveyrier Pläne für sich machen. Der Mann hatte viel erreicht und war zu seiner Zeit nicht weniger berühmt gewesen als die großen Afrikaforscher Heinrich Barth oder David Livingstone. Als die Franzosen den Sudan und Algerien zu kolonialisieren begannen, hatte er als erster die Sahara durchquert, er war schon in jungen Jahren Vizepräsident der angesehenen Geographichen Gesellschaft geworden – aber schon die erste Reise hatte ihn derart geschwächt, daß er Monate krank wurde und zeitweise das Gedächtnis verlor, daß er ohnmächtig zusehen mußte, wie der behandelnde Arzt seine Aufzeichnungen über die Tuareg unter seinem Namen herausgab. Endlose Streitigkeiten waren die Folge. Ein späterer Versuch, Marokko zu durchqueren, kostete ihn fast das Leben, und sogar seine frühe Berühmtheit wurde ihm zum Verhängnis. Er hatte einen jahrelangen Kampf gegen die ›Schreibtischgeographen‹ geführt und die verachteten Tuareg, die er doch persönlich so gut kannte, immer als edle und ritterliche Krieger gerühmt. Als aber diese Tuareg 1876 mehrere Angehörige des Ordens der Weißen Väter ermordeten und fünf Jahre später die Expedition des Oberst Flatters im Hoggar überfielen und niedermetzelten, kannte der Hohn seiner Gegner keine Grenzen.

Was er nicht erreicht hatte, das sollte jetzt Foucauld erreichen. Der alte verbitterte Mann träumte von einer friedlichen Durchdringung der Sahara und vom Zusammenschluß von Tunesien, Algerien und dem Sudan zu einem Großreich vom Mittelmeer bis zum Quellgebiet des Niger. Er träumte davon, daß die Franzosen den Bewohnern der Wüste ihre in Ursprung und Geist christliche Kultur vermitteln möchten – auch wenn er selber keineswegs religiös war. Und Foucauld hörte interessiert zu, lächelte manchmal, nickte. Dann war er wieder in Algier und saß über seinem Buch und reihte Beobachtung an Beobachtung, Daten an Zahlen, eine Fülle von Einzelheiten, die für die Kartographen und die späteren Reisenden von Nutzen sein konnten.

Aber das alles war nur die Tätigkeit eines Automaten, der richtig reagierte, weil auf den richtigen Knopf gedrückt worden war. Tief im Innern bewegte ihn längst etwas anderes als die ›Ergebnisse seiner Wissenschaft‹, etwas, das er nur nicht benennen konnte, für das stellvertretend nur gefühlsmäßige Eindrücke herhalten konnten, Bilder, Stimmungen, die in seinem Gedächtnis eingeprägt waren. Symbole für etwas, von dem er nichts, noch nichts wußte: die gezackten Felsen, die sich in den blauen Himmel fraßen, ihm dort Grenzen setzten, wo die Erde begann. Entzündete Augen und der quälende Sand unter den Kleidern auf der verschwitzten Haut, als hätte ein Mönch ein härenes Gewand dazwischengelegt, damit nichts mehr fühlbar sei als dieses von Gott kommende, oft kaum erträgliche Maß an Schmerz.

Er war wieder in Paris. Er hörte die Worte, die auf ihn eindrangen, unendlich viele Worte von überall her, auf der

Reise, auf Gesellschaften, im Schloß Le Tuquet, wo er im Sommer nach der Marokkoreise mit seiner Schwester und den Moitessiers und den Bondys Ferien machte. Schöne Worte, er wußte nur nicht, was er von ihnen halten sollte. Die fromme Marie, die ihn vor siebzehn Jahren so enttäuscht hatte, die große, unerfüllte Liebe, ein unerschöpfliches Thema für die Klatschmäuler. Ein schöner Sommer, freundlich und warm, ein wunderschöner Sommer, keine Wüstensonne, geschmackvoll und mit viel Grün, von dem sich die weiß gestrichenen Tische, Liegestühle und Zäune so harmonisch abhoben. Menschen, die einander liebten, von hübschen Dienstmädchen in Schürze und Häubchen bedient. Die böse Welt war ausgeschlossen, hier war nur Güte und Harmonie, Mimi, die zärtliche Schwester, hatte sich eben verlobt und flüsterte dem Bruder ins Ohr: »Solltest du auch tun!« Und man blickte vom Buch auf und in das dunkle Grün des Waldes hinein. Glück und Schlaf, tiefer, erholsamer Schlaf, indes die Sonne an den Grenzen des Paradieses lauerte.

*

Oktober 1884. Er hatte das Idyll von Le Tuquet nach Algier verlegen wollen, die dunklen, samtigen Augen einer Mademoiselle Titre verlockten dazu, sich in den Schoß der Bürgerlichkeit zu retten. Das von Blumen umrankte Häuschen ihres Vaters in der Gartenstadt La Redoute verhieß Frieden. Sie war hübsch, sehr hübsch sogar, und er hatte sie beim dritten Zusammentreffen gefragt: »Wollen Sie meine Frau werden?« Sie war gut, sie hatte sich gegen den Willen der Eltern zum Katholizismus bekehrt. Sie liebte ihn, und beide träumten von Kindern.

Aber Weihnachten 1884 verbrachte er in Paris, und er nahm auch an der Hochzeit seiner Schwester Mimi mit Raymond de Blic im Kreis der Familie teil. Eine pompöse Hochzeit, wie sich das bei ihnen gehörte. Weihnachten, mit einem Christbaum wie einst in Straßburg, der sich in Paris noch nicht so recht eingebürgert hatte. Mit einer Krippe, wie seine Mutter sie vor ihrem frühen Tod jedes Jahr aus großen Kartons genommen hatte, Figuren und Bäume, den Ziehbrunnen und den Stall; mit den Liedern, die er schon als Kind gesungen hatte und die ihn diesmal zu Tränen rührten. Er nahm sich vor, sie auch in Afrika zu singen, er nahm sich vor, sich einen solchen Christbaum in das Häuschen in La Redoute schicken zu lassen, er nahm sich vor, in den französischen Alpen solche Figuren schnitzen zu lassen und sie dort unten aufzustellen, wo die Sonne wie in Bethlehem brannte, wo keine Hirten und keine Könige durch den Schnee stapften.

Aber er wußte zugleich, daß das alles nie geschehen werde. Da saßen sie, seine Feinde, Mademoiselle Titres Feinde. Er hatte ihnen nie ihren Vornamen gesagt, Mademoiselle aus ihrem Mund klang verletzend genug. Er sah sie an, wie sie rund um den Tisch saßen, Onkel, Cousins und Cousinen, Schwager, Nichten und Neffen, angeführt von der imposanten Tante Inès, die er immer gefürchtet hatte, immer noch schön und geistvoll und alles ringsum beherrschend. Er hatte Mademoiselle Titres Hand geküßt, er hatte ihren Mund geküßt – Mimi Cardinale hätte gelacht und gefragt: »Sonst nichts?« Vor dem ›sonst‹ hatte er sie bewahrt. Jetzt mußte er sie vor denen bewahren, die schon an dem Wort Mademoiselle Anstoß nahmen und mit Argumenten kamen, von denen er sofort wußte, wie lächerlich sie waren und wie unwiderlegbar zugleich. Zum ersten Mal, seit er aus der Helligkeit Marokkos in diesen Zustand der Betäubung getaucht war, in dem alles an ihm vorüberglitt, weil es so flach, so ausdruckslos, so ohne Belang war, in dem nichts sich in seinem Bewußtsein festhaken konnte, sah er wieder klar, ja überdeutlich, was um ihn geschah, was an diesem Tisch mit ihm, mit ihr, mit ihnen beiden geschehen sollte.

»Eine Bürgerliche«, hatte Tante Inès gesagt und das Wort ausgespuckt wie eine angefaulte Frucht. Sie, die doch selbst nur einen Moitessier geheiratet hatte, Tabak en gros mit eben erst erworbenem Schloß, in dem schon der Gärtner mehr Lebensart zu vererben hatte. Sie, die erst ihre Töchter, die Früchte der Sünde gegen die Aristokratie, wieder ihrem Stand zurückgegeben hatte, Marie, die bereits unglücklich geworden, Catherine, die auf dem besten Wege dazu war.

»Wo willst du das Geld hernehmen?« hatte Cousin de Latouche gefragt. Es lag ja immer noch in seinen Händen, und wie sollte einer mit dreihundertfünfzig Francs die Dienerschaft bezahlen und die Equipage und die Wohnung im standesgemäßen Viertel? Eine Vicomtesse de Foucauld durfte doch nicht beim Geschirrspülen oder bei der algerischen Hausschneiderin ertappt werden! Wie Polypenarme griffen die Standesverpflichtungen, denen er sich alleinstehend so erfolgreich entzogen hatte, nach ihm, seit er eine Mademoiselle zur Madame la Vicomtesse machen wollte. Was halfen da die Gegenargumente, dann werde sie eben die erste sein, die man mit einer Schürze in einer Küche antraf. Sie war die Frau eines Forschungsreisenden, und Herr Duveyrier und Mac Carthy und alle die anderen, denen es um Wesentlicheres ging, als ihren Stand zu repräsentieren, würden sich keinen Deut darum scheren. Und wenn seinen Lieben die durch die Heirat geadelten Hände einer Vicomtesse de Foucauld so leid taten, dann konnten sie ihren geliebten Charles aus seiner finanziellen Unmündigkeit ja befreien. Er wäre nicht der erste, der vom Familienvermögen lebte.

Aber da saß auch Marie de Bondy, und auch sie sagte nein!, und noch viel entschiedener als die andern. Was berechtigte die Cousine dazu, derart in sein Leben einzugreifen? War ihre Ehe so furchtbar, daß sie ihn davor bewahren wollte? Und was konnte sie ihm geben als Ersatz für den Frieden, für die Geborgenheit, die der blumenerfüllte Garten an der Porte du Sahel, die die Arme dieses bezaubernden Mädchens versprachen?

Er sah das harte Kinn seiner Cousine. ›Sie wird einmal häßlich werden‹ dachte er, ›eine Hexe‹, und ihr Unglück würde das, was ihr schon die Natur mitgegeben hatte, noch häßlicher machen. ›Eine schöne Seele‹, würde der Herr

Dorfpfarrer sagen, ›man sieht es schon ihren gütigen Augen an.‹ Er hatte immer so schöne Worte zur Hand und die schönsten wohl für die, die am meisten in den Opferstock warfen. Wußte er, daß diese schöne Seele sich anmaßte, in seiner Dorfkirche zu beten, Gott möge dieser armen Mademoiselle ihren geliebten Charles wegnehmen?

»Du darfst das Mädchen nicht unglücklich machen«, sagte sie.

»Ich werde sie unglücklich machen, wenn ich sie stehen lasse«, erwiderte er, ganz ohne Selbstgefälligkeit.

»Gerade wenn du sie liebst, mußt du sie verlassen«, sagte sie.

»Das ist Unsinn, Cousinchen«, erwiderte er.

»Du willst jetzt wieder in die Wüste«, sagte sie, »und dann nach Tunis und dann nach Zentralafrika und weiß Gott wohin noch. Das Mädchen wäre mit einem Schatten verheiratet.«

Er fragte sich, worum diese Frau eigentlich kämpfte. Gegen Mimi, die ›Dirne‹, das ›Mädchen aus der Gosse‹, ›die Krone der Verworfenheit‹, war sie vergleichsweise wohlwollend gewesen. Gegen Mademoiselle, die sich ihren Weg zum katholischen Glauben so schwer errungen hatte, kämpfte sie wie gegen den Teufel. Was fürchtete sie? Was war gerade durch dieses gute, brave Mädchen so sehr in Gefahr?

»Der Schatten kommt wieder aus Algerien zurück«, wehrte er sich. »Oder aus Zentralafrika. Seeleute sind auch monatelang weg und dürfen trotzdem heiraten.« Er haßte es, gegen alle diese Argumente ankämpfen zu müssen, deren Unlogik, deren Unehrlichkeit er zu durchschauen glaubte, und er haßte es umso mehr, als er spürte, daß er ihnen nicht entkam. Er wußte, daß er das Mädchen und sein Leben mit ihr verteidigen mußte, und er merkte zugleich, daß er das immer weniger tat. Es wehrte sich etwas in ihm, sich gegen diese Leute wehren zu müssen, die er liebte und die er in diesen Tagen dennoch als seine Feinde empfinden mußte. Vielleicht liebte er das Mädchen gar nicht, sagte er sich. Vielleicht liebte er sie nicht genug?

Er versprach, sich alles noch einmal zu überlegen, er wollte Zeit gewinnen, Abstand gewinnen. Er fuhr nach Algier und bat Mademoiselle Titre, die Verlobung zu verschieben. Er weinte um das Mädchen, von dem er wußte, daß es um ihn weinte, wenn es allein war. Er klammerte sich an sie, wenn er sie besuchte. Er beklagte, was da geschah, als wäre nicht seine Willenlosigkeit, seine Beeinflußbarkeit oder gar die eigene Entscheidung daran schuld, sondern irgendein anonymes Schicksal, das sich nur zufällig in Tante Inès und Onkel Sigisbert und Cousine Marie und Vetter de Latouche verkörpert hatte. Vielleicht verbot ihm dieses Schicksal, das Mädchen zu lieben? Vielleicht gab es etwas, daß er noch mehr lieben sollte?

Die gleiche Krankheit wie vor vier Jahren auf dem Feldzug gegen Bou Amama kam wieder über ihn, und auch diesmal wußte kein Arzt damit etwas anzufangen. Ein algerisches Mädchen pflegte ihn Tag und Nacht und horchte auf seine immer wieder laut werdenden Fieberträume. Er redete von der Wüste und daß er im Herbst in die algerische Sahara wolle. Wenn Mardochi mit anderen Reisegefährten am Abend beim Feuer gesessen war, um sich daran zu wärmen und zu plaudern, hatte er sich ein paar Meter entfernt hingelegt, sich in seinen Burnus gewickelt und zu den stummen Sternen hinaufgesehen. Mehr und mehr hatte er damals die Einsamkeit lieben gelernt.

Und wenn er wach war und das Mädchen an seinem Bett sitzen sah, dachte er: ›Eigentlich sollte Mademoiselle Titre hier sitzen.‹ Aber die hatte er aufgegeben, und sie hatte es ihm nicht schwer gemacht. Wenige Tage später war er in dieses Fieber verfallen, und im Fieber sah er sie weinen. Er träumte das letzte Gespräch mit Cousine Marie. Als Elfjähriger hatte er erklärt, sie sei das schönste Mädchen der Welt, er liebe sie und werde sie heiraten, sobald er an seine Erbschaft herankäme. Jetzt war der Altersunterschied um nichts größer, aber jetzt träumte er immer ›Mutter‹, wenn er von ihr träumte. Und das war wie die weichen Kissen, in die er aus den würgenden Fieberanfällen zurückfiel. Und er hörte sie sagen: ›Du solltest nie heiraten, Charles‹, wie sie es letzte Weihnachten in Paris gesagt hatte. Eine unverschämte Forderung, wenn man es näher betrachtete, und er konnte sich die Kommentare der Kameraden dazu vorstellen, zu der unglücklich verheirateten, unbefriedigten Frau, die ihren platonischen Geliebten für sich behalten wollte und ihm einzureden suchte, für ihn, das Prachtexemplar Charles, sei keine andere gut genug. Damals zu Weihnachten hatte er nicht weiter darüber nachgedacht, hatte nur im Scherz gefragt: »Soll ich vielleicht Mönch werden?« Er hörte das Gemurmel der Reisegefährten am nächtlichen Feuer und war glücklich, daß er ihre Worte nicht verstand. Was war so begehrenswert an der selbstgewählten Einsamkeit?

*

Im Sommer war er wieder auf dem Gut Le Tuquet in der Nähe von Bordeaux, um sich von dem Fieberanfall zu erholen. Er hatte mit Mademoiselle Titre gesprochen, ohne ihr erklären zu können, warum er sich nicht an sie binden dürfe. Die Begründungen seiner Familie waren ihm nicht genug. Er hätte ihr erklären müssen, daß seine Liebe zu ihr, wenn es überhaupt Liebe war, nur die Flucht in einen illusorischen Frieden gewesen wäre. Nichts anderes als die früheren Fluchtversuche vor der eigenen Wirrnis in ein zügelloses Leben. Wie wäre sie mit seinen Träumen von der Wüste, von den unablässigen Gebeten der Moslems, die ihn bis in ihr Beisammensein verfolgt hätten, fertig geworden? Er hätte ihr alles das verschweigen müssen, er hätte ein Doppelleben führen müssen, wie einst mit Mimi, die nur an dem fröhlichen Lebemann hatte teilnehmen dürfen. Oder er hätte in seiner Sucht, bei allem ins Extrem zu gehen, den perfekten Ehemann zu spielen versucht, nur Zärtlichkeit und Hingabe, um sie glücklich zu machen. Er hätte dafür alles, was darüber hinaus in ihm war, aufgeben müssen, um ihr nichts vorzuenthalten.

Aber was war es, das darüber hinausging? Stimmungen, Gefühle, das eigenartige Würgen in der Kehle, wenn er am Morgen erwachte und sich bewußt wurde, daß seine Cousine schon in der Dorfkirche kniete und für ihn das heilige Abendmahl empfing? Wenn er die Gebete der Araber hörte und nachsprach, weil es ihn dazu drängte, während die Sonne hinter den Horizont sank? Marie sagte Gott, und sie sagte es zu oft für seinen Geschmack. Was war es auch anderes als die selbstverständliche, gewohnheitsmäßige Frömmigkeit der Araber, die diesen Gott sich erst schuf! Wie sollte er sich diesen Gott schaffen, um ihn zu verehren, wenn erst sein Gebet an den, an den er nicht glaubte, diesen Gott erschuf? Sollte er sich hinwerfen wie sie, wie seine Cousine Marie in der Hoffnung, daß dann irgendwann nach tausend Kniefällen und Verbeugungen, bis Rücken und Gelenke schmerzten, das Wunder geschah?

Aber es war merkwürdig, trotz seiner Skepsis, die keine lachend überlegene, eher eine verkrampfte, verzweifelte war, konnte er Maries Bemühungen um ihn oder um seine Seele nicht mehr mit der gleichen Abwehr begegnen wie noch vor einem Jahr. Auch der Groll gegen sie selbst, die ihn ›verraten‹, mit einem anderen Mann ›betrogen‹ hatte, wie es einst das Kind Charles und noch Jahre später der junge Mann empfunden, war allmählich gewichen. Wie auch der Widerstand gegen eine Religion, deren eifrigste Anhänger Frauen waren, sich verlor. Der Glaube des Propheten hatte ihn so besonders fasziniert, weil es Männer waren, die sich vor Gott auf die Knie warfen, mitten im schärfsten Ritt, mitten im Kampf, Männer wie er und seine Soldaten. Da hatte er einen ganz anderen Geist zu spüren geglaubt als in den Frauen, die in den Kirchenbänken kauerten, ihre Gebete herunterleierten und ihre Rosenkranzperlen durch die Finger gleiten ließen. Indes die Männer gelangweilt an den Säulen lehnten oder im Vorraum der Kirche herumstanden, um der Konvention Genüge zu tun.

›Tantenreligion‹ hatte es einer aus Saint-Cyr genannt. Keine Beschäftigung mit Gottvater und Sohn und dem

Heiligen Geist ohne so eine Tante: das Händefalten, das Kreuzzeichen, das Niederknien und das Abendgebet, die Ermahnungen, brav zu sein und das liebe Jesulein nicht zu kränken. Als Begleiter und Paten, bei Messe, Segen, Maiandachten und Prozessionen waren sie hinter ihm gestanden, immer bereit, die Hände auf die Schultern des Kleinen zu legen, mahnend, drohend, belohnend. »So einer Tante verdank ich den ersten Schnupfen«, hatte er einmal gespöttelt. »Warum hat sie mir nach der Taufe auch nicht ordentlich die Ohren getrocknet?«

Aber hier in Le Tuquet mußte er, wenn auch widerstrebend, zum ersten Mal erkennen, daß es Frauen gab, die mit diesem Zerrbild von Frömmigkeit und Bigotterie nichts zu tun hatten. Daß Begriffe wie Tugend, Güte, Demut, Sanftmut, Liebe nicht das geringste mit säuerlicher Resignation, mit verständnisloser Verachtung der Dinge zu tun hatten, die das Leben lebenswert machten. Daß Glaube, Moral, Tugend, Verzichten-Können nicht der Unfähigkeit, sich zu freuen oder der Angst vor Strafe im Jenseits entsprangen. Daß sie keine Flucht in eine Wunschwelt waren, weil man mit dem Diesseits nicht fertig wurde, wie die Anbeter des Fortschritts behaupteten, sondern etwas ganz Großes, von dem er spürte, daß es ungeahnte Kräfte schenken könnte.

Er war wieder in Algier und saß über seinem Buch bis in die Nächte hinein. Es war Herbst und nicht mehr so heiß. ›Rast!‹ hatte Mardochi gebettelt. ›Machen wir doch Rast!‹ Er aber hatte immer weiter müssen. Noch zehn Kilometer mehr, noch drei Messungen, ›die Sonne versinkt früh genug‹. Er hatte sich hineingefressen in dieses Marokko wie ein Wurm in die feuchte Erde, er hatte eingesogen in sich, was sein Körper, was seine Augen, was seine Ohren, was sein Geruchssinn und seine tastenden Hände nur aufnehmen konnten. Und jetzt, zwischen Papierblättern, säuberlich numeriert, damit dem Setzer nichts durcheinandergeriet, las er Namen, Zahlen, Anmerkungen, Einzelbeobachtungen – war das das Land, in dem er elf Monate gelebt hatte? War das alles, was er von diesem Land in Besitz genommen hatte?

Oder war das alles nur ein Vorwand gewesen, in etwas einzudringen, das ihm nur deshalb als unendliche Leere erschien, weil die Karten bisher nur weiße Flecken dafür übrig gehabt hatten? Immer tiefer in etwas einzudringen, in der Hoffnung, endlich einmal auf einen Punkt zu stoßen, von dem aus kein Weiter mehr nötig war?

Er machte sich wieder auf den Weg, und er hatte einen Grund dafür. Ihm fehlte bei der Beschreibung der marokkanischen Sahara und der Oasen des südlichen Atlas zum Vergleich jegliche Kenntnis der südalgerischen und tunesischen Oasen und Wüstengebiete. Sie waren für sein Buch eher von geringem Belang, aber er schloß sich einer Karawane des Hauptmanns Didier an, der in el-Goléa, siebenhundert Kilometer südlich von Algier, schon tief in der Sahara, einen Militärposten errichten wollte. Er traf mit Hauptmann Motylinski in Ghardaia zusammen, einer Stadt, die die Mozabiten, Schismatiker des frühen Islam, mitten in eine trostlose Wüste gebaut hatten. Eine einmalige Stadt, mit strengen, schachtelförmigen Lehmhäusern, die mit ihren engen Gassen, Treppen und Tunnelsystemen sich pyramidenförmig bis zu der großen Moschee hinaufdrängten, deren hohes, fünffingriges Minarett alles überragte. Er durchstreifte die Städte und ritt von einer Oase zur andern, er schrieb auf, was er sah und was Motylinski ihm erzählte. Er stieß mit dem Freund bis el-Goléa vor und schwor sich, das nächste Mal eine Durchquerung der Sahara am Hoggar-Massiv vorbei bis hinunter nach Timbuktu am Niger in Angriff zu nehmen. Was Laperrine damals nicht gelungen war, ihm würde es gelingen.

Er bog nach Osten ab in Richtung Tunis. Er sehnte sich immer mehr nach Einsamkeit, den Festlichkeiten, die Hauptmann Couvet in Wargla zu Ehren der Ankömmlinge arrangiert hatte, Reitervorführungen einheimischer Stämme auf Pferden und Meharis, den tagelangen Freß- und Trinkgelagen, entzog er sich. Er verschwand lieber mit Motylinski zu den Stämmen der Umgebung, er sah den Harratin zu, die hier eine Art Brunnenbruderschaft bildeten. Ihre Aufgabe war es, den Grund der Quellenschächte zu reinigen, sie ließen sich tief bis zum Wasserspiegel abseilen, verklebten sich dort die Ohren und glitten ins Wasser, bis zu dreißig Meter tief – und Foucauld saß dabei und stoppte die Zeit, eine Minute, zwei, drei Minuten, zehn Sekunden. Er hörte nicht auf zu zählen, während die anderen Taucher schlotternd um ein Feuer saßen, weil selbst die Saharasonne nicht heiß genug war, um sie zu erwärmen.

»Kommt es manchmal vor, daß einer nicht mehr heraufkommt?« fragte er, und sie nickten.

»Ja, manchmal. Dann taucht ein anderer hinunter und holt ihn.« Und das alles für einen Franc pro Tag.

Foucauld war schon auf dem Weg nach Norden und hinüber nach Tunis, als ihm ein seltsamer Zug begegnete. Seine Begleiter rümpften die Nase und sprengten davon, um dem bestialischen Verwesungsgestank auszuweichen, den der Wind auf sie zutrieb. Foucauld aber hielt gespannt sein Pferd an. »Was ist das?«

»Sie bringen ihre Toten heim«, sagte Motylinski, der als einziger bei ihm ausharrte. Er erklärte, daß nur Mozabiten im Mzab leben durften, daß sie aber, wo immer sie auch lebten, als Arbeiter, Kaufleute, Gärtner oder Ladenbesitzer, einmal jährlich heimkommen mußten. Sogar als Tote mußten sie heimkommen, um in der heimatlichen Erde begraben zu werden, an der sie hingen wie kein Araber sonst. Wochenlang waren sie unterwegs, Karawanen von Toten auf den Kamelrücken mit ihren lebenden Begleitern, und wer ihnen begegnete, roch schon von weitem den Gestank.

Foucauld ließ sie vorüberziehen, er hörte die Rufe der dichtvermummten Kamelreiter, die durch nichts zu erkennen gaben, daß sie die beiden sahen. Sie zogen nach Süden – warum zogen sie nach Süden? Was suchten die Toten in ihren Heimatoasen? Wuchs dort ein anderes Gestein, wehte dort anderer Sand über die blankgescheuerten Plateaus? Er sah ihnen lange nach, er konnte sich nicht losreißen von dem gespenstischen Bild.

Er war süchtig nach Einsamkeit. Er war süchtig danach, die Ödnis aus Steinen und Sand zu durchziehen, den ›Garten Allahs‹, wie die Araber sie nannten, aus dem Gott alles Überflüssige, menschliches und tierisches Leben, entfernt hatte, um hier in Frieden zu wandeln. Oft war er seinen Reisegenossen einen, zwei Tage voraus, er aß, was er gerade bei sich hatte, Datteln oder Getreidekörner, und wenn ihn die Dunkelheit überraschte, legte er sich in eine Mulde, die ihn vor dem Wind schützte, und wickelte sich in seinen Burnus, allein mit den Sternen, die in die Netzhaut eingeprägt blieben, auch wenn die Lider längst zugefallen waren.

»Möchtest du am Ende, daß ich Mönch werde?«, hatte er Marie gefragt und gelacht und Mademoiselle Titre verraten und ihre dunklen Samtaugen und das Leben in Frieden und Geborgenheit, das er von ihr erwartet hatte. Er war süchtig danach, von einer Stunde zur andern auf das Schauspiel zu warten, das er mehr genoß als alles, was man ihm jemals vorgeführt hatte. Auf das Schauspiel, das keine Überraschung bot als die eine beglückende, daß es ihm immer wieder vorgeführt wurde: die Bewegungen der Betenden und der gesammelte Ernst in ihren Gesichtern, der immer gleiche Singsang, der immer dieselben Worte trug. Immer die gleiche Kulisse, die aufgehende, die im Zenit brennende, die sinkende Sonne. Er wartete vielleicht noch auf tausend andere Dinge, sichtbare, hörbare, die zu riechen, zu ertasten waren, die Wohlbehagen auslösen konnten, Schmerz oder Jubel oder Verzweiflung. Die ihm vielleicht schon längst begegnet, nur nicht bewußt geworden waren, weil ihm alles dazu fehlte, des Schmerzes oder des Jubels habhaft zu werden.

Es waren schon die zweiten Weihnachten in Afrika, kein Schnee, keine Christbäume, keine Krippe, keine traulichen Weihnachtslieder. Nur das beglückende Wissen darum, in einem Land leben zu dürfen, in dem die Menschen unablässig beteten.

*

Der Salon der immer noch schönen Madame Inès Moitessier in der Rue d'Anjou gehörte nicht nur zu den elegantesten der Stadt, auch die Gäste, die sich hier einfanden, konnten sich sehen lassen. Die Crème der Pariser Gesellschaft, prominente Wissenschaftler und hohe Militärs, Schriftsteller, Diplomaten und Politiker, vornehmlich solche, die der Groll gegen die gegenwärtige Politik der radikalen Linken einigte, die alles dazu tat, um ihre Gegner in Verwaltung, höherer Justiz und Armee auszuschalten. Ihr Hauptfeind waren nach wie vor Kirche und Klerus, so durften Priester schon seit Jahren nicht mehr Kranke in den öffentlichen Spitälern besuchen, und auch die Militärseelsorge war aufgehoben worden. Man durfte nicht mehr ›bei Gott‹ schwören, Schulen, Friedhöfe und Spitäler wurden säkularisiert, und eben erst, 1886, war das Verbot des Unterrichts durch Ordensleute an öffentlichen Schulen ausgesprochen worden. Frankreichs Nationalreligion sollte der Laizismus werden.

Dementsprechend waren die Gesprächsthemen der illustren Gäste aus Frankreichs politischer Opposition, zu deren bedeutendsten sicherlich Louis Buffet, ein Vetter des Herrn Moitessier, einst Handels- und Finanzminister, gehörte oder Herzog de Broglie, zweimal Premierminister, der nach dem unglücklichen Krieg gegen Deutschland und dem Sturz Napoleons III. hartnäckig, aber vergeblich versucht hatte, in Frankreich noch einmal ein Königtum zu restaurieren. Daß er und seine Gesinnungsgenossen noch heute von einer theokratischen Ordnung träumten, wurde selbst von reaktionären Katholiken belächelt. Die Zeiten waren vorbei.

Charles de Foucauld kümmerte sich nicht allzu viel um Politik, Frankreichs koloniale Ambitionen in Afrika ausgenommen, dennoch war er nach seiner Rückkehr aus Tunesien regelmäßig bei Tante Inès zu Gast. Und nicht nur wegen der ausgezeichneten Küche. Tante Inès legte Wert auf die Besuche des interessanten jungen Mannes mit dem tiefgebräunten Teint und den geschmeidigen Bewegungen, der den Damen andere Gesprächsthemen liefern konnte als die leidige Politik. Zudem wollte sie, daß ihr Neffe nach dem langen Herumtreiben in der Welt sich endlich über sein künftiges Berufsziel klar werde, und dabei konnte ihm so mancher ihrer prominenteren Gäste behilflich sein. Sollte er die Diplomatenlaufbahn wählen oder Politiker werden, wie Tante Inès insgeheim dachte? Hatte bei dieser Regierung ein Aristokrat überhaupt Chancen? Andererseits, war es nicht geradezu patriotische Pflicht des jungen Mannes, seine unbestreitbaren Qualitäten gerade dort einzusetzen, wo sie so dringend gebraucht wurden? Oder sollte er sich lieber zu einem Forscherleben entschließen und mit entsprechenden Studien beginnen, wie Herr Moitessier vorgezogen hätte, der nicht müde wurde, seine Gäste mit Marokko und den phantastischen Leistungen seines Neffen zu traktieren?

Foucauld selbst ließ sich treiben, er mußte sich treiben lassen, weil es kein Ziel gab. Er hatte sich, nur ein paar Häuserblocks weiter in der Rue de Miromesnil 50, eine kleine Wohnung gemietet und war von früh bis spät an der Arbeit, sein Werk »Reconnaissance au Maroc« endlich abzuschließen. Ansonsten genoß er, und nicht nur an diesen sonntäglichen Empfängen, das Beisammensein mit seiner Familie. Er hatte diese Familie, so wenig er mit vielen ihrer Mitglieder anfangen konnte, immer geliebt und ihre Liebe gesucht. Und darunter gelitten, daß ihn sein früheres Leben diesen Menschen so sehr entfremdet hatte. Er hatte nie um ihre Achtung geworben, das verbot der Foucauldsche Stolz, jetzt aber, als berühmter Forscher, dem auch ernsthafte Wissenschaftler ihre Anerkennung nicht versagten, war ihm diese ihre Achtung wie von selber zugefallen, und das tat ihm wohl. Der Rest Fremdheit und Unverständnis, den all diese Onkel und Tanten, Schwäger und Cousinen, Nichten und Neffen dem Weitgereisten entgegenbrachten, störte ihn weiter nicht. Er lebte wieder in einer Welt, die zumindest einer Seite seines Wesens entgegenkam, elegant, kultiviert und einem Lebensstil huldigend, von dem die Masse des Volkes trotz Republik und Demokratisierungsversuchen von oben immer noch ausgeschlossen blieb. Er verbrachte die Stunden bei Tee und gepflegten Gesprächen, auch wenn er sich oft gründlich dabei langweilte, bei Spaziergängen mit den Kindern Maries im Jardin de Luxembourg. Onkel Charles war ein willkommener Spielgefährte und Geschichtenerzähler, und die Männer der Familie und deren Freunde schätzten den exzellenten Sportsmann bei ihren Ausritten in den Bois de Boulogne oder in die weitere Umgebung von Paris. Die Damen wiederum genossen die unterhaltsame Konversation des interessanten, weitgereisten Mannes, den immer ein gewisses Flair von Abenteuer und Ferne umgab und der, jetzt weniger verschlossen als nach seiner Rückkehr aus Marokko, so viel von fremden Ländern zu erzählen wußte.

Aber das war nur die Oberfläche, die Gewöhnung an den ihm anerzogenen Lebensstil. Immer wieder kam es vor, daß er plötzlich mitten im Spiel oder im Gespräch abbrach oder in der Pause eines Theaterabends aufstand und sich verabschiedete. Hastig, als hätte er über einem sträflichen Vergnügen etwas weit Wichtigeres vernachlässigt.

»Ich muß arbeiten«, sagte er dann, küßte den Damen die Hand oder strich den Kindern entschuldigend übers Haar. Und er sagte es noch, als das Manuskript seines Buches längst druckreif in der Setzerei lag. Er flüchtete in seine Wohnung, die im Vergleich zu den Häusern seiner Verwandten armselig war. Er flüchtete aus seinem eleganten Tages- oder Abendanzug, aus Paletot und Zylinder in die schlichte, grauweiß gestreifte Djellaba und setzte sich mit untergeschlagenen Beinen auf den Boden, um auf dem kleinen Kocher seinen Tee zu bereiten.

Hier war sein Afrika, da das wirkliche Afrika so weitab lag. Kolorierte Stiche an den Wänden, Decken aus Tanger über dem Diwan, Hocker und allerlei Gerät. Eine Nobeldarstellung des fremden Kontinents im gemäßigten Klima von Paris, gut schließende Fenster und kein Körnchen Sand auf dem mit tunesischen Teppichen belegten Parkettboden. Indes der Diener nebenan die hingeworfenen Kleidungsstücke bürstete und dafür sorgte, daß sein Herr, wenn ihn danach verlangte, nicht vergeblich nach den gewünschten

Leckerbissen und Alkoholika, nach dem Abendanzug oder einem Bad rief. Im Bücherkasten, der nicht ganz zum übrigen Ambiente paßte, stand so ziemlich alles, was über Afrika und seine Bewohner in letzter Zeit erschienen war, dazu Arabisch-Lexika und verschiedene Ausgaben des Korans, des Talmuds und der Bibel. Daneben die Lektüre seiner früheren Jahre, zu der er auch heute noch manchmal griff, die antiken Skeptiker von Aristophanes bis Horaz, sowie die Väter all seiner Zweifel an dem Glauben der Kindheit: Renan und Hippolyte Taine, Nietzsche und Karl Marx. Die ›Essais‹ von Montaigne, die Erstausgabe der Sämtlichen Werke von Voltaire von 1789 sowie der erste Gedichtband des genialischen Rimbaud, der sich im Augenblick irgendwo ruhelos zwischen Zypern und Aden herumtrieb.

Nur des Nachts gab er etwas von seiner Bequemlichkeit auf, er hüllte sich in seinen Burnus und legte sich zum Schlafen auf den harten Boden, als wären es die Steine Afrikas. In solchen Stunden wurde ihm die Absurdität seines gegenwärtigen Lebens besonders bewußt. Statt hier den Afrikaner zu spielen, hätte er längst wieder in Afrika sein müssen. Man konnte die Wüste nicht mit ein paar Erinnerungsstücken und theatralischen Gesten herbeizaubern, sie war ja auch weit mehr als eine Ansammlung von Dünen und Steinen, von palmenbestandenen Oasen und Häusern, von Menschen mit fremden Gebräuchen und einer anziehenden Religion. Dieses riesige Land der erbarmungslosen Sonne und der extremen Nachtkälte, der alles ausdörrenden Sandstürme, das nicht nur die Araber ›Land des Hungers und des Durstes‹ nannten, es war mehr als das Ziel all der Pläne, die er mit Duveyrier besprach: neue Durchquerungen, neue Abenteuer, neue Erkenntnisse. So würde er dieses Land nie erobern. Und wenn er auch Patriot war und Marokko insgeheim auch mit dem Gedanken durchquert hatte, die Pläne und Beschreibungen dieses Landes könnten Frankreich bei einer künftigen Annexion von Nutzen sein, jetzt wußte, er, daß die Idee, was seinem Land gehörte, gehörte wie auf mystische Weise auch ihm, eine Illusion war. Als Eroberer konnte er das eroberte Land nicht besitzen, auch wenn er es noch so auszubeuten verstand, kein Unterdrücker konnte sich der Unterdrückten wirklich bemächtigen. Er liebte dieses Afrika, das ihn zum ersten Mal gelehrt hatte, was es hieß, das Leben zu spüren, das man lebte, in der Berührung mit Wind und Sand und Gestein sich des eigenen Körpers bewußt zu werden. Aber er hatte begriffen, daß es ihm noch mehr werden mußte, viel mehr als Exotik und Folklore und Emotion. Und er wußte auch, daß es nur an ihm lag, ob dieses Land ihm mehr werden konnte. Es war seine Schuld, wenn er trotz intensivster Berührung immer noch das quälende Ungenügen empfand. Es mußte ihm mehr sein können, das, was es vielleicht den Arabern war, die er nicht verstand, auch wenn er ihre Sprache schon ganz gut sprach. Mehr, als dort geboren werden und Kind sein und ein paar Dutzend Jahreszeiten erleben und eine Haut haben, die die Sonne besser verträgt, und Geduld haben, die sich den schrecklichen, oft tödlichen Launen dieses Landes unterwirft.

Und jedesmal, wenn er an diesem Punkt angelangt war, in den einsamen, sternenlosen Nächten zwischen seinen kümmerlichen Kulissen, sah er die Betenden wieder vor sich und ihre demütigen Gebärden, hörte er ihren flehentlichen Gesang und das Wort Allah, und daß dieser Allah groß sei, größer als das Atlasgebirge und der Große Erg und die Massen des Hoggar, groß wie nichts sonst auf der Erde. Und diese Lobpreisungen stiegen nicht nur fünfmal am Tag gegen den Himmel, immerfort war der Name Gottes auf ihren Lippen, ob sie auf ihren Kamelen saßen oder im Schatten einer Palme. Immer lief ihnen die Gebetsschnur durch die Finger, kaum ein belangloser Satz, in dem Gott nicht um seinen Segen angefleht oder zum Zeugen aufgerufen wurde. Er war allgegenwärtig in ihrem Leben, und sie brauchten dazu keine Moschee und kein Orgelgebraus, keine Priester, die ihren Schäflein ins Gewissen reden mußten, wenigstens die kurze Stunde Gottesdienst pro

Woche nicht zu versäumen. In diesem leeren, schattenlosen Wüstenland waren die Menschen so sehr auf ihren alles erfüllenden Gott und ihre Beziehung zu ihm ausgerichtet, daß nichts dagegen noch irgendeine Bedeutung hatte, keine materiellen Güter und keine Zerstreuungen, nicht das Lesen von Büchern, nicht einmal menschliche Beziehungen. Foucauld hatte es immer wieder gespürt. Er hatte keine Sehnsucht nach dem Koran, nachdem er ihn gelesen hatte, es fehlte ihm die menschgewordene Liebe Gottes, aber je öfter er an diese Menschen dachte, die hier beteten, desto stärker fühlte er sich gedrängt, zu werden wie sie. Desto stärker fühlte er die Forderung dieser Wüste, ihre Leere, diese herrliche, schreckliche Leere, die sich in ihm selber breitgemacht hatte, endlich mit etwas zu füllen, für das zu leben sich lohnte.

»Möchtest du am Ende, daß ich Mönch werde?«, hatte er Marie gefragt und gelacht. Sie hatte nicht gelacht und nur ganz ernsthaft die schockierende Antwort gegeben: »Mönch? Warum nicht?«

Abbé Huvelin:

»Ich muß gestehen, daß der Vicomte de Foucauld mir anfangs alles andere als sympathisch war. Und daß meine Zurückhaltung ihm gegenüber weit mehr diesem Gefühl entsprang als der Erfahrung, daß man in Menschen, die auf dem Weg zu Gott sind, nicht allzu heftig dringen dürfe, um sie nicht abzuschrecken. Auch die Cousine des Vicomte, die immer wieder von ihm sprach, eine in ihrer Ehe sehr unglückliche, aber keineswegs verbitterte und gute Frau, konnte ihn mir anfangs nicht angenehmer machen. Ich bin, Gott weiß es, von sehr vielen Damen und Herren – in der Mehrzahl Damen – der guten Gesellschaft umgeben, und ich gebe zu, daß von Anfang an sich etwas in mir dagegen wehrte, daß da schon wieder einer von ihnen zu mir kommen wollte. Manchmal kommt mir nämlich der Gedanke, daß ich meine schwachen und immer mehr schwindenden

Kräfte allzusehr an Menschen verschwende, die sich mehr an den ästhetischen Qualitäten meiner Predigten und Gespräche delektieren als an deren Inhalt. Wäre dem anders, dann müßten sie von meinen Worten eher betroffen sein und anders leben, statt mir nur begeistert die Hand zu küssen. Dann müßte ihr Buffet, zu dem sie mich drängen, weit weniger reichhaltig und kostspielig sein, und mein Sammelbeutel für die Armen umso schwerer. Das ist vielleicht ein lästerlicher Gedanke, denn wer unser Nächster ist, dem wir unsere Hilfe nicht verweigern dürfen, bestimmen nicht wir.

Dennoch hielt ich Foucauld, wo ich ihn traf, und das waren zumeist die Gesellschaftsabende bei Madame Moitessier, auf Distanz. Erst nach einer Weile merkte ich, daß die reservierte Art, mit der auch er mir entgegentrat – Madame de Bondy hatte uns bekanntgemacht –, weniger Arroganz oder auch nur Herablassung war, sondern eher eine Schüchternheit, die ich ihm gar nicht zugetraut hätte. Die weniger irgendwelchen schlimmen Erfahrungen mit Menschen seiner Umgebung zu entspringen schien als einer Unsicherheit im Umgang mit sich selbst. Als wüßte er nicht, wenn er jemandem wie mir begegnete, welche Seite seines Wesens oder dessen, was er für sein Wesen hielt, er hervorkehren solle. Ergebnis: Er schwieg in meiner Gegenwart oder sagte Belanglosigkeiten, wie sie manchmal gesagt werden, um alles Tiefergehende zu verbergen. Die Aufgabe, mich über ihn zu informieren – und daß er Wert darauf legte, war offenkundig –, überließ er lieber seiner Cousine. Anderen gegenüber trat er ganz anders auf, und es amüsierte mich, ihn zu beobachten, wie er einmal – je nachdem, wem er gegenübertrat – den leichtsinnigen Ex-Offizier und charmanten Kavalier hervorkehrte, den spöttischen Skeptiker, der Aristophanes oder Montaigne zitierte, oder den wortkargen, manchmal leicht melancholisch vor sich hinträumenden Denker. Den harten Forscher und Abenteurer, der sein Leben aufs Spiel setzt, und noch alles mögliche andere. Ich würde sagen, Masken, denn daß Foucauld ein so facettenreicher Mann war, der all die widersprüchlichen Wesenszüge wirklich in sich vereinte, traue ich ihm, auch heute, da ich ihn besser kenne, gar nicht zu. Obwohl Masken vielleicht nicht das richtige Wort ist, denn so bewußt hielt er sicherlich nicht die eine wie die andere vor sein wahres Gesicht. Ich glaube eher, daß das, was er im Augenblick zu sein vorgab, den anderen und vor allem sich selbst verbergen sollte, daß ihm das Wesentliche, um Mensch zu sein, um Charles de Foucauld zu sein, noch fehlte. Nur aus diesem Mangel heraus spielte er den Gourmet oder den Asketen, den Skeptiker oder den fanatischen Forscher. Und seit ich diesen Mangel erkannt hatte, hielt ich sein Maskenspiel gar nicht mehr für so frivol wie am Anfang. Er tat es aus einer schrecklichen Not, er war dauernd auf der Suche nach etwas, das ihm endlich entsprechen könnte, und das ist er vielleicht bis heute, da er seine wahre Berufung schon gefunden zu haben glaubt.

Aber vielleicht war die Antipathie, die mich anfänglich so zurückhaltend sein ließ, auch nichts anderes als Angst. Schließlich ist es noch nicht lange her, daß einer von Foucaulds Offizierskameraden, der jetzt schon eine hohe Stellung in der Kolonialarmee einnimmt, zu mir um Hilfe kam. Ich sollte ihn von seinen Glaubenszweifeln befreien, bat er mich, aber ich habe versagt und finde auch keinen Trost in dem Wissen, daß die entscheidenden Dinge trotz all unserer Mühen ohne uns, nur durch die Gnade geschehen.«

Charles de Foucauld:

»Pater Huvelin, den Vikar von St. Augustin, zum ersten Mal sehen heißt erschrecken. Er dürfte etwa fünfzig sein, sieht aber viel älter aus. Meine Cousine Marie stellt mich ihm vor, und ich merke, daß er schon einiges von mir weiß. Ich habe vorher eine Zeitlang mit Madame Lafitte, der Gattin des Botschafters, geschäkert, um sie zum Lachen zu bringen, was sie ausgiebig und auch sehr laut tut. Das ist die unschuldigste

Art, Tante Inès ein bißchen zu ärgern – jetzt bin ich stumm. Er soll ein wortgewaltiger Redner sein, und alle, die zu seinen Predigten nach St. Augustin pilgern, sind entzückt. Aber wenn ich mir seinen schmächtigen, kränklichen Körper ansehe, dann denke ich mir, daß er wohl sehr viel opfern mußte, um diesen mächtigen Schädel, diese mächtige Stimme, all die Gedanken, die Marie mit soviel Bewunderung und Verehrung erfüllen, zu nähren. Er spricht nicht viel zu mir, mir scheint sogar, weit weniger als zu den andern. Ich hätte mich ihm auch sofort verschlossen, wenn er versucht hätte, mir nahezukommen. Er fragt nicht einmal, wie es in Marokko war oder wie sich der Cousin der frommen Marie in der Rolle eines jüdischen Rabbiners gefühlt habe. Als ich Lust bekomme, ihn aus der Reserve zu locken und absichtlich laut, damit auch die neben uns Stehenden es hören können, erzähle, daß ich in Lalla Marnia offensichtlich eine Wunderheilung vollbracht habe, an einem todkranken Baby, sagt er kein Wort. Ja, einen ganzen langen Psalm habe ich über das Kleine gesprochen, sage ich, aber er sieht mich nur ernst, ein wenig traurig an. Erst als irgendeine Gans in Chiffon sich einmischt, ob der Glaube auch bei Juden Berge versetzen könne, sagt er brüsk: ›Das Wunder tut Gott.‹

Ich müßte eigentlich protestieren, ich müßte sagen, ich hätte damals nicht im geringsten an Psalmworte geglaubt, ich wäre einfach zu dem ganzen Theater gezwungen worden. Und wenn der alte Mardochi, Gott hab ihn selig, er ist endlich an seinem Quecksilber gestorben, behauptet habe, ich sei so ergriffen gewesen, daß mir die Tränen in den Augen gestanden seien – was sollte das beweisen? Demoiselle Constant vom Stadttheater Saumur war eine durchaus mittelmäßige Schauspielerin, aber als Julia hat sie an der Leiche ihres Romeo jeden Abend ein frisches Taschentuch durchgeweint. Was einen gewissen Camille Fourier, Leinen en gros, so rührte, daß er nicht nur die hübschesten Taschentücher unentgeltlich zur Verfügung stellte, sondern auch der fragwürdigen Karriere der Constant ein Ende machte, indem er sie heiratete. Aber ich protestiere nicht, ich werde nie mehr so etwas sagen, ich werde mich bei Abbé Huvelin entschuldigen, daß ich ihn gezwungen habe, mich zurechtzuweisen.«

Abbé Huvelin:

»Was mich als erstes bei Vicomte de Foucauld beeindruckte, war die Hartnäckigkeit, mit der er mir aus dem Wege ging. Daß er aber gleichzeitig, und so, daß ich es möglichst nicht merken sollte, mich dauernd umkreiste. Auf den Gesellschaften seiner Tante, die er genauso wie ich ab nun nicht mehr versäumte, spürte ich ihn dauernd in meiner Nähe. Er trat nie in meinen engsten Kreis, stand oder saß immer nur bei einer Nachbargruppe, aber immer so, daß er mir zuhören konnte. Ein Gespräch mit mir vermied er, und als ich ihn einmal, mehr im Spaß, anreden wollte, erriet er sofort meine Absicht. Bevor ich noch seinen Namen ausgesprochen hatte, lenkte er die Aufmerksamkeit der Dame, neben der er stand, blitzschnell auf die Köstlichkeiten des Buffets, von denen er besonders die Rillettes aus Tours empfehlen könne, eine Art Fleischpastete, die nur hier in Paris kaum einer kennt. Er scheint ein gutes Gedächtnis zu haben, denn Madame de Bondy, die getreue Überbringerin unserer ungeschriebenen Botschaften, die wir einander zusandten, zitierte immer wieder Brocken aus meiner Konversation, die ihn mehr oder weniger beeindruckt hätten.«

Charles de Foucauld:

»Ich gehe in die Kirche St. Augustin. Ich gehe in andere Kirchen, einen Sprung vor dem Tee bei Marie oder nach einem Spaziergang mit den Kindern. Ich bin schon im Abendanzug für den Jour bei Tante Inès oder den Buffets. Ich schau nur vorbei. Ich genieße die Kühle des Raumes und die friedliche Dämmerung, die Kirche ist wie die Wüste, die Welt brandet vorbei. Ich horche, ich schaue, ich schließe die Augen, eine viertel, eine halbe Stunde. Ich sitze in europäischer Haltung, um neunzig Grad geknickte Knie, neunzig Grad Knick in der Hüfte und der Druck gegen die Oberschenkel, dort, wo das Sitzbrett der Bank endet. Ich sehe das Kreuz über dem Eingang der Kirche und über der Kanzel, an einer Wand und an der Tabernakeltür. Ich sehe es über jeder Kreuzwegstation und wie Jesus es trägt und Simon mit ihm. ›Nun, Vicomte, träumen Sie von Marokko?‹ fragte mich jemand. Ob mir nicht gut sei, fragt ein armes Weiblein, ich schüttle den Kopf, aber sie läßt nicht locker: ›Unglücklich, junger Herr?‹

Daheim ist mein Boden der Boden der Wüste, auch wenn das Holz unter dem Teppich knarrt. Daheim sitze ich mit untergeschlagenen Beinen und wickle mich in den Burnus, um nicht unter dem Sternenhimmel zu frieren. Daheim löst sich die verkrampfte Haltung von den Kirchenbänken, und ich strecke mich aus, damit jedes Glied mit dem Boden zusammenwächst. Daheim ist es leer wie in der Wüste. Dort vorn im Tabernakel wohnt Gott, sagt Marie. Ich weiß nicht, warum ich manchmal ›Herr‹ sage. Ich weiß nicht, warum ich ihn immer als Herrn empfand.«

Abbé Huvelin:

»Marie de Bondy erzählte mir von seinem früheren Leben und seiner ewigen Traurigkeit, wie er es ihr gegenüber genannt hat. Von der Verlassenheit des Jungen, den sie mit ihrer Heirat so schwer enttäuscht habe, wie sie erst jetzt so richtig begriff und was sie auch nicht genug bereuen könne. Mehr über ihr Verhältnis zum Vicomte de Foucauld sagte sie nicht.«

Charles de Foucauld:

»Ich weiß nicht, ob ich es bedrohlich nennen kann, was von ihm kommt, aber auch wenn er nur unbeweglich mit seinen Verehrerinnen zusammensitzt, kommt mir vor, als würde er mich einkreisen. Lyautey hätte meinen Horaz zitiert: ›Eine schwarze Seele, hüte dich, Römer, davor!‹ Aber ich habe keine Angst, ich denk mir: ›Wenn er seine Mission hat, soll er beweisen, was er kann.‹«

Abbé Huvelin:

»Seit ich ihn eines Tages bei einer meiner Abendpredigten zufällig in der letzten Reihe sitzen sah, offensichtlich bemüht, von mir nicht gesehen zu werden, richtete ich den Inhalt meiner Predigten ganz an ihn. Bald merkte ich, daß er auch zu anderen Zeiten in unsere Kirche kam, er setzte sich in eine Bank und blieb manchmal ziemlich lange. Claude, mein Sakristan, hat mich schon auf ihn aufmerksam gemacht. Madame de Bondy berichtete mir hocherfreut, daß er auch in andere Kirchen unseres Quartiers ging. Einmal saß ich im Beichtstuhl und beobachtete ihn lange durch einen Vorhangspalt, aber es war zu dunkel, ich konnte ihn nicht gut sehen. Möglich, daß er die Lippen bewegte.«

Charles de Foucauld:

»Ich gerate in eine Kapelle, in der Marie kniet, und ich kann sie beobachten, ohne von ihren Worten irritiert zu werden. Als Kind habe ich sie für schön gehalten, obwohl ich dann aus Eifersucht Fehler gesucht habe, um etwas an ihr häßlich finden zu können. Jetzt könnte ich zufrieden sein, jetzt kann ich die tiefliegenden, wie mit einem Schminkstift umrandeten Augen sehen, die eingefallenen Wangen, die die große scharfe Nase noch stärker hervortreten lassen. Die weichen, formlosen Hände, die nichts mehr von dem festen Druck haben, den ich noch aus meiner Kindheit spüre. Jetzt könnte ich mit Genugtuung registrieren, was die Jahre mit dem verhaßten Rivalen aus dem anmutigen Mädchen gemacht haben. Aber als ich sie so knien sehe, völlig versunken in ihrer Anbetung, sehe ich wieder die ganz andere Schönheit, die ich schon seit der Zeit in Le Tuquet und in der Rue d'Anjou an ihr bewundern konnte und von der die körperliche Schönheit des Mädchens nur ein armseliger Abklatsch war. Die Schönheit einer Seele, deren Güte und Tugend mich immer mehr bezaubern. Zwölf Jahre habe ich darüber gespottet oder die Achseln gezuckt, jetzt sage ich mir: So möchte ich auch werden, und das Verlangen danach brennt und brennt.

Es war nicht schwer, ihr ganz nahe zu kommen, sie war so tief in ihrem Gebet versunken, daß sie mich gar nicht bemerkte.«

Abbé Huvelin:

»Er ist wieder nach Afrika gefahren. Nach Südtunesien, wo er angeblich noch etwas für seine Studien nachholen muß. Ich frage nicht, welche Studien, ich habe das Gefühl, er weiß es selber nicht. Sein Buch über Marokko ist doch längst fertig, wie er sagt. Ich habe Angst um ihn, denn es erscheint mir wie eine Flucht, aber knapp vier Wochen später ist er wieder in Paris. Ich frage nicht, ob er sein Ziel erreicht hat, und er ist dankbar dafür.«

Charles de Foucauld:

»Einmal höre ich mich zu Marie sagen: Was für ein Glück, daß du einen Glauben hast – und erschrecke darüber. Einmal hör ich mich sagen: Ich suche ihn auch – und mir ist, als hätte ein Fremder es gesagt. Ich sag es dann öfter, ich gewöhne mich allmählich an den Gedanken und gewinne ihn lieb, obwohl ich glaube, nicht zu wissen, von wem er kommt. Allmählich kenne ich ihn so gut, daß ich weiß, es ist mein eigener, es ist mein eigener Schmerz. Auf diesem seltsamen Umweg, so scheint mir, komme ich zu mir selbst.«

Abbé Huvelin:

»Ich kann es nur ungefähr rekonstruieren, ihn selbst will ich nicht fragen, obwohl mich manchmal die Neugier packt. Ich kann es nur an äußeren Merkmalen rekonstruieren; wie die Gnade es wollte, weiß niemand. Ich sehe noch heute seinen dunklen Anzug und spüre mein Herz vor Erregung schlagen, ich nehme an, daß er von einer Gesellschaft kam, obwohl es schon früh am Morgen war. Der Vorhang meines Zimmerfensters zittert, weil ich hinter ihm stehe und ihn beobachte, den hübschen Operettenbonvivant mit Zylinder, schwarzem Mantel und langem weißen Schal. Ich sehe, wie er unten zögernd zur Kirchentür ging und sie ansah, und ich bete noch heute: Laß ihn doch kommen! Er griff nicht nach dem Schloß, um zu prüfen, ob die Tür schon offen war. Er drehte sich wieder um, blieb stehen, kam wieder zurück, drehte sich auf der Ferse. Er schwankte, etwas schien ihn hin- und herzuzerren, nein, er war nicht betrunken. Er verschwand wieder. Ich hastete hinunter, und die Tür fiel hallend hinter mir zu. Das nächste Mal sollte er spüren können, daß ich da war. Das nächste Mal wollte ich mitzerren an ihm. Herr, gib, daß ich die Prüfung bestehe! Erst als ich im Beichtstuhl saß, hörte ich seine Schritte wieder. Ich konnte sie gut von denen der anderen unterscheiden. Mein Herz klopfte mir bis zum Hals, aber ich widerstand der Versuchung, den Vorhang zur Seite zu schieben, damit er mich sehen könnte. Er mußte selber kommen.«

Charles de Foucauld:

»Ich weiß nicht, wie ich hineingeraten bin, ich bin schon vor Stunden von dem Fest weggegangen. Ich spüre es hinter dem Vorhang atmen und weiß, er ist da. Ich muß dazu gar nicht auf das Namensschild schauen. Wie ein Betrunkener bin ich hergekommen, obwohl ich weiß: was ich will, ist eine ganz nüchterne Sache. Als ich Arabisch lernen wollte, ging ich zum besten Lehrer in Algier, den mir Motylinski empfahl. Als ich die Thora studierte, um in Marokko durchzukommen, wies mich Mac Carthy an den besten Rabbiner. Jetzt will ich nur ein paar Auskünfte über den christlichen Glauben, aber vom besten Seelsorger, den Paris zu bieten hat. Ich glaube genau zu wissen, worauf ich mich einlasse. Ich habe keine Ahnung, worauf ich mich einlasse. Ich habe nur Angst.«

Abbé Huvelin:

»Ich kann es nicht genauer rekonstruieren. Ich weiß nur, wie ich erschrak, als er plötzlich vor meinem Beichtstuhl stand, als hätte ich ihn noch nie gesehen. Das war nicht ich, der ihm sagte: ›Knien Sie nieder!‹ Ich hätte ihm gesagt: ›Kommen Sie heute Abend zu mir!‹ Das war nicht ich, der ihm ein zweites Mal sagte: ›Knien Sie nieder!‹ Ich hätte gesagt: ›Aber kommen Sie nur, wenn es Ihnen ernst ist!‹ Das war nicht ich, der ihn anherrschte: ›Sie brauchen keine Unterweisung. Beichten Sie und bereuen Sie!‹ Ich höre noch die Stufe knarren, er war es nicht gewohnt, zu knien. Ich höre nur seine Stimme, was er sagt, hört Gott.«

Charles de Foucauld:

»Es war wohl die Ehrfurcht von Kind auf, ein Erbstück der großväterlichen Erziehung, daß ich ihn immer als Herrn empfand. Auch als ich längst nicht mehr glaubte. Ich verachtete nie den Glauben eines andern, ich spottete nie, wenn einer das Knie beugte. Und eines Tages rede ich ihn direkt an, als glaubte auch ich, daß er da vorn in dem goldenen Kästchen eingesperrt ist. ›Herr‹, sage ich, ›Herr, wenn es dich gibt, dann laß es mich erkennen!‹ Ich sage es immer wieder wie eine Beschwörungsformel, ich starre auf das kleine rote Licht, bis mir die Augen tränen. Auf die weiße Scheibe in der Hand des Priesters, die auf- und niedergeht wie der Mond. Der kleine Gott, der sich von jedem kleinen Abbé mit einem goldenen Schlüssel einsperren läßt, der Gottmensch, der sich immerfort hingibt, Marie hat mir Bücher gegeben, da steht alles drin, und am Türchen des Tabernakels hängt ein getriebenes Kreuz. Ich seh nicht viel in der Dämmerung, aber ich weiß: die Tafel ›König der

Juden‹, die Nägel und sein geschundener Körper. Überall seh ich diesen Jesus. Sie haben ihn zu Tausenden an ihre Kreuze gehängt, am Eingang und über der Kanzel und an den Altären. Vielleicht ist es er, der mir im Islam gefehlt hat, vielleicht hab ich das Kreuz schon in der Wüste vermißt, vielleicht hab ich dort schon seine Spur gesucht. Ich weiß alles, er ist zur Erde gekommen, ich habe dicke Bücher gelesen, aber ihn sehen ist anders, und wenn es in der billigsten Ausführung ist. Ich kann seine Wunden zählen wie die Rosenkranzperlen, jede hat seinen Schmerz gesteigert. Wie kann ein Mensch so was tun! Wie kann Gott so etwas tun und sich selber gehorchen! Eine irrsinnige Konstruktion, diese Erlösungsgeschichte, sagt Lyautey, und Tertullian kann es nur glauben, quia ineptum, weil es verrückt ist. Herr, wenn es dich gibt – was weiß ich, wenn ich so zu dir rede! Ich würde ihn nicht suchen, sagt Pascal, wenn ich ihn nicht schon gefunden hätte. Vielleicht ist alles, was ich erwarte, schon längst geschehen ...«

Abbé Huvelin:

»Ich bin wie betäubt. Ich weiß nicht, was ich von ihm höre und was ich schon früher, von seiner Cousine, gehört habe. Ich weiß nicht, wie lange es dauert, ich bin wie betäubt. Ich sehe nur meine Hände, wie sie ihn segnen, ich höre nur meine Stimme, das ›te absolvo ab omnibus peccatis tuis‹ kommt über Jahre aus meiner Erinnerung zurück. Ich empfinde den Jubel, der im Himmel ist über ihn, mehr als über 99 Gerechte.«

*

Er hatte das Gefühl, in eine Falle geraten zu sein. Er war zu einem Fachmann gekommen, der ihm die Existenz Gottes und die Wunder Christi erklären sollte. Er sollte ihm Argumente gegen den Zeitgeist liefern, den die hochgerühmten Voltaires und Zolas, die Taines und Renans geprägt hatten. Gegen den armseligen Fortschrittsglauben derer, die sich zu Herren über ihr Geschick machen wollten. Er wollte Argumente, aber solche, die tiefer und in ganz andere Bereiche vorstießen als seine Gefühle von Langeweile, Ekel und Überdruß. Er wollte wissen, warum die Lust an der überlegenen Skepsis eine so entsetzliche Leere hinterließ. Er wollte Argumente für einen Glauben, der Marie aufrechterhielt und den Arabern in der Wüste Lebensinhalt war. Für eine Religion, die durch mehr als anderthalb Jahrtausende zur Grundlage des geistigen Frankreich geworden war und über die heute, von seinen aufgeklärten Lehrern ermuntert, jeder Schuljunge spotten durfte.

Aber dieser Priester ließ sich nicht einfach wie ein Hauslehrer für Arabisch engagieren, er wollte erst den Grund dieser Wißbegier kennenlernen und verlangte von dem Vicomte, dem hochdekorierten Forschungsreisenden, sich in diesem stickigen, knarrenden Holzkasten niederzuknien. Plötzlich, von einer Minute zur andern, sollte der stammelnde Schüler seine Unruhe, seinen Ekel, seinen Überdruß in Worte fassen, als hätte er sich in jahrelanger Arbeit dafür präpariert.

Foucauld wehrte sich, er versuchte noch einmal zu erklären, wozu er gekommen war, aber vergeblich. Er trat in den Beichtstuhl, er stieß an die Stufe, und das zwang ihn in die Knie. »Ich habe vor zwölf, ungefähr vor zwölf Jahren das letzte Mal – «, stammelte er und holte die Gebote aus der Erinnerung hervor, Gebote von eins bis zehn und sieben Todsünden, die Gebote der Kirche, das uralte Register, an dem sich schon das Kind festgehalten hatte, um nichts von seinen unschuldigen Verfehlungen zu vergessen: ›Du sollst den Herrn, deinen Gott, lieben – du sollst Vater und Mutter ehren – du sollst, du sollst nicht – ‹ Er ertappte sich dabei, daß er mit den Fingern mitzählte, Daumen, Zeigefinger, Mittelfinger der rechten, der linken Hand. Er versuchte, gehorsam zu sein und der Erinnerungsfetzen habhaft zu werden, die ihm immer wieder entkommen wollten. Er stammelte Namen, Saint-Cyr und Saumur, Mimi und die

Wüste, er nannte Kameraden beim Namen und Begriffe wie Disziplinlosigkeit, Gleichgültigkeit, Lieblosigkeit und Verzweiflung. Er rückte unruhig auf seiner Bank hin und her, der Schweiß trat ihm aus allen Poren, und er glaubte ersticken zu müssen. Und während seine Lippen immer noch die Sünden der Vergangenheit dem Priester ins Ohr flüsterten, spürte er mehr und mehr, wie ganz ohne sein Zutun, wie jenseits aller Worte, mit denen er sich anklagte, ein unbeschreibliches Gefühl der Scham in ihm aufstieg, daß er sich der Gnade, hier zu knien, daß er sich Gott, in dessen Namen ihm der Priester zuhörte, so lange verweigert hatte. Ihm, dessen Existenz er sich durch diesen Priester hatte beweisen lassen wollen, ihm, dessen Erbarmen ihn all die Jahre begleitet hatte, bis hierher. Diesem Gott, um den er kein einziges Mal gekämpft, an dem er nicht einmal gezweifelt, gegen den er sich nie aufgelehnt hatte, an dem er einfach nur – o allergrößte Schuld! – vorübergegangen war . . .

Die Gebote waren heruntergezählt, und der Ritus verlangte sein Recht. »Ich bereue«, murmelte er, ohne das war die Beichte nichts wert. »Ich bereue mit tiefem Schmerz, daß ich Gott beleidigt habe.« »Zahlreich sind meine Vergehen wie der Sand am Meer«, hatte er irgendwo gelesen und sagte es jetzt vor sich hin, obwohl es ihm unwahrscheinlich erschien, daß diese Worte so mächtig sein konnten, einer Beichte erst Gültigkeit zu verleihen. »Gib meinem Haupt Wasser, o Herr des Erbarmens, und meinen Augen Tränen, daß ich Tag und Nacht meine Missetaten beweine . . .« Reue, eine Worthülse aus der Vergangenheit, eine Alltagsfloskel wie: Es tut mir leid! Verzeih mir!

Und doch spürte er längst die Tränen auf seinen Wangen, daß er Gott diese Schmach angetan hatte, und doch empfand er wieder den Schmerz um die vergeudeten Jahre, die quälende Leere von damals bei all den banalen Vergnügungen im Casino, im Chambre séparée, auf dem Rennplatz. Auf den fröhlichen Landpartien, in der Kutsche oder zu Pferd. Hatte er in der Trostlosigkeit des Erwachens, wenn wieder ein Tag anbrach, des Heimkommens am Abend nach so vielen mit sinnlosen Dingen angefüllten Stunden, hatte er mit dem verzweifelten Verlorensein auch in der intensivsten Umarmung nicht schon längst und ungemein stärker diese Reue vorweggenommen, die der Priester verlangte, um ihm die Lossprechung geben zu können? Eine Reue, von der er jetzt wußte, daß sie auch noch weiter dauern werde bis ans Ende? Alles, was er empfinden konnte, wenn er sich dieses elende Leben vergegenwärtigte, war Reue. Erst in Afrika, beim Anblick der Betenden, in den jüdischen Synagogen, als er die Gläubigen, die den Segen des Rabbi erbaten, betrog, war etwas in ihm erwacht, dessen er sich vor Gott nicht mehr ganz zu schämen brauchte.

»Ja, ich bereue«, sagte er, und noch einmal: »Ich bereue.« Aber auch wenn Gott ihm vergab, etwas würde bleiben: er konnte sich selbst nicht vergeben.

»Sind Sie nüchtern?« fragte der Abbé. Foucauld schrak auf, er zögerte mit der Antwort. Er wußte sofort, was die Frage bedeutete, und tastete sich in Gedanken zurück. Seit Mitternacht hatte er nichts mehr gegessen, warum nur? Wie konnte ein Mensch so verrückt sein, angesichts eines solchen Buffets von Mitternacht bis zum Morgengrauen immer wieder ›Nein, danke!‹ zu sagen?

Eine Glocke an der Tür zur Sakristei läutete, und ein Priester im Meßgewand, vor ihm ein kleiner Ministrant, ging zum Altar. Foucauld spürte, wie es ihn förmlich in der Kehle würgte, die Angst vor dem kleinen weißen Brotplättchen, das irgendwo dort, drei Stufen höher darauf wartete, sich ihm auszuliefern. Der Priester beugte das Knie und schritt die Stufen hinauf, um den Kelch auf den Altartisch zu stellen, wo das Wunder geschehen sollte.

»Sind Sie nüchtern?« fragte der Abbé noch einmal. Foucauld saß in der Klemme, es gab keinen Fluchtweg mehr. Es gab nur noch den Weg von hier nach dort oben. Er schloß die Augen und sagte ergeben: »Ja.«

Als Kinder hatten sie die Zeremonie geprobt, mehrmals, mit ungeweihten Hostien. Schon damals voll Angst, den Heiland mit den Zähnen zu berühren. ›Wartet, bis genügend

Speichel kommt, sonst würgt euch der liebe Gott!‹ Und wie entsetzlich, wenn einer husten mußte!

Der Mund war ausgetrocknet wie in der Wüstenhitze im Sommer. Er war am Kommuniongitter gekniet und hatte dem Priester die Zunge entgegengestreckt. Er kniete irgendwo in einer halb leeren Bank und tastete mit der Zunge nach dem Leib des Herrn, der am Gaumen klebte. »Herr«, sagte er immerfort zu dem Stückchen Brot, »Herr«, er war so beschäftigt damit, die Hostie abzulösen, daß er gar nicht merkte, wie ihm die Tränen über die Wangen rannen. Daß er sich gar nicht des Gedankens bewußt wurde, der immer mehr Raum in ihm einnahm: ›Jetzt bist du wieder bei mir.‹ –

Die Lichter waren gelöscht, aber er spürte seinen Körper nicht. Er ging nicht wie früher nach der Messe zum Kirchenausgang oder in die Sakristei, wo die Kinder dem Herrn Pfarrer die Hand küßten und sich nach dem Fortgang in der Schule ausfragen ließen. Er blieb noch lange in seiner Bank sitzen und starrte auf den Tabernakel, in dem der Kelch, der ihn gespeist hatte, wieder eingeschlossen war. Starrte auf das Kreuz mit dem Gottesopfer.

Er ließ sich in die Straßen hinaustreiben und über die Plätze, die noch nach der feuchten Nacht rochen, er stieß an Menschen an und merkte es nicht. So Ungeheuerliches hatte sich ereignet, daß er nur Äußerlichkeiten begriff: Beichte, Kniebeugen, Lossprechung, Verwandlungsworte am Altar, Kommunion. Er spürte noch den Geschmack seines Herrn auf der Zunge, er dachte: ›Ich trage den Wiedergefundenen durch die Straßen von Paris, sie werden geheiligt sein.‹ Er blieb stehen und horchte auf das Brausen in seinen Ohren, wie der Knabe, der eine Muschel daranhält.

Erst allmählich, nach Stunden, löste er sich von diesen Äußerlichkeiten, an die er sich geklammert hatte, um irgend etwas von dem begreifen zu können, was sich in seinem Innern vollzog. Um dem ungeheuren Aufruhr, dieser fiebrigen Erregung, die ihn erfüllte und die zugleich tiefer Friede war, einen Namen zu geben. Erst allmählich dämmerte ihm, daß da seit heute Morgen etwas in ihm sich entschlossen hatte: nichts anderes mehr zu tun, als für den zu leben, an den er jetzt glauben durfte.

Marie de Bondy erschrak, als die Glocke an der Haustür ungestüm anschlug. Sie stieß einen leisen Schrei aus, als die Tür aufgerissen wurde, als Cousin Charles auf sie zustürzte und sie in seine Arme riß. Sie wußte, daß er sie liebte, vielleicht ebenso wie sie ihn, und zögerte, sich seiner stürmischen Umarmung ohne Widerstand hinzugeben. Erst als sie ihn hemmungslos schluchzen hörte und seine Tränen an ihren Wangen, das Zittern seines ganzen Körpers an dem ihren spürte, erst als sie aus seinem Gestammel erfuhr, was geschehen war, begriff sie, daß er nicht sie meinte und gab sich seiner Umarmung hin. Sie war nur diejenige, die es als erste erfahren durfte, sie war nur ein Körper, der ihm nächste vielleicht, dem er auf diese Weise mitteilen mußte, wofür es keine Worte gab.

*

Foucaulds äußeres Leben verlief nach diesem Oktobermorgen nicht viel anders als bisher: Familie, Gesellschaften, die letzten Arbeiten an dem Anhang- und Kartenband seines fünfhundert Seiten starken Buches, das im Frühjahr 1888 erschien und ein großer Erfolg wurde.

Von seinem wirklichen Leben wußte nur Cousine Marie. Niemand sah ihn, zumeist zusammen mit ihr, um sechs Uhr morgens zur Messe gehen und in der Reihe mit all den kleinen, einfachen Leuten vor dem Beichtstuhl stehen. Sicher hätte mancher die Nase gerümpft, daß der Vicomte unter Hausknechten und Stubenmädchen an der Kommunionbank kniete. Keiner von ihnen jedoch hätte die Diskrepanz zwischen dieser Morgenstunde und seinem sonstigen Leben auch nur annähernd so stark empfinden können wie er selbst.

Aber es genügte ihm bald nicht mehr, die Erschütterung ob der Gegenwart Gottes am Tisch des Herrn in einen ganz anderen Tag hinüberzuretten. Er hatte Jesus nach so vielen verlorenen Jahren wiedergefunden, ihn, dessen Leid und unendliche Hingabe an die Menschheit er immer stärker empfinden, nachempfinden durfte – aber wie konnte er mehr für ihn, ganz für ihn leben, wenn er so viele Stunden des Tages an Belanglosigkeiten vergeudete?

Im Herbst 1888 absolvierte er widerspruchslos einige Wochen Manöver als Reserveleutnant, wenige Tage später erhielt er die Nachricht, daß er das uneingeschränkte Verfügungsrecht über sein Vermögen zurückbekommen habe. Aber er bestellte kein Souper und keinen Champagner für seine Kameraden, er ging in die nächstliegende Kirche und dankte Gott dafür, daß ihm das so wenig bedeutete. Am folgenden Tag ging er zum Notar und ließ sein ganzes Vermögen seiner Schwester, Marie de Blic, überschreiben.

Als er von den Manövern zurückkam, fuhr er, noch in Uniform, direkt zu Abbé Huvelin.

»Ich habe es Ihnen schon vor ein paar Wochen angedeutet«, begann er. Er setzte sich erst gar nicht nieder, und es war zu hören, daß die Absätze mit den Sporen leicht gegeneinanderschlugen, als hätte er seinem Vorgesetzten eine Meldung erstattet. »Ich habe mich entschlossen, in einen Orden einzutreten.«

Abbé Huvelin kannte seinen Schützling nun schon ganz gut, sie waren viele Abende beisammengesessen, denn die ›zweite Bekehrung‹ war keine plötzliche Verwandlung von Grund auf gewesen. Es sprach sicher für die Ehrlichkeit des jungen Mannes, daß er sich mit dem überwältigenden Glücksgefühl, das ihn seit damals erfüllte, nicht zufrieden gab, sondern auch seine Zweifel nicht verleugnete. Einmal stieß er sich an den Wundern des Evangeliums, dann an der Frage der Dreieinigkeit. Er hatte im letzten Jahr vor dem entscheidenden Oktobertag auf der Suche nach einem Sinn für sein Leben neben den griechischen Philosophen und den Aufklärern seines Jahrhunderts ziemlich wahllos auch allerlei theologische Schriften gelesen, und das alles verwirrte ihn. Aber da konnte Huvelin ihm helfen. Gegen die Positivisten und die Propheten des zeitgemäßen Materialismus zu argumentieren, war für ihn ebenso leicht, wie mit dem intellektuellen Geschwätz mancher Theologen fertigzuwerden. Weit bedenklicher jedoch als die Zweifel des Suchenden erschien ihm dessen Begeisterung. Mit der gleichen Begeisterung, mit dem der schmucke Offizier vor ihm jetzt Mönch werden wollte, hatte er seine Freundin stehengelassen, um für Frankreich gegen Bou Amama zu kämpfen, und sich zwei Jahre später in das Abenteuer Marokko gestürzt. Wann würde er um eines nächsten Zieles willen das eben erreichte wieder verraten?

»Sie wollten doch in die Sahara gehen«, gab Huvelin seinem Gast zu bedenken. »Und jetzt haben Sie auch das nötige Geld dazu.«

Er geriet immer noch in Versuchung, eine unchristliche Versuchung, wie er sich vorwarf, den jungen, so rasch und scheinbar für die konträrsten Dinge entflammten Mann nicht ganz ernst zu nehmen. Welche Ironie, daß gerade Menschen, die mit keiner ausgeprägten Begabung aufwarten konnten, oft von einem solchen Drang besessen waren, etwas Besonderes zu sein! Wenn sich sonst nichts anderes anbot, dann mußte Foucauld eben der begabteste Gourmet werden oder der hemmungsloseste Liebhaber, der phantasiereichste Festarrangeur, der kühnste Soldat und furchtloseste Forschungsreisende. Hatte es da nicht zwangsläufig kommen müssen, daß dieser Mann der Extreme auf der Suche nach dem Außergewöhnlichen eines Tages auf Gott stieß? Und konnte man sich darauf verlassen, daß Gott mehr war als nur eine Station auf Foucaulds weiteren Irrwegen?

Andererseits: durfte man einen Menschen, nur weil sein Lebensweg bisher nicht der konsequenteste gewesen war, einfach zurückweisen? Wer wollte sich anmaßen, zu wissen, was Gott vorhatte?

Andererseits: gab es nicht genug Beispiele von Menschen, die in ihrer Überzeugung, von Gott auserwählt zu sein, der Kirche nur Schwierigkeiten gemacht hatten? Abgesehen von den Häretikern, welche Verwirrung hatte erst in jüngster Zeit die kleine Bernadette aus Lourdes mit ihrer Privatoffenbarung gestiftet! Ganz zu schweigen von Johanna, die, vielleicht wirklich mehr Französin als fromme Tochter der Kirche, den Franzosen längst die größte Heilige war, indes Rom sich bis heute noch nicht hatte aufraffen können, das Mädchen aus Orléans wenigstens seligzusprechen. Foucauld sagte nichts von Stimmen und nichts von einer Erscheinung. Aber konnte einer, der offenbar nur vom unbändigen Willen beseelt war, der Sinnlosigkeit seines Lebens zu entrinnen, nicht ebenso gefährlich werden? Der Kirche, die unter den maßlosen Angriffen ihrer Gegner schon zur Genüge zu leiden hatte, ebenso gefährlich wie sich selbst?

Huvelin fuhr aus seinen Gedanken hoch. Foucauld schien die Zweifel seines Beichtvaters zu spüren, er ließ sich auf die Knie fallen und blickte den Priester derart flehentlich an, daß dieser zutiefst betroffen war.

»Bitte glauben Sie mir, Hochwürden«, sagte er leise, und er sagte es wie ein Gebet. »Ich habe lange darüber nachgedacht, aber jetzt weiß ich es. Ich möchte nichts tun, als das Leben führen, das unser Herr in Nazareth geführt hat. Er hat die Menschen so sehr geliebt, daß er jede Spur seiner Herrlichkeit getilgt und sich zum niedrigsten unter den Menschen gemacht hat. Bis zu seinem entsetzlichen Tod. Und seit ich das weiß, seit ich das wirklich weiß, kann es mir nicht mehr genug sein, weiterzuleben wie bisher, nur mit ein wenig Rührung und Dankbarkeit im Herzen. Seit ich das weiß, hab ich nur den einen Wunsch, selber den niedrigsten Platz unter den Menschen zu suchen. Nur wenn ich alles, was die Welt zu bieten hat, abgestreift habe, nur dann kann ich Gott vielleicht so nahe kommen, wie ich es gern möchte. Nur dann kann ich ihm einen winzigen Bruchteil der Liebe zurückgeben, die er für uns alle verströmt.«

Der Priester saß unbeweglich vor dem knienden Mann, der so hochmütig sein konnte wie kein anderer und jetzt so demütig auf seine Entscheidung wartete. Was für ein Credo! Huvelin sollte es nie wieder vergessen können. Aber er spürte zugleich auch die Last der Verantwortung für diesen

Menschen wie für alle jene, denen dieser Mensch einmal begegnen sollte. Konnte er diese Verantwortung tragen?

»Glauben Sie wirklich, Vicomte, daß Gott das von Ihnen fordert?« fragte er, um Zeit zu gewinnen, nur ein bißchen Zeit. Foucauld ließ sie ihm nicht.

»Ich fordere es von mir«, sagte er sofort und ohne jeden Hochmut.

Aber Huvelin lastete sich die Verantwortung dennoch nicht auf. Er war feige und redete vom Allheilmittel Bedenkzeit. Er hatte keine Ahnung, ob es gut gewesen wäre, diesem Menschen zu sagen: ›Tun Sie, was Gott von Ihnen verlangt, und suchen Sie sich einen Orden!‹ Er hatte keine Ahnung, ob es gut war, ihm, der schon so viele Jahre vergeudet hatte, noch eine weitere Zeit des Wartens aufzuerlegen. ›Als Prüfung Ihrer Beständigkeit‹, wie er es ausdrückte. Aber er tat es. Er wollte nur der Entscheidung ausweichen, heute und morgen und noch möglichst lange. Er schämte sich zutiefst, als der junge Mann ihm dafür dankbar die Hand küßte.

*

Foucauld war glücklich, einen Führer wie Huvelin zu haben, und verließ sich ganz auf dessen Ratschläge. Er hatte in seiner Jugend den Glauben gegen die Selbstherrlichkeit des Menschen eingetauscht und sein Leben selbst zu bestimmen geglaubt, er hatte später immer mehr erkennen müssen, wie anmaßend es war, den autonomen Menschen spielen zu wollen, sich auf eine Vernunft zu berufen, die sich bestenfalls auf die banalsten Dinge des Alltags anwenden ließ. Ja, nicht einmal das, wie ihm die Welt täglich demonstrierte. Das war seine Autonomie gewesen: Starrsinn und Trotz, wenn jemand es wagen wollte, ihm das, was er für seine Freiheit hielt, zu beschneiden. Rechthaberei, wenn einer in Zweifel zog, was er für seine Entscheidungen hielt, Entscheidungen, die bestenfalls dazu gut waren, ein wenig sein Selbstbewußtsein zu stärken. Seine Autonomie, das war das Recht gewesen, Irrwege zu gehen, nicht mehr. Aber seit er Gott wiedergefunden und sich selbst als obersten Gesetzgeber aufgegeben hatte, empfand er die eigene Ratlosigkeit, die ihn so oft quälte, als Wohltat. Er ließ sich von Abbé Huvelin nach Palästina schicken und wanderte durch die engen Gassen Nazareths, die der Gekreuzigte als Kind und als junger Mann gegangen war. Er ließ sich von einem Orden zum anderen schicken und ließ sich von Abbé Huvelin bestätigen, daß seine Wahl der Trappisten schließlich die beste war. Er ließ seinen Seelenführer den Termin für seinen Ordenseintritt noch und noch hinausschieben, zwei Jahre, drei Jahre, und es war höchste Seligkeit für ihn, ein gehorsames Kind Gottes zu sein.

Er begann systematisch, Abschied zu nehmen. Er dankte höflich für die Einladungen, die er immer noch bekam, und lehnte sie ebenso höflich ab. Er sagte Duveyrier Lebewohl und spürte zum ersten Mal, wie schwer es war, trotz der Liebe zu Jesus sich von der Welt zu lösen. Er versuchte mit viel Geduld, seinen Verwandten begreiflich zu machen, wie wenig ihm Reichtum und Zukunftsaussichten und alles, was sie ihm anboten, bedeuteten. Nein, auch Weltpriester wollte er nicht werden, und eine Diözese, die man ihm in Aussicht stellte – bei dem Einfluß der Foucaulds wäre das doch gelacht! –, wollte er schon gar nicht haben. Wochenlang fuhr er durch Frankreich, zuletzt nach Dijon zu seiner Schwester Marie, und es wurde ein schwerer Abschied, bis über Weihnachten.

»Wir dürfen traurig sein, kleine Schwester«, sagte er und küßte sie zärtlich auf Wange und Stirn. »Seien wir traurig! Aber danken wir Gott dafür!«

Als er nach Paris zurückkehrte und die Wohnung in der Rue de Miromesnil, einer Quergasse des Boulevard Haussmann, betrat, schrak er zurück. Sie war noch nie so groß gewesen. Er ging durch die Räume, und die kunstvoll angeordneten Parkettbrettchen knackten unter seinen Schritten. Er betrachtete die kahlen Wände des einstigen Salons, er blickte durch die halboffene Tür ins Schlafzimmer, in dem nie ein Bett gestanden war. Statt der Bilder hingen nur noch helle Flecken an der Tapete, einige Nägel steckten in der Wand, andere waren unachtsam herausgerissen worden, und dort sah man ein Stückchen Verputz. Er hatte seine Verwandten aufgefordert, sich zu nehmen, was ihnen gefiel, den Rest sollte der Diener verkaufen. Der Mann hatte ganze Arbeit geleistet. Die Concierge, bei der der Schlüssel gelegen war, hatte ihn merkwürdig angesehen – was wollte er in der großen Leere, die nur noch durch ein paar Wände zu Räumen geteilt wurde?

Es war kalt, und er ging in die Küche, aber weder im Herd noch in dem Kachelofen, der von hier beheizt wurde, steckte ein Stück Holz. Er wollte einen Schluck Wasser trinken, aber es gab kein Glas, und auch die Leitung war schon abgesperrt. Es dämmerte, und er griff nach der kleinen, billigen Stearinkerze und den Schwefelhölzern, die ihm die Concierge fast mitleidig in die Hand gedrückt hatte. Er ging dahin und dorthin, er stieß an keinen Schrank, und kein Polstermöbel war ihm im Weg. Er wollte unwillkürlich nach einem Buch greifen, obwohl keine Stellage mehr da war. Er bückte sich zu der Louis XVI.–Kommode, um die Tür zu öffnen und eine Flasche herauszuholen, obwohl sich nur noch die Konturen des Möbelstücks auf dem Boden abzeichneten. Alle Bewegungen, früher in diesen Räumen so selbstverständlich, waren nur noch leere Gesten. Nur noch leere Gesten fesselten ihn an die Welt, an deren Schwelle er stand, und jetzt war auch er nur noch er selbst, einer, den man nicht mehr an seiner Uniform als Leutnant der Kavallerie erkennen konnte oder an seinem gebräunten Gesicht als den Forschungsreisenden oder an seinem Wappenring, der den Aristokraten bezeichnete. Der Anzug, den er trug, der einzige, den er nicht verschenkt hatte, hätte von jedem anderen auch getragen werden können. Ein letztes Stück aus dieser Welt, er spürte plötzlich, wie sehr diese Welt ihn geprägt hatte. Jetzt entzog er sich ihr, ein Neugeborenes, das nur es selbst war und erst allmählich durch Christus, auf den es sich geworfen hatte, ein anderer, ein Christ werden sollte. Er ging durch die Räume, sie waren leer wie die Wüste, und der Hall seiner Schritte machte die Leere noch fühlbarer.

Er ließ sich auf dem Boden nieder, er zog den Rock aus, den er nun bald gegen ein anderes Gewand tauschen wollte, und legte ihn wie eine Decke über sich. Er betete zu dem hellen, kreuzförmigen Fleck über der Tür, den er im Licht der abbrennenden Kerze gerade noch erkennen konnte. Wie vieles würde nun anders sein, ganz anders, wie unendlich viel! fragte er sich. Eine unbändige Neugier war in ihm.

III.

Der schweigende Mönch

»Mein Gott, ich weiß nicht,
wie Menschen es fertigbringen, dich in deiner Armut
zu sehen und selbst reich sein zu wollen,
wie sie es schaffen,
größer sein zu wollen als ihr Meister.
Ich jedenfalls kann mir nicht vorstellen,
wie man lieben kann ohne ein Verlangen nach
Ähnlichkeit mit dem Geliebten, ohne das Verlangen,
alle Schwierigkeiten und alle Härten des Lebens
mit ihm zu teilen.«

Charles de Foucauld, Exerzitien in Nazareth,
11. November 1897

Die Nacht verhüllte das Kloster von Notre-Dame des Neiges, nur aus einem Fenster des Gästetrakts drang noch Licht. Charles de Foucauld schrieb einen Brief. Er trug den gleichen Anzug wie in den letzten Tagen, er war Gast, und so viele Briefe er auch schrieb, kein Abt würde sie lesen, kein Geheimnis zwischen ihm und dem Adressaten konnte verletzt werden. Er schrieb an Marie. In der letzten Nacht, bevor er in das langersehnte, verschlossene Paradies eintreten sollte, schon innerhalb der geheiligten Mauern, schrieb er, wie er sie liebte. »So nahe war ich dir gestern morgens um neun und um vier, so nahe bin ich dir jetzt, immer, und nie wieder soll ich dich sehen«, schrieb er. Gestern noch waren sie in die Kirche St. Augustin zur Messe gegangen, gemeinsam waren sie an der Kommunionbank gekniet.

Es war der 16. Jänner 1890 und bitterkalt, und der Raum, in dem er saß, war nicht geheizt. Aber er spürte die Kälte nicht. Er sah sich mit Marie aus der Kirche heraustreten und sah die Tränen in ihren Augen. Ihr letzter gemeinsamer Tag, einen nächsten sollte es nicht mehr geben. Einundzwanzig Jahre war es her seit jenem Fest, da der kleine fette Junge sich geschworen hatte, dieses Mädchen als seine Frau heimzuführen, und wie oft seither hatte er, unverstanden und verletzt, besonders seit ihrer Heirat mit diesem Olivier de Bondy, sie seinerseits verletzt und angegriffen! Sie aber hatte nie die Geduld verloren. Unermüdlich hatte sie ihm geschrieben und auf ihn eingeredet, hatte in der Familie Stimmung für ihn gemacht, in seiner schlimmsten Zeit. Sie hatte ihn wieder zu Gott geführt, von ihr war das erste religiöse Buch gekommen, das er nun wieder las, ›Lobpreis der Glaubensgeheimnisse‹ von Jacques Bénigne Bossuet, dem großen Kanzelredner Ludwigs XIV. Sie hatte ihn mit Abbé Huvelin bekannt gemacht, von ihr kam Zärtlichkeit wie von der verlorenen Mutter. Er hatte sie nicht immer verstanden, ihr Eifersucht vorgeworfen. Sie hatte den Ausschlag gegeben, daß Mademoiselle Titre jetzt als verlassenes Mädchen in Tunis saß, sie hatte ihn schon zu einer Zeit in ein Mönchsleben gedrängt, als ihm das alles noch unendlich fremd gewesen war. Er hatte sich gewehrt gegen sie und gegen alles, was sie wollte, wie er sich gegen Gott gewehrt hatte. Erst später hatte er begriffen, daß sie ihm alles nehmen mußte, auch sich selbst, um ihm Gott zu geben. Ihre Liebe zu ihm und Gott, das gehörte zusammen.

Er sah sie beide, sich und Marie, die naßkalten Straßen von Paris durchstreifen, ziellos wie Liebende, denen es genügt, nebeneinander herzugehen. Sie gingen durch die kalten Champs-Elysées, durch die Gärten der Tuilerien, sie redeten kaum ein Wort. Manchmal streiften ihre Hände aneinander, und dann hielten sie einander fest. Sie gingen zu den Bondys zum Frühstück in die Rue d'Anjou, wo die Bonne den kleinen Jean, Robert und François für die Schule fertig machte, und gingen dann wieder fort. »Wir werden uns verkühlen bei dem Wetter«, sagte er, und sie versuchte zu lächeln. Als sie zum Mittagessen zurückkamen, ahnte er, daß ihr Mann dort oben am Fenster stehen und über das »heilige Liebespaar« spotten würde. Es hätte ihn nicht sehr gestört, wenn seine Frau ihn mit dem Jüngeren wirklich betrogen hätte. Es ärgerte ihn nur, daß die Beziehung zwischen Charles und ihr so ganz anders war als das, was solche Beziehungen gemeinhin kennzeichnete.

Als die Dämmerung heraufkam, gingen sie wieder nach St. Augustin, Charles wollte sich endgültig von Abbé Huvelin verabschieden. Der Priester bot ihnen etwas zu trinken an, aber sie lehnten ab. Sie knieten nieder, um sich segnen zu lassen, und liefen dann wieder davon. Ein Beisammensein in Anwesenheit eines Dritten war nicht mehr zu ertragen, aber auch das Beisammensein zu zweit war es bald nicht mehr. Sie hasteten die Häuser des Boulevard Haussmann entlang, bis zur Rue d'Anjou, wo Olivier noch immer oder vielleicht wieder im ersten Stock hinter den Gardinen stand. Sie sagten kein Wort mehr, sie sahen einander nur noch verschwommen durch das Wasser der Tränen . . .

»Es macht so glücklich, Menschen, die man liebt, immer um sich zu haben«, schrieb er. »Jetzt wirst du mich fragen, warum bist du dann fortgegangen? Und ich kann nur antworten: ich habe ja nicht die Freude gesucht, ich will Jesu Spuren nachgehen. Und wenn ich in seiner Nachfolge die Glückseligkeit finden sollte, dann hab ich sie doch nicht gesucht . . .«

Er hielt sie nicht mehr an der Hand. Er hatte sich losgerissen und hetzte davon, erst bei der nächsten Straßenbahnstation blieb er keuchend stehen und klammerte sich an die Stange, die das Stationsschild trug.

»Ich kann mich nicht an den Gedanken gewöhnen, daß ich für immer von dir Abschied genommen habe«, schrieb er, und die Tränen, immer noch Tränen, wie viele würde er noch haben, ließen die Buchstaben auf dem Papier zerrinnen. »Aber ich weiß, daß es wahr ist, daß es wahr sein muß, ich will, ich will, daß es wahr ist.« Immer wieder schrieb er »ich will«, er mußte wollen, selber sein Opfer wollen, wenn er schon nicht die Kraft hatte, Gott dafür dankbar zu sein.

Ein ehemaliger Offizierskamerad sah ihn, wie er auf dem Oberdeck des Wagens Platz nahm und nach dem letzten Kleingeld kramte – er, der jede noch so kurze Strecke mit der Kutsche gefahren war. Er rief ihn an, aber Charles hörte nicht. Als er an der Place de la Nation ausstieg, hatte er gerade noch das Geld, eine Fahrkarte dritter Klasse nach La Bastide zu lösen. Die Bahnstation für das Kloster der Trappisten.

»Gott segne dich«, schrieb er, schon am Ende des fünften Blattes, »jeden Abend, bis zu deinem letzten.«

Was für eine Glückseligkeit mußte das sein, in der die da drüben, jenseits der Mauer, die sie von ihm trennte, atmeten, wenn sie diesen Schmerz auslöschen konnte! Oder war es ihm aufgegeben, ihn immer mit sich zu tragen?

*

Charles de Foucauld stand vor seinem Abt. Er war, vom Pförtner geführt, durch die weiten Räume des alten Hauses gegangen, das einen langen Hof mit strengen Gartenanlagen umschloß. Es lag auf einem Hochplateau der vom Sturm umtosten Berge des Vivarais, eine Trutzburg, die den Frieden in ihrem Innern gegen eine chaotische Welt verteidigte. Sie waren einem Bruder begegnet, der mit einem Lappen die Stiegen wusch, und seine ärmliche Kleidung hatte ihn tief beeindruckt.

»Ob ich auch einen solchen Habit tragen darf?« hatte er gefragt und war vor dem knienden Mönch stehengeblieben, der erstaunt zu ihm aufsah. Der Klang einer menschlichen Stimme war hier etwas Ungewöhnliches.

»Warum den?« hatte der Pförtner gefragt und gelächelt. »Es ist unser Arbeitskittel.«

»Er ist schön. Das schönste Kleid der Welt.«

Dom Martin fragte die üblichen Dinge und notierte sie auf einem Zettel, Dinge zumeist, von denen er längst wußte. Zuletzt fragte er: »Und was können Sie?«

Foucauld überlegte. Ja, was konnte er? Ungefähr das, was man ihn auf der Schule in Saint-Cyr und Saumur, in Pont-à-Mousson und in Afrika gelehrt hatte: er konnte reiten und Karten lesen, er konnte schneidige Befehle geben und ein Land vermessen. Er konnte etwa achtzig Weinsorten unterscheiden, nach Provinzen und Jahrgang, und war in Algerien zum Spezialisten im Auffinden und Befestigen von Brunnen geworden. Er konnte leidlich Klavier spielen, nur wenn er dazu sang, klang es weniger schön. Er trug seine Zivilanzüge mit kaum geringerer Eleganz als früher die Uniformen, er wußte Hemden, Westen und Röcke in Farbe, Muster und Schnitt abzustimmen, und seine Krawattenknoten saßen perfekt. Er war ein guter Tänzer, sprach leidlich gut arabisch, ein bißchen hebräisch, jiddisch und einen Berberdialekt. Er konnte recht gut kochen und sich mit jedem Gebildeten über die französische Tagespolitik unterhalten. Er konnte etliche Sonette von Petrarca auswendig, eines sogar auf Italienisch, und rezitierte den ersten Akt der ›Weibervolksversammlung‹ des Aristophanes aus dem Gedächtnis. Er konnte lieben, wie man das im allgemeinen Sprachgebrauch nannte, und Mimi und eine Reihe anderer

Frauen konnten das bezeugen. Er konnte sich aber auch der Frauen enthalten, wenn es sein mußte, ein Jahr oder länger. Er war in Gesellschaft ein gern gesehener Gast, und wenn er den Kindern am Abend von Afrika erzählte, gingen sie widerspruchslos zu Bett. Er konnte Hunger und Durst ertragen und bis zu achtzehn Stunden am Tag durch eine steinige Wüste reiten, ob die Sonne herabbrannte oder der eisige Wintersturm durch die Kleider fuhr. Er konnte, seit er täglich zur Messe ging, schon viel länger knien als am Anfang. Aber was mochte das alles in seinem neuen Leben gelten? Was galt es vor Gott?

»Ich kann sehr wenig«, sagte er und senkte den Kopf. »Sehr wenig.«

*

Bruder Marie-Albéric kniete auf dem Boden und scheuerte mit einem Lappen über den kalten Stein. Er hatte zehn Tage nach seinem Eintreffen im Kloster seinen Ordensnamen und das weiße Gewand der Trappistennovizen erhalten, jetzt trug er den schäbigen, an mehreren Stellen geflickten Arbeitshabit. Das Wasser war anfangs warm gewesen, damit sich die Seifenstückchen besser auflösen konnten, jetzt war es längst kalt, und die feinen weichen Hände, die noch die Spuren von Feile und Hautschere aus dem umfangreichen Necessaire von Mademoiselle Claudine in der Rue de Miromesnil trugen, waren gerötet und steif. Es schneite, aber er ging nicht um neues, gewärmtes Wasser.

Er hatte Dom Martin gebeten, ihm die niedrigsten Dienste zu übertragen, und war glücklich, daß er als erstes den Auftrag bekam, die Kapelle auszufegen. Jesus, sein Herr, war hinter einer goldenen Tür in einem goldenen Kelch anwesend, und jedes Mal, wenn er daran vorbeiging, durfte er das Knie vor ihm beugen. Er band auch Kränze aus Zweigen für die Altäre, er zündete die Kerzen an, bevor seine Mitbrüder kamen, um das Meßopfer zu feiern. Er war bei alledem sehr ungeschickt, aber Dom Martin tröstete ihn liebevoll.

Der Kreuzgang lag vor ihm wie eine breite Straße, er setzte sich im rechten Winkel fort, dann wieder im rechten Winkel und noch einmal. Bruder Albéric wußte, daß dort kein zweiter mit Lappen und Blecheimer kniete, und das machte ihn glücklich. Er rieb über die leicht gewölbten Steine und versuchte, den Schmutz aus einer Ecke zu kratzen. Er rieb und wrang den Lappen über dem Blecheimer aus, Wasser spritzte gegen die getünchte Wand, wo es nicht hingehörte, und er tupfte es vorsichtig wieder ab, damit es keine Flecken hinterließ. Immer wieder floß schmutziges Wasser auf eine schon gereinigte Stelle zurück. Früher hatten das andere für ihn getan, in der Kaserne, in der Rue de Miromesnil, im Schloß an der Loire, unscheinbare, körperlose Wesen ohne Gesichter, für ein paar Sous pro Tag, Tage und Wochen. Ein ganzes Leben lang Steinböden, Putzlappen, allmählich erkaltende Lauge und das Rheuma im Rücken und in den Knien. Er hatte den Abt um diese Arbeit gebeten, weil ihm der Dienst in der Kapelle zu leicht erschien.

Er trug den Arbeitshabit, den er am ersten Tag so bewundert hatte. Der Stoff kratzte an der Schulter, so oft Charles sich vorbeugte, um den Lappen von sich zu schieben, um über den Stein zu reiben und gleichzeitig das Wasser aus dem Lappen zu drücken – und es kratzte an der gleichen Stelle, wenn er sich wieder aufrichtete und der Lappen das Wasser wieder aufsog. Da war dem Bruder, der das Gewand geschneidert hatte, der Faden zu kurz geworden. Er hatte ihn mit einem groben Knoten abgeschlossen und einen zweiten, den des neuen Fadens, danebengesetzt, und das scheuerte bei jeder Bewegung und immer an der gleichen Stelle.

›Armer Liebling‹ hätte Mimi gesagt und einen Kuß auf die gerötete Stelle gehaucht und in ihrem unerschöpflichen Arsenal von Fläschchen und Tiegelchen nach einer passenden Creme gesucht.

Er beugte den Körper vor und zurück und spürte jedes Mal die rauhen Knoten auf der schmerzenden Stelle. Aber es schmerzte nicht genug, und er kannte seinen Körper zu gut. In der Nacht wird die gerötete Haut sich wieder erholen, irgend etwas Hartes, Schützendes wird darüber wachsen. Morgen früh wird er nichts mehr von dem Schmerz spüren, und das machte ihn ein bißchen traurig. Er wird um einen anderen Schmerz beten, um größere Opfer, zu dem, der ihm das Opfer seines Lebens gebracht hat.

Es schneite. Er nahm den fast steif gefrorenen Lappen wieder zur Hand.

Robert de Bondy:

»Seit ich denken kann, wurde über Onkel Charles getuschelt. Von Großmutter Inès und Großvater Sigisbert, von Papa und Tante Mimi – und natürlich immer so, daß wir Kinder, François, Jean, die kleine Magdeleine und ich, nichts davon erfahren sollten. Aber ich war schon immer neugierig gewesen und bald auch alt genug, um mir allerlei zusammenzureimen: von seinem ›Luderleben‹, wie Großmutter es ausdrückte, von ›diesen Frauen‹ und vor allem von seiner Verschwendungssucht. ›Immer muß er haben, haben, haben‹, hörte ich sie einmal durch die Tür sagen. Es ging damals um die Instrumente für seine später berühmt gewordene Reise durch Marokko, für die Onkel Georges das Geld herausrücken sollte, und ich plapperte François nach, was er dazu sagte: daß das doch keine Verschwendung sei, wenn er die Instrumente wirklich brauchte. François, der ja zwei Jahre älter ist, sagte mir damals auch, daß es mit dem Haben-Wollen von Onkel Charles nicht ganz stimmen könne. Er hat immer schon eine gewisse Schwäche für ihn gehabt. Sicher habe dieser viel Geld ausgegeben, meinte François, bevor sie ihm den Geldhahn zudrehten, aber eigentlich weit weniger, um Dinge zu besitzen, als um sie wegzuwerfen. Das verstand ich nicht ganz, und da sagte mir François, Onkel Charles habe ihm einmal erzählt, daß ihm das alles, das Essen, der Wein, die Gemälde und Einrichtungsgegenstände seiner Wohnung, nichts oder nur sehr wenig bedeutete. Ein Geizhals wäre auf seinem Bankkonto gesessen wie der Drache über seinem Schatz, erklärte mir François, und hätte die monatlichen Zinsen berechnet oder das Geld angelegt oder damit spekuliert. Und einer, der immer nur haben will, hätte sich doch sicher ein ebenso schönes Schloß angeschafft wie unsere Schlösser La Barre, Louye oder ein Weingut wie Le Tuquet oder eine Pferdezucht. Er hätte Bilder gesammelt oder Münzen oder chinesisches Porzellan oder hätte sich ein Haus gebaut wie das unsere in der Rue d'Anjou, das Mutter und Großmutter allmählich mit den schönsten Möbelstücken ausstatteten, die in Paris zu haben waren.

Aber das alles habe Onkel Charles nie interessiert, meinte François, seine Wohnung in Nancy habe er nur behalten, weil sie ein Erbstück seines Großvaters war und weil es sich nicht gehört, so etwas einfach fortzugeben. Und die Wohnung in der Rue de Miromesnil, die er nach seiner Rückkehr aus Tunis mietete, um Mutter oft besuchen zu können, war geradezu armselig zu nennen. Mir fiel das erst später auf, damals, ich war kaum neun, erschien sie mir wie ein Wunderreich. Bilder aus Marokko, die er selber zeichnete und aquarellierte und die dann später auch in seinem Buch zu sehen waren, orientalische Teppiche auf dem Boden und an den Wänden, ein Kohlenbecken aus Messing und ein Diwan, auf dem weiche Kamelhaardecken lagen. Dazu alle die Dinge, die wir für unsere Verkleidungsspiele benutzten: Turbane und ein Fez, Tschakos aus seiner Soldatenzeit und arabische Mäntel, Messer und Krummschwerter. Auch er spielte Verkleidung mit uns und zog die Sachen an und erzählte abenteuerliche Geschichten, die er erlebt hatte. Für mich waren das alles Wunderdinge, aber Verkaufswert hatten sie sicher keinen. Und später schenkte er sogar vieles davon mir und François und meinem jüngeren Bruder Jean. Mit dem Helm aus Saumur konnte ich Marschall Bernadotte spielen, und sogar seine Reitausrüstung schenkte er mir, die orange-kirschrote Jacke, die blaue Mütze, die weißen Reithosen. Jean und ich schreckten einmal die Großmutter mit seinen Kleidern, die er als Rabbi Yussef Aleman getragen hatte. Auch die schenkte er uns, als wollte er seine ohnehin schon arme Wohnung ganz leer machen.

Meine Eltern und auch Tante Mimi und Onkel Raymond waren sicher sehr freigebig. Den Armen zu geben ist schließlich Christenpflicht, aber von schönen Dingen, die sie einmal liebgewonnen hatten, trennen sie sich nie. Als ich ihn einmal fragte, ob er die Dinge nicht behalten wolle, sie erinnerten ihn doch an so vieles, sagte er: ›Man muß sich von den Dingen lösen können.‹ Ein andermal sagte er: ›Erinnerungen sind nichts wert, wenn sie von Jesus ablenken.‹

Ich glaube, das war das erste Mal, daß ich ihn von Jesus hatte sprechen hören, denn vor seiner Bekehrung redete er kein Wort von ihm. Im Gegenteil, wir wußten, daß er nicht an Gott glaubte, und Mama betete oft für ihn und wies auch uns an, ihren ›armen, unglücklichen Cousin‹, wie sie ihn nannte, in unser Abendgebet einzuschließen. Sie nannten ihn oft den ›Marabut‹, weil er immer von seinen Arabern sprach, und die Kleine von Tante Mimi fragte einmal, offenbar von ihrer Mutter angestiftet: ›Und was hast du in Marokko für unseren Herrn Jesus getan?‹

Ich muß zugeben, wir haben ihn nie richtig verstanden. Wir Kinder nicht und die Erwachsenen auch nicht. François vielleicht ausgenommen, aber da bin ich auch nicht so sicher. So gern sie ihn alle hatten, er war eben doch immer so etwas wie das Schwarze Schaf der Familie. Alles, was er tat, gehörte sich einfach nicht. Man gibt seine Mätresse nicht als Vicomtesse de Foucauld aus, auch nicht im Übermut, und man wirft auch nicht so viel Geld hinaus. Das tun Parvenus. Man verläßt nicht die Armee, wenn man sich einmal für sie entschieden hat, nicht für eine Frau und nicht für den plötzlichen Einfall, Forscher werden zu müssen. Man verkleidet sich nicht als Jude, noch dazu, wenn man weiß, daß man dafür verachtet und getreten wird. Man läßt sich nicht bespucken, nicht einmal von eigenen ehemaligen

Kameraden, ohne dafür Genugtuung zu verlangen. Man ist Christ, Katholik, ja, man kämpft für seinen Glauben in einer ungläubigen Welt, man geht zur Kirche und zu den Sakramenten – aber man muß es nicht übertreiben. Natürlich wissen die Mitglieder eines alten Geschlechts, daß sie ihren Besitz nicht zur Schau zu tragen haben wie irgendwelche Neureiche. Aber daß man eine gewisse gediegene Schlichtheit im Auftreten, zu der man ja schon als Christ verpflichtet ist, so übertreibt wie Onkel Charles, daß man sich in eine Kutte stecken läßt oder in noch ärgere Gewänder, die das Gespött der Mitmenschen herausfordern, wie das später geschah – das mag einem Heiligen anstehen, einem Franz oder Jesus selbst. Aber ein de Foucauld hat noch andere Verpflichtungen, seiner Familie und deren Tradition gegenüber. Einer Gesellschaftsordnung gegenüber, in der diese Familie trotz, ja gerade wegen aller Anfeindungen durch den Zeitgeist und seine Verfechter auch weiterhin ihre Stellung behaupten muß. Um nicht zu sagen, der Weltordnung gegenüber, die Gott, wenn er sie schon nicht selbst geschaffen, doch immerhin zugelassen hat. Aber Onkel Charles hat keine dieser Verpflichtungen eingehalten, er hat nicht einmal für Nachkommen gesorgt.

So dachte man in unserer Familie, und man denkt heute nicht anders, und ich glaube – fast möchte ich sagen, ich fürchte –, daß ich selber, obwohl ich schon einer anderen Generation angehöre, auch nicht viel anders denken kann. Auch wenn ich Onkel Charles möglichst Gerechtigkeit widerfahren lassen möchte. Aber ich bin eben ein de Bondy, und meine Großmutter war eine geborene de Foucauld, und wenn Onkel Charles auch nach außen hin, selbst noch als Mönch viel von einem de Foucauld hat, innerlich war er doch immer ein anderer. So liebenswert er war – und er wurde es seit seiner ›zweiten Bekehrung‹, wie er das nennt, immer mehr –, im Grunde war er für uns ein Fremder. Und das betrifft nicht nur sein Äußeres, nicht nur seine modischen Allüren, sich in Paris wie ein Araber zu kleiden oder jetzt, wie er sogar in Briefen schreibt, ein schäbiges Gewand zu tragen, in dem sie ihn verspotten. Ich glaube, selbst Mama, die ihn wahrscheinlich mehr liebt, als sie ihn lieben sollte, machte das alles, diese Exaltiertheit, diese Maßlosigkeit, mehr zu schaffen, als sie zugeben möchte. Aber da sie sich nun einmal in den Kopf gesetzt hat, einen Heiligen aus ihm zu machen, mußte sie sich damit abfinden.

Ich erinnere mich noch an die peinliche Episode im Schloß de la Barre. Der Pfarrer kam dort jeden Sonntag aus dem Dorf, um in der Kapelle die Messe zu lesen, und auch unsere Bauern durften teilnehmen. Plötzlich warf sich Onkel Charles zu Boden und blieb während der ganzen Messe ausgestreckt liegen. Wir waren äußerst erstaunt, und Jean und ich wären beinahe losgeplatzt vor Lachen. Aber unser Vater, obwohl er nicht gläubig war und sich schon öfter über den ›neuen Fimmel‹ von Onkel Charles mokiert hatte, rettete die Situation und flüsterte uns zu, daß er diesen Brauch aus Afrika mitgebracht habe, wo es eben als Ausdruck tiefster Gläubigkeit gelte, sich auf den Boden zu werfen. Jetzt, aus jahrelanger Distanz gebe ich gerne zu, daß es dekorativ aussah, wie er dalag, und zu der hübschen alten Kapelle mit der blau-weißen Flagge, die seit dem Tod des Königs in der schrecklichen Revolution mit einer schwarzen Schleife umwunden neben dem Altar stand, irgendwie paßte. Aber ich spüre es noch heute, wie mein Vater sich sogar vor den Bauern dafür genierte.«

*

Der siebzehnstündige Tag der Mönche begann um zwei Uhr früh mit der heiligen Messe, anschließend wurden die Arbeiten zugeteilt. Um elf wurde der Angelus gebetet, dann ging die Arbeit weiter bis zum Mittagessen um zwei. Es bestand aus Brot, einer Suppe oder Haferschleim sowie einem Teller mit Gemüse, das in Salzwasser gekocht war. Kein Fleisch, kein Fisch, keine Eier, Butter oder Öl. Zur Fastenzeit gab es nur eine Mahlzeit am Tag, und zwar um halb fünf Uhr nachmittags, aber Bruder Albéric reduzierte oft auch noch diese Mahlzeit und nahm nur Brot und Wasser zu sich. Der einstige Schlemmer hatte kein Bedürfnis nach mehr. Erst gegen Abend endete der Tag der Arbeit und des Gebets, um 7 Uhr wurden die Lichter gelöscht.

Das Kloster, eine Anzahl weißer Steinbauten rings um einen großen Hof, gab nicht nur den Mönchen Unterkunft, auch Pferde, Rinder, Maultiere und Gerät für die Landwirtschaft fanden hier Platz. Die Trappisten – die strengste Reform des Zisterzienserordens – waren seit ihrer Gründung 1664 anerkannte Fachleute auf dem Gebiet der Landwirtschaft, und rings um das Kloster dehnten sich die Ländereien aus, auf denen die Mönche in ihrem weißen Habit schweigend an der Arbeit waren, um den steinigen Boden zu Getreide- und Gemüsefeldern, zu Obst- und Weingärten zu machen.

Bruder Albéric war ziemlich ungeschickt und außer zu den Arbeiten im Haus gerade noch zum Holzhacken zu gebrauchen, aber er tat alles mit unbändigem Eifer. Er hatte gebeten, auch in der Küche mithelfen zu dürfen und seine Brüder während des Essens zu bedienen, und wenn ihm auch manchmal ein Teller aus der Hand rutschte und auf dem Spülstein zersprang, Dom Martin sah nachsichtig darüber hinweg.

Bruder Albéric liebte diese einfache Arbeit, bei der man beten und meditieren konnte, er liebte die Stille des Klosters und das Schweigen der Mönche. Es war ein hartes, entbehrungsreiches Leben, dem sich der nun schon 32jährige unterwarf. Er, der sein Leben lang gewohnt gewesen war, einen Raum für sich zu haben, der sich in jeder Garnison sofort seine Wohnung gemietet hatte, er, der durch Monate die Nächte allein unter den Sternen verbracht hatte, schlief jetzt mit seinen Mitbrüdern in einem großen Schlafsaal. Er, dem Gespräche mit Freunden und geliebten Menschen ein Bedürfnis waren, lebte nun in immerwährendem Schweigen. Einzig eine stumme Verbeugung, vielleicht ein freundliches Lächeln und ein paar Zeichen, wenn sie einander begegneten, zeigten an, daß sie einander überhaupt sahen, und nur wenn es die Arbeit erforderte, wurden einige Worte gewechselt. Wer all die anderen waren, woher sie kamen und was sie bis zu ihrem Eintritt ins Kloster getan hatten, erfuhr er nie. Aber er genoß es, unter ihnen wie auf einer Insel nur mit Jesus, seinem Jesus, zu leben.

Die einzige Verbindung zur Außenwelt waren die Briefe, die er hauptsächlich an seine Cousine, seine Schwester und Abbé Huvelin schrieb. Und wenn er auch wußte, daß der Abt jeden Brief, der hinausging, las, so bekannte er doch rückhaltlos, wie er, trotz des Glücks, hier sein zu dürfen, noch nach Monaten unter der Trennung von den Menschen litt, die er liebte. Er beschwor die letzten Regenstunden zwischen St. Augustin und der Rue d' Anjou, er versuchte, Marie und sich selber zu trösten, hatten sie doch beide, wie er schrieb, ein Geschenk erhalten, das keinem Heiligen zuteil werde: das Glück, mit dem geliebten Menschen und für ihn leiden zu dürfen. Manchmal schrieb er von seinem Klosterleben – das er in anderen Stunden wieder als das Schönste pries – wie von einer Verbannung, aus der erst Gott ihn und sie erlösen könne, wenn er sie beide zu sich nahm.

Er schrieb aber auch von den oft vergeblichen Bemühungen, sein Temperament zu zügeln und sich bei Gebet und Gottesdienst zu konzentrieren. Da war immer noch die Welt, die sich in seine Gespräche mit Gott drängte, da waren tausend Erinnerungen. Er schrieb, wie oft der Satz des ›Vater unser‹, den er täglich betete, ›dein Wille geschehe‹, nur ein Lippenbekenntnis war. Auch für ihn war dieses Kloster, dieses verschlossene, verborgene Paradies des heiligen Bernhard von Clairvaux und all der anderen Mönche des Mittelalters, eine Stätte des Kampfes zwischen dem Licht in ihm und der Finsternis, zwischen Augenblicken der Glückseligkeit und der Verzweiflung, die ihn manchmal überfiel, wenn er Jesus ein Stück näher zu sein glaubte und gleichzeitig die unendliche Distanz zwischen ihm und seiner eigenen Erbärmlichkeit erkennen mußte.

Dann wieder schrieb er Briefe, ausgeglichen und still und voll der Dankbarkeit für die Kraft Gottes, die er in sich spürte, die jede Verwirrung von ihm fernhielt und die Traurigkeit vertrieb. »Ich habe nichts zu tragen«, schrieb er dann, »weil er alles trägt.«

Was er nicht schrieb, davon wußten nur er und der Abt Dom Martin. Er war aus Liebe hierhergekommen, wie er in einem Brief an Duveyrier erklärte, und er wollte das arme Leben, das er hier lebte, auch als Sühne für sein bisheriges ansehen. Aber er fragte sich, und das sehr bald und mit jedem Tag drängender: war die Geborgenheit dieses Ordens, in der er, in sauberer Umgebung, in seinem weißen Gewand mit Kapuze und Skapulier, in der von den Oberen anempfohlenen Muße und Zurückhaltung meditierend, dekorativ durch die Gänge schritt, wirklich der Platz, den man in der modernen Welt einnehmen konnte, um Jesu armes Leben nachzuahmen? Gewiß, es war ein strenger Orden, einer der strengsten, die es innerhalb der Kirche gab, und Bruder Albéric kannte daheim keinen Menschen, der sich dessen Regeln auch nur für einen Tag unterworfen hätte. Aber er war immer noch Ausdruck des Feudalismus einer schon vergangenen Zeit, reich, mit ausgedehnten Ländereien und Scheunen voll von Getreide und Wein. Wenn die Bauern den Mönchen begegneten, verbeugten sie sich demütig wie vor fürstlichen Herren. War hier nicht selbst das Hungern, waren hier nicht Kasteiungen, schwerste Arbeit und die Selbstanklagen ob der eigenen Erbärmlichkeit Teil eines in göttlicher Ordnung ruhenden tröstlichen Rituals? War die Vorliebe für das schäbige Arbeitsgewand nicht vielleicht nur ein anderer Ausdruck eines ästhetischen Empfindens? Vor elf Jahren in Saumur war er eines Tages aus der Kaserne ausgebrochen, um drei Tage im Lumpengewand eines Bettlers durch die Dörfer zu ziehen. Es war ihm nie recht klar geworden, wozu er das getan hatte, aber war es mehr gewesen als ein bloßes Spiel mit einer anderen Lebensform, in die man mit Hilfe von Stoffetzen und einem bißchen Schminke hineinschlüpfen konnte? Menschliches Elend als

Schauspiel für Zuschauer und für sich selbst? War das mehr als eine Rousseau'sche Schwärmerei vom einfachen Leben, mehr als die Bauernhäuschen im Park von Versailles? Und schlüpfte er nicht auch jetzt noch nach der Arbeit mit dem gleichen Genuß in das weichfallende wollene Gewand des Novizen zurück, um im stimmungsvollen Rahmen von Kirche oder Kapitelsaal die schönen alten Gesänge von Vesper und Complet zu singen? Schon als Aristokrat und als Offizier hatte er hochmütig zurückgezogen in einer abgeschlossenen Welt gelebt, der die andere Seite des Lebens bestenfalls Anlaß für politische Debatten oder die Teilnahme an einem Wohltätigkeitsbasar war. Schloß er sich jetzt hinter diesen schützenden Mauern nicht ebenso und bewußt und freiwillig von der Welt ab, aus der er ausgebrochen war – weil er sie im Grunde verachtete?

Aber wozu fragte er noch? Er hatte sich alles längst selber beantwortet: Nein, das war nicht das Leben, das er in der Nachfolge des armseligen verborgenen Lebens Jesu in Nazareth nachleben wollte. Er hatte es schon bei seinem Eintritt geahnt und darum gebeten, möglichst bald aus der Geborgenheit von Notre-Dame des Neiges nach Notre-Dame du Sacré-Coeur in Syrien versetzt zu werden, wo er sich ein noch ärmeres und entbehrungsreicheres Leben erhoffte. Jetzt, nach sechs Monaten, im Juni 1890, war es soweit: Er fuhr nach Marseille und von dort mit dem Schiff nach Alexandrette. Es war keine Ferienreise, aus der stickig heißen Kabine im Zwischendeck ging ein Brief nach Paris: »Morgen werde ich dem Meer, diesem letzten Bindeglied mit dem Land, in dem Ihr lebt, Lebewohl sagen.«

*

Dom Martin hatte ihn vorbereitet, es würde ein elendes Leben sein im Vergleich zu dem in Notre-Dame des Neiges, aber das war Bruder Albéric nur recht. Er werde in ein gefährliches Land kommen, in dem Straßenraub und mörderische Überfälle an der Tagesordnung waren und auch eine

Begleitung durch türkische Soldaten nicht immer Sicherheit bot – doch das reizte nur seine Abenteuerlust. Aber hier schien noch mehr anders zu sein, als sie beide erwartet hatten.

Schon die ersten Sätze nach der Begrüßung durch Pater Étienne, der ihn am Pier von Alexandrette erwartete, waren überraschend: »Können Sie spinnen?« fragte dieser, und auf die Gegenfrage, wozu eine solche Fertigkeit in der Trappe von Notre-Dame du Sacré-Coeur benötigt werde, kam die Antwort: »Eine Frau aus Cheiklé hat uns einen ganzen Korb Wolle gespendet. Und stricken können Sie auch nicht? Socken oder Fußlappen für die Kinder?«

›Was für Kinder?‹ wollte Bruder Albéric zurückfragen, aber es erschien ihm ungehörig, mehr zu sprechen, als unbedingt nötig war. »Nein, stricken kann ich auch nicht«, sagte er nur, konnte aber nicht verhindern, daß ihn diese Fragen die ganze Zeit beschäftigten, die sie unterwegs waren.

Neben Pater Étienne hatten ihn noch drei türkische Gendarmen erwartet, die später von kurdischen Soldaten abgelöst werden sollten. Die Straße war grob in den Felsen gehauen und schlängelte sich sehr schmal die Hänge zu den Amanusbergen hinauf, und wenn ihnen Reiter oder Karawanen oder ganze Schafherden entgegenkamen, wurde die Sache ziemlich gefährlich. Ein Glück, daß die Maultiere ihres Weges so sicher waren.

Aber die wortlose Reise gefiel Bruder Albéric. Er fühlte sich fast wie in Marokko, nur daß er diesmal keine Verkleidung trug. Sie passierten den Paß von Beilan, den vor ihnen schon die Heere der Assyrer und des König Darius, den Alexander der Große und späterhin Römer und Kreuzfahrer überquert hatten, wenn sie in die Ebene von Antiochia und weiter nach dem Süden wollten. Dann ging es wieder bergab, und am Nachmittag erreichten sie, vier Meilen nach der Lazaristenmission Akbes, das Trappistenkloster Notre-Dame du Sacré-Coeur in Cheiklé.

Es war eine Ansammlung von kleinen, strohgedeckten Häusern aus Brettern oder ungebrannten Ziegeln, »ein

Kunterbunt von Scheunen, Tieren und Hütten«, wie Bruder Albéric nach Hause schrieb, zum Schutz gegen räuberische Überfälle dicht aneinandergedrängt und von einer Quelle bewässert. Es lag in etwa achthundert Metern Höhe in einem von schroffen Berggipfeln eingeschlossenen Tal, umgeben von Schirmpinien, Steineichen und wilden Olivenbäumen. Es gab viel Wild hier, und das Tal wurde von einem Wall aus Pfählen und Dornengestrüpp umzäunt, weil, besonders im Winter, auch Wölfe, Bären und Wildschweine ganz nahe herankamen. In jahrelanger Arbeit hatten die Mönche das Tal kultiviert, jetzt trugen die Felder Gerste und Weizen, Gemüse, Baumwolle und Wein im Überfluß. Die Ansiedlung, die eher etwas von einer Niederlassung im Wilden Westen Amerikas als von einem Kloster an sich hatte, war vor acht Jahren als Zufluchtsstätte angelegt worden, falls der Konflikt zwischen der französischen Regierung und dem Kirchenstaat eine Ausweisung des Ordens aus dem Mutterland zur Folge haben sollte. Und ein tragisches Schicksal hatte es gewollt, daß türkische Massaker unter der einheimischen Bevölkerung dieses einst dicht besiedelte Gebiet völlig verwüstet und erst dadurch für die Mönche aus Europa frei gemacht hatten.

Kaum war Bruder Albéric mit seinem Begleiter angekommen, begriff er, was die Fragen des Paters Étienne an der Hafenmole zu bedeuten hatten. Ein Schwarm von siebzehn Kindern zwischen sechs und zehn Jahren quoll aus einer der Hütten heraus und umtanzte schreiend und lachend den Neuankömmling. Vielleicht hatte man ihnen erzählt, daß das der Bruder sei, der ihnen Socken oder Fußlappen stricken und ihre abgesprungenen Knöpfe annähen könne. Es waren Waisenkinder, deren kurdische und armenische Eltern in den Kämpfen zwischen den moslemischen Türken und den Christen getötet worden waren, und der Orden nahm sich ihrer solange an, bis man sie an Pflegeeltern in der Umgebung weitergeben konnte. Bruder Albéric war anfangs eher schockiert, denn der Prior hatte sich in den Kopf gesetzt, ausgerechnet ihn zur Betreuung dieser lärmenden Horde einzusetzen, auch wenn er weder spinnen noch stricken konnte – was im übrigen, wie Dom Louis de Gonzague ihm lächelnd bedeutete, auch zu erlernen sein mußte. Ihretwegen wurde er sogar von seiner Schweigepflicht entbunden.

Er hatte sich das Leben in diesem abgeschiedenen Winkel wahrlich anders vorgestellt, aber er gehorchte. Mit den Kindern lernte er seine ersten türkischen Worte, und er versuchte sich der Spiele zu erinnern, die er mit Maries Kindern, ja selber noch als Kind gespielt hatte. Er sorgte sich um ihr Essen und schnitt ihnen die Nägel, er pflegte sie, wenn sie krank waren. Er tröstete sie, wenn sie weinend zu ihm kamen oder des Nachts aus einem Angsttraum emporschreckten. Sie träumten oft von den furchtbaren Ereignissen, die ihnen die Eltern geraubt hatten, und er hielt ihre Hand und wischte ihnen den Schweiß von der Stirn, er küßte sie und legte sich zu ihnen ins Stroh, damit sie seine Nähe spürten. Sie liebten den kleinen bärtigen Mann mit den gütigen Augen, der begeistert mit ihnen herumbalgte oder sie lehrte, die Hände zu falten, der ihnen ehrfürchtig das Kreuzzeichen auf die Stirn zeichnete. Und wenn eines von ihnen fortgehen mußte, weil eine Familie es aufnahm, dann gab es tränenreiche Abschiedsszenen.

Nur am Abend, wenn die Kinder schliefen, war ihm die Einsamkeit und die Stille gegönnt, die er sich hier, nicht allzu weit von dem Land, das Christus durchzogen, erwartet hatte. Dann lag er stundenlang auf dem gestampften Lehmboden der Kapelle, zu Füßen seines Jesus, dem er den lärmenden Tag aufgeopfert hatte, dann stand er in der Tür, draußen das Geschrei der Zikaden und der Sternenhimmel, fast so nah wie einst in der Wüste, und horchte auf das Atmen der kleinen Quälgeister, die er von Tag zu Tag mehr liebgewann.

*

Bruder Albéric schrieb einen Brief. Heute vor einem Jahr hatte er von seiner Cousine Marie Abschied genommen. »Um diese Zeit«, schrieb er, »um fünf Uhr, war ich das letzte

Mal bei dir.« Er wußte noch genau, durch welche Straßen sie gegangen waren, er spürte noch den Schmerz, als hätte es dieses bedeutsamste Jahr seines Lebens dazwischen nicht gegeben.

Er war von Pater Louis de Gonzague heute früher heimgeschickt worden. Er hatte drei Wochen im winterlichen Wald Holz gefällt, aber er hatte darauf bestanden, dies barfuß zu tun, und nun waren seine Füße gefroren und aufgesprungen, und er konnte kaum noch einen Schritt gehen. In einer Stunde war Abendgebet, er hatte Zeit, diesen Brief zu schreiben. Ein halbes Jahr war er jetzt hier, es war ein Leben, das ihm behagte, einfach und arm: Beten, Lesen, Arbeiten, Bauernarbeit, bei der man gut meditieren konnte. Sie war äußerst mühselig, wenn man sie nicht gewohnt war, aber man lernte dabei den Wert eines Stückes Brot kennen. Solche Gedanken hatte er noch nie gedacht. Er hatte auch noch nie so um einen fremden Menschen getrauert wie um das letzte Waisenkind, das ihn vergangene Woche verlassen hatte.

»Wir schlafen im Sommer auf dem Heuboden«, hatte er ihr geschrieben, und durch die lockeren Bretter kam der Stallgeruch zu ihnen herauf. Jetzt, im Winter, es war sehr kalt, und tiefer Schnee lag über dem Land, schliefen sie in einem Raum über dem Refektorium, wo es eine Spur wärmer war. Er hatte ihr geschrieben, daß er Baumwolle pflückte und Steine von den Feldern sammelte, daß er Kartoffeln ausgrub und Trauben erntete. Er konnte schon Socken stopfen und stellte sich auch beim Stricken nicht mehr so ungeschickt an wie früher. Aus Decken hatte er sogar schon einfache Kittel für die Kinder genäht. Er mußte manchmal lachen, wenn er sich vorstellte, seine Freunde Fitz-James oder Laperrine könnten ihn dabei sehen.

Er schrieb ihr kein Wort davon, wie verwirrt er war. Vor einer Woche war dieses Kind fortgegangen, und er hatte die halbe Nacht geweint. Er hatte die Not und die Ängste dieser armen Opfer zu teilen versucht, wie er noch nie etwas zu teilen versucht hatte. Er hatte mit ihnen gelitten wie noch kaum mit einem Menschen – aber jetzt, als die Kinder fort waren, mischten sich in seine Tränen darüber auch Tränen der Freude. Er war sich gar nicht sicher, ob es den Kindern bei ihren Zieheltern auch nur annähernd so gut gehen werde wie hier, aber er jubelte, daß er die, für die er doch Mitleid, Liebe empfand, durch die er zum ersten Mal mit dem Grauen dieser Christenverfolgung in Berührung kam, nun endlich los war. Er verstand sich selber nicht mehr. Er wollte für Jesus leben, nur für ihn und zu seinen Füßen – aber lebte Jesus nicht auch in jedem dieser Kinder? Er hatte sich in diesem abgelegenen Nest vergraben, und gleichzeitig schrieb er Briefe, unzählige Briefe, an Verwandte, Freunde und frühere Kameraden, an Marie und Duveyrier in Paris und an Mac Carthy in Algier. Die Verbindung mit der Welt, vor der er geflüchtet war.

Nein, nichts von diesen Problemen drang nach außen, Bruder Albéric fügte sich mit äußerster Hingabe in das harte Mönchsleben. Lobpreis und Arbeit, das war sein Tag, der auf die Minute genau eingeteilt war:

2 Uhr morgens:	Wecken, Gebet der Psalmen im Chor.
4 Uhr:	Freizeit zum Beten oder zur Lektüre, die Priester lesen die Messe.
5.30 Uhr:	Gemeinsames Psalmengebet (Prim), gemeinsame Messe.
6.15 Uhr:	Versammlung im Kapitelsaal, Gebete, Erläuterung einer Abschnitts der Ordensregel durch den Abt. Öffentliches Bekenntnis von Fehlern und Verstößen gegen die Regel durch Patres und Brüder. Auferlegung der Buße, die »alles andere als hart« war, wie Bruder Albéric an seine Schwester schrieb.
7 Uhr:	Kurzes Stundengebet (Terz). Verteilen der Arbeit durch den Abt. Arbeit im Kloster oder auf den Feldern bis 11 Uhr.

11.30 Uhr:	Zeit der Sext, Mittagessen »im klösterlichen Stil«, wie Bruder Albéric es nannte. Anschließend Mittagsschlaf.
13.30 Uhr:	Gebet zur Non, dann freie Zeit für privates Gebet oder Lektüre.
14.30–17.45 Uhr:	Vesper, anschließend Arbeit.
18 Uhr:	Gebet.
18.15 Uhr:	Abendessen und Freizeit.
19.15 Uhr:	Lesungen im Kapitelsaal, Nachtgebet und Salve.
20 Uhr:	Bettruhe.

»Meine Seele ist von tiefem Frieden erfüllt«, schrieb er, nachdem er seiner Schwester die Tageseinteilung übermittelt hatte, die seine Freunde daheim in Panik versetzt hätte. »Und dieser Friede erfüllt mich täglich mehr.«

Im Juli 1891 entledigte er sich seines Dienstranges bei der Armee und des letzten Besitzes. Zum letzten Mal nahm er Abschied, es machte ihm Vergnügen, den Rest von Weltlichkeit einfach wegzuwerfen.

Am 2. Februar 1892 legte er die einfachen Gelübde ab. Umgeben von den Patres und Brüdern gelobte er dem Orden der Trappisten Armut und Keuschheit und immerwährenden Gehorsam und ließ sich zum äußeren Zeichen nach Art der Trappisten das Haar scheren. Und während er in tiefer Demut ausgestreckt auf dem Boden lag – seine Lieblingshaltung vor Gott – und seine Lippen stumm die Worte nachformten, die seine Brüder sangen, fühlte er sich in einem Zustand der Glückseligkeit, den er noch nie erfahren hatte. Er, der immer nur an sich und seine Vergnügungen gedacht hatte, er, der sich bis tief ins Mannesalter gleich einem Kind als Mittelpunkt der Welt empfunden hatte, die nur dazu geschaffen war, ihm zu dienen und ihn von seinen Schmerzen und seiner Trübsal zu befreien. Er, der dieser Welt gezürnt hatte, wenn sie ihm nur Sinnlosigkeit und Ekel zeigte, er durfte jetzt die Gewißheit haben, in keiner Weise mehr sich selber zu gehören – losgelöst von allem, nur noch schweigende, gesammelte Andacht zu Füßen Gottes.

Auch seine Mitbrüder waren glücklich, daß Bruder Albéric unter ihnen lebte, und sein Beichtvater Dom Polycarpe gestand, im Lauf seines langen Lebens noch nie einem Menschen begegnet zu sein, der Gott so vollständig zugewandt war.

Aber die Unruhe ganz tief in seinem Innern blieb. Hatte er sich nicht genug bemüht? Er hatte alles aufgegeben, um ausschließlich für Gott zu leben, er hatte einen strengen Orden gefunden und lebte ärmer und entbehrungsreicher als jeder andere Mönch. Aber es erfüllte ihn mit Angst, wie leicht und angenehm ihm alles wurde, was sie hier Strapazen, Entbehrungen, Askese nannten. Wenn sie geweckt wurden und seine Mitbrüder ächzend von ihrem harten Lager hochtaumelten, war er als erster wach und von einer überraschenden Munterkeit. Als erster trippelte er zur Quelle, um sich zu waschen, und wenn sie im Winter zugefroren war, dann war er es, der das Eis für seine Brüder hackte. Wenn die Arbeiten für den Tag verteilt wurden, drängte er sich immer zu den schwersten, und selbst in den wenigen Stunden der Freizeit suchte er noch etwas zu tun. Er half regelmäßig auch beim Servieren, und die Mitbrüder konnten nur staunen, mit welch andächtiger Freude der einstige Gourmet das kärgliche Essen, zumeist in Salzwasser gekochtes Gemüse, zu sich nahm. Wobei er Löffel und manchmal auch eine Gabel mit zierlichen Bewegungen handhabte, als gelte es, eine bretonische Seezunge zu zerlegen. Manchem von ihnen war sein Verlangen, immer noch ein Opfer auf sich zu nehmen, geradezu unheimlich. Als es zur Fastenzeit nur noch eine Mahlzeit pro Tag gab, jubelte Bruder Albéric vor Freude. Und doch war ihm noch alles zu wenig. Je mehr er Gott gab, desto mehr gab ihm dieser wieder zurück – wo blieb also das Opfer? Es mußte doch noch etwas geben, auf das zu verzichten ihm Mühe machte, ihm Schmerzen bereitete!

Dazu kam, daß seine Oberen inzwischen beschlossen hatten, ihn Theologie studieren zu lassen. Im Juni 1892 war er Novizenmeister geworden, und seit August mußte er zweimal wöchentlich mit einem anderen Trappisten nach Akbes marschieren, wo ihnen Pater Destino, der Superior der Lazaristenmission, Unterricht gab. Er hatte sich heftig gewehrt, alles, was er da lernen sollte, entfernte ihn nur von dem letzten Platz, den er doch einnehmen wollte. »Laßt uns Gott lieben«, hatte der heilige Vinzenz von Paul gesagt, »aber mit der Kraft unserer Arme und dem Schweiß unseres Angesichts!« Und was hatte der heilige Josef von Theologie verstanden?

Aber Bruder Albéric mußte gehorchen. Vielleicht sollte, so absurd das klingen mochte, das Studium der Theologie das Opfer sein, das ihm den ersehnten Schmerz bereiten konnte?

*

Eines Tages, im April des Jahres 1893 beim Mittagessen, spürte er einen ungewohnten Geschmack auf der Zunge. Er blickte überrascht auf zu den andern, die etwas zu wissen schienen, was er nicht wußte. Er tauchte seinen Löffel noch einmal in die dünne Suppe, führte ihn zögernd zum Mund, schlürfte, als prüfte er die köstlichste Bouillon de genouilles, schluckte und betastete noch im Nachgenuß die feuchten Lippen mit der Zunge. Es sah urkomisch aus, und die Brüder ihm gegenüber hatten Mühe, ein Lachen zu unterdrücken.

Am nächsten Morgen im Kapitelsaal gab es schon weniger zu lachen. Zu dieser Stunde war das Sprechverbot aufgehoben, damit, wer das Bedürfnis hatte, sich vor den Mitbrüdern einer Sünde oder eines Vergehens bezichtigen konnte. Bruder Albéric aber benützte die Gelegenheit, um, ganz gegen die Regel, den Bruder Koch zur Rede zu stellen, was das für eine neue Mode wäre, in die gewohnte und ihnen allen liebgewordene Wassersuppe ein Stück Butter hineinzugeben. »Ich habe das sofort herausgespürt«, setzte er scharf hinzu, »mir macht keiner etwas vor.«

Der Bruder Koch errötete bis über die Ohren, verteidigte sich aber knapp und präzise: »Ein päpstliches Breve gestattet den Trappisten ab nun, Butter oder Öl in unsere Kost zu tun«, sagte er.

»Und weil Rom es gestattet, haben wir nichts Eiligeres zu tun, als es sofort zu tun?« rief Bruder Albéric. Er hatte kein Recht zu dieser Äußerung, aber der Prior sah darüber hinweg.

»Diese Erlaubnis ist im Grunde eine Empfehlung«, sagte er ruhig, aber bestimmt. »Der Papst wünscht, daß wir mehr auf unsere Gesundheit achten, und ich finde das sehr vernünftig.«

»Vernünftig!« fuhr Bruder Albéric auf, sah aber im gleichen Augenblick die entsetzten Gesichter seiner Mitbrüder und brach sofort ab. Er wagte es nicht mehr, seinem Prior in die Augen zu sehen, und senkte den Kopf, nur in seinem Innern tobte, was ihm beinahe über die Lippen gekommen wäre: auf welchem abschüssigen Weg sich der Orden jetzt schon befand! Mit Öl und Butter begann es, mit welchen Annehmlichkeiten sollte es weitergehen? Wie sollte das enden? Jedes bißchen weniger Verzicht hieß ein bißchen weniger für Gott. Ein Stück Butter mehr für die Mönche war ein Stück Butter weniger für die Armen. War es nicht eher Heuchelei, von Gesundheit zu reden, während man nur das Opfer klein machte, während rings um sie die Menschen hungerten und in den Winternächten erfroren? Es waren ungeheuerliche Vorwürfe, er spürte es selbst, er hatte kein Recht, über seine Mitbrüder, seinen Abt zu urteilen, aber er spürte auch, wie recht er hatte, er glaubte daran. Nur sein Gelübde des Gehorsams konnte ihn zurückhalten, diese Butter, diese paar Tropfen Öl zu verschmähen.

»Ich bitte um Verzeihung für meine ungehörigen Worte«, sagte er in demütiger Haltung, und dennoch eher trotzig. »Ich bitte um eine gerechte Strafe.«

Bruder Albéric hatte nie versucht, durch Beobachten, durch Blicke oder Zeichen einen Kontakt mit seinen Mitbrüdern herzustellen, der das Schweigeverbot umging. Seit jenem Morgen im Kapitelsaal aber konnte selbst er nicht mehr übersehen, was sie über ihn dachten, daß sie seine Sorge um das Öl in der Suppe eher übertrieben fanden, komisch, überspannt, und das schmerzte ihn. War es denn wirklich so schwer zu begreifen? Sicher hielten ihn die dort draußen in der Welt für verrückt, er hätte es vor ein paar Jahren selbst nicht anders getan. Aber waren nicht eher sie die Verrückten? Wie konnte ein Mensch, der sich Christ nannte, der zur Messe ging, der den Leib des Herrn in Empfang nahm, wie konnte einer, der sich bewußt war, wie Jesus sich für seine Erlösung aufgeopfert hatte, die Unverfrorenheit aufbringen, es sich im Leben bequem und behaglich einzurichten, als wäre nichts geschehen? Schämten sich diese Mönche nicht, von Opfer zu reden und von der Nachfolge Christi und gleichzeitig jede Erleichterung zu begrüßen? Im Angesicht des Heilands, der für sie alles hingegeben hatte, sich darum zu sorgen, wie weit ihr Opfer gehen durfte, um die Grenzen des Erträglichen, den Punkt, an dem der Körper womöglich Schaden erleiden konnte, nicht zu überschreiten? Hatte Jesus, als das Kreuz ihn zu Boden preßte, etwa gerufen: ›Genug! Es wird mir zuviel!‹?

Aber er wollte nicht über seine Brüder richten, er brauchte sich ja nur selber anzusehen, wie oft er immer noch seiner Bequemlichkeit nachgab und seiner Angst vor dem Schmerz. Wie oft hatte er sich schon gefragt, ob er sich je freiwillig einem so entsetzlichen Tod überliefern könnte wie dem am Kreuz. Und je intensiver er sich die Schmerzen der Nägel vorstellte, die Qualen, wenn das ganze Gewicht seiner sechzig Kilogramm an den durchbohrten Handwurzeln hing, die Wunden aufriß, die Armmuskeln dehnte, wenn sich der ganze Körper zu verkrampfen begann und die entsetzlichen Erstickungsanfälle einsetzten – je genauer er sich das alles vergegenwärtigte, desto unsicherer wurde er, ob er Jesus jemals bis zum Kreuz nachfolgen könnte. Und dann kamen ihm die Tränen vor Scham.

*

Wieder hatte sich der alte Mann erbrochen, und das ganze Zimmer stank davon.

»Vergessen Sie nicht, Hände waschen!« mahnte Bruder Albéric die Frau, die den letzten Rest von Erbrochenem in einen Eimer wischte. »Aber kochen Sie das Wasser gut ab! Dann versuchen wir's noch einmal mit einem heißen Bad.«

Bruder Albéric wischte sich mit dem Ärmel den Schweiß von der Stirn. Der Kranke hatte die Augen wieder geschlossen, sein Gesicht war in den letzten Stunden förmlich ausgetrocknet.

»Wollen Sie sich nicht niederlegen?« hatte die Frau gefragt, er hatte nur den Kopf geschüttelt. Jetzt ging sie selber in den Nebenraum, wo ein Strohlager auf der Erde bereitet war. Ob sie noch die Kraft hatte, das Wasser abzukochen?

Schon im vergangenen Jahr hatten etliche Cholerafälle das Land zwischen Akbes und der Kreishauptstadt Aleppo beunruhigt, jetzt aber war eine Epidemie ausgebrochen, die trotz aller Vorsichtsmaßregeln auch im Kloster ihre Todesopfer forderte. Die türkischen Behörden waren unfähig, gegen die Seuche etwas zu unternehmen, das einzige Spital in Aleppo war längst überfüllt, es gab weder genügend Ärzte noch Pflegepersonal. Die Bevölkerung, völlig sich selbst überlassen, begegnete der Krankheit und dem Sterben ringsum mit stumpfer Verzweiflung. Einzig die Ordensbrüder, die Trappisten in Cheiklé und die Lazaristen in Akbes, dazu noch einige Leute von den europäischen Missionen, die in der Umgebung stationiert waren, fühlten sich aufgerufen, aus ihrer Isolation herauszutreten. Sie sandten Hilferufe an ihre Mutterhäuser in Europa und Amerika, und kräftigende Nahrungsmittel, Decken, Verbandszeug und Medikamente kamen per Schiff nach Alexandrette, von wo sie auf Lasttieren weiterbefördert wurden.

Ein Großteil der Brüder und Patres von Cheiklé war zur Betreuung der Kranken und Sterbenden in die Nachbardörfer geschickt worden und hatte sich dort notdürftig einquartiert, um die vielen Wegstunden zu sparen. Nur dreimal am Tag trafen sie einander in kleinen Gruppen zum Gebet, das Schweigegebot war aufgehoben.

Auch Bruder Albéric war mit seinen Novizen von früh bis spät im Einsatz. Er blieb die ganze Nacht bei seinen Kranken und legte sich neben deren Betten auf den Boden, um immer da zu sein, wenn sie ihn brauchten. Er wußte, daß die Medizin auch in Europa noch nicht so weit war, die Cholera wirkungsvoll zu bekämpfen, er wußte, daß in Deutschland der Bazillus zwar schon entdeckt, aber ein Serum noch nicht entwickelt worden war. Dennoch ritt er mehrmals nach Alexandrette, um sich dort bei einem Arzt über alles zu informieren, was irgendeine Hilfe versprach. Er schrieb nach Paris um medizinische Zeitschriften, er kämpfte gegen die Krankheit, die allein in der näheren Umgebung von Cheiklé schon Hunderte Tote gefordert hatte, mit einer Verbissenheit, die nicht nur seine Mitbrüder in Erstaunen setzte. Eines Tages hatte ihn sogar die Frau eines Sterbenden gefragt, warum er auch bei den hoffnungslosesten Fällen noch nicht aufgab. »Habt ihr Christen so wenig Vertrauen zu Gott, daß ihr so für das armselige Diesseits kämpft?« Das war gestern gewesen, und die Frau war die Frau dessen, der da vor ihm lag. Er war vor Erschöpfung ein paar Minuten ruhig gelegen, jetzt verlangte er wieder nach Wasser und schlürfte gierig, was der Mönch ihm einflößte.

Bruder Albéric war tödlich erschrocken über die Bemerkung der Frau, aber nicht die stille Bereitschaft, ihren Mann an ein anderes Leben zu verlieren, hatte ihn so erschreckt. Das war er hier gewohnt. Es erschreckte ihn, daß er darüber noch gar nicht nachgedacht hatte. Seit die Cholera ausgebrochen war, hatte er über nichts nachgedacht als darüber, wie er die Leute am besten dazu bringen konnte, verseuchte Brunnen und Leitungen zu sperren, oder ob sich Tannin besser bewähren könnte als die Infusion einer physiologischen Kochsalzlösung. Er hatte sich förmlich festgekrallt an all die stereotypen Handreichungen, Wäsche wechseln und Wasser einflößen, die Herztätigkeit anregen und den vor Kälte zitternden Körper zu wärmen versuchen. Das war wie Holzmachen im Wald oder Steine von den Feldern lesen, das war ein Gott-Lieben im Schweiß des Angesichts und keine blasse Theologie. Das war Selbstentäußerung bis zur Aufgabe des eigenen Lebens und nicht das quälende Herumgrübeln, in welcher Mönchsgemeinschaft er Jesus am ähnlichsten werden könne. Noch einmal hatte die Frau gefragt und diesmal: »Hängt ihr so sehr am Leben?«

Er hatte den Kopf geschüttelt und unwillkürlich seine Finger betrachtet, an denen noch eingetrocknete Reste von Erbrochenem klebten. Er hatte der Frau befohlen, sich gründlich mit heißem Wasser zu waschen, warum hatte er es selber nicht getan? Das Erbrochene überträgt die Krankheit, sagten die Ärzte. Warum wechselte er seine Kleider nicht und bat die Frau, sie ihm auszukochen?

»Ich würde mich nicht wehren«, hatte er zur Antwort gegeben, und sie hatte genickt.

»Das ist gut für Sie.«

Der Mann zu seinen Knien verlangte wieder nach Wasser. In einer Stunde würde er es wieder von sich geben – wenn er in einer Stunde noch lebte. Aber wer gab ihm das Wasser, wenn Bruder Albéric nicht mehr lebte? Wer stopfte ihm die Decken zurecht, um ihn zu wärmen? War es nicht seine Aufgabe, für diesen Menschen, für die Nachbarn und für sie alle da zu sein, statt zu Jesus zu flüchten? Dazu hatte Dom Louis de Gonzague ihn hierher geschickt, dazu hatte er sich hierher schicken lassen, dazu hatte ihn Gott inmitten dieser Hölle von Krankheit und Fieber und Angst gesund bleiben lassen. Sterben – wann war ihm dieser Gedanke das letzte Mal gekommen? Nicht im erbittertsten Gefecht gegen Bou Amama in der algerischen Wüste, nicht in den schlimmsten Zeiten des Dahindämmerns in Saumur oder Pont-à-Mousson.

Er zuckte zusammen, als er die Tür hörte. Der Bruder, der ihn ablösen sollte, war gekommen, Bruder Albéric aber sagte: »Geh schlafen! Ich bin noch ganz munter«.

Der Bruder ging wieder, und Bruder Albéric blieb, er und der Sterbende, dessen Züge im Licht der Ölfunzel nur undeutlich zu erkennen waren.

»Verzeih!« sagte er und bedachte gar nicht, daß er französisch gesprochen hatte. Erst beim zweiten ›Verzeih!‹ fiel es ihm auf, und er sagte, so gut er konnte, auf türkisch: »Ich bleib schon, ich bleib.« Er sagte es im Singsang der Mütter, wenn sie ihre Babys in den Schlaf zu wiegen suchen. Aber was sollte er tun für sein Baby? Die Frage der Frau, die jetzt wohl schon im Nebenzimmer schlief, hatte ihm alle Naivität genommen. Was halfen das Waschen, der Einlauf, was halfen die Medikamente zur Stabilisierung des Herzrhythmus, an die nicht einmal die Ärzte in Europa richtig glaubten! Was half, und in welchem Augenblick konnte was helfen? Konnte er ihn überhaupt retten? Und was gab es da zu retten? Das Leben war verloren, auch wenn der Mann da vor ihm sich verzweifelt daran zu klammern schien. Er hatte es schon vorher getan, jetzt tat er es wieder, er tastete nach seinem Pfleger, und kaum waren seine Finger an ihn gestoßen, krallten sie sich um das, an das sie stießen, an seine Hand, seinen Arm, krallten sich in seinen Bart, in den weichen, wollenen Stoff der Kutte.

Bruder Albéric hatte immer geglaubt, daß die tiefgläubigen Moslems sich auf ihren Tod eher freuten, der aber hatte Angst. Ob er sich als Sünder fühlte? Aber wer konnte ihm dabei helfen? Allah? Seine Gebete? Die Unzahl von Suren aus dem Koran, die die Beter betäubten?

Bruder Albéric wandte sich um, das Licht der Ölfunzel war so schwach, daß es nur ihn und den Kranken aus dem Dunkel hob. Alles andere, das weiter Entfernte, die Wände und was an den Wänden stand oder hing, lag im Dunkeln, existierte nicht mehr. Da war ein unendlicher Raum, da war eine unendliche Leere zwischen ihnen beiden, und Allah, dort oben oder dort unten, jenseits alles Begreifbaren. Darum hatte der Mann Angst, er fühlte sich so entsetzlich verlassen angesichts der Distanz, die er sein Leben lang durch eine Unzahl von Worten hatte überbrücken wollen. Da war kein Jesus, der den unendlichen Raum füllte, kein Sohn Gottes, der um der Hoffnungslosigkeit der Unerlösten willen Mensch gewesen war. Da war kein Priester, nicht der armseligste, nicht der unwürdigste, der aber immerhin noch für sich in Anspruch nehmen durfte, nachzuvollziehen, was Jesus im Abendmahlsaal getan hatte.

Plötzlich packte ihn ein maßloser Groll gegen jenen Gott in der Ferne, der sich diesem armseligen Sterbenden nicht und nicht nähern wollte. Ein Groll auf sich selbst, auf den Orden, der ihn nie gelehrt hatte, was man in einer solchen Stunde tun, mit welchen Worten er dem Mann sagen sollte, daß er nicht ganz so verlassen war, wie er glaubte, daß es auch für ihn eine Nähe gab, daß zwischen ihm und seinem Gott nicht nur ein Abgrund war. Er beugte sich über den Stöhnenden und legte ihm die Hände über die Augen, er legte seine Arme um dessen knochige Schultern, als er spürte, wie dieser vor Kälte zitterte, obwohl es zum Ersticken heiß war. Er versuchte, sein Gesicht zwischen die weit aufgerissenen Augen und den Punkt irgendwo im Unendlichen zu schieben, nach dem sie suchten, damit der Sterbende nur noch Nähe hatte, mehr Nähe als alles, was er mit dem Körper zu ertasten vermochte.

Er wußte von Missionaren, die den Mann in einem solchen Augenblick getauft hätten, um ihn dem christlichen Himmel zu schenken, aber er wagte es nicht. Er beugte sich über ihn, bis er ihn fast berührte, und flüsterte ihm das einzige Wort zu, von dem er wußte, daß es zur Gänze verstanden werden konnte: »Allah!« Er sagte nichts sonst, nichts, was in dieser vielleicht letzten Stunde den Sterbenden von diesem Wort hätte ablenken können, hin zu allen anderen Worten, die es gab und die er gelernt hatte, die vielleicht beruhigend und tröstlich waren und doch so unendlich belangloser als dieses eine Wort: »Allah!« Er sagte es beschwörend und immer wieder, er sagte es ein dutzendmal und hunderte Male, indes er sich fragte, ob er dies Dom Polycarpe beichten müsse. Ob er damit nicht Jesus verriet, der ihrem Propheten zufolge ja nur ein Prophet unter anderen war? »Allah!« – er sagte es ganz nahe an dem Ohr des Sterbenden und berührte das Ohr mit dem geatmeten Wort. Er berührte es mit seinen Lippen, die immer wieder dieses Wort neu formten, die jetzt nichts anderes waren als die Schöpfer dieses einen Worts, die nichts mehr waren als dieses Wort, Allah, Schöpfer der Welt, der seinem Geschöpf so nahe war wie noch nie zuvor, der sein Geschöpf erwartete, an den Pforten eines Paradieses, auf das sein Geschöpf gehofft, an das es geglaubt hatte.

Ganz nahe lagen sie aneinander, nur ein paar Fetzen Kleider trennten sie, den, der die Worte ›Allah! Allah!‹ hauchte, und den, der sie in sich aufnahm wie die Luft zum Atmen, der mit weit aufgerissenen, allmählich sich verklärenden Augen auf den starrte, der über ihm lag und ihm seinen Gott darbrachte, Gott, der über die Lippen des stammelnden Fremden herabgekommen war, um den Sterbenden zu sich zu holen . . .

Als Bruder Albéric im Morgengrauen erwachte, zutiefst erschöpft, aber von einem Glück erfüllt, dessen Quelle er nicht begriff, erkannte er, daß der Mann unter ihm tot war. Er löste sich von dem schon erkalteten Körper mit einer gewissen Verlegenheit, er blickte um sich, ob ihn niemand beobachten konnte, und zeichnete dem Toten mit dem Daumen ein Kreuz auf die Stirn, ein Kreuz auf die Lippen, ein Kreuz auf die Brust. Dann erhob er sich mühsam und ging mit seinen kleinen, trippelnden Schritten in den Nebenraum, um die Witwe zu wecken.

*

Auch die Choleraepidemie ging zu Ende, und die Mönche nahmen ihr gewohntes Leben wieder auf. Monatelang war

Bruder Albéric gezwungen gewesen, sich um Kranke und Sterbende zu kümmern, jetzt sah er sich plötzlich wieder ganz auf sich selbst und seine Probleme zurückgeworfen. Nicht nur, daß er wieder zweimal die Woche nach Akbes zum Theologieunterricht mußte, er bekam jetzt auch immer öfter organisatorische Arbeiten innerhalb des Klosters zugeteilt, wodurch er auch Einblick in die Strukturen des Ordens in Europa und Übersee gewann. Man hatte es ihm nicht gesagt, aber er merkte bald die Absicht seiner Oberen, ihn zum Prior dieser oder auch einer anderen Niederlassung der Trappisten zu machen. Wo blieben seine Bäume, die er jetzt tagelang nur noch aus den Fenstern der Holzbaracke sah, wo die groben Steine, nach denen seine Hände sich sehnten! Statt dessen moraltheologische Spitzfindigkeiten und Abrechnungen über Getreidelieferungen und Weinernten.

»Gehöre ich einem Orden in der Nachfolge Christi an? Oder bin ich Wein- und Obsthändler?« fragte er einmal seinen Oberen, und es war nicht die erste Debatte zwischen den beiden. Dom Louis erklärte ihm auch nicht zum ersten Mal, daß eine so große Gemeinschaft wie ihr Orden eben eine Organisation brauchte und wie jedes andere Unternehmen auch kaufmännisch geführt werden mußte. Sie mußten sich ernähren, sie mußten ihre Häuser bauen und erhalten.

Dann war es eben schlecht, wenn ein Orden so groß wurde, replizierte Bruder Albéric, und auch das nicht zum ersten Mal. Mit der Größe begann eben die Organisation, die Hierarchie, begannen Pomp und Eitelkeit, der Kampf um die Macht und das Konkurrenzdenken, begann jene Weltlichkeit, der er hatte entfliehen wollen, seit er Jesus wieder begegnet war. Es gab oft heftige Auseinandersetzungen, trotz der Liebe und Hochachtung der beiden füreinander. Heftig schon deshalb, weil Bruder Albéric ja keineswegs so naiv war, praktische Notwendigkeiten zu leugnen. Gefühlsmäßig aber lehnte er diese Notwendigkeiten ab.

Eines Tages entdeckte er auf einem seiner Spaziergänge in die Umgebung des Klosters, knapp hinter den Palisaden, eine Grotte und ging von nun an, so oft er konnte, dorthin.

Er wollte allein sein, die Einsamkeit unter den schweigenden Mönchen war ihm nicht genug, und er stellte sich vor, wie es sein mochte, hier als Einsiedler nur dem Gebet und der Meditation zu leben. Es war eine verrückte Idee, Dom Louis um die Erlaubnis dazu fragen zu wollen, und er tat es auch nicht. Er dachte nur immer wieder daran.

Und einmal, des Nachts, vielleicht im Traum, vielleicht auch im Zustand des halben Wachseins, sah er sich in dieser Grotte mit einer kleinen Gruppe von Brüdern zusammen. Sie arbeiteten schweigend nebeneinander, sie saßen schweigend beim Gebet, und wenn ein Bettler ans Tor kam, erhielt er, was sie für ihn bereit hatten. Es gab keine Hierarchie unter den Brüdern, keinen Oberen, der dazu verführt wurde, sich eine Macht anzumaßen, die ihm nicht gehörte. Oberstes Gebot war allein die Regel, der alle Brüder gehorchten.

Als er das alles zum ersten Mal vor sich sah, konnte er nur erschrecken, denn mit den Trappisten hatte diese Gemeinschaft wenig zu tun. Aber in den nächsten Nächten dachte er wieder daran, und dann trug er die Vorstellung von dieser Brüdergemeinschaft auch am Tag mit sich herum. Zum ersten Mal kam ihm damit auch der Gedanke, ob eine solche Gemeinschaft nicht die ihm gemäße ideale Form sein könnte. War es ihm überhaupt möglich, als Trappist das Leben der Armut, der Erniedrigung, der Demut, der wahrhaften Loslösung vom irdischen Leben zu führen? Das Leben der Sammlung, wie Jesus in Nazareth es gelebt, bevor er sich zu erkennen gegeben hatte? Gab es innerhalb der Kirche überhaupt einen Orden, der ihn ein solches Leben führen ließ?

Eines Tages konnte er das alles nicht mehr bei sich behalten und ging zu Dom Polycarpe. Es war ein schweres Bekenntnis, und er versuchte, es sich zu erleichtern, indem er von Anfang an beteuerte, daß er es nie an Gehorsam hätte fehlen lassen und daß er auch keineswegs bedauerte, in den Trappistenorden eingetreten zu sein. Er kniete auf dem Boden und ließ sich auf die Fersen zurückfallen, nicht aus

Bequemlichkeit, eher weil er sich damit ganz klein und niedrig machen wollte.

»Ich sage mir – «, setzte er zögernd fort, und seine Worte waren schwer zu verstehen, da er beide Hände vors Gesicht gepreßt hatte. »Ich sage mir immer, dieses Verlangen, das ich nicht mehr zurückdrängen kann, das muß doch Gott in mich eingepflanzt haben. Oder? Aber ich frage mich auch: wenn er das getan hat, hat er es getan, damit ich versuchen soll, es zu verwirklichen? Oder damit ich es ihm aufopfere als Zeichen der Hingabe?«

Dom Polycarpe hatte dem Gestammel seines Beichtkindes nur mit Mühe folgen können. Jetzt beugte er sich auf seinem hölzernen Schemel vor, nahm die Finger des Knienden und zog sie behutsam von dessen Gesicht. Er hatte Mühe, seine Betroffenheit zu verbergen, so zerquält sah dieses Gesicht aus. Nur wochenlange Ängste oder Gewissensbisse konnten ein solches Gesicht geformt haben, und nur ein Meister der Selbstbeherrschung hatte all das unter der freundlich ausgeglichenen Miene des Bruders Albéric so lange Zeit verbergen können.

»Welches Verlangen?« fragte Dom Polycarpe leise und möglichst sanft, obwohl es ihm nicht leichtfiel, die Frage überhaupt zu stellen.

Aber Bruder Albéric schien nur darauf gewartet zu haben. »Ich weiß nicht, ob ich noch bleiben kann«, stieß er heftig hervor, als brauchte er plötzlich keine Rücksicht mehr zu nehmen. »Ja, ich glaube, ich muß den Orden verlassen, lieber heute als morgen. Ich weiß, was Sie alles für mich getan haben, ich weiß, daß ich keinen besseren Orden gefunden haben könnte. Aber ich glaube, daß es keinen Orden innerhalb der Kirche gibt, in dem ich Christi Leben in Nazareth so nachleben kann, wie ich es möchte. Ich habe das Gefühl, alle mögen mir verzeihen, dieser Orden, so fromm und gut seine Mitglieder sind, sie alle leben in einer Welt, die es in Wirklichkeit gar nicht gibt. Die sie sich erst künstlich aufgebaut haben. Ein behagliches Zwischenreich, in dem wir uns eingerichtet haben, durch Mauern von der

Außenwelt geschützt, durch ein gut organisiertes Zusammenleben vor inneren Nöten geschützt. In diesem künstlichen Reich gibt es weder eine unbedingte Nachfolge, diese schreckliche Nachfolge Christi, wie Christi Leben eben schrecklich war, noch gibt es hier die Schrecken der anderen Welt, der die Menschen ausgeliefert sind. Ich weiß nicht, ob man die beiden Welten je verbinden kann, ich wüßte auch nicht, wie, ohne daß der einen oder der anderen unrecht getan wird. Ich weiß es vor allem deshalb nicht, weil ich bisher nur die Sonnenseiten dieser Welt da draußen kennengelernt habe, auch wenn mir oft davor geekelt hat. Wir alle stehen ihr völlig fremd gegenüber und damit auch den Menschen, für die Christus gestorben ist. Und die, die vor ihrem Eintritt in den Orden draußen gelebt haben, vergessen sie allmählich.

Sie werden jetzt sagen, die vielen Stunden unseres Gebets, unsere Aufopferung vieler Bequemlichkeiten, die ja nicht zu bestreiten sind, wirken noch viel tiefer als alle unsere Handgriffe, ich weiß, und ich glaube daran. Aber ich weiß nicht, ob Gott mein Gebet annimmt und es in die Kraft der Gnade umwandelt und weitergibt, solang ich hier lebe. Nicht ganz draußen und nicht ganz bei Jesus. Ich weiß überhaupt nicht, wie es weitergehen soll, Dom Polycarpe. Darum bin ich ja so ratlos. Ich glaube nur zu wissen, wie es *nicht* weitergehen darf. Vor allem in diesem Orden. Am allerwenigsten bin ich hierher gekommen, um Priester zu werden, ich will nicht Prior werden, wie Sie es mit mir vorhaben, ich will nicht Dom Marie-Albéric genannt werden, dann hätte ich gleich in Paris bleiben können. Mit den Geistesgaben, die man mir zuschreibt, plus dem Einfluß meiner Familie hätte ich dort Bischof werden können. Aber darauf verzichte ich.«

Dom Polycarpe horchte mit wachsender Besorgnis auf die Geständnisse seines Schützlings, diese Ausbrüche der Ratlosigkeit, unterbrochen von Selbstanklagen, daß er genau wisse, wie ungerecht es sei, den Orden, ja alle Orden gewissermaßen zu verurteilen. Daß er auch nicht das Recht habe, Entscheidungen des Papstes zu bekritteln. Und dann gestand er es plötzlich, daß er, seit vielen Wochen schon, von einer eigenen Gemeinschaft träume. »Ich weiß natürlich nicht, ob das wirklich der richtige Weg ist«, setzte er rasch hinzu, als wollte er einer Verurteilung zuvorkommen. »Mag sein, daß das alles nur Wunschträume sind, vielleicht ist das auch nur ein Umweg, ich bin schon viele Umwege gegangen, ich weiß. Ich habe mich auch schon gefragt, ob das alles nur Hochmut ist, eine Eingebung des Teufels, auch das hab ich mich gefragt. Ich habe mir einmal gesagt: ich will gehorchen, ja, aber ich will Gott mehr gehorchen als meinem Oberen. Ob das nicht auch nur Hochmut ist?« Er hob den Kopf und blickte seinen Beichtvater an. Ängstlich, mit geröteten Augen, als hätte er schon viele Tränen geweint.

Dom Polycarpe wurde immer unsicherer, je länger er zuhören mußte. Bruder Albéric war nicht als Beichtkind gekommen und verlangte keine Absolution. Er suchte Rat, er suchte Auswege, aber was sollte Dom Polycarpe ihm raten? Alle Einwände, die es dazu gab, hatte Bruder Albéric längst selber bedacht. Er wußte genau um die Gefahren seines Vorhabens, ihn brauchte man vor keiner Leichtfertigkeit zu warnen, ihn mußte man eher davor warnen, zum unentschlossenen Grübler zu werden. Ihm mußte man eher zureden, das, was er trotz aller Überlegungen nicht mehr durchschauen konnte, Gott zu überlassen und im Vertrauen auf ihn den Sprung zu wagen. Auch wenn man nicht wußte, wie tief der Abgrund war. Aber durfte Dom Polycarpe diese Verantwortung auf sich nehmen?

Er beschränkte sich also darauf, weiter zuzuhören, was der Bruder ihm noch zu sagen hatte und wie weit seine Pläne für die neue Kongregation schon gediehen waren. Und ihm schließlich zu raten, eine Weile möglichst nicht mehr daran zu denken und vorläufig abzuwarten. Ein vielleicht unmöglicher Rat für ein vielleicht unmögliches Unterfangen, aber er sprach ihn dennoch aus: »Wenn diese Ideen von Gott kommen, dann wird er wohl eine Situation herbeiführen, in der Sie Ihre Wünsche in die Tat umsetzen können.«

Er hatte alles mögliche erwartet, am ehesten Widerstand, nicht aber das dankbare Aufleuchten im Gesicht seines Beichtkinds. Und bevor er seine Hand zurückziehen konnte, hatte Bruder Albéric sie schon geküßt. »Bruder Albéric!«

Der sagte kein Wort und blieb nur stumm knien, aber als Dom Polycarpe ein Gebet sprach, sprach er es laut und eifrig mit. Die Worte seines Beichtvaters erschienen ihm äußerst weise und klug, vielleicht weil er im Grunde froh war, daß er mit dieser Aussprache die Verantwortung auf Dom Polycarpe abgeschoben hatte. Und auf Gott. Zumindest für die nächste Zeit.

*

Henri Duveyrier war gestorben. Er war schon vor einem Jahr gestorben, und Foucauld hatte der Witwe damals kondoliert und ein paar Sätze über die Bedeutung des Toten dazugeschrieben. Jetzt aber hatte er durch Zufall erfahren, daß Duveyrier sich im Garten seines Hauses in Sèvres erschossen hatte, und jetzt kamen ihm die Erinnerungen an ihr Beisammensein wieder und quälten ihn von Tag zu Tag mehr. Die langen Abende, an denen sie über Marokko gesprochen hatten – hatte Foucauld nie bemerkt, in welch seelischer Not sich der Ältere befand? Krank, verlassen, verhöhnt von denen, die dem Träger des Ordens der Legion d'Honneur einst zugejubelt hatten. Hatte er nie die geheimen Signale beachtet, die aus allen Erzählungen Duveyriers herauszuhören waren?

Nein, in seinem Marokkorausch hatte er an sich nur herangelassen, was an den Berichten des Älteren für ihn interessant und verwertbar war. Alles Persönliche hatte er von sich geschoben, das hätte ihn nur gestört, das war mit einem entschuldigenden Achselzucken abzutun, Zufall, Schicksal, Ungeschicklichkeit. Wer derart vom Pech verfolgt wurde, dem war eben nicht zu helfen. Und wenn man sich schon damit beschäftigte – war ein Mensch, der ein solches Leben durchlitten hatte, nicht förmlich verpflichtet, mit seinem Schicksal fertig zu werden? Gab es da nicht Beispiele genug? Sokrates? Die römischen Stoiker?

Duveyrier war lange Zeit hindurch in die Vergessenheit zurückgesunken, jetzt, als Selbstmörder, durchlöchert von der Kugel aus einer Armeepistole, drängte er sich wieder auf und ließ Bruder Albéric keine Ruhe mehr. Die Stoiker! Wäre er nach dem Beispiel eines Marc Aurel mit einem solchen Schicksal fertig geworden? Und dann, als er selber durch Gottes Gnade soweit gewesen war, den Sinn seines Lebens in Gottes Willen zu erkennen – was hatte er getan? Wie eilig hatte er sich von dem unglücklichen Mann zurückgezogen, der mit jedem Wort um Hilfe bettelte! Nicht einmal angedeutet hatte er sein Vorhaben, ins Kloster zu gehen. Warum wohl? War die Ausrede, Duveyrier wisse damit nichts anzufangen, ehrlich? War die Scheu vor Unverständnis, vor Spott, vor einer möglichen Auseinandersetzung Grund genug, einen Menschen so im Stich zu lassen? Woher hatte er überhaupt wissen wollen, daß Duveyrier nicht auch nach Gott dürstete? Auch wenn er ihn leugnete, auch wenn er über ihn lächelte? War sein Haß auf seine Gegner, war sein verzweifeltes Verlangen, noch einmal nach Afrika zu kommen, dieses Brennen scheinbar ohne Ziel, nicht Zeichen genug, daß Duveyrier der Hilfe bedurfte?

Jetzt wußte er es, jetzt, als es zu spät war. Jetzt sah er wieder den flehentlichen Blick des vorzeitig Gealterten, jetzt hatte er, deutlich wie noch nie, Duveyriers verzweifelte Bitte im Ohr: ›Kommen Sie wieder! Kommen Sie bald!‹ Jetzt hörte er die unausgesprochene Bitte dahinter: ›Ich brauche Sie! Sie müssen mir helfen! Sie sind meine letzte Hoffnung.‹ Hätte Foucauld nicht schon am nächsten Tag kommen müssen? Hätte er nicht gleich bleiben müssen, für die nächste Stunde, solange der andere ihn eben brauchte? Vielleicht hätte er die Pistole gefunden, die schon irgendwo bereitlag?

Er hatte versprochen, wiederzukommen, genau wissend, daß er sein Versprechen nicht halten werde, der Orden und der Eintritt ins Kloster waren bereits fixiert gewesen. Wie oft mochte Duveyrier nach seinem jüngeren Kollegen Ausschau gehalten haben, an der von blühenden Hecken überwucherten Gartenmauer in Sèvres! Der Kollege aber hatte sich gedankenlos zurückgezogen, sich mit der billigen Ausrede beruhigt, daß man sich einem erwachsenen Menschen nicht aufdrängen dürfe. Oder war es nicht noch viel Schlimmeres gewesen? Feigheit? Eine Flucht vor dem Nihilismus des anderen? Angst, der Ältere, Erfahrenere, könnte das eifersüchtig gehütete Pflänzchen Glauben wieder zum Verdorren bringen? Erst Monate, nachdem er Mönch geworden war, aus der gesicherten Position hinter Klostermauern und nur brieflich, hatte er es gewagt, Duveyrier von diesem längst vollzogenen Schritt zu berichten. Hatte er aus Angst um die eigene Seele zugelassen, daß der andere eines Tages das vergebliche Warten in seinem blühenden Gärtchen nicht mehr ertrug und seine Seele zerstörte? Er, der andere, von dem er sich so oft ›mein bester Freund‹ hatte nennen lassen und dem er beileibe nicht nur Dank schuldete, weil dieser ihm jede Form von Unterstützung gewährt hatte. Nein, weil Duveyrier einfach sein Nächster gewesen war, ein erster Prüfstein seiner Liebe zum wiedergefundenen Jesus, ihm mindestens so nahe wie jener, der unter die Räuber gefallen war, dem Samariter. Er hatte die Prüfung nicht bestanden. Würde er die nächste bestehen?

*

Als Bruder Albéric den Brief aus Paris öffnete, zitterte das Blatt in seiner Hand so sehr, daß er kaum die Buchstaben unterscheiden konnte. Es war ein Brief von Abbé Huvelin, endlich, nach so langer Zeit wieder. Er hatte seinem Seelenführer in Paris schon mehrmals geschrieben, um ihn davon zu unterrichten, was er seinem Beichtvater und bald danach auch dem Abt eingestanden hatte, und mit jedem Brief war der Wunsch, die Trappisten zu verlassen, drängender, der Plan einer eigenen Gemeinschaft konkreter geworden. Huvelin aber hatte anders reagiert als die Trappisten. Er hatte

Angst, sein Schützling könnte eine Unbesonnenheit begehen, wenn er einmal die Obhut des Ordens verließ. Bruder Albéric hatte ihm von seiner Sehnsucht nach Nazareth geschrieben, der Stadt des verborgenen Lebens Jesu, das er in aller Armut und Demut nachleben wollte. Aber war Nazareth, wie Huvelin zurückschrieb, nicht überall dort, wo er sich klein machte, wo er gehorchte und sich demütigte? Also ebenso im Trappistenorden von Cheiklé? Warum mußte es gerade ein Leben vor der Tür eines Klosters sein, als ›Narr Gottes‹, wie die vielen Mönche des Mittelalters, die rund um ihre Reformklöster in ihren Einsiedeleien lebten? Wie war Bruder Albéric nur auf diese Idee gekommen?

Der aber gab nicht nach. Er wollte kein Rebell sein, wie er immer wieder versicherte. Er wollte seine Freiheit wieder haben, er wollte sie jedoch nur auf dem Weg des Gehorsams erreichen. Aber war das Gehorsam, wenn er seinen Seelenführer derart mit Briefen und Argumenten überschüttete und ihn förmlich dazu zwang, ihm endlich seinen Willen zu lassen? Huvelin war entsetzt, als er nun mehr und mehr von den neuesten Plänen seines Schützlings erfuhr, von der Schar, die dieser um sich versammeln und mit der er zusammenleben wollte, wie noch nie Ordensbrüder zusammengelebt hatten. In kleinen Städten oder Vororten sollten sie ihre Gemeinschaften einrichten, kaum mehr als ein halbes Dutzend, und in Gegenden, wo die Ärmsten der Armen, also auch das Gesindel, wohnten. Ohne den Schutz einer großen Klostergemeinschaft, ausgeliefert all denen, die ihnen übel wollten. Ausgeliefert allen Einflüssen einer Welt, in der Jesus Christus ein Verfemter war. In Cheiklé, als die Cholera wütete, habe er für viele Wochen mit einer kleinen Gruppe so zusammengelebt, schrieb er, und das könne er nicht mehr vergessen.

Und in seinem letzten Brief hatte Bruder Albéric ihm gar noch die Ordensregel zugeschickt, an der er, wie er schrieb, schon länger als ein Jahr herumgebastelt hatte. Und das war nun die reine Verrücktheit!

»Diese Regel ist vollkommen undurchführbar«, schrieb Huvelin zurück, und das Blatt Papier zitterte in Bruder Albérics Händen, als er es las. Schon beim heiligen Franziskus hatte der Papst gezögert, der Regel seine Zustimmung zu geben, aber die war ein Kinderspiel gewesen gegen das, was Bruder Albéric von sich und seinen künftigen Brüdern verlangte. »Ich flehe Sie an, stellen Sie keine Regel auf!« schrieb er. »Und lassen Sie den ganzen Orden! Sie sind nicht dazu geschaffen, Menschen zu führen.«

Bruder Albéric spürte den Zorn und die Ratlosigkeit seines Seelenführers aus jeder Zeile. Er kniete nieder und bat Gott um Verzeihung, daß er dem guten Abbé soviel Leid antat. Er betete ein ›Vater unser‹, sein liebstes Gebet, das Gebet an den Schöpfer, der ihm erlaubte, der ihm befahl, ihn Vater zu nennen. Aber er konnte es nicht verhindern, daß es auch ein Gebet um die neue Ordensgemeinschaft wurde, nach der er sich immer mehr sehnte.

*

So abgelegen das Kloster lag, immer wieder brachen Ereignisse von draußen in das Leben der Mönche ein. Die seit langem schwelenden Spannungen zwischen Türken, Kurden und christlichen Armeniern hatten sich wieder einmal in Unruhen entladen, und die Türken nutzten die Gelegenheit, christliche Dörfer zu überfallen, zu plündern und niederzubrennen. Die Bewohner wurden auf grausamste Weise abgeschlachtet oder deportiert, wobei die meisten schon auf dem Marsch elend zugrunde gingen.

Bruder Albéric war entsetzt, als die ersten Nachrichten in Cheiklé einlangten. Konnte da niemand helfen? Warum sahen die europäischen Mächte, von deren Wohlwollen das zerbrechliche türkische Reich doch letztlich abhing, diesem unmenschlichen Treiben seelenruhig zu? Freilich tat der Sultan in Istanbul alles dazu, um die Geschehnisse in den fernen Provinzen zu vertuschen, keine Zeile davon war in den Zeitungen zu lesen, auch wenn sie sich noch so liberal gaben. Aber wußten die Regierungen, die ihre Botschaften und Konsulate im Lande hatten, nicht ganz genau, was vorging? Warum taten sie nichts? Bruder Albéric schrieb sofort nach Paris, an Freunde, die in der Nationalversammlung einigen Einfluß hatten, aber die Antwort ließ auf sich warten.

Die ersten Flüchtlinge aus den umliegenden Dörfern, orthodoxe Armenier, aber auch katholische und andere Christen kamen vorbei, aber keiner erhielt im Kloster Einlaß. Nicht einmal ein Stück Brot, geschweige denn ein Lager oder Schutz vor ihren Verfolgern gab es für sie, denn da standen türkische Soldaten jenseits des Zauns, und an denen kam niemand vorbei. Eines Tages plötzlich waren sie aufgetaucht und legten ihre Gewehre quer, als Bruder Albéric mit einigen einheimischen Arbeitern auf die Felder gehen wollte. Er wies die Arbeiter an, nichts Unbesonnenes zu tun und lief zu Dom Louis zurück, den er in der Kapelle fand. Dort erfuhr er es: Die Mönche aus Europa standen unter dem Schutz der türkischen Regierung, die mit den europäischen Mächten keine Schwierigkeiten bekommen wollte.

»Und darum dürfen wir nicht mehr auf unsere Felder?« fuhr Bruder Albéric auf, aber es ging ihm gar nicht um die Felder. Was er nicht aussprach, das war die Scham, daß ausgerechnet diese Soldaten und bewaffneten Freischärler, denen das Blut seiner christlichen Brüder noch an den Händen klebte, ihre Beschützer waren. ›Ich will nicht beschützt werden‹, wollte er aufbegehren, aber er hielt sich zurück. Er ging zu seinen Arbeitern hinaus, um sie zurückzuholen. Er trieb die Christen unter ihnen in die kleine Kapelle, damit sie vor dem Allerheiligsten beteten. Er kniete neben Dom Louis.

Aber das war ihm nicht genug. Sooft er ein paar Minuten Zeit hatte, stieg er auf den kleinen Turm der Kapelle, in dem die Glocke hing, und spähte nach allen Richtungen hinaus über den Zaun. Er sah das Elend nur aus der Ferne, aber er sah manchmal die Schatten von Gestalten, die die

Soldaten aus ihrer Position nicht sehen konnten. Er sah, wie sie sich an den Zaun heranschlichen, um ins Kloster zu kommen, dreien war es schon gelungen, und sie lebten versteckt im Schweinestall. Etliche andere wichen rechtzeitig zurück, bevor sie ertappt wurden, vielleicht wollten sie es morgen wieder versuchen. Einige aber wurden entdeckt und vor seinen Augen abgeschleppt. Er hörte ihre verzweifelten Schreie, er sah sie gestikulieren, und es war ihm, als streckten sie die Hände nach ihm aus, nach ihrem christlichen Bruder, der regungslos neben der hübsch gegossenen kleinen Zinnglocke saß, einem Geschenk aus Frankreich zur Einweihung des Klosters vor acht Jahren. Irgendwann hörte man dann die Schüsse, und zwei Tage später wehte der Wind den Gestank der unbestatteten Leichen herüber.

Und wie sie hier draußen krepierten, so starben die Christen zu Tausenden im ganzen Land. Niedergeschossen oder in ihren Häusern verbrannt, an Scheunentore genagelt wie der Gekreuzigte, mit abgeschnittenen Geschlechtsteilen und abgerissenen Brüsten, von Bajonetten gespießt und aufgeschlitzt, vergewaltigt und zu Tode gehetzt. Zahlen schwirrten durch das Kloster, in dem das Schweigen öfter gebrochen wurde als sonst, abstrakte Zahlen von Toten, 4500 abgeschlachtete Christen innerhalb von zwei Tagen allein in Marache, der dem Kloster zunächst gelegenen größeren Stadt. 20.000 seit Beginn der Massaker im ganzen Land, dann 30.000 allein im Gebiet zwischen Damaskus und Aleppo. Bruder Albéric hatte solche Greueltaten noch nie mit eigenen Augen gesehen, aber er versuchte, sie sich vorzustellen. Einige Mönche hatten Sonderbewilligungen und marschierten, von Soldaten eskortiert, nach Alexandrette, um Waren heraufzuholen, und nach ihren Erzählungen suchte er in sich nachzuvollziehen, wie das war, wenn Soldatenbajonette sich ihm in den Bauch senkten, wo es keinerlei Widerstand gab, in die Brust, in die Kehle. Wie er sich den Tod Christi immer wieder vorzustellen versuchte, die Schmerzen in den Handwurzeln, die erbarmungslosen Schläge der Bleikugeln auf Rücken und Schultern.

»Warum dürfen wir ihnen nicht helfen?« hatte er dem Abt zugerufen, der nicht weniger hilflos war als er. »Bei der Cholera dürfen wir ihnen helfen.« Mitten im Gebet um die für ihren Glauben Verfolgten hatte er aufgeschrien: »Wir müssen ausbrechen! Wir knien da behaglich herum und lullen uns in unsere Gebete ein . . .«

Er hatte um Verzeihung gebeten für die Disziplinlosigkeit, er hatte um die strengste Buße gebeten, die sein Beichtvater sich ausdenken konnte, und hörte demütig auf die Antwort des Priors: »Wollen Sie sich denn erschießen lassen? Wem ist damit geholfen?« Und er hatte ja recht! Eine ganze Kompanie lag in Cheiklé auf der Lauer. Sie brauchten nur in Schwarmlinie anzutreten, und die Zeitungen in Paris und Straßbourg, in Nancy und Saumur hatten neuen Lesestoff. Wollte er das wirklich? Oder wollte er die da draußen überfallen und ihnen die Gewehre entwinden? Nahkampf, das hatten sie schon in Algerien gelernt.

»Sie sind noch viel zuviel Soldat, Bruder Albéric«, hieß es. »Sie sind immer noch der Vicomte.«

Aber wollte er überhaupt kämpfen? Ging es ihm nicht nur darum, irgend etwas zu tun, um diese entsetzliche Scham nicht länger empfinden zu müssen? Irgend etwas? Da half es wenig, daß er wie ein Verrückter mit der Axt auf das Holz für den nächsten Winter einhieb. Da half es wenig, daß er eines Abends auf seinem Ausguck plötzlich die Glocke neben sich packte und hin- und herschwang. Hatte er die Soldaten ärgern wollen, die wie aufgescheuchte Rebhühner den Zaun entlang hin- und herliefen? Hatte er Flüchtlinge warnen wollen, damit sie den im Gebüsch getarnten Soldaten nicht zu nahe kamen? Hütet euch! In diesem Kloster erwartet euch nicht das ersehnte Heil!

»Aus Liebe bin ich hierhergekommen«, hatte er Henri Duveyrier geschrieben, aber was war das für eine Liebe? Hatte sich Jesus in dieses Kloster zurückgezogen, um den, der ihm nachfolgen wollte, durch einen Zaun vor der Welt zu bewahren? Zuerst vor Duveyrier, jetzt vor den Verfolgern Christi, die die Beschützer seiner Mönche spielten?

›Lassen Sie mich hinaus!‹ Da draußen war Mord, Haß und unverbrüchliche Liebe zu Jesus. ›Und wir verschanzen uns in unserer irrealen, durch Mörder geschützten Welt. Verschanzen uns hinter unserer Vernunft.‹

›Man wird Sie niederschießen. Sie gefährden sich nur, und Sie gefährden auch uns. Und helfen doch keinem.‹

Seid klug wie die Schlangen! Er sah Duveyriers bleiches Gesicht, wenn er schlief, er träumte von der Blutspur an dessen Schläfe. Er sah den armen syrischen Christen vor sich, dem er vor einiger Zeit die Totengebete gesprochen hatte. Er sah die armselige Hütte und die grenzenlose Verlassenheit dieses Menschen, der einsam dahingestorben war, während die Mönche sich an ihren schönen gemeinschaftlichen Gebeten gewärmt hatten wie an einem behaglichen Feuer. Er sehnte sich nach einer anderen Gemeinschaft, nach dem kleinen Häuflein seiner Brüder, die der Welt ausgeliefert waren. Sie schützte ihn durch keinen Zaun und kein diplomatisches Papier, aber sie gab ihm die Freiheit, frei von Schlangenklugheit hinrennen zu können, auf den Sterbenden losrennen zu können, die Hand zum Segen erhoben und den Gewehrkugeln entgegengestreckt, die in seinen Körper einschlugen.

Verrückte Gedanken, er wußte es selbst, wie verrückt das alles war, wenn er am frühen Morgen erwachte oder ernüchtert von seinem Beobachtungsstand kletterte, weil die hübsche Glocke zur Non rief. Aber er träumte sie immer wieder. Er träumte die Greuelgeschichten und die Zahlen der Deportierten, die auf den Straßen zusammenbrachen. Er sah immer wieder das Bild des Priesters vor sich, der an den Stufen zu seiner Kirche die Arme ausbreitete, zum Segen auch über seine Feinde. Er hörte die Schüsse und sah, wie der Priester wankte und in die Luft griff, er sah, wie er einknickte und auf den Knien lag, er sah das Blut über die Stufen rinnen, ein roter Teppich, auf dem der Sterbende nachrutschte, auf direktem Weg in den Himmel.

Er sah sich zum Tor gehen, das in dem starken Zaun eingelassen und mit einem Schloß versehen war. Er sah sich das Tor öffnen, obwohl nur der Abt den Schlüssel in Verwahrung hatte. Er sah den Soldaten, der ihm entgegentrat. Passierschein? Er hatte keinen Passierschein, den bekamen nur wenige Vertrauenswürdige, von denen man wußte, daß sie keinen Schritt vom Weg nach Alexandrette abweichen würden, wenn sie die Post und das Nötigste aus Europa abholten. Er war nicht vertrauenswürdig, das wußte der Posten, er hatte auch keinen Esel bei sich, der das frisch geerntete Gemüse auf den Markt von Cheiklé tragen sollte. Er hatte nur eine Botschaft hinauszutragen, die den Machthabern nicht genehm war.

Er machte noch einen Schritt über das Tor hinaus, aber keinen Schritt weiter auf den Wachposten zu, der mit schußbereitem Gewehr seine Drohgebärde durch ein verlegenes Grinsen auszugleichen suchte.

›Wenn ich noch einen Schritt auf ihn zumache‹, dachte er, ›ob er dann schießt? Ob ich dann zur Ehre der Altäre erhoben werde? Einer, der die Gebote Christi erfüllen wollte, nur konsequenter als andere?‹ Er machte den Schritt nicht, das verbot ihm schon der Gehorsam, den er gelobt hatte, verbot ihm vielleicht auch ein Gebot Gottes, in dem es hieß, man solle seine Mitmenschen nicht zur Sünde, nicht zum Mord verleiten. Aber er spielte lange mit dem Gedanken. Er kokettierte förmlich mit dem Soldaten vor ihm, der ihn angstvoll ansah. Er hörte die Sicherung zurückklappen und hörte den Schuß und hörte ihn immer wieder und spürte das klebrige Blut zwischen Kleidern und Haut, Märtyrerblut eines Ungehorsamen, das langsam in den Sand tropfte. Er spürte, wie es aus seinen Adern rann, wie sein gequälter Leib, den er gequält hatte, weil nur er ihn daran hinderte, Jesus näher zu kommen, jeden Halt verlor und zusammensackte. Es war ein teuflisches Verlangen, mit dem Mann da und mit seiner Angst zu spielen, es war teuflisch, zu wissen, mit dem Entschluß zu einem einzigen Schritt so viel in Händen zu haben . . .

*

Es kam wie eine Botschaft aus einer anderen Welt. Morès war tot. Die Tuareg hatten ihn getötet wie vor neunzehn Jahren die Weißen Väter in el-Goléa, wie vor fünfzehn Jahren Oberst Flatters mit seinen Begleitern. Die Zahlen waren tief eingeprägt in seinem Gedächtnis. War nicht auch Duveyrier ihr Opfer gewesen? Marquis de Morès, Herzog von Vallombrosa, alter Gefährte aus der legendären Stube 82 in Saumur! Er hatte die Armee noch früher verlassen als Leutnant de Foucauld und war nach Amerika und Indien gegangen, auch ihn hielt es nirgends lange, und er versuchte es mit der Politik. Er war schon immer ein Antisemit gewesen, und daß die Wellen des Antisemitismus in Frankreich, besonders zur Zeit der ›Dreyfus-Affäre‹, so hoch schlugen, war nicht zuletzt das zweifelhafte Verdienst des Journalisten und Zeitungsherausgebers Morès.

Aber er verlor bald wieder das Interesse an der Politik und ließ sich nach Afrika treiben. Er wollte in die Sahara, in den Sudan, bis nach Ägypten, seine Expedition sollte alles in den Schatten stellen, was die Freunde Laperrine und Foucauld geleistet hatten. Aber er kam nicht weit. Einige Tuareg aus dem Hoggar beschlossen, ihn zu töten und sich der Karawane zu bemächtigen. Morès wehrte sich wie ein Rasender, aber es waren ihrer zu viele. Die Kugel eines Targi traf ihn ins Rückenmark.

Bruder Albéric kniete in der Kapelle und betete für die Seele des Toten, dessen Ruhelosigkeit, dessen Verzweiflung über das belanglose Leben er damals in Saumur so tief mitempfunden hatte. Er betete aber auch für die Wüstennomaden, die er nur vom Hörensagen, von Henri Duveyrier kannte, die er nur ein einziges Mal in der Ferne als Schattenrisse hatte vorbeiziehen gesehen. Nein, hier war nicht der Platz, den Gott für ihn bestimmt hatte. Vielleicht auch nicht in der Wüste, aber ganz bestimmt nicht im Trappistenkloster und nicht unter den Theologen von Akbes. Nicht auf den Kornfeldern oder in den Weingärten rings um Cheiklé.

Er ritt den steinigen Weg nach Alexandrette hinunter, den er vor Jahren gekommen war, in der Posttasche einen Brief an die Familie von Morès und einen an Abbé Huvelin.

»Ich kann nicht länger bleiben«, hatte er geschrieben, und doch hatte er erst vor wenigen Wochen seine zeitlichen Gelübde erneuert. »Sagen Sie mir, was ich tun soll!« hatte er geschrieben, »ich selbst weiß es nicht mehr.« »Ich will Ihnen in allem gehorchen«, hatte er geschrieben und wenige Zeilen später schon das neue Leben beschworen, das er führen wollte, wenn Huvelin ihm endlich, endlich die Erlaubnis gab, das Kloster zu verlassen und sich seine Brüder zu suchen, die das verborgene Leben des Herrn in Nazareth nachleben wollten, wie der heilige Franziskus das öffentliche Leben Jesu nachgelebt hatte. Brüder, die es mit ihm wagten, den geliebten Namen zu tragen: ›Brüder Jesu‹. ›Kleine Brüder Jesu‹, weil sie klein und niedrig sein wollten, wie es Jesus gewesen war.

Und so sollten sie leben: wie die Ärmsten auf dieser Erde, in kleinen Hütten oder Baracken, ohne Stühle und Betten, gemauerte Bänke genügten. Ein kleiner Garten für Obst und Gemüse und Platz für die verstorbenen Brüder. In äußerst strenger Klausur, und ständig sollte Schweigen herrschen im Haus, nur das Allernotwendigste bei der Arbeit sollte gesprochen werden, nur das Gebet, das den ganzen Tag ausfüllte. Die Arbeit sollte die einfachste sein, wie die der Ärmsten und Unwissendsten, damit der Geist frei bleiben konnte für Gebet und Meditation. Sie sollte um den geringsten Lohn getan werden und nicht mehr einbringen, als zum Leben nötig war. Zwei Mahlzeiten am Tag, Getreidebrei und Brot, nur am Sonntag ein wenig Milch, ein wenig Honig und Obst, denn das war der Tag des Herrn. Sie sollten sich kleiden wie die Allerärmsten im Lande, und selbst das Gebet sollte arm sein, kein geschmückter Altar, der die Sinne vom Kreuz Christi ablenkte, kein gesungenes Hochamt und kein Latein. Messe und Anbetung, Rosenkranz, Angelus und Kreuzweg, was der Einfachste unter den Brüdern verstehen und mitmachen konnte, was ihn zur

Gemeinschaft mit Jesus führte. Sie sollten nichts von einer Woche zur anderen aufheben, sondern alles gleich weitergeben, Geld oder Speisevorräte. Wenn ein Bettler kam, durfte ihm nichts verweigert werden, nicht der letzte Groschen und nicht das letzte Stück Brot. Und wenn sie nichts mehr besaßen und ein Armer klopfte an ihre Tür, dann sollten sie ihn eintreten und sich setzen lassen und hinausgehen, um zu erbetteln, was er brauchte. Alles in zärtlicher Liebe zu ihm und zu Jesus. Sie bettelten ja nicht für sich, das sollten sie nie, sie bettelten nur für den Bruder, der bei ihnen saß.

»So sollen sie leben, meine Brüder«, betete er, als er wieder einmal, wie so oft, des Nachts vor dem Tabernakel lag. »In der Nachahmung des Lebens des Herrn wollen wir leben, meine Brüder«, betete er, »wir wollen nichts zurückfordern, was wir geliehen haben, und keinen Prozeß anstrengen, um uns Recht zu verschaffen. Wir wollen uns scheren lassen wie die Lämmer, wir wollen uns schlachten lassen wie sie. Wir werden nie eine Waffe tragen oder besitzen. Wir werden niemanden schlagen, auch nicht in berechtigter Notwehr. Ein solches Leben wollen wir führen«, betete er, »in steter Mühe, Gottes unendliche Liebe und Güte in uns zu tragen, und um sie allen Menschen zu erweisen, wollen wir in die moslemischen Länder und in die Länder derer gehen, die noch nichts von Gott wissen. Wir wollen ihnen Gutes tun durch unsere Gegenwart und unser Gebet und durch die Gegenwart des heiligsten Sakraments . . .«

Dom Polycarpe vergaß den Brief, den er in der Hand trug, als er im Schein seiner Lampe die kleine Gestalt vor dem Altar liegen sah. Es war nichts Ungewöhnliches, daß einer von ihnen des Nachts hierherkam, um zu beten, aber irgend etwas zwang den Priester, auf Bruder Albéric zuzugehen und ihn an der Schulter zu berühren.

Bruder Albéric drehte sich langsam um, und es sah aus, als hätte er einen unendlich weiten Weg zu gehen, bis er begreifen konnte, wer da vor ihm stand.

»Ja?«

Plötzlich aber sah er den Brief, und jetzt erinnerte sich auch der Priester wieder an ihn.

»Aus Paris«, sagte er. »Ich wollte nicht bis morgen warten.«

Bruder Albéric war mit einem Sprung auf den Beinen, und der Priester erschrak vor dem Übermaß an Hoffnung und Angst, das ihm da entgegenblickte. »Ein Brief?« Im nächsten Augenblick hatte er das Blatt aus dem Kuvert gerissen und hielt es ganz nahe zur Lampe. Fast vier Monate hatte er auf diesen Brief gewartet.

Dom Polycarpe sah im Schein der Lampe, wie Bruder Albérics Lippen die Zeilen mitlasen, die seine Augen abtasteten. Er hatte den Brief gelesen, wie es seine Pflicht war, und konnte aus den Reaktionen des Bruders ersehen, was dieser gerade las. Die Spur von Verärgerung über Abbé Huvelins Bemerkung, er habe mit der Antwort so lange gezögert, damit sein Schützling das Theologiestudium noch möglichst lange fortsetzen müsse. Das Erschrecken, als er zu dem Passus kam, wo sein Seelenführer von der innigen Hoffnung sprach, sein »liebes Kind« könnte seine Heimat doch noch bei den Trappisten finden. Er sah, wie die Augen des Bruders ungeduldig abirrten, auf die nächste Seite hinüber, er sah den Ausdruck tiefen Mitleids, als sie an den Zeilen haften blieben, in denen der Abbé seine schwere Krankheit erwähnte, die ihn schon seit so langer Zeit an das Bett fesselte. In Bruder Albérics Zügen konnte man lesen wie in einem Buch. Dann aber sah er, und das war für Dom Polycarpe wie ein körperlicher Schmerz, wie in dem schmalen Gesicht plötzlich alles aufzublühen begann. Und er wußte: jetzt las sein junger Bruder, er solle seine Oberen bitten, ihn aus dem Orden zu entlassen. ›Schreiben Sie nach Staoueli‹, las er, ›ich lasse Sie nicht mehr warten. Sprechen Sie von Ihrem unbezwingbaren Drang, der Sie einem anderen Ideal entgegenträgt . . . ich glaube, daß Sie es müssen . . .‹

Beinahe wäre die Lampe zerbrochen, so ungestüm preßte Bruder Albéric den Brief an seine Lippen. »Ich hab die Erlaubnis!« rief er und hielt seinem Beichtvater den Briefbogen hin, als wüßte er nicht, daß dieser längst alles wußte.

Aber er faßte sich rasch wieder, vielleicht sah er auch etwas von der Betroffenheit des anderen über seinen Jubel.

»Verzeihen Sie, Dom Polycarpe«, sagte er beschämt und drückte den Brief, der ihn so glücklich gemacht hatte, wieder an sich. »Wenn ich je etwas gegen den Orden gesagt oder auch nur gedacht haben sollte, ich bitte um Verzeihung. Bitte! Das war nicht recht von mir. La Trappe ist ein guter Orden, und ich wünsche ihm allen Segen. Aber – ich war seiner nicht würdig . . .«

Jean de Bondy:

»Wenn ich mich an das Jahr 1895, das Todesjahr meines Vaters, zurückerinnere, dann scheint mir, als hätte mich damals nur eine Frage beschäftigt: ob ich mir Charles de Foucauld als Stiefvater vorstellen könnte. Aus der Distanz von heute gesehen, glaube ich, es hätte mir keinerlei Schwierigkeiten bereitet, was nicht heißen soll, daß ich meinen Vater nicht geliebt hätte. Ich habe ihn geliebt, schon weil er mein Vater war, und ich liebte ihn auch dann noch, als ich längst wußte, daß er keineswegs der treue Ehegatte war, der er sein sollte.

Dennoch fiel es mir nicht schwer, mir Onkel Charles an der Stelle meines Vaters zu denken, hatte er doch im Leben unserer Mutter und also auch in dem unseren eine weitaus größere Rolle gespielt als jener. Auch wenn er persönlich weit seltener anwesend war, auch wenn vieles, das über ihn besonders vor seiner Marokkoreise gesprochen wurde, nicht sehr schön war. Er spielte diese Rolle schon dadurch, daß wir seit jeher seine Zuneigung zu unserer Mutter spüren konnten, der unser Vater aus verständlichen Gründen immer weniger entgegenzusetzen hatte. Diese zärtliche Verehrung, die sich in jedem Blick, in jeder Geste, in jedem förmlichen Handkuß zeigte, ließ uns unsere Mutter zu manchen Zeiten in einem fast überirdischen Glanz erscheinen. Und da auch sie ihre Gefühle für den Cousin nicht verbarg, nimmt es nicht wunder, daß auch er an diesem Glanz teilhatte.

Das war es wohl auch, was uns daran hinderte, über Onkel Charles mehr als das unbedingt Notwendige zu sprechen, also irgendeine Meinung persönlicher Art oder gar etwas Kritisches zu äußern. Schon gar nicht etwas, das ihrer beider Beziehung betraf. Was keineswegs ungewöhnlich gewesen wäre, da war schließlich die umfangreiche Korrespondenz der beiden, und auch sie selbst hätte uns oft genug Anlaß gegeben, uns in irgendeiner Weise zu äußern. So konnten wir sehr oft hören, Onkel Charles habe wieder geschrieben oder lasse uns alle schön grüßen. Als er sich das erste Jahr in Syrien aufhielt, las sie mir sogar manchmal aus seinen Briefen vor, obwohl ich damals erst elf war. Es konnte allerdings geschehen, daß sie im Vorlesen plötzlich stockte, ja mitten in einem Satz. Sie murmelte dann die nächsten Worte oder Sätze unverständlich weiter, indes ihre Augen über die Zeilen glitten, die sie mir vorenthielt, bis sie wieder zu etwas kam, das ihr unverfänglich genug erschien, daß auch ich es hören durfte. Heute bin ich sogar überzeugt, dies waren diskrete Aufforderungen ihrerseits, mich über Onkel Charles zu äußern. Schließlich war er der Hauptinhalt ihres Lebens, und welcher Mensch erträgt es auf die Dauer, solche Belastungen allein mit sich herumzuschleppen? Vielleicht suchte sie in ihrer Einsamkeit gerade das Kind in mir, mit dem sie über den geliebten Menschen reden konnte, ohne allzu heikle Bereiche zu berühren.

Wenn wir über Onkel Charles fast nie zu ihr geredet haben, dann hatte das auch noch andere Gründe. Wir hatten schon frühzeitig beobachten können, wie sehr es Mama störte, wenn jemand aus der Familie oder gar ein nur entfernter Bekannter ein Wort über Onkel Charles sagte. Nicht einmal ein anerkennendes Wort über ihn ertrug sie. Meine Schwester Magdeleine bestätigte es mir später, wie sehr Mama darunter litt, daß Onkel Charles überhaupt ein Gesprächsthema für Menschen sein durfte. Sie verglich es mit einem kostbaren Vitrinenstück, das nur der berühren darf, dem es gehört. Das man nicht einmal ansehen darf, denn jeder Blick, der nicht imstande ist, sämtliche Vorzüge einer solchen Kostbarkeit in einem zu erfassen und entsprechend zu würdigen – und wer kann das schon? –, muß dieses Stück naturgemäß in einem falschen Licht sehen. Eine Anmaßung, die man verhindern muß, selbst wenn diese Verfälschung sich nur im Innern des Betrachters vollzieht und dem Kunstwerk nicht das geringste anhaben kann.

Vielleicht kam noch etwas hinzu, und ich sage das ganz ohne Groll, auch wenn uns Kindern dadurch sicher einiges vorenthalten wurde: seine Bekehrung war wohl zum Teil ihr Werk, für das sie viel Kraft und viel Zeit und viele Gebete opferte. Und sie hielt diese Bekehrung trotz ihrer entsagungsreichen Ehe und ihrer Fürsorge für ihre Kinder ganz sicher für die größte Leistung ihres Lebens. Sie fühlte sich für ihn und seine Entwicklung verantwortlich wie für nichts sonst, er war schließlich der verlorene Sohn oder das wiedergefundene Schaf aus der Bibel.

So wurde Onkel Charles durch sie auch für uns zu dieser einmaligen Gestalt, zu dem ›Heiligenbild‹, wie Robert es einmal spöttisch ausdrückte, und ich muß gestehen, daß es mir eine echte Erleichterung war, als er uns das erste Mal in Paris besuchte und ich sehen konnte, daß Onkel Charles, der in den langen Jahren der Abwesenheit für mich fast völlig hinter diesem Heiligenbild verschwunden war, sich als ganz normaler, wenn auch außergewöhnlicher Mensch zeigte.

Daß Onkel Charles als Gesprächsthema für uns tabu blieb, und schon gar die Beziehung unserer Mutter zu ihm, rührt sicher auch von dem Schock her, den wir anläßlich des Todes meines Vaters erleben mußten und der mir weit intensiver im Bewußtsein geblieben ist als alles, was sonst in diesen traurigen Tagen geschah. Die ganze Familie und die weitere Verwandtschaft war zusammengekommen und teils bei uns, teils bei in Paris lebenden Verwandten, aber auch in einem nahegelegenen Hotel untergebracht worden. Es war die letzte Familienzusammenkunft im großen Haus in der Rue d'Anjou, wenig später wurde es ja verkauft, und Mama bezog eine kleinere Wohnung in der Avenue Percier.

An einem dieser Tage saßen wir, gottlob nur der engste Familienkreis, beim Tee beisammen, da stellte die kleine Isabelle ganz unvermittelt und mitten in eine eingetretene Gesprächspause mit ihrer etwas scharfen Kinderstimme an meine Mutter die Frage: ›Wirst du jetzt Onkel Charles heiraten?‹

Jeder hatte es gehört, und wir erstarrten zu Salzsäulen. Sogar Isabelle mußte etwas gemerkt haben und fragte kein zweites Mal mehr, wie sie es sonst zu tun pflegt, wenn sie keine Antwort erhält. Sie wehrte sich nicht einmal dagegen, daß ihre Mutter, die von uns allen als erste reagierte, ihr die Hand vor den Mund hielt.

Was in den nächsten Sekunden oder Minuten geschah, weiß ich nicht mehr, es wird wohl so gewesen sein, wie meine Schwester mir später versichert hat, daß die Geistesgegenwärtigsten unter uns rasch von irgend etwas zu reden begannen, das ihnen gerade einfiel, um die peinliche Stille zu füllen. Das alles ging an meinen Ohren vorbei, denn seit die kleine Isabelle das gesagt hatte, war ich zu nichts anderem fähig, als Mama unverwandt anzustarren. Ein Glück, daß ich ziemlich am anderen Ende des langen Tisches saß. Auch sie war erstarrt, sie hatte sich der kleinen Isabelle zugewendet, als wollte sie antworten, hatte aber mitten in der Bewegung innegehalten, und ich glaubte zu sehen, wie sie bleich wurde und zugleich ein Lächeln versuchte. Es war ein erbarmungswürdiger Anblick, wie sie inmitten des immer lauter werdenden Geplappers stumm und isoliert dasaß, völlig alleingelassen mit der Frage des ahnungslosen Kindes.

Erst als meine Schwester geistesgegenwärtig auf sie zutrat – sie war damals zwölf, glaube ich –, sie an der Schulter berührte und fragte, ob sie noch Tee wünsche, kam wieder Bewegung in sie. Hastig griff sie nach ihrer Tasse, stieß diese dabei fast um und hielt sie Magdeleine hin.

›Gern‹, hörte ich ihre leise Stimme, und dieses ›gern‹ war von einer so rührenden Dankbarkeit, daß es mich richtig in der Kehle würgte. Zum ersten Mal spürte ich, wie wenig unsere scheinbar so souveräne und beherrschte Mutter all dem, was Onkel Charles betraf, gewachsen war. Diese eine Frage aus Kindermund schien alles aufgerissen zu haben, was unter dem Schweigen der letzten Jahre begraben worden war.

Ich kann auch heute nur vermuten, was in diesen Augenblicken hinter Mamas erstarrter Maske vorging. Auch meine Geschwister dachten sich allerlei, und wir saßen des öfteren zusammen und tauschten unsere Vermutungen aus. Offener, als es sich vielleicht gehörte. Wenn es wirklich, so fragten wir uns, die Liebe zwischen den beiden war, wie wir Weltkinder sie uns vorstellen können und über die in der Pariser Gesellschaft zu Genüge geklatscht wurde, dann war eigentlich gar nicht einzusehen, warum die Frage der kleinen Isabelle nicht mit einem klaren Ja beantwortet werden sollte. Mama war frei, und Onkel Charles hatte seine ewigen Gelübde noch nicht abgelegt. Ja, er hatte, wie ich aus einigen Briefstellen weiß, die sie mir vorlas – und erst jetzt fällt mir auf, daß sie mir gerade aus solchen Briefen vorlas –, sogar die Absicht, den Orden der Trappisten zu verlassen. Was also stand einer Verbindung der beiden im Wege? Die Dispens wegen des Verwandtschaftsgrades hätten sie bekommen. François erinnert sich noch genau, wie damals, als wir erfuhren, Onkel Charles sei vor einigen Wochen bei den Trappisten eingetreten, unser Vater mit leichter Bitterkeit sagte: ›Nehmen wir an, ich wäre tot – Charles wäre nie ins Kloster gegangen.‹ Was aber hatte sich seit damals verändert? Wir fragten uns das immer wieder und durch Wochen hindurch, denn Onkel Charles machte keinerlei Anstalten, Mama zu sehen. Er schickte ihr zum Tode unseres Vaters nur ein paar knappe Zeilen, und dann schrieb er wieder drei Monate lang nichts. Nichts von dem, was doch auch für ihn so viel hätte ändern können, nichts von dem, was meine Mutter in diesen Wochen bewegt haben mag. François war richtig wütend auf ihn und zitierte damals immer wieder die Behauptung mancher Freunde, die allzu zärtlichen Gefühle meiner Mutter für Onkel Charles, die jetzt mit solchem

Dank belohnt wurden, seien die wahre Ursache für den Lebenswandel unseres Vaters gewesen.

Aber ich glaube, unsere Fragen kann nur beantworten, wer von der Art der Liebe und des Verhältnisses der beiden wirklich etwas weiß. Wir wußten nichts, das erkenne ich immer mehr, und die Klatschtanten wußten noch weniger. Und am allerwenigsten kamen jene Herren der Wahrheit nahe, die einander hinter vorgehaltener Hand allerlei zuflüsterten. Wir wußten nur, was wir von Kind auf unseren Beobachtungen entnehmen zu können glaubten, wenn wir die beiden in eifrigem Gespräch spazierengehen oder auch im Salon sitzen sahen, manchmal Hand in Hand – wobei keiner von ihnen seine Hand zurückzuziehen suchte, wenn unsereins plötzlich auftauchte. Es war wie eine Demonstration, daß sie nichts zu verbergen hätten, daß an dem, was sie der Öffentlichkeit darboten, und wohl auch an dem, was sie innerlich verband, absolut nichts Unstatthaftes oder gar Sündhaftes war. Daß Onkel Charles aus einem so strengen Orden wie dem der Trappisten, so oft er wollte, an unsere Mutter schreiben und von ihr Briefe empfangen durfte, das beweist wohl am besten die Hochachtung vor einer Liebe, über die auch der strengste Ordensobere sich kein Urteil anzumaßen wagte.«

IV.

Die verborgenen Jahre

»Still, verborgen, wie Jesus in Nazareth,
unauffällig wie er, arm, in Mühsal . . . wehrlos und
stumm angesichts der Ungerechtigkeit wie er.
Mich scheren und schlachten lassen
wie das Lamm Gottes, ohne Widerstand zu leisten.
In allem Jesus am Kreuz nachfolgen.«

Charles de Foucauld, Tagebuch,
17. Mai 1904

Der Frühling hatte Teppiche von roten Anemonen über die Hügel gebreitet. Nelken, Tulpen und viele andere Blumen, die Charles dem Namen nach gar nicht kannte, standen am Rand des Weges, den er hinaufeilte. Auch die Bäume standen schon in Blüte. Das Kloster der Klarissinnen lag, von einer steinernen Mauer umfriedet, am Rande des Städtchens Nazareth.

Charles de Foucauld hieß nicht mehr Bruder Albéric, das letzte halbe Jahr hatte er tausend Kilometer hinter sich gebracht: nach Staoueli in Nordafrika, von wo ihn der General-Superior nach Rom zum Theologiestudium schickte. »Ich erkenne den Willen Gottes«, schrieb er an Marie und gehorchte. Aber selbst die Oberen schienen sich nicht mehr klar werden zu können, was mit ihm geschehen sollte. Er wollte nach Nazareth, um Christi Leben im Verborgenen zu leben, und sie ließen ihn gehen und dispensierten ihn von seinen Gelübden. Jetzt war er nur noch seinem eigenen, freiwillig abgelegten Gelübde der Keuschheit und äußersten Armut verpflichtet. Er hatte Angst vor dem Weg, den er ab nun allein, ohne den Schutz und die Hilfe einer großen Gemeinschaft, gehen sollte. Er wußte, daß er noch lange nicht am Ziel war. Abbé Huvelin hatte ihn beschworen, keinen Orden zu gründen und keine Gefährten an sich zu ziehen. Aber er war überglücklich, gehorchen zu dürfen.

Die Schwestern hatten zum Fest der Heiligen Colette, einer Reformatorin der Klarissinnen, ein feierliches Hochamt gefeiert, und er empfand es als Willkommensgruß. Selig, seinem Herrn wieder begegnen zu dürfen, war er sofort in tiefer Anbetung versunken, und erst viel später, die Messe war längst zu Ende und das Ave-Glöckchen hatte schon Mittag geläutet, wurde ihm wieder bewußt, wo er sich befand. Nur noch eine Schwester kniete vor dem Altar, aber er spürte, daß auch sie die kleine Kirche gern zum Mittagessen verlassen hätte. Er hatte keinen Hunger, aber er erhob sich und ging mit leisen Schritten auf die Schwester zu, bis sie erstaunt und ein wenig ängstlich zu ihm aufblickte.

Gehen Sie nur zum Essen, Schwester«, sagte er in einem Französisch, das sie von diesem Mann nie erwartet hätte. »Ich werde Sie hier vertreten.«

Die junge Schwester war so verblüfft, daß sie widerspruchslos aufstand und hinausging. Dort aber blieb sie doch stehen und schlich zum Fenster hinüber, um den fremden Mann zu beobachten. Er kniete jetzt ganz nahe dem Allerheiligsten, und nach einer Weile ließ er sich sogar nach vor fallen, bis er ausgestreckt auf dem Steinboden lag. Er sah aus wie einer der vielen Bettler, die sich an den Kirchenstufen herumtrieben, um die Pilger, die im Frühjahr nach Nazareth kamen, ein bißchen auf die Nächstenliebe zu prüfen, von der ihre Religion so viel sprach. Dennoch sah der blau-weiß gestreifte Kittel, den er trug, ganz anders aus. Er erinnerte an die Djellaba, die drüben in Afrika getragen wurde. Aber wie kam ein Bettler aus Nazareth zu diesem Stück? Auch die Hose darunter war anders als die unzähligen Hosen in den Gassen von Nazareth, vielleicht ein bißchen zu blau, obwohl sie bestimmt nicht neu war, und auch viel zu kurz, sie reichte nicht einmal bis zu den Knöcheln. Auch an der Mütze, um die er einen Fetzen Stoff als Turban gewunden hatte und die er immer wieder in den Händen zerknüllte, stimmte etwas nicht. Die kleine Schwester wußte nur nicht, was. Sie wußte aber auch nicht, was sie jetzt tun sollte. Sie lief ein paar Schritte durch den Garten der Pforte zu, lief aber gleich wieder zurück. Wenn sie den Mann allein ließ, der Tabernakel war leicht aufgebrochen, und die goldene Monstranz –

Plötzlich trat er aus der Kirchentür und auf sie zu. »Haben Sie Angst, daß ich Ihre Monstranz stehle?« fragte er, und sie errötete bis zum schneeweißen Rand ihrer Haube, so unbefangen, ja fast unverschämt lächelte er sie an. Sie nickte, und dann mußten sie beide lachen.

»Sie sehen wirklich nicht sehr vertrauenswürdig aus«, sagte sie, schon ein wenig mutiger.

»Das geb ich zu.« Er blickte an seiner Kleidung herab. »Aber das ist vielleicht Absicht.« Dann fügte er rasch hinzu:

»Wenn Sie mich bei Ihrer Mutter Oberin anmelden! Ich möchte sie sprechen. Aber bitte nicht vor dem Abendessen! Ich bin Bruder Charles.«

»Schwester Marie-Fidelis«, hauchte sie, dann lief sie davon. Dieser Mischung aus Unterwürfigkeit und Befehlston war sie nicht gewachsen.

Am Abend nach dem Angelus tauchte er auf, es schien ihm an der Zeit zu sein, sich empfangen zu lassen. Die Mutter Oberin war auf den eigenartigen Mann in der närrischen Kleidung schon vorbereitet worden. Er mußte von weit her gekommen sein, und auch vom Franziskanerkloster, wo er zuerst vorgesprochen und um Arbeit gebeten hatte, war eine Information eingelangt: der Mann sei wohl vertrauenswürdig, aber bestimmt nicht das, was er zu sein vorgebe. Dennoch war Mutter Marie de Saint-Michel überrascht, als er kam. Sie lebte, einzig durch die Pförtnerschwestern mit der Außenwelt verbunden, in strenger Klausur und sprach mit ihren Besuchern im Sprechzimmer nur durch einen schwarzen Vorhang. Sie war eine geborene Edith de Miromandre aus dem Perigord und erkannte sofort das Französisch der Gesellschaft, der sie beide entstammten. Sie ließ es ihn nicht gleich merken, sie sagte auch nichts dazu, daß sie aus der Richtung, aus der seine Stimme kam, schließen konnte, daß er kniete, statt den Stuhl zu benützen. Obwohl er doch schon den ganzen Tag kniend in der Kapelle verbracht hatte. Sie fragte, was er tun wolle, und er gab zur Antwort: »Alles. Wenn ich nur genügend Zeit zum Beten habe.« Sie fragte, welchen Lohn er verlange, aber er verlangte keinen Lohn. »Nur ein Stück trockenes Brot.«

»Wir brauchen einen Sakristan, der auch bei der Messe ministrieren soll«, schlug sie vor, »der auch Botengänge macht, die Post abholt und den Garten betreut. Unser lieber Joseph ist leider vor einer Woche von uns gegangen. Wären Sie einverstanden?«

»Ich werde tun, was man von mir verlangt«, sagte er, schränkte aber sofort ein: »Ich kann leider nur sehr wenig.«

»Wir werden sehen.«

Sie rief Schwester Marie-Fidelis, man möge dem neuen Sakristan alles zeigen, und die Nonne führte ihn in das Zimmer des verstorbenen Gärtners. Es war ein schlichter Raum, Bett und Tisch und Schrank, Foucauld aber fragte, ob sie nichts Einfacheres für ihn hätten.

»Das ist nicht einfach genug?« rief die junge Schwester Martha, die den beiden neugierig gefolgt war, und lachte. Sie war ein blutjunges, spindeldürres Geschöpf mit einem winzigen Köpfchen, dem nur eine Überfülle von Haaren unter der strengen Haube eine gewisse Proportion gegeben hätte. »Unsere Zellen sehen auch nicht anders aus.«

Foucauld blickte um sich und sah durch das Fenster einen Holzverschlag an der Gartenmauer. »Das dort«, sagte er, »das reicht völlig«, und ging stracks darauf zu.

»Das ist unser Geräteschuppen«, riefen die beiden, während sie hinter ihm einherliefen. Er aber riß die Tür auf und blickte hinein.

»Das ist gerade richtig.«

»Und die Geräte?« fragte Schwester Martha und schüttelte den Kopf. »Wenn wir die im Freien stehen lassen – es regnet ja doch manchmal.«

Foucauld mußte lachen über die Ratlosigkeit in dem kleinen Gesicht. »Dann tun wir sie ins Zimmer des Gärtners. Sie werden es dort gut haben. Einverstanden?« Und schon hatte er einige Rechen und einen Spaten auf die Schulter genommen und strebte dem Häuschen mit dem Gärtnerzimmer zu. Den Nonnen blieb nichts anderes übrig, als ebenfalls einige Geräte zu nehmen und ihm zu folgen. Als der Schuppen ausgeräumt war, stellte sich heraus, daß der Strohsack des Gärtners nur mit allergrößter Mühe hineingezwängt werden konnte.

»Da können Sie sich ja nicht einmal ausstrecken«, wendete Schwester Marie-Fidelis ein, aber Bruder Charles hatte auf alles eine Antwort.

»Jesus hat sich auch nicht ausstrecken können am Kreuz«, sagte er, und die Schwestern mußten sich geschlagen geben, zumal er geduldig auf der Matratze herumstapfte, bis sie halbwegs in das kleine Viereck paßte. Auch den Tisch, den die Nonnen eifrig heranschleppten, nahm er freundlich entgegen, obwohl jetzt überhaupt kein Platz mehr war. Nicht einmal die Datteln, die sie später zu dem gewünschten Brot legten, wies er zurück. Er verteilte sie allerdings schon am nächsten Tag an arme Kinder in der Nachbarschaft, und den Strohsack hatte er schon während der Nacht zu den Geräten ins Gärtnerzimmer zurückgetragen. Der gestampfte Lehmboden und ein passender Stein als Kopfstütze waren ihm genug. In einer solchen Hütte hatte Johannes vom Kreuz im Bereich des Klosters der heiligen Teresa gewohnt.

Am nächsten Tag zeigten ihm die beiden Nonnen, die den seltsamen Mann schon ins Herz geschlossen hatten, seine Arbeit. Da war die Mauer auszubessern, an der sein Schuppen stand, da war der Garten umzugraben, da waren Pflanzen zu gießen und kleine Tischlerarbeiten zu machen. Er war zwar auch jetzt nicht geschickter als früher, aber er bemühte sich und nahm es ergeben hin, daß man ihm die schwierigeren Arbeiten allmählich wieder entzog. Seine Hauptbeschäftigung war der Dienst als Sakristan, er kehrte die Kapelle aus, er kümmerte sich um die Blumen, die Meßgewänder und diente bei der Messe.

Er war unendlich glücklich. Er hatte genau das gefunden, was er sich seit Jahren erträumt hatte: er war der niedrigste Knecht einer armen Klostergemeinschaft. Er lebte in ihrer Nachbarschaft und war ihr gleichzeitig fern, alleingelassen mit Gott, wie die Einsiedler des Mittelalters. Sein Tag war Gebet, war Meditation, war theologisches Studium, das er jetzt, ohne äußeren Zwang, zu lieben begann. Er füllte sein Tagebuch mit Gedanken und Meditationen, er schrieb Briefe, die regelmäßig nach Frankreich abgingen. Er war ein Zeichentalent und hatte von seiner großen Reise mit Mardochi neben den Planskizzen für sein späteres Buch eine ganze Reihe von Zeichnungen marokkanischer Städte und Dörfer mitgebracht. Jetzt malte er kleine Heiligenbilder, die die Schwestern weitergaben und die immer beliebter wurden. Und das alles tat er auf heiligem Boden.

Das Kloster lag in einem Hain uralter Ölbäume eingebettet, ein Ort der Stille, die nur das Zirpen der Grillen oder der Schrei eines Esels auf den Feldern durchbrach. Und wenn er auf die Mauer neben seiner Hütte stieg, konnte er fast den ganzen Ort überblicken. Die Verkündigungskirche der Franziskaner, wo der Überlieferung nach der Engel der Jungfrau erschienen war, und die Stelle von Josefs Zimmermannswerkstatt. Die Reste der alten Synagoge, in der Jesus schon als Kind gelehrt hatte, der »Tisch Christi« und Marias Brunnen an der Straße nach Tiberias. Jeder Tag war eine einzige glückliche Pilgerfahrt durch dieses Städtchen, immer auf Jesu Spuren, und er begann mit ihr so früh wie möglich, oft schon um drei Uhr morgens. Er ging ins Franziskanerkloster, wo er den Rosenkranz betete und die Heilige Messe hörte, er ging in die Kapelle seiner Schwestern zurück und bereitete die Messe vor, zu der er ministrierte. Dann tat er die Arbeiten, die man ihm auftrug, und zweimal in der Woche holte er die Post. Um fünf war Segen, er blieb bis halb acht in der Kapelle und las bis um neun, bis ihn die Glocke, die er selber läutete, zum Schlafengehen mahnte.

Er war unendlich glücklich. Er ging manchmal wie ein Betrunkener durch die Straßen, durch die einst Jesus gegangen war, ein Mensch unter Menschen, niemand ahnte noch, wer er war, der Skandal seiner Geburt war längst vergessen. Nur er wußte, was in ihm lebte und wann es in Erscheinung treten würde. Manchmal bückte sich Charles und betastete die Buckelsteine, als reichte er Jesus die Hand.

»Was hast du mir für ein Leben bereitet, Jesus!« betete er. »Gleicht es nicht ganz deinem verborgenen Leben? Bei den Trappisten war es mir nie ähnlich genug, aber jetzt, in welcher Vollendung gewährst du es mir! Du verwöhnst mich wie ein sorgender Vater sein Lieblingskind. Unbekannt, arm und erniedrigt, in Kittel und Sandalen, als armer Hausknecht bei armen Nonnen darf ich zu deinen Füßen knien, begraben mit dir in seliger Einsamkeit. Ich darf leben wie du, in einer armseligen Hütte. Ich darf das Echo meiner Schritte zwischen den Hauswänden hören, die das Echo der deinen zurückwarfen, ich darf die Luft atmen und den Duft der Zypressen wie du. Dein Gehorsam gegenüber deinem Vater ist mein Gehorsam gegenüber meinem geistlichen Führer. Ich darf tun, was du getan hast, ich darf sein, was du warst, ich darf, soweit ich das kann, in allem dein Abbild sein. Amen.«

Bruder Charles, wie er sich jetzt nannte, hatte die Kleidung der Ärmsten gewählt, um möglichst unauffällig zu bleiben, aber das Kostüm, das er sich zusammengesucht hatte, war auffallender als jeder europäische Tuchanzug. Wo er auftauchte, gab es Spott, und es kam nicht nur einmal vor, daß Kinder in Scharen hinter ihm einherliefen und sogar Steine nach ihm warfen.

Aber das störte ihn wenig, im Gegenteil, er suchte die Demütigung. Sie war der Weg zum niedrigsten Platz, den er anstrebte. Auch Jesus hatte sich demütigen lassen, vom Stall in Bethlehem bis zu seiner Nacktheit am Kreuz. Als ein Stein ihn über der linken Augenbraue traf, zeigte er an der Pforte freudestrahlend die blutende Wunde. Er war stolz, als ein visitierender Bischof, der im Kloster eine Messe lesen sollte, den schäbig gekleideten Mann, der ihm seine Dienste anbot, rüde abwies, er solle sich lieber bei der Gartenarbeit nützlich machen. Auch Jesus war verkannt worden. Er drängte sich dazu, mit dem Einkaufsnetz auf den Markt zu gehen, weil er wußte, wie er hier als Mann dafür verspottet wurde. Auch Jesus war verhöhnt worden, und gegen die Erniedrigung des Menschensohnes war alles, was seinem Bruder Charles angetan werden konnte, ein Nichts.

Leider aber hatte seine auffallende Kleidung auch zur Folge, daß bald immer mehr Leute wußten, wer er war. Auch Mutter Marie de Saint-Michel, die mit ihm sogar gemeinsame Bekannte in Paris und Nancy hatte, behielt ihr Wissen nicht lange bei sich. Zu dem Spott kam auch die Bewunderung für den Vicomte, der sich für dieses Leben entschlossen hatte, und auch die Schwestern, so einfach sie selber lebten, staunten über seine bedingungslose Askese.

Aber sie hielten ihn nicht nur für einen Heiligen, sie liebten ihn auch und taten ihr möglichstes, um ihm, wenn auch gegen seinen Willen, das Leben zu erleichtern. Da er sich weigerte, Kleidungsstücke anzunehmen, wuschen und flickten sie ihm seine alten. Sie drängten ihm Honig und Feigen und Butter auf und zeigten sich so lange gekränkt, bis er nachgab, um ihnen nicht wehzutun. Da er im strengen Winter 1897/98 sehr an aufgesprungenen Händen und Füßen und in den Knien an Rheuma litt, strickten sie ihm wollene Socken und Handschuhe und nähten ihm kleine Kissen in die Hosenbeine, damit ihn das Knien weniger schmerze. Er dankte ihnen freundlich, ihre Liebe tat ihm wohl, aber es störte ihn doch. Jesus am Kreuz hatte tausendmal mehr gelitten.

Dafür aber durfte er täglich bis zu fünfzehn Stunden vor dem Allerheiligsten in der Kapelle sein. Vor acht Jahren schon hatte er seine Familie verlassen, um Jesus ganz zu gehören. »Ich habe dabei so viele Tränen vergossen«, schrieb er in sein Tagebuch, aber Jesus hatte seine Tränen getrocknet und jeden seiner Tage zum Fest gemacht. »Es ist genau das Leben, das ich mir vorgestellt habe.«

*

Schon im Herbst vergangenen Jahres hatte die Äbtissin des Klarissinnenklosters von Jerusalem, die Vorgesetzte von Mutter Marie de Saint-Michel, den Wunsch geäußert, Bruder Charles kennenzulernen. Jetzt brach das Frühjahr an, und aus Jerusalem kam wieder ein Brief. Bruder Charles benachrichtigte Abbé Huvelin davon, weil er sein abgeschiedenes Leben nicht verlassen wollte, dieser aber antwortete, Charles müsse wohl gehorchen, das gebiete schon die Gastfreundschaft, die man ihm gewähre. Er solle aber möglichst bald wieder nach Nazareth zurückkehren. Abbé Huvelin war glücklich, ihn dort zu wissen.

Aber es bedurfte nicht der Unruhe seines Seelenführers, auch Bruder Charles in Unruhe zu versetzen. Er zog die

Sache hinaus, solange er konnte, er machte Exerzitien und war wochenlang für die Welt verloren. Im Mai des Jahres 1898 aber erhielt Abbé Huvelin plötzlich einen Brief, Charles wolle nach Frankreich fahren, um für den Klarissinnenorden, der in finanziellen Schwierigkeiten steckte, Geld zu sammeln. Kaum hatte Huvelin diese Idee abgelehnt und seinen Schützling beschworen, in Nazareth zu bleiben, kam dieser mit einer neuen Idee: er wollte in den Dritten Orden des heiligen Franziskus eintreten, er, der sechs Jahre lang gegen den Zwang bei den Trappisten angekämpft hatte.

Was war geschehen? fragte sich Huvelin in großer Sorge und versuchte, so gut er konnte, die Unruhe in seinem Schützling zu dämpfen. Charles schlief fast nicht mehr, und das merkten auch die Schwestern, aber das war keine Askese, es war das Verlangen, Gott immer nahe zu bleiben, ihn nicht in der Bewußtlosigkeit des Schlafs zu verlieren. Sie merkten die fiebrige Unruhe. Er war tief erschöpft, er taumelte und fiel manchmal hin. Früher hatte er nach jedem langen, mühseligen Tag wie ein Stein geschlafen.

Im Juli kam wieder ein Brief aus Jerusalem, und jetzt drängte auch Mutter Marie, es war fast ein Befehl. Er ging nach Jerusalem und marschierte nach wenigen Tagen durch die sengende Hitze wieder zurück, als wäre jemand hinter ihm her. Es waren Jubeltage gewesen und Tage der tiefsten Unruhe. Er war noch nie einem Menschen begegnet, der bereit war, einen Gedanken, der nicht im Rahmen des Üblichen lag, so rasch zu akzeptieren wie diese Äbtissin.

Aber er hatte ihr wohl auch zuviel von seiner früheren Idee erzählt, ein paar gleichgesinnte Brüder um sich zu versammeln. Er hatte diese Brüder in seinem glücklichen, einsamen Leben zu Füßen Jesu beinahe vergessen, die Äbtissin aber war sofort Feuer und Flamme gewesen. »Es müßte doch irgendwo einen Ort für Sie und Ihre Brüder geben«, hatte sie überlegt. »Aber wenn wir nicht genügend Geld auftreiben, können Sie mit Ihren Brüdern auch in unserem Klostergarten leben.« Und jetzt verlangte sie wieder nach ihm: »Kommen Sie! Ich habe einen Bruder für Sie.«

Diesmal schrieb er nicht nach Paris. Er durfte nicht auf Antwort warten, das hätte Wochen gekostet, und es war ihm plötzlich, als drängte die Zeit. Er ging, so rasch er konnte, er lief fast. In Jenin fielen ihm die alten Sandalen von den Füßen, und er band sich kleine Brettchen unter die blutenden Sohlen. Als er spät am Abend des ersten Tages in Nablus ankam und an das Tor der katholischen Kirche klopfte, wußte der Geistliche nicht, was er von dem grotesk gekleideten Besucher halten sollte, der um Beichte und Kommunion bat. Er taumelte wie ein Betrunkener, er sagte: »Ich muß morgen in Jerusalem sein«, und auf die Frage, was er dort wolle, gab er zur Antwort: »Das weiß nur Gott.« Der Vikar hielt ihn für einen der vielen Geistesgestörten, die zur Zeit in Palästina herumzogen. Erst allmählich begriff er, daß der Mann, der mit schwerer Zunge seine Sünden beichtete – lächerliche Sünden, verglichen mit dem, was er sonst zu hören bekam –, der mit einer ergreifenden Andacht den Leib des Herrn entgegennahm, schon vierundzwanzig Stunden lang gefastet hatte und dazu den ganzen Tag unter der brennenden Sonne durch das schattenlose Land gehetzt war.

Er traf völlig erschöpft in Jerusalem ein, aber sein erster Weg war der zur Äbtissin. Wieder kniete er vor dem Fenster, hinter dem sie saß – gleich Mutter Marie in Nazareth –, und wieder verschmähte er den Stuhl, den ihm die Pförtnerin hingeschoben hatte.

»Ich hätte einen Bruder für Sie«, sagte sie, die gleichen Worte wie in dem Brief, nur daß jetzt eine schöne dunkle Stimme sie sprach. »Es ist Bruder Pierre von den Trappisten aus Cheiklé. Sie können ihn in Alexandrette treffen.«

Kurze, knappe Worte, alles, was die komplizierte Situation des jungen Bruders, die ihm bekannt war, auch nur angedeutet hätte, war ausgespart, aber er sagte sofort zu. Schon am nächsten Morgen marschierte er nach Jaffa weiter und nahm das Schiff nach Alexandrette.

Bruder Pierre hatte gleich ihm den Orden verlassen, aber er war nicht gewillt, ihm zu folgen. Er war fürs Klosterleben nicht geschaffen, und das strenge Leben, das ihm der Ältere schmackhaft zu machen suchte, war ihm erst recht ein Greuel. Tief enttäuscht nahm Charles das nächste Schiff zurück. Nazareth lag näher, aber er fuhr wieder über Jaffa nach Jerusalem. Es war der Wunsch der Äbtissin, die ihn dort länger halten wollte, auch glaubte er jetzt, einen Menschen wie sie nötig zu haben. Selbst Jesus hatte seine Jünger in den Garten Gethsemane mitgenommen.

Mutter Elisabeth hatte eine kleine Hütte im Klostergarten instandsetzen und grün streichen lassen, und er bekam einen Schlüssel zur Kapelle, damit er jederzeit vor den Altar treten konnte. Auch sie war enttäuscht, aber sie war nicht leicht zu entmutigen.

»Wenn es nicht Bruder Pierre ist, dann werden es eben andere sein«, sagte sie. War es nur ein Zeichen mangelnden Vertrauens zu Jesus, daß er so sehr dieser tröstenden Worte bedurfte? Aber er lebte hier nicht weniger still und zurückgezogen als in Nazareth, das konnte er Abbé Huvelin, der brieflich anfragte, warum er nicht gleich wieder nach Nazareth zurückgegangen war, guten Gewissens versichern. Das Kloster lag außerhalb der Stadt, und hier gab es weniger Besuch als in Nazareth. Und daß er in das Sprechzimmer nur kam, wenn die Äbtissin ihn rufen ließ, dafür war Gott sein Zeuge!

Warum verteidigte er sich eigentlich?

Durch ihre geschwätzigen Nonnen konnte Mutter Elisabeth über den neuen Gast allerlei erfahren: wie er aussah und wie groß er war und wie er beim Gehen mit den Armen ruderte, als wollte er den Beinen die Mühe des Weiterkommens erleichtern. Tausende Details brachten die Pförtnernonnen mit in die Klausur, lachend, kichernd, befremdet, und sie versuchte sich den Mann, von dem sie schon aus Nazareth so viel Bewundernswertes gehört hatte, aus dem Wust von Begriffen wie ›seltsam‹ und ›komisch‹, ›lieb‹, ›unterwürfig‹, ›häßlich‹, ›unendlich gütige Augen‹, ›fanatisch‹, ›rührend‹, ›spöttisch‹, ›anmaßend‹, ›herrisch‹, ›demütig‹, ›stählerner Blick‹, ›herzbewegend‹, ›tief‹, ›überspannt‹, ›lebendig‹, ›aufregend‹, ›ungepflegt‹, ›ergreifend‹ und aus so vielen anderen Worten noch zu einem lebendigen Menschen zusammenzusetzen. Aber sie war eine kluge Frau, und ihr geschärftes Gehör, das einzige Organ, das sie mit der Außenwelt verband, sagte ihr noch einiges mehr, vor allem von dem, was den von so vielen Äußerlichkeiten abgelenkten Sehenden verborgen blieb. Sie ließ ihn erzählen und verstand es, durch geschickte Einwürfe seinen Mitteilungsdrang weiter wachzuhalten. Stundenlang kniete er an der anderen Seite der hauchdünnen Wand, die sie trennte, erzählte aus seinem Leben, von seiner Zeit bei der Armee und der Verlorenheit ohne Gott, von seiner Einsamkeit schon zwischen der frommen Mutter und dem gemütskranken Vater, der eines Tages aus Straßburg verschwand. Von der Hilflosigkeit des Großvaters, der bei aller Liebe so wenig mit den Kindern anzufangen wußte, als deren Eltern rasch nacheinander starben.

Und Mutter Elisabeth begann zu ahnen, daß der seltsame Heilige, den alles bestaunte, weil er ein Leben weggeworfen hatte, nach dem alle Welt begierig war, der mit einer so bewundernswerten Konsequenz seinen Weg von Saumur und Le Tuquet nach Nazareth genommen hatte, darüber hinaus ein Hin- und Hergeworfener war, von Ängsten geschüttelt, er könnte seinen Herrn, den er endlich gefunden hatte, wieder verlieren. Ein Kind, das mit schlafwandlerischer Sicherheit seinem Traum folgte, aber im Zustand des Wachseins nie abließ, nach einer leitenden Hand zu greifen. Er hatte sich zeit seines Lebens führen lassen, von seiner Cousine Marie und über den Kasernenhof, durch die algerische Wüste und vom alten Mardochi über die Höhen des Atlas. Und kaum hatte er zu Jesus gefunden, klammerte er sich an dessen Stellvertreter Huvelin fest, ein verwöhnter Bengel aus gutem Haus, widerspenstig und gehorsam zugleich, dem alles zu dienen hatte zur höheren Ehre eines der Selbsterniedrigung geweihten Lebens.

Aber jetzt griff er auch noch nach ihr, genau wissend, daß sie sich ihm nicht verweigern konnte, so sehr sie sich dagegen wehrte. Ahnte sie doch, wie sehr er sie brauchte, weil er noch lange nicht alles ausgeschöpft hatte, was in ihn hineingelegt war. Sie war es, die ihn gerufen hatte, aus Neugier, aus Ordnungssinn, weil sie doch wissen mußte, wer da in Nazareth ihre kleinen Nonnen so irritierte, und später, seit ihrem ersten Gespräch, aus tieferer Neugier. Und sie rief ihn noch immer, obwohl sie, immer stärker und immer mehr von Sorge erfüllt, zu spüren bekam, daß dieser von Gott gesegnete Mann beileibe nicht hier kniete, um nur Fakten aus seinem Leben loszuwerden, Probleme, mit denen er nicht fertig wurde, sondern daß er ihr einen Bereich in sich erschloß, den er all seinen Huvelins und Polycarpes und Dom Martins verweigert hatte. Sie wußte nicht, was das war, sie suchte Konkretes, suchte Worte, die es benennen konnten, vergeblich. Sie versuchte seinen Bekenntnisdrang zu bremsen, aber sie fand keine Argumente dafür. Es gab keine plausible Begründung, ihn plötzlich zum Fernbleiben zu veranlassen, es gab nichts, das ihr sagen konnte, wogegen sie sich wehrte. Nur die Frau in ihr spürte etwas, vor dem sie zurückschreckte, weil es sie so sehr anzog, etwas, das unter anderen Menschen, als sie beide es waren, vielleicht nur noch durch einen Blick, eine bestimmte Geste, nur noch durch eine Berührung hätte ausgedrückt werden können.

Und plötzlich fragte sie: »Warum sind Sie eigentlich nicht Priester?«

Sie war selbst überrascht, und erst viel später begann sie zu überlegen, ob das nicht einfach Selbstschutz gewesen war, ein Versuch, zwischen sich und ihm wieder die nötige Distanz zu schaffen. Oder war es der Groll gegen seine unverschämte Art, den Vorhang zwischen ihnen als nicht existent zu betrachten?

Bruder Charles gab keine Antwort. Er war tief betroffen, und daß sie schwieg, als könne es nun nichts mehr geben als seine Antwort, steigerte noch seine Betroffenheit. Es war so plötzlich gekommen. Von Tag zu Tag hatte er stärker zu spüren geglaubt, wie die Frau jenseits des Vorhangs sich an diese Frage herantastete, die ihn seit Jahren quälte – und nun hatte sie sie ihm hingeworfen, beiläufig, als hätte sie sich nur erkundigen wollen, warum er nicht besser auf seine Zähne achtete.

Dann aber brach es aus ihm heraus, heftig, wie eine Verteidigung gegen jemanden, dem man nicht zugesteht, anzugreifen: »Ich kann nicht Priester werden. Ich bin ein anderer Mensch, als es ein Priester ist. Ich will ein anderer Mensch sein.« Er griff nach dem eisernen Gitter, das vor dem Vorhang im Fensterrahmen befestigt war und zog sich daran hoch.

»Ich muß gehen«, sagte er hastig. »Mir ist nicht ganz gut«, log er. Sie hörte seine raschen, trippelnden Schritte, vielleicht konnte er mit diesen Brettchen an den Fußsohlen nicht anders gehen, aber er weigerte sich, sie gegen vernünftiges Schuhwerk einzutauschen. An der Tür drehte er sich noch einmal um und sagte betont schroff, was er früher nur einem Untergebenen zugerufen hätte: »Verstanden?«

Er wanderte durch Jerusalem, durch die Via Dolorosa zum Ölberg hinauf und hinaus nach Bethanien, wo Jesus bei Lazarus und seinen Geschwistern gewohnt, wo Maria aus Magdala ihm die Füße gesalbt hatte. Sollte er nicht nach Nazareth gehen und nie mehr zurückkommen? Wer konnte ihn zwingen, zu bleiben?

Er kam wieder. Eines Tages kauerte er vor dem Fenster und wartete geduldig, bis jemand auf ihn aufmerksam wurde und die Äbtissin rief. Er redete kaum, er war dankbar, daß sie das Thema vom letzten Mal nicht berührte und von sich erzählte. Von den Klöstern, die sie bisher gegründet hatte und von dem in Rom, das zu schaffen ihr ein Herzensanliegen war. Und er horchte auf das Geräusch, wenn die Perlen des Rosenkranzes gegeneinanderschlugen, auf das leise Ächzen des Stuhls, wenn sie sich bewegte. Er griff nach dem Stuhl, auf dem er diesmal saß, weil er sehr müde war, und fragte sich, ob er so aussah wie der auf der anderen Seite. Er wagte nicht, sie zu fragen, er wollte es einfach so wahrhaben. Und das Kreuz, das an der weißen Wand über dem Betstuhl hing?

»Sie müssen das verstehen«, sagte er endlich in eine Pause hinein. Er sagte es ganz leise. Die Tür stand offen, um ein wenig Luft durch das quälend heiße Zimmer ziehen zu lassen, und der Vorhang bauschte sich manchmal und berührte sein schütteres Haar. So nah war er ihr. »Ich kann nicht Priester werden. Ich kann nicht. Ich muß auf dem letzten Platz sein. Wie Jesus.« Er wiederholte es wie eine Litanei. »Darum wasche ich in der Kapelle den Fußboden und geh auf den Markt einkaufen, wo die Männer darüber spotten. Darum sammle ich auf den Straßen Eselsmist für unseren Gemüsegarten.«

Die Äbtissin war aber nicht sonderlich beeindruckt. »Als Priester können Sie genauso arm sein«, sagte sie. »Da werden Sie genauso erniedrigt sein, ja noch mehr, als wenn Sie sich hinter den schützenden Mauern der Klarissinnen verstecken. Wenn Sie unbedingt verfolgt und erniedrigt werden wollen, von fanatischen Moslems oder von der türkischen Regierung, dann werden Sie Priester! Wenn Sie das Martyrium suchen, dann erreichen Sie so am schnellsten Ihr Ziel.«

Er wehrte sich, so gut er konnte. Schon Abbé Huvelin, schon seinen Ordensoberen war es nicht gelungen, ihn zum Priester zu machen. Sie aber hatte auf jedes Argument eine Antwort. »Und wenn Sie mir einreden wollen, daß Sie nur deshalb nicht Priester sind, weil Sie die Trappisten verlassen mußten – gehen Sie in einen anderen Orden! Werden Sie Weltpriester! Jeder Bischof wird Sie in einem Jahr weihen. Wo Sie wollen.«

Es war ein langes Gespräch, über Tage und Wochen, unterbrochen nur von seinen Versuchen, nicht mehr im Sprechzimmer zu erscheinen. Aber er kam immer wieder, die Stimme hinter dem Vorhang hatte eine magische Anziehungskraft. Manchmal, als wollte sie ihn in Sicherheit wiegen, schlug sie andere Themen an, fragte ihn über die letzte Regierungskrise in Frankreich aus oder plauderte von Paris. Sie hatte in ihrer Kindheit einige Zeit in Straßburg gelebt. Sie war zwölf Jahre älter als er, und als er blitzschnell rechnete, daß er damals vielleicht irgendwo einem 17- oder 18jährigen Mädchen noch ohne Schleier begegnet war, spürte er einen Augenblick die Genugtuung darüber, daß sie ihn jetzt nicht in seinen zerlumpten Kleidern sehen konnte. Sie hörte ihm zu, wenn er von Mimi erzählte, es war das erste Mal, daß er außerhalb des Beichtstuhls zu einem anderen Menschen von ihr redete. Sie sagte plötzlich: »Die hätte ich sicher auch gern gehabt«, und es kam wie eine Absolution durch den Vorhang. Zum ersten Mal seit langer Zeit erschien ihm die Welt, die er verlassen hatte, wieder schön.

Keiner Frau außer Cousine Marie war es noch gelungen, soviel aus seinem Innern herauszuholen wie Mutter Elisabeth. Es war etwas in ihr, das ihn einfach zwang, sich auszuliefern, und das mit einer beseligenden Dankbarkeit. Bei Marie hatte er es zum ersten Mal gespürt, und seither war auch immer die Angst in ihm, es könnte auf der Welt mehr solcher Frauen geben. Es könnte einmal eine kommen, der er sich noch bereitwilliger ausliefern wollte und die ihn ganz anderswo hinzog. Die stärker war als Marie, weil sie noch mehr einzusetzen hatte, und das, bevor die Cousine ihre Aufgabe erfüllen konnte, die er ihr, wie er erst später begriff, von Anfang an zugedacht hatte.

Darum hatte er sich immer nur mit leichtfertigen Frauen abgegeben, ob es nun Prostituierte oder verheiratete Damen der Gesellschaft waren. Die ihm kaum die Oberfläche ankratzen konnten, weil das, was sie an Faszination durch das Böse zu bieten hatten, zugleich durch ihre Gemeinheit und Armseligkeit klein gemacht wurde. Das schützte ihn vor ihnen. Das hatte ihn sogar gegen den Zauber Mimis geschützt, deren stärkster Reiz, die Rührung und das Mitleid, das er für sie empfand, gerade das Gegenteil dessen war, was er fürchtete. Er hatte das Glück gehabt, daß die erste Frau, bei der er den Wunsch hatte, sich ganz hinzugeben, so sehr von Gott erfüllt war.

Und jetzt war ihm eine andere begegnet, eine Frau, von der er nur die Stimme kannte, was das Außergewöhnliche an der Situation nur noch steigerte. Eine angenehme, dunkle, verlockende Stimme. »Werden Sie Priester!« lockte sie, ganz nahe an seinem Ohr. Wie oft schon hatte er diese Versuchung verspürt! »Stellen Sie Ihr Licht nicht unter den Scheffel!« sagte sie. Sie kannte keine Schonung, sie sagte ihm auf den Kopf zu, daß ihm das Leben in Nazareth in der glückseligen Umarmung des Gekreuzigten nicht genug war. »Wer Jesus in sich trägt, kann gar nicht anders, als ihn auch zu den anderen tragen«, sagte sie. »Sie sind ein Egoist, aber ganz so egoistisch sind Sie doch nicht.« Und das war das Erschreckende, daß sie genau das sagte, was er hören wollte. »Bitten Sie um die Priesterweihe, um unser Hausgeistlicher werden zu können«, sagte sie. »Nachher können Sie bleiben oder fortgehen, wohin der Geist Gottes Sie führt.«

Und er kniete und horchte, und er nickte und sagte manchmal ganz leise: »Ja.« Es war ein ungleicher Kampf, er hatte von Anfang an gewußt, daß er ihn nicht gewinnen konnte, weil er ihn gar nicht gewinnen wollte. Es war süß, einer Frau gegenüber so unterlegen zu sein. Sogar ihre Ironie nahm er demütig hin. »Oder haben Sie Angst vor Ihrem Abbé Huvelin?« fragte sie. »Weil Sie jetzt plötzlich eine Entscheidung treffen wollen, die Sie jahrelang hinausgeschoben haben? Dann kann ja ich ihm schreiben.« Sie erriet seine geheimsten Gedanken.

Er versuchte noch einmal, davonzulaufen. Er verkroch sich in seiner Hütte, er pilgerte nach Jerusalem, nach Ein-Karem hinunter, wo die schwangere Maria ihre Cousine Elisabeth getroffen hatte. Er besuchte des öfteren das französische Konsulat, wo er trotz seiner abenteuerlichen Aufmachung ein gern gesehener Gast war, er malte den Nonnen Heiligenbilder wie schon in Nazareth und Ansichten des Klosters, er begann mit Farben zu experimentieren, als sollte das seine Profession werden. Aber überall war Jesus gegenwärtig, überall verfolgten ihn die Worte der Äbtissin: ›Wer Jesus in sich trägt, muß mit ihm auch Erlöser sein.‹ War das der Anruf Gottes? Oder war es nur diese

Stimme? Wenn Dom Polycarpe nur dagewesen wäre! Der hätte etwas von dem Zauber verstanden, der sein Beichtkind immer wieder zu diesem Fenster zurücktrieb.

»Sie sind nicht für Ihre eigene Vollkommenheit auf der Welt, Bruder Charles«, sagte sie. Auch Abbé Huvelin hatte eine schöne Stimme gehabt. In Scharen waren sie, besonders die Frauen, nach St. Augustin gepilgert, um sich von dem Prediger verzaubern zu lassen. Bruder Charles hatte immer noch seine Worte im Ohr: ›Jesus hat den allerniedrigsten Platz eingenommen, den kann ihm niemand streitig machen‹, und tagelang war er durch Paris gehastet mit diesem Satz und hatte geschworen, ihn zum Leitspruch seines Lebens zu machen. Aber war dieser Gedanke weniger wert, weil eine schöne Stimme ihn an sein Ohr getragen hatte?

»Wir arbeiten für die Heiligung der Welt«, sagte sie, »und nicht für die unsere.«

War das, was sie sagte, weniger wert, nur weil sie es sagte? War der immer stärkere Drang, loszurennen und endlich zu tun, was sie verlangte, weniger wert, weil die, die es von ihm verlangte, eine solche Faszination auf ihn ausübte?

»Sie sind berufen, Bruder Charles«, sagte sie, und er betrachtete seine groben, abgearbeiteten Hände, die Schwielen und Narben von den vielen Infektionen und Verletzungen – einst waren sie zweimal die Woche von sorgsamen Mädchenhänden manikürt worden. Diese Hände sollten würdig sein, eine Hostie vom Altartisch aufzuheben?

Sie sagte: »Eine Messe mehr für die Menschheit pro Tag.« Eine simple Rechnung und doch so erschreckend logisch. Und er beugte sich über den Brunnen im Klostergarten und versuchte seine von der Sonne schmerzenden Lippen im Wasserspiegel auszumachen – wie einst der Geck in Leutnantsuniform vor dem Spiegel in Mimis Boudoir, wenn sie seine vom Morgenritt rauhgewordenen Lippen mit Creme wieder weich und geschmeidig zu machen suchte. Und diesen Lippen sollte Gewalt gegeben werden, zu binden und zu lösen und zu einem Blättchen Brot zu sagen: ›Dies ist mein Leib‹?

»Sie wollen das geheime Leben Jesu leben, wie Sie es nennen«, sagte sie. »Aber Jesus hat nicht dreißig Jahre als Mensch unter Menschen gelebt, nur um als Mensch unter ihnen zu sein und sonst nichts«, sagte sie. »Er hat nicht gehungert und Durst gelitten, um den Nachbarn in Nazareth bessere Dachbalken und Türschwellen zu liefern«, sagte sie. »Er ist in die Wüste gegangen, um für sein öffentliches Leben bereit zu werden, an dessen Ende der Opfertod für uns alle steht«, sagte sie, und er sprach es nach wie ein Credo. Aus ihrem Mund erschien es ihm plötzlich neu, als hätte er es noch nie gehört, als wäre er eben erwacht, als wäre er inmitten der Wüste auf eine Quelle gestoßen. Bis in den Schlaf hinein verfolgte ihn ihre Stimme: »Sie haben schon so viele Jahre Ihres Lebens vertan«, sagte sie. »Jetzt sind Sie in Nazareth, jetzt sind Sie in der Wüste – worauf warten Sie noch?«

Ob das der Anruf Gottes war?

Wenn er es glauben wollte, ganz fest glauben, dann konnte es ihm auch gelingen, das Mißtrauen gegen die zu überwinden, die ihm diesen Anruf überbrachte. Dann konnte er auch glauben, daß es falsch gewesen war, sich so lange gegen seine Berufung zu wehren. Und gerade darum konnte er das glauben, weil diese Frau hinter dem Vorhang, der er so sehr mißtraute, es behauptete. Weil ihr in wenigen Wochen gelingen sollte, worum Abbé Huvelin und alle seine Ordensoberen sich so lange vergeblich bemüht hatten. Warum sollte Gott sich nicht solcher Umwege bedienen, wenn es ihm gefiel?

Aber konnte er nicht ebenso fest glauben, daß das alles nur eine Versuchung war? Wie sein Hochmut, wie seine hochfliegenden Pläne Versuchungen waren, um sein Leben zu zerstören? Meinte das nicht auch Abbé Huvelin, wenn er von den Gefahren von Jerusalem schrieb, denen Charles sich möglichst schnell entziehen sollte?

Aber wenn er an die Versuchung glaubte und nicht erkannte, was Gott für ihn bereithielt, nur weil er Angst hatte, der Versuchung zu verfallen, nur weil er nicht bereit war, auch seine Seligkeit aufs Spiel zu setzen – konnte er dann nicht alles verlieren?

*

Abbé Huvelin las die Messe. Mühsam schleppte er sich zum Altar, die Stufen hinauf, Evangelienseite, Epistelseite, die Stufen hinunter, angedeutete Kniebeugen, ausgebreitete Arme von einem kaum erträglichen Gewicht.

Er sollte das Bett nicht verlassen, er opferte die Messe für seinen Schützling auf. Aber wie seine Beine sich mechanisch bewegten, so leierten auch die Lippen die gewohnten Gebete nur herunter, einmal leise, dann laut, damit der Mann, der ihm ministrierte, etwas hörte, auf das er antworten konnte. Seine Gedanken waren in Jerusalem, in seinen Gedanken las er die Briefe, die von dort gekommen waren, endlos lange Briefe, daß dem Leser auch noch die Augen zu schmerzen begannen. Er hatte entsetzliche Angst um sein Kind. Gleich nach der Messe wollte er wieder nach der Feder greifen und mahnen: ›Gehen Sie nach Nazareth zurück!‹ Mehr konnte er nicht tun. Die Äbtissin von Jerusalem hatte ihm einen Brief geschrieben, Bruder Charles wünsche Priester zu werden, er wisse es noch nicht recht, aber er sei berufen. Huvelin möge ihr helfen und alles dazu tun. Hatte er nicht schon immer alles dazu getan? Aber jetzt, Gott mochte ihm verzeihen, jetzt mißtraute er dem plötzlichen Entschluß seines Schützlings.

Er hob die Patene mit der Hostie hoch, und seine Lippen sprachen das Opfergebet. Nein, er traute der Frau nichts Böses zu, es war auch nicht Eifersucht. Wie gern hätte er Foucauld in Jerusalem in guten Händen gewußt! In denen eines Dom Polycarpe oder eines Dom Louis oder einer Mutter Marie de Saint-Michel. Aber man brauchte doch nur seine Briefe zu lesen, um erkennen zu können, wie verwirrt er war! Wie immer, wenn er nicht mehr weiter wußte, klagte er sich seiner Fehler an, seiner Lauheit und seines Egoismus, seines Hochmuts und wie zerstreut er vor dem Allerheiligsten war. Er wolle Gott lieben, aber wie weit sei er davon noch entfernt! Wenn er seinen Kopf frage, dann müsse er Priester werden und einen Orden gründen. Wenn er sein Herz frage, dann hieß es: mach deine Bücher zu, wirf die Feder weg, bleib Hausknecht! Und wenn sie dich nicht mehr brauchen, geh in die Wüste, schlaf in irgendeiner Höhle des Ölbergs und verbring deine Tage vor dem Allerheiligsten! »Bringen Sie meinen Kopf und mein Herz endlich in Einklang, lieber Vater!« bettelte er. »Sie werden Ihnen gehorchen, sie erkennen die Stimme des Hirten.«

Seit Jahren kämpfte Huvelin nun um dieses große Kind, das seine Zick-Zack-Wege damit zu rechtfertigen suchte, daß es endlich die Spur seines Herrn finden wolle. Aber kaum hatte Huvelin hoffen dürfen, daß Foucauld endlich ein bißchen Frieden gefunden und in Sicherheit war, da riß ihn diese Frau wieder aus allem heraus. Vorbei war es mit der Einsamkeit und dem Schweigen, die ihm so not taten. Hauskaplan, Ordenspriester, Weltpriester – dauernd war er als diplomatischer Gesandter der Dame unterwegs. Sogar seine Gedanken von einer Bruderschaft hatte sie wieder aufrühren müssen. Sie war doch eine kluge Frau, sie mußte doch schon bemerkt haben, wie ungeeignet er war, Menschen zu führen und einen Orden aufzubauen! Und was sie ihm alles anbot! Seine Jünger im Schatten des Klosters! Ein Zigeunerlager mit lauter zerlumpten Foucaulds im Garten der Klarissinnen! Grotesk! Freilich, ihrem Schützling mochte das gefallen, er schien nicht zu ahnen, welche Clownsrolle ihm da zugedacht wurde. Hatte er doch sogar schon den Klostermaler gespielt, der das Leben seiner Dame mit dem Pinsel in die Heiligengeschichte eintrug!

»Verzeih, Charles de Foucauld!« Er sagte es plötzlich laut mitten in das Kommuniongebet hinein. Wie hatte er doch sein Hirn zermartert, alles richtig zu machen! Wie behutsam hatte er diese zarte, verletzliche Seele zu führen versucht, aber diese Frau brach einfach herein, ungestüm, ohne zu überlegen –

Der Ministrant war aufmerksam geworden und sprang die Stufen hinauf, um den schwankenden Priester zu stützen. Huvelins Gesicht war von einer erschreckenden Blässe. »Es geht schon«, wehrte er ab, überließ sich aber doch dem festen Griff des Mannes.

»Domine non sum dignus«, beteten sie gemeinsam, und der Priester machte mit der zerbrochenen Hostie das Zeichen des Kreuzes ...

Er stand in der Sakristei und ließ sich die Alba vom Körper ziehen. Er war erschöpft, die Messe hatte ihm keine Kraft gegeben. Er ließ sich zum Betstuhl führen, er ließ sich zur Danksagung hineinfallen.

»Herr, wir brauchen Menschen wie ihn«, betete er, indes der Ministrant aufmerksam hinter ihm stand. »Wir sind doch so schwach, unser Glaube ist so schwach, unser Gedächtnis ist so schwach. Es ist schon so lange her, daß du unsere Erde verlassen hast, du bist schon so fern – alles andere, das du nicht bist und das uns bedrängt, ist so furchtbar nah. Deine Worte – wir sprechen sie nach, aber das ist nicht mehr genug. Wir brauchen Menschen wie ihn, Herr, die uns ein Beispiel geben, die dich lieben können, als wärst du wieder bei uns ...«

Ein eisiger Wind schlug ihm entgegen, als er am Arm des jungen Mannes über den Platz schlurfte. Oder tat er Mutter Elisabeth unrecht? Konnte es nicht sein, daß Gott sich ihrer bediente? Tat er ihr unrecht, weil er sein Kind so sehr liebte?

Im Tor zum Pfarrhof wartete schon die Haushälterin. »Ein Brief von Vicomte de Foucauld«, rief sie ihm entgegen. Der Brief war aufgeschnitten – Abbé Huvelin hatte sich schon einmal mit dem Messer verletzt –, und er griff mit zitternden Händen danach und las und las, ohne sich um die Kälte im Hausflur zu kümmern.

»Ist etwas passiert?« fragte die Frau ängstlich, als sie die Tränen aus seinen Augen auf die zitternden Blätter fallen sah.

»Er ist wieder in Nazareth«, flüsterte er und räusperte sich, da ihm die Stimme versagte. »Gott segne die Schwestern!«

*

Die Klarissinnen von Nazareth waren überglücklich, daß ihr Bruder Charles wieder heimgekehrt war, und das winzige Gesichtchen von Schwester Martha strahlte von morgens bis abends wie eine wandelnde Laterne. Mutter Marie hatte den schönsten Vorwand gefunden, ihn der Äbtissin von Jerusalem abspenstig zu machen, einen belanglosen Grundstückstreit, den sogar er, der juristisch Unerfahrene, in wenigen Stunden schlichten konnte. Und es war reine Seligkeit für ihn, wieder in Nazareth zu sein. Er empfand das Hiersein wie eine Erlösung von einer schweren Krankheit. »Ihr seid mein Sanatorium«, sagte er zu den Schwestern. »Ihr seid meine Sommerfrische.« Jetzt wußte er: in Nazareth sein, das war seine wahre Berufung.

Auch der Abbé war glücklich und sprach von Ausruhen, von Abwehr gegen die ununterbrochene Betriebsamkeit, die sein Leben in Jerusalem erfüllt hatte, gegen die steten Versuche, etwas Neues zu beginnen. Und Charles fühlte sich im Gehorsam gegenüber seinem Seelenführer geborgen wie in der Hand Gottes.

Aber machte er sich da nichts vor? War er vielleicht nur darum so gehorsam und so glücklich dabei, weil er spürte, daß er einfach nicht anders konnte? War das der selige Zustand: nicht anders zu können, keine Wahl zu haben, wie ein zu Tod Erschöpfter, der den ersehnten Schlaf für das einzig Sinnvolle im Leben hält? Ja, es war wie ein großer, geruhsamer Schlaf im weich gepolsterten Nest Nazareth, fast ein ganzes Jahr hindurch schlief er ihn, und nur selten drangen vage Träume in ihn ein: der Gedanke an einen Abschied, der vielleicht irgend einmal kommen könnte, ein Gedanke, der ihn aber nur noch tiefer in das Vergrabensein mit Jesus hineindrängte. Die Idee, in das Spital der Schwestern des heiligen Vinzenz von Paul als Diener oder als

Krankenpfleger einzutreten. Die vagen Vorstellungen, das, was er in wochenlanger Arbeit als Regel der »Herz-Jesu-Eremiten« niederschrieb, könnte mehr sein als ein Zeitvertreib oder ein Spiel. »So warte ich und laß mich tragen, ohne mich zu rühren.« Daß er einmal nahe daran gewesen war, Priester zu werden, war vergessen, die einzige Wirklichkeit war das Gebet, das glückselige Beisammensein mit dem Geliebten.

Nur Abbé Huvelin wurde seine Sorgen nicht los. Daß sein Schützling sich jetzt Charles de Jésus nannte – nach seinem großen Vorbild Teresa de Jesús –, erschien ihm zwar als weiteres Zeichen dafür, daß dieser sich endgültig für ein Leben der Zurückgezogenheit mit Jesus entschieden hatte. Aber da tauchten in den Briefen immer öfter Bemerkungen auf, die ihm signalisierten, daß unter der scheinbar so ruhigen Oberfläche allerlei in Bewegung war. Schon die dauernden Beteuerungen, wie glücklich Charles in Nazareth sei und wie sehr er Huvelin dafür danke, waren Grund zum Argwohn. Wollte er sich das alles nur einreden? Dann die vielen Widersprüche: die Beteuerung, dieses Leben sei seine endgültige Berufung, und wenige Tage später die verzweifelte Frage: »Bis wann? Bis wann?« Da frohlockte er über sein Eremitendasein, zur gleichen Zeit arbeitete er verbissen an seiner Regel, zweihundert Schreibmaschinenseiten, lateinisch und französisch, die umfassende Darstellung eines Lebens in einer Gemeinschaft. Er dankte Huvelin für dessen Hilfe gegen die Versuchung, Priester zu werden, und stellte zur gleichen Zeit die Forderung auf, möglichst viele seiner künftigen Mitbrüder mögen Priester werden, weil nichts Gott mehr verherrliche als seine Gegenwart im Sakrament.

Was Huvelin aber am meisten beunruhigte, waren die immerwährenden flehentlichen Bitten seines Schützlings, für ihn da zu sein, ihm beizustehen, ihm immer zu sagen, was er tun solle, wenn es nötig sei. Als fürchtete er, schon in Kürze könnte etwas auf ihn zukommen, dem er allein nicht gewachsen war.

*

Es war Nacht, aber in der kleinen Kapelle der Klarissinnen von Nazareth brannte noch ein Licht. Bruder Charles lag auf dem kalten Boden, aber er spürte die Kälte nicht. Er schlug mit den Fäusten auf die Steine, er schluchzte, er hatte Tränen in den Augen, er war wie verrückt. Er hörte den Satz, den er seiner Cousine geschrieben hatte, und er hörte ihn immer wieder: ›Nazareth, das ist genau das Leben, das ich mir vorgestellt habe‹, und rief sich immer wieder die Antwort zu: ›Und darum muß ich fort. Ich weiß, ich muß fort.‹

Das Kerzenlicht flackerte über ihn hinweg und hob den Tabernakel aus dem Dunkel, es warf den zitternden Schatten des Altars an die Wand. Seine Stirn war glühend heiß, und er drückte sie gegen den Stein. Auch Jesus hatte den Ysopstengel nicht zurückgewiesen.

›Und warum mußt du fort, Charles?‹ fragte die Stimme.

›Es ist so schön hier‹, gab er zur Antwort. ›Ich gehe die Wege, die er gegangen ist, ich darf die Steine berühren, die seine Sandalen berührt haben. Ich küsse ihn, wenn ich aus der Quelle trinke, die seinen Durst gelöscht hat. Ganz Nazareth ist ein körperliches Umarmen Gottes. Aber ich bin dessen nicht würdig. Wenn ich in Jerusalem bin, sehe ich von meinem Fenster aus die ganze Stadt, Gethsemane, den Ölberg, Bethanien und in der Ferne die Berge von Moab und Edom. Ich sehe das Haus des Abendmahls und die Kuppel der Grabeskirche und den Ort der Auferstehung, alle Stationen unserer Erlösung. Und alles ruft und jubelt ohne Ende: Jesus!‹

›Du hast dich doch immer danach gesehnt‹, sagte die Stimme.

›Ja, und ich werde mich immer danach sehnen, auch wenn ich noch so weit fort bin. Und ich habe entsetzliche Angst, von hier fortzumüssen.‹

›Was treibt dich fort, Charles?‹

›Manchmal ist eine Stimme in mir, und die sagt: mach dir's nicht so bequem! Ich bin als Knecht gekommen, aber ich bin ein heimlicher König. Ich lebe wie der Hahn im

Korb bei den Nonnen, ich kann in Fetzen gehen, und niemand spottet mich aus. Sie grüßen mich wie einen reichen Fremden und sind stolz, daß sie mich kennen, die Juden, die Christen, die Moslems. Nicht einmal die Kinder werfen mir Steine nach, seit sie wissen, welche Leckerbissen in meinen Taschen stecken. Ich weiß, du hast dich salben lassen und dich auf weiche Kissen gestreckt. Ich sag es mir immer wieder: auch er hat Wein getrunken und sich bedienen lassen. Aber dann ist die Stimme wieder da, und die sagt: Ich hab auch die Wüste geschaffen, dieses große, erbarmungslose Nichts. Ich habe die Welt geschaffen, aus der du kommst, Milliarden von Menschen, die sich ohne mich in diesem Labyrinth verlieren. Soll ich der Stimme nicht glauben, nur weil sie so oft verstummt? Muß es eine Versuchung sein, wenn ich höre, daß ich auserwählt bin, fortzugehen von hier und mir Brüder zu suchen, wie Jesus sich seine Jünger gesucht hat? Immer wieder zieht es mich dorthin. Und ist meine Angst vor dem Chaos, das mich erwartet, nicht ein Zeichen, daß ich dorthin muß?‹

›Glaubst du an diese Brüder?‹ fragte die Stimme.

›Ich weiß, daß ich nichts von einem Oberen an mir habe. Ich habe kein Organisationstalent, ich bin ein Chaotiker, ich habe weder ein sicheres Urteil, noch – ich weiß, ich hab meine Brüder schon im Stich gelassen in meinem Glück, bevor sie noch da waren. Ich habe nicht einmal mehr um sie gebetet. Aber ich glaube an sie.‹

›Und doch tust du alles, um sie abzustoßen. Du stellst ihnen Regeln auf, über deren Strenge sogar Abbé Huvelin entsetzt ist. Du ereiferst dich über die Order von Rom wegen des bißchen Öl in der Suppe. Du tüftelst seit Jahren daran herum, wie die Zellen deiner Brüder aussehen sollen und ob eine dünne Decke nicht schon zuviel ist. Du teilst deinen Tag in Stunden und grübelst wochenlang darüber nach, zu welcher Minute welches Gebet oder welche Handlung angesetzt werden soll. Hast du so wenig Vertrauen zu dir und zu deiner Liebe zu Gott, daß du dir ein solches Gefängnis bauen mußt?‹

Er lag schon stundenlang auf dem Boden, die Arme ausgestreckt wie sein Gekreuzigter. Es war ein harter Winter, aber er spürte die Kälte nicht. Er schrie nicht mehr, er schlug nicht mehr mit den Fäusten gegen den Stein.

»Ich möchte endlich lernen, arm zu sein«, flüsterte er. »Aber es gelingt mir nicht. Ich bin reich geboren, und ich bleibe reich. Du hast mir das entsetzliche Talent gegeben, alles zu genießen, jede Speise, jeden Tropfen Wein, so oft mich auch der Ekel überkam. Jeden Strahl der Sonne auf meiner Haut, so hungrig auch die Seele dabei blieb. Und je mehr ich deine Liebe zu begreifen beginne, desto besser schmeckt mir das geschmackloseste Brot. Desto mehr genieße ich jeden Windhauch und jede Farbe vor meinen Augen. Und jeden Schmerz. Ich hab dieses lächerliche Gewand angezogen, nicht nur, weil ich arm sein wollte, es sollte meinen ästhetischen Sinn beleidigen. Aber ich liebe es jetzt schon mehr als die schönen Gewänder der Trappisten. Wenn der harte Stoff mit den Flicken meine Haut wundreibt, dann ist das um nichts weniger schön als die Wolle, die die Glieder umfließt und jeden Schritt zum sinnlichen Genuß macht. Selbst wenn ich hier liege, um mich zu erniedrigen, genieße ich die Geste meiner Erniedrigung, und die Stille im Raum ist wie die schönste Musik.

Darum die Strenge meiner Regel, darum diese ›Tüfteleien‹, weil ich mir und denen, die wie ich sein könnten, alles entziehen möchte, was Genuß verheißt und uns von deinen Leiden ablenken könnte. Aber ich müßte mir auch die Augen verbinden, um die Schönheit der Welt nicht zu sehen. Ich müßte mir die Nase abschneiden, damit ich den Duft der Blumen nicht mehr atme. Ich müßte mir das Trommelfell durchstechen, damit das Rauschen des Meeres mich nicht immer wieder von dir fortträgt. Ich mache aus meinem innigen Beisammensein mit dem Gekreuzigten, der für mich aus allen Wunden blutet, noch ein fröhliches Fest . . .«

Niemand läutete an diesem Morgen zum Ave, und Schwester Martha, in Sorge um den lieben kleinen Bruder

Charles, der ihr schon seit einigen Tagen recht merkwürdig vorgekommen war, lief zu seinem Schuppen, aber sie fand ihn erst in der Kapelle. Eine schmale Blutspur auf dem Boden wies darauf hin, daß er von der Tür bis zur Apsis, die Stufen hinauf bis zum Altar gerutscht war. Sie griff nach seinem Kopf, den er auf dem Boden hin- und herrollte, und spürte sofort das Fieber und den Schweiß in den Haaren. Sie rief nach Schwester Marie-Fidelis, und gemeinsam trugen sie ihn ins Zimmer des verstorbenen Gärtners. Er war leicht wie ein Kind und verschwand förmlich in dem großen Bett, ein schmutziger, unablässig zitternder Fleck auf dem weißen Laken. Auch seine Lippen bewegten sich dauernd und stießen manchmal zähe Schaumblasen hervor. Als redete er auf jemanden ein, der ihn nicht hören wollte.

›Wenn du mir nur einmal Antwort geben könntest, Herr! Damit ich nicht immer nur mit mir selber rede . . .‹

Schwester Marie-Fidelis hatte einmal in einem Spital gearbeitet, aber wie schon die Ärzte in Paris und in Algerien wußte auch sie mit dem heftigen Fieber nichts anzufangen. Sie flößte ihm ein, was sie für unschädlich hielt und blieb an seinem Bett, bis er schlief. –

Er wußte nicht, ob er erwacht war oder noch träumte, ob es noch Nacht war oder schon Tag, ob die Glocke geläutet hatte, die er läuten sollte. Er wußte nicht, ob es die Wärme der Sonne war, die zum Fenster hereinschien, oder die des weichen Gewebes der Decke. Es war, als wären tausend Worte um ihn und ein tausendfältiges Echo. ›Du wirst noch unendlich viel leiden müssen‹, sagte es. ›Du wirst geschunden werden und dich verraten fühlen, du wirst verzweifeln an allem, was du tust – nur nicht an mir. Du wirst wissen, was du tun sollst, und die Hoffnung darüber verlieren. Du wirst aus tausend Wunden bluten, und es sind meine Wunden. Du wirst Tausende Kilometer gehen, in eisiger Kälte und unter der brennenden Sonne, und ich geh sie mit dir. Du wirst Angst haben, und Schweiß wird dir auf der Stirn stehen, und es wird mein Garten Gethsemane sein, auf dessen Steinen du kniest. Du wirst vom Bösen versucht werden und wirst wieder herabsteigen vom Berg der Versuchung. Du wirst sterben wollen vor Angst, den Weg zu mir nicht mehr zu finden, und du bist schon immer bei mir. Du wirst auf den Krücken von hunderttausend Worten den Weg zu mir suchen, und ich habe längst schon eines zu mir genommen, das alles bedeutet, das Wort ›wir‹. Du wirst mich lieben, wie ich dich liebe, du wirst bereit sein, immer, wie ich für dich bereit bin in alle Ewigkeit . . .‹

Er wußte nicht, woher die Stimme kam, die keine Stimme war, es kam so tief aus seinem Innern, daß es keinen Umweg über das Ohr brauchte, es kam von so weit her, daß kein menschliches Ohr es vernommen hätte. Es war das Unaussprechliche, das er hörte, es war das Unsichtbare, das er sah, das alles Wissen und Denken übersteigt und hoch über uns allen von Nacht zu Nacht weitergegeben wird. Es war die große Stille, in der er ruhte wie in einer einzigen Umarmung.

Schwester Martha erschrak zutiefst, als sie ihn vom Licht der aufgehenden Sonne angestrahlt da liegen sah. Das kleine verzerrte Gesicht, als hätte er Nächte der schrecklichsten Qualen hinter sich. Erst als sie auf Schwester Marie-Fidelis blickte, die neben ihr niedergekniet war, in ihr verklärtes Gesicht, erkannte sie, daß das, was sie so entsetzt hatte, nur die Verzerrung dieser abgemagerten Züge zu einem unbegreiflichen Lächeln war.

*

Zwei Wochen nach seiner Genesung war er wieder unterwegs nach Jerusalem. Es war die verrückteste Idee, die sich einer nur ausdenken konnte, aber sie war offenbar zur rechten Zeit gekommen, bevor er wieder Kraft genug gesammelt hatte, sich seine Situation, die ihm zuletzt so ausweglos erschienen war, wieder bewußt zu machen. Ausgerechnet Mutter Marie hatte ihn darauf aufmerksam gemacht: der sogenannte Berg der Seligpreisungen über dem See Genezareth, auf dem der Überlieferung nach Jesus die Bergpredigt gehalten hatte, sei zum Verkauf ausgeschrieben. Und zwar von der türkischen Regierung. Bruder Charles horchte auf. Was mußte das für ein Verrückter sein, der so etwas kaufte! Steine und Gras, kaum genug für die genügsamsten Schafe. Aber Mutter Marie wußte noch mehr. Der Berg kostete dreizehntausend Francs. Das auch noch! Eine horrende Summe! Aber seit wann beschäftigte sich Mutter Marie mit solchen Dingen? Auch daß die Franziskanerpatres von Jerusalem etwas damit zu tun hatten, wußte sie. Ein seltsamer Handel.

Dennoch konnte er die ganze Nacht nicht schlafen, und am nächsten Morgen war er der erste auf dem Postamt und gab einen Brief an die Franziskanerpatres in Jerusalem auf. Wollte er der Verrückte sein? Er hatte die ganze Nacht den Berg vor sich gesehen, jetzt auf dem Heimweg blieb er lange stehen und starrte in die Richtung hinüber. Er war schon zweimal oben gewesen, ganz allein, für andere gab es keinen Grund, sich dort hinaufzubemühen, keine Wallfahrtskirche, keine Ruine, und den See überblickte man von anderen Hügeln ebenso gut. Er hatte die Bibel mitgenommen und Matthäus 5, Vers 1–35 gelesen, er hatte laut gelesen, als hörte ihm eine große Menge zu.

Wenige Tage später kam die Antwort aus Jerusalem, aber nicht von den Franziskanern, sondern von Mutter Elisabeth. »Kommen Sie«, schrieb sie. »Wir müssen über den Berg sprechen!«

Und jetzt war er wieder unterwegs nach Jerusalem, und je näher er der heiligen Stadt kam, desto klarer wurde ihm: er mußte den Berg haben. Er hatte sich fest vorgenommen, nie wieder hierherzukommen, und jetzt war er doch da und horchte erregt auf die Worte, die durch den Vorhang kamen. Sie sagten ihm wenig Neues, aber aus dem Mund der Äbtissin schien alles eine noch weit größere Bedeutung zu bekommen – obwohl das kaum noch möglich war. Sie erläuterte ihm etliche Einzelheiten, da war ein Herr Ingenieur Lendli, der die geschäftlichen Angelegenheiten der Franziskaner besorgte. Sie hatte Bruder Charles bei ihm bereits angekündigt. »Natürlich nur, wenn Sie Interesse an der Sache haben«, wie sie rasch hinzufügte. Der Berg sei im übrigen nicht billig. Dreizehntausend Francs, bei der augenblicklichen Jagd auf Liegenschaften allerdings ein Gelegenheitskauf.

Bruder Charles mußte lachen. »Um dreizehntausend Francs hab ich Monsieur Berthelot in Saumur seinen ganzen Bestand an Pontet-Canet abgekauft.«

Aber sie schien das gar nicht zu hören, sie war heute ganz Geschäftsfrau, die kein anderes Interesse hatte, als den Handel unter Dach und Fach zu bringen. Und so sehr ihn die Aussicht, diesen Berg zu gewinnen, für sich, für Jesus, für die Kirche, faszinierte, so rasch merkte er, daß dieses Anliegen auch das ihre war. Auch wenn sie so tat, als wollte sie einzig und allein ihm zu Gefallen sein. Ja, es amüsierte ihn, wie sie andere Interessenten ins Spiel brachte, um ihn zur Eile zu mahnen, um ihm den Wert des Objekts schmackhaft zu machen. Aber er hatte sich ohnehin längst entschieden. –

Herr Lendli war eine eher zwielichtige Figur, die er den Franziskanern nicht zugetraut hätte. Aber er nahm sich vor, ihm zu vertrauen und schrieb an Abbé Huvelin, um ihm von der einmaligen Gelegenheit zu berichten. »Es ist oft versucht worden, in den Besitz dieses heiligen Ortes zu kommen«, schrieb er, »und jetzt wird er für soviel wie nichts angeboten. Aber wenn wir jetzt zögern und alles zu früh bekannt wird, dann war alles umsonst.« Seine Cousine Catherine de Flavigny aber und den Schwager, Monsieur de Blic, bat er dringend um das nötige Geld.

Dann lief er zurück in die Kapelle der Klarissinnen und warf sich vor dem Altar nieder. Bevor er mit dem Vertreter der Franziskaner gesprochen hatte, war alles noch fern und unwirklich gewesen, jetzt aber, da er den ersten Schritt getan hatte und sich, wie schon so oft, die Konsequenzen erst im nachhinein überlegte, kam wieder die Angst. Sicher hatte er schon öfter davon geträumt, das Leben an der Klostermauer aufzugeben, dennoch war er in seiner Sucht, möglichst arm und niedrig zu sein, bei den Trappisten ebenso wie bei den

Klarissinnen untergekrochen. Jetzt aber war es ihm, als hätte er sich ins Meer gestürzt, wie der heilige Petrus, und der Gedanke an die völlige Abgeschiedenheit auf dem einsamen Gipfel, vor allem die Schwierigkeiten bis dahin stürzten ihn in Panik. Ein Glück, daß Mutter Elisabeth da war, zu ihr konnte er über alles sprechen, und sie bestärkte ihn in seinem Vorhaben. Er wollte auf dem Berg ein Heiligtum errichten, eine kleine Kapelle, in der täglich die Messe gelesen wurde. Jesus sollte ständig im Tabernakel gegenwärtig sein. Bruder Charles selbst sah sich als armen, unbedeutenden Diener, der bei der Messe ministrierte, Kapelle und Priesterwohnung in Ordnung hielt und die Gäste betreute, die heraufkamen.

»Ein solcher fester Platz könnte auch ein Anziehungspunkt für meine Brüder sein«, sagte er, als er das nächste Mal wieder bei der Äbtissin war. Er hatte den Gedanken an die Brüder, mit denen er leben und Jesus anbeten wollte, nicht aufgegeben – auch wenn er immer wieder durch andere Probleme in den Hintergrund gedrängt wurde.

»Und woher wollen Sie den Priester nehmen?« fragte es durch den Vorhang. Charles hatte schon eine bestimmte Vorstellung, er war in der Grabeskirche mit einem Maroniten bekannt geworden. »Er ist anspruchslos und bescheiden und ein guter Christ«, versicherte er, einen Tag später jedoch wußte die Äbtissin bereits alles über den Mann.

»Der ist doch nicht bei Trost«, eröffnete sie ihrem erschrockenen Schützling. »Er ist eines Tages plötzlich aus seinem Orden in Nordsyrien davongelaufen und treibt sich in Jerusalem herum wie ein Clochard.«

»Das ist schlimm«, sagte Charles kläglich. »Mir ist er ganz vernünftig vorgekommen.«

Aber nicht genug damit. Wer sollte für den Lebensunterhalt des Priesters aufkommen? Die Franziskaner waren zwar hoch erfreut, daß Bruder Charles den mit seinem Geld erworbenen Berg ihnen übereignen wollte, damit er immer in kirchlichem Besitz blieb. Aber sie konnten nicht versprechen, die heilige Stätte auch instandzuhalten oder für einen Priester aufzukommen. Für die Errichtung und Ausstattung des Gebäudes hatte Bruder Charles sich ja auch noch zu kümmern.

Aber es gab noch mehr Unannehmlichkeiten. Herr Lendli hatte ihn beschworen, zu keiner Menschenseele ein Wort zu sagen, wenn er den Berg haben wolle, jetzt mußte Charles feststellen, daß alle möglichen Leute schon davon wußten und ihn darauf ansprachen. Seit einigen Tagen glaubte er sich auch beobachtet, allzu oft tauchte immer derselbe Mann in seiner Nähe auf. Charles machte Lendli darauf aufmerksam, der aber zuckte nur die Achseln. »Ein Araber«, sagte er. »Da sieht einer wie der andere aus.« Lendli hatte persisches Blut in den Adern.

»Wenn er aber dauernd hinter mir her ist!«

»Das bilden Sie sich nur ein«, sagte Lendli und lenkte rasch wieder auf ihren Handel ab und auf das Geld, das schon überfällig sei. Allzu lange könne er die Eigentümer des Grundstücks nicht mehr hinhalten.

Ein Brief aus Paris war gekommen. Schwager de Blic schrieb, das Geld liege bereit, es gäbe nur noch Schwierigkeiten wegen der Devisenbestimmungen. Charles war überglücklich und lief zu Mutter Elisabeth, die seine Freude teilte. Die Bankangelegenheit, von der er keine Ahnung hatte, nahm sie sofort in die Hand.

Aber der Mann, der ihn beobachtete, war keine Einbildung, bis in die Grabeskirche, wo Bruder Charles täglich betete, verfolgte er ihn.

Als Charles Anfang Mai wieder nach Nazareth mußte, nahm er das als willkommenen Anlaß, seinen Beschatter loszuwerden. Aber er hatte sich getäuscht, der Mann verfolgte ihn auch außerhalb der Stadt. Je nach dem Gelände kam er näher oder blieb zurück, und es hätte Charles auch nicht weiter gestört. In dieser unsicheren Gegend war es sogar gut, einen Begleiter zu haben, auch wenn dieser ein Polizeispitzel war. Er würde sicher nicht tatenlos zusehen, daß ein Räuber sein kostbares Beobachtungsobjekt gefährdete. Etwas anderes machte ihm weit mehr Sorgen: er hatte das Gefühl, daß diese Überwachung irgendwie mit dem Berg der Seligpreisungen zusammenhing. Aber wie?

›Warte nur‹, dachte er grimmig, ›die Reise soll dir in Erinnerung bleiben‹, und begann auszuschreiten. Er war klein, nicht einmal einen Meter siebzig, aber seine kurzen Beine konnten eine beachtliche Geschwindigkeit entwickeln. Und ihre Ausdauer hatte er schon in Marokko trainiert. Aber nicht genug damit, manchmal wurde er absichtlich langsam, so daß der irritierte Verfolger ebenso langsam werden mußte. Einmal blieb er sogar stehen, als wollte er rasten. Als er, einen Hügel umgehend, eine Weile nicht gesehen werden konnte, lief er ein Stück so schnell, daß der entsetzte Mann, kaum daß er ihn wieder sah, auch die große Strecke sehen mußte, die plötzlich zwischen ihnen lag. Nur mit Mühe kam er wieder näher. Bei der nächsten ähnlichen Situation tat Charles das Gegenteil und hockte sich hinter dem Hügel auf den Boden nieder. Der Mann, um eine Erfahrung reicher geworden, kam herangehastet und rannte Charles beinahe über den Haufen.

»Entschuldige«, sagte Charles grinsend. »Ein Steinchen im Schuh. Aber eine kleine Rast wird auch dir gut tun.«

Der Mann schwieg betreten und zog sich wieder zurück. Auf Charles' Anerbieten, sich doch zu ihm zu setzen, reagierte er nicht.

»Schade«, murmelte Charles und nahm sein gewohntes Tempo wieder auf. Der Verfolger hielt tapfer mit, obwohl es ihm sichtlich schwerfiel. Gegen Abend hinkte er bereits erbärmlich, aber mit einem Kerl, dessen Beobachtungen womöglich dazu beitragen sollten, ihm seinen Berg wegzunehmen, hatte Charles kein Mitleid.

Am nächsten Morgen – er hatte im Freien übernachtet, und sein Beschatter mußte wohl oder übel das gleiche tun – hatte der Mann einen Esel aufgetrieben, aber nach einer kurzen Strecke Weges bockte das Tier und ließ sich keinen Schritt mehr weiterbringen. Als der Mann abstieg, war der Esel mit einem Satz außer Reichweite und trabte den Weg zurück.

Charles war stehengeblieben, der ungleiche Zweikampf amüsierte ihn, aber als er sah, wie verzweifelt der Mann seinem Esel nachblickte und dann zu ihm herübersah, bekam er doch Mitleid.

»Bleib hier und ruh dich aus!« rief er ihm zu. »Ich komm in ein paar Tagen wieder hier vorbei. Ich versprech es dir.« Der Mann aber tat, als hätte er nicht gehört. »Auch gut«, brummte Charles und erhob sich wieder.

Gegen Nachmittag aber, er war lange im Gebet versunken gewesen, merkte er plötzlich, daß sein Verfolger verschwunden war.

›Das kommt davon‹, wollte er schon spotten, dann aber packte ihn die Sorge, und er ging wieder zurück. Nach etwa einer Stunde sah er den Mann regungslos auf dem Weg liegen. Er rührte sich kaum, als Charles ihn rüttelte und anredete. Endlich öffnete er die Augen. Er erkannte Bruder Charles, der seinen Kopf auf den Knien hielt, und wollte erschrocken auffahren. Sofort aber ließ die Schwäche ihn wieder zurückfallen.

»Bist auch nur eine arme Kreatur«, murmelte Charles. Was für ein Beruf, hinter dem Schnelläufer Foucauld einherzuhetzen! Aber was sollte er mit ihm tun? Er hatte kein Wasser und nichts zu essen, und die armen wunden Füße des Mannes – er trug Sandalen, aber die Riemen hatten die Haut überall zwischen den Zehen blutig gewetzt. Charles spürte die Wunden mehr als seine eigenen.

Aber er hatte Glück. Nicht lange, und ein Mann mit einem kräftigen Maultier kam des Weges, aus dem Süden wie sie.

»Ist er unter die Räuber gefallen?« fragte der Mann neugierig und stieg ab.

Charles nickte, im nächsten Augenblick aber kam ihm zu Bewußtsein, an welche Evangelienstelle ihn die Frage erinnerte, und er schämte sich seiner Lüge. Jericho war schon ziemlich weit.

»Nein, nein!« Er schüttelte heftig den Kopf. »Er kann nur nicht weiter.«

Der Mann war ein wenig enttäuscht und schien zu überlegen, wie er sich aus der Affäre ziehen konnte.

»Hast du noch weit?« fragte Charles.

»Warum willst du das wissen?«

»Du könntest ihn mitnehmen«, sagte Charles, und als er die Abwehr des anderen bemerkte, zog er den Geldbeutel hervor, den ihm die Äbtissin mitgegeben hatte. Das wirkte.

»Du willst für ihn zahlen, Herr?« fragte der Mann und trat näher.

»Fünf Piaster – ist das genug für die ersten Tage?« Mutter Marie würde ihm ihr Fehlen schon verzeihen.

»Du kannst dich verlassen, für acht Piaster nehm ich ihn in mein eigenes Haus!«

»Für sechs!«

»Gut, für sieben. Ich werde ihn hüten wie meinen eigenen Sohn.« So rasch er konnte, hob er den Mann auf das Maultier, sprang selber auch noch darauf und jagte davon.

»Halt! Halt!« schrie Charles ihm nach. »Wenn er aufwacht, dann sag ihm, der, auf den er aufpassen soll, ist in acht Tagen wieder in Jerusalem. Kloster der Klarissinnen! Gleiche Adresse!«

Er blickte dem Reiter noch lange nach. Er schämte sich. Ob sieben Piaster gutmachen konnten, was er dem Mann im Übermut, im Groll, in Angst um seinen Berg angetan hatte?

*

Er ahnte nicht, daß dieser Mann nicht der einzige war, der sich auf seine Spur geheftet hatte. Die Hohe Pforte war schon lange auf den seltsamen Mönch aufmerksam geworden, der keinem Orden angehörte, und hatte ihn beobachten lassen. Bald konnte der Zensor aus dem Postamt in Nazareth vermelden, daß der zerlumpte Pilger, der in einem Holzschuppen hauste und keinen Piaster besaß, mit allen möglichen Leuten in Europa korrespondierte. Mit Grafen, Baronen und anderen hohen Herrschaften, vor allem aber mit verschiedenen hohen Militärs, sogar aus dem Generalstab. Die türkische Botschaft aus Paris wiederum ließ wissen, daß der angebliche Mönch, der im Dienst dieser Klarissinnen kreuz und quer durch Palästina und bis nach Syrien hinauf zog, in Wirklichkeit niemand anderer war als ein Vicomte de Foucauld. Ein ehemaliger Offizier, der sich nicht nur in Algerien hervorgetan, sondern auch, und das bezeichnenderweise in Verkleidung, eine gewagte Durchquerung Marokkos unternommen hatte. Ganz offensichtlich im Auftrag der französischen Armee.

Und dieser Mann, der hier Eselsmist auf der Straße sammelte, sollte nun plötzlich dreizehntausend französische Francs angewiesen bekommen, um eine völlig wertlose Liegenschaft im Norden von Nazareth zu erwerben. Und wenn man sein Vorleben in Betracht zog, konnte dieser Berg nicht einen idealen Beobachtungsposten abgeben? Eine Station, von der aus man signalisieren konnte, was man der türkischen Post lieber nicht anvertraute? Sultan Abdul Hamid war sich bewußt, daß die Großmächte ringsum, England, Rußland, Deutschland und Frankreich, nur darauf lauerten, dem »kranken Mann am Bosporus« möglichst viel von seinen außertürkischen Besitztümern zu entreißen – also wurde die Provinzregierung angewiesen, diesen Foucauld genau zu beobachten und nötigenfalls noch andere Maßnahmen zu ergreifen.

Bruder Charles ahnte nichts davon, ihn beschäftigte im Augenblick auch weit mehr, daß in Nazareth bereits ein dringendes Telegramm aus Paris lag. »Verlassen Sie Nazareth nicht!« hatte Huvelin geschrieben. »Bleiben Sie um Gottes willen dort!«

Aber war es dafür nicht schon zu spät? Am nächsten Tag lag ein Zettel an der Pforte, Lendli fragte nach dem Geld. Und dann kam wieder ein Brief aus Paris: »Bleiben Sie im Schatten des Klosters! Warten Sie! Ich weiß keinen anderen Rat.« Aber waren die Verhandlungen nicht schon viel zu weit gediehen?

Es machte ihn fast verrückt. War die Sache mit dem Berg nicht doch ein Wahnsinn gewesen? Hatte Huvelin ihn nicht vor der Äbtissin gewarnt? Sollte er sich nicht, so rasch er konnte, wieder in Nazareth verkriechen? Welche Anmaßung, abwägen zu wollen, ob es seine Berufung war, in Nazareth oder in Jerusalem oder an irgendeinem anderen Ort in der Welt zu sein! Sich für Nazareth zu entscheiden und den Berg abzuschreiben, der doch ein Signal für die Menschen sein sollte, daß Jesus für sie gekommen war! Oder sich für ein Leben der Hingabe an sie zu entscheiden, ›Erlöser‹ zu sein durch die Nachahmung Jesu, durch Nächstenliebe und die Darbringung des heiligen Opfers – als ob es etwas Größeres geben könnte, als völlig zurückgezogen zu Füßen Jesu zu knien? Bei jeder seiner Entscheidungen hatte er das Gefühl, daß er falsch entschied, daß alles andere besser gewesen wäre. War es da nicht weit klüger, nur noch seiner Natur zu folgen und sich treiben zu lassen? Auch wenn die Äbtissin ihm das übelnahm? Er sah doch, daß selbst Huvelin keinen Rat mehr wußte. Er, vor dem er sich jahrelang klein, zum unwissenden Kind gemacht hatte, als wäre die Stimme des Abbé von St. Augustin im achten Arrondissement von Paris der ewige Ratschluß Gottes!

Aber das war der Fluch, schon seit seiner Geburt. Da redeten sie von Freiheit und zettelten Revolutionen an, aber war der Vicomte de Foucauld nicht das beste Beispiel dafür, wie furchtbar diese Freiheit war? Er, der, grenzenlos verwöhnt, mit Geld und Privilegien, mit Talenten und Fähigkeiten überhäuft, die ihm unzählige Wahlmöglichkeiten anboten, sich über alle Zwänge der Gesellschaft wie der gängigen Moral, ja weit über die Grenzen des eigenen Standes hinwegzusetzen vermochte? Sogar mit dem strengen Orden der Trappisten hatte er gemacht, was er wollte. Was hatte die große Teresa alles erdulden müssen, gehaßt und verleumdet, verfolgt und ins Gefängnis geworfen und von der Inquisition bedroht! Der Herr Graf aber wurde mit Samthandschuhen angefaßt, wie ihm einer der wenigen Mißgünstigen vorgeworfen hatte. Was wurde da nicht alles aufgeboten, damit er ja das bekam, was ihm am ehesten entsprechen mochte! Durch die halbe Welt hatten sie ihn geschickt, und war die Liebe, die sie ihm fast alle entgegenbrachten, nicht auch ein Privileg? Zu den fünf Gelübden der Zisterzienser gehörte das der Beständigkeit, die meisten Mönche starben in dem Kloster, in dem sie ihre Profeß abgelegt hatten, und Ausnahmen gab es nur selten. Foucauld aber hatte schon seinen Eintritt mehr oder weniger an die Bedingung geknüpft, möglichst bald von Notre-Dame des Neiges nach Syrien zu übersiedeln, weil er sich von dort mehr versprach. Und wie schamlos hatte er auch die Nachsicht seiner Verwandten, seiner Vorgesetzten, seiner Freunde ausgenutzt!

Und immer schon der verzweifelte Wunsch: gib mir Grenzen! Laß mich nicht so sinnlos hin- und hertaumeln! Zeig mir einen Weg und mach ihn ganz eng, ohne Ausflucht, und zwing mich, ihn zu gehen! Waren seine Entschlüsse, das Militär als Beruf zu wählen, gegen Bou Amama in Afrika zu kämpfen, als Rabbi kostümiert in das lebensgefährliche Gefängnis Marokko einzudringen, nicht der dauernde Versuch gewesen, dieser verhaßten Freiheit zu entfliehen? Sich mit Absicht in Situationen zu begeben, in denen etwas anderes ihn bestimmte als eigene Launen und der kümmerliche Rest von Interessen an irgendwelchen außergewöhnlichen Dingen? Hatte nicht schon das gläubige Kind seinen Gott angefleht: einmal dich sehen in dieser Hostie? Als Christkind, als gütigen Jesus, als blutendes Herz! Schon damals, wenn auch noch ahnungslos, in der entsetzlichen Angst, diese über dem Glanz des Altars schwebende weiß leuchtende Scheibe könnte eines Tages nicht mehr sein als ein rund ausgestanztes Stückchen des blättriges Brotes, das in der Küche von Tante Inès auch als Unterlage für Konfekt und Kuchen diente. Dann die Jahre der Skepsis, da sich alle Religionen und Philosophien und Morallehren so bereitwillig anboten, sich gegeneinander ausspielen zu lassen, Sentenzen zu liefern, mit denen man fechten konnte wie mit dem Kavalleriesäbel. Ein üppiges Buffet aus den besten Küchen der Welt, von dem der Gourmet sich auf den Teller lud, was seinem augenblicklichen Gusto entsprach. Schon ›Schweinchen‹ hatte Gott herausgefordert: Rühr dich doch! Reiß mich aus den Armen dieser Hure! Laß mich sterben beim nächsten Duell! Wenn du der Sohn Gottes bist, steig herab vom Kreuz! Und der mit Gold dekorierte Afrikaforscher war auf den Knien gelegen und hatte den unbekannten Gott angefleht: ›Wenn es dich gibt, dann laß es mich erkennen!‹ Und dieses Erkennen-Wollen hatte schon damals die ewige Frage des Paulus auf dem Weg nach Damaskus mit eingeschlossen: ›Herr, was willst du, daß ich tun soll?‹

Und jetzt saß Bruder Charles wieder nächtelang über den Schriften der Teresa von Avila wie schon in Paris und in Cheiklé und stürzte sich in dieses Leben, das ihm manchmal wie ein zweites eigenes erschien. Auch sie war der Welt lange verfallen gewesen, bevor Gott sie rief, auch sie hatte ihre ›zweite Bekehrung‹ erst nach vielen vergeudeten Jahren erleben dürfen. Auch sie hatte kein Maß gekannt im Dienst des Herrn, aber ihr hatte sich Gott in Ekstasen und Visionen geschenkt, von denen sie Bruder Charles nichts als ihre kümmerlichen Beschreibungen zurückgelassen hatte, wie Abfälle für einen Hund. Dürre, banale Worte, wie sie selber gestand, so genial sie sonst war, von einer ›Lichthelle‹ und einem ›Glanz, der entzückt, aber nicht blendet‹, von einem ›unendlich milden Weiß‹, einem Licht, das ›von allem Licht auf der Erde verschieden‹ war. Worte, nur Worte, und nicht annähernd etwas von dem, was ihr wirklich geschehen war. Laut, fast schreiend deklamierte er sie vor sich hin, tastete ihre verkrustete Hülle ab, um endlich die Stelle zu finden, an der man eindringen, von der aus man sie aufbrechen konnte, um ihr ihre Geheimnisse zu entreißen. Teresa hatte genau gewußt, wann sie ihr beschauliches Nazareth verlassen und in die Welt hinaustreten mußte, denn ihr war es geoffenbart worden. Ihr hatte Jesus den Zeitpunkt angegeben, zu dem sie das lange geplante Kloster verwirklichen sollte. Ihr hatte er gesagt: ›Fürchte dich nicht – ich werde dich nicht verlassen.‹

Und die andere, von der man jetzt immer mehr hörte? Zu deren Grotte schon Hunderttausende pilgerten? Deren Offenbarung nicht einmal die abgebrühten Kardinäle der römischen Kommission ihre Anerkennung versagen konnten, die kleine Bernadette aus Lourdes? Die hatte nicht gefastet und sich die Füße nicht wundgelaufen in Hundert-Kilometer-Märschen. Die hatte sich nicht jahrelang abquälen müssen, um mit der Welt, in die sie hineingeboren war, fertig zu werden. Wie Teresa, um deren süßen Verlockungen widerstehen zu können, wie er selbst, um endlich den Abscheu vor ihr zu überwinden. Bernadette war nur eines Tages Holz sammeln gegangen – und hatte die Frau gesehen. So einfach war das, so einfach wie auch die Stimmen der Jeanne, dieser Riesin an Glaubenskraft, die noch auf dem Scheiterhaufen rufen durfte: »Alles, was ich getan habe, habe ich auf Gottes Geheiß getan!«

Er aber, der Vicomte de Foucauld, der namenlose Landstreicher in den Dörfern rings um Saumur, der Rabbi Yussef Aleman, der Trappist Bruder Albéric, Charles de Jésus und wie er sich sonst noch nennen sollte, um sich endlich einmal beim richtigen Namen zu nennen, er mußte immerfort auf seine eigene Stimme hören. Er mußte sich selber zurufen: Algerien oder Marokko, Notre-Dame des Neiges oder Nazareth, einen Schritt vor oder einen zurück, einen nach links oder einen nach rechts – immer ängstlich horchend, ob das Schweigen, das ihm antwortete, Zustimmung oder Donner sein könnte, bevor er den nächsten Schritt in ein weiteres Schweigen hinein versuchte. Er, der nichts sehnlicher wünschte, als sich zum Kind zu machen, winzig und arm und dumm und fügsam, mit jedem Gebet bettelnd, fang mich ein, Großer, und nimm mich an der Hand! Wann würde er endlich den Schritt tun dürfen, nach dem es keinen mehr gab? Kein Vor und kein Zurück mehr, kein Links und kein Rechts, weil er endlich dort angelangt war, wo Gott ihn haben wollte?

›Bleiben Sie in Nazareth!‹ hatte Abbé Huvelin wieder geschrieben. Charles ging auf das Postamt und telegraphierte an seinen Schwager de Blic: »Schick das Geld! Schick es bitte rasch!«

*

Die Sache mit dem Kauf des Berges wurde immer chaotischer. Eine Äbtissin, die ihm jeden Tag brieflich versicherte, es stünde alles zum besten, ein lästiger Ingenieur Lendli, der immer wieder nach dem Geld fragte, das noch nicht eingetroffen war. Ein Bruder Charles, der zwischen Nazareth und Jerusalem hin und her pendelte und, wenn er die Franziskaner besuchte, das Gefühl hatte, daß sein Geschenk an sie ihnen eher lästig war. Sie hatten genug damit zu tun, ihre eigenen Ordenshäuser in Ordnung zu halten.

Aber daran durfte es nicht scheitern! Er mußte einen Weg finden, und wenn er das Baumaterial selber auf den Berg hinaufschleppen sollte! Er trieb einen Baumeister auf, der nach seinen Plänen einen Kostenvoranschlag errechnete. Es sollte nur eine ganz einfache Kapelle werden, ein Nebenraum für ihn und den Priester genügte vorläufig, und Steine als Baumaterial lagen in Mengen herum. Er hatte in Kapharnaum in einigen abbruchreifen Hütten billige Deckbalken gefunden, er verhandelte mit einem Eseltreiber und einem anderen, der einen passenden Wagen leihen konnte.

Und wenn er am Abend wieder in seiner Hütte saß, arbeitete er verbissen an der Revision seiner Regel. Einmal mußte auch Abbé Huvelin seine Zustimmung geben. »Kleine Brüder vom heiligsten Herzen Jesu« sollten sie jetzt heißen.

Nur – was war mit dem Priester? Die Frage beunruhigte ihn von Tag zu Tag mehr. Ohne ihn hatte die ganze Sache keinen Sinn. Und wenn die Kapelle noch so billig war – konnte er seiner Familie auch noch das ständige Monatsgehalt für einen Kaplan auflasten? Was kostete überhaupt ein Priester? Wer konnte es wagen, den Wert dieses Dienstes, der mit nichts auf der Erde zu vergleichen war, in Francs oder Piastern auszudrücken?

Mutter Elisabeth konnte es. »Das ist wie bei den Sängern der großen Oper«, sagte sie und wußte aus dem Kopf, was in Jerusalem für einen Meßleser bezahlt wurde und was Mutter Marie für den ihren auslegte. Daß die Dominikaner mehr verlangten als die Brüder des heiligen Franziskus, und diese noch um einiges mehr als die Trappisten. Die Maroniten waren die billigsten – wobei natürlich auch die Qualität der Predigten einkalkuliert werden mußte. Auch als Beichtväter waren die begehrteren naturgemäß teurer. Bruder Charles schwieg, und sie fürchtete schon, ihn vor den Kopf gestoßen zu haben. Noch mehr aber beunruhigte sie etwas anderes. Sie hatte rasch gelernt, aus seiner Art zu sprechen, aus seinen Reaktionen, ja aus Bewegungen und Gesten, die sie mehr ahnen als hören konnte, herauszufinden, was in ihm vorging. Bisher hatte sie immer zu wissen geglaubt, was er im Augenblick brauchte, was sie ihm sagen sollte, was gut für ihn war – heute wußte sie es zum ersten Mal nicht, und das ängstigte sie. Er erzählte von Nazareth und von dem Spitzel, der ihn verfolgt hatte, von der Kapelle, die er entworfen hatte, und daß er auch die Kreuzwegbilder selber malen oder zeichnen wolle. Er erläuterte ihr, wie viele Piaster der kleine Bau kosten würde und daß man die Glocke in Zypern oder Griechenland werde gießen lassen müssen – und sie spürte, daß das mehr sein sollte als ein bloßer Bericht. Daß er sich mit jedem Wort näher an etwas herantastete, von dem sie nichts wußte und das er selber nicht auszusprechen wagte. Er fragte nach dem maronitischen Priester und ob man ihn wirklich in ein Sanatorium gesteckt habe, aber er wartete gar nicht auf eine Antwort, als hätte er ihr nur das Wort Priester hinwerfen wollen, nicht mehr. »Ich muß den Berg haben«, redete er gleich weiter. »Dort hat Jesus zu uns gesprochen, wir sollen uns arm machen und Barmherzigkeit üben.«

Sie spürte, wie er immer erregter wurde, sie konnte nur die Ursache nicht herausfinden. War etwas schiefgegangen?

»Ich muß den Berg haben«, sagte er wieder, »und wenn sie mir noch so viele Prügel zwischen die Beine werfen.« Er mußte immer wieder husten, er rang nach Atem. Das Geld liege bereits auf der Bank, sagte er, er müsse es nur abholen, und er würde es abholen, auch wenn man ihn warnte, daß den Türken nicht zu trauen sei. Ein Franziskanerbruder habe ihn sogar vor Lendli gewarnt, der sei gar kein Ingenieur, wie er immer behaupte. Aber was besage das schon? Auch Abbé Huvelin habe zur Vorsicht gemahnt, aber Charles werde Herrn Lendli das Geld geben, auf jeden Fall, und wenn Schwager Raymond bei der Finanzierung der Kapelle Schwierigkeiten machen wolle, dann werde er eben für den Kalk und den Zement und die Dachbalken betteln gehen!

Er wiederholte sich, er schien von allem möglichen reden zu wollen, nur um eines, etwas ganz Bestimmtes, nicht sagen zu müssen. »Und wenn die Franziskaner den Berg nicht haben wollen, dann werde ich ihn behalten, und wenn es Jahre dauert, bis ich den Kalk und den Zement und die Dachbalken auf den Berg hinaufgeschleppt habe.«

Und wieder hatte die Äbtissin das Bedürfnis, ihn zu sehen, nicht aus Neugier wie früher, nein, vielleicht konnte sie ihm dann helfen, und er brauchte Hilfe, das spürte sie.

»Ich muß den Berg haben«, sagte er wieder. »Von hier aus ist die wichtigste Botschaft an die Menschheit ergangen – und wenn Raymond das Geld für den Priester nicht ausläßt – « – er stockte.

»Ja, was wollen Sie dann tun?« fragte sie, aber er gab keine Antwort.

»Ich kann ihn ja verstehen«, sagte er statt dessen. »Er hat mir den Berg gezahlt und vielleicht auch die Kapelle und die Sakristei. Ich kann doch nicht auch noch das Geld für den Priester verlangen. Das kann ich nicht, das wäre doch – «

»Aber was wollen Sie dann überhaupt tun?« fragte sie, völlig irritiert durch sein plötzliches Umschwenken. »Der Berg und das heilige Sakrament sind doch – «

»Dann werde ich eben selber Priester werden«, unterbrach er sie, er stieß es hervor, als bedürfte es dazu einer ungeheuren Anstrengung.

Plötzlich hörte er sie lachen, sie lachte, daß der Vorhang sich von ihrem Atem bauschte. »Dann werden Sie eben selber – «, lachte sie, »dann werden Sie eben in den sauren Apfel beißen?« Sie wußte gar nicht, warum sie lachte, war die Sache wirklich so komisch? So verrückt? War die Spannung so groß gewesen, daß sie sich mit diesem hysterischen Lachen befreien mußte? Jetzt hatte sie ihn doch dort, wo sie ihn schon seit einem Jahr haben wollte!

Sie brach plötzlich ab und begann zu beten, ein ›Vater unser‹ und noch eines und das Glaubensbekenntnis. Aber er betete nicht mit ihr, erst als sie seinen Namen nannte, merkte sie, daß er gar nicht mehr da war. –

Auch am nächsten Morgen ließ sie ihren Mönch vergeblich rufen, er war die ganze Nacht nicht in seiner Hütte gewesen. Er war nach Norden aufgebrochen und kam am Abend des zweiten Tages an den See Genezareth. Er hatte Nazareth links liegen lassen und war über Naim direkt nach Tiberias gegangen. Der Berg westlich von Chorazim lag schon im Dunkeln, als er aufzusteigen begann, und er stieß sich oft an Steine und stolperte und fiel mehrmals hin. Als er sich nach dem See umwandte, sah er nur noch einen großen dunklen Fleck unter der grauen Masse der Hügel am jenseitigen Ufer. Später sah er einige Lichter, die Fischer aus Kapharnaum, die auf den See hinausruderten. Auf dem Gipfel des Berges fuhr ihm der kühle Wind durch die Kleider, und er fror, es war erst Ende April. Aber er blieb.

Er fand eine schützende Mulde und fiel auf die Knie. Er hatte Angst vor dem Berg und vor der Einsamkeit hier oben. Auch Jesus hatte hier die ganze Nacht im Gebet verbracht, bevor er aus den Jüngern die Zwölf auswählte, deren einer ihn verriet. Er sprach die Seligpreisungen, so gut er sie auswendig wußte. Wenn Christus sie wirklich hier auf diesem Berg gesprochen hatte und nicht anderswo, dann mußten die Steine ringsum die Worte schon kennen – was waren neunzehn Jahrhunderte für einen Stein! »Ihr seid das Licht der Welt«, sprach er laut und dann den verführerischen Satz, man solle sein Licht nicht unter den Scheffel stellen, sondern auf den Leuchter, damit es allen leuchte. Welch ein Hochmut, als zweiter Jesus, als dessen Nachfolger all diese Worte noch einmal zu den Menschen sprechen zu wollen! Auch Jesus war auf so einem Berg versucht worden, ein Stück weiter im Süden bei Jericho, alle Reiche der Welt und ihre Herrlichkeit hatte ihm der Satan angeboten.

»Eine Stadt, die auf dem Berg liegt, kann nicht verborgen bleiben«, hatte Jesus gesagt, vielleicht genau an dieser Stelle, vielleicht hatte er sich auf diesen Stein gesetzt. Oder war auf ihn geklettert, damit noch mehr Menschen ihn sehen konnten. Und Bruder Charles versuchte sich zu überzeugen, heute wie schon vor zwei Tagen, als er aus Jerusalem geflohen war, daß seiner Entscheidung, Priester zu werden, andere, tiefere Überlegungen zugrunde lagen als die verrückte Idee, seiner Familie ein paar Dutzend Francs im Monat zu ersparen. Er suchte immer neue Rechtfertigungen dafür, indes seine Lippen Christi Worte in die Nacht hinaus sprachen. Wo lebte er ärmer und verachteter, von der Welt am meisten gefährdet und am wenigsten geborgen? In Nazareth, wo er im Schutz der Klostermauern sich an die Füße des Gekreuzigten geschmiegt hatte, oder hier oben, wo er der Verachtung, der Feindschaft jedes Vorübergehenden ausgeliefert war? Als kleiner unbeachteter Mönch unter vielen, als Kuriosum im Clownskostüm – oder als Priester, der als Vertreter Christi hier ebenso verhaßt und gefährdet war wie Christus selbst vor neunzehnhundert Jahren? Die Äbtissin hatte ihm längst alle Antworten gegeben, es gab sonst keine mehr, dennoch suchte er immer noch Rechtfertigungen für seinen Entschluß, der ihm heute noch so unbegreiflich war wie vor zwei Tagen im Sprechzimmer der Äbtissin. Er hörte immer noch ihr Lachen, ihre schöne dunkle Stimme war grell geworden. War es ihr auch so absurd vorgekommen, daß Bruder Charles Priester werden wollte? Er, dessen Hände die ekelhaftesten Huren von Paris und Saumur und Algier betappt hatten, wollte den Leib des Herrn berühren? Der Mund, der jahrelang die Überzeugung seines Jahrhunderts von der Sinnlosigkeit des Daseins nachgeplappert hatte, von einer Welt, in der es keinen Gott mehr gab, wollte sich anmaßen, die Worte von der Wandlung des

Brots in den Leib des Herrn zu sprechen? Nur weil sie sich aus den Buchstaben des gleichen Alphabets zusammensetzten wie auch alle anderen Worte in dieser Welt?

»Wie soll ich denn Priester sein!« rief er in die Nacht hinaus. »Kann der Entschluß, das zu deinem Gedächtnis zu tun, was du beim letzten Mahl vor deinem Tod getan hast, genügen? Hier auf diesem Berg hast du die Zwölf aus deinen Jüngern erwählt – aber wer sagt mir, daß ich zu ihnen gehöre? Abbé Huvelin? Dom Martin? Dom Polycarpe? Mutter Elisabeth? Wo nehmen selbst sie ihren Mut für die Behauptung her, daß ich würdig bin? Daß die Menschen es überhaupt wagen konnten, aus deinem ungeheuren Geschenk im Lauf der Jahrhunderte ein so monströses Gebäude zu machen, ein Schema aus Fächern und Semestern, eine Studienordnung mit Vorlesungen und Seminaren, mit Kolloquien, Exerzitien und Prüfungsterminen! Ein Geflecht aus willkürlichen und immer wieder wechselnden Bestimmungen und Übereinkünften, deren Befolgung das Priestertum garantiert. Mit Dozenten und Prüfern, die nichts von ihren Prüflingen wissen als das bißchen, das sie ihnen abfragen können. Ich habe diese jungen Studenten immer beneidet, mit welcher Unbefangenheit sie sich dieser Institution anvertrauen. Als wäre jede auswendig gelernte Buchseite, als wäre jede geglückte Antwort, als wäre jede brav abgekniete Stunde des Gebets ein Berechtigungsschein, sich dieser ungeheuren Aufgabe, stellvertretend für dich das größte Wunder dieser Erde zu tun – Priester zu sein –, nur einen Schritt zu nähern.

Nein, Herr, ich habe nie glauben können, daß sich irgend etwas in mir verändert hat, weil ich den Hurter für Dogmatik und den Guéry für Moral zur Zufriedenheit von Pater Destino herunterschnurren konnte. Ich kann nicht glauben, daß es mich würdiger macht, daß ich die Summa Theologica zweimal durchgeackert habe und weiß, daß es das Tridentinische Konzil war, das die Realpräsenz Christi im Altarsakrament definierte. Nein, ich bin nicht würdig. Und ich weiß, daß wir alle nicht würdig sind, deine

Herabkunft auf Erden immer wieder nachzuvollziehen. Es ist nur Gottes Barmherzigkeit, uns glauben zu machen, es seien unsere Worte, die an diesem Stück Brot und an diesem Becher Wein irgend etwas verändern. Wir sind nur scheinbar Werkzeug, das ein paar Worte stammeln darf, indes irgendwo, jenseits unseres Begreifens das Wunder geschieht. Willst du dich meiner wirklich bedienen, Herr? Wie des Judas Iskarioth, den du berufen hast und dessen Berufung es war, nicht begreifen zu können, was für ein nutzloses, was für ein notwendiges Werkzeug er war? Willst du das, Herr?«

Die Stunden vergingen, der Sternenhimmel begann allmählich zu verblassen. Foucauld lag im Gras, die Steine waren kalt und feucht geworden.

›Du hast recht, Charles, du bist noch nicht würdig. Du hast die Liebe noch nicht, mit der ich geliebt sein will, mit der du deine Mitmenschen lieben sollst. Du nennst dich demütig, aber es ist nur deine Anmaßung, die mir das Urteil über dich aus der Hand nehmen will. Du willst demütig sein und nimmst es als Vorwand, dich den Menschen zu entziehen. Du willst mich lieben und bist erbarmungslos gegen die, die zu lieben mein Auftrag ist. Du hast recht, daß du es nicht verdienst, daß ich mich dir ausliefere. Aber du solltest wenigstens wissen, daß ich mich nicht nach Verdienst schenke. Ich schenke mich dem, dem ich mich schenken will. Ich gebe mich hin für dich und für deine Mitbrüder, du aber willst dir und ihnen mein größtes Geschenk aus der Hand schlagen. Du bist eifersüchtig auf mich, du gönnst mich weder deinen Mitmenschen noch dir selbst. Du möchtest mich am liebsten wieder dort haben, wo ich vor meiner Geburt auf Erden war. Fern, unverletzlich, unberührbar, weil du die Menschen nicht magst und weil du die Welt verabscheust und nichts annehmen willst, was von ihr kommt.

Ich aber habe sie geliebt, und ich liebe sie noch. Ich habe mich mit den Menschen gefreut und mit ihnen Feste gefeiert. Ich habe ihr Unverständnis, selbst das meiner besten Jünger, ertragen. Darum möchte ich, daß auch du mich in die Welt bringst, jeden Tag mit jedem Meßopfer, wie ich es dir damals gesagt habe, dir und allen deinen Brüdern.‹

»Meinen Brüdern? Wann werden sie kommen, meine Brüder?«

Die Frage verhallte ohne Antwort. Der aufkommende Morgenwind trug sie irgendwohin, der Sonne entgegen, die die Kämme der Hügel immer schärfer zu zeichnen begann, während der See noch im Dunkeln lag.

›Von hier aus hab ich es euch gesagt: daß die Armen im Geist selig sein werden. Selig, weil sie nicht nur die irdischen Güter hinter sich werfen – das ist nur die erste Stufe. Aber sie steigen noch höher und machen ihre Seele frei und leer, von jeder Neigung, von jedem Verlangen, das nicht mich zum Ziel hat. Von der Liebe zu irdischen Gütern wie von der irdischen Liebe zum Nächsten und zu sich selbst. Ich aber ergreife von dieser Leere Besitz und gebe ihnen die Liebe zu den irdischen Geschöpfen, die sie aus ihrer Seele vertrieben haben, um mir allein Raum zu geben, vergöttlicht zurück. In mir, im Blick auf mich, werden sie diese Dinge wieder neu schauen und neu lieben, und mit ihnen alle Geschöpfe, und nicht um ihretwillen, sondern um meinetwillen werden sie es tun. Und darum werden sie selig sein, so arm im Geist, so leer von allem, so ganz erfüllt nur von mir.

So mußt du lieben, Charles de Foucauld, dann wirst du auch Priester sein können. Dann wird es dich mit Gewalt zu ihnen hindrängen, wie es dich zu Füßen meines Kreuzes drängt. Denn dann wird kein Unterschied sein zwischen deiner Einsamkeit mit mir und deinem Leben in der Welt, und immer wenn du bei ihnen bist, wirst du auch bei mir sein. Dann werden sich dir die Augen öffnen, und du wirst ganz andere Menschen sehen als bisher: keine Kameraden und keine Diener, keine Freunde und keine Feinde, nur Brüder und Schwestern, die sehnlichst darauf warten, daß du ihnen den Weg zu mir zeigst.‹

Die Sonne war über den Horizont gekommen, und die Steine unter Foucaulds Händen wurden warm. Irgendwo in der Helle des Himmels jubilierten Vögel, und er sah die Fischer heimkommen und den Rauch aus den Schornsteinen der winzigen Häuser. Plötzlich erfaßte ihn eine unbändige Sehnsucht nach den Menschen da unten, und er rannte los, durch das junge Gras und über die Steine. Über einem Geröllstück rutschte er aus und schlug sich Gesicht und Hände blutig, aber das kümmerte ihn nicht. Er rannte dem See entgegen, über den der Menschenfischer gefahren war, er rannte zum Ufer und sprang in die Fluten, die die Apostel so sehr geängstigt, bis der Herr dem Sturm geboten hatte, ihm gehorsam zu sein.

*

Es war schon die zweite Familienkonferenz der de Foucaulds, zu der Abbé Huvelin geladen war, und auch diesmal hatte man dem Kranken eine bequeme Kutsche geschickt. Sie fuhr heute nur eine andere Strecke, denn Madame de Bondy war inzwischen übersiedelt. Das prachtvolle Haus in der Rue d'Anjou war der Witwe längst zu groß geworden. Robert diente schon seit 1896 bei den Dragonern von Provins, und auch François hatte vor zwei Jahren das Haus verlassen. Madame de Bondy hatte es also verkauft und für sich und die beiden jüngeren Kinder eine Wohnung genommen. Bescheiden, wie sie in ihrem letzten Briefchen an den Beichtvater geschrieben hatte, dennoch war genügend Platz, die schönsten Möbelstücke und Teppiche aufzunehmen, das kostbare, dreiundachtzigteilige Porzellanservice, Erstausgabe aus Sèvres, das die Wirren der Revolution in einem Schweinestall überlebt hatte. Und die Kaminuhr aus der Zeit Louis XVI. erkannte Abbé Huvelin schon bei seinem Eintreten in den Salon. Er durfte sich also, worum sein Beichtkind Marie ihn dringend gebeten hatte, auch in der Avenue Percier Nr. 10 durchaus zu Hause fühlen.

Auch die anderen Gäste, unter ihnen die de Blics, die ihren Sommeraufenthalt in Barbirey an der Côte d'Or unterbrochen hatten, oder der alte Onkel de Latouche aus

Nancy sahen die neue Wohnung zum ersten Mal und lobten Maries erlesenen Geschmack. Ihr Bedauern über den Verlust des Hauses in der Rue d'Anjou war dennoch schwer zu überhören, ein Glück, daß Cousin Émile einen Großteil des Mobiliars erstanden und in sein Schloß von Romfort nahe La Barre, dem Sommersitz der Bondys, gebracht hatte. Das trug zwar dazu bei, dem Schloß, das sich von den Plünderungen während der Revolutionsjahre nicht mehr erholt hatte, wieder ein bißchen von seinem alten Glanz zurückzugeben, nur daß es gerade Émile sein mußte, dem dieses Verdienst zukam, trübte die Freude daran. Émile, den Charles seinen ›ungläubigen Cousin‹ nannte, bemühte sich nämlich seit dessen ›zweiter Bekehrung‹ eifrig, die Rolle des enfant terrible in der Familie zu spielen. Was man ihm nicht weiter übelgenommen hätte, entsprach es doch durchaus alter Tradition, das behagliche Eingebettetsein im gewohnten Wertgefüge durch einen Schuß fröhlicher, vom Zeitgeist durchwehter Skepsis ein bißchen in Frage stellen zu lassen. Natürlich mit Maß und Ziel, Charles war seinerzeit zu weit gegangen, Émile hingegen schien man zu verargen, und Catherine de Flavigny ließ ihn das am stärksten fühlen, daß er trotz manch witziger Einfälle und eines gewissen Charmes das Niveau seines Cousins eben doch nicht erreichte.

Huvelin mochte den ›ungläubigen Cousin‹ recht gern, und das beruhte auf Gegenseitigkeit, auch wenn Émile ihm nicht verzeihen konnte, was aus Charles geworden war. Sie hatten schon manche Religionsdebatte abgeführt, und daß Émile dem professionellen Theologen gegenüber zumeist den kürzeren zog, störte ihn nicht weiter. Es bestärkte ihn nur in seinem unverrückbaren Glauben daran, daß die französischen Universitäten die besten der Welt seien, was immer auch dort gelehrt wurde.

Endlich waren die ›offiziellen‹ Räume entsprechend bewundert worden, und Madame de Bondy bat zum Tee. Huvelin fühlte sich heute nicht weniger krank als das letzte Mal und nahm den stützenden Arm von Madame de Bondys Tochter, Magdeleine, die ihn zu seinem Lehnstuhl führte, gern in Anspruch. Dennoch war er heute weit besserer Laune als damals. Kein Wunder bei dem Brief, den er aus Jerusalem bekommen hatte, und heute erinnerte er sich mit Vergnügen an die letzte Zusammenkunft und die allgemeine Empörung über den verrückten Einfall Charles de Foucaulds, in einer der entlegensten Gegenden Palästinas, die noch dazu von Räubern und Wegelagerern heimgesucht wurde, einen Berg zu kaufen. Eine Empörung, die sich allerdings rasch gelegt hatte, als Monsieur de Blic sich spontan bereit erklärte, die dreizehntausend Francs aus eigener Tasche zu zahlen, falls der Familienrat dies billige.

Heute hingegen herrschte allgemeine Ratlosigkeit. Äußerer Anlaß dieses Familientreffens war die Weigerung der Schwester Maries, Catherine de Flavigny, weitere viertausend Francs nach Palästina überweisen zu lassen, solange der Verwendungszweck nicht eindeutig geklärt war. Marie de Blic, Foucaulds Schwester, tippte auf Baukosten für die Kapelle und den Priesterraum, wogegen ihr Mann einwandte, daß man damit nicht die kleinste Kapelle mit Altar und allem sonst Nötigen bauen könne. Überhaupt stellten sich im Lauf dieses Nachmittags, an dem zum Trost Tee und Kaffee, Gebäck und Konfekt gereicht wurden, eine Menge Widersprüche in Foucaulds Briefen heraus. Abbé Huvelin litt zwar selber genug unter diesen Widersprüchen, dennoch hatte er Mühe, ein Schmunzeln zu unterdrücken, als sie der Reihe nach die letzten Briefe hervorholten, um sie einander vorzulesen. Catherine hatte etliche Zeilen sogar rot unterstrichen. So hatte Foucauld nach seinem ersten Brief an den Schwager um das Geld für den Berg ihn bald danach zweimal gebeten, es doch nicht zu schicken. Zuletzt aber widerrief er und bat um dessen möglichst rasche Übersendung. Monsieur de Blic hatte sich sofort bereit erklärt, das Geld zur Verfügung zu stellen, dennoch hatte Foucauld seine beiden Cousinen gebeten, dem Schwager einen Teil des Geldes zuzuschießen, wenn sie es ihm schon nicht selber schicken wollten. Womit die Damen unfreiwillig zugaben, daß Charles sich auch an sie, und zwar vergeblich, gewandt hatte – Grund genug für den ›ungläubigen Cousin‹, in lautes Gelächter auszubrechen.

»Dreizehntausend Francs!« rief er und blickte Catherine vorwurfsvoll an. »Was ist das schon, gelehrte Cousine!« Catherine de Flavigny, in den Jahren ihrer Ehe keineswegs fraulicher geworden, ein Faktum, auf das Émile sich bisweilen anzuspielen erlaubte, würdigte ihn keines Blickes.

Neben diesen Briefen standen der Familie auch noch andere Informationen zur Verfügung, die sie aber eher irritierten, als daß sie ihnen Klarheit verschaffen konnten. So hatten sie in Erfahrung gebracht, daß Mutter Elisabeth sich um die gleiche Summe von dreizehntausend Francs für ein ›wichtiges Projekt in Palästina‹ bemüht habe. Mußte das alles nicht zumindest den Anschein von Unseriosität erwecken? Und wozu überhaupt, wenn Charles doch gar nicht in Nazareth bleiben, sondern nach Frankreich zurückkehren und sie besuchen wollte, wie Schwester Marie zu vermelden hatte? Was Onkel de Latouche dementieren mußte, ihm hatte Charles geschrieben, er wolle für immer in Nazareth bleiben.

So debattierten sie hin und her, verglichen Daten und Summen, nannten Namen, die sie in irgendwelche Beziehungen zu Charles brachten – so wie sie sonst rund um diesen Tisch, der schon in der Rue d'Anjou die Teetassen und Konfektschüsselchen, Damastservietten und Kristalleuchter getragen hatte, ihre Familienaffären besprachen. Frankreichs Edelleute, vom besten Willen beseelt, zu begreifen, was einen der Ihren dazu brachte, derart aus der Reihe zu tanzen, und noch dazu im Namen Gottes, an den sie doch alle – oder fast alle – glaubten. Für den ja auch sie schon einiges geopfert hatten, besonders seit der Ausrufung der Republik: Macht und Einfluß, öffentliche Stellen, die noch ihren jüngsten Vorfahren auf Grund ihrer Geburt zugestanden waren. Auf ihre Schlösser verbannte, in ihren Stadtwohnungen grollend zurückgezogen lebende Märtyrer ihres Glaubens, die dennoch im Grunde nichts von dem verstanden, was ihr Neffe, Onkel, Bruder, Cousin ihnen in seinen brieflichen Botschaften zukommen ließ.

Einzig Marie de Bondy vermochte mehr zu begreifen. Hilflos und stumm saß sie auf ihrem hohen, harten Stuhl, in ihr schwarzes Kleid, das sie seit dem Tod ihres Gatten trug, wie in einen Panzer gezwängt. Nur ihren Augen, die unablässig von einem zum andern sprangen, fragend, hoffnungsvoll, ängstlich, war anzumerken, daß in diesem starren Körper auch Leben war. Ihr hatte Charles in seinen zuletzt nur noch sehr seltenen Briefen zumeist von seinem glücklichen Aschenbrödeldasein, von seinem »vom Frieden überschwemmten« Leben in Nazareth und Jerusalem geschrieben, und wenn das keine Lügen waren aus Rücksicht auf sie, dann wartete er für diese Briefe wohl die Stunden ab, in denen Unruhe und Unsicherheit von ihm wichen.

Nur einmal hatte er zu ihrem Entsetzen alle Rücksicht vergessen und geklagt, wie sein ganzer Körper immer elender, wie seine bisher guten Augen immer schwächer wurden. Der Nachsatz, welche Freude es ihm bereite, für seine Sünden leiden zu dürfen, konnte sie ebensowenig beruhigen wie seine Versicherungen in den folgenden Briefen, wie gut und voll Glück alles sei. Nein, dieser Frau durfte Huvelin nichts von der Unruhe und den Zweifeln verraten, die er aus den Briefen ihres geliebten Cousins las.

Nur denen, die rings um sie saßen, an dem süßen Gebäck knabberten oder an ihren Zigarren sogen, hätte er liebend gern einiges daraus zum besten gegeben: etwa daß Charles zum Ankauf des Berges auch noch den Kustos von Jerusalem um einen Kredit anflehen wollte, weil er, wie er ganz offen schrieb, gerade von seiner reichen Familie am wenigsten erwarte. Daß er, um den Kredit zurückzuzahlen, nach Europa gefahren wäre, um hier betteln zu gehen. Wie würden sie erst über den verrückten Gedanken Charles' die Köpfe schütteln, Gott wünsche sicherlich – und wünschte er es selber nicht auch? –, daß dieser ›Berg der glückseligen Armen‹, wie er ihn nannte, eher von den Almosen jener, die nicht viel besaßen, gekauft werden möge? Aber fiel es nicht Huvelin selbst manchmal schwer, den immer neuen Gedankengängen zu folgen, mit denen sein unbequemer Schützling ihn dauernd in Atem hielt? Wie oft hatte er über die Unmenge von Briefen geseufzt, die sich besonders in den letzten Wochen auf seinem Nachtkästchen häuften und die er sich immer wieder vornahm, um endlich mehr von dem zu begreifen, was ihren Absender trieb. Manchmal packte ihn schon der Zorn über die Last, die Foucauld ihm aufbürdete. Allein die Aufträge, die er ihm so ungeniert, wenn auch unter dauernden Versicherungen seiner demütigen Liebe, erteilte! Die Ordensregeln, die Huvelin in jeder neuen Version lesen sollte, die Empfehlungen, die er ihm beschaffen mußte, die Bücher, die Foucauld für die Fortsetzung seines Priesterstudiums, die Dokumente aus der Heimatpfarre, die er für den Patriarchen von Jerusalem brauchte, der ihn zum Priester weihen sollte! Die immerwährenden Ratschläge, die er für jede neue Eingebung erbat, der doch die nächste schon widersprach. Dazu die unverschämt liebenswürdige Art, wie, im strengsten Gehorsam gegen seinen Seelenführer natürlich, aus seinen Vorschlägen unversehens Forderungen wurden, denen man sich einfach nicht entziehen konnte. Dazu der stereotype Nachsatz: »Wenn Sie es für richtig halten.« Dazu die väterlich-strengen Mahnungen: »Überlegen Sie gut! Prüfen Sie zuerst vor Gott, ob es seinem Willen entspricht«, denen gegenüber man wirklich seine ganze Selbstbeherrschung aufbieten mußte, um nicht die Nerven zu verlieren.

All diese äußeren Belastungen waren aber noch gering gegen die Verantwortung, die ihm dieses anspruchsvolle Beichtkind auflud. Die Sorge, den richtigen Rat zu finden, die beste Entscheidung zu treffen, sich richtig auszudrücken, um nicht mißverstanden zu werden. Hatte er mit seiner Reserve gegen die Äbtissin von Jerusalem seinen Schützling, den man nie in die Opposition drängen durfte, nicht noch mehr ihrem Einfluß unterworfen? Und war das wirklich geschehen, weil er ihn so sehr liebte, oder eher aus Eifersucht, weil er nicht wahrhaben wollte, daß Gott sich dieser Frau aus Jerusalem vielleicht eher bediente als des berühmten Predigers von St. Augustin? Oder hatte er mit seinem steten Drängen, Charles möge in Nazareth bleiben, dessen Gehorsam vielleicht nur mißbraucht? Hatte er sich da nicht Foucaulds Egoismus, seine Angst vor den Menschen und vor der Welt zunutze gemacht, um seinen Schützling in den Winkel abzuschieben, der ihm am ungefährlichsten erschien? Aus Bedürfnis nach Ruhe? Aus Angst vor Entwicklungen, denen er sich nicht gewachsen fühlte? Hatte er dieses liebenswerte, von Gott so begnadete, so oft verwirrte Kind, das sein ganzes Leben hingab, um den richtigen Weg zu finden, nicht allzu oft im Stich gelassen?

Er hörte nicht, daß Marie de Bondy schon zweimal das Wort an ihn gerichtet hatte. ›Wie einfach das alles aussieht‹, dachte er. ›Einer geht in den Orden, um Gott sein Leben zu weihen, ein Entschluß, und dann läuft alles von selbst. Und bei vielen ist es vielleicht auch so. Wird man auch von Foucauld glauben, wenn er einmal am Ziel ist, wie einfach es war, ein Heiliger zu sein? Das Kind zu sein, das Jesus von uns gefordert hat? Einfach Gnade, sonst nichts? Welch ein Übermaß an Mühe dieser Foucauld aufwenden muß, um alles richtig zu machen! Um den Willen seines geliebten Jesus zu erkennen und ihn auch zu tun! Dieses komplizierte Geflecht von Gedanken und Zweifeln und Ängsten, dieses ewige Hin und Her, das sogar schon für mich nach Wankelmut aussieht! Zehn Jahre lang hat er sich dagegen gewehrt, Priester zu werden. Kann es ein deutlicheres Zeichen der Ehrfurcht geben vor der Größe des Auftrags, Gott auf Erden sichtbar zu machen? Welch eine Lehre für uns, die wir unser Priestertum längst als zu uns gehörig akzeptiert haben, wie unsere Körpergröße oder die Farbe der Augen!‹

Jemand berührte ihn an der Schulter, und er zuckte zusammen. War das er gewesen, der das so selbstverständlich gedacht hatte: Foucauld – ein Heiliger?

»Verzeihen Sie, Hochwürden!« Magdeleine de Bondy stand mit der Teekanne hinter ihm. »Ich wollte nur fragen, ob Sie noch Tee wünschen.«

»Ja, gern!« sagte er rasch und hob ihr die Tasse entgegen.

Die Herrschaften waren beim Likör angelangt. Der ›ungläubige Cousin‹ hatte sich, schon um Catherine de Flavigny, deren tantenhafte Art er nicht ausstehen konnte, zu beschämen, bereit erklärt, sämtliche Kosten für das Heiligtum auf dem Berg zu übernehmen. Dann aber kam, wie Marie de Blic auf der Rückseite ihres letzten Briefes von Charles notiert hatte, Punkt drei: die Frage des Priesters.

Das war die Stunde Abbé Huvelins, der nun seinerseits einen Brief hervorzog und sich die Brille vor die weitsichtigen Augen setzte.

»Ich glaube, darüber werden Sie sich keine Gedanken machen müssen«, sagte er, und alles horchte gespannt. »Charles de Foucauld hat sich, da er glaubt, Ihnen die Kosten für einen Priester nicht auch noch aufbürden zu können, entschlossen, selbst Priester zu werden.«

»Priester«, schrie Cousine Marie auf, und Schwester Marie, die neben ihr saß, umarmte sie mit Tränen in den Augen.

»Was für ein heroischer Entschluß«, spöttelte der ›ungläubige Vetter‹ und klatschte Beifall. »Da soll noch einer sagen, Cousin Charles hat keinen Familiensinn!«

Monsieur de Blic hingegen hörte das gar nicht gern. »Abbé!« rief er, sichtlich gekränkt, und zerrte heftig an seinem Bart à la Napoleon III. »Das hätte doch ich übernehmen können! Deshalb muß er doch nicht gleich Priester werden!«

»Ganz meine Meinung«, assistierte Émile. »Was kann so ein armer Pfarrer in Palästina schon kosten! Wie der Franc heute steht – «

»Émile!« versuchte Catherine ihn zurechtzuweisen.

»Stimmt's vielleicht nicht?«

Schon im nächsten Augenblick aber hatte Catherine noch mehr Grund zur Empörung, denn jetzt konnte sich Huvelin nicht mehr zurückhalten und platzte einfach los. Nicht lange, denn als er das Entsetzen in den Gesichtern sah, blieb ihm das Lachen rasch wieder in der Kehle stecken. Was daran zum Lachen sei, fragte Catherine eisig, und

Huvelin überlegte fieberhaft, wie er ihr das erklären sollte. Émile aber verstand es glänzend, sie abzulenken.

»Catherine! Ich würde mir lieber überlegen, wie wir Charles von dieser verrückten Idee abbringen.«

»Warum sollen wir?« fuhr Schwester Marie auf. »Jetzt hat er sich endlich durchgerungen – «

»Cousinchen!« spöttelte Émile. »Wir können doch nicht der Großmut deines Gatten den Boden entziehen!«

Huvelin zog sich wieder in seine Gedanken zurück, während das Geplänkel weiterging. Wie hatte Charles einmal geschrieben? ›Gott bedient sich der widrigsten Winde, um uns in den Hafen zu führen.‹ Wie wahr! Konnte es verrücktere Umwege geben als dieses Geschäft mit dem Berg, um ihn endlich an den Altar zu bringen? Nicht, daß dieser Mann eine eindeutige Begabung zum Priestertum an sich trug und in seiner maßlosen Liebe zu Jesus natürlich auch den Drang dazu hatte, gab den Ausschlag. Nicht, daß erfahrene Seelsorger und Menschenführer wie jene aus Notre-Dame des Neiges, aus Cheiklé, aus Staoueli oder Rom ihn jahrelang in Händen hatten, brachte ihn dazu, seine wahre Berufung zu erkennen. Ja nicht einmal die Faszination, die die Frau hinter dem Vorhang im Sprechzimmer der Klarissinnen von Jerusalem auf ihn ausübte. Dazu mußte erst diese ganze lächerliche Farce inszeniert werden, von einer türkischen Regierung, die plötzlich ein wertloses Grundstück zum Verkauf anbot, mit indiskreten Postbeamten, Detektiven und einem Herrn Lendli, der ebenfalls alles andere als seriös zu sein schien. Dazu mußte irgendeiner der vielen Hügel rund um den See Genezareth zum Berg der Seligkeiten avanciert sein – und als Krone des Ganzen mußten auch noch Skrupel gegenüber seiner Familie herhalten. Ein paar lächerliche Francs pro Monat hatten einen jahrelangen, ehrlichen Kampf innerhalb weniger Tage entschieden. Wenn das nicht grotesk war! Wie genial hatte der Mann sein Problem gelöst, weil er anders nicht mehr mit ihm fertig wurde! Oder wer sonst hatte es für ihn getan? Das mußte Huvelin seinem Freund, dem Bischof, erzählen. Der würde es auf eine einfache Formel bringen: Gott hat eben Humor. –

»Ich glaube nicht, daß er sich jetzt noch abbringen läßt«, sagte Huvelin und drückte dem ›ungläubigen Cousin‹, der es sich nicht hatte nehmen lassen, ihn in seinem Wagen heimzubringen, zum Abschied die Hand. »Damit werden Sie sich abfinden müssen.«

Émile zuckte lächelnd die Achseln. »Wenn alle Ihre Konversionen so amüsant verlaufen – « Er blickte auf das Haustor. Rue de Laborde VIe. »Auf jeden Fall hab ich ja Ihre Adresse.«

Die Schmerzen waren immer noch da, und sie steigerten sich, als Huvelin die Stufen zu seiner Wohnung hinaufschritt. Aber er lachte immer noch tief in sich hinein. Gottes Wege – er fühlte sich geborgen, er war glücklich wie schon lange nicht.

*

Es war ein heißer Sommer in Palästina, und die Menschen stöhnten unter der Sonne. Wer immer konnte, verhielt sich ruhig und kroch erst aus dem Schatten der Häuser, wenn der Nachmittagswind die verbrannten Gräser bewegte.

Bruder Charles gönnte sich keine Ruhe, auch wenn ihm der Schweiß wie aus hundert winzigen Quellen aus den Poren drang. Jetzt, da er den Kaufpreis erlegt hatte, war er es, der Herrn Lendli täglich darauf drängte, den Kaufvertrag endlich abzuschließen. Er hatte bis jetzt nur die Zahlungsbestätigung des Ingenieurs in der Hand. Der Kostenvoranschlag für Kapelle und Priesterhäuschen war ausgearbeitet, und der ›ungläubige Cousin‹ hatte die Summe bereits angewiesen. Charles frischte seine Theologiekenntnisse wieder auf und stieg fast jeden Abend auf den Berg. Er bat Abbé Huvelin, von Kardinal Richard die Erlaubnis zu erwirken, gleich den Missionaren auf Reisen einen Tragaltar mit sich zu führen, um von seinem Berg aus in aller Stille, ohne zu predigen, Jesus im Allerheiligsten zu den Menschen zu bringen. Und wenn die Gefährten kamen, um die er täglich betete, dann wollte er nach und nach weitere Einsiedeleien errichten.

Am 11. Juni 1900 pilgerte er nach Jerusalem zum Fronleichnamsfest. Er wohnte im Heiligen Grab der Messe bei, dann ging er in den Palast des lateinischen Patriarchen Piavi, um dessen Erlaubnis zu erbitten, auf dem Berg der Seligpreisungen seine Einsiedelei zu errichten. Er brauchte auch die Bewilligung für die Regel der Kongregation der »Kleinen Brüder vom Heiligsten Herzen Jesu«, auch wollte er in der Diözese des Patriarchen die Priesterweihe empfangen.

Man kann sich keinen größeren Gegensatz vorstellen als seine Exzellenz, Monsignore Piavi, und Bruder Charles; den sorgfältig gekleideten, sich seiner Würde und seines Einflusses bewußten Patriarchen und den Landstreicher, dessen Phantasiekostüm jetzt nur noch ein Bündel Lumpen war. Er hatte auch genug Schwierigkeiten gehabt, durch das Tor zu kommen, nur sein herrisches Drängen hatte ihn bis in das Arbeitszimmer des Patriarchen gebracht. Jetzt stand er klein und demütig inmitten des prunkvollen Raumes und brachte sein Anliegen vor. Er hatte von Huvelin die Erlaubnis zu diesem Gespräch erhalten, aber er zeigte weder dessen Brief vor noch irgendeine andere Empfehlung. Der Patriarch sollte unbeeinflußt, ohne zu wissen, wer der Bittsteller war, entscheiden, und Charles wollte seine Antwort als die Antwort Gottes ansehen.

Piavi jedoch nahm sich nur wenig Zeit für den Mann, den er für einen der religiösen Schwärmer hielt, die das Heilige Land durchzogen. Teils amüsiert, teils verärgert, daß man den Kerl überhaupt vorgelassen hatte, hörte er eine Weile zu, dann sagte er: »Wir werden die Sache überdenken. Sie können jetzt gehen.« Er reichte Foucauld nicht einmal den Ring zum Kuß.

Charles verbeugte sich und ging. Und es war seltsam: Er war überhaupt nicht enttäuscht. Er ging an dem Türhüter vorbei, der ihn neugierig musterte, er grüßte ihn freundlich und dankte Gott für seine Entscheidung. Er wußte, daß der

Berg ihm verloren war, und alles, nach dem er sich gesehnt und um das er die letzten Monate so verzweifelt gekämpft hatte, war in weite Ferne gerückt. Aber er war glücklich. Er hatte sich entschlossen, Priester zu werden, jetzt konnte ihm nichts mehr geschehen.

Am Morgen des nächsten Tages ging er zu Lendli. Wenn Gott den Ankauf des Berges nicht billigte, sollte der Schwager auch sein Geld wiederbekommen. Aber Lendli wohnte nicht mehr dort, wo Charles ihn immer getroffen hatte, er sei verzogen, hieß es, aber die Leute sagten das in einem eigenartigen, fast ängstlichen Ton. Einer ließ eine Bemerkung über den Regierungsbeamten fallen, der vor einigen Tagen hier gesehen worden und jetzt ebenfalls verschwunden war. Auch die Franziskaner wußten nichts davon. Sie konnten sich nicht vorstellen, daß Lendli ein gemeiner Betrüger sein sollte, vielleicht steckte wirklich die türkische Regierung dahinter. Später kam das Gerücht auf, der Berg der Seligpreisungen sei längst an jemand anderen verkauft.

Die Franziskaner rieten Bruder Charles, sich an die Polizei zu wenden, aber er tat es nicht. Wenn Lendli ein gewöhnlicher Gauner war, war er längst über alle Berge, und wenn die Türken dahinter steckten, konnte die Sache nur gefährlich werden. Wozu auch das Ganze? Gottes Wille hatte sich geoffenbart..

Mutter Elisabeth rief ihn zu sich. Der Patriarch hatte sein Versprechen, die Sache zu überdenken, tatsächlich gehalten; jetzt wußte er, wer der seltsame Besucher war, und lud ihn ein, alles noch einmal genau zu besprechen. Aber es war zu spät. Auch die Äbtissin konnte Foucauld nicht mehr umstimmen. Daß Piavi Möglichkeiten hatte, den Berg doch noch zu bekommen, interessierte ihn nicht mehr. Und die dreizehntausend Francs? Er hatte seiner Schwester Hunderttausende geschenkt. Es war wirklich besser, in Frankreich zu Ende zu studieren und sich in allem mit Abbé Huvelin zu besprechen. Als Priester konnte er ja wiederkommen.

Er ging nach Nazareth zurück und stieg auf den Berg. Er blieb die ganze Nacht und betete, er berührte die Steine und strich mit den Händen über das Gras. Er wühlte die Finger in die Erde, er konnte sich nicht losreißen. Dennoch – was hielt ihn hier noch? Erinnerungen an jahrelange Kämpfe? An die Ängste, Gottes Anruf zu überhören? Die reizenden Schwestern, Mutter Marie, Mutter Elisabeth? Die Wege nach Bethanien und zum Golgothahügel? Durch die Gassen, die auch der Zimmermannssohn durchstreift hatte in all den Jahren der Vorbereitung, bis der bestimmte Tag anbrach?

Nein, der Traum, hier oben zu leben, war nur Mittel zum Zweck gewesen, der Berg hatte seine Aufgabe erfüllt. Jetzt mußte auch Bruder Charles Nazareth verlassen. Er wurde erwartet.

*

Er kniete vor dem Vorhang im Sprechzimmer der Äbtissin und horchte auf ihre Stimme. Er habe Grüße aus Nazareth zu überbringen, sagte er, die Novizin Angélique berechtige zu großen Hoffnungen. Auch heute, Anfang August, war die Tür offen, und der leichte Wind, der den Raum durchzog, bewegte den Vorhang, als hätte sie ihn auf ihrer Seite mit der Hand berührt. Er hörte zu, wie sie den Raum mit Worten füllte, und dachte an den Abschied von den Schwestern in Nazareth. Er hatte sich bei ihnen entschuldigt, es war undankbar, daß er sie jetzt verließ. Sie fragte ihn, wie es mit seiner Gesundheit stehe, und er sagte, es gehe ihm gut. Er fragte auch nach der ihren, und sie dankte. Am nächsten Abend ging das Schiff von Jaffa nach Marseille ab.

Sie habe gehört, daß die türkische Polizei sich auf die Spur des Herrn Lendli gesetzt habe, sagte sie, und daß man begründete Hoffnung habe, ihn zu fassen. Sie sagte: »Nächste Woche haben wir das Geld vielleicht schon wieder.« Sie wußte noch nicht, daß er morgen Abend wegfahren werde. Sie sagte ›wir‹ und sie sagte: »Mit dem Verkauf des Berges ist auch noch nicht das letzte Wort gesprochen. Monsignore Piavis Beziehungen reichen bis Istanbul.«

›Sie wiederholt sich‹, dachte er, das gleiche hatte sie ihm schon vor Wochen erzählt. Sie wetterte gegen den gemeinen Betrüger, sie suchte einen Verbündeten im Groll gegen ihn. Sie ließ einen sanften Tadel einfließen, daß Charles so leichtgläubig gewesen war, aber das nächste Mal würden sie es besser machen. Sie habe sich schon allerlei Gedanken gemacht: der Berg, seine Brüder, seine Priesterweihe in Jerusalem – oder in Nazareth?

Bruder Charles spürte, daß er etwas sagen mußte. Daß er sie nicht so weiterreden lassen durfte. Vor ein paar Wochen hätten ihn ihre Pläne noch fasziniert.

»Sie haben mich wieder an meine Brüder erinnert«, sagte er, »das werde ich Ihnen nie vergessen.« Auch sie hatte ihre Aufgabe erfüllt.

Wieder bewegte sich der Vorhang. Sie stammelte eine Entschuldigung und meinte damit wieder das Geld. Schließlich habe sie ja das Ganze eingefädelt. Sie sagte es wie ein Geständnis, als hätte er das nicht längst gewußt. Sie betonte noch einmal die Höhe der Summe, als wollte sie von ihm hören, sie möge sich keine Gedanken machen, als erwartete sie ein Wort des Trostes von der anderen Seite des Vorhangs, das ihn ihr näher brachte. Aber er hatte keinen Trost für sie, er zuckte nur die Achseln und sagte: »Wir sollten diesen Dingen nicht so viel Bedeutung beimessen.« Es klang wie ein milder Verweis.

Plötzlich erinnerte sie sich, daß sie ja einen Auftrag für ihn hatte, sie habe ihn ja nur deshalb hierher gebeten, wie sie betonte. Sie wolle in Rom ein Kloster errichten, es erschien ihr im Interesse der beiden Ordenshäuser hier in Palästina nötig. Sie hatte schon ganz bestimmte Vorstellungen davon, und auch den Standort wußte sie ziemlich genau. Sie stieß das alles hastig hervor, als hätte sie Angst, er könnte sie unterbrechen und ihren Plan zunichte machen. Auch ihre Stimme klang anders als sonst. Sie wolle ihn also bitten, er möge für sie nach Rom fahren, um dort die nötigen Schritte zu unternehmen. Er könne dann gleich auch Abbé Huvelin treffen und sich mit ihm aussprechen.

Bruder Charles schwieg, erst als sie ihn unsicher, fast demütig fragte, ob sie das von ihm verlangen könne, beeilte er sich, »Ja, natürlich« zu sagen. Er dachte an Huvelin, und daß er ihm nicht gesagt hatte, daß er wieder nach Jerusalem gehen wolle. Huvelin hatte lange nichts von sich hören lassen – ob er sich mit Bruder Charles' Entschluß, Priester zu werden, schon abgefunden hatte? Aber wenn jetzt Post in Nazareth angekommen wäre, sie könnte ihn nicht mehr erreichen. »Natürlich mach ich das für Sie«, setzte er hinzu. Ob sie ahnte, daß er schon die Passage nach Marseille gebucht hatte? Er konnte es ihr nicht sagen, er ließ sich von ihr dort hinschicken. »Ich werde Ihnen gleich schreiben, wie die Dinge stehen, Mutter Elisabeth.«

»Schreiben?« wiederholte sie. Er hatte sie zum ersten Mal bei ihrem Namen genannt. »Es genügt, wenn Sie zurückkommen.«

»Ja, ja«, beeilte er sich. »Wenn ich zurückkomme.«

Sie schwiegen beide. Keiner sprach es aus, was er von diesem Abschied hielt. »Morgen Abend geht ein Schiff direkt nach Marseille«, sagte sie.

»Das trifft sich gut«, sagte er.

»Nicht wahr?« Ihre Stimme war kaum noch zu hören. Sie räusperte sich ein paarmal und begann wieder, von Rom zu reden. Wenn sie etwas vergessen haben sollte, konnte sie ihm ja einen Brief nachschicken. Sie würden doch weiter in Verbindung bleiben. Und noch einmal die demütige Frage: »Nicht wahr?«

Er solle sich das Fahrgeld von der Schwester Pförtnerin ausfolgen lassen, sagte sie später. Wollte sie an der Fiktion, daß er für sie nach Rom fuhr, noch weiter festhalten?

Er dachte: ›Ich werde ihr das Fahrgeld zurückschicken‹ und sagte: »Ist gut.« Und jetzt war nichts mehr zu sagen. Er dachte: ›Jetzt könnte sie mich entlassen!‹ Sie dachte: ›Jetzt müßte ich ihn fortschicken.‹ Er dachte: ›Wenn sie mich jetzt entläßt – ‹ Er wehrte sich dagegen, das Wort Abschied zu denken. Er wehrte sich, diese Stunde mit jenem letzten

Nachmittag mit Cousine Marie zu vergleichen. Er wehrte sich dagegen, in der Äbtissin sein Opfer zu sehen.

Sie schloß die Augen, sie wollte den Vorhang nicht sehen, der sie trennte. Sie schüttelte den Kopf, als könnte sie damit den Schmerz abschütteln, der sich wie ein eiserner Ring darum gelegt hatte. ›Ich müßte ihn fortschicken‹, dachte sie wieder. Warum ging er nicht von selber? Er tat doch auch sonst alles, was ihm gefiel. Mit welch naiver Unverschämtheit warf er ab, was er nicht mehr zu brauchen glaubte, schrieb das Geld ab, das sein Schwager ihm gegeben hatte. Diese Summe! Monatelang hatte er sich um den Berg bemüht, dann gab er ihn auf, von einer Stunde zur andern, als hätte er ihm nie etwas bedeutet. Sie hatte ihm seine Brüder wieder in Erinnerung gerufen, sie hatte ihn darauf aufmerksam gemacht, daß die Menschen ihn brauchten, sie hatte ihn zum Priester gemacht – er nahm sich, was ihm gefiel, und ging. Er verließ sie, weil sie versagt hatte, er bestrafte sie, weil sie von ihrer selbstgewählten Einsamkeit aus nicht besser agieren konnte . . .

Er kniete immer noch neben dem Besucherstuhl. Er wußte nicht, ob sie überhaupt noch da war, aber er blieb. Einmal glaubte er, ein leises Schluchzen zu hören.

Nein, sie hatte kein Recht, ihm etwas vorzuwerfen. Sie hatte alles das nicht getan. Sie war nur die Überbringerin einer Botschaft gewesen, es hatte Gott gefallen, sie dazu auszuwählen. Es mußte ihr genug sein, daß sie vielleicht nur den Anstoß hatte geben dürfen, daß sein Entschluß von ganz anderswoher gekommen war. Gott hatte sich des Zaubers bedient, den sie auf ihren Bruder Charles ausüben durfte, als Antwort auf das, was von ihm über sie gekommen war. Er hatte sich ihrer freien Entscheidung bedient, in diesen kurzen Stunden des Zusammenseins mit Bruder Charles mehr Frau zu sein, als die Nonne Elisabeth je gewesen war.

Aber der Bote durfte nicht versuchen, seine Stellung für sich auszunutzen. Wenn sie klagte, daß er ihr entglitt – hatte sie ihm je so nahe sein dürfen, daß er ihr entgleiten konnte? Nein, Charles de Foucauld hatte nichts getan, als die Botschaft aus ihrem Mund entgegenzunehmen, das mußte ihr genug sein. Er verließ sie, weil Gott ihn rief, und sie hatte mithelfen dürfen, daß er sie verließ. Sie mußte sich glücklich preisen.

»Beten Sie für mich, Bruder Charles«, bat sie mit erstickter Stimme.

Er hatte plötzlich das Bedürfnis, sie zu sehen, nicht aus Neugier wie früher, er hatte das Gefühl, das Erschrecken, wenn er den Vorhang zur Seite riß, könnte ihr helfen. Ein tiefes Erbarmen erfüllte ihn mit der Frau, die da in ihrem Zimmer saß und trotz ihrer Frömmigkeit die selbstgewählte Einsamkeit mit Gott vielleicht als Kerker empfand. Es war ein so ganz anderes Gefühl als damals im Hotelzimmer: Mimis Tränen und die koketten Gedanken des Herrn Leutnants von dem ach so grausamen Schicksal, das Menschen einander bereiteten. Oder die Darstellungen des eigenen Leidens beim Abschied von Cousine Marie. Es war wie bei dem Mann, der an der Cholera starb, und es war noch viel umfassender, es erfüllte ihn so ganz, es machte ihn so eins mit dem, mit dem er litt, er war nur noch der, um den er litt, er selber war ausgelöscht.

Er sagte: »Gott möge Ihnen alles zehnfach zurückgeben, was Sie für mich getan haben.« Er sagte es langsam, mit Betonung, wie ein Schauspieler auf einer großen Bühne, damit die Worte noch an Bedeutung gewannen, damit sie von denen, die sie hörten, noch möglichst lange behalten werden.

»Gott möge Ihnen alles danken«, wiederholte er noch. Was konnte es Höheres geben als diesen Wunsch? Dennoch wurde er das Gefühl nicht los, daß etwas weit Geringeres als Gottes Dank ihr im Augenblick hätte mehr geben können. Und daß es auch erwartet wurde in diesem Augenblick. Eine Geste menschlicher Wärme, irgend etwas, das auch eine Mutter Elisabeth nicht von sich weisen mußte.

Er rappelte sich auf und rieb sich die schmerzenden Knie. »Gott schütze Sie«, flüsterte er und hastete aus dem Zimmer.

Er wußte nicht, daß in Nazareth ein Brief für ihn angekommen war mit der dringenden Aufforderung: ›Lassen Sie sich noch Zeit! Warten Sie! Bleiben Sie in Nazareth!‹ Er hatte Glück, er mußte nicht ungehorsam sein, wenn er sich morgen einschiffte.

*

Es war schon spät abends, aber Bruder Charles ging noch immer durch die Straßen der Stadt. Er war das lange Marschieren gewohnt und hatte schon mindestens die Strecke zwischen Nazareth und Kapharnaum hinter sich gebracht. Die Füße schmerzten, das Pflaster von Paris war ermüdender als die Sandpisten in Palästina, aber er wollte noch weiter. Nicht nur, weil Abbé Huvelin seiner Gesundheit wegen in Fontainbleau war und erst nächsten Morgen im Pfarrhof von St. Augustin zurückerwartet wurde, wie die Concierge ausgerichtet hatte. Nicht, weil er bei keinem Verwandten anklopfen wollte oder kein Geld für ein Hotelzimmer gehabt hätte. Er wollte die Welt wieder in sich aufnehmen, vor der ihn so geekelt hatte, daß dreitausend Kilometer Entfernung zwischen ihr und ihm gerade genug waren.

Er war durch alle möglichen Viertel gewandert, ausgehend von St. Augustin, wo die Concierge das heruntergekommene Subjekt argwöhnisch gemustert hatte – in Paris war man zwar die abenteuerlichsten Gestalten gewohnt, aber so einen bekam man doch nicht alle Tage zu sehen. Er war am Nachmittag in die großen Boulevards eingetaucht und hatte sich von der flanierenden Menge mittragen lassen, wie betäubt von den tausend Stimmen und Lauten, von einem Lärm, wie er ihn nicht einmal aus der vor Leben fast berstenden Jerusalemer Altstadt in Erinnerung hatte. Das Gedonner der eisenbeschlagenen Räder auf der gepflasterten Straßendecke, unzählige Fiacres und Coupés und Chaises, bis zu sechs Reihen in Richtung aus dem Bois de Boulogne und ebenso viele in der Gegenrichtung. Es ging ihnen nicht darum, ein bestimmtes Ziel zu erreichen, sondern einfach zu fahren, wie die Fußgänger neben ihnen flanierten, um gesehen zu werden und selber zu sehen, was sich ihnen darbot: die tausend Farbflecken auf dem einförmig schwarzgrauen Grund der Zivilkleider, das Grellrot und Himmelblau der Offiziere, die ihre Sporen klirren ließen und martialisch mit den Säbeln rasselten, kaum weniger bunt als die Toiletten der Frauen. Zwischen den Wagen, noch ziemlich fremd für Foucauld, einzelne Automobile mit ihren in Leder gehüllten Fahrern, stolz ihre lärmende und stinkende Fortschrittlichkeit demonstrierend.

Ein kompaktes Getöse, aus dem sich für den Besucher aus der Fremde erst allmählich erkennbare Geräusche herauslösten, einzelne Zurufe oder das plötzliche Aufflakkern von Gelächter, Satzfetzen, die blitzartig etwas aus der Vergangenheit zurückholten. Die langgezogenen Rufe der Kolporteure, die die ersten Abendzeitungen anboten, »La Presse!« »La Presse!« »La Patrie!«, und später die Programme der Theater und Varietés unter die Leute brachten.

Bruder Charles hatte sich widerstandslos treiben lassen, einer der vielen Armen, die dieses tägliche Schauspiel, das sich das reichgewordene Bürgertum inszenierte, staunend oder neiderfüllt genossen. An einer Unzahl luxuriöser Geschäfte .vorbei, an den großen Magazinen, wo die billige Massenware abgesetzt wurde. Er erkannte noch manches sündteure Lokal, in dem er zu Gast gewesen war, und es fiel ihm auf, daß es zwischen ihnen und den billigen Speisehäusern für die Massen, die er selbst nie betreten hatte, nichts gab. Immer noch das aristokratische Prinzip im offiziell demokratischen Frankreich. Er ging durch die eleganten Westviertel, wo das mondäne, neureiche Paris sich seine von Vorgärten gesäumten Häuser nach englischem Stil erbaut hatte, äußerster Gegensatz zum kalten, finsteren Prunk der Hotels im Faubourg Saint-Germain, in die sich die vornehme Welt des Ancien régime zurückgezogen hatte.

Es war ein milder Abend geworden, und vor den Cafés und Brasserien saßen die Menschen an tausend kleinen

Tischchen bis fast zur Straßenmitte. Die Gasanzünder gingen von einer Laterne zur andern, von unsichtbarer Hand entzündet flammten aber auch schon elektrische Lichter auf, an den Fassaden von Kaufhäusern, Theatern und Hotels, am Platz vor der Oper. Fenster wurden hell, und hoch oben an den Dachfirsten zuckten Lichtreklamen in den Nachthimmel. Bruder Charles hatte das noch nicht gesehen, dazu die neuen Bauten, neue Lokale, neue Namen, die tiefen Baugruben für die Métro und überall die Hinweise auf die Weltausstellung: geschmückte Häuser, Plakate und unzählige ausländische Besucher.

Aber konnten diese Fakten die tiefe Veränderung erklären, die er seit Stunden spürte? Hatte sich überhaupt so viel verändert in diesen zehn Jahren? Gewiß, Paris war reich geworden, das war in allen Zeitungen zu lesen, das war den Schaufenstern anzusehen und der Kleidung der Menschen. Und in den Ausstellungspalästen und Pavillons zwischen der Place de la Concorde und der Avenue d'Autin, auf der Esplanade des Invalides und dem Camp de Mars demonstrierten Industrie und Gewerbe, wie herrlich weit sie es gebracht hatten. Alles redete von Entwicklung und Fortschritt, und das neue Jahrhundert, dessen Beginn in Jerusalem nichts als ein Datum im Kalender eine Woche nach der Geburt Christi gewesen war, hatten sie hier gefeiert wie einen Erlöser aus vergangenen, düsteren Zeiten. Aber waren *das* die Veränderungen, die Bruder Charles so auffielen?

Irgendwann nach Mitternacht sprach ihn eine junge Frau an. Er lehnte müde an der Steinbrüstung der Pont de la Concorde und blickte auf die Uferlichter, die im Wasser schwammen. Sie hatte ein schmales, blasses Gesicht und sah nicht wie eine Professionelle aus, eher wie eine der vielen, die nur auf Abenteuer ausgingen, auf ein Souper, ein warmes Bett für die Nacht. Er ging weiter, bis sie unter eine Lampe kamen. Sie sollte wissen, wen sie da angesprochen hatte, und er sah auch, wie sich ihre Augen zuerst an seinen nackten, mageren Füßen festsogen. Immerhin steckten sie in Sandalen, die er sich beim Abschied von den Schwestern in

Nazareth hatte aufdrängen lassen. Dann wanderte ihr Blick über die Beine zu dem bunten, mit vielen Flicken besetzten Kittel hinauf, zu dem Gürtel mit dem großen Rosenkranz – und er hätte aufgelacht, hätte ihn die Enttäuschung in ihrem Gesicht nicht so gerührt.

»Ja, ja«, sagte er und überlegte, was er noch sagen sollte. Vor fünfzehn Jahren hätte er die Achseln gezuckt und wäre weitergegangen, sie war nicht sonderlich hübsch. Oder er hätte sie – es gab solche Anwandlungen – zu sich nach Hause genommen und seinen Diener aus dem Bett gescheucht, damit er der Dame ein Omelette machte. Aber jetzt hatte er nicht einmal eine Wohnung, die letzte in der Rue de Miromesnil gehörte seit zehn Jahren einem andern. Er griff in den Kittel, da hing ein kleiner Beutel mit Münzen, und er holte eine heraus, die ihm angemessen erschien. Oder waren die Preise im Jahr der Weltausstellung gestiegen? Sie bedankte sich höchst überrascht, und obwohl sie es offensichtlich nötig hatte, nahm sie das Geldstück nur zögernd an.

»Keine Angst, ich hab's nicht gestohlen«, beruhigte er sie, es war von dem Geld, das ihm Mutter Elisabeth für die Überfahrt hatte geben lassen. Und für den Fall, daß ihr Zögern einen andern Grund hatte, setzte er hinzu: »Ich brauch es nicht.« Er schämte sich dafür, daß er sich mit einer Münze loszukaufen suchte, nicht anders als die Kirchgänger, wenn sie nach der Messe an den Bettlern vorbeigingen. Nur daß er eine weit höhere Summe gegeben hatte, beruhigte ihn ein wenig.

Aber sie verschwand nicht, wie er gehofft hatte, sie ging an seiner rechten Seite über die Brücke auf den Obelisken von Luxor zu, als gehörte sie jetzt zu ihm. Sie schaute zwar immer wieder zu dem großen Rosenkranz hinunter, dessen Perlen mit jedem Schritt gegen seinen Schenkel schlugen – Klosterbrüder in Frankreich sahen anders aus –, aber sie schien doch Vertrauen gefaßt zu haben. Vielleicht war es sein Französisch, das ihn schon öfter verraten hatte. Trotz seines schauspielerischen Talents gelang ihm der Dialekt der Pariser Vororte nur unvollkommen.

»Wo wohnen Sie?« fragte er schießlich, und sie erzählte von einer winzigen Kammer, die sie mit sechs Frauen teilte. Mädchen aus der Provinz. In den zwei Betten, die zur Not Platz hatten, konnten sie zu viert liegen, sie mußten also schichtweise schlafen, wie sie es nannte, sie und ihre Freundin Flore waren ohnehin nachts unterwegs. Zwei andere hatten als Wäscherinnen Arbeit gefunden, und die jüngere der beiden letzten, zwei Schwestern, hatte geschickte Hände. In den großen Kaufhäusern drängten sich die Leute derart, daß dabei allerhand für sie abfiel. Sie war ein sechzehnjähriges, sehr hübsches Mädchen, sie könnte es im rechten Gewerbe weit bringen, wie seine Begleiterin sich ausdrückte. Aber da war die ältere Schwester dagegen. Sie fand es anständiger, stehlen zu gehen, wenn man Hunger und eine ältere arbeitslose Schwester zu ernähren hatte – nebenbei war sie eifrig auf der Suche nach einem braven Handwerker oder Geschäftsmann, der ihr eine sichere Zukunft bieten konnte. Und da war Jungfräulichkeit von unschätzbarem Wert.

Sie nannte ein Viertel im Norden, elende Gassen, in denen es nicht einmal noch eine Kanalisation gab. Wo das Proletariat, das untertags in den Hallen und Lagerhäusern, in den unzähligen Fabriken und Faktoreien für drei Francs pro Tag schuftete, in der Nacht zusammengepfercht schlief. Dazu die vielen Randexistenzen, die ihrem Straßengewerbe nachgingen, Musikanten und Blumenverkäufer, Scherenschleifer, Obsthändler, Sammler von Hundekot für die Gerbereien, dazu die unzähligen Clochards, die vom Taschendiebstahl oder vom Betteln lebten. Dazu Zehntausende Frauen wie diese da, die ›Schande von Paris‹, die dem Polizeipräsidenten solche Sorgen machten, indes ihre erfolgreicheren Schwestern, die das Ihre zum Zauber dieser ›Stadt der Liebe‹ beitrugen, wie sogar die Werbeprospekte der Weltausstellung rühmten, schon in achtbare Viertel übersiedelt waren.

Und während sie vertrauensvoll, vielleicht auch, um noch etwas aus seinem verborgenen Geldbeutel zu ergattern, weiterplauderte, von den Eltern daheim in der Bretagne, einfachen Fischersleuten, die glücklich waren, daß es ihrem Mädchen in der schönen Hauptstadt so gut ging, während er immer wieder ihr Gesicht musterte, sobald eine Laterne näher kam, tauchten daraus wieder die vielen auf, denen er in den letzten Stunden begegnet war. Nicht nur die Taglöhner, die ihre Kisten und Säcke im Laufschritt durch die Markthallen schleppten, nicht nur die Frauen, die sich um weggeworfenes Obst oder die halb angefaulten Salathäuptel balgten, nicht nur die bettelnden Kinder oder die, die sich am Abend für drei Sous um einen Schlafplatz in der Elendsherberge anstellten. Er sah auch das andere Elend all der vielen, ob arm oder reich, ob sie elegant gekleidet und mit Schmuck beladen die Cafés bevölkerten oder in die Vergnügungslokale drängten, um über die nächsten Stunden der Leere hinwegzukommen. Er sah die ganze Hoffnungslosigkeit in den Gesichtern, die so sehr mit dem kontrastierte, was sie in ihren Fabriken und Büros und Geschäften erfanden und erzeugten und anpriesen. Er sah die glänzenden Augen derer, die sich von den verlockenden Schätzen hinter den geschliffenen Scheiben das Paradies erhofften. Er sah hinter all dem Glanz die Trostlosigkeit und die Gier, die Müdigkeit und die Hast, in der sie einander zu übertrumpfen suchten. Und er sah sie nicht nur im Vorübergehen, wie ein Luxusreisender, der sich daheim über das fremde Elend ereifern wird. Er kannte diese Menschen ja längst, die Unternehmer, Geschäftsleute oder Börsenspekulanten, die die besseren Salons bevölkerten, die politischen Ehrgeizlinge und die gelangweilten Dandys. Die braven Bürger, die sich vor der Banalität ihres Lebens in Betriebsamkeit und in den verzweifelten Glauben zu retten suchten, nun werde bald alles möglich und alles erreichbar, das Paradies auf Erden werde endlich Wirklichkeit sein.

Er hatte sie damals verachtet oder einfach negiert. Jetzt sah er sie, deutlich wie nie, und jetzt wußte er auch, was sich verändert hatte in dieser Welt: *er* hatte sich verändert. Vor einem Jahr noch hätte ihn dieses Übermaß an Reichtum und Elend, dem man hier auf Schritt und Tritt begegnete, an Protzerei, Trostlosigkeit und Gier nach Fortschritt zum Erbrechen gebracht – falls es ihm nicht gelungen wäre, darüber hinwegzusehen. Jetzt saugte er das alles förmlich in sich hinein, aber was ihn erfüllte, war nicht Haß und nicht Ekel und nicht Übelkeit – nur grenzenloses Erbarmen.

Er saß auf den Stufen, die zur Seine hinunterführten, und die Frau – sie hieß Magdeleine wie seine kleine Nichte, die dort irgendwo in dem Häusergewirr unter Damast und Seide schlief – saß neben ihm. Sie ging nicht fort, obwohl sie wußte, daß von dem da nichts mehr zu holen war, und er sah im Morgengrauen ihr unfertiges Kindergesicht immer deutlicher werden. Er sah den Schlaf in den Augen, den Ausdruck der Trostlosigkeit, weil wieder ein Tag begann, nur hie und da ein zaghaftes Lächeln, wenn sie bemerkte, daß er sie ansah. Diese grenzenlose Müdigkeit nach einem durchwachten Leben und dieser kümmerliche Strahl von Hoffnung – das war die Welt, vor der er geflohen war, die er häßlich und schäbig und geschmacklos erlebt hatte, der er die Schuld gab an den vielen vergeudeten Jahren. Aber Christus hatte sie, diese Strafkolonie nach der Vertreibung aus dem Paradies, akzeptiert und wieder geheiligt, indem er Mensch geworden war. Er hatte sie geliebt, und Charles war aufgerufen, sie mit der gleichen Inbrunst zu lieben, mit Jesus ihr Erlöser zu sein.

Sie gingen weiter, über die Place de la Concorde auf die Madeleine zu, die ersten Pferdewagen, verschlafene Kutscher, die die Zügel schleifen ließen, rumpelten vorbei, Straßenkehrer zogen mit ihren langen Besen mechanisch Halbkreise durch den Schmutz. Die Glocken riefen zur Messe. Er ging ein wenig rascher, und sie folgte ihm wie ein Hündchen. Wenn er sich nach ihr umdrehte, blieb sie stehen und sah ihn an. Sie versuchte kein einziges Mal, ihn anzurühren. Sie war ihm ferner als irgendeine Frau und doch nahe. Er dachte an Mutter Elisabeth und wie wenig sie des Erbarmens bedurfte, das er für sie empfunden hatte. Magdeleine fragte ihren seltsamen Begleiter nicht, warum er mit so viel Geld im Beutel in so einem komischen Gewand herumlaufe oder was der Rosenkranz zu bedeuten habe. Und auch er sagte nichts zu ihr, keinen schönen, wortreichen Trost, er hätte auch gar nicht gewußt, was er sagen sollte, so oft hatte er der Äbtissin versichert, daß er kein Prediger war. Hilfe mußte von anderswo herkommen.

Alte Frauen strebten dem Kirchentor von St. Augustin zu. Dünne Ameisenstraßen zur einzigen Quelle der Hoffnung für diese glänzende Stadt. Abbé Huvelin war noch nicht zurückgekommen, ein junger Kaplan las die Messe. Er las an Charles' Stelle für die Frau neben ihm, die mechanisch aufstand und niederkniete, Kreuzzeichen machte und sich an die Brust schlug, wie sie es als Kind gelernt hatte. Auch für sie kam Jesus in der Gestalt dieser weißen Scheibe zur Welt. Als er von der Kommunionbank zurückkehrte, sah er sie weinen. Es kam ihm so absurd vor, daß er sich so lange dagegen gewehrt hatte, Priester zu sein. Jetzt erschien es ihm ganz selbstverständlich, auch wenn er wußte, daß er dessen nicht würdig war.

Als sie, von den anderen Kirchenbesuchern neugierig und kopfschüttelnd gemustert, aus dem Portal traten, fuhr eben Abbé Huvelin mit dem Wagen vorbei und bog um die Ecke zum Pfarrhof. »Kommen Sie, Magdeleine!« sagte Charles und zog sie an der Hand über den Platz. Huvelin hatte genug Möglichkeiten, Menschen wie ihr zu helfen. Der Abbé, der, vom Kutscher gestützt, nur mit Mühe aus dem Wagen stieg, blickte überrascht dem seltsamen Paar entgegen, das auf ihn zugelaufen kam. Er hatte sich schon eine Strafpredigt zurechtgelegt für den Fall, daß Charles entgegen seinen Anweisungen Nazareth verlassen sollte. Aber als dieser jetzt so plötzlich nach zehn Jahren als abgerissener Landstreicher vor ihm stand, erschreckend schmal und abgezehrt, Tränen in den Augen und tief erschüttert von den Empfindungen des letzten Tages und der letzten Nacht, konnte er nicht anders, als ihm mit weit ausgebreiteten Armen entgegengehen.

Pater Leon Laurens:

»Ich habe es immer als großes persönliches Glück empfunden, daß unser Abt mich dazu ausersehen hat, Bruder Charles, diesem außergewöhnlichen Menschen, bei seiner Vorbereitung auf das Priesteramt beistehen zu dürfen. Ich hatte ja schon viel von ihm gehört, von seiner tiefen Gläubigkeit und Demut, von seiner unerbittlichen Strenge gegen sich selbst und seinem liebevollen Wesen gegenüber anderen. Von seinen oft seltsamen Ideen, ja Verrücktheiten. Aber was ich in diesen wenigen Monaten vom Dezember des Jahres 1900 bis zum nächsten Mai erleben durfte, übertraf alle meine Erwartungen. Schon seine Ankunft in Notre-Dame des Neiges war ungewöhnlich. Er kam zusammen mit den Hungrigen und Obdachlosen, die jeden Abend an die Klosterpforte klopfen, und da der Bruder Pförtner ihn nicht kannte, gab er auch ihm seinen Teller Suppe und wies ihm ein Quartier in der Scheune an. Erst am nächsten Morgen beim Gottesdienst erkannte Dom Martin ihn wieder.

Wir studierten gemeinsam Moraltheologie in der Zelle des Subpriors, und Bruder Charles brachte dazu immer seinen heißgeliebten Johannes Chrysostomus mit. Er war so sehr auf seine Vorbereitung auf die Priesterweihe konzentriert, daß er kein einziges Mal, auch nicht in den für Gespräche freigegebenen Stunden über irgendein weltliches Thema sprechen wollte. Obwohl er, wie Dom Martin wußte, sich für viele Dinge interessierte und auch ziemlich gebildet war. Ein einziges Mal nur schnitt er ein Thema an, das ihn neben seinem künftigen Priesteramt am meisten zu beschäftigen schien. Er sagte sinngemäß, daß es nicht sein Ziel sei, in irgendeiner Pfarre an den Ufern der Rhône Kaplan zu werden – was die logische Entwicklung wäre, da ihn doch der Bischof der Diözese von Viviers zum Priester weihen sollte. Da gäbe es Priester zur Genüge, und auch im Heiligen Land gäbe es sie. Auch wenn es ihn immer noch dorthin ziehe, sagte er, so wolle er doch das Evangelium und das göttliche Mahl denen bringen, die am ärmsten und verlassensten seien. In Marokko, das groß wie Frankreich sei und zehn Millionen Einwohner habe, gäbe es keinen einzigen Priester, und in der Sahara, die sieben- bis achtmal so groß sei wie Frankreich und viel bevölkerter, als man bisher angenommen habe, gäbe es kaum ein Dutzend. Niemand erschiene ihm verlassener als die Menschen dort unten. Die Mohammedaner hätten ihn, ohne es zu wissen, zu Gott geführt, und das wolle er ihnen vergelten. Nicht durch Predigen, sondern dadurch, daß er unter ihnen lebte. ›Das ist ein Ruf, den ich nicht überhören darf‹, sagte er.

Er hatte sich für seinen Aufenthalt in Notre-Dame des Neiges eine winzige Zelle erbeten, die von der Sakristei aus nur über eine Wendeltreppe zu erreichen war. Sie lag völlig ungeschützt praktisch auf dem Dach, und niemand von uns hatte je den Wunsch verspürt, dort oben zu wohnen, denn es war im Winter eisig kalt, und im Sommer brütete dort die Hitze. Aber diese Zelle lag, nur durch eine Zwischenwand getrennt, neben einer kleinen Empore, die sofort sein Lieblingsplatz wurde. Von dort konnte er nämlich ganz ungestört direkt zum Altar sehen und allen liturgischen Feiern beiwohnen. Dom Martin hat ihn von der gegenüberliegenden Abtsempore oft tage- und nächtelang knien gesehen, den Blick unbewegt auf den Tabernakel gerichtet. Aber noch mehr, er gewöhnte sich auch bald an, vor dem Allerheiligsten auf den Knien zu studieren, die Bücher lagen dabei rings um ihn aufgeschlagen auf dem Boden.

Aber trotz seiner Demut konnte er auch recht eigensinnig sein. So wollte er sich von seinem verrückten Gewand, das einem Clownskostüm in einem Wanderzirkus ähnlich sah, nicht trennen. Nicht einmal, als er nach Rom fahren sollte, wo er unter anderen Dingen, von denen ich nichts weiß, etwas für die Äbtissin der Klarissinnen in Jerusalem zu erledigen hatte. Der Vater Abt mußte seine ganze Autorität aufbieten, um den Starrsinnigen zu überzeugen, daß die Lumpen, die er offensichtlich so liebte, seiner Aufgabe und auch dem Ansehen der Kirche keineswegs dienlich seien. Er nahm dann die Soutane unserer Laienbrüder.

Was mich aber am tiefsten beeindruckte, war sein Verhalten nach der Weihe zum Subdiakon in Viviers am 22. Dezember. Der hochwürdigste Vater Abt bat mich, Bruder Charles die Zeremonien der Messe zu erklären und mit ihm jeden Morgen in der Sakristei auch zu üben.

Er sagte dazu mit einem feinen Lächeln, ich würde mich dabei auch in Geduld üben müssen, der gute Bruder Albéric – er nannte ihn manchmal noch immer wie früher – werde dabei sicherlich ziemlich zerstreut sein. Ich verstand nicht recht, was er damit meinte, denn beim Studium habe ich Bruder Charles immer höchst wach und konzentriert erlebt. Aber nach dem ersten Mal wußte ich es. Mein Schüler war tief beeindruckt von der symbolischen Schönheit der Zeremonien. Die Gebärden, das Kreuzzeichen, das Ausbreiten der Arme, die Gebete, die auswendig gesprochen wurden – er war von ihrem Sinn und ihrer Bedeutung so ergriffen, daß er manchmal, nein, sehr oft sogar, auf ihre äußere Form völlig vergaß. Und ich sprach dann allein weiter und machte die Zeichen, die er mit mir einüben sollte, ohne ihn.

Ich muß gestehen, daß das recht mühsam war, und wir begannen immer wieder von neuem. Wie oft mußten wir uns allein für das Stufengebet treffen! Es genügte schon, das ›Introibo ad altare Dei‹ zu sprechen, um ihn in einen Zustand zu versetzen, den Dom Martin seine Zerstreutheit nannte. Beim heiligen Ignatius, dem es ähnlich ergangen sein soll, nannte man das sein Inneres Gebet. Und ich weiß nicht, wie lange dieser Zustand angehalten hätte, hätte nicht ich ihm ein Ende bereitet. Ich konnte es genau beobachten, ich konnte bald schon aus seinem Gesichtsausdruck den Augenblick erkennen, wenn er oder sein Bewußtsein oder wie ich es nennen soll, dem, was er sagte, der Geste, die er vollführte, in ein viel tieferes Gebet hinein entglitt, von dem wahrscheinlich keiner von uns auch nur eine Vorstellung hat. Dann formten nur noch seine Lippen Worte, und nur noch sein Körper vollführte die Gesten, die ich ihm beigebracht hatte. Bis auch das aufhörte und er mitten im Satz, mitten in einer Kniebeuge oder dem Ausbreiten der Arme abbrach, weil all das Erlernte so unendlich belanglos geworden war im Vergleich zu dem, was in ihm geschah. Ich glaube, Père de Foucauld war sich der Gegenwart Gottes so sehr bewußt, ging so völlig in der Vereinigung mit Gott auf, daß er bei jedem Anlaß in diesen Zustand eintreten konnte. Er kniete oder stand dann da mit einem Gesichtsausdruck, daß ich ihn fast nicht mehr erkannte. Er schien mir völlig leer zu sein, als wäre alles, was ihn ausmachte, was an ihm Mensch war, hinausgefegt worden, um einer überirdischen Verklärung Raum zu geben. Das Rührende und für mich Beschämende war dann, daß er, wenn er aus diesem Zustand wieder zu sich kam, niederkniete und mich um Verzeihung für die Unterbrechung des Unterrichts bat – als hätte er bloß irgendeine Dummheit begangen. Dann setzten wir den Unterricht wieder fort, so gut es eben ging.

Ich glaube, Dom Martin, der ihm am Rosenkranzfest die niederen Weihen erteilen durfte und der ihn schon seit elf Jahren kannte, hatte recht, als er am 9. Juni, dem Tag der Priesterweihe in Viviers, sagte, er sei noch nie einem so edlen und großen Menschen begegnet, dessen Gegenwart schon eine äußerst beredte Predigt sei. Ich glaube mit ihm, daß Charles des Foucauld das Zeug zu mehreren Heiligen in sich hat.«

V.

Unter Soldaten und Sklaven

»Richten wir uns nach ihm, dem einzigen Maß,
dann sind es nicht mehr wir, die leben,
sondern er ist es, der in uns lebt.
Dann sind unsere Handlungen nicht mehr
unser eigenes, menschliches, klägliches Werk,
sondern sein göttlich wirksames Tun.«

*Charles de Foucauld an Bischof Guerin,
15. Jänner 1908*

Noch nie hatte er auf dem Rücken eines Pferdes diese Freude empfunden. Die Glieder waren ihm von der ungewohnten Anstrengung steif geworden, und die aufgeriebene Innenseite der Schenkel brannte wie Feuer. Aber er wollte nicht haltmachen, um nachzusehen, ob das feuchte Gefühl vom Schweiß oder von Blut kam. Bevor Leutnant Huot, der Anführer der kleinen Truppe, nicht den Befehl dazu gab, wollte er weiter, weiter nach Süden.

Ain Sefra, die Endstation der Eisenbahn von Algier, lag hinter ihnen, und schon seit Stunden ritten sie aus den Tälern des Sahara-Gebirges in die offene Wüste hinein wie in einen unendlichen Raum. Hinter ihm das stundenlange Gerüttel auf hölzernen Bänken durch die fruchtbare Gartenlandschaft Nordalgeriens bis Oran, hinter ihm die weiten Hochsteppen zwischen den beiden Atlas-Gebirgen, wo sich jetzt im Herbst die Nomadenkarawanen aufmachten, um zu ihren kümmerlichen Weidegründen im heißeren Süden zu ziehen. Hinter ihm die vielen Belanglosigkeiten und Pflichten des Lebens in der Zivilisation, die noch den freiesten Menschen belasteten. Hinter ihm das Monate dauernde Ringen mit den französischen Behörden, die der grundsätzlich antiklerikalen Regierung in Paris zu Willen sein mußten, hinter ihm das bürokratische Mißtrauen der Militärverwaltung. Da wollte ein ehemaliger Leutnant, der die Armee unter äußerst bedenklichen Umständen verlassen hatte, sich plötzlich als Mönch in der Sahara niederlassen – womöglich noch als Missionar! Wo doch die Franzosen sich verpflichtet hatten, den Islam nicht anzutasten, um mit den Arabern nicht noch mehr Schwierigkeiten zu bekommen. Selbst die Weißen Väter aus Maison-Carrée, der berühmte Orden des Kardinals Lavigerie, waren hier nur geduldet und durften seit der Dritten Republik nur noch die europäischen Christen seelsorglich betreuen.

Auch der Generalsuperior, Monseigneur Livinhac, war voll Mißtrauen gegenüber dem Außenseiter gewesen, der sich da in sein Hoheitsgebiet drängte, der überhaupt kein

Interesse an den Weißen Vätern zeigte und selbstherrlich seine eigenen Vorstellungen von Mission verwirklichen wollte. In dessen praktisch undurchführbarer Regel Sätze zu lesen waren wie: ›Sei jederzeit bereit, um Christi willen Hungers zu sterben! Sei bereit, ohne Widerstand dein Blut zu vergießen!‹ Das war nicht bloß ein Träumer oder ein Verrückter, das war ein Größenwahnsinniger, der womöglich das ehrwürdige Ordenswesen der katholischen Kirche revolutionieren wollte! Monseigneur tat also, was ihm am klügsten erschien, er legte die enthusiastischen Empfehlungsschreiben von Huvelin, Dom Martin und dem Bischof von Viviers zu den Akten und beschied Foucauld, er könne seine Zustimmung erst geben, wenn der Generalgouverneur Foucaulds Mission nach Süd-Oran genehmigt habe. Daß dieser das nie tun werde, dessen war sich Seine Exzellenz gewiß. Dann sollte der seltsame Sonderling, der als bisher einziges Mitglied seiner Kongregation, die nicht einmal noch in Rom genehmigt war, sich schon sein eigenes Ordensgewand zurechtgeschneidert hatte, eben zu seinen Trappisten in Staoueli gehen, wenn er Afrika unbedingt unsicher machen mußte. Auch die Fürsprache Monsignore Guérins, des apostolischen Präfekten von Ghardaia, mit dem Foucauld rasch Freundschaft geschlossen hatte, nutzte da nichts.

Aber weder Monseigneur Livinhac noch die Militärbehörden in Paris hatten mit der Solidarität der alten Kameraden aus Saint-Cyr und Saumur gerechnet. Was galten da schon die inzwischen vergangenen zweiundzwanzig oder noch mehr Jahre! Die Erinnerung an ›Schweinchen‹ war offenbar noch in allen wach, die einmal seine liebenswerte Gastfreundschaft genossen und sich über seine Späße amüsiert hatten – und Major Lacroix, zwar nicht gerade Generalgouverneur, aber immerhin Chef des Amtes für Eingeborenenangelegenheiten in Algier, war tatsächlich jener Henri Lacroix aus Saint-Cyr, dessen Bett im Schlafsaal gleich neben dem des Kadetten Morès gestanden hatte.

»Schweinchen!« jubelte der Major, der inzwischen selber einigen Speck angesetzt hatte, während Kamerad Foucauld eher zur mageren Ratte geworden war – was sie einander auch freundschaftlich an den Kopf warfen. Und die Trappistenmönche – Lacroix war auf ein paar gekritzelte Worte seines Freundes hin sofort nach Staoueli herausgekommen – blickten fassungslos auf die beiden Männer, die da händeschüttelnd und schulterklopfend einander wie Indianer umtanzten.

»Du bist heute abend natürlich bei mir!« rief Lacroix. »Und morgen auch. Meine Frau ist bereits avisiert. Was belieben Hochwürden zu speisen?« Und die Trappistenmönche staunten noch mehr, als sie hören mußten, daß ihr verehrter früherer Bruder Albéric, Inbegriff der Askese, nicht etwa um Brot und Gemüsesuppe bat, sondern lächelnd zur Antwort gab: »Alles, was gut ist, Henri. Nur keine Trüffeln.«

Und Lacroix blieb nicht der einzige, der den Ex-Leutnant im Mönchshabit mit solcher Begeisterung empfing. In Ain Sefra stand schon General Cauchemez mit seinem ganzen Stab am Perron, als Foucaulds Zug einfuhr, und so ging es weiter wie ein Lauffeuer von Oase zu Oase: Charles de Foucauld, der legendäre Offizier und Forschungsreisende, der jetzt Mönch und Priester geworden war, kam zu ihnen.

Eine Woche nach dem Wiedersehen mit Major Lacroix hatte Foucauld alles in der Tasche, was er brauchte, von der Erlaubnis des Generalgouverneurs, sich in Beni Abbes an der Grenze zu Marokko niederzulassen, bis zur Fahrkarte nach Ain Sefra. Und das Placet des Generalsuperiors aus Maison Carrée wurde – sein Wort mußte man schließlich halten – wenig später nachgereicht. –

Die letzten Felsenberge des Sahara-Atlas waren hinter ihnen, und die flimmernde Einöde von Gestein und sonnenverbranntem Gestrüpp, die rosa- und orangeglühenden Felsen, die immer wieder auf beiden Seiten des Sauratals auftauchten, nahmen ihn immer mehr gefangen. Noch eine Stunde bis Taghit, noch eine Stunde, bis das satte Grün von unzähligen Palmen vor ihnen auftauchen würde. Das Pferd hinter ihm war mit seinen Habseligkeiten bepackt: Bücher, Segeltuch für ein Zelt und ein paar leere Säcke, wenn er auf dem Boden schlafen wollte, Eimer und das fünfzig Meter lange Seil für die Wüstenbrunnen sowie der tragbare Altar mit Kruzifix und dem Meßgerät. Charles griff ehrfürchtig mit der Hand nach der Brust und fühlte die Bursa mit den konsekrierten Hostien, die von der letzten Messe in Ain Sefra übriggeblieben waren, unter dem Stoff des Gewandes.

Er war nicht eitel, und auch seine Brüder, die dieses Gewand tragen würden, sollten nicht eitel sein. Dennoch war er vor einem großen Spiegel gestanden, den er in einem Zimmer bei den Weißen Vätern in Maison Carrée entdeckt hatte, um seine Einkleidung vorzunehmen: Eine kleine, feierliche Zeremonie, die er sich selber gestaltete. Kein Novize stand in einer Reihe mit ihm, und kein Bruder sang die Psalmen, kein Novizenmeister half ihm, sich des Trappistenhabits zu entledigen und langsam und feierlich die weiße Gandura überzustreifen, das hemdartige, bis zu den Knöcheln reichende Überkleid, wie es die Araber trugen. Er faßte es mit einem Riemen zusammen und hängte daran seinen großen Rosenkranz, den er schon in Jerusalem und Nazareth getragen hatte. Auf den Kopf setzte er sich eine leichte Chechia, das Käppi der französischen Kolonialtruppen mit Sonnenschutz für Ohren und Nacken, dessen Schirm er entfernt und dessen bunten, gestickten Kopfteil er mit dem gleichen Stoff überzogen hatte, aus dem die Gandura geschneidert war. Auf seiner Brust aber brannte das blutrote Zeichen seines Ordens, das er fortan und bis zu seinem Tod tragen wollte. Das Herz und das Kreuz darüber, eine aus einem Stück Stoff ungeschickt herausgeschnittene Kopie jenes Zeichens, das ihm seine Cousine Marie mit kostbaren Metallfäden auf das reichverzierte Gewand zu seiner ersten Messe in Notre-Dame des Neiges gestickt hatte. Nichts von dem Prunk des alten Wappens mit dem roten Löwen und der silbernen Bogenbrücke, wie es schon Bertrand de Foucauld während des Kreuzzugs an der Seite König Ludwigs des Heiligen getragen hatte. Tränen traten ihm in die Augen, als er es im Spiegel sah, so sollten alle Menschen es sehen, denen er begegnete, damit sie erkannten, wer er war und in wessen Namen er kam.

Als er fertig angekleidet war, zuletzt hatte er sich noch Riemensandalen an die Füße gebunden, sprach er, als leistete er seinem Oberen das Gelübde: »Ich möchte das Leben führen, das unser Herr in Nazareth geführt hat. Ich möchte nicht mehr haben als die Ärmsten der Armen in dieser Welt. Ich möchte der Niedrigste unter den Niedrigen sein und mich denen schenken, die am verlassensten sind. Ich möchte alle Menschen, Christen, Moslems, Juden und Heiden, daran gewöhnen, in mir ihren Bruder zu sehen.«

Freilich hatte er sich die Pilgerfahrt zu dem künftigen Heiligtum in Beni Abbes ein bißchen anders vorgestellt. Er hatte die dreihundert Kilometer von Ain Sefra zu Fuß gehen wollen, wie er es gewohnt war, aber das ließ Major Lacroix nicht zu. »Wenn du zu Fuß gehst«, schärfte er Foucauld ein, »dann bist du bei den Arabern von vornherein erledigt. Und bei den Berbern auch. Ein Mann ohne Pferd oder Reitkamel ist kein Mann, kein Mensch. Außerdem ist die Strecke dort an der Grenze viel zu gefährlich.«

Die Oasen der Saura, dieses unterirdischen Flusses, der nur in Beni Abbes an die Erdoberfläche trat, waren erst in diesem Jahr von den Franzosen besetzt worden, also immer noch militärisches Operationsgebiet. Auch von Marokko kamen immer wieder räuberische Banden herüber und machten die Gegend unsicher. Grund genug, Foucauld gleich am Bahnhof von Ain Sefra durch Leutnant Huot und seine Spahis in Empfang zu nehmen, wobei der dort stationierte General Cauchemez es sich nicht nehmen ließ, die Ankunft des Mönchs zum Anlaß eines dreitägigen Festes zu nehmen, dem sich Foucauld nicht entziehen konnte. Der Ex-Leutnant in der seltsamen Privatuniform, der keineswegs vor Gesundheit zu strotzen schien, hielt wacker mit, erst irgendwann am Morgen, als die anderen schon auf ihren Stühlen eingeschlafen waren oder mit glasigen Augen einander Wortfetzen zulallten, konnte er sich auf sein Zimmer zurückziehen. Aber keineswegs um zu schlafen, wie sie nach seiner Abreise zu ihrem Staunen erfuhren, sein Bett war völlig unberührt. Er hatte in seinem Gepäck eine kleine Grammatik des Tamaschek, der Sprache der Tuareg, gefunden, die ihm Major Lacroix als Abschiedsgeschenk zugesteckt hatte. Er hatte Worte gefunden, die ihn an Duveyrier erinnerten, der ihm von diesem rätselhaften Volk vorgeschwärmt hatte. Seltsam dieses Zusammentreffen: die Grammatik und die Erinnerung an dieses Volk und an den unglücklichen Forschungsreisenden, nach dem nur ein paar Kilometer südlich von Ain Sefra eine Oase benannt worden war. Und alles das, während er doch nach Beni Abbes zu den Arabern ging, nach denen er sich so gesehnt hatte.

Eine halbe Stunde vor der Oase Taghit machte ihn Leutnant Huot auf eine Staubwolke aufmerksam. Eine Gruppe von Reitern kam ihnen entgegengesprengt und hielt an, als die Ankömmlinge nahe genug waren.

»Das ist Hauptmann de Susbielle«, rief Leutnant Huot, und angesichts der Reiter in den bunten Uniformen vor dem einförmigen Rotbraun der Wüste begann etwas in Foucauld aufzujubeln. Er gab seiner Makhazan-Stute die Sporen und sprengte mit flatternder Gandura dem jungen, hochgewachsenen Offizier entgegen, der ihn erwartete. Wenige Meter vor ihm parierte Foucauld so hart durch, daß das Pferd sich aufbäumte, und salutierte nach bester Samurtradition.

Es war eigenartig: wie er sich in jener Nacht in Paris mit der verhaßten Welt versöhnt hatte, so begann er in diesen Stunden und Tagen eine heimliche Freude am Soldatenleben zu verspüren, in das ihn ohne seinen Willen Lacroix und seine Verbindungen zu den einstigen Kameraden hineindrängten. Er hatte es nie geliebt und im Grunde immer als Vergeudung seiner Lebenszeit empfunden. Er hatte es in seiner Jugend nur akzeptiert, weil es Familientradition war und er nichts Besseres mit sich anzufangen wußte. Aber jetzt? War es nur das rein physische Vergnügen, ein Pferd und dessen Muskelspiel unter sich zu spüren? Der ästhetische Genuß an den Farben der Uniformen und den Bewegungen edler Tiere, an einem Zeremoniell, das selbst hier in diesen entlegensten Orten der Wüste dem Reiterleben die Schönheit einer sinnvollen Ordnung gab? Oder war es nicht eher, weil bestimmte Elemente dieses Reiterlebens, abgelöst vom brutalen Zweck des Soldatenhandwerks, weil das Vorbeiziehen der verschiedenartigsten Wüstenformationen im gestreckten Galopp, das Tränken der Pferde am Brunnen oder das Nachtlager unter freiem Himmel – weil alles das ihm wieder die innige Vereinigung mit der Wüste schenkte, in der er seit Marokko jenen Gott gesucht hatte, den er jetzt an seiner Brust, unter dem Kreuz und dem roten Herzen, in diese Wüste hineintragen durfte?

Die arabischen Soldaten waren so hingerissen von Foucaulds Reitkunst, die er so lange nicht mehr ausgeübt hatte, daß sie alle Disziplin vergaßen und in wildes Beifallsgeheul ausbrachen. Dann aber erinnerten sie sich der Worte ihres Hauptmanns, daß sie einem französischen Marabut entgegenritten, der aus Freundschaft zu ihnen unter ihnen leben wollte. Sie sprangen von ihren Pferden und liefen, ebenfalls höchst unmilitärisch, auf den Ankömmling zu, küßten den Saum seiner Gandura und baten um seinen Segen. Foucauld hatte Mühe, seine Ergriffenheit zu verbergen. Nicht nur, daß sie dem ›Schweinchen‹ zujubelten, dem Offizier, von dem man ihnen sicherlich schon manches erzählt hatte – sie begrüßten auch den kleinen Mann mit dem Stoppelbart, den Priester mit den gesalbten Händen.

Am nächsten Tag kamen sie alle zur heiligen Messe, der ersten Messe, die in Taghit gefeiert wurde, Franzosen, Araber und Berber, Christen und Moslems, Gläubige und Ungläubige. Schon am frühen Morgen hatten sie ihm geholfen, auf einem Sandhügel den Altar aufzustellen, den ihm die Mönche in Notre-Dame des Neiges gezimmert hatten. Ein einfacher weißer Klapptisch mit vier starken, kantigen Beinen, der einen Tabernakel trug, den Foucauld mit Resten der Seide seines Meßgewandes ausgeschlagen hatte.

Aber sie mußten noch lange warten, denn da war ein Soldat gekommen, der wollte die Beichte ablegen, und seinem Beispiel waren ihrer noch mehrere gefolgt. Bruder Charles hockte auf einer Kiste neben einer Palme, und sie knieten vor ihm nieder, eine Stunde, eine zweite. Noch nie in seinem Leben war er in so kurzer Zeit mit so viel Elend und seelischer Not überhäuft worden. Manchmal glaubte er es nicht mehr ertragen zu können und aufstehen und auf den Hügel hinauf zu seinem Altar laufen zu müssen, um sich vor dem Allerheiligsten hinzuwerfen. Zu den Ärmsten der Armen hatte er kommen wollen, die noch nie von Christus, dem Erlöser der Menschen, gehört hatten. Aber waren diese Soldaten, die da vor ihm knieten, weniger arm? Bauernburschen aus der Auvergne und der Dauphiné, vom Languedoc und den Pyrenäen, die noch Spuren ihres Kinderglaubens in sich trugen, den ihnen der Herr Pfarrer in der schönen Kirche mit den schönen Statuen beigebracht hatte. Proletarierkinder aus Marseille und Lille, die nichts wußten, als daß das Leben, das sie hier lebten, Exerzierdienst und Erkundungsritte entlang der marokkanischen Grenze, Kartenspielen, Absinth und in gewissen Abständen ein Ausflug zu den Uled Nail-Mädchen im Bordell von Ain Sefra, daß das doch nicht alles sein konnte.

Als er den Hügel hinauf zu seinem Altar ging, um sich vor den Augen aller das Meßgewand überzustreifen, fühlte er sich zerschlagen wie nicht einmal nach dem Ritt der letzten Tage, und seine Stimme zitterte, als er das Stufengebet zu sprechen begann, um alle, die ihn da umstanden, miteinzuschließen, wenn er es wagte, an den Altar zu treten. Aber je weiter die Messe fortschritt, die er für diese Menschen lesen durfte, je öfter er sich ihnen zuwandte mit dem Wunsch, daß der Herr mit ihnen sein möge, und je öfter sie ihm diesen Wunsch zurückgaben, je näher er dem großen Augenblick kam, in dem er sagen durfte, daß dieses Brot zum Leib Jesu Christi geworden sei, den er wenig später einigen dieser Männer auf die Zunge legen wollte, desto stärker spürte er es, und mit einem Glücksgefühl onnegleichen: Das war die Gnade, er würde nie wieder an seiner Sendung zweifeln müssen.

Am nächsten Abend, dem des denkwürdigen 28. Oktober 1901, ritten sie in Beni Abbes ein. Plötzlich, von der Höhe einer der Dünen sahen sie die Oase, einen dichten Wald von mehr als achttausend Palmen, der nur von der gleißend weißen Mauer des Militärforts überragt wurde. In der Mitte der Oase das befestigte Dorf mit einem einzigen Tor, an ihrem Ende noch zwei kleinere Dörfer, insgesamt lebten etwa fünfzehnhundert Menschen hier, wie Leutnant Huot erklärte. Im Süden und Westen, dort, wo der Palmenhain endete, dehnte sich das steinige, flache Ödland, die Hammada, bis hin zu den fernen Ausläufern des marokkanischen Atlas. Im Norden und Osten aber sah Charles die gelbbraunen Sanddünen des Großen Westlichen Erg, die wie erstarrte Wellen hingebreitet lagen, bis sie irgendwo am Horizont in den ewig wolkenlosen Himmel übergingen.

Charles zügelte sein Pferd und starrte lange auf das grandiose Bild, das im Sonnenuntergang dauernd seine Farben wechselte, bis alles zuletzt wie von gleißendem Gold übergossen war. Kaum hatte die Sonne den Horizont erreicht, sprangen die Araber von ihren Pferden, streiften die Schuhe ab und wendeten sich gegen Osten. Sie beugten sich nieder, berührten den Boden mit den Handflächen und strichen sich damit über Gesicht und Arme, als wollten sie sich reinwaschen. Dann begannen sie das Gebet, stehend, auf den Fersen sitzend, dann wieder mit der Stirn die Erde berührend. Auch Foucauld sprang vom Pferd und warf sich zu Boden. Er achtete nicht darauf, wo die Sonne unterging und in welcher Richtung Mekka lag, er starrte nur immerfort zu der Oase hinüber, deren erster Priester er sein durfte.

*

Hauptmann Regnault, der Kommandant der kleinen Garnison von Beni Abbes, hatte erwartet, sein hoher Gast werde sich nach den anstrengenden letzten Tagen entsprechend ausschlafen wollen. Als dieser jedoch beim Morgenappell im

Hof des kleinen Forts mit den anderen Soldaten auftauchte, hatte er schon zwei Stunden des Gebets hinter sich.

Jetzt aber wollte er endlich den Platz bestimmen, auf dem seine Kapelle entstehen sollte, und seine penetrante Munterkeit schon um halb sieben Uhr früh ließ den Hauptmann, der ebenfalls erst um zwei Uhr morgens ins Bett gekommen war und kaum aus den Augen schauen konnte, Böses für die Zukunft ahnen. Gleich nach dem Frühstück, das Bruder Charles nur widerstrebend einnahm, verließen die beiden, von zwei Leutnants und einem Korporal begleitet, die Festung.

Beni Abbes verdankte sein Blühen und die Fruchtbarkeit seiner Dattelpalmen dem unterirdischen Fluß Saura, der hier an die Oberfläche kam und nach einem knappen Kilometer wieder verschwand. Auch die anderen Oasen entlang der Grenze zu Marokko waren dank der Saura entstanden, nur daß dort noch die Foggaras, uralte Brunnensysteme, dafür sorgten, daß das etwa zehn Meter tief liegende Grundwasser an die Oberfläche gelangte. Durch unzählige Kanäle wurde das Flußwasser in Beni Abbes und den beiden anderen Dörfern verteilt und zu jedem der kleinen, zumeist weiß getünchten Lehmhäuser geführt, zu den fruchtbaren Gärten, in denen neben den Palmen die Zitronen- und Orangenbäume schwer an ihren Früchten trugen. Auch eine Überfülle von Blumen jeglicher Art entsproß hier dem Wüstenboden, ein Luxus, den sich selbst oben in Algier oder Oran nur wenige Bewohner leisten konnten.

Foucauld durchritt mit seinen Begleitern staunend die Oase, die trotz der brennenden Sonne das ganze Jahr über zu blühen schien, und Hauptmann Regnault demonstrierte ihm, was er für bemerkenswert hielt, stolz, als hätte er persönlich etwas dazu getan. Dabei waren die Franzosen erst im März dieses Jahres in Beni Abbes eingezogen, und ihre einzige Leistung war die kleine Festung mit den Mauern und Wachtürmen, in denen drei Kompanien afrikanischer Scharfschützen und die Kompanie leichter Infanterie untergebracht waren.

»Anfangs haben die Leute hier natürlich Angst vor uns gehabt«, erklärte Regnault, »aber jetzt dürfen sie mit uns recht zufrieden sein. Schließlich haben sie heuer zum ersten Mal ihre Ernte eingebracht, ohne daß gleich darauf die Tui Mnia gekommen sind.« Die Tui Mnia waren ein durch seine regelmäßigen Plünderungen berüchtigter Berberstamm. Es gab zwar auch jetzt noch kleinere Überfälle, sobald sich jemand außerhalb der Schutzzone wagte, und die erbitterten Berber, die es gewohnt waren, von der Plünderung der seßhaften Oasenbewohner zu leben, suchten den verhaßten Franzosen zu schaden, wo sie konnten. Aber die größte Gefahr war gebannt.

Dennoch beunruhigte es Hauptmann Regnault, als er Foucaulds Absicht erfuhr, sein Quartier weder innerhalb der Festung noch unter den Bewohnern der Oase aufzuschlagen. Erst als sie die letzten Palmen hinter sich hatten, hielt der Priester sein Pferd an.

»Dort drüben liegt Marokko«, sagte er leise und blickte über die steinige Hochfläche, durch die irgendwo die unsichtbare Grenze verlief. Marokko, das Land, dem er nahe sein wollte, in dem er zum ersten Mal wieder eine Ahnung von Gott gespürt hatte, in den leeren Wüsten des Südens, in der bedingungslosen Gläubigkeit seiner Bewohner. Hundertfach wollte er es ihnen vergelten, seinen Freunden, die ihn aufgenommen, die ihm mehrmals das Leben gerettet hatten. Er wollte ihnen eine Ahnung davon geben, was sein Gott war, nicht durch wortgewaltiges Predigen, sondern durch ein Leben mitten unter ihnen – und wenn er dieses Leben dafür hergeben mußte.

Freilich, die Zeit, nach Marokko zu gehen, war noch nicht reif, das hatten ihm alle seine Kameraden, das hatten ihm Dom Henri und die Weißen Väter versichert. Und sich mutwillig in Lebensgefahr zu begeben, wie er das noch in Cheiklé getan hätte, war kein Märtyrertum im Sinne Christi. Darum hatte er sich für Beni Abbes entschieden, um hier das Leben von Nazareth zu leben, bis es einmal soweit war, daß er hinübergehen konnte.

Für Hauptmann Regnault aber war das Wort Marokko nichts als ein strategisches Reizwort: »Ja, aus der Richtung kommen die meisten Überfälle«, sagte er und nickte, als hätte sein Gast genau das gemeint. »Es sollte mich wundern, wenn nicht in diesem Augenblick einer ihrer Kundschafter uns beobachtete – «

»Und sich überlegt, ob es sich auszahlt, die fünf Franzosen anzugreifen, wenn sie sich noch weiter von der Oase entfernen«, setzte Leutnant Lesourd fort. »Ja, wir haben erstklassige Ferngläser bei ihnen gefunden. Marke Zeiss aus Jena.«

»Wir befinden uns praktisch immer noch im Feindesland«, ergänzte der zweite Leutnant, als gelte es, den eingepaukten Stoff der letzten Unterrichtsstunde zu rekapitulieren. »Die einzig sicheren Punkte sind unsere Garnisonen entlang der Saura-Linie von Ain Sefra hinunter: Beni Unnif, Béchar, Taghit, Igli, Beni Abbes bis Adrar. Dazwischen liegen Hunderte Kilometer Niemandsland. Gott bewahre uns, daß die Rezzus uns einmal umgehen und von hinten angreifen. Bedenken Sie: zwischen Beni Abbes und Adrar liegt der Große Erg. Fünfhundert Kilometer leere Sandwüste.«

Hauptmann Regnault hatte gestern abend im Lauf eines Gesprächs über die Lage in der Sahara feststellen können, daß sein priesterlicher Gast auch neunzehn Jahre nach seinem Abschied von der Armee realistischen Argumenten durchaus zugänglich war. Darum war er froh, daß seine jungen Offiziere so prompt mitspielten, um ihm seine Gefährdung möglichst eindringlich vor Augen zu führen. Umso mehr verblüffte es ihn, als Foucauld sich den beiden Offizieren zuwandte und mit dem freundlichsten Lächeln auf den Lippen sagte: »Meine Herren, ich habe eben den besten Platz für meine Khaua gefunden. Dort!«

Er streckte die Hand aus und deutete auf eine Mulde, etliche hundert Meter östlich der letzten Palme. Nur wenig weiter, hinter den großen Felsstücken, konnten sich die ersten Kundschafter verbergen.

»In der Mulde dort?« rief der Hauptmann entsetzt aus, und es war ihm gleichgültig, als er merkte, daß sein Ton keineswegs der respektvollste gewesen war. Im Gegenteil, er legte noch etwas zu: »Das ist der pure Wahnsinn!«

Aber Foucauld schien das gar nicht zu merken, oder er überhörte es. Oder er nahm es dankbar als Demütigung hin. »Betrachten wir doch einmal das Gelände«, begann er ruhig zu dozieren und gab seinem Pferd einen leichten Schenkeldruck, so daß er bequem nach Norden blicken konnte. »Ich wüßte nichts Schlechteres, als meine Einsiedelei dort oben zu bauen. Jeder Gegner aus dem Norden könnte sich im Schutz des engen Tals bis auf hundert Meter heranarbeiten, und weder ich noch Sie von Ihrem Bordj könnten es rechtzeitig bemerken. Oder hat mich meine Beobachtung gestern abend getäuscht?«

Der Hauptmann mußte es zugeben, und was Leutnant Foucauld gegen eine Position im Süden und im Südwesten sagte, hatte ebenfalls Hand und Fuß, da war der Fluß im Weg, dort hinderte ein Felsmassiv jeden Fernblick.

»Und daß ich auf einer Sanddüne, die dauernd in Bewegung ist, ein Haus bauen soll, werden Sie mir doch auch nicht zumuten wollen«, schloß Foucauld und deutete mit dem Arm zu der riesigen goldgelben Düne im Osten hinüber, die erste der Wellen des Großen Erg, die dank des noch niedrigen Sonnenstandes tiefschwarze Schatten warfen. »Bleibt also nur die Mulde. Wie ich das Gelände einschätze, dürfte es dort sogar ein paar Brunnen geben.«

»Die gibt es tatsächlich«, entfuhr es Leutnant Lesourd. »Sie sind verschüttet, aber man könnte sie reaktivieren.«

»Na also!«

Hauptmann Regnault zerrte nervös an den Zügeln, bis auch sein Pferd unruhig wurde. Der Pater hatte völlig recht – vorausgesetzt natürlich, daß sein Haus unbedingt so weit weg von der Oase und ihrer Sicherheit und all ihren Bequemlichkeiten liegen mußte. »Sind Sie nicht als Militärkaplan hierhergekommen?« fragte er, um einer direkteren Frage auszuweichen. »Offiziell?«

Foucauld wandte sich ihm zu und sah ihn an. Der Hauptmann wurde blutrot, zu deutlich las er in dem prüfenden Blick die Frage, ob man ihm das überhaupt erklären könne. Aber schon im nächsten Augenblick fühlte sich Foucauld ertappt und schlug die Augen nieder.

»Ich weiß nicht, ob es mir gelingen wird«, begann er zögernd und so leise, daß nur Hauptmann Regnault neben ihm die Worte verstehen konnte. Er hätte es diesem Mann nie gestanden, jetzt mußte er es tun, um ihn nicht zu verletzen. »Ich werde für Ihre Soldaten da sein, wann immer sie mich brauchen. Und ich werde auch für die andern da sein. Ich möchte nur nicht mitten unter ihnen leben, denn Gott hat mich berufen, Einsiedler zu sein, wie ich es in Nazareth war. Aber er hat mich ebenso berufen, mich den Menschen, die mich brauchen, nicht zu entziehen. Darum suche ich einen Platz außerhalb der Oase, dort, wo die Wüste beginnt, wo ich gleichermaßen mit Gott allein und mit Menschen zusammen sein kann. Ich weiß nicht, ob es mir gelingen wird«, sagte er nochmals. »Aber ich muß es versuchen.«

»Und wenn wir Sie nicht schützen können? Fünfhundert Meter sind endlos, wenn ein Angreifer schon in Ihre Klause eingedrungen ist.«

Foucauld zuckte nur die Achseln. »Gott tut, was er will.«

Der Hauptmann wußte nicht, was er dazu sagen sollte. Noch gestern abend hatte er zu spüren geglaubt, wie viel sie beide, der Hauptmann in der französischen Kavallerieuniform und der fromme Mönch in dem selbstentworfenen Habit, gemeinsam hatten. Sie saßen gern zu Pferd und kannten sich gut mit Waffen aus, sie verstanden auch eine Menge von der Taktik des Wüstenkriegs. Noch jetzt, vor wenigen Minuten, hatte der Ex-Leutnant zu erkennen gegeben, wie gut er auf einen Blick ein Gelände zu beurteilen wußte. Aber kaum auf etwas angesprochen, das darüber hinausging, stand dieser Mann, wie von einem Zauber berührt, ganz anderswo. Unendlich fern. Unerreichbar.

Regnault blickte zu Foucauld hinüber, der in die Weite starrte, wo sein Marokko lag, und griff fester in die Zügel. Sollte es ihm, dem Hauptmann, der immerhin zwei Dienstgrade höher stand als der Leutnant in Reserve, nicht vielleicht doch gelingen, diesem Unerreichbaren eine Spur näher zu kommen? »Ich werde alles tun, um Ihre Sicherheit zu gewährleisten«, sagte er förmlich, und Foucauld, als hätte er nur auf das Stichwort gewartet, gab seinem Pferd die Sporen.

»Dann los! Wir haben schon genug geredet.«

Der Platz, den Foucauld von der Anhöhe aus gewählt hatte, entsprach in allem seinen Wünschen. Jeder Soldat und jeder Arme, der zu ihm kommen wollte, konnte die paar hundert Meter bis zu Père Foucauld leicht zurücklegen, und wenn man von hier aus zur Oase hinüberblickte, war kein einziger Baum zu sehen. Ringsum nur Wüste, glühend heißes Gestein, hier konnte man sich leermachen, alles aus dem Herzen vertreiben, was nicht Gott war. Durch eine solche Wüste war das Volk Israel gezogen, und Moses hatte dort von Gott seinen Auftrag empfangen. Auch Paulus und der heilige Chrysostomus waren in eine solche Wüste gegangen, um sich vorzubereiten, in dieser Zeit der Gnade, der Stille, der Sammlung, des Vergessens alles Geschaffenen, die jede Seele durchleben muß, wenn sie Frucht bringen soll.

»Hier soll der Altar stehen«, sagte Foucauld plötzlich, sprang vom Pferd, legte einen Stein auf die Stelle und fiel davor auf die Knie. Die Offiziere waren es gewohnt, Menschen in der Gandura auf dem Boden liegen zu sehen, aber daß dies einer der ihren war, genierte sie doch ein bißchen. Als sie jedoch wenig später auf den ersten Brunnen stießen, durften sie zum Ausgleich dafür seinen fachmännischen Umgang mit dem halbverfallenen Bauwerk bewundern. Er mußte lachen, als er zu ihnen aufblickte, während er die erdigen Hände an seiner Gandura abwischte, die nicht mehr die sauberste war.

»Ich bin in Geryville auf Brunnensuchen eingeschult worden«, sagte er. »Auf der Expedition gegen Bou Amama. Da habt ihr gerade eure ersten langen Hosen bekommen.«

»Meine zweiten, Leutnant de Foucauld«, widersprach Lesourd lachend. Aber mit Foucaulds Reaktion hatte er nicht gerechnet.

»Père Foucauld, wenn schon«, sagte dieser lächelnd. »Oder auch Bruder Charles de Jésus, wie's beliebt.« Und mit einem ironischen Seitenblick auf den Hauptmann, während er sich wieder in den Sattel schwang: »Welcher aktive Leutnant dürfte sich einen solchen Brückenkopf zur Eroberung Marokkos erlauben!« Dann gab er dem Pferd die Sporen. Die beiden jungen Leutnants, die neben ihm auf die Oase zusprengten, zwinkerten einander zu. Der Bursche in der Gandura versprach Abwechslung in das eintönige Garnisonsleben zu bringen.

Hauptmann Regnault folgte ihnen um einiges bedächtiger. Er befahl den Makhazan-Reitern, die mit ihren Zelten ein kleines, gut gesichertes Außenlager bildeten, ein wenig näher an die Klause des Vicomte de Foucauld heranzurücken, und der Wachposten auf dem Turm des Bordj, der unentwegt das Vorfeld der Oase zu beobachten hatte, mußte nun sein besonderes Augenmerk auf jene Mulde richten, in der das neue steinerne Bauwerk aus dem Boden wachsen sollte.

»Es geht um sein Leben«, schärfte er ihnen jeden Tag ein, und wenn sie auch nicht recht verstanden, was das alles sollte – daß der kleine Mann mit dem schütteren Haar, dem auch schon zwei Schneidezähne fehlten, ein verehrungswürdiger christlicher Marabut war, hatten sie rasch begriffen. Er sah zu seltsam aus, um ein gewöhnlicher Mensch zu sein.

Hauptmann Regnault:

»Jetzt ist Père de Foucauld bei uns in Beni Abbes, und ich habe das Gefühl, seit er gekommen ist, hat sich einiges verändert. Ich könnte nicht sagen, was es ist, aber es ist ein Gefühl, das ich mit etlichen anderen teile. Es scheint zu genügen, daß er da und dort plötzlich auftaucht, mit seinen kleinen Trippelschritten, immer freundlich lächelnd, immer hilfsbereit, immer ein paar Datteln oder eine Handvoll Gerste in den unergründlichen Taschen seiner Gandura. Es scheint zu genügen, daß alle wissen, daß er dort draußen in seiner Khaua, seiner Bruderschaft, lebt, wie er die Einsiedelei nennt, und daß man jederzeit, was immer man braucht, zu ihm kommen kann. Auch des Nachts brennt ein Licht.

Den Grund und Boden, auf dem seine Khaua steht, hat er dem Caid von Beni Abbes abgekauft. Elfhundertsiebzig Francs für dieses Stück Land, in dem kaum etwas wächst, eine Wahnsinnssumme. Da muß er seine Cousine in Paris ganz schön geschröpft haben. Aber es gab wenigstens Wasser, nachdem die zwei Brunnen wiederhergestellt waren. Er baute als erstes seine Kapelle, und da er sehr ungeschickt ist und besonders mit dem Timchent, einer Art Mörtel, seine Schwierigkeiten hat, stellte ich ihm ein paar Soldaten als Hilfe zur Verfügung. Besonders Jacques Surleau, einer der wenigen Franzosen unter den einfachen Männern, war ihm dabei eine große Hilfe. Ich hätte ihn gern bei Foucauld als Ordonnanz belassen, und Surleau wäre auch gern geblieben, aber kaum war der Bau fertiggestellt, schickte Foucauld den Soldaten zurück. ›Jesus hat auch keinen Diener gehabt, obwohl er so hoch über uns allen steht‹, sagte er dazu.

Die Kapelle ist ärmer als die ärmste Dorfkirche daheim, und bis auf das Kreuz auf dem Dach sieht sie außen nicht anders aus als die meisten Gurbis der Eingeborenen. An diese Kapelle hat er noch weitere fünf Räume gebaut, eine Zelle für ihn, zwei andere für Gäste und noch zwei für seine Brüder, von denen er immerfort redet. Es sind winzige Räume, und seine Zelle ist so klein bemessen, daß er sich kaum ausstrecken kann. Ich habe ihn im Verdacht, daß er das absichtlich getan hat, auf die paar Steine mehr wäre es nicht angekommen. Er schläft auf einer gemauerten Bank mit einem Stein als Kopfkissen.

Da er das Klosterleben wieder aufnehmen möchte, wie er es in Palästina gelebt hat, hat Père de Foucauld sein Grundstück mit einer Steinreihe abgesteckt, die er nicht überschreiten möchte. Sie soll einmal eine hohe Mauer werden. Mit Hilfe einiger Eingeborener, die er mit seinem Geld bezahlt, hat er in der Schlucht westlich von seiner Einsiedelei Gerste ausgesät. Er selbst lebt von Wasser, Brot und ein paar Datteln, die er von unserer Verwaltung bekommt, alles andere hat er trotz unserer Mahnungen nie genommen. Wenn ihm die Köche das übriggebliebene Gemüse hinunterschicken, gibt er es sofort an die Armen weiter, die seine Einsiedelei umlagern, oder an vorüberkommende Besucher, die er in seinen Gästeräumen beherbergt. Es ist also kein Wunder, daß er aussieht, als könnte ihn der leiseste Wind umblasen. Er ist knapp einsachtundsechzig groß, aber ich wette, er wiegt keine fünfzig Kilo. Der Regimentsarzt Doktor Herisson, der unlängst vorbeigekommen ist, gibt ihm bei dieser Lebensweise kein halbes Jahr, aber Leutnant de Foucauld nimmt nicht einmal einen Schluck Ziegenmilch zu sich.

Ich verstehe das alles nicht. Ich denke mir, wenn er den Armen in der Sahara Gutes tun will, und das will er, dann müßte er doch darauf sehen, daß er möglichst lange am Leben bleibt. Von einem toten Père de Foucauld, von einem, dem die Zähne ausfallen vom Skorbut oder der nicht mehr kriechen und zu seiner Familie um Geld schreiben kann, hat keiner von ihnen etwas. Aber wenn ich mit meinen Kameraden darüber reden will, zucken sie nur die Achseln. Er ist ihnen sicher nicht gleichgültig, sie mögen ihn sogar, man muß ihn mögen, auch wenn so vieles an seiner Lebensweise fremd ist. Aber für sie ist er ein Kuriosum, ein Mönch ohne Orden, ein Aristokrat, der wie ein Clochard herumläuft, ein davongelaufener Offizier, der trotz aller Verkleidung tief innen noch immer Offizier ist. Sie genießen seine Anwesenheit und holen sich jeden Abend aus den Mannschaftsräumen die neuesten Anekdoten, aber viel mehr wollen sie nicht wissen. Vielleicht ist er ihnen als Rätsel lieber, und darum berühren sie es am besten nicht.

Aber mir ist das nicht genug. So oft es der Dienst erlaubt, reite ich zu ihm hinunter und bringe ihm persönlich seine Ration. Leutnant Lesourd mit seinem losen Maul hat mich einmal in der Offiziersmesse das Hündchen des Vicomte genannt, und seitdem heiß ich bei ihnen nur noch ›das Hündchen‹. Aber ich bin eben neugierig. Ich möchte wissen, wie ein Mensch so leben kann: so jämmerlich wenig zu essen und nach nur fünf Stunden Schlaf die Kraft zu haben, vier Stunden zu arbeiten und die ganze übrige Zeit, bis zu dreizehn Stunden, im Gebet zu verbringen oder sich mit solcher Geduld seinen Schützlingen zu widmen.

Wenn ich Leutnant Foucauld das Brot und die Datteln bringe, dann tu ich das immer knapp vor seiner Essenszeit und setz mich zu ihm, in der Hoffnung, daß er alles aufißt, was ich ihm gebracht habe. Ich weiß nämlich, daß er es für eine grobe Unhöflichkeit hält, etwas abzulehnen oder für später aufzuheben, das man ihm vorgesetzt hat. Aber es nützt nichts, kaum hat er das bißchen gegessen, das er sich zugesteht, trägt er den Rest zu seinem Bett hinüber, hastig, als hätte er Angst, ich könnte es wieder mitnehmen. ›Für meine Schützlinge‹, sagt er entschuldigend, oder er nennt irgendeinen Namen. Da bin ich dann wehrlos. Trotzdem versuche ich es immer wieder. Manchmal dränge ich ihn. ›Eine Dattel noch‹, sage ich wie zu einem Kind. ›Noch ein Stück Brot!‹ Er ist ein Mensch, um den man sich Sorgen machen muß. Nicht aus Mitleid, weil es ihm schlecht ergehen könnte, seine ganze Lebensweise verbietet ein solches Gefühl. Vielleicht nur, weil man ein Egoist ist und ihn nicht verlieren möchte.

Am ersten Dezember feierte Père de Foucauld die erste Messe in seiner Einsiedelei. Eigentlich war es schrecklich armselig, aber das hat man rasch vergessen. Die Kapelle war so voll von Offizieren und Mannschaften, daß ich fast befürchtete, sie könnten die noch frischen Mauern sprengen. Ich stand in der linken Seitennische gleich neben dem Altar und konnte ihm immer ins Gesicht sehen. Ich glaube, wer noch nie einer Messe mit Père de Foucauld beigewohnt hat, der weiß nicht, was eine Messe ist. Er sprach das ›Domine non sum dignus‹ mit einer so erschütternden Demut, daß manchem von uns die Tränen in den Augen standen.«

Bruder Charles kniete vor einer Kiste in der Kapelle und schrieb. Eine Spur von Kerzenduft, vermischt mit dem Geruch frischen Holzes von den Palmstämmen, die die Decke bildeten, erfüllte den Raum. Er schrieb an Cousine Marie, und wenn er absetzte und aufblickte, sah er vor sich den weiß gedeckten Tisch des Altars. Sah den Tabernakel, in dem Jesus allzeit gegenwärtig war, und darüber das Kreuz, das ihm die Klarissinnen von Jerusalem zum Abschied geschenkt hatten. Dahinter über der ganzen Wand die mit einfachen Strichen von ihm selbst gezeichnete Gestalt Jesu.

»Die Kapelle ist sehr schön geworden«, schrieb er, »schlicht, aber würdig und sauber. Sie ist innen mit einem perlgrauen Mörtel beworfen, und die rohen Deckenbalken sind mit Matten aus Palmzweigen gedeckt: das ist sehr rustikal, sehr arm, aber harmonisch und hübsch. Diese Deckenbalken werden von vier roh behauenen Palmstämmen getragen, die den Altar wirkungsvoll einrahmen. An dem Palmstamm auf der Evangelienseite hängt eine Petroleumlampe, die mir in der Nacht leuchtet und viel Licht auf den Altar wirft. Über dem Chor ist ein zeltartiger, dunkelgrüner Baldachin aus wasserdichtem Stoff gespannt, um den Altar und die Stufen vor Regen zu schützen. Den Boden habe ich mit dem rosafarbenen Quarzsand bestreut, der hier überall zu finden ist und besonders am Abend so schön leuchtet. Und wenn ich vom Knien aufstehe, habe ich etwas von der Herrlichkeit der Wüste an mir . . .«

Er zuckte zusammen. Stimmen waren nebenan laut geworden. In einem der beiden großen Räume, die er für seine Gäste bestimmt hatte, stritten sie wieder einmal. Er sprang auf und horchte, er verstand den Dialekt nicht, aber während er noch überlegte, ob er hinübergehen sollte, wurde es zu seiner Erleichterung wieder still.

Er ging zum Altar zurück, und mit jedem Schritt kam er an einem Kreuzwegbild vorbei. Jesus fällt zum ersten Mal, zum zweiten Mal, zum dritten Mal. Er hatte die Bilder auf kleine, von Surleau säuberlich zugeschnittene Kistenbretter gezeichnet.

»Verzeih, Jesus«, flüsterte er dem schmerzverzerrten Gesicht des Gekreuzigten zu. »Ich weiß, die wahre Klausur des Mönchs ist nicht die Mauer und nicht die Trennung von den Menschen, sondern sein eigener Wille.«

Er kniete wieder vor der Kiste, vor dem Altar nieder und griff nach dem Tagebuch, das neben dem halbfertigen Brief an seine Cousine lag. »Ich muß mich erst an die Stimmen dieser Menschen gewöhnen«, schrieb er. »Ich muß unterscheiden lernen, ob es nur das übliche Gekreische ist, wenn sie sich unterhalten oder miteinander debattieren, oder ob es Hilferufe sind, die ich nicht überhören darf. Aber wer kann wissen, ob sie mich nicht gerade dann brauchen, wenn sie mich nicht rufen, weil das Elend so tief in ihnen steckt, daß es ihnen gar nicht mehr bewußt ist?«

Vor ein paar Wochen – er war gerade dabei gewesen, zwei Palmzweige zu einem Kreuz zusammenzubinden, das er auf das Dach setzen wollte – war der erste aufgetaucht. Surleau versuchte ihn zu verscheuchen, aber der Mann wich nur ein paar Schritte zurück und setzte sich wieder nieder.

»Laß ihn doch!« rief Foucauld zu dem Soldaten hinüber.

»Wenn man den ersten nicht fortjagt, dann kommen sie zu Hunderten, Herr Leutnant«, rief Surleau herüber.

Foucauld ging auf den Mann zu, dessen Hartnäckigkeit ihn rührte, er ging langsam, um ihn nicht zu verscheuchen, und der Mann blieb auch sitzen. Er äugte nur ängstlich auf die rechte Hand des Herankommenden, und da merkte dieser erst, daß er das Kreuz mitgenommen hatte. Er hielt es an seinem kurzen oberen Ende wie ein Schwert oder einen Prügel.

»Hab keine Angst!« sagte er auf Arabisch, »das ist keine Waffe«, und legte das Kreuz auf den Boden. Der Mann, aus dessen sonnenverbrannten Gesichtszügen Jahre des Elends abzulesen waren, blickte das fremde Gebilde verständnislos an: kein Wanderstab hatte so einen Querbalken, und zum Antreiben eines Kamels oder eines Esels war es zu lang. Wozu sonst konnte man es verwenden?

»Das ist das Kreuz«, sagte Foucauld, kniete nieder und berührte die beiden Stäbe ehrfürchtig mit den Fingerspitzen. Der Mann schien nicht arabisch zu verstehen, Foucauld holte also die paar Worte hervor, die ihm seit jener Nacht nach dem Gelage mit General Cauchemez und dessen Offizieren in Erinnerung geblieben waren. Aber der Mann schien auch Tamaschek nicht zu kennen, er sprach wohl irgendeinen Berberdialekt, vielleicht war er auch nur taub, oder die Angst hinderte ihn am Sprechen.

Foucauld erhob sich wieder und hielt das Kreuz in beiden Händen, als wollte er dem Mann eine Gabe darbringen. »Es ist das Kreuz«, sagte er wieder und dann noch einmal, freundlich lächelnd, werbend, geduldig, wie man einem störrischen Kind immer das gleiche Wort vorsagt.

Eine Stunde später kauerten schon drei dieser Gestalten außerhalb der Steinreihe, mit der Foucauld andeuten wollte, daß hier der Bereich der Klausur begann. Dann waren es fünf und dann elf, die ihm und seinen Helfern bei der Arbeit zusahen. Sie erinnerten an die Krähen daheim im Herbst auf den abgeernteten Feldern. Wenn einer der bewaffneten Soldaten, die Hauptmann Regnault zum Schutz des Priesters abgestellt hatte, aufsprang, um sich ein bißchen die Füße zu vertreten, rafften sie ängstlich ihre Gewänder zusammen, aber sie blieben dennoch hocken.

»Ich hab Sie gewarnt«, sagte Surleau, aber Foucauld lachte nur. »Keine Angst, ich werde schon mit ihnen fertig.«

Seine Sorge, wie er das machen wollte, verschwieg er, denn auch am nächsten und am folgenden Tag waren sie da, vom Morgen bis in die Nacht, beharrlich und schweigend. Auch Hauptmann Regnault machte sich Sorgen. Woher kamen alle diese Leute? Nichts leichter, als unter den weiten Kleidern eine Waffe zu verbergen. Aber als Regnault seinen Soldaten den Auftrag gab, die Leute zu untersuchen, fuhr Foucauld heftig dazwischen. »Das sind meine Freunde«, rief er. »Die rührt mir keiner an!«

Die Soldaten blieben ratlos stehen. Wem sollten sie nun gehorchen? Ihrem Hauptmann oder diesem freundlichen

Fremden, der sich schützend vor die zerlumpten Leute stellte? Die aber hatten plötzlich erkannt, wer auf ihrer Seite stand, daß das Märchen von dem fremden Marabut, das seit Wochen durch die Wüste ging, kein Märchen war. Einer nach dem anderen standen sie auf und näherten sich ihm, und er nützte die Gelegenheit und ging, eine lange Schlange halb vermummter Gestalten hinter sich herziehend, auf seine Einsiedelei zu, die, kaum fertig geworden, schon keine Einsiedelei mehr war. Nein, eine Khaua, eine Bruderschaft, in der der Einsiedler jeden Ankömmling aufnimmt. Die Bruderschaft vom »Heiligsten Herzen Jesu«, dessen Zeichen blutrot auf seiner Brust zu sehen war.

Er deutete ihnen, sich im Schatten des Gebäudes niederzulassen, er half einer alten, humpelnden Negerin in die Kapelle, die noch nach frischem Mörtel roch.

»Macht es euch nur bequem!« rief er ihnen zu. »In zwei Wochen ist das kein Bauplatz mehr. Dann haben wir zwei schöne Gästeräume für euch.« Und wenn sie seine Sprache nicht verstanden, aus seinen Gesten konnten sie lesen, daß sie willkommen waren.

Er hatte einen kleinen Vorrat an Brot und Datteln angesammelt und ging von einem zum andern, und rasch lernten die Hände, sich ihm flehentlich entgegenzustrecken, damit er etwas hineinlegte, das ihren Hunger stillte.

»Wir haben noch gar nicht unser Abendessen geliefert bekommen«, rief er Surleau zu. »Hol, was du kriegen kannst, ich hab heut einen Riesenhunger.«

Er strahlte über's ganze Gesicht, und Surleau, von seinem Eifer angesteckt, schwang sich auf sein Pferd und raffte in der Garnisonsküche zusammen, was er finden konnte. Der Zustimmung des Hauptmanns war er gewiß. Er ritt noch ein zweites Mal ins Lager hinauf, um den Sack Gerste zu bringen, den Foucauld dort liegen hatte, und auch als Dolmetscher war er gut zu gebrauchen. In dem halben Jahr, da er hier stationiert war, hatte er einiges von dem hiesigen Berberdialekt gelernt.

»Gebt acht, daß ihr nichts verschüttet!« ließ Foucauld ihn übersetzen, während er die Gerste in ihre Hände rieseln ließ. »Ihr müßt sie kochen, dann quillt sie auf und macht besser satt. Und aus der Hirse macht ihr einen Brei! Habt ihr Salz daheim? Ich werde euch Salz geben.« Aber die meisten stopften sich die harten Körner gierig in den Mund und mahlten das Mehl mit Zähnen und zahnlosen Kiefern und machten es mit ihrem warmen Speichel zu Brei.

Allmählich entdeckte Foucauld auch andere Geschwüre als das am Fuß der alten Negerin in der Kapelle, er entdeckte Entzündungen, Fieber und eine Unmenge weiterer Krankheitssymptome.

»Zähne hab ich bald selber keine«, scherzte er zu einem jungen Mann, der jammernd den Mund aufgerissen hatte, »aber eine solche Gifthöhle muß auch ein Berbermaul nicht sein.« Und er holte Medikamente aus seiner Reisekiste und ließ seine Gäste trinken und spülen und Tabletten einnehmen. Ein Glück, daß er dem Sanitäter der Vierten Chasseurs und schon dem alten Mardochi in Marokko einiges abgeschaut hatte. Und wenn er keine Ahnung hatte, woran einer litt, dann griff Surleau in sein Zuckersäckchen, und über der süßen Arznei vergaßen sie rasch auf ihr Elend. Zumindest für einige Zeit. –

Erst als er irgendwann in der Nacht völlig erschöpft in die Kapelle hinübertaumelte, merkte er, daß er auf all seine Nachmittags- und Abendandachten vergessen hatte. Schuldbewußt begann er die ersten Sätze des ›Vater unser‹ zu murmeln, aber er hatte keine Kraft mehr, er lag vor dem Altar wie ein Hund zu Füßen seines Herrn, er schlief und überhörte das Klingeln des Weckers, der in der Nische links neben dem Altar auf einer Holzkiste stand. Erst als die Sonne ihn weckte, merkte er, daß er sein Nachtgebet und auch die Gebete am Morgen und sogar die Messe zum Sonnenaufgang versäumt hatte. Surleau hatte ihn schlafen lassen.

»Ich hab Sie gewarnt, Herr Leutnant«, sagte er, fast väterlich vorwurfsvoll, als dieser sich endlich rührte und ihm aus winzigen, halbverklebten Augen entgegenblinzelte. »Wenn man nicht gleich die ersten verjagt – «

Foucauld hatte Mühe, wieder auf die Beine zu kommen, und das auch nur mit Surleaus Hilfe. Die Glieder schmerzten, als hätte man ihn windelweich geprügelt. Sollte das Fieber wieder kommen? Erst als er draußen in der Sonne stand und das frische Wasser, das Surleau ihm in den Eimer gefüllt hatte, auf der Haut spürte, wurde ihm ein bißchen wohler.

»Ich muß mich nur mehr bemühen«, sagte er zu dem Soldaten, der nicht begriff, was das für eine Antwort auf seinen Vorwurf sein sollte. »Ich mach mir alles so bequem. Ich hab noch so wenig Liebe . . .«

Von diesem Tag an kamen immer mehr Bettler in die Bruderschaft, und Foucauld mußte immer öfter das Werkzeug aus der Hand legen und sich um sie kümmern.

»Wenn die Kerle wenigstens ein bißchen mittun würden«, wetterte Surleau und versuchte, einen Jungen, der ihm zu nahe kam, mit einem Tritt davonzujagen. »Aber die Herrschaften warten ja nur aufs Einziehen.«

Foucauld legte ihm beruhigend die Hand auf die Schulter. »Vergiß nicht, Surleau, daß ich dazu da bin«, mahnte er. Er war von einer unerschöpflichen Geduld. –

Surleau hatte recht, kaum waren die beiden Gästeräume fertig, waren sie auch schon voll belegt, und der Soldat, der wie immer mehr praktischen Verstand hatte, mußte helfen, die wirklich bedürftigen Fälle von denen zu trennen, die sich hier nur ein kostenloses Zuhause schaffen wollten.

Für sich selbst hatte Foucauld einen strengen Stundenplan aufgestellt, Gebet, Arbeit und Schlaf. Aber was in Nazareth kein Kunststück gewesen war, das Leben des Gebets und der Verehrung des Sakraments streng von den anderen Tätigkeiten zu trennen, wurde hier von Tag zu Tag schwerer. Jeden Augenblick konnte einer an seine Tür klopfen, bis zu zehn pro Stunde zählte er manchmal, aber er empfing sie dennoch alle freundlich, diente er doch Jesus genauso, wenn er um eines Bettlers willen, der ein Stück

Brot brauchte, oder um eines Moslems willen, der mit dem Marabut ein Gespräch suchte, den Altar verließ. In jedem dieser Geschöpfe war Gott gegenwärtig, und um dieses Geheimnisses willen war Bruder Charles ja nach Beni Abbes gekommen.

Auch die Soldaten kamen immer öfter in die »Khaua Carlo«, wie die Bruderschaft weithin genannt wurde. Bruder Charles hätte es nicht für möglich gehalten, eine solche Frömmigkeit und so viel guten Willen bei ihnen zu finden, und bald war seine Kapelle jeden Abend voll. Sie lasen das Evangelium, und er erläuterte es ihnen, sie hielten gemeinsame Abendandachten, und er gab ihnen den Segen des heiligen Sakraments. Die Gerste aber für die Hungernden wurde am Samstagabend verteilt, so sollten auch sie in irgendeiner Weise erfahren, was ein christlicher Sonntag war. Zugegeben, eine etwas primitive Art der Evangelisierung, wie er seiner Cousine schrieb, aber vielleicht die einzig richtige für den Augenblick. Und so glitt er mehr und mehr aus seinem kontemplativen Leben in eines der Seelsorge hinein. Und wenn er die Messe las, vertraute sich Gott seinen armen Händen an.

*

Es war ein Irrtum gewesen, aber der Schrecken sollte ihnen allen noch lange in den Knochen sitzen. Schließlich hatte man in der letzen Zeit immer öfter von Karawanenüberfällen gehört, und manche Rezzus aus Marokko wagten sich bis zu den ersten Häusern der Oasen. Kein Wunder, daß der Wachposten von seinem Ausguck Alarm geblasen hatte und die berittenen Bereitschaftspatrouillen aus dem Fort wie aus dem Lager der Makhazan-Reiter sofort losgeprescht waren. Erst als sie am Rande der Oase ihre Pferde zügelten, erkannten sie, daß die Gefahr nicht annähernd so groß war wie befürchtet. Eine Gruppe von drei Reitern sprengte, wie Leutnant Lesourd durch das Fernglas beobachten konnte, im gestreckten Galopp auf Père de Foucaulds Khaua zu. Vor ihnen, von den dreien offenbar verfolgt, ein vierter

Reiter. Neuerlich Schüsse, aber die Männer schossen sichtlich in die Luft, sie wollten den Mann gar nicht treffen.

»Ein Sklave«, sagte Lesourd, und der Korporal neben ihm nickte. »Das wär schon der dritte.«

Der Flüchtling ritt einen Esel, und es war abzusehen, daß er seinen Vorsprung nicht lange halten konnte. Er ritt direkt auf die Bruderschaft zu. Ob er sie noch vor seinen Verfolgern erreichte? Lesourd gab seinem Pferd die Sporen, das konnte für Foucauld gefährlich werden, und auch die Gruppe der Makhazan-Reiter ritt auf die Khaua zu. Sie kamen fast zur gleichen Zeit an ihr Ziel wie der Reiter auf dem Esel, ein halbwüchsiger Schwarzer, der mit Händen und Füßen auf das Tier einschlug, um es anzutreiben. Er tat dabei des Guten zuviel, denn als der Esel sah, wie rasch die halbfertige Mauer, die auch für den sprungstärksten Esel zu hoch sein mußte, auf ihn zuraste, bremste er so plötzlich, daß der kraushaarige Bursche in hohem Bogen durch die Luft flog. Direkt zu Füßen des Priesters, der auf die Schüsse hin mit einigen seiner Schutzbefohlenen aus dem Haus gelaufen war. Ein allgemeiner Aufschrei begleitete die ungewollte akrobatische Leistung des Jungen, der hilfesuchend die Knie des Mannes in der Gandura umklammerte und ihm immerfort etwas zurief, das Lesourd nur nicht verstand.

Auch die Verfolger waren herangekommen, und ihnen wäre es ein leichtes gewesen, über die niedrige Mauer zu setzen. Dennoch hielten sie ihre Pferde an, denn die französischen Soldaten drohten, sofort einzugreifen, sollten die Fremden den Boden der Khaua betreten.

»Gib mir meinen Sklaven heraus!« schrie der Älteste der drei Männer auf Arabisch und fuchtelte mit dem Gewehr herum.

Foucauld kümmerte sich nicht um ihn, er hatte genug zu tun, den vor Angst Zitternden zu beruhigen. Er strich ihm mit der Hand über das schweißnasse Haar und redete auf ihn ein, dann umfaßte er ihn kurzerhand und drückte ihn an sich. Der Junge sollte spüren, daß er gerettet war.

»Gib mir meinen Sklaven zurück!« brüllte der Araber wieder, und die beiden anderen, vielleicht seine Söhne, brüllten mit ihm.

Plötzlich schrie der Junge auf, Foucauld hatte zu fest zugegriffen, und erst jetzt bemerkte er die blutroten Striemen am Arm und an den Schultern, die kaum von ein paar Stoffetzen bedeckt waren.

»Du hast ihn geschlagen!« rief er über die Mauer zurück, und jetzt sah er auch die Spuren des Brandeisens und das eitrige Brandmal auf der Wange, als hätte er ein Stück Vieh vor sich. »Du hast ihn mißhandelt!«

Hohngelächter war die Antwort. »Wie kriegst du das faule Stück sonst zum Arbeiten?«

»Man kann doch einen Menschen nicht als Sklaven halten«, schrie Foucauld zurück. »Außerdem ist es verboten!«

Auch das rührte die drei keineswegs. »Ich hab für ihn bezahlt«, rief der Alte. »Wenn du ihn mir wegnimmst, dann ist das Diebstahl. Und der ist auch verboten. Wir haben unser Recht auf Sklaven. Wir werden uns bei deinem Kommandanten beschweren. Dann wirst du schon sehen – «

Foucauld zuckte zusammen. Da war es wieder: in allen Gebieten, die die Franzosen besetzt hielten, war die Sklaverei offiziell verboten. Gleichzeitig galt es als ungeschriebenes Gesetz, daß die Besatzungsmacht sich in die inneren Angelegenheiten der unterworfenen Völker und Stämme nicht einmischen durfte, und dazu gehörte auch der Besitz von Sklaven. Aber wenn er schon zurückgeschreckt war wie Pilatus vor der Drohung mit dem Kaiser in Rom, sollte auch er seine Hände in Unschuld waschen? »Also gut. Wieviel hast du für ihn bezahlt?«

Darauf war der Araber nicht gefaßt. »Was ich bezahlt habe – «, stotterte er. »Vierhundert Francs«, rief einer der Jüngeren.

»Er lügt«, schrie der Sklave, der mit angstvoll aufgerissenen Augen den Disput verfolgte.

»*Er* lügt!« schrie der Alte, er hatte sich wieder gefaßt. »Allah ist mein Zeuge.«

»Es war nicht einmal die Hälfte!«

Foucauld beugte sich zu dem Jungen nieder, der immer noch seine Beine umklammert hielt. Zweihundert Francs für einen Menschen – oder vierhundert – oder tausend? Er wandte sich wieder dem Araber zu. »Wenn Allah wirklich dein Zeuge ist, dann sollst du die vierhundert Francs haben.«

»Du bist ein kluger Mann«, rief der alte Araber sichtlich zufrieden und sprang vom Pferd.

»Komm!« sagte Foucauld. Er half dem Jungen, der immer noch am ganzen Körper zitterte, auf die Beine und führte ihn durch die Reihe der Gaffer ins Haus. Er ärgerte sich über die großzügige Geste dem Sklavenhalter gegenüber, aber es war nun einmal abgemacht. –

Vierhundert Francs waren eine bedeutende Summe für einen Mann, der etwa sieben Francs im Monat für seine Verpflegung brauchte, und Leutnant Lesourd mußte sich für ihn verbürgen, bis er das Geld beisammen hatte.

Sklaven zu halten war in der Sahara ein uraltes Gewohnheitsrecht, und wenn auch die großen Razzien bis hinunter zum Niger und dem Tschad und die unzähligen Sklavenkarawanen von Timbuktu nach Marrakesch hinauf der Vergangenheit angehörten, so wurde der Sklavenhandel dennoch mehr oder weniger heimlich weiterbetrieben. Ein Sklave zählte zum begehrtesten Besitztum des Wüstennomaden, für den bewegliche Güter weit wichtiger waren als etwa Landbesitz, Dattelpalmen oder ein Haus. Da der Nomade jegliche Arbeit für entehrend hielt, hatte diese in erster Linie der Sklave zu verrichten, in zweiter Linie die Frau. Erst wenn es gar nicht mehr anders ging, bequemten sich auch die Männer dazu.

Aber nicht nur die Ungeheuerlichkeit, daß man einen Menschen als rechtlosen, jederzeit verfügbaren Besitz betrachtete, empörte Foucauld so sehr. Schon wenige Wochen nach seiner Ankunft in Beni Abbes, als mit den ersten Bettlern auch Sklaven zu seiner Khaua kamen, mußte er auch sehen, mit welcher Grausamkeit sie behandelt wurden. Sie zeigten ihm ihre geschwollenen, zerschlagenen Knöchel, die blutigen Striemen auf Schultern und Rücken, die gebrandmarkten Wangen und die Spuren der Ketten an den Handgelenken – und sein Glaube an die Menschlichkeit der Moslems, die, wie man ihm so oft vorgeschwärmt hatte, ihre Sklaven nach dem Gebot des Propheten wie Brüder behandelten, zerrann sehr rasch in nichts. »Sie müssen täglich Prügel und rücksichtslose Überforderung über sich ergehen lassen«, schrieb er an seinen Cousin Henri de Castries, »und wenn sie zu fliehen versuchen, schießt man ihnen in die Beine. Oft bekommen sie nicht einmal zu essen, und wenn die Tagesarbeit für den Herrn getan ist, werden sie in die Nachbarschaft ausgeschickt, damit sie sich etwas holen oder ein Nachtlager finden. Aber wehe, wenn man sie erwischt! Kein Wunder, daß sie Räuber und Diebe genannt werden. Kein Wunder, daß ihnen bei einem solchen Leben jedes Gefühl für Würde und Anständigkeit, Moral und Religion abhanden gekommen ist.«

*

Kaum hatte es sich in den Oasen und in den Zeltlagern der Nomaden herumgesprochen, daß in Beni Abbes ein Freund der Sklaven wohnte, kamen sie in immer größerer Zahl zu ihm um Hilfe. Und mit dem unendlichen Mitleid beim Anblick dieser Kreaturen überkam ihn der brennende Wunsch, mehr für sie zu tun, als ihnen ein Stück Brot oder einen Schöpflöffel Brei zu geben, bevor er sie mit ein paar Trostworten wieder zu ihren Peinigern zurückschickte. Der junge Neger, er nannte ihn Paul und nahm ihn zu sich, war nicht der erste, den er freikaufte, und auch nicht der letzte, aber es kamen ihrer bis zu zwanzig am Tag und bettelten um die Freiheit, und dazu reichte sein bißchen Geld nicht annähernd aus. Er bat seine Verwandten um Geldspenden, er schickte Bettelbriefe an die Trappisten und die Weißen Väter, sogar den Offizieren und Mannschaften der Garnison von Beni Abbes knöpfte er immer wieder ein bißchen von ihrer dürftigen Besoldung ab. Natürlich reichte auch das nicht.

Noch schlimmer war, daß die Sklavenhalter, deren etliche auch in Beni Abbes selbst wohnten, sich bei den französischen Behörden über den Priester beschwerten, der ihnen ihre Sklaven abspenstig mache und die ganze Region in Unruhe versetze. Da konnte Hauptmann Regnault die Sache noch so sehr verharmlosen und Gegendarstellungen nach Ain Sefra senden, die Antworten, die er von dort erhielt, waren eindeutig.

»Ich kann sie einfach nicht mehr ignorieren, Bruder Charles«, sagte er, als sie – zum wievielten Mal schon? – wieder in Foucaulds Zelle beisammensaßen. Er auf einer Gemüsekiste, Foucauld auf seinem steinernen Bett. »Sie wissen genau, wie ich zu Ihnen stehe. Und zu den Sklaven. Und zu Ihrer ganzen Arbeit. Aber – «

Schon länger als eine Stunde redete er auf Foucauld ein und bat um Vernunft. Die Petroleumlampe gab wenig Licht, aber er sah deutlich genug, wie hinter diesem schmalen, zerfurchten Gesicht Einsicht und Widerstand miteinander kämpften. Er hätte ihm ja einfach den Befehl erteilen können: Sie geben ab heute keinen Sous mehr für einen Sklaven aus, sonst laß ich Lesourd ausrücken, und der jagt die ganze Bande davon! Nichts war einfacher. Aber durfte er das? War es nicht absurd, einen Befehl zu geben, der so allem widersprach, was ihnen beiden heilig war? Natürlich, die Entscheidung war gefallen, es war nicht anders möglich, aber war er nicht verpflichtet, seinem Gegenüber wenigstens die winzige Chance zu geben, selber zu dieser Entscheidung zu kommen? Auch wenn das noch weit schwerer für ihn sein mochte, als der Sklave irgendeines Befehls zu sein?

Er redete und redete, er machte Pausen, er gab Foucauld, der trotzig und mit geballten Fäusten vor ihm saß, als wollte er jeden Augenblick aufspringen und explodieren, jede Gelegenheit, miteinzustimmen. Er redete von den Schwierigkeiten, die sogar schon Lacroix in Algier bekam, und daß selbst dieser die Beschwerden, die er täglich erhielt, bald nicht mehr zurückhalten konnte. Und wenn Paris einmal erfuhr, daß der Mann, den man gerade noch als Seelsorger für die französischen Soldaten goutierte, solche Sachen machte – er redete und redete, und manchmal schon ganz verrücktes Zeug, wie ihm schien, als wollte er sein Gegenüber nur noch verwirren, müde machen, um ihn zum Aufgeben zu zwingen. Ihm eine Droge verabreichen, die wenigstens den Schmerz, dieses oberflächlichste Symptom einer Verletzung, ein wenig linderte.

Aber dann sprach er das Wort Vernunft aus, und daß General Cauchemez in seinem letzten Brief ausdrücklich an sie appelliert hatte – und das war Foucauld zuviel.

»Vernunft«, schrie er und sprang auf, daß er mit dem Kopf an die Deckenbalken stieß, »Vernunft!« Es war beinahe grotesk, wie er sich dabei mit schmerzverzerrtem Gesicht die Beule rieb. »Da hab ich mit dem Kerl drei Nächte durchgesoffen und hab mir seine idiotischen Witze angehört, und der will mir Vernunft predigen? Aber so sind sie, alle predigen sie Vernunft, seit hundert Jahren predigen sie Vernunft – und wie sieht die Welt aus?«

Er hatte das Bedürfnis, auf und ab zu rennen, aber dazu war die Zelle zu klein. Er stürmte in die Sakristei, in den Hof hinaus, dort hatte er endlich Platz genug. Regnault immer hinter ihm her.

»Vor über einem Jahrzehnt hat Frankreich sich in Brüssel feierlich verpflichtet, die Sklaverei in seinem Einflußbereich zu verbieten«, schrie er. »Und was ist geschehen? Nichts ist geschehen. Herr Waldeck-Rousseau ist viel zu sehr damit beschäftigt, gegen die reaktionäre Kirche zu Felde zu ziehen. Gegen die Sklaverei zu kämpfen ist offenbar weniger fortschrittlich. Da hat die Diplomatie den Vorrang. Ja nicht anecken! Wenn die reichen Herren Araber ihr Spielzeug behalten dürfen, dann sind sie bessere Untertanen.«

Der Hauptmann sah ihm zu, wie er, gleich einem gefangenen Raubtier, im Geviert des Hofes auf und ab lief. Foucauld wußte genau, daß er auf verlorenem Posten stand, aber er mußte sich irgendwie Luft machen, den Schmerz über das schreckliche Unrecht wenigstens hinausssschreien, wenn er schon nichts anderes tun durfte. Und so sehr es Regnault wehtat, den Priester so sehen zu müssen, es tat ihm gleichzeitig wohl, all das schon so oft selber Bedachte, das er mit seinen Kameraden schon so oft diskutiert hatte, einmal auch von diesem demütigen Priester zu hören.

»Da predigen sie Solidarität«, redete Foucauld weiter, »und was soll das anderes sein als eine verwässerte christliche Nächstenliebe! Wozu sind sie auf alle möglichen Barrikaden gestiegen? Oder hören die Menschenrechte bei der schwarzen Hautfarbe auf? Oder wenn einer das klassische Französisch ihrer schönen Deklarationen nicht zu schätzen weiß? Regnault!«

Er pflanzte sich vor dem Hauptmann auf, und die dunklen Gestalten, die, von dem Geschrei aufgeschreckt, aus ihren Räumen gekommen waren, sahen mit Staunen, wie ihr Wohltäter den allmächtigen Kommandanten anschrie, als hätte er das Recht dazu. »Da werden fünfjährige Kinder wie die Tiere gejagt, und wenn sie bei französischen Behörden Gerechtigkeit suchen, legt man sie in Ketten und stellt sie wieder zurück, wie ein Postpaket. Sie haben Glück, Herr Hauptmann, daß Sie dazu noch keinen Befehl bekommen haben. Und diese Kinder sind keineswegs in der Sklaverei geboren, wie man uns weismachen will – als ob das um einen Deut besser wäre! Die werden im Sudan, in Tuat heute noch geraubt. Jeden Tag! Unsere Behörden, die uns Vernunft anraten, billigen also nicht nur die Sklaverei, sie billigen auch Menschenraub. Aber Hauptsache, auf jeder Briefmarke und auf jedem Transparent zum 14. Juli steht ›Freiheit, Gleichheit, Brüderlichkeit‹ geschrieben! Wo ist unser heiliges Frankreich nur hingeraten!«

Er hielt erschöpft inne, er stand klein mitten im Hof, und es sah aus, als könnte er sich kaum mehr auf den Beinen halten. Das war kein plötzlicher, unmotivierter Wutausbruch, das steckte tief und schon lange in ihm und entsprach so sehr seinem Wesen, daß es jederzeit wieder ausbrechen konnte. Gegen alle Vernunft und Mönchsdemut, und es konnte alles zerstören, an dem er mit solcher Intensität und solcher Geduld baute.

Der Hauptmann ging also rasch auf ihn zu. »Sie haben mir aus dem Herzen gesprochen, Bruder Charles«, sagte er leise und möglichst behutsam. »Aber – «, er schwieg, er wußte nicht weiter. Er konnte nicht dauernd die gleichen Argumente wiederholen. Er stand stumm vor dem kleinen Priester, dessen stoßweises Atmen sich allmählich wieder beruhigte. Nur eines konnte er noch sagen, auch wenn es wie eine Drohung klang, obwohl es mit tiefer, ehrlicher Trauer gesagt wurde: »Wollen Sie denn, daß man Sie zwingt, Beni Abbes zu verlassen?«

Foucauld nickte. Ob das auch ein Opfer war, das Jesus von ihm verlangte? Weil es größer war als alle, die er ihm bisher gebracht hatte? Kuschen, sich ducken, dem Unrecht zusehen, um diesen Menschen vielleicht einmal mehr geben zu dürfen als nur die Freiheit des Körpers? Er nickte noch einmal, er wollte ja dazu sagen, er wollte es sich einhämmern, damit er es nie wieder vergessen möge. Ja! Ja! Ja!

In diesem Augenblick hörten sie seltsame Geräusche, die lauter und lauter wurden. Sie kamen aus dem Haus, das Foucauld für seine befreiten Sklaven dazugebaut hatte. Foucauld horchte, er kannte die Stimme.

»Paul!« rief er und lief in seine Zelle, um die Lampe zu holen. Er lief über den zweiten Hof zu dem Haus, er stieß die Tür auf, und auch der Hauptmann, der hinter ihm herlief, sah sofort den jungen Neger. Er klebte förmlich an der gegenüberliegenden, fensterlosen Wand, die ihn an der Flucht zu hindern schien, und starrte mit weitaufgerissenen Augen auf die Hereinkommenden.

»Nein!« kreischte er und immer wieder: »Nein!« und daß er doch nichts getan habe und daß man ihn loslassen solle und daß er unschuldig sei. Und je näher Foucauld ihm kam, desto lauter schrie er. Aber er blieb an seiner Wand kleben, er versuchte nicht, auszuweichen, er preßte sich nur mit aller Gewalt gegen sie.

Als Foucauld laut und beschwörend seinen Namen rief, horchte er einen Augenblick auf, aber sofort schrie er wieder weiter: »Ich bin unschuldig! Ich bin unschuldig!« Erst als er Foucaulds von der Lampe erhelltes Gesicht knapp vor dem seinen erkannte, hörte er auf zu schreien, vielleicht erwachte er auch erst in diesem Augenblick aus seinem schrecklichen Traum. Seine Anspannung löste sich allmählich zu einem krampfhaften und doch erlösenden Schluchzen, seine Knie knickten ein, und er rutschte langsam an der Wand zu Boden.

Foucauld nahm ihn in die Arme, damit er sich nicht verletze, und bettete ihn behutsam auf das Stroh. »Paul«, murmelte er leise und immer wieder: »Paul«, als wäre der Name, auf den er ihn einmal taufen wollte, die beste Medizin gegen die Ängste des Traums. »Er träumt jede Nacht davon, daß sie ihn holen«, flüsterte er dem Hauptmann zu. »Er war vielleicht sieben damals. Seine Eltern wurden beide erschossen.«

Der Negerjunge schluchzte heftig auf, aber Foucauld legte ihm rasch die Hand auf die Stirn. »Ruhig«, sagte er suggestiv, »du mußt keine Angst haben! Niemand kann dir etwas tun. Nur ruhig!« Er wollte sich erheben, aber da schnellte der Junge herum und hatte im nächsten Augenblick die Füße des Priesters umfaßt und geküßt.

»Was fällt dir ein!« herrschte Foucauld ihn an und versuchte sich loszustrampeln. »Ich mag keine Sklaven. Du bist frei!«

»Aber Herr«, stammelte Paul, er hatte die Abwehr wohl mißverstanden, und Foucauld begriff das auch sofort. Er bückte sich und nahm das Gesicht des Jungen zwischen beide Hände. Er spürte die harten Narben des Brandmals.

»Paul«, sagte er, und es lag eine Wärme darin, daß es dem Hauptmann die Tränen in die Augen trieb. »Du darfst nicht ›Herr‹ sagen! Wann wirst du endlich begreifen! Dein Bruder Charles – «

»Mein Bruder«, sprach Paul die Worte nach.

»Ja, dein Bruder in Jesus – «

»Mein Bruder in Jesus – «

»Der uns alle liebt – «

»Der uns alle liebt – «

Der junge Neger lag wieder auf dem Stroh, Foucauld kniete neben ihm und hielt ihn immer noch fest.

»Du sollst keine Angst haben, Paul«, sprach er weiter und glitt unwillkürlich ins Französische hinüber, weich und gedehnt, er sang es beinahe: »Du sollst es gut haben bei mir, das verspreche ich dir. Du sollst nie wieder geschlagen werden, das verspreche ich dir. Du sollst nie wieder gedemütigt werden, das verspreche ich dir – «

Er sprach es wie ein Wiegenlied und bewegte den Jungen, der halb unter ihm lag, im Rhythmus der Worte hin und her. Bis dieser schlief und nicht mehr wahrnahm, wie der Priester die Hände von seinen Wangen löste.

»Wenn ich doch nur helfen könnte«, murmelte Hauptmann Regnault, während sie beide vor dem Altar knieten und ein stummes Gebet sprachen.

»Ich werde einen Weg finden«, unterbrach Foucauld sein Gebet. »Ich muß einen Weg finden.«

Es war schon nach Mitternacht, als der Priester den Gast zu seinem Pferd begleitete, das als dunkler Schatten an der halbfertigen Mauer stand und seinen Herrn mit freudigem Schnauben begrüßte. Der Hauptmann sehnte sich nach seinem Bett, er war müde, der Schlaf würde alles vergessen machen. Foucauld sehnte sich nach dem Tabernakel. Jesus würde alles ins Lot bringen. Über ihnen der riesige Sternenteppich, der seine ganze Schönheit über das Elend der Welt breitete.

»Verzeihen Sie«, sagte Foucauld leise beim Abschied. »Ich habe mich schrecklich gehen lassen. Aber vielleicht lern ich es noch.«

*

Er versuchte noch eines: er schrieb an alle Bekannten und Freunde, von denen er hoffte, sie könnten höheren Orts ihren Einfluß geltend machen, daß die Gesetze gegen die

Sklaverei endlich eingehalten würden. Er schrieb an Vetter de Castries und dessen Freunde in der Deputiertenkammer, er schrieb an den Erzbischof, an Generäle und Industrielle, die er zum Teil noch aus dem Salon von Tante Inès kannte und mit deren einigen er ständig korrespondierte. Er schrieb an die Stützpunktkommandanten der Oasen, die das Elend der unglücklichen Sklaven ja aus eigener Anschauung kennen mußten. »Wir haben nicht das Recht, uns wie schlafende Nachtwächter zu verhalten«, schrieb er. »Wir müssen schreien, wenn wir das Unrecht sehen!«

Aber es dauerte Wochen und Monate, bis die ersten Antworten kamen, und dann waren es zumeist halbherzige Versprechungen, sich um die Sache zu kümmern. Leider sei der Zeitpunkt äußerst ungünstig, der Ministerpräsident Waldeck-Rousseau werde demnächst resignieren, und wenn, Gott behüte, der radikale Combes ans Ruder kommen sollte – bei manchen bemerkte man trotz der schönen Worte, die sie für Foucaulds Engagement zu finden wußten, wie herzlich gleichgültig ihnen die Sklaven in der Sahara waren.

Einzig Henri de Castries, der mit dem Sohn des Vorkämpfers für die Abschaffung der Sklaverei, Augustin Cochin, befreundet war, schien sich wirklich einzusetzen, und etliche Offiziere wollten ernsthaft versuchen, eine gemeinsame Aktion aller Garnisonskommandanten zustande zu bringen. Aber das brauchte alles Zeit, und er hatte keine Zeit. Und keine Geduld. Was geschah inzwischen mit den armseligen Kreaturen, die immer noch kamen, obwohl sie wußten, daß er nicht mehr tun durfte, als sie mit einem Schöpflöffel Brei und ein paar guten Worten abzuspeisen! Was nützten da die Trostworte des Hauptmanns Regnault, daß ein Einzelner eine so ungeheure Aufgabe in so kurzer Zeit eben nicht bewältigen könne! Sie waren plausibel, logisch, aber sie nahmen ihm nicht das Gefühl, versagt zu haben. Und mit diesem Gefühl kamen alle Zweifel, die er in den Monaten seiner Überaktivität hatte unterdrücken können, wieder hoch. War dieses Versagen nicht die logische Konsequenz daraus, daß er sich mehr und mehr einem

Leben zugewandt hatte, das nicht das seine war? Hatte er nicht immer schon gewußt, daß er ein Mönch und kein Missionar war, ein Mann der Kontemplation und nicht der öffentlichen Seelsorge wie ein Pfarrer in Frankreich? Daß er völlig unbegabt war zu einem Leben der Tat?

Andererseits: konnte er einfach wegsehen, wenn einer im Elend lebte? Konnte er sich die Ohren verstopfen, damit er nicht hörte, wie sie an seine Tür klopften? Konnte er sich die Zunge abschneiden, wenn sein Mund ein Wort des Trostes, ein Wort des Protestes sprechen wollte?

Er versuchte sich durch äußerliche Dinge zu zwingen, er nahm sich vor, nie wieder die Klausur zu verlassen, nur dann, wenn ein besonders Schwerkranker nach ihm verlangte. Aber was nützte es, sich zu Füßen Jesu einzusperren, wenn sie an der Tür rüttelten und ›Marabut! Marabut!‹ schrien?

Mutter Elisabeth war wieder da und sah ihn an, und er wußte, was sie sagte, auch wenn sie stumm blieb. Daß die Menschen erlöst werden wollten, sagte sie, daß der, der Jesus in sich habe, ihn auch zu den anderen tragen müsse, sagte sie. Darum war er doch Priester geworden. Weshalb war er aus Nazareth geflohen und nicht mehr zurückgekehrt? Wollte er sich hier ein zweites Nazareth bauen? Ein behagliches Nest mit seinem Jesus, indes die Ärmsten vergeblich nach ihm verlangten? Vielleicht waren gerade sie von Gott gesandt? Vielleicht wollte Gott ihn durch sie dazu zwingen, sich endlich und ohne Einschränkung dem Elend der Welt zuzuwenden, in die er hineingeboren war? Vielleicht war das das größte Opfer, das Christus von ihm verlangte, wenn er ihm nachfolgen wollte: daß er sich dazu immer wieder von der glückseligen Geborgenheit losreißen mußte?

Er schrieb Briefe, an Huvelin und an Guérin, der den Abbé von St. Augustin allmählich als Seelenführer ablöste. Er bat um keinen Rat, er beschrieb nur seine Situation, vielleicht fiel einem von ihnen etwas ein. Vielleicht fand einer das rechte Wort vom rechten Maß, ohne daß Foucauld vor dem Kompromiß der Ekel überkam. ›Sie wollen immer alles oder nichts‹, hatte einer gesagt – aber hatte nicht Jesus gesagt, er würde die Lauen ausspeien?

»Der Tag hat eben nur vierundzwanzig Stunden«, entschuldigte ihn Hauptmann Regnault einmal, als er merkte, wie Foucauld sich quälte, aber dieser erwiderte nur: »Wenn ich mehr Liebe hätte zu Gott und zu meinen Mitmenschen, dann könnte mein Tag sechsunddreißig oder achtundvierzig Stunden haben.« Hatte nicht Jesus auf dem Berg seiner Predigt zu ihm gesagt, daß dann kein Unterschied mehr sein werde zwischen seiner Einsamkeit mit Jesus und seinem Leben in der Welt? Hatte er nicht gesagt, wenn er bei den Menschen war, werde er auch bei Jesus sein? Warum vergaß er das immer wieder in seiner Wirrnis?

Das war sein Programm, das er während der Einkehrtage, die er regelmäßig hielt, niederschrieb: »Nach Möglichkeit die Wäsche der Armen waschen und ihre Zimmer reinigen. Alles selber tun, auch die niedrigsten Hausarbeiten. Jesus ähnlich werden, der als ein Dienender unter den Aposteln lebte. Für die Armen kochen, so gut ich es kann, ihnen zu essen und zu trinken geben . . .« Jeden Tag hielt er sich dieses Programm vor Augen, wenn er müde wurde und resignieren wollte.

*

Ende des Jahres 1902, knapp vor Weihnachten, wurde Foucauld durch laute Schreie aus seiner Arbeit gerissen. Es hatte in letzter Zeit schon mehrmals Alarm gegeben, weil marokkanische Rezzus über die Grenze gekommen waren, und Foucauld rannte in den Hof hinaus. Etliche Soldaten, von Surleau angeführt, kamen den Hang von der Oase heruntergelaufen und fuchtelten aufgeregt mit den Händen herum. »Die Post ist gekommen«, rief er, noch aus weiter Entfernung. »Sonderpost aus Ain Sefra. Ein ganzes Faß mit Meßwein!«

»Meßwein?«

»Ja, aus Paris.«

»Aus Paris? Gibt's in Algerien nicht Wein genug?«

»Aber doch nicht unsere Qualität«, machte sich der Franzose in dem Soldaten bemerkbar. Gemeinsam hasteten sie zum Bordj zurück. Es war ein heikler Transport, und General Cauchemez war persönlich beim Umladen vom Zug auf den Rücken eines Pferdes dabei gewesen.

»Cauchemez?« fuhr Foucauld auf.

»Ja, der Herr General persönlich«, sagte Surleau stolz. »Der versteht eben was von Wein.«

»Das kann man wohl sagen«, rief Foucauld, aber Surleau merkte den Sarkasmus nicht. Daß ein General sich um ein Faß Meßwein persönlich bemühte und das Pferd mit der ruhigsten Gangart aussuchte, damit das kostbare Getränk nicht allzusehr durchgeschüttelt werde, das war doch etwas! Und was für Anweisungen er ihnen noch mitgegeben hatte! Keinen Galopp, hatte er ihnen bei Strafe eingeschärft, und daß sie nur in der kühlen Nacht reiten und untertags das Faß immer in den Schatten stellen sollten. Es war dick in Tücher gehüllt worden, und das wichtigste Gepäck neben diesem Faß, das sie mit sich führten, war Saura-Wasser, mit dem die Tücher dauernd begossen werden mußten. Und an jedem Brunnen bekam das mit äußerster Ehrfurcht behandelte Faß als erstes kühlendes Frischwasser übergegossen, bevor die Pferde und zuletzt die Menschen darankamen.

Als Foucauld mit seiner Begleitung atemlos in den Kasernenhof gelaufen kam, sah er schon einen ganzen Haufen Soldaten und Offiziere um etwas herumstehen, das er erst erkennen konnte, als sie zur Seite traten. Ein mit dicken Schichten von Tüchern und Schilfmatten umwickeltes fast mannshohes Paket, das allerdings um einiges kleiner wurde, als Foucauld, nur von Hauptmann Regnault assistiert – eine mindere Charge war dessen nicht würdig –, Schicht um Schicht der Verpackung ablöste. Bis endlich, feierlich angestaunt, das Faß Wein aus Frankreich, das ihnen und sicher auch dem Tragtier so viel Mühe bereitet hatte, vor ihnen stand.

»War eigentlich ein Blödsinn«, sagte Surleau plötzlich in seiner direkten Art. »Jetzt müssen wir es wieder einpacken. Es gehört doch in die Khaua«.

Er sagte es mehr zu Foucauld, der aber beachtete es kaum. Er hatte einen Verdacht geschöpft und bückte sich. Seine Augen waren nicht mehr die besten, und er mußte sie ganz nahe an den oberen Faßboden bringen. »Sonderbar«, murmelte er, dann bat er Surleau, das Faß umzulegen, rollte es vorsichtig, legte sein Ohr daran, betrachtete den zweiten Faßboden, schüttelte den Kopf –

»Ich habe den Herrn General schon in Ain Sefra im Verdacht gehabt, nicht unbedingt der beste Weinkenner Frankreichs zu sein«, sagte er zu den Offizieren, die jede seiner Bewegungen mit Spannung verfolgten. Laut und mit unüberhörbarer Ironie. Es gab kaum ein vernichtenderes Urteil über einen französischen Offizier. »Ein Faß ohne Zapfenloch, ein Faß ohne Spundloch, und der Spalt da, zwischen den beiden Dauben? Was meinst du, Surleau, wäre es möglich, daß uns jetzt eine Weinspur wie ein Telefonkabel mit Ain Sefra verbindet?«

Allgemeine Ratlosigkeit. Was mochte damit gemeint sein? Surleau, dem der Priester insgeheim zuzwinkerte, war der erste, der aus den vorgebrachten Fakten seine Schlüsse zog.

»Unmöglich, Herr Leutnant«, rief er und begann im nächsten Augenblick loszulachen, so heftig, daß seine nächsten Worte kaum zu hören waren: »Da war nämlich nie ein Wein drin.«

»Stimmt genau«, rief ihm Foucauld zu, dann riß auch ihn das Lachen des Soldaten mit. Endlich begriffen auch die anderen, und das Gelächter war so allgemein, daß jeder, der irgendwie konnte, herbeieilte oder zumindest den Kopf aus einem Fenster steckte. Nur die armen Teufel, die über eine Woche lang die kostbare Fracht gehätschelt und begossen und vor den Sonnenstrahlen geschützt hatten, standen da, als wären sie selbst über und über mit Saura-Wasser übergossen worden.

»Einen Moment!« Es war Foucauld, der, selber noch lachend, in das laute Gelächter hineinschrie. Er rollte das Faß wieder hin und her und grinste wieder Surleau zu. »Wenn kein Wein drin ist, warum ist das Ding dann so schwer?«

Diesmal war es Leutnant Lesourd, der am raschesten folgerte: »Weil etwas anderes drin ist, Leutnant Foucauld«, rief er wie aus der Pistole geschossen.

»Brav, brav!« sagte Foucauld, als sei er Instruktor bei einem Sandkastenmanöver. Er hatte unvermittelt die Stimme verändert, und zumindest die Offiziere erkannten sofort den schnarrenden Befehlston des Generals Cauchemez. Grund zu neuerlichem Lachen, zumal Foucauld plötzlich den Erschrockenen mimte, sich ans Herz griff, nach den Tüchern griff, die noch feucht waren, ein zweites Mal erschrak und dann wieder losschnarrte: »Sie haben leicht lachen, meine Herren. Ich denke da eher an den Mann, der den Befehl gegeben hat, das Ding da in dem Faß täglich mehrmals mit Wasser zu tränken und es vielleicht längst verdorben hat. Dem könnte es nämlich an den Kragen gehen – ja dort, wo die Sterne kleben. Wir wollen nur hoffen, der gute Mann, der gar nicht wußte, was da drin ist, hat sich dabei auch etwas gedacht.« Dazu reckte er ruckartig den Kopf wie ein Huhn oder ein Offizier, dem der Stehkragen zu eng ist, und die Zuschauer brüllten vor Vergnügen.

Plötzlich aber erschrak er wirklich. »Einen Hammer!« flüsterte er Surleau zu. »Und ein Stemmeisen! Schnell!« Und während Surleau sich durch die Soldaten drängte und das Gelächter rasch verebbte, versuchte Foucauld das Faß mit den Händen auseinanderzureißen. Vergeblich. Da war Surleau auch schon wieder da, und Foucauld zeigte ihm, wo er das Stemmeisen ansetzen sollte. »Schlag nur zu! Wenn es das ist, was ich erwarte – «

Es war das Erwartete. Ein paar geschickte Schläge, und die Dauben fielen auseinander – und eine etwa fünfzig Zentimeter hohe Glocke stand vor ihnen.

Die Überraschung brachte die letzten Lacher zum Schweigen. Die afrikanischen Soldaten wußten zumeist gar nicht, was das war. Erst als Foucauld mit dem Hammer auf den unteren Rand der Glocke schlug und ein heller, schöner Klang den ganzen Hof erfüllte, begannen einige von ihnen vor Entzücken in die Hände zu klatschen.

Das Erstaunlichste aber für alle war Foucauld, der sarkastische Spaßmacher, der so köstliche Gesichter geschnitten und ihnen für eine Minute eine Ahnung von jenem Leutnant aus Saumur und Pont-à-Mousson gegeben hatte. Kaum war der Ton verklungen, kniete er nieder und küßte ehrfürchtig die schöne, bronzefarbene Glocke, der das Wasser nicht das geringste hatte anhaben können. Er betastete sie mit seinen rauhen Händen, und zuletzt machte er ein großes Kreuzzeichen über sie. Er strahlte über das ganze Gesicht wie ein Kind unter dem Weihnachtsbaum, und als Surleau eine Stange holte und mit drei anderen Soldaten die Glocke in die Khaua hinuntertrug, schlossen sich fast alle der kleinen Prozession an. Ihnen voran Père de Foucauld mit seinen raschen Zappelschritten, die fast ein Hüpfen waren, immer wieder zurückblickend, ob mit der Glocke alles in Ordnung sei, ein Lied anstimmend, mit den Händen den Takt gebend und selber singend. Etwas angestrengt, da seine Stimme nicht sehr kräftig war. Seiner kindlichen Begeisterung konnte sich keiner entziehen.

Vergessen, zumindest für den Augenblick, die Qualen der letzten Monate. In fünf Tagen war Weihnachten, die Geburt des Herrn, und er durfte mit der neuen Glocke das Fest einläuten. Jetzt konnte er sie alle rufen, wie die Glocken von St. Augustin ihre Gläubigen riefen, in Nazareth und in Jerusalem, überall, wo man wußte, daß mit diesem Ereignis die Erlösung der Welt ihren Anfang genommen hatte.

*

Laperrine war nach Beni Abbes gekommen, Henri Laperrine, der Kamerad aus Saumur, Major Laperrine, Comte de

Hautboul, seit über einem Jahr Kommandeur der Oasengebiete südlich von Ain Sefra. Die hellen Klänge der Clairons hatten ihn angekündigt, und Gewehrschüsse knatterten zum Salut, als, in eine dichte Staubwolke gehüllt, eine Abteilung des Kamelreiterkorps, flankiert von Reitern auf Pferden, herangaloppierte. Major Henri Laperrine auf einem schneeweißen Mehari, ein blendender Reiter, dem der Siebenstundenritt, den er hinter sich hatte, nicht im geringsten anzusehen waren. Ein Handzeichen, und die Gruppe hielt vor Hauptmann Regnault, der sich zur Begrüßung mit seinen Offizieren aufs Pferd geschwungen hatte. Ein weiteres Zeichen, und die Vorderbeine der Kamele knickten ein, dann die Hinterbeine – Laperrine aber war längst abgesprungen und ging auf den Hauptmann zu, um die Meldung entgegenzunehmen. Er war groß, schlank und drahtig, sein Waffenrock war trotz der Hitze bis oben zugeknöpft und ohne die kleinste Falte oder gar einen Fleck, als käme er direkt zur Parade. Schnurrbart und Spitzbart waren gepflegt, und das Käppi saß flott, beinahe auf dem linken Ohr. Ein richtiger Stutzer, so schien es auf den ersten Blick, dem seine Garderobe mindestens so wichtig war wie die Pistole oder der Wasserschlauch. Aber schon auf den zweiten Blick war zu erkennen, daß die pedantische Sorge um sein Äußeres nichts anderes war als der Ausdruck einer Disziplin, der dieser Mann alles unterwarf: seinen Körper wie seinen Tagesablauf, seine Manieren und seine Handlungen.

Foucauld stand am Rande des Zeremoniells mitten unter den Araberkindern und bestaunte die gut gepflegten gelbbraunen Dromedare. Das also waren die berühmten Meharisten, auch Saharapolizei genannt, die Laperrine aufgestellt und mit denen er schon ein Gutteil zur Befriedung der westlichen Sahara beigetragen hatte. Eine Eliteeinheit aus freiwilligen Offizieren und Unteroffizieren der regulären Armee, die Mannschaften besonders ausgewählte Araber, zumeist aus dem Nomadenstamm der Chaamba, der treuesten Verbündeten der Franzosen. Sie trugen eine etwas phantastische Uniform, zu der eine weiße Gandura gehörte, auf dem Rücken ein aus roter Wolle gewebtes Band in Form eines Andreaskreuzes, und schon ihr Anblick war dazu angetan, Bewunderung oder auch Schrecken einzuflößen. Foucauld aber sah nur Laperrine, den Pastetenverschlinger aus Saumur und Dauergast auf der Stube 82. Er war jetzt etwa dreiundvierzig Jahre alt, hatte sich aber kaum verändert seit damals. Der gleiche scharfe Blick, der dauernd seine Umgebung abtastete, als gelte es, einen Gegner auszumachen – und es dauerte auch nicht lange, bis dieser Blick an Foucauld haften blieb. Neugierig, argwöhnisch, bis Regnault dem Priester zuwinkte, und der Major, der jetzt nicht mehr zweifeln durfte, wer das war, erschrocken zusammenzuckte. Aber sofort, noch bevor Foucauld ihm ganz nahe war, hatte er sich wieder in der Gewalt.

»Schweinchen! Daß ich dich wiedersehe!« rief er, übertriebene Begeisterung mimend, und schon lagen sie einander in den Armen. –

Zum Zeremoniell einer solchen Visitation gehörte natürlich auch ein festliches Bankett, erst dann versammelten sich die Offiziere in der Messe vor den großen Landkarten, und die Arbeit begann. Als Laperrine den Oberbefehl über die westlichen Oasengebiete übertragen bekam, begann er sofort, sein gigantisches Projekt einer Befriedung der Zentralsahara in die Tat umzusetzen, und es gelang ihm bald, die »Anarchisten der Wüste«, die Ahaggar-Tuareg einzuschüchtern und zur Friedensbereitschaft zu zwingen. Jene berüchtigten blau verschleierten Krieger, die seit Jahrhunderten die Siedlungen der Schwarzen und die Karawanen der arabischen Händler ausplünderten, ihren Wegezoll eintrieben und auf ihren Beutezügen bis nach Ain Salah gekommen waren. Aber Laperrine wollte nicht nur die Zentralsahara bis in den Hoggar hinunter für Frankreich gewinnen, er wollte auch nach Südwesten entlang des Wadi Draa bis zur Oase von Tinduf vorstoßen und darüber hinaus noch bis zum Atlantischen Ozean. Dann war die Festung Marokko, für die sich auch England interessierte, von Frankreich eingeschlossen. Dazu plante er noch, bis nach Timbuktu im

Westsudan zu marschieren, um Algerien endlich militärisch und organisatorisch mit Französisch-Westafrika zu vereinen.

Begeisterter Applaus dankte Major Laperrine für die Darstellung seines großangelegten Programms, und die Augen der jungen Offiziere glänzten angesichts der Aussichten, die sich da für Frankreich und nicht zuletzt für ihre eigene Karriere eröffneten. Bei der anschließenden Debatte allerdings sollte sich zeigen, daß, abgesehen von Kapitän Regnault, ihre Begeisterung größer war als ihr Wissen und ihre Übersicht. Einzig Foucauld, der ebenfalls geladen war – und zu Laperrines Mißvergnügen an manchen Stellen des Vortrags die Hände gefaltet und offensichtlich lieber gebetet als zugehört hatte –, war über die politische und strategische Lage bestens informiert.

Laperrine registrierte dies mit Genugtuung, und als sie spät am Nachmittag endlich allein und ein wenig abseits von der Khaua auf zwei Gemüsekisten saßen, um vorerst Erinnerungen aus ihrer Jugendzeit auszutauschen, war er es, der als erster wieder auf das Thema seines Vortrags kam. Foucauld hörte dem alten Kameraden gelassen zu und betrachtete ihn. Der Spitzbart und der aufgezwirbelte Schnurrbart über der Oberlippe, in dem jedes Härchen strengste Disziplin wahrte, waren ihm neu, die lange spitze Nase war noch einprägsamer geworden und erinnerte an den Rüssel eines stets wachsamen Tieres, das die feinsten Unregelmäßigkeiten in seiner Umgebung sofort registriert. Ansonsten hatte er sich kaum verändert, alles, was damals in Laperrine angelegt war, hatte sich nur noch mehr ausgeprägt. Äußerste Solidität und Korrektheit bis zur Pedanterie – wozu auch gehörte, daß er zum Unterschied von den meisten Offizieren, die, wann immer es möglich war, sich in die weit bequemeren arabischen Kleider stürzten, stets das himmelblaue Käppi und den enganliegenden roten Dolman trug. Ein strenger, aber gerechter Vorgesetzter, den seine Soldaten vergötterten, dazu der beste Kamerad und – was zu seinem scheinbar trockenen Wesen so gar nicht zu passen schien – ein phantasievoller Geschichtenerzähler.

Foucauld konnte sich also rasch wieder der Frage zuwenden, die ihn seit der Ankunft des Majors beschäftigte: was will er von mir? Daß er nicht nur gekommen war, um Regnaults Stützpunkt zu inspizieren und die Herren Offiziere mit seinen Plänen bekanntzumachen, war klar. Natürlich war Laperrine hauptsächlich seinetwegen gekommen, wenn auch nicht aus bloßer Lust auf ein Wiedersehen. In seinem Leben war jede Stunde bis zum Rand gefüllt, und wenn er etwas unternahm, noch dazu eine so lange Reise, dann mußte es dafür gleich ein ganzes Bündel von Motiven geben.

Laperrine ließ ihn nicht lange im ungewissen, auch wenn er anfangs ziemlich vorsichtig um den heißen Brei herumredete, um den Freund nicht gleich zu verprellen.

»Eigenartig, wie das alles zusammenhängt«, begann er, und aus den kühl abwägenden Strategiebeispielen, mit denen er seinen Freund bisher traktiert hatte, wurde plötzlich eine berührende, lebensvolle Geschichte, die Foucauld bald in ihren Bann zog. Da gab es einen gewissen Ben Messis, einen Mischling, der Vater ein Araber, die Mutter eine Targia, also von den reinblütigen Tuareg entsprechend verachtet. Der kam eines Tages im März vergangenen Jahres in das Büro des Kapitäns Couvet, des Kommandanten der Oase Ain Salah, gestürzt: Baba ag-Tamaklast, ein mächtiger Notabler der Tuareg, hatte im Verlauf einer Razzia Ben Messis' Frau öffentlich auspeitschen lassen, eine Schmach, die nur durch Blut getilgt werden konnte. Aber Ben Messis hatte kein Volk und keinen Stamm hinter sich, für ihn gab es nur eine Macht, die Franzosen. Die standen zwar gewöhnlich auf dem Standpunkt, Araber und Tuareg sollten ihre Streitigkeiten untereinander ausmachen, diesmal aber lag die Sache anders. Ben Messis war ein getreuer Freund der Franzosen und hatte ihnen schon manchen Dienst erwiesen. Und jetzt erwartete er, daß sie sich revanchierten. Kapitän Couvet stand vor dem Dilemma: Einerseits durfte er diesen treuen Verbündeten nicht im Stich lassen, ohne Frankreich bloßzustellen, andererseits durfte er keinesfalls eine reguläre französische Einheit zur Blutrache gegen die Tuareg ausschicken. Das hätte ihn den Kopf kosten können. Er stellte also nach dem Muster von Laperrines Wüstenpolizei ein Söldnerkorps aus Arabern und Berbern auf und ließ sie unter dem Befehl von Oberleutnant Cottenest gegen Baba ag-Tamaklasts Tuareg marschieren. Bei der Oase Tit, westlich des Hoggar-Gebirges, kam es zu einer blutigen Schlacht, bei der sich die Franzosen waffentechnisch weit überlegen zeigten. Der Verlust von fast hundertfünfzig Mann war für die Tuareg eine Katastrophe, die Legende von der Unbesiegbarkeit der Wüstenreiter mit den blauen Schleiern war für immer zerstört. Eine eigenartige Konstellation: die Rachegelüste eines einzelnen Mannes zwischen den Fronten hatten den Franzosen den Weg in den Hoggar freigemacht und zugleich auch den Tod des Majors Flatters und des Forschungsreisenden Morès gesühnt.

»Morès?« fragte Foucauld.

»Ja – und wie das alles zusammenhängt«, setzte Laperrine fort. »Wenn man bedenkt, daß dieser Ben Messis auch noch der war, der damals, vor sieben Jahren, die Mörder von Morès ausfindig gemacht und seine Leiche nach Tunis gebracht hat – «

»Unser Morès?« wiederholte Foucauld.

Laperrine nickte. »Unser Morès. Ben Messis hat, ohne es vielleicht zu beabsichtigen, furchtbare Rache an diesem Volk genommen.«

Die Geschichte war zu Ende, und die beiden blickten schweigend über das steinerne Meer der Hammada. Einige Soldaten von Laperrines Truppe patrouillierten im Respektsabstand auf und ab. Foucauld dachte an Morès, den lustigen, jähzornigen Burschen von der Stube 82, dessen Leben einen so tragischen Verlauf genommen hatte. Er dachte an Duveyrier, der ihm so viel von den stolzen, edlen Tuareg erzählt hatte und der damals von allen »Fachleuten« verhöhnt worden war, weil er ihnen zu sehr vertraute. Zu sehr vertraute? Ihn hatten sie geliebt, ihm waren sie freundschaftlich verbunden gewesen. Daß sie sich gegen die anderen

Rumis, die Eindringlinge aus Europa, gewehrt hatten, war das so unverständlich?

Und dieses zutiefst erniedrigte Volk wollte sich Laperrine jetzt zu seinen Freunden machen. Die Konstellation war günstig, unter den Tuareg des Hoggar war eine Art Palastrevolution ausgebrochen. Der junge Mussa ag-Amastane hatte den alten Amenokal Attici ag-Amellal gestürzt und übernahm die Führung, um mit den Franzosen Fühlung zu bekommen. Aber er war noch mißtrauisch, obwohl er erfahren hatte, daß auch Laperrine mit den Tuareg lieber in Frieden zusammenarbeiten wollte, als Gewalt zu gebrauchen. Sie wollten einander treffen und wichen einander dennoch immer wieder aus.

Jetzt aber mußte Laperrine Ernst machen. Mussa hatte von den Franzosen das Aman, einen ehrenvollen Frieden, erbeten, und auch andere Stammesfürsten hatten sich ihm angeschlossen. Diese Chance galt es zu nützen.

»Du willst also jetzt in den Hoggar?« fragte Foucauld.

»Unter anderem ja.«

»Und was sagt Paris dazu?«

Laperrine lachte. »Die wittern in jedem Offizier, der ein bißchen weitergeht, als sie denken können, einen vierten Napoleon. Aber keine Angst! Befehle von dort oben können auf dem langen Weg leicht verlorengehen. Oder werden abgefangen. Solange es noch keine Telegraphenverbindung gibt – « Er wurde wieder ernst: »Ein herrliches Volk, diese Tuareg. Trotz allem. Ich glaube, sie würden dir gefallen.«

Foucauld horchte auf. Hatte er also richtig geargwöhnt? »Duveyrier hat mir viel von ihnen erzählt«, wich er vorläufig aus. »Tuareg – ›die von Gott Verlassenen‹, wie die Araber sie nennen. Sie selbst nennen sich Imoschagh.«

»Gut gelernt«, lobte Laperrine, und dann sagte er wieder: »Es wäre eine einmalig Chance.«

›Was?‹ wollte Foucauld schon fragen, aber es machte ihm Vergnügen, den Umweg, den der Freund eingeschlagen hatte, noch ein Stück weiter mitzugehen. »Die würden ihnen bestimmt gefallen«, sagte er und deutete auf die Reitstiefel des Majors, die, abgesehen von einer feinen Staubschicht, in tadellosem Zustand waren. »Aus Saumur?«

»Ja«.

»Von Vautrin?«

»Hm.«

»Sieht man gleich. Übrigens – warst du im Budan? Lebt der alte Martin noch?«

Laperrine ließ sich nicht beirren. »Es wäre eine einmalige Chance für Frankreich«, redete er weiter, so wichtig war es ihm, beim Thema zu bleiben. Aber er hatte nicht geahnt, welche Volte Foucauld jetzt schlagen würde.

»Willst du den Hoggar erobern?«

»Natürlich nicht erobern. Darum wollen wir ja endlich verhandeln und ihnen klarmachen – «

»Daß es kein größeres Glück auf Erden geben kann, als mit unserer großen Kulturnation – zumindest verbündet zu sein?«

Laperrine blickte überrascht zu Foucauld hinüber. Was sollte diese Bemerkung? Aber der Priester gab ihm gleich die Antwort darauf: »Und wie willst du ihnen diesen Glauben einimpfen? Mit deinen Soldaten?«

Das wäre der Zeitpunkt für Laperrine gewesen, gerade herauszusagen, daß er das mit Foucaulds Hilfe wollte. Dieser aber hatte seine Soldaten angegriffen.

»Immerhin – wo sie stationiert sind, werden Raub und Mord bestraft«, verteidigte er sie. »Und auch Plünderung und Erpressung. Ist das so wenig? Wir schützen die Schwachen, und damit sind wir den brutalen Wüstenbräuchen haushoch überlegen.«

»Und du glaubst, das genügt?« fragte Foucauld.

Laperrine errötete tief, soweit man das bei seiner sonnengebräunten Haut überhaupt merken konnte. »Es ist immerhin ein Anfang.«

Foucauld aber gab nicht nach. »Ja, ja, ein Anfang«, murmelte er, »und für ihre freiwillige Unterwerfung fast ein Geschenk.«

Laperrine wußte nicht mehr, was er denken sollte, aber er wollte endlich zum Ziel kommen, bevor er sich in eine Debatte verstrickte.

»Es ist ja nicht das allein, was wir ihnen geben wollen.«

Foucauld zog die Brauen hoch, ein bißchen zu hoch, als daß es ein natürliches Erstaunen mimte. »Ach – und was habt ihr noch für sie?«

»Wir wollen ihnen das Christentum bringen.« Jetzt war Laperrine endlich beim Kern der Sache, aber Foucauld wiederholte nur, was er schon einmal gesagt hatte, und diesmal recht sarkastisch: »Das Christentum? Mit deinen Soldaten?«

Laperrine sprang auf, und so heftig, daß die Kiste dabei umfiel. »Herrgott! Man kann doch nicht alles auf einmal tun!« rief er so laut, daß der zunächst stehende Wachposten erstaunt herübersah.

Foucauld beugte sich vor und stellte die Kiste wieder auf, falls Laperrine sich noch einmal niedersetzen wollte. »Da hast du recht«, sagte er ruhig, fast zu sich selbst. »Die Zeit drängt, und zuerst muß man einmal Marokko haben. Und England könnte es sich ja überlegen, noch einmal an den Verhandlungstisch zu kommen. Und wenn Deutschland sein Interesse für Marokko weiterhin so auffällig bekundet – «

Laperrine setzte sich wieder und blickte seinen Freund forschend an. »Für einen Patrioten redest du recht merkwürdig.«

Foucauld senkte den Kopf, und jetzt war keine Spur von Ironie in ihm. »Ich bin in erster Linie Priester«, sagte er schlicht. »Und bevor man ein Land erobert und Menschen von sich abhängig macht, um deren Seele sich dann keiner kümmert – ist es nicht besser, sie in Ruhe zu lassen?«

Laperrine wußte nicht mehr, was er sagen sollte. Zu oft hatte er schon über diesen heiklen Punkt debattiert, und mit den verschiedensten Leuten. »Und wenn uns die anderen zuvorkommen?« rief er schließlich, in Sachen Politik und Strategie fühlte er sich noch am sichersten. »Glaubst du, englische oder deutsche Soldaten sind soviel besser und moralischer?«

Foucauld mußte lachen. »Du meinst also, das Übel kommt auf jeden Fall über diese Menschen. Frankreich ist nur das geringere. Ist das *dein* Patriotismus, Henri?«

Er hatte gelacht, aber bei Charles konnte man nie wissen – am besten, Laperrine ging direkt auf sein Ziel los. »Scherz beiseite«, sagte er und zwirbelte nervös seinen Schnurrbart. »Ich möchte dich gern mithaben, wenn ich zum ersten Mal in den Hoggar gehe.«

Foucauld hatte es längst gewußt, aber jetzt traf es ihn doch. »Als Priester? Oder als Agent Frankreichs?«

»Als Priester Frankreichs, der ersten Tochter der Kirche.«

Ein schönes Wort, aber Foucauld war nicht wohl dabei. »Als Priester eines Landes, das seine Religion aufs schärfste bekämpft?« fragte er. »Dessen einstige Kapellen heute als Lagerhäuser mißbraucht werden? Dessen große Geister aus Philosophie und Literatur diese Religion als mittelalterlichen Aberglauben verhöhnen? Wer soll mir da ernsthaft glauben, Henri?«

Laperrine aber ging darauf erst gar nicht ein. Er versuchte, das Land zu schildern und seine Menschen und wie sie lebten. Daß sie noch nie einen katholischen Priester gesehen hatten und weit weniger von Gott wußten als die Araber. Sie hatten den Islam nur sehr oberflächlich übernommen und waren vielfach noch in ihren alten magischen Vorstellungen befangen.

Foucauld horchte auf. Hatte Laperrine das nur so hinerzählt oder sollte das heißen: Bei den Tuareg kannst du dir Hoffnungen machen, da kommst du mit deinem Christentum besser an als bei den strenggläubigen Moslems? Das war weltliche Klugheit, es entsprach absolut der Realität. Und hatte nicht Guérin das gleiche gesagt? Auch die Weißen Väter hielten eine Missionierung der Moslems für ausgeschlossen. Warum sollten diese eine Religion aufgeben, die sechs Jahrhunderte jünger und ihrer Meinung nach eine

Weiterentwicklung des Christentums war? Wenn überhaupt, dann waren nur Einzelbekehrungen möglich. Aber einzelne Christen, von ihrer islamischen Umwelt isoliert und verfemt, wie lange würden sie Christen bleiben können? Dazu war das Christentum die Religion der Eroberer, Grund genug, es zu hassen. Mehr noch: sie nannten sich zwar Christen, hatten sich aber zum Großteil längst von ihrer Religion abgewendet. Was konnte an einer Religion dran sein, die ein solches neues Heidentum hervorgebracht hatte?

Foucauld war schon damals von Guérins Worten tief getroffen gewesen, jetzt traf es ihn wieder – aber warum traf es ihn? Warum dieses Unbehagen? Hatte er jemals ein predigender Missionar sein wollen, der von Dorf zu Dorf zog und Erfolgsmeldungen nach Hause schickte? Er war kein Paulus. War er nicht schon immer der Überzeugung gewesen, daß er ganz anders auf die Menschen einwirken müsse? Nicht durch Worte, sondern durch sein Leben? Daß er gar nicht anders konnte und daß seine Brüder es auch nicht anders tun sollten? Hatte er nicht im Innersten gespürt, auch wenn er dazu manchmal seine ganze Demut aufbieten mußte, daß er nur dazu berufen war, Vorläufer zu sein? Vorläufer irgendwelcher, die vielleicht viel, viel später kommen mochten, um eine Missionierung zu beginnen, für die er den Boden vorbereiten durfte?

Laperrine sprach nicht mehr, aber Foucauld spürte, wie der Freund ihn gefangen hatte. Gegen jede Logik, gegen dieses unangenehme Gefühl, schon Guérin habe das Christentum herabgesetzt, hatte er ihn gefangen, nur durch seine Geschichte. Der trockene Offizier, dem Disziplin alles war, als orientalischer Märchenerzähler. Hatte Gott sich wieder einmal eines Menschen bedient, der ihn gegen jedes Gefühl, auch gegen seinen Widerstand, den ihm liebgewordenen Ort zu verlassen, zu etwas zwingen wollte, dessen Ende nicht abzusehen war?

Die Sonne berührte den Horizont und begann eine Vielfalt ockerroter und violetter Farbtöne über den westlichen Himmel zu sprühen. Dort drüben lag Marokko. Von der Oase kamen die Rufe des Muezzin, und die Wachsoldaten warfen sich zu Boden. »La ilaha, illa 'llah, wa Mohammed rasul Allah!« beteten sie, und das gleiche war auch von Foucaulds Schützlingen aus der Khaua zu hören. Überall beteten sie zu Allah, auch dort unten im Hoggar, wenn auch vielleicht seltener oder nur lau. Auch dort drüben in Marokko, wohin es ihn immer noch zog. Noch vor kurzem erst hatte er überlegt, ob er nicht für ein paar Tage illegal hinübergehen sollte. Kaufleute waren gekommen und hatten Grüße von Freunden aus Tissint gebracht.

Die Soldaten bewegten sich auf und nieder, und er überlegte, ob er nicht seine schöne Glocke läuten sollte, damit der Wind auch ihren Klang hinaustrug, weiter als die Rufe des Muezzin, der nur eine menschliche Stimme hatte. Ein einziger Priester auf über 310.000 Quadratkilometern, zwei Drittel von ganz Frankreich, und nicht ein einziger Bruder. Er war gut zu Fuß, aber auch wenn er noch so schnell lief, wie oft konnte er diese brennende Hölle durchqueren? Vergeblich hatte er Dom Henri und Bischof Guérin um Brüder bestürmt. Keiner wollte kommen. Wie glücklich war er gewesen, als Guérin ihm endlich die offizielle Erlaubnis übermittelt hatte, seine Kongregation zu gründen. Aber was nützte ihm das Papier! Sie bewunderten ihn, sie hielten ihn für einen Heiligen, aber sie mieden ihn wie die Pest. Seine Regeln seien zu streng, sagten sie, mit ihm könne man nicht leben, sagten sie, ihm könne man keinen Menschen anvertrauen. Aber war das wirklich der Grund?

»Wenn ich keinen Gefährten habe«, murmelte er, »dann nur darum, weil ich dessen nicht würdig bin«, und das war sein Gebet. »Wenn ich eifriger und treuer sein werde, wenn ich das Kreuz freudiger annehme als bisher, werde ich Brüder bekommen. Gebet, Heiligung, Leiden, ich muß endlich damit anfangen, damit Jesus mich formen kann. Um Brüder zu bekommen, muß ich besser werden, mich bekehren, muß sterben. Wenn das Weizenkorn nicht in die Erde fällt und stirbt, bleibt es für sich allein. Wenn es aber stirbt, bringt es reiche Frucht. Schenk mir die Gnade, Herr, daß ich Frucht bringe, zu deiner Verherrlichung. Amen!«

Die Sonne war versunken, und die steinerne Ebene vor ihnen schien in ein Kleid von Goldstaub gehüllt. Die Soldaten erhoben sich und nahmen ihre Posten rund um die Khaua wieder ein.

»Ich werde Abbé Huvelin und Bischof Guérin die Sache vorlegen«, sagte Foucauld, als sie einander zum Abschied die Hand drückten. Bis zum nächsten Zusammentreffen würden sicher keine zwanzig Jahre mehr vergehen.

Es war schon Mitternacht, als er sich in seine Zelle tastete und die Lampe anzündete. Er öffnete die Kiste, in der er die Tagebücher und andere Schriften verwahrte und holte die Tamaschek-Grammatik hervor, die ihm Lacroix in Algier zugesteckt hatte.

*

Abbé Huvelin zögerte diesmal nicht lange mit seiner Antwort. »Gehen Sie, wohin Sie der Geist treibt«, schrieb er, und Foucauld rannte in die Kapelle und warf sich mit dem Brief vor den Tabernakel, daß die Leuchter schwankten. »Die Tuareg, Jesus«, rief er, und immer wieder: »Die Tuareg – meine Tuareg – « Seit dem Besuch Laperrines dachte er an nichts als an sie.

Guérin war skeptisch. »Ich bin der einzige Priester, der von Algier die Erlaubnis bekommt, in den Hoggar zu gehen«, hatte Foucauld ihm geschrieben, für den Bischof aber war es schwer einzusehen, daß einer, der immerfort von seiner Berufung zum monastischen Leben sprach, jetzt plötzlich im Schlepptau von Nomadenkarawanen von Ort zu Ort ziehen wollte. Aber hatte nicht Guérin selbst ihn gebeten, die Oase von Taghit mehrmals im Jahr zu besuchen, um dort Seelsorge zu betreiben – und war das nicht eher eine Bestätigung dafür, daß Gott ihn rief, Beni Abbes zu verlassen und weiterzuziehen? Und nicht nur nach dem Norden, auch nach Aulet und Timissao, möglichst nah zu den Tuareg?

»Ich weiß, daß es gefährlich ist«, schrieb er, »aber ich will doch hingehen, um die Verkündigung des Evangeliums vorzubereiten, bis man andere Priester dorthin schicken kann. Ich will mich bei ihnen niederlassen und ihre Sprache lernen, nicht um zu predigen, sondern zuerst, um das Evangelium zu übersetzen. Ich will immer unterwegs sein und mit möglichst vielen von ihnen reden. Die Tuareg sollen erfahren, daß ich ihr Bruder bin.« Nein, Guérin hatte es noch nicht ganz begriffen. Mit diesem Ziel vor Augen war Foucauld auch das Opfer möglich, die Klausur aufzugeben, um den Tuareg immer verfügbar zu sein. –

Inzwischen aber hatte sich die Lage in der Saura schlagartig verändert. Aus Marokko waren immer öfter Rezzus herübergekommen. Sie griffen französische Patrouillen an, überfielen Karawanen, sie trieben Viehherden weg. Auch Beni Abbes war gefährdet, und es gab Wochen, da trug Foucauld das Allerheiligste immer bei sich und feierte die Messe in der Festung. Paul Embarek, den er einst losgekauft hatte, lief ihm vor Angst davon, und auch etliche Arme, die in der Khaua wohnten, setzten sich ab. Dafür kamen andere, Flüchtlinge, Ausgeraubte, und Foucauld gab ihnen Herberge, bis sie weiterziehen konnten. Hauptmann Regnault war in etliche Gefechte verwickelt worden, und auch Laperrine hatte jetzt anderes zu tun, als in den Süden zu ziehen.

Auch seine Pflichten rissen Foucauld immer öfter und für immer längere Zeitspannen von den Stufen des Altars. Seine Khaua war überfüllt, und immer wieder wurden Verwundete in Beni Abbes eingeliefert, die seiner bedurften. Aber auch der Offizier de Foucauld wurde gebraucht, seine Erfahrung mit dem Land und mit den Menschen, seine Sprachkenntnisse, sein strategisches Wissen.

Dennoch konnte er, und zumeist des Nachts, wenn alle schliefen, sich den Ereignissen in der Welt verschließen, und in diesen Stunden arbeitete er an einer Art Katechismus für die Negersklaven, die nichts von Gott wußten, aber immer noch zu ihrem Marabut kamen. Ein Versuch, die wesentlichen Elemente des Christentums zu erklären, möglichst einfach und anspruchslos, aber doch so, daß nichts von ihrer Wahrheit verlorenging. Er las ihnen manchmal daraus vor, in ihrer Sprache, während sie seine Datteln kauten und Wasser aus seinem Brunnen tranken, und er wußte nicht, wieviel sie davon begriffen. Aber war nicht ein einziges wiedergefundenes Schaf das Opfer eines ganzen Lebens wert?

Es blieb nicht bei den einzelnen Überfällen auf Oasen und Karawanen, die die Bewohner zwischen Figuig und Tabelbala verunsicherten. Im Sommer des Jahres 1903 rief Muley Mustapha aus Metrara, der Träger eines hohen religiösen Adelstitels aus der Nachkommenschaft des Propheten, zum Heiligen Krieg auf. Er bot viertausend Beraber, Nomadenkrieger aus dem Tafilalet südöstlich des Atlas, auf, und sie zogen, eine riesige Harka, mit Frauen und Kindern, insgesamt etwa neuntausend Menschen mit ihren Herden, gegen die Oase Taghit, wo Hauptmann de Susbielle nicht mehr als vierhundertsiebzig Mann, meist Eingeborene, und zwei Kanonen zur Verfügung hatte. Niemand wußte, was sie beabsichtigten, und das steigerte noch das Entsetzen, und die Oasenbewohner flüchteten in die Festungen der Franzosen. Taghit selbst wurde am 17. August eingeschlossen, und erst nach vier Tagen verzweifelter Abwehrkämpfe gelang es, wenn auch unter hohen Verlusten, die Belagerer zurückzuschlagen. Sie fluteten ungeordnet zurück, aber weiter im Nordosten, bei el-Mungar, gelang es einer abgesplitterten Gruppe, eine Kompanie von Fremdenlegionären, die auf dem Marsch nach dem Süden war, zu überraschen und beinahe völlig aufzureiben. Susbielle, der noch rechtzeitig zum Entsatz gekommen war, konnte zwar das Äußerste verhindern und die Beraber vertreiben, aber was er nach Taghit zurückführen mußte, war ein jammervoller Haufen von achtundvierzig zumeist schwer verwundeten Überlebenden.

Diese Nachricht kam drei Tage später nach Beni Abbes, und jetzt war Foucauld nicht mehr zu halten. Er hatte in den letzten Wochen immer wieder gedrängt, nach Taghit reiten zu dürfen, um bei den Soldaten zu sein, aber Hauptmann Regnault war unterwegs, und Leutnant Lesourd wagte es nicht, ihn allein ziehen zu lassen. »Ich brauche jeden Mann«, war seine stereotype Antwort gewesen, und wenn Foucauld erklärte, er könne den Weg nach Taghit allein finden, gab er zur Antwort: »Ich brauche auch jedes Pferd.« Jetzt aber, zugleich mit der Schreckensnachricht aus Taghit, war Hauptmann Regnault zurückgekommen und gab ihm das geforderte Pferd, dazu ein zweites mit Proviant und Verbandszeug.

»Das ist Wahnsinn!« rief Leutnant Lesourd, als Foucauld sich auf das Pferd schwang, noch einmal salutierte und mit flatternder Gandura davonsprengte. »Alles ist voll von marodierenden Flüchtlingen! Wenn Sie ihm wenigstens Waffen mitgegeben hätten!«

Aber Hauptmann Regnault schüttelte nur den Kopf. »Er wird durchkommen. Gegen Bruder Charles, den Marabut, wird keiner die Hand erheben. Er gilt ihnen als heilig.«

Zwei Tage lagen zwischen Beni Abbes und der Oase Taghit. Foucauld aß fast nichts und nahm nur ein paar Schluck Wasser zu sich. Er hielt nur an, um sein Pferd zu tränken, oder an den seltenen Stellen, wo spärliches Weidegras aus dem Boden sproß. Die letzten Wassertropfen waren im März gefallen. Er hatte die Lage der Brunnen noch von seiner Reise vor knapp zwei Jahren im Gedächtnis behalten und fand den Weg, als hätte er den Orientierungssinn eines Nomaden geerbt.

Er erkannte Taghit, das ihn bei seiner ersten Ankunft so freudig empfangen hatte, nicht wieder. Er spürte schon von ferne den Brandgeruch, und als er eintritt, sah er mit Entsetzen, was die knappe Nachricht in Beni Abbes verschwiegen hatte: die Franzosen hatten ihre Festung zwar mit äußerster Mühe halten können und die Bewohner von Taghit in ihren Mauern vor dem Tode bewahrt, aber die Zerstörung der Oase konnten sie nicht verhindern. Die meisten Häuser waren im Verlauf der Belagerung geplündert und angezündet worden, ja sogar an die Palmen hatten die Belagerer Feuer gelegt, bevor sie sich zurückzogen.

Das Schlimmste aber war die allgemeine Niedergeschlagenheit. Wo der Reiter erschien, zogen sich die Menschen verängstigt in die Trümmer ihrer Häuser zurück, und auch die Soldaten empfanden die Vernichtung der blühenden Oase als schwere Niederlage. Verdrossen und wie gelähmt hockten sie auf ihren Posten, und auch Hauptmann de Susbielle konnte nur wenig von seinem betont zur Schau gestellten Optimismus auf sie übertragen. Er trug selbst den Arm in der Schlinge und litt starke Schmerzen. Da die Mehrzahl der Soldaten mit ihren Offizieren unterwegs war, auf Erkundungsritten oder um die Umgebung von Taghit zu säubern, kümmerte sich auch kaum einer um die Verwundeten. Der Militärarzt und ein Sanitäter waren bei der Belagerung getötet worden, der zweite Sanitäter, ein Bürschchen von neunzehn Jahren, wußte kaum, was er tun sollte. Susbielle war also überglücklich, als Foucauld in die Festung eintritt. Er hatte von dem Ex-Leutnant als geschicktem Pfleger gehört und versprach sich viel von dessen medizinischen Kenntnissen.

Nur was den Priester betraf, war er eher skeptisch. Die Legionäre, wüste Gesellen aus den verschiedensten Ländern Europas, hatten für Gott, Gebet und priesterlichen Trost nur Verachtung. Sie empfingen den kleinen Mann, der zu Gandura und Rosenkranz gespornte Kavalleriestiefel trug, denn auch mit einem ohrenbetäubenden Pfeifkonzert. Nicht einmal Hauptmann de Susbielle, dem sie immerhin das Leben verdankten, konnte sie zum Schweigen bringen. Foucauld aber bedeutete ihm nur, sich nicht aufhalten zu lassen, wenn er Besseres zu tun hätte, und ging unbefangen durch die Reihen der Notbetten, als werde er mit Jubel und Applaus empfangen. Was ihn weit mehr betroffen machte, war das Notspital selbst, ein großes Mannschaftszelt im Hof der Festung, vollgestopft mit schäbigen Matratzen, manchmal gar nur Haufen von Alfagras, auf denen notdürftig verbunden die Männer herumlagen. Manche so schwer verwundet und apathisch, daß sie nicht einmal die Finger an den Mund führen konnten, um das Ihre zu dem Pfeifkonzert beizutragen. Dazu die von einem entsetzlichen Gestank nach Eiter, Urin und Schweiß geschwängerte Luft, die ihn kaum atmen ließ.

Vor einem Schwerverletzten am Ende des Zelts blieb er stehen. Der Mann hatte die Augen geschlossen und röchelte nur, manchmal traten Schaumblasen aus seinem Mund. Er litt offensichtlich entsetzliche Schmerzen, die auch die Tabletten des jungen Sanitäters nicht lindern konnten. Sein Verband, von der Brust bis zu den Beinen hinunter, war von Blut getränkt. Foucauld wandte sich unwillkürlich ab, und vielleicht war es die ehrliche Erschütterung in seinem Gesicht, die etliche dazu brachte, mit ihrem Gepfeife aufzuhören.

»Ihr hättet bei el-Mungar so pfeifen sollen«, sagte er in einer Schärfe, die Susbielle nicht erwartet hatte. »Dann wären die Beraber davongelaufen, und ohne eure Kameraden umzubringen. Ein Leutnant der Chasseur d'Afrique läuft aber nicht so leicht davon.«

»Ein Ex-Leutnant«, rief einer vom Ausgang her, der offenbar schon einiges über den Besucher erfahren hatte. »Ein davongelaufener.«

»Stimmt. Bis nach Marokko ist er davongelaufen. Von Tanger bis Mrimima und wieder zurück. Und mit einem alten fußkranken Juden als einzigem Schutz. Euer neuer General ist da noch nicht so weit.«

»Hör auf mit dem Leuteschinder!« schrie einer, der nur noch ein Bein hatte. Foucauld wollte sich auf keine Debatte über Lyauteys Qualitäten einlassen, der vor kurzem eingetroffen war, um General Cauchemez zu ersetzen, und lenkte rasch ab. »Ich bin aber schon vorher einmal davongelaufen«, rief er. »In Setif. Der alte Oberst du Pont hat mich vor die Wahl gestellt: er oder meine süße Mimi. Ihr dürft raten, für wen ich mich entschieden habe.«

Gelächter flackerte auf, aber der Einbeinige, der sich an einer grob zusammengezimmerten Krücke festhielt, wollte sich nicht geschlagen geben. Und da er nicht wußte, wie er argumentieren sollte, begann er einfach loszugrölen:

»Das Dromedar ist nicht mehr ganz,
ihm fehlt die Hälft von seinem Schwanz – «

Es war ein alter Militärmarsch, den Text hatte er sich selber zusammengedichtet, und bald fielen auch die anderen ein:

»ihm fehlt die Hälft von seinem Schwanz.
Ein Esel hat's ihm abgebissen,
drum ist sein Leben so beschissen«.

Das Zelt dröhnte von dem Gesang, zu dem einer von ihnen, der wenigstens noch alle Glieder besaß, den Dirigenten mimte, und von der letzten Zeile, die sie mehrmals wiederholten, konnten sie nicht genug kriegen. Bis einem Witzbold noch eine Zeile dazu einfiel:

»Und jetzt kann's nur noch pissen!«

Neuerliches Gegröle, und etliche deuteten mit dem Finger auf Foucauld. Was würde der Pfaffe dazu sagen, wenn er nicht überhaupt verstummte?

Der aber war nicht einmal rot geworden, er lächelte sogar. Es war allerdings ein eher geringschätziges Lächeln. »Wer hat denn diesen Blödsinn erfunden?« fragte er, als es ein wenig ruhiger geworden war. »Erstens holpern die Verse, daß es ein Jammer ist. Zweitens ist es völlig unlogisch. Und drittens stimmt die Sache mit dem Esel gar nicht.«

»Ach, hat er dem Kamel nichts abgebissen?« kreischte der mit der Krücke. »Wie kommt's dann, daß der Pimmel so klein ist? Das muß doch sogar dir schon aufgefallen sein.«

»Das kommt davon, daß die Herren dieses Landes nicht einmal dessen Sprache verstehen«, gab Foucauld heftig zur Antwort. »Was könnt ihr überhaupt, außer fluchen und ins Bordell gehen? In jedem Basar könnte man euch die richtige Geschichte erzählen.«

Einige begannen zu murren. Was bildete sich dieser Zwerg überhaupt ein! Aber die Neugierigen waren in der Überzahl: »Wie geht denn die Geschichte? Los! Erzähl!«

Foucauld lachte. »Mit einem Esel hat es etwas zu tun, da habt ihr recht«, begann er im Märchenerzählerton, und bald hatte er seine Zuhörer gefangen. »Damals, als Noah vor seiner Arche alle Tiere versammelte, Paar für Paar, damit sie die Sintflut überleben konnten, fiel seiner Frau zu ihrem Schrecken ein, was geschehen würde, wenn alle diese Tiere sich in der engen Arche paarten und Junge bekämen. Sie wußten ja nicht, wie lange die Sintflut dauern würde. Da war nun guter Rat teuer, und sie überlegten hin und her und fragten auch ihre Söhne und Schwiegertöchter, aber niemandem fiel etwas Gescheites ein. Ja, unsere Erde wäre jetzt wüst und leer, ohne all das Getier auf dem Festland und im Meer und in der Luft – wenn nicht, ja wenn nicht zuletzt Frau Noah doch noch eine Idee gehabt hätte. Jedes männliche Tier, das die Arche betrat, sollte sein Fortpflanzungsorgan abgeben, das fein säuberlich in einen Kasten gehängt wurde, der neben dem Eingang stand. Wie man ja auch in der Theatergarderobe Hut und Mantel abgibt. Die Tiere waren einverstanden, und so geschah es. Als die Flut dann vorüber war und die Arche wieder auf dem trockenen Boden lag, forderte Noah die Tiere auf, sie wieder zu verlassen, und zwar in der gleichen Reihenfolge, in der sie hereingekommen waren. Das war wichtig, denn sie hatten keine Zeit mehr gehabt, entsprechende Zettel oder Nummern für die kostbaren Stücke zu schreiben, die im Schrank hingen. Aber die Tiere waren gehorsam, und jedes bekam das Seine wieder unversehrt zurück.«

Hauptmann de Susbielle, der am Eingang stand, hörte staunend zu, wie Foucauld die Männer zu fesseln wußte. »Nur beim Kamel«, setzte dieser fort, und seine Gesten und Grimassen machten noch lebendiger, was er erzählte, »da gab es Schwierigkeiten. Es stand als vorletztes in der langen Reihe, seine Frau neben ihm – und was meint ihr, wer der letzte war?«

»Der Esel«, riefen die Männer, als säßen sie noch als Kinder im Puppentheater.

»Jawohl, der Esel«, bestätigte er, »das hat euer Textdichter ganz richtig erfaßt. Nur – also das Kamel trottete, wie es seine Art ist, langsam und gemächlich auf Noah und den Kasten zu. Viel zu langsam für den kleinen Esel, der plötzlich die Geduld verlor, an dem Kamel vorbeischlüpfte – und prompt das falsche Garderobenstück angehängt bekam. Als Noah den Irrtum bemerkte, war es bereits zu spät. So blieb also nichts anderes übrig, als dem Kamel anzubieten, was übrig geblieben war. Das Kamel schnaubte empört durch die Nüstern, es war noch nie so beleidigt worden. ›Dann lieber gar nichts als das‹, sagte es hochmütig, wie nur ein Kamel sein kann, und trottete davon. Frau Kamel war schon vorher empört abgezogen. Noah war entsetzt. Das durfte doch nicht sein! Ein so schönes Stück aus Gottes Schöpfung dem Untergang geweiht? Die ganze Sahara ohne Kamele?

Und wieder war es Frau Noah, die sich als erste faßte. Ihr müßt ihr dankbar sein. Sie riß ihrem Mann das kleine Etwas aus der Hand, lief dem Kamel nach und hängte es ihm – na ja, dorthin, wo es eben hingehört. »Ja«, rief er lachend in das Gelächter und den wachsenden Applaus hinein, »so war's, und das kann euch der dümmste Araber bestätigen. Dennoch scheint das Liebesleben dieser Tiere gar nicht so schlecht zu sein, wie euer Textdichter behauptet. Woher hätte Major Laperrine sonst seine vielen Meharis?«

»Wo er recht hat, hat er recht«, schrie einer, und andere riefen ähnliches durcheinander. Die Begeisterung für den kleinen Priester war nicht zu leugnen. Auch Kapitän de Susbielle klatschte mit.

Plötzlich hörte Foucauld ein Stöhnen hinter sich. Er drehte sich um, es war der Mann mit dem blutigen Verband um den Bauch.

»Scheußlich, nicht wahr, Kamerad?« sagte er leise. »Da plärren wir dir die Ohren voll von dem blöden Kamel, und du – «

»Ja, Hochwürden, den frißt jetzt der Neid«, witzelte einer.

»Allah hat's ihm gegeben, ein Sohn Allahs hat's ihm genommen. Peng!«

Foucauld hörte nicht auf sie, er sank in die Knie und legte den Kopf auf die Matratze. »Herr, hab Erbarmen!« flüsterte er. »Hab Erbarmen!«

»Mit Beten und Sprücheklopfen ist ihm nicht geholfen«, brummte einer der ihm Zunächststehenden, aber keiner pflichtete ihm bei. Wer gehen konnte, rückte näher heran, das Schauspiel konnte man sich nicht entgehen lassen.

»Geben Sie acht, Hochwürden«, warnte einer. »Der hat sich heut morgen unanständig benommen.«

Jetzt erst merkte Foucauld den unerträglichen Gestank, und es riß ihn hoch. »Du hast ganz recht, ich riech's«, brüllte er den Mann an, der neben ihm stand. »Drum hol mir eine Schüssel mit Wasser!« Er war völlig verändert.

»Ich?«

»Wer sonst?« schrie Foucauld und begann sich die Ärmel aufzukrempeln. »Heißes Wasser aus der Kantine! Ich werd dir zeigen, wie man Sprüche klopft. Und du hol Verbandszeug!« rief er dem jungen Sanitäter zu, und als dieser sich nicht gleich bewegte, faßte er ihn am Kragen und stieß ihn mit erstaunlicher Kraft zur Zelttür hinaus. »Auf meinem Pferd ist ein ganzer Packen davon – falls du nicht Angst vor Pferden hast.«

Die plötzliche Verwandlung des frommen Geschichtenerzählers gefiel den Männern, und als er einen am Arm packte, ließ sich dieser ganz willig mitzerren. »Los, greif zu! Da, an den Beinen! Oder willst du dir die Pfoten nicht dreckig machen an deinem Kameraden? Und du stell dich dahin! Aber Vorsicht!«

Zu dritt hoben sie den Schwerverletzten aus seinem Kot und legten ihn behutsam auf den Boden, den ein anderer ganz von selbst mit Heu bestreut hatte.

»Ruhig!« flüsterte Foucauld dem leise Wimmernden zu. »Gleich ist alles wieder gut.«

Und Hauptmann de Susbielle registrierte mit Verblüffung von seinem Platz aus, wie etliche der leichter Verwundeten lebendig wurden. Da nahmen zwei von ihnen ohne Aufforderung die besudelte Matratze auf und trugen sie in den Hof hinaus, da half einer Foucauld, ein paar Lumpen, die auf dem Boden herumlagen, in Stücke zu reißen und vorerst den ärgsten Schmutz vom Körper des Schwerverletzten abzuwischen. Bis der Eimer mit heißem Wassen gebracht wurde, bis der kleine Sanitäter saubere Tücher und Verbandzeug herbeischleppte. Einer begann das Zelt auf der dem Eingang gegenüberliegenden Seite aufzuschneiden, damit endlich ein bißchen frische Luft durchzog, und am nächsten Morgen hatte er sogar einen praktischen Verschluß für die kalten Nächte konstruiert. Sogar der Einbeinige mit der Krücke versuchte sich nützlich zu machen und humpelte herum, bis ihn ein anderer, und nicht einmal allzu grob, auf seine Matratze niederdrückte, weil er nur im Weg war.

Dieses plötzliche Aufflackern von Zuversicht und Hilfsbereitschaft hielt freilich nicht lange an, und bald saßen sie wieder stumpf und verdrossen herum oder zogen über ihre Offiziere her, denen sie die Schuld an der Katastrophe gaben. Aber Foucauld war unermüdlich und verstand es immer wieder, sie aus dem nutzlosen Brüten herauszureißen. Stets war er zu einem Scherz bereit, und das in mehreren Sprachen, im Spanisch seines Marokkoabenteuers und im holprigen Deutsch seiner Straßburger Kindheit. Sogar ein paar Brocken Italienisch, die er von Mimi gelernt hatte, holte er hervor, um zwei Burschen aus Verona zum Lachen zu bringen. Mit unermüdlicher Hingabe war er um seine Patienten besorgt, verband sie, verabreichte ihnen die Medikamente, die er für nötig hielt. Er sprach ihnen Mut zu und versuchte, ein wenig Sauberkeit und Hygiene in das Notspital zu bringen. Er organisierte mit dem Hauptmann die Verpflegung und ließ frisches Obst aus der Oase holen, und als nach einer Woche endlich der Arzt aus Ain Sefra eintraf, konnte er stolz die Meldung machen, daß ihm kein einziger seiner Pfleglinge gestorben war.

Nicht lange, und sie gewannen Vertrauen zu ihm, und wenn er am Morgen erwachte – er schlief zumeist im

Spitalszelt, um immer bei ihnen zu sein –, stritten sie sich darum, an wessen Lagerstatt er zuerst treten sollte. Er schrieb Briefe für sie an ihre Angehörigen daheim, manchmal auch an ein Mädchen, wofür er all seine stilistischen Fähigkeiten aufbot – und daß aus manchem Verlangen nach einer Aussprache so etwas wie eine Beichte wurde und ein Besuch der Messe, die er täglich in einer Ecke des Hofes las, machte ihn überglücklich.

Nur wenn er des Nachts aufwachte, weil es die gewohnte Stunde des Gebetes war oder irgendeiner zu laut stöhnte, kam mit aller Gewalt über ihn, was die rastlose Aktivität des Tages gerade noch verdrängen konnte. Was er in den seltenen freien Stunden am Schreibtisch des Hauptmanns an Lacroix, an de Castries und andere Freunde schreiben mußte. Was er Laperrine fast noch im Scherz vorgeworfen, was ihn aber allen Ernstes schon lange und von Tag zu Tag mehr gequält hatte. Ja, seit er wieder in Afrika war.

»Sicher sind viele arme Teufel unter ihnen, Gestrandete, Trinker, verkommene Subjekte, ich verurteile sie nicht«, schrieb er an Lacroix. »Im Gegenteil, auch über mich hätte man früher genug Negatives sagen können«, gestand er seinem Cousin de Castries. Aber war es nicht eine Schande, daß dieser Auswurf aus Fremdenlegionären und Disziplinartruppen hier in Afrika und auch anderswo Frankreich repräsentierte? Da redeten sie im Parlament hochtrabend von ihrer Kultur und der Zivilisation, die sie den Eingeborenen bringen wollten, und dann führten sie ihnen diese verkommenen Kerle vor. Die Europäer, das waren für Berber und Araber die, die die Eingeborenen verachteten und über alles spotteten, was denen heilig war. Die nicht einmal beteten. Das waren die, die ins Bordell gingen und sich in ihrer dienstfreien Zeit betranken, bis sie nicht mehr stehen konnten. Kaum hatte sich eine größere französische Garnison eingerichtet, kamen schon die Huren in Scharen nachgezogen, »um die Moral der Soldaten zu stärken«, wie das ganz offiziell hieß. Und da sie alle Christen waren, hieß es bald unter den Arabern: Christen, das sind die, die ihre

Mitmenschen verachten, die trinken und huren und nicht einmal beten. Christen, das ist der Abschaum der Menschheit, die jeder verachten muß. Und das galt für die gemeinen Soldaten genauso wie für die Zivilbeamten und die Offiziere.

Stundenlang schrieb Foucauld an seinen Briefen, und je länger er schrieb, desto aussichtsloser erschien es ihm, mit dem Problem fertigzuwerden. Was wollte er bei den Tuareg? Wenn er zu ihnen ging, um ihnen vorzuleben, was ein Christ war, was es hieß, ein christliches Leben zu führen, indem man Christi Leben nachahmte und ihnen seine Liebe brachte – schleppte er nicht mit der Karawane, deren Lasttiere seinen Altar trugen, zugleich auch jene mit, die alles wieder verdarben? Sollte er nicht eher hier bleiben, in Taghit, in Igli, in Beni Abbes, mußten nicht erst diese Soldaten missioniert werden? Mußte nicht zuerst das unheilige Frankreich missioniert werden, bevor es wagte, solche Sendboten hier einzuschleppen wie Ungeziefer? Die in ihrer Unwissenheit und Primitivität das gleiche gottlose Leben führten wie ihre Auftraggeber in Algier und Paris dank ihres Hochmuts und ihrer Skepsis und ihrer Philosophie? War es nicht hundertmal besser, die Menschen hier blieben gläubige Moslems, statt daß sie lernten, als moderne »zivilisierte« Heiden den Materialismus anzubeten? »Hier in der Wüste bringt jeder nur mit, was er ist«, schrieb er in sein Tagebuch. Wer in Frankreich konnte das von sich sagen?

Nur wenn er am Altar stand und die heilige Messe feierte und einigen von ihnen, die sich zu ihm hinschleppten, den Leib des Herrn auf die Zunge legen durfte, dann war er wieder glücklich und voller Hoffnung.

VI.

Wenn das Weizenkorn stirbt . . .

»Unser Herr hat Eile.
Die Tage, die uns gegeben sind,
ihn zu lieben, ihm nachzufolgen,
mit ihm Seelen zu retten,
verstreichen, und er wird nicht geliebt,
keiner folgt ihm nach.«

Charles de Foucauld an
Suzanne Perret

M*ajor Henri de Laperrine:*

»Das Zusammentreffen mit Charles de Foucauld nach zweiundzwanzig Jahren gehört zweifellos zu den stärksten Eindrücken meines Lebens, und das Erschrecken über sein Aussehen werde ich nie vergessen. Aber ich habe mich bald daran gewöhnt und war höchst überrascht, daß unter dieser entsetzlichen Maske eigentlich noch alles da war, was ich gekannt hatte: sein Klugheit und Ehrlichkeit, das freundliche Lächeln und die feine Ironie, die allerdings nur selten zum Vorschein kommt, eine Güte und Großzügigkeit, der ich in Saumur viele Terrinen Straßburger Gänseleberpastete zu verdanken hatte und von der heute die Bettler leben. Ich bin mir allerdings im klaren, daß diese Aufzählung von Vorzügen, zu denen sicher noch viele andere kommen, genau das nicht trifft, was man jeden Augenblick spüren kann, wenn man in seiner Nähe ist. Sogar dann noch, wenn er seine unangenehmen Seiten hervorkehrt, die Nervosität, die ihn manchmal befällt, seinen Jähzorn, seinen Dickschädel, der ihn zu einem recht unbequemen Zeitgenossen machen kann.

Wir trafen ihn am 2. Februar 1904 in Adrar. Die Situation an der marokkanischen Grenze hatte sich soweit beruhigt, daß ich meinen langgehegten Plan verwirklichen konnte, mit Charles ins Land der Tuareg zu ziehen, um mit ihnen endgültig Frieden zu schließen. Ich konnte ihm die freudige Mitteilung machen, daß von den sechs Stammesverbänden, die im Zentrum der Sahara zwischen Timbuktu und Tripolitanien leben, drei, die Kel Ahaggar aus dem Hoggar, die Taitoq im Ahnet, im Nordwesten, und die Iforas im Adrar, im Südwesten, Frankreichs Oberhoheit anerkannt hatten. Charles war begeistert und sah gleich um Grade besser aus als bei seiner Ankunft. Er hatte das Pferd Hauptmann Regnaults und zwei Burschen als Begleitung abgelehnt und sich mit einem Esel begnügt, der den tragbaren Altar, die Meßgeräte und die Vorräte trug. Paul Embarek, sein Meßdiener, der wieder zu Charles zurückgekehrt, war besaß einen zweiten Esel, Charles aber ging die ganze Strecke von Beni Abbes zu Fuß, und wenn er es darauf anlegte, dann dürfte er schon auf diesen dreihundert Kilometern seine Sünden abgebüßt haben – zumindest die zwischen Saumur und Setif begangenen. Darum waren die beiden auch schon vier Tage überfällig, ein willkommener Anlaß, ihn ›als Buße‹ mit mehr oder weniger Gewalt zu zwingen, bei uns am Offizierstisch zu essen und sogar in einem Bett zu schlafen. Er stimmte zu, aber ich kontrollierte es trotzdem jede Nacht. Auch Heilige, die ihren Gott im Nachtkästchen haben – er steckte seine Bursa mit den konsekrierten Hostien immer in die Lade –, können manchmal die Unwahrheit sagen, wenn ihr Verlangen nach Askese zu groß wird.

Wir hatten noch allerlei zu tun, ich schickte Charles also eine Woche später nach Akabli, einer Oase im Tidikelt, weiter im Südwesten, wo ein Mann aus Settaf sein Lehrer war. Er machte erstaunliche Fortschritte im Tamaschek, dem Berberdialekt der Tuareg, und als ich drei Wochen später nach Akabli kam, schrieb er auch ihre Schrift schon besser als unser Dolmetsch. Er liebt das Tamaschek weit mehr als das Arabische, das er perfekt spricht, und hat sich immer wieder dafür eingesetzt. Er schilderte mir begeistert den Reichtum dieser Sprache, die keineswegs der Primitivdialekt eines primitiven Stammes ist, sondern komplizierte Formen und einen großen Wortschatz besitzt. Er erzählte mir von der Literatur, die er einmal sammeln und niederschreiben wolle, weil sie leider nur mündlich überliefert sei, von Sprichwörtern, Gedichten und Liedern, deren einige er mir sogar vorsang. Ich war froh, daß es ihn so gepackt hatte. Nicht minder haben ihn die Tuareg fasziniert, die er in Akabli, dem Kreuzungspunkt vieler Karawanen, zum ersten Mal sah. Er konnte stundenlang von ihnen schwärmen, von ihrer edlen Haltung und den dunkelblauen Schleiern und den schwarzen Augen dahinter, ja sogar von den eleganten, anmutigen und feingliedrigen Frauen, die so ganz anders seien als die der Araber. Es fiel ihm gar nicht auf, wie unsere Offiziere schmunzelten, und sicher wären viele seiner Amtskollegen zu Eis erstarrt.

Am 14. März brachen wir von Akabli auf. Acht Meilen am ersten Tag. Mehr als dreißig am zweiten, dann drei wasserlose Tage. Am Brunnen von Tintagard trafen wir Aziel, den künftigen Amenokal der Taitoq, der uns seiner ewigen Freundschaft versicherte. In jeder Ortschaft trafen wir mit den Häuptlingen zusammen, und Charles saß wie ein Araber zu meinen Füßen, dolmetschte – und lächelte. ›Man muß immer lächeln‹, sagte er, ›auch wenn's dreckig geht. Aber nicht künstlich, nicht falsch, es muß aus Liebe kommen.‹ Wenn Kranke kamen, ließ er sie von Doktor Herisson untersuchen und verteilte die passenden Arzneimittel. An die Kinder verschenkte er Süßigkeiten in solcher Menge, daß ich mich heute noch wundere, woher er sie nahm.

Was für uns eine Expedition war, um den Tuareg auf friedliche Weise begreiflich zu machen, daß es für sie das beste wäre, sich mit uns zu arrangieren, war für Charles eine Pilgerfahrt. Während wir alles taten, um uns für unsere Aufgaben zu schonen und möglichst kräftig zu erhalten, war für ihn schon der Weg zu seinen neuen ›Pfarrkindern‹ ein einziger Akt der Aufopferung. Er ging trotz meiner Vorhaltungen sehr oft zu Fuß, und das ist eine ungeheure Leistung bei dem harten, ausgedörrten Boden der Hammadas, wo man dauernd achtgeben muß, nicht im Geröll auszurutschen und sich die Knöchel zu verletzen oder an den scharfkantigen Steinen sich die Sandalen oder die Zehen aufzureißen. Und im Dünensand ist es womöglich noch anstrengender. Er tat dennoch alles dazu, um möglichst viel zu Fuß gehen zu können. Wenn wir nach einer Rast wieder aufbrachen, hatte er sich zumeist schon unauffällig davongemacht, und wenn wir ihn nach einer Weile einholten, tat er ganz unschuldig, als hätte er völlig vergessen, daß es Reittiere gab. Jeden Morgen las er die Messe, Anfang April feierten wir in Ain Ziza Ostern. Ich muß sagen, eine Messe mit Foucauld in der Wüste, wenn die Sonne aufgeht und sein in Andracht versunkenes Gesicht anstrahlt – da kommen unsere schönsten Kathedralen nicht mit.

Fast immer, ob er marschiert oder reitet, betet er. Manchmal singt er auch, einen Psalm oder eine Litanei. Er hat eine Stimme, die immer etwas angestrengt klingt, atemlos, als wäre er eben erst eine Strecke gelaufen. Oder als wäre er dauernd in einem inneren Erregungszustand. Aber ich will da nicht zuviel hineinsehen, es ist vielleicht nur, daß seine Stimme schwach und dünn ist und daß er glaubt, schreien zu müssen, wo andere reden, um sich verständlich zu machen. Er kann nämlich auch ganz ruhig sein, er kniet oft stundenlang regungslos vor dem Altar oder hockt einfach in sich versunken da. Manchmal, wenn er so sitzt, krümmt er sich nach vorn, fast bis auf den Boden. Aber ich glaube nicht, daß er dann Schmerzen hat, obwohl er sicher nicht mehr der Gesündeste ist, auch wenn er darüber kein Wort verliert. Ich glaube, er beugt sich dann über das Allerheiligste, das er in der Bursa an der Brust trägt, als müßte er es mit seinem Körper schützen. Dabei ist es erstaunlich, was er daneben noch alles tut. Er beobachtet während des Marsches dauernd das Gelände, er zeichnet und registriert jede Felsformation, jedes Wasserloch, wie einst in Marokko. Er bedauert immer wieder, daß wir kein Vermessungsbesteck mithaben. Er schreibt alles auf, was man ihm erzählt, er kopiert Landkarten und zeichnet alle neuen Punkte ein. Er hat sich aus alten Briefkuverts eine Art Vokabelheft zusammengesteckt, in das er jedes Wort hineinschreibt, das er noch nicht kennt. Er hat sogar begonnen, das Matthäusevangelium in die Tamascheksprache zu übersetzen.

Er lernt auch sehr rasch. So tief er im Gebet oder in seiner Meditation versunken ist, irgendein Organ registriert die unscheinbarsten Dinge seiner Umgebung und ordnet sie. Er könnte ein gefährlicher Kriminalist sein, wenn ihm nicht manchmal eine geradezu unwahrscheinliche Naivität und Gutgläubigkeit in die Quere käme. Auch wenn er ziemlich ungeschickt ist, hat er sich dennoch schon in den ersten

Tagen die wichtigsten praktischen Kenntnisse angeeignet: wie er sein Kamel zu führen hat und wie man den Litham um den Kopf wickelt, wenn der ewige Wind zum Sturm wird und den Sand in Augen und Nasenlöcher bläst. Eines Nachts beobachtete ich ihn, wie er plötzlich aufstand und zu einem großen Wassersack aus Ziegenfell ging, ihn aufhob und über eine Gewehrpyramide hängte. Das war ein Glück, ich hatte es nicht bemerkt. Denn wenn man eine Gerba eine ganze Nacht im Sand stehen läßt, verliert sie den größten Teil ihres Wassers.

Auch sein ›Vokabelheft‹ ist so typisch für ihn. Er hätte sich Dutzende solcher Hefte oder ähnliche Arbeitsbehelfe aus Frankreich schicken lassen können, und das wäre sicher effektiver als diese Kuverts oder irgendwelche zusammengelesene Papierfetzen, die er mühselig zu glätten versucht und mit Bleistiftstummeln oder der alten Feder bekritzelt. Was er später oft nur schwer entziffern kann. Statt normale Tinte zu verwenden, die doch kaum etwas kostet, macht er sich seine Tinte aus Kamelurin und zerriebener Holzkohle mühsam selbst. Ich glaube, er möchte sich selber Mühe machen und betreibt förmlich einen Kult mit der Armut. Aber sicher nicht aus Snobismus. Wie viele Tricks haben wir anwenden müssen, um ihm etwas zukommen zu lassen, das ihm das Leben ein wenig erleichtert. Ihm etwas zu schenken ist verlorene Liebesmüh, er schenkt es sofort weiter – und entschuldigt sich dabei für seine Taktlosigkeit. Dom Henri, der Prior der Trappisten in Staoueli, hat ihm einmal zwei Hemden, zwölf Handtücher und einen Mantel geschickt, aber ausdrücklich als Leihgabe, die er jederzeit zurückfordern könne, damit Charles nicht gleich alles verschenkte. Ich glaube, er möchte keine Sekunde reicher sein als irgendeiner auf der Welt. Oder als sein Jesus.

Dann geschah etwas, das mich erschreckte, und noch weit mehr als unsere Wiederbegegnung in Beni Abbes nach zweiundzwanzig Jahren, als ich ihn gar nicht erkannte. Es war allerdings auch eine verrückte Situation. Am 16. April, beim Brunnen von Timiauine, wir wollten gerade unser

Lager aufschlagen, kam plötzlich ein Zug Sudan-Schützen mit zwei französischen Offizieren auf uns zugeritten. Wir waren hocherfreut, da wir glaubten, daß die Verbindung von Französisch-Nord- und Französisch-Westafrika nun endlich geglückt sei, und wollten sie schon herzlich begrüßen, als uns einer der Offiziere, ein gewisser Hauptmann Théveniaut, anherrschte, wir mögen uns sofort aus seinem Territorium zurückziehen. Andernfalls müsse er uns mit Waffengewalt vertreiben.

Ich war wie vor den Kopf gestoßen, daß mitten in der Wüste, von Stämmen umgeben, deren man noch keineswegs sicher sein konnte, zwei französische Kolonialtrupps einander womöglich bekriegen sollten, nur weil die einen aus dem Norden, die anderen aus dem Südwesten kamen. Aber ich blieb ruhig, und im Verlauf einer endlosen Debatte ergab sich auch das Grundproblem unserer Auseinandersetzung: der Gouverneur des Niger unterstand dem Kolonialministerium, unser Generalgouverneur von Algier dem Ministerium des Innern. Und die beiden waren einander offenbar schon in Paris nicht grün. Zudem war der Gouverneur des Niger erbost darüber, daß die Iforas-Tuareg den Treueid für Frankreich uns und nicht ihm gegenüber abgelegt haben. Ich versuchte alles mögliche, um den Mann zu besänftigen, schließlich war eine Grenze zwischen unseren Territorien noch nie gezogen worden. Aber Théveniaut wurde immer hysterischer, und hätte ich darauf bestanden, daß ich als Major eher ihm befehlen konnte als er mir, wäre es sicher zu einem Blutvergießen gekommen. Ich gab also nach, schweren Herzens, da ich schon immer davon geträumt hatte, der erste zu sein, der die Wüste vom Mittelmeer bis zum Niger durchquerte, und gab ihm mein Ehrenwort, am nächsten Morgen wieder umzukehren.

Es gab natürlich eine schlaflose Nacht, in der nur Kaffee gebraut und debattiert wurde – und zu meinem Erstaunen war Charles der wütendste von uns allen. Er hatte sich schon während meiner Verhandlungen mit Théveniaut immer wieder eingemischt, aber jetzt war er nicht mehr zu halten. Der sonst so friedfertige Mensch, der sich allen Gegebenheiten willig unterordnete, weil er in ihnen Gottes Willen sah, der sich immer geweigert hatte, eine Waffe in die Hand zu nehmen, verlangte jetzt allen Ernstes, weiterzumarschieren, und wenn es sein mußte, auch zu kämpfen. Ich glaubte, ihn nicht wiederzuerkennen, es war eine Spannung in ihm, die ich noch nie bemerkt hatte, und wenn er schrie – und er schrie tatsächlich –, dann war sein Gesicht bis zur Häßlichkeit verzerrt. Er gab schließlich nach, das heißt, er ordnete sich mir unter, und am nächsten Morgen, als wir, schon um vor unseren afrikanischen Soldaten das Gesicht zu waren, uns mit militärischen Ehrenbezeugungen verabschiedeten, drehte er sich einfach um und ging davon.

Ich hätte diese Szene nicht so eingehend beschrieben, ja ich hätte sie wahrscheinlich verschwiegen, wäre ich nicht in der nächsten Nacht von einem unterdrückten Schluchzen geweckt worden. Ich wickelte mich aus meinem Mantel und konnte ihn im hellen Sternenlicht recht gut sehen. Das Schluchzen war wie ein Krampf, und ich sah auch die Tränen über seine Wangen rollen. Ich habe ihn noch nie weinen gesehen. Ich will da nichts hineininterpretieren, aber ich glaube, er weinte nicht nur aus Zorn über die Niederlage, er weinte auch über sich selbst. In diesem Augenblick begriff ich den qualvollen Kampf, den dieser Mensch gegen seine ursprüngliche Natur führen mußte, um denen, für die er hierher gekommen ist, die Liebe und Güte und Geduld schenken zu können, die, wie er glaubt, sein Jesus von ihm erwartet.

Alles hat zwei Seiten, und die Niederlage von Timiauine brachte uns schneller in den Hoggar als erwartet. Charles war hingerissen von diesem Land, den vulkanischen Felsen und Gebirgskämmen, über die sogar bei Tag ein kühler Wind wehen kann. In Tit, wo die berühmte Schlacht stattgefunden hatte, wollte er bleiben und seine Einsiedelei gründen, aber ich hatte noch Angst, ihn allein zu lassen. Mussa hatte noch nicht Farbe bekannt. Wir zogen also von Ort zu Ort und von einem Zeltlager zum anderen, und

Charles nützte seine phantastischen Sprachkenntnisse, um Freundschaften zu knüpfen und den Tuareg zu zeigen, was ein christlicher Marabut ist. Wir ließen uns die Felszeichnungen zeigen, wir probierten die Asche der Aferegak-Pflanze für Umschläge auf Kamelwunden, wir befriedigten unsere Neugier von früh bis abends. Wir waren beide wie besessen von der Wüste, und wenn er nicht beim Licht der Ölfunzel seine Blätter bekritzelte, saßen wir oft noch lange unterm Sternenhimmel beisammen und kamen einander vielleicht näher als irgend anderswo. Er zählte die Orte auf, wo er seine Bruderschaften ansiedeln wollte, und einmal las er mir die Bergpredigt in Tamaschek vor. ›Hör nur auf den Klang!‹ sagte er, als ich einwendete, daß ich zuwenig davon verstünde. Wenn er von seinen Kolonien armer Mönche redet, auf die er gegen jede Vernunft hofft und wartet, möchte man am liebsten heulen. Oder wenn er, dem doch, zumindest für einen Normalmenschen, noch nicht das geringste seiner Vorhaben gelungen ist, von den unendlichen Gnaden spricht, die Jesus über ihn ergießt und derer er nie würdig sein werde. Ich hätte nie geahnt, daß ich einem so fremden Wesen – er kommt mir manchmal vor wie diese Fische oder Krebse, die, durchsichtig und blind, in Höhlen ihr Eigenleben führen – über die Gemeinsamkeiten des Alltags und des Soldat-Seins und der Erinnerungen hinaus näher kommen könnte. Und doch ist es so. Und immer mehr ist es so.

Ich mußte dann leider Mitte Juni nach Ain Salah zurück, aber Charles blieb und zog mit Leutnant Roussel noch drei Monate im Gebiet der Ahaggar Tuareg herum. Sie besuchten mehr als dreihundert Dörfer, sprachen mit den Tuareg-Häuptlingen, Charles verteilte seine Medikamente und wurde, wie ich höre, immer mehr bekannt und beliebt. Es muß eine ungeheure Anstrengung gewesen sein, denn als er am 20. September in Ain Salah eintraf, war er wirklich nur noch Haut und Knochen. Ich führte ihn in sein Zimmer und fragte ihn, was er wünsche – ich hoffte, daß er wenigstens in diesem Zustand etwas einsichtiger sein werde. Aber er sagte nur: ›Nichts‹, und dazu wieder sein bezwingendes

Lächeln. ›Nur ein paar Tage zu Füßen des Tabernakels allein sein. Mehr brauch ich nicht, Henri.‹

Einige Tage später zog er, diesmal nur mit einem Soldaten als Führer und seinem Ministranten Paul, der sich überraschend tapfer hält, über Timimun und el-Goléa nach Ghardaia. Ich weiß nicht, wie sich alles abwickeln wird, aber ich hoffe sehr, er wird einmal, wie General Lyautey es bei unserem letzten Zusammentreffen nannte, ›der Herr Pfarrer des Hoggar‹ werden.

Apropos Lyautey: er fragte mich damals augenzwinkernd, ob Charles unsere Expeditionen, denen er sich anschließt, zum Ruhme Gottes benützt oder ob wir ihn zum Ruhme Frankreichs benützen. Ich sagte ohne Überlegung: beides, was er sichtlich nicht gerne hörte. Er hätte viel lieber auch von mir gehört, was andere, wie zum Beispiel General Nóguès und General Gourand, was Meynier oder Sigonney sagten, daß er in erster Linie Offizier und Mitglied des Eingeborenenbüros gewesen sei, Muster und Vorbild für jeden Beamten im Kolonialdienst. Ich bin diesen Herren übrigens sehr dankbar. Wenn sie nicht immer wieder betont hätten, wie sehr Foucauld Frankreich nützte, dann hätten die antiklerikalen Behörden in Paris und Algier ihn nie so frei herumreisen und seine Arbeit machen lassen. So aber sahen sie in ihm hauptsächlich einen billigen Helfer Frankreichs, der auch die Kampfmoral der Soldaten stärken konnte. Ganz logisch, daß die Feinde Frankreichs, etwa die fanatische Senussi-Sekte, auch in ihm ihren Feind sehen mußten.

Aber ich konnte Lyautey nicht den Gefallen tun, so zu sprechen wie diese Herren. Ich konnte ihm auch schwer erklären, daß sie das, was Charles sich in den Jahren seines Militärdienstes wohl oder übel anerziehen lassen mußte, naturgemäß als erstes sehen und akzeptieren. Daß dies aber bei genauerer Kenntnis dieses Mannes rasch als bloße Äußerlichkeit erkannt werden kann. Daß es ihm Spaß macht, ein gutes Pferd zu reiten, ist ein eher sportliches Verhalten, und seine Disziplin, seine körperliche Zähigkeit, sein Gehorsam dienen heute einem ganz anderen Ziel. Schließlich hat Charles die Armee freiwillig zweimal verlassen, und nicht nur um der hohen Aufgabe willen, Marokko zu erforschen, sondern auch bloß, um seinen Dickschädel durchzusetzen wie bei der Affäre Mimi. Und das tut keiner, dem die Armee soviel bedeutet wie uns.

Aber das konnte ich Lyautey natürlich nicht sagen. Ich deutete also an, was die Vertreter eines bestimmten religiösen Nationalismus behaupten: daß das politische und das christliche Frankreich seit eh und je so innig miteinander verbunden seien, daß selbst weltliche Handlungen etwa eines französischen Offiziers notwendigerweise einen religiösen Charakter bekommen müßten. Das aber war Lyautey zu mystisch, und ich stimme da mit ihm ganz überein. Ich rettete mich also zuletzt in die Floskel: ›Ich bin sicher, er ist ein französischer Patriot, wie Sie es sind und wie ich es bin.‹ Was er dankbar akzeptierte.

Ich persönlich bin ebenso sicher, daß unsere Ziele ihn herzlich wenig interessierten, wenn er uns nicht ›benutzen‹ könnte, wie Lyautey sich ausdrückte. Nach allem, was ich in den Monaten unserer Expedition gesehen und erfahren habe, ist Gott für Charles de Foucauld etwas so Unvergleichliches, daß es völlig absurd wäre, anzunehmen, irgend etwas könnte ihm höher stehen als seine Sendung, diesem Gott zu dienen und ihn zu den Menschen zu bringen.

Das sagte ich dem General natürlich auch nicht. Man soll einen Menschen, der in Abbé Huvelins Beichtstuhl vergeblich gekniet ist, nicht der Versuchung aussetzen, vielleicht einmal bei irgendeiner kniffligen Entscheidung die Sache Frankreichs über die des Charles de Foucauld zu stellen.«

*

Foucauld hatte nach Ghardaia geschrieben, er werde am 20. September eintreffen, und Monseigneur Guérin vertraute seinen Berechnungen und wartete mit einem zweiten Priester am Rande der Mozabitenstadt. Aber er hätte die beiden zerlumpten, ausgemergelten Gestalten gar nicht erkannt, die, ihre Kamele am Zügel führend, auf ihn zugewankt kamen. Auch wer der Neger war und wer der Weiße, war nicht zu erkennen, so sehr hatte die Sonne ihre Gesichter verbrannt. Seltsamerweise war auch Paul weite Strecken zu Fuß gegangen.

»Ich bin's gewohnt, daß man mich damit begrüßt, wie schlecht ich aussehe«, sagte Bruder Charles lächelnd, als Guérin ihm die Hände entgegenstreckte.

»Sie werden sich gut erholen bei uns«, sagte Guérin, er war erschüttert, als er das Gewicht des mageren Körpers in seinen Armen spürte. Bruder Charles ließ sich willig auf das frische Kamel des Weißen Vaters setzen, und sie ritten durch die weiß-gelbe Stadt der Mozabiten, die er vor achtzehn Jahren in Begleitung des Hauptmanns Motylinski bestaunt hatte. »Ghardaia ist ein guter Ort zum Ausruhen«, sagte Guérin, und Foucauld nickte und horchte auf das Knarren der uralten Brunnenwinden, die inmitten der grausamen Wüste des Mzab das Wasser aus hundert Metern Tiefe pumpten. Er war schrecklich müde, aber er konnte es kaum erwarten, durch das Klostertor einzureiten und seine Satteltaschen zu leeren.

»Das ist es«, sagte er andächtig, und hielt, als sie endlich in Guérins Zimmer waren, dem Bischof einen großen Packen engbeschriebener Blätter hin. »Alle vier Evangelien in Tamaschek.«

»In Tamaschek?«

»Ich bin sicher, daß sich etliche Flüchtigkeitsfehler eingeschlichen haben – «

»So gut sprechen Sie Tamaschek?«

»Es ist nicht schwer«, sagte Foucauld einfach. »Nur das Tifinagh ist ziemlich unhandlich, das könnte auch der Grund sein, daß die Tuareg nur ganz kurze Sätze auf Felsen oder auf Armringe schreiben. Aber man könnte das Schriftsystem vervollkommnen«, setzte er eifrig fort. »Und ohne es zu ändern. Und wir könnten nach und nach Worte einfügen, die christliche Tugenden und Ideen ausdrücken – «

Bischof Guérin, der fast zwei Kopf größer war, blickte gerührt auf den kleinen schäbigen Priester, der seit ihrem letzten Zusammentreffen vor eineinhalb Jahren wieder etliche Zähne und eine Menge Haare verloren hatte. Mit welcher Energie dieser Mann seine letzten Kräfte zu mobilisieren vermochte, wenn es ihm um Wesentliches ging! Jetzt holte er ein neues Bündel Papier aus der Satteltasche, und das war die neuerliche Umarbeitung seiner Regel. Und das nächste Päckchen beinhaltete endlose, immer wieder verbesserte Listen: das nötigste Gepäck eines reisenden Missionars durch die Sahara, von Kerzen und Meßwein für zwei, für vier, für sechs Monate, für ein Jahr, bis zu Nähnadeln, Chinin und Abführmitteln. Listen, die schon Laperrine wegen ihrer Genauigkeit entzückt hatten. Und das nächste Konvolut war der Katechismus für die Armen, an dem er auf seinem Marsch immer wieder gearbeitet und herumgebessert hatte, dazu noch eine umfangreiche Schrift für Missionare mit genauen Anweisungen für die Reise, die Behandlung von Brunnen, den Umgang mit Tuareg-Kriegern und ihren Sklaven und hundert andere Dinge.

»Man muß den Tuareg die Bibel erst vorlesen«, erläuterte er. »Am besten solche Stellen, die ganz selbstverständlich religiöse und ethische Fragen berühren, das Gleichnis vom verlorenen Sohn, den guten Samariter, das letzte Gericht – « Ein Paket nach dem anderen drückte er Guérin in die Hand, drängte es ihm förmlich auf, als fürchtete er, es selbst nicht mehr bewahren zu können. Und je schwerer die Last in Guérins Händen wurde, desto rätselhafter wurde ihm, wie dieser Mann, der in acht Monaten mehr als dreitausend Kilometer durch die erbarmungslose Wüste marschiert war, nur ein bißchen Gerste und ein paar Datteln als tägliche Nahrung, diese Unmenge von Arbeit hatte bewältigen können.

»In dieser Sprache ist noch nie ein Buch geschrieben worden«, sagte er feierlich, während seine fieberglühenden Augen auf das Manuskript in Guérins Händen starrten.

»Das erste Buch der Tuareg wird das Evangelium sein. Bitte, geben Sie acht darauf!«

Guerin nickte. Er übergab die Manuskripte einem Mitbruder und führte seinen Gast behutsam auf sein Zimmer. Foucauld ließ alles mit sich geschehen, erst jetzt war seine Reise zu Ende. »Aber ich hab Ihnen noch gar nicht von den Tuareg erzählt«, stammelte er, »ich will zu ihnen gehen – wenn Gott es will . . .«

Dann knickten seine Beine ein, und er fiel ins Bett, ohne zu merken, wie sündhaft weich und weiß und sauber es war.

Er blieb ungewohnt lange bei den Weißen Vätern in Ghardaia, ›ein Luxustourist‹, wie er vorwurfsvoll sagte. Er ging durch die großen, hellen Räume, durch die mit prächtigen Mosaiken und Kachelbildern geschmückte Halle mit dem Porträt des großen Kardinals Lavigerie. Er bewunderte die üppigen Tropenpflanzen in den Gärten, in denen sich die Brüder und Väter von ihrer Arbeit in den Ordensstationen erholten. Nichts konnte ihm fremder sein als dieses komfortable Leben mit exquisiter Küche und dem besten Wein, der in Algerien gezogen wurde. Die Eingeborenen sollten nicht nur den Glanz der römischen Kirche bewundern können, auch den Glanz Frankreichs, war doch für die Weißen Väter die Ehre Gottes und die Ehre Frankreichs ein und dasselbe.

Aber zu Beginn des Advents tauchte Bruder Charles wieder in seine jährlichen Exerzitien ein. Sechs Wochen später, gestärkt und um einige Kilogramm schwerer, feierte er mit den Vätern noch das Weihnachtsfest. »Nichts von Bethlehem und so wenig von Nazareth«, flüsterte er Guérin zu, der es ihm nicht übelnahm. Am 26. Dezember aber hielt es ihn nicht länger, und er schloß sich zwei Weißen Vätern an, die nach el-Goléa reisten. Er bat sie, immer fünfzig Schritte hinter ihm zu gehen, er wollte beten, er wollte tief in sich hineinnehmen, was er sich bei den Exerzitien vorgenommen hatte:

›Mein ganzes Leben lang die Regeln der Kleinen Brüder befolgen.

Mein Möglichstes tun für die Gründung der Kleinen Brüder und Schwestern.

In jedem Menschen Christus sehen und danach handeln ...‹

*

Er hatte das Fieber mitgenommen nach Beni Abbes, es mußte in ihm schon geschwelt haben wie eine unterirdische Glut. Jetzt, wenige Tage nach seiner Ankunft, brach es aus. Hauptmann Regnault war durch Hauptmann Toury abgelöst worden, aber die Soldaten waren glücklich über seine Heimkehr und daß er wieder die Messe las. Trotz des Fiebers die Messe las und die Glocke läutete, trotz der rasenden Kopfschmerzen manchmal, daß es vor seinen Augen flimmerte, als hätte er in die Sonne geschaut. Er war jetzt sechsundvierzig Jahre alt – und schon so schwach? Er taumelte manchmal wie ein Betrunkener und sah die Khaua und die vernachlässigten Gemüsegärten, die halbverdorrten Palmen und die wenigen Schützlinge, die das Jahr ohne ihn hiergeblieben waren, nur wie durch einen Schleier.

General Louis Lyautey war angekommen, Kommandant in Ain Sefra, der im Grenzgebiet zu Marokko reinen Tisch gemacht hatte und seinem Freund jetzt die Ehre gab. Foucauld erkannte ihn nicht mehr. War er blind geworden hinter dem Schleier? Hatten nicht auch sie miteinander ihre Abenteuer erlebt? Nicht in Saumur, nicht in Pont-à-Mousson, Lyautey war vier Jahre älter, sie hatten sich erst in Afrika kennengelernt.

Ein Operettengeneral war angekommen, wenn auch ein sehr tüchtiger. Er inszenierte seine Auftritte wie eine Revue im ›Olympia‹. Schon der Einzug in die Oase, vorsorglich angekündigt, die neun Offiziere seiner Begleitung in den verschiedensten Uniformen, alle den weißen Haik um den Kopf, die Reihe der Häuptlinge und der Caids aus den Nachbardörfern, die sich in seiner Gunst zu sonnen versuchten. Eine Symphonie aus Samt und Purpur, Seide und Gold. Dann die Spahis, die Reiter der Goums und dahinter die mächtige Kulisse der Kamelreiter. Im Mittelpunkt der ganzen Inszenierung Lyautey selbst, den schwarzen, mit silbernen Sternen übersäten Burnus um die Schultern. Eher ein Sultan als ein europäischer General, der huldvoll die Kommandantenzelte registrierte, die die Caids aufgestellt und gleich offenen Lauben mit Polstern und Teppichen, Fahnen und Straußenfedern geschmückt hatten.

Lyautey hatte Foucaulds Buch mitgebracht, zwei dicke Wälzer, und stellte tausend Fragen. Dort drüben lag Marokko, dort wollte der General endlich eindringen, und Foucauld gab Antwort, mechanisch, sein Mund sprach von selbst. Er sah der Parade zu und klatschte Beifall, er sagte ›Oh!‹ zu dem neuen amerikanischen Grammophonapparat mit Trichter und hörte sich die neuesten Schlager aus Paris an. Er lächelte, wenn er merkte, wie Lyautey auf seine Reaktionen lauerte, wenn eine schlüpfrige Passage kam. Indessen wartete er auf einen Brief aus Ain Salah, der bestimmt kommen würde und vor dessen Kommen sich der Schleier nie heben würde, dieser Schleier aus Fieber und Angst. Er wußte, Oberstleutnant Laperrine – der Freund war befördert worden – würde ihm schreiben, aber was sollte er dann antworten?

Lyautey merkte, das Foucauld nicht bei der Sache war, auch wenn er korrekte Antworten gab. Er konnte sich nur mit Mühe dazu zwingen, an Marokko zu denken, und wenn er an Marokko dachte, dann dachte er an Freunde, an die jüdische Synagoge, in der er seine angeblichen Heilkünste an einem gelähmten Kind demonstriert hatte: Schemach Israel, Adonai Elahaim, Adonai echod! Wenn er an Marokko dachte, dachte er an die Gebete der Araber. Warum mochte er die Araber nicht mehr so wie früher? Hatte er nicht ihren Gebeten so viel zu verdanken? Was sollte er bei den Tuareg? War das die Flucht vor den Mißerfolgen in Beni Abbes? Drei Taufen, die alte halbblinde Marie, die nichts verstand, seine treueste Anhängerin, der kleine Abd-Jesus, den die Weißen Väter zu sich genommen hatten, und noch einer.

Lyautey war leicht gekränkt, wenn man ihm zuwenig Aufmerksamkeit schenkte, und revanchierte sich blitzschnell: »Sind die Tuareg leichtere Opfer für einen Missionar?« fragte er mitten in ein Chanson der Yvette Gilbert hinein, als hätte er die Gedanken des Freundes gelesen.

»Ich will hierbleiben«, gab Foucauld zurück, aber er dachte an die Klausur in Tit oder in Abalessa. In Abalessa könnte er viel einsamer sein als hier, wo ihn dauernd jemand störte. War die Wüste nicht weit mehr Klausur als die notdürftig abgesperrte Khaua? Machte er sich da nicht etwas vor?

»Ich will ja hierbleiben«, sagte er und hatte Angst vor der Abreise, wie vor jeder Veränderung. Oder war das eher das schlechte Gewissen? Wenn er zu den Tuareg ging, die keinen Priester hatten, dann hatte Beni Abbes keinen Priester. Wenn er aber in Beni Abbes blieb – wer erlöste ihn aus diesem Dilemma? Seit sich herumgesprochen hatte, daß Foucauld zurückgekehrt war, kamen wieder die Armen, und er war müde, und ein nie gekanntes Unwohlsein quälte ihn. Manchen Tag schleppte er sich nur mit Mühe zur Tür, wenn ein Bettler anklopfte oder der Adjutant, weil Lyautey mit ihm ausreiten wollte.

Lyautey redete von hundert Dingen, von Setif damals und dem Spaß mit Mimi, und daß man die Moslems nie zum Christentum werde bekehren können. »Nie, niemals«, rief er fast fanatisch in die Weite der Hammada hinaus. Und daß man sich nicht an die Kinder heranmachen dürfe, er sagte »heranmachen«, da fehle einfach das Klima, das sie dann umgeben müsse. Daß es ein Unding sei, Einzelne zu bekehren. Selbst wenn man sie bekehren könnte, würden sie von ihrer Umgebung ausgestoßen werden. »Aber wie soll man es sonst tun?« fragte er, als wäre das sein wichtigstes Problem. Es war qualvoll, Bischof Guérins Worte, seine eigenen Gedanken aus Lyauteys Mund zu hören.

»Um die Moslems zu beeindrucken, mußt du tun, was sie schätzen«, sagte er. »Ein guter Reiter sein, ein guter Schütze, Großzügigkeit zur Schau tragen. Sonst verachten sie dich.« Die gleichen Worte wie aus dem Mund von Major Lacroix.

Guérin hatte das Gegenteil gesagt: »Lieber das Evangelium in Erniedrigung und Armut ausüben, wie Sie es tun. Ohne großes Gepäck zu Fuß wandern, gleich Jesus mit den Händen arbeiten, wie Sie es tun. Sonst werden Sie nicht geliebt, und Liebe ist alles.« Warum kümmerte sich Lyautey um Dinge, die ihn nichts angingen? Und immer wieder Marokko, die englische Flotte, die an der Küste kreuzte, und die tägliche Gefahr des Eingreifens, wenn man nicht endlich klare Verhältnisse schaffte. Und Foucauld ließ das alles an seinen Ohren vorüberrinnen, das war nicht sein Marokko, das waren Soldaten, die alles zerstörten, arme Teufel, die sich dann als die Herren des eroberten Landes aufspielen durften.

Er betrachtete den Mann, der ihm von Tag zu Tag fremder wurde, den mächtigen, wie aus einem harten Holzklotz gehauenen Schädel, die kurzgeschnittenen, eisgrauen Haare, den üppigen schwarzen Schnauzbart. Ein lebendes Siegesdenkmal, Gott Mars auf Erden, der sich jeden Tag, am improvisierten Manöverplatz oder im rötlichen Sand der kleinen Kapelle aufrecht kniend, von neuem beweisen durfte, daß die Sonne seinetwegen aufging. Oder beweisen mußte?

Ein Arzt kam, Lyautey hatte ihn geschickt. »Sie müssen mehr essen, Père de Foucauld«, sagte er. »Milch und Obst, im Bordj ist genug davon. Ich werde Ihnen etwas herunterbringen lassen. Haben Sie Fieber?«

Erst jetzt merkte er, daß Foucauld einem Neger gegenübersaß, seinem Meßdiener Paul. Er hatte ihm etwas vorgelesen, und jetzt las er weiter, ohne sich um den Arzt zu kümmern. Er las mit einfachen Worten von Jesus, der die Menschen über alles liebte, und was mit dem Opfer gemeint war, das der Sohn Gottes, der Gott war, für die Welt gebracht hatte, für Bruder Charles, für die alte Schwester Marie und für Paul. Er hörte auf zu lesen, er hatte sein schönstes Arabisch gesprochen, Paul mußte verstanden haben, er verstand ja auch sonst, wenn Charles ihm befahl: Da nimm! oder: Tu das! Er mußte die Worte verstanden haben – aber was sie bedeuteten – ?

»Hast du Hunger?« fragte er. Paul schüttelte dankbar den Kopf. Er lächelte ihn an, ohne zu fragen, und Paul lächelte zurück. Er schnitt ihm eine Grimasse, und Paul war entzückt. Er konnte ihm ein Stück Brot geben, und das genügte. Er konnte ihm über das steife Kraushaar streichen, mehr war nicht nötig. Er konnte ziemlich viel, aber das Wichtigste tat er vergebens.

»Ich bin auf dem Grund des Brunnens«, schrieb er an Major Lacroix, der ihm das Angebot gemacht hatte, ihn auf eine Mission in den Süden Marokkos zu begleiten. Lyautey war wieder abgereist, prunkvoll wie ein Sultan mit seinem Gefolge. »Ich bin auf dem Grund des Brunnens. Aber es ist Gottes Wille.«

Bis der Brief von Laperrine eintraf und ihn aus dem Fiebertraum riß. »Jetzt sind wir soweit«, las er, es war der 4. April 1905. »Du könntest den Sommer im Hoggar verbringen«, las er. »Wenn du dich Hauptmann Dinaux Anfang Mai anschließen könntest – «, las er. »Komm!«

Er brauchte nicht weiter zu lesen.

*

Eine Reisegesellschaft wie diese hatte es zwischen Beni Abbes und dem Hoggar wohl noch nie gegeben, und Hauptmann Dinaux' Nerven wurden entsprechend strapaziert. Fünf europäische Mitreisende, und ein jeder auf seine Weise verrückt – wie sollte ein kleiner Hauptmann, der darauf gedrillt war, fast jedes zwischenmenschliche Problem mittels eines Befehls zu lösen, damit fertig werden? Es war seine erste große Expedition, und er wußte, daß in der Sahara mehr als irgend anderswo die Grundvoraussetzung des Erfolges, ja des Überlebens Disziplin und nochmals Disziplin war.

Aber diese Herren, die man ihm da von oben zugeteilt hatte! Emile-Félix Gautier, Geograph und Amateurbiologe, Professor an der Universität von Algier, war sicher ein gebildeter und kultivierter Mann, der einem aber mit seiner Wißbegier die Seele aus dem Leib fragen konnte und alle Augenblicke halten wollte, weil da eine Felsformation zu vermessen, dort ein halbverdursteter Baum zu zeichnen und zu bewundern war. Als eines der Lastkamele einen Haufen dorniger Polstersträucher, die Gautier mühselig gesammelt hatte, in Sekundenschnelle verspeiste, war er einem Nervenzusammenbruch nahe und erst zu beruhigen, als Dinaux seine eingeborenen Soldaten ausschickte, um das Verlorene halbwegs zu ersetzen.

Ein fanatischer Zeichner war auch Monsieur Chudeau, ein Geologe, der in der Wüste nur Felsbildungen und Steine sah, die er auch noch eifrig sammelte. Nach einer Woche war sein ohnehin nicht sehr kräftiges Packkamel hoffnungslos überlastet, aber als Hauptmann Dinaux ihm vorschlug, seine Sammlung zu reduzieren, da doch ohnehin die meisten Steine einander gleichen, mußte er sich einen Banausen schimpfen lassen. Mehr noch, eines Tages kam Chudeau mit einer Rechnung, in der er nachwies, daß die Tragtiere mit dem schwindenden Proviant ohnehin täglich um soundso viele Kilogramm leichter würden. Diese Differenz könne man also der Wissenschaft zuliebe mit neuen Steinen auffüllen.

Am schlimmsten vielleicht war Pierre Mille, ein Journalist, der für ein Pariser Magazin auf der Suche nach Exotik war und in seiner unermeßlichen Neugier alles dazu tat, um Dinaux' Marschplan durcheinanderzubringen. Er schleppte eine schwere, zusammenlegbare Reisekamera samt Stativ mit sich und vertat Stunden mit seinen Landschaftsmotiven, vor deren Kulissen er auch noch die exotischen Soldaten posieren ließ. Und das in dauernder Sorge, die Platten, die er in Mengen belichtete, könnten die extremen Temperaturschwankungen nicht vertragen. Eines Nachts wurde auf ihn sogar geschossen, weil er, durch die Wüste streunend, für einen Dieb aus der nächsten Oase gehalten worden war, und ein andermal konnte er nur mit vorgehaltener Pistole vor einem Unglück bewahrt werden. Er war plötzlich abgebogen und hatte sein Kamel auf Trab gebracht, um auf eine Oase mit einem herrlichen See zuzureiten, die nichts als eine trügerische Luftspiegelung war.

Der vierte Zivilist in dieser Gesellschaft war Foucauld. Er litt geduldig und stumm unter seinen Reisegenossen, er gab bereitwillig die gewünschten Auskünfte, als die Herren entdeckten, daß der Mann in der abgewetzten Gandura, der von Dinaux und seinen Soldaten mit solcher Hochachtung behandelt wurde, eine Fundgrube an Informationen über die Sahara und ihre Bewohner war. Sogar arabische Märchen und allerlei köstliche Anekdoten wußte er zu erzählen. Aber auch er hatte seine Eigenheiten, die das Marschprogramm in Unordnung brachten. Wie schon bei der letzten Expedition in das Tuaregland ging er immer wieder zu Fuß, das Kamel am Zügel hinter sich herziehend, betend und den Rosenkranz zwischen den Fingern. Nur war es diesmal schon Mai und Juni, und schon um fünf Uhr früh begann sich die Sonnenhitze bemerkbar zu machen. Und je mehr es gegen Mittag zuging, vierzig Grad im Schatten waren die Regel, desto schwerer und langsamer wurden seine Schritte. Der steinige Boden machte ihm sehr zu schaffen, und die Reitkamele, die mit ihren breiten, schwammigen Füßen weit schneller waren als er, mußten immer wieder angehalten werden, um auf den langsam herankeuchenden Priester zu warten.

»Entschuldigen Sie«, sagte er dann zumeist und lächelte sein entwaffnendes Lächeln. »Jesus hat es auf Golgotha noch viel schwerer gehabt.«

Aber sie mußten ihren Marschplan einhalten, und wenn der störrische Priester es manchmal zu arg trieb, ließ Dinaux kurzerhand seine Meharisten absitzen und gleich ihm zu Fuß weitermarschieren. Bis Foucauld Mitleid mit ihnen bekam und in den Packsattel seines Kamels kletterte.

Sie waren schon mehr als vier Wochen unterwegs und in vielen Oasendörfern zu Gast gewesen, Foucauld hatte mit den Leuten geredet, mit ihnen Gerstenkuchen und Kuskus geteilt und Medikamente zurückgelassen. Die Hitze wurde immer schlimmer, und sie ritten jetzt mehr des Nachts, um über Mittag zu rasten. Bisher waren sie immer noch Karawanen oder einem einsamen Reiter begegnet, der in irgendeinem Dorf hinter einem Hügelkamm wohnte, einem zerlumpten Jungen mit ein paar Ziegen, bei dem man sich fragte, woher er nur kam. Aber je näher sie dem Tanezruft kamen, einem höllischen Wüstenstreifen von zweihundert Kilometern Breite, den selbst die Araber ›Land der Furcht, des Durstes und des Todes‹ nannten, desto seltener wurden selbst diese Begegnungen. Da wuchs nicht die knorrigste Pflanze mehr, und nicht das winzigste Insekt konnte hier existieren. Es war ungewiß, ob man hier auch nur auf ein einziges Wasserloch stieß, und die tagelangen Sandstürme waren gefürchtet.

Ein Glück, daß Dinaux wenigstens den Geologen und den Journalisten an eine andere Karawane loswurde, die den Tanezruft umging, aber der fünfte Herr, der ihnen blieb, Monsieur Etiennot aus Paris, war vielleicht noch schlimmer als alle anderen zusammen. Er war ein Ingenieur vom Post- und Telegraphenministerium, der die Möglichkeiten einer Trans-Sahara-Telegraphenleitung erkunden sollte. Ein unangenehmer Mensch, der seinen massigen Körper in einen uniformartigen Anzug gezwängt hatte und über seinen blanken Schädel einen jener Tropenhelme stülpte, wie man sie bei Afrikaforschern auf der Bühne zu sehen bekam. Er hatte sich eine private Leibwache von Meharisten und ein Dutzend Träger angeheuert, unter deren Schutz er sich alles erlauben zu können glaubte. Er war trotz der großen Hitze meistens betrunken, fluchte auf dieses Land und belästigte jeden, der ihm über den Weg lief. Und seit es nun zwei Expeditionsgäste weniger gab, stürzte er sich mit ganzer Energie auf Foucauld. Er hatte ihn von Anfang an gehaßt, nicht nur als Priester, sondern auch als Angehörigen seiner

Gesellschaftsschicht, und versuchte ihn dauernd zu provozieren. Er fluchte wie ein Fuhrknecht und erzählte in Foucaulds Gegenwart die obszönsten Bettgeschichten. Er grölte laut, wenn der Priester seine Messe las, die angeblich seinen Morgenschlaf störte und die er, mit einem schwarzen Algerier als zweitem Ministranten und mehreren Unteroffizieren der französischen Armee als Teilnehmer, nach der neuesten Gesetzeslage für illegal erklärte.

Dinaux war ein konzilianter Dickbauch, genau das Gegenteil von Laperrine, und wollte um alles in der Welt Frieden in seiner Expedition haben. Er war vom Titel des Beamten beeindruckt, der noch dazu einem Ministerium angehörte, das von Emile Combes, einem der Radikalsten in der neuen Regierung, geführt wurde. Also schwieg er lieber, wenn auch auf Kosten des Priesters, nur wenn es gar zu arg wurde, versuchte er auf Etiennot begütigend einzuwirken. Natürlich ohne Erfolg.

Foucauld selbst blieb ruhig, er ließ sich anpöbeln und dankte Gott für die Prüfung. Er las Messen für den Grölenden und schloß ihn in sein Gebet für die Lebenden ein. Nur manchmal, wenn Etiennot es zu arg trieb, weil es ihn rasend machte, daß Foucauld sich nicht herausfordern ließ, kam das tiefe Erschrecken: So sah der Haß aus, der sein geliebtes Frankreich erfüllte, mit dem Jesus im Schatten der schönsten Kathedralen verfolgt wurde. Die alten ehrwürdigen Orden, der ›kongregationistische Krebs‹, wurden mit maßlosen Steuern belastet und in ihrer Existenz bedroht. Zahlreiche Mönche flüchteten ins Ausland. Am Karfreitag vergangenen Jahres war das Kreuz, das Symbol des Abendlandes, für immer aus allen öffentlichen Schulen und den Gerichtssälen verbannt worden.

Foucauld sah auf die Meharisten, dunkelhäutige Soldaten, die sich fünfmal am Tag zur Erde warfen, um zu ihrem Gott zu beten. Jedesmal wenn der Beamte herumtobte, lenkten sie ihre Reittiere behutsam näher, um den verehrten Marabut zu schützen, falls es nötig sein sollte. Einer von ihnen hatte Hauptmann Dinaux offen angeboten, den betrunkenen Kerl eigenhändig hinter einer Düne verschwinden zu lassen, und er blieb nicht der einzige. »Die Sahara ist stumm«, sagten sie. Sie kannten Bruder Charles und liebten ihn – aber wie vielen ihrer Stammesgenossen, wie vielen ihrer Nachfahren würde es vergönnt sein, zu unterscheiden zwischen einem solchen Vertreter Frankreichs, der sich Christ nannte, damit man ihn nicht für einen Araber oder Juden hielt, und dem Priester, der bereit war, für sie auch sein Leben hinzugeben?

Am 24. Juni – sie hatten einen drei Tage langen Sandsturm glücklich überstanden – kam der Meharist, den Hauptmann Dinaux ausgeschickt hatte, wieder zurück.

»Ich habe Mussa getroffen«, rief er schon von weitem, und die Soldaten jubelten, daß ihre Kamele aufschreckten und in einen kurzen Trab verfielen. »Er erwartet uns morgen am Brunnen von In Uzel. Er freut sich schon auf das Zusammentreffen.« Das erste Ziel ihrer mühseligen Reise war erreicht.

»Absitzen!« rief Dinaux, sie hatten heute schon vierundzwanzig Meilen hinter sich gebracht und lagerten wie üblich ohne Zelte und mit geladenen Gewehren in quadratischer Formation. Auch wenn Mussa seinen Friedenswillen bekundet hatte, war es von Vorteil, den Tuareg die Disziplin und die Wachsamkeit der Franzosen zu demonstrieren.

Foucauld hatte wie immer einen Platz an einer der Ecken zugewiesen bekommen. Von dort konnte er sich am leichtesten zum Beten zurückziehen, dort kramte er mit seinen ungelenken Fingern in der Reiseapotheke nach Chinin und anderen Medikamenten, nach Salben für sonnenverbrannte Lippen und Wangen, die er auf seinem abendlichen Rundgang Soldaten und Offizieren, Europäern und Afrikanern verabreichte. Auch die Kamele mußten versorgt werden, und Dinaux, der gleich Laperrine mit Argusaugen darüber wachte, daß die Soldaten ihre Tiere gut behandelten, konnte nicht überall sein. Es gab heute kein Feuer, das Brennmaterial war bis auf das letzte Büschel ausgegangen, und die Soldaten kauten an ihren Broten und schluckten den kalten

Brei mit Konservenfleisch, den die Köche angerührt hatten. Nur Foucauld zündete die Öllampe an und versuchte noch bis tief in die Nacht hinein zu entziffern, was er untertags auf dem schwankenden Kamel an Beobachtungen und Gedanken zusammengekritzelt hatte.

*

Der 25. Juni 1905 war ein wahrer Festtag und sollte nach Laperrines Wunsch auch ein historisches Datum werden: das Zusammentreffen eines Vertreters Frankreichs mit dem Amenokal der Hoggar-Tuareg, Mussa ag-Amastane, zur endgültigen Befriedung der südlichen Sahara. Sie hatten auch alles aufgeboten, was in dieser Einöde nur möglich war: blankgeputzte Stiefel, polierte Beschläge und frisch gestriegelte Meharis die Franzosen, ein aus Ziegenhäuten genähtes Zelt, eher ein über Pflöcke gespanntes Sonnendach, das in seinem Innern von dicken Teppichen, Kopfstützen und Polstern förmlich überquoll, die Tuareg.

Dinaux kam nur mit den Unteroffizieren und Foucauld angeritten, die gewöhnlichen Soldaten, zumeist aus dem Stamm der Chaamba, die seit Jahrhunderten mit den Tuareg verfeindet waren, hatten strikten Auftrag, im Lager zu bleiben. Verständlich, daß Dinaux angesichts der vielen schwerbewaffneten Männer, deren einige mit blanken Schwertern als Wachen vor dem Zelt standen, ein Unbehagen überkam. Nicht so Foucauld, den die hellhäutigen, hochgewachsenen Männer, kaum einer kleiner als 1,80 m, mit ihren langen, dunkelblauen Schleiern von neuem faszinierten.

Auch Mussa ag-Amastane, der die Franzosen in seinem Zelt begrüßte, trug Kapuze und Schleier, darüber trotz der Sommerhitze noch einen schweren, reichbestickten Mantel, der ihn noch größer und mächtiger erscheinen ließ. Ein hübscher Kerl, wie Foucauld feststellte. Vielleicht würde er mit der Zeit etwas füllig werden, aber er hatte ein offenes, ehrliches Gesicht – auch wenn der Schein trügen mochte.

Neben dem langen Schwert trug er noch einen am Unterarm befestigten reich verzierten Dolch, dazu mit Türkisen und Karneolen besetzten Bronze- und Silberschmuck.

Auch Hauptmann Dinaux war von Mussa und seinen Männern tief beeindruckt, dennoch grübelte er, während Foucauld und der Dolmetscher mit den Gastgebern ihre Höflichkeiten austauschten, hauptsächlich darüber nach, wie sie mit ihren wenigen Pistolen die Tuareg so lange auf Distanz halten konnten, bis die alarmierten Chaamba angeritten kamen.

Mussa aber dachte nicht im Traum daran, sich seiner Waffen zu bedienen. Er war ein kluger Mann und wußte genau, wo sein Vorteil lag und der seines Landes. Er hatte durch sein Zögern über ein Jahr lang die Franzosen ganz schön nervös gemacht, und jetzt, gerade vor einem Monat, war aus Laperrines Hauptquartier Ain Salah auch prompt die Belohnung angekommen: eine Pension für den Amenokal von jährlich fünftausend Francs und das Recht auf eine Leibwache, Schützen mit Gewehren des neuesten Modells aus Le Creusot. Ein Judaslohn, wie seine Feinde sagten, was ihn nicht weiter störte.

Was Mussa jedoch allmählich unruhig machte, war dieser kleine alte Mann mit dem schrecklichen Käppi und der abgewetzten Gandura, der sogar den ihm angebotenen Stuhl verschmäht und sich auf dem Boden niedergelassen hatte wie seine Gastgeber. Zugegeben, der Mann war ihm nicht unsympathisch, trotz seines vernachlässigten Aussehens – aber konnte er darauf eine Wette abschließen, daß ihn sein Gefühl nicht täuschte? Man hatte Mussa erzählt, dies sei der christliche Marabut, der in seinem Land leben wolle, ein wichtiger Mann, ein Gesandter, ein Vermittler zwischen den Tuareg und den Franzosen. Und jetzt sprachen sie schon über eine Stunde lang miteinander, und der Kleine hatte noch kein Wort gesagt, dem zu entnehmen war, was er über diese Verhandlung dachte. Er saß nur da, warf hin und wieder einen Blick auf Mussa und seine Begleiter und übersetzte diensteifrig, wenn es dem Dolmetscher zu kompliziert wurde. Und es wurde jetzt auch immer komplizierter. Der dicke schwitzende Hauptmann, von Mussas Nervosität angesteckt, gab immer unverständlichere Sätze von sich. Was sollte er auch noch sagen! Alles, was ihre künftigen Beziehungen betraf, war gesagt und konnte jetzt nur noch wiederholt werden. Und es war Mussa, der immer wieder von vorn anfing und jetzt auch plötzlich mit Einwänden kam, wo doch schon alles geklärt war. Und das alles tat er nur, um den kleinen alten Mann aus der Reserve zu locken. Auch seine Leute wurden unruhig, sie rochen wohl schon die Hammelkeulen, die doch nicht auf ihrem Rost vor dem Zelt verkohlen sollten. Sogar Foucauld ließ sich von der allgemeinen Nervosität anstecken.

Da fiel plötzlich mitten in die von Dinaux schon mehrmals wiederholte Versicherung des französischen Friedenswillens der Name Tit. Der Ort, an dem vor drei Jahren die Legende von der Unbesiegbarkeit der stolzen Tuareg für immer zerstört worden war. Wer hatte den Namen ausgesprochen? Jedenfalls griff ihn einer den Unterführer, der mit Mussas politischem Verhalten ohnehin nicht einverstanden war, sofort auf: »Damals haben die Franzosen ja bewiesen, wie es mit ihrer Friedensliebe steht«, rief er, und ein zweiter stieß nach: »Versprechungen, nichts als Versprechungen. Wer garantiert uns, daß ihr euer Wort halten werdet?«

»Wir haben unser Wort immer gehalten«, rief Hauptmann Dinaux empört, und Foucauld übersetzte es, so rasch er konnte. »Auch damals in Tit.«

»In Tit? Wo ihr hundertfünfzig edle Krieger mit euren Kanonen hingeschlachtet habt, statt ehrlich, Mann gegen Mann, zu kämpfen?«

»Jeder Soldat kämpft mit der Waffe, die man ihm gibt«, verteidigte sich Dinaux. »Und wir konnten Ben Messis nicht im Stich lassen.«

»Ben Messis! Dieser Verräter!«

»Unser Verbündeter, dessen Frau euer Baba ag-Tamaklast öffentlich auspeitschen ließ. Es gebot seine Ehre – «

»Ehre! Was redet ihr von Ehre!«

Foucauld war zutiefst erschrocken, nur seine Lippen übersetzten mechanisch weiter. Er sah, wie Mussa ihn unablässig fixierte, während seine Unterführer herumschrien, aber er durchschaute das Spiel nicht. Bis auch Mussa alle guten Vorsätze vergaß und sich von den andern mitreißen ließ. »Ihr redet von Ehre«, rief er und sprang auf. »Und uns wollt ihr sie nehmen! Ihr wollt uns alles nehmen, was wir lieben. Ihr wollt uns zu euren Sklaven machen. Schlimmer noch: zu Franzosen!«

Er brach ab, erschrocken über seine eigenen Worte. Und da er nicht mehr weiter wußte, drehte er sich einfach um und lief dem Ausgang zu. Er stieß an einen Pfosten, daß das ganze Zelt wackelte.

»Mussa!« Foucauld war aufgesprungen. »Mussa ag-Amastane!« Aber Mussa hatte das Zelt schon verlassen. »Mussa!« schrie Foucauld noch einmal, so laut er konnte. Sollte jetzt alles verloren sein? »Bleiben Sie!« flüsterte er Dinaux zu, der unwillkürlich nach der Pistole gegriffen hatte, und lief hinaus. Er stieß fast mit Mussa zusammen, der draußen stehengeblieben war, jetzt aber weiterging. Foucauld hinter ihm her. »Mussa! Hört mir zu!« bettelte er. Aber er wußte nicht recht, was er sagen sollte, alles war so unvermittelt gekommen. Es war ihm, als wäre das, was Mussa zuletzt hinausgeschrien hatte, das einzig Ehrliche gewesen nach dem ganzen Palaver von Frieden und Bundesgenossenschaft. Und was gab es darauf für eine Antwort?

Gottlob blieb Mussa bald wieder stehen. Er wartete darauf, daß Foucauld etwas sagte, und seine Krieger, die auf das Geschrei hin das Zelt des Amenokal umringt hatten, zogen sich wieder zurück.

»Mussa, hör zu!« begann Foucauld wieder, plötzlich ins traulichere Du verfallend. »Ich kann dich sehr gut verstehen – falls du so denkst, wie du sagst. Aber – « Er las den Zweifel an seinen Worten in Mussas hübschem Gesicht, auch ein bißchen Spott und eine große Ratlosigkeit. »Doch, doch, glaub mir, ich versteh dich«, redete er weiter. »Vielleicht wollen sie euch wirklich alles wegnehmen. Aber ihr könnt euch nicht dagegen wehren – oder doch. Hör zu, Mussa, das ist die Entwicklung der Welt. Die Europäer werden auf jeden Fall in euer Land kommen, heut oder morgen. Immer tiefer werden sie eindringen, und keiner kann sie aufhalten. Und wenn ihr noch so tapfer seid. Aber ihr sollt gewappnet sein – und darum bin ich hier.«

Mussa hatte alles andere erwartet als das, und jetzt schämte er sich für die ganze Komödie, die den Priester dazu gebracht hatte, so ehrlich zu sein. Oder hatte er gar keine Komödie gespielt? »Bisher haben alle Franzosen gesagt, sie sind im Recht, weil alle Franzosen im Recht sind«, sagte er leise. Er wollte nicht, daß seine Krieger es hörten, es war eine Sache nur zwischen ihm und dem Marabut. »Du aber redest anders. Bist du kein Franzose?«

»Ich bin ein französischer Priester, da ist ein Unterschied. Oder sollte es sein.«

»Wenn du mich gegen sie wappnen willst, dann stehst du doch auf unserer Seite.«

»Ich stehe auf beiden Seiten. Oder auf keiner. Wenn ihr den Franzosen unrecht tut, dann werde ich auf seiten der Franzosen sein. Wenn die Franzosen euch unrecht tun, dann werde ich auf eurer Seite stehen. Drum möchte ich hierher. Ich möchte mit euch leben. Ich möchte ein Targi sein.«

Mussa sah ihn lange prüfend an. »Und wie willst du uns wappnen? Hast du bessere Gewehre als sie?«

Foucauld merkte, daß die letzte Frage eher ironisch gemeint war, und ließ sich nicht irritieren. »Ich weiß es nicht«, sagte er tief ernst. »Aber ich werde es bald wissen. Gott, an den wir beide glauben, wird es mir sagen.«

Mussa spürte, wie ein Gefühl der Wärme von dem kleinen Mann herüberkam und ihn überflutete. Ob das ein Freund werden könnte? »Komm, Marabut!« sagte er und ging ins Zelt zurück.

Er klatschte in die Hände, Frauen kamen herein und stellten die Schüsseln mit den Speisen auf den Matten vor den Männern nieder. Sie waren unverschleiert und sichtlich ausgewählt, um auf die französischen Gäste Eindruck zu machen. Mussa tat etwas Ungewöhnliches, er nahm einer der Frauen die Teekanne aus der Hand, schenkte persönlich eine Tasse voll und reichte sie zu Foucauld hinüber.

*

Am nächsten Tag brachen die Franzosen auf, und auch die Tuareg zogen ihre Zeltpflöcke aus dem Boden und wickelten sie in die braunschwarzen Zeltdecken. Sie waren ein ungeregelter Haufen aus Kriegern, ihren Frauen, Kindern und Negersklaven. Sie ritten auf ihren Meharis und zogen Lastkamele und Esel hinter sich her, die die Zelte und den gesamten Hausrat trugen. Da sie auch ihre Schaf- und Ziegenherden mit sich führten, wurde die gemeinsame Reise in Richtung Hoggar immer wieder unterbrochen, wenn sie auf ein Stück dürftigen Weidelandes stießen. Das Tränken der Tiere an den seltenen Brunnen dauerte oft viele Stunden.

Foucauld aber war froh darüber, so konnte er vieles über die Tuareg und ihre Lebensweise erfahren, ohne sich ihnen aufdrängen zu müssen. Schon Duveyrier hatte von ihnen geschwärmt, die, wenn sie ihre Tiere antrieben, um schneller beim nächsten Wasserloch zu sein, mit ihren fliegenden Schleiern und Mänteln wie eine Schar blauer Geister anmuteten. Etwa hunderttausend nur sollten sie zählen in diesem riesigen Gebiet, das halb so groß wie Europa war, aber sie waren dennoch die Herren der Wüste und der Schrecken der Karawanen. Prachtvolle Geschöpfe, die Männer wie die Frauen, hochgewachsen, hellhäutig und schlank, mit schönen, ebenmäßigen Gesichtern, unerschrocken und grausam im Kampf, aber gefühlvoll und romantisch, besonders was die Liebe betraf.

Mussa war ein typischer Vertreter seines Volkes. Zehn Jahre jünger als Foucauld, hatte er bis zu seinem dreißigsten Lebensjahr als tapferer Krieger gegolten, dessen Beutezüge gegen arabische Karawanen ebenso gefürchtet waren wie die gegen die Franzosen. Bis zum Niger hinunter und im Norden bis in die Gegend von Ain Salah war niemand vor ihm sicher. Er griff selbst zahlenmäßig weit überlegene Gegner an und war noch jeder Strafexpedition der Franzosen entkommen. Er war aber auch ein berühmter Liebhaber und Dichter romantischer Lieder und Balladen, die im ganzen Land gesungen wurden.

Bis eines Tages die Mär ging, Mussa habe sich gewandelt und sei zum gläubigen Moslem geworden, und tatsächlich hörten die Raubzüge und Überfälle auf. Er begann sich den Franzosen anzunähern, um die südliche Sahara zu befrieden und den anarchischen Zuständen ein Ende zu machen.

Foucauld hatte schon viel davon gehört, und der Amenokal wurde ihm von Tag zu Tag weniger fremd, auch wenn sie während der Reise und am abendlichen Feuer nur selten über etwas anderes sprachen als über Politik, das Land und die Trockenheit, die den Menschen schwer zu schaffen machte. Länger als zwei Jahre hatte es schon nicht mehr geregnet, und man sprach von einer Seuche im Osten, jenseits des Hoggar.

Eines Tages aber hielt Mussa, der knapp vor Foucauld geritten war, plötzlich sein Kamel zurück, bis sie auf gleicher Höhe ritten und die Bäuche der Tiere einander berührten. »Du willst uns zu Christen machen?« fragte er.

Foucauld lächelte. Er hatte eben das gleiche gedacht, er hatte schon den ganzen Tag über an Mussa denken müssen. »Christus wird euch zu Christen machen – wenn er will.«

»Und wenn er nicht will?«

»Dann werdet ihr Moslems bleiben – soweit ihr Moslems seid«, sagte Foucauld und lachte. »Unser Wachen und unser Schlafen, unser Leben und unser Sterben gehören Allah, dem Herrn der Welt, und zu ihm kehrt alles zurück«, zitierte er aus dem Koran. »Ein sehr schönes Wort.«

Mussa schwieg eine Weile und berührte mit dem Schaft seiner Lanze leise, fast zärtlich den Hals seines Mehari. Es war ein wunderschönes Tier, schneeweiß, wie jenes von Laperrine, nur an den Kniegelenken hatte es sandfarbene Flecken. Foucauld spürte, daß der Amenokal noch etwas auf dem Herzen hatte, und wartete geduldig.

»Es war vor vier Jahren in der Moschee unserer Bruderschaft«, begann Mussa leise, Foucauld mußte sich anstrengen, um alles zu verstehen. »Ich sprach das Dankgebet wie immer. Die gleiche Formel, wie ich sie schon als Kind betete. Aber diesmal war plötzlich alles anders. Kannst du das verstehen?«

Foucauld nickte. Er dachte an St. Augustin und an den schmalen Lichtstrahl aus dem Beichtstuhl Abbé Huvelins.

»Es ist schwer zu erklären, aber ich war ein neuer Mensch.«

Foucauld nickte wieder.

»Jetzt bin ich ein Moslem, und die Gebete und unsere Riten, ich liebe sie. Ich werde für sie kämpfen.« Er rief dem Kamel sein ›Usch! Usch!‹ zu und war mit einem Satz wieder ein paar Meter vor Foucauld. Ob das eine Kampfansage sein sollte?

Von nun an redeten sie öfter über ihre Religion als über die Dürre oder die Aufzucht von Kamelen, und zwei Tage später ritt der Amenokal wieder neben dem Priester. Diesmal ging Foucauld zu Fuß, schon einige Stunden lang, und Mussa blickte neugierig zu ihm hinunter. »Hast du viele Sünden abzubüßen, Marabut?«

Foucauld war solche indiskreten Fragen nicht gewohnt und vermied es, direkt zu antworten. »Man kann es auch so sagen.«

»Du tust das, seit du in Afrika bist?«

»Hm.«

Auch Mussa schien schon einiges über Foucaulds früheres Leben gehört zu haben, umso weniger befriedigten ihn die knappen Antworten. »Hast du viele Jungfrauen geraubt?«

Foucauld blickte verblüfft zu dem Kamelreiter auf und stolperte dabei über einen großen Stein, daß er beinahe stürzte.

»Du solltest dich wieder auf dein Kamel setzen«, riet Mussa, von plötzlichem Mitleid ergriffen. Aber er wartete immer noch auf eine Antwort.

»Bei uns in Europa raubt man keine Jungfrauen.«

»Euer Ministerpräsident auch nicht?«

»Auch der nicht.«

Mussa schüttelte den Kopf. »Aber wie viele Weiber hast du vergewaltigt?«

»Das ist bei uns auch gesetzlich verboten.«

Mussa grinste. »Ich weiß, ich kenne eure Gesetze. Aber – «. Er trieb sein Kamel noch ein Stück näher. »Man tut es trotzdem. Ich meine – «, er mußte sich rasch verbessern, »wir haben es getan. Früher.«

Foucauld hätte beinahe aufgelacht über Mussas Versuch, Gemeinsamkeiten aufzuspüren. Er konnte nichts dagegen tun, aber die grotesk naiven Fragen machten ihm den Mann nicht unsympathischer. Dennoch mußte er ihn enttäuschen. »Ich habe nie eine Frau vergewaltigt.«

Wieder grinste Mussa. »Sind eure Frauen so leicht zu haben?«

Foucauld antwortete nicht, aber Mussa mußte doch in Erfahrung bringen können, weshalb dieser rätselhafte Mann sich stundenlang bei der größten Hitze zu Fuß durch die Wüste quälte! Er beugte sich zu Foucauld hinunter, so tief es ihm möglich war, ohne vom Kamel zu fallen. »Dann hast du so viele umgebracht?« flüsterte er, und Foucauld sah die Augen unter dem Litham glänzen.

»Ich hoffe nicht«, sagte er. »Ich habe Befehle gegeben, aber – «

»Ich meine nicht Krieg, das ist was anderes«, unterbrach ihn Mussa. »Ich meine, bei einer Razzia. Wenn einer sich wehrt. Wenn einer sein Mädchen nicht hergeben will.«

Foucauld schüttelte wieder den Kopf.

»Nicht?« fragte Mussa grenzenlos erstaunt und setzte sich wieder im Sattel zurecht. »Ja, aber – «, er sprach es nicht aus, Foucauld jedoch wußte, was er meinte. Kein Menschenraub, kein Mord, keine Vergewaltigung – was gab es noch an Sünden, für die einer büßen mußte?

Foucauld fühlte sich plötzlich von einer Müdigkeit überfallen, die nichts mit dem Weg zu tun hatte, der hinter ihm lag. Wie unendlich fern war ihm dieser Mann, der da so knapp neben ihm ritt! Wie laut mußte er schreien, um ihn zu erreichen? Um ihm begreiflich zu machen, was für einen Christen Sünde war. Und Vergebung. Was das hieß, daß einer in der Nachfolge des Gottessohnes sein Reittier verschmähte, um auf schrundigen Füßen durch die Wüste zu stolpern.

Er spürte einen leichten Schlag an der Schulter. Mussa war von seinem Kamel gesprungen und zog es wie Foucauld am Zügel hinter sich her.

»Da muß ich also noch vieles büßen«, sagte er in zerknirschtem Ton, in dem aber auch eine gehörige Portion Koketterie mitschwang. Er grinste verschwörerisch, und Foucauld nahm es demütig, genügsam, als Wohltat an. Auch wenn Mussa nach einer knappen halben Stunde die Lust an der Askese verlor und sich wieder in den Sattel schwang.

*

Mussa war es gewesen, der Charles de Foucauld Tamanrasset als günstigsten Ort empfohlen hatte, wenn dieser sich im Hoggar niederlassen wolle, und jetzt hielten sie, nach einem schwierigen Marsch durch ein unübersichtliches Gewirr von Schluchten, auf einer kahlen, etwa tausendvierhundert Meter hohen Ebene.

»Ein Wahnsinn!« hatte Hauptmann Dinaux schon die letzten Tage vor sich hingemurmelt und konnte es jetzt nur noch wiederholen, während die Soldaten von ihren Reittieren stiegen. »Ein Wahnsinn! Eine richtige Falle. Aber ich habe es gleich geahnt, dieser Mussa – er hat sich noch rechtzeitig aus dem Staub gemacht.«

»Ich traue ihm«, sagte Foucauld und nahm ein paar getrocknete Datteln aus der Satteltasche. Es war Freitag, und er hatte den ganzen Tag noch nichts gegessen.

»Was wollen Sie hier überhaupt anfangen, Bruder Charles?« rief Dinaux. »Da ist doch weit und breit nichts, kein Mensch, kein Tier, absolut nichts.«

»Er hat gesagt, daß hier immer wieder Karawanen vorbeikommen. Und daß auch die Dag Rali für längere Zeit hier lagern.«

»Hier? Die wären doch verrückt. Kein Brunnen, nicht die geringste Vegetation! Da zieht man sich höchstens zum Sterben zurück.«

»Sterben?« Foucauld lächelte. »Ein guter Gedanke.«

Der Hauptmann verstummte einen Augenblick. »Bruder Charles«, sagte er dann vorwurfsvoll, »mit so etwas spaßt man nicht«, dann setzte er sein Klagelied fort. Foucauld hörte ihm nicht mehr zu. Er betrachtete andächtig das Land, in dem er seine Klause unter den Tuareg errichten wollte. Das breite trockene Sandbett des Ued Tamanrasset, das sich durch die Hochfläche schlängelte. Er zählte die Hütten, die am jenseitigen Ufer entlang verstreut lagen, zwanzig oder einige mehr, ganz primitive Hütten aus Schilf, aus Stroh und oft ohne Dach. Dort wohnten die Harratin, Mischlinge aus Tuareg und Sudanesen, vielfach befreite Sklaven, die sich zusammen mit den seßhaften Tuareg mühselig von ihren Schaf- und Ziegenherden und dem kümmerlichen Getreide ernährten, das in günstigen Jahren auf winzigen Flächen in der Nähe der Brunnen wuchs.

»Die können doch mit Ihnen machen, was sie wollen«, klagte Dinaux weiter. »Die nächste Garnison ist über siebenhundert Kilometer entfernt. Rechnen Sie sich das in Reisetagen aus!«

Dort unten, wenige hundert Meter von einer größeren Ansammlung von Hütten entfernt, stand ein Baum, dort wollte er sein Haus errichten. Und wer das Bedürfnis hatte, sollte eintreten können und in ihm seinen Bruder finden.

»Lassen Sie mir Gerste und Hirse da, so viel Sie entbehren können«, bat Foucauld. »Und Medikamente. Die Menschen hier sind noch viel ärmer als in Beni Abbes.«

Aber wenn des Nachts der Tau fiel, dann waren die trockenen Hänge ringsum für ein paar Stunden mit einem einzigen Teppich aus winzigen, bunten Blüten bedeckt, bis die Mittagssonne sie wieder verbrannte – so hatte Mussa erzählt. Und fern im Nordwesten ragten die Mauern des Hoggar in den Himmel, als wäre dort die Erde zu Ende. Unzählige Basalttürme, Pyramiden und Felsnadeln, die nach der Schöpfungslegende der Tuareg Gott übriggeblieben waren und die er über diesem einsamsten Flecken Erde verstreut hatte.

»Hauptmann, schauen Sie doch lieber!« rief er zu Dinaux hinüber, der seine Soldaten beim Zeltbau beaufsichtigte. Es war Abend geworden, und das ganze Land ringsum wurde von Minute zu Minute mehr in eine unglaubliche Farbenpracht getaucht. Der staubige Baum, die gelbgrauen, schäbigen Hütten der Harratin, die unzähligen Felsbrocken auf dem trostlosen Plateau begannen im Licht des untergehenden Sonnenballs aufzuglühen und sichtbar zu werden. Ein plötzlich aus unzähligen Farben geschaffenes Paradies, eingeschlossen von den dunklen Bergen im Nordwesten und der niedrigeren Kette des Hageran weiter westlich. Im Süden, ganz nahe, eine hohe Granitwand, tiefblau wie die indigofarbenen Schleier der Reiter, nur durch einen schmalen Spalt passierbar, den nach alter Überlieferung der legendäre Tuareg-Riese Elias mit seinem Schwert geschlagen hatte. Die Luft war vollkommen klar und durchsichtig, nur hoch am Himmel zogen feine Wolkenschleier vorbei.

»Na ja, schön ist es schon«, gab der Hauptmann zu. »Monsieur Mille könnte ein eindrucksvolles Bild machen.«

Das armselige Dorf hatte keine Moschee und keinen Muezzin, vielleicht beteten sie hier auch gar nicht, wenn die Sonne unterging. Aber er hatte seine bronzene Glocke aus Beni Abbes mitgebracht, die sollten sie hören.

*

Der Hoggar hatte ein günstiges Klima, und im Sommer wurde es nicht heißer als höchstens 38^0 Celsius. Hin und wieder gab es sogar Regen, und dann füllten sich im Tal kleine Teiche, in denen Schilf wuchs. Die Soldaten hatten also keine große Mühe, eine Schilfhütte zu errichten, die als Küche dienen sollte, als Wohnraum für Paul und als Empfangsraum, wenn Gäste kamen. Daneben errichteten sie eine merkwürdig lange und schmale Hütte aus Steinen mit getrocknetem Schlamm als Mörtel und kleinen Luken an den Seitenwänden, die bei Sturm oder zu großer Hitze geschlossen werden konnten. Das flache Dach bestand aus lehmverschmierten Schilfmatten. Die Hütte war viel kleiner und ärmlicher als die Bruderschaft in Beni Abbes, und wer durch die Tür trat, mußte eine siebzig Zentimeter hohe Lehmschwelle übersteigen. Sie war als Schutz gegen die gefürchtete Hornviper gedacht. Ein schlichtes Holzkreuz krönte das Dach, und auch die Glocke erhielt ihren Platz. Nicht weit vor der Tür des Gebäudes stand der einzige Baum von Tamanrasset, eine Ethel, wie die Tuareg ihn nannten, eine hochgewachsene Tamarindenart, und in seine Zweige hängte Foucauld Thermometer und Barometer für seine Beobachtungen.

Am 4. September brach Hauptmann Dinaux mit seiner Truppe auf, um den Hoggar und die daran grenzenden Wüstengebiete zu erforschen und dann nach Norden abzuziehen.

»Sie wollen also wirklich hierbleiben?« fragte er zum wiederholten Mal, als sie beim letzten Frühstück saßen, Foucauld ausnahmsweise einen Becher mit Kaffee vor sich. Er konnte es sich nicht vorstellen, daß ein Mensch in dieser schrecklichen Einsamkeit leben wollte. Sogar die Weißen Väter durften in Gegenden, die so weit von Europäern entfernt lagen, nur zu dritt reisen, und selbst von ihnen mußten viele zeitweilig nach Maison Carrée zurück, um ihr seelisches Gleichgewicht wiederzugewinnen.

Foucauld aber schüttelte nur den Kopf. »Ich habe alles, was ich brauche. Was sag ich – noch viel mehr!« Er deutete mit der Hand auf etliche große Gepäcksballen unter dem Baum. Dinaux hatte ihm, was er entbehren konnte, ohne seine Leute zu gefährden, zurückgelassen und den winzigen Arbeitsraum bis obenhin vollgestopft. Aber was er Foucauld am liebsten gegeben hätte, Sicherheit, das gab es in seinem Gepäck nicht.

»Wollen Sie kein Gewehr? Oder wenigstens eine Pistole?«

Auch das lehnte Foucauld ab.

Dinaux war ein weichherziger Mensch. »Kann ich denn nichts mehr für Sie tun?« fragte er flehentlich, und ein tiefer Groll gegen Laperrine stieg in ihm auf, der seinen Freund so schmählich im Stich ließ. Als Faustpfand, als Geisel in den Händen der Tuareg, um diese zu überzeugen, daß die Franzosen ihren friedlichen Absichten trauten.

»Doch!« rief Foucauld plötzlich aus und sprang auf. »Ich hätte es beinahe vergessen.« Er lief in das Lehmhaus und kam nach einer Weile wieder mit einigen Papieren zurück. »Ich bitte Sie, bringen sie das Henri – Oberst Laperrine! Er soll es Monseigneur Guérin weitergeben, aber er soll es sich auch selber ansehen.« So ruhig er vorhin bei seinem Kaffee gesessen war, jetzt rötete der Eifer seine Wangen. »Das ist der Plan mit den ersten Missionsstationen im Hoggar«, sagte er und faltete ein größeres Stück Papier auf, das erste, das kein Fetzen war. »Ich hab es heute Nacht fertiggezeichnet. Tit, Abalessa, Tamanrasset – es sind vorläufig zehn. Jede Niederlassung soll eine Art landwirtschaftliche Kolonie sein, ein Stück Ackerland, eine kleine Herde, Ziegen, Schafe. Dann haben wir Gemüse, Milch und Fleisch – und die armen Leute können wir auch beschäftigen. Aber was rede ich, das steht ohnehin alles drin.«

Er faltete das Blatt wieder zusammen und steckte es sorgfältig in einen Umschlag. »Ich habe mir vorgestellt, an jedem Ort fünf Patres und fünf Schwestern. Vorläufig. Wichtig ist, daß sie die Sprache lernen, sie ist wirklich nicht schwer. Wer die Sprache der Tuareg spricht, hat sie schon halb gewonnen.«

Dinaux nahm das Kuvert in Empfang. »Das sind aber viele Priester«, sagte er.

Foucauld senkte den Kopf. »Ich weiß, aber wenn die Tuareg uns erst einmal kennen, werden sie noch viel mehr Priester haben wollen. Und sagen Sie ihm, daß wir endlich die behördliche Bewilligung für meinen Orden bekommen! Das ist vorerst das Wichtigste. Alles andere liegt in Gottes Hand.« Er lächelte. »Sie sehen, ich will gar nicht immer allein bleiben.«

Sie standen einander gegenüber, und Dinaux mußte ein paarmal krampfhaft schlucken. Fünfzig Priester – kein einziger war bisher gekommen. Ein Wunder bei dem Leben, das dieser Mann führte? Obwohl – wenn er ihn so ansah, diese Augen, dieser herrliche Mensch! Den mußte man liebgewinnen! Warum sollte man mit dem nicht durch die Wüste ziehen? Aber Dinaux war Soldat, und da gab es einen vorgeschriebenen Weg, Station für Station. Er hatte etwas von Madagaskar gehört, das sollte die nächste für ihn sein.

Sie standen einander gegenüber. »Also?« sagte Foucauld. Da ließ sich Hauptmann Dinaux auf die Knie fallen und griff nach den Händen des Priesters, um sie zu küssen. Foucauld war so bestürzt, daß er unwillkürlich einen Schritt zurücksprang, aber mit seinen Händen, die Dinaux erfaßt hatte, riß er ihn hoch und riß ihn unwillkürlich an sich.

»Pierre!« sagte er leise, er nannte Dinaux zum ersten Mal beim Vornamen. »Haben Sie doch keine Angst, Pierre!« Sein Mund war dem Ohr des andern ganz nahe. »Fragen Sie Laperrine! Der kann Ihnen erzählen, wie glücklich sein Schweinchen hier sein wird.«

Hauptmann Dinaux riß sich los und lief zu seinem Kamel. Er wischte sich verschämt mit dem Ärmel über die Augen. Foucauld sah ihm nach, sah, wie der dicke Hauptmann, von einem Soldaten unterstützt, in den Tamasaq kletterte, ihm noch einmal kurz zuwinkte und schön aufrecht, wie es sich für einen Soldaten gehörte, losritt.

Er lächelte. Warum nur hatten sie alle Angst um ihn? Dinaux, Laperrine, Regnault, auch Marie schrieb immer wieder davon. Was konnte ihm schon geschehen? Er war in Gottes Hand.

Drei Tage später hatte er die Kapelle so weit eingerichtet und feierte, nur mit Paul als Ministranten, die erste Messe.

*

Mussa hatte recht gehabt, von Zeit zu Zeit tauchten kleine Karawanen oder Kamelreitertrupps in der Ferne auf, auch wenn sie nicht näher kamen. Die Tuareg waren mißtrauisch und scheu, sie hatten, wie Foucauld von ihrem Amenokal wußte, auch die unwahrscheinlichsten Geschichten über die Rumis, die Fremden aus Europa, gehört.

Die Harratin aus dem Dorf waren zutraulicher, bei ihnen hatte Paul wohl auch schon Reklame für seinen Marabut gemacht, und bald kamen die ersten mit ihren Kindern, bestaunten das seltsame, langgestreckte Gebäude, das Foucauld seine ›Fregatte‹ nannte, und sahen dem fremden Mann bei allem zu, was er tat. Sie staunten, wie er von früh bis spät in Bewegung war und arbeitete, in einem der beiden Räume oft stundenlang vor einer großen mit Tüchern verhängten Kiste auf dem Boden lag oder kniete, dann wieder unter der Ethel sitzend Zettel beschrieb, die ein- oder zweimal im Monat von einem Meharisten abgeholt und nach Ain Salah gebracht wurden.

Bald merkten die Kühnsten unter ihnen, daß es bei diesem Mann, der immer freundlich war, sie herbeiwinkte und sie betasten ließ, was ihre Neugier erregte, auch allerlei zu holen gab. Und von nun an kamen, wie durch geheime Boten verlockt, Bettler aus nah und fern und erhielten Zucker, Mehl, Tee, Suppe, Hirse, Datteln und Arzneimittel. Sie waren zum Unterschied von manchen Bittstellern in Beni Abbes wirklich hungrig und krank, litten an Typhus, Malaria, eiternden Wunden und Augenentzündungen, und da er viele von ihnen heilen und gesundpflegen konnte, breitete sich die Mär von dem Wunderarzt, der immer fröhlich und freundlich war und auch nichts für seine Mühe verlangte, rasch aus.

Anders die Herrenschicht der Tuareg, die Adeligen, denen die Imghad, die Vasallen, der Mittelstand, sowie die Harratin und die Negersklaven aus dem Sudan zu Diensten sein mußten. Sie waren dauernd unterwegs durch das Hoggar-Plateau, um nach Weideplätzen zu suchen, sie sammelten den Tribut ihrer Vasallenstämme ein, trieben

Handel bis hinunter in den Sudan und ließen sich, auch wenn das seit der Anwesenheit der Franzosen schon wesentlich schwerer geworden war, hin und wieder zu einem Überfall auf eine allzu reiche Karawane hinreißen. Sie waren zwar von Mussa über die Anwesenheit des fremden Marabut informiert worden, blieben aber, hochmütig und voll Mißtrauen wie allem Fremden gegenüber, vorläufig noch auf Distanz.

Das änderte sich, als eines Tages einer der vorüberziehenden Kamelreiter auf Foucaulds Einsiedelei zukam, eine Frau, wie er schon an der Bassur, einer mit Stoff bespannten Sänfte, erkannte. Er legte die Feder hin und trat neugierig vor die Tür. Die Frau war bereits abgestiegen und ging mit lässigen Bewegungen, ohne sich um ihn zu kümmern, um sein Haus herum, erst dann trat sie auf ihn zu.

»Ich bin Dassine«, sagte sie, als müßte jeder wissen, wer das war. Foucauld wußte es auch. Sie war jene Tuaregprinzessin und Cousine Mussas, die als die schönste Frau des Hoggar galt und um die der Amenokal schon seit Jahren vergeblich warb. Sie war an die dreißig und immer noch unverheiratet, nichts Ungewöhnliches bei den Frauen der Tuareg, die ein ungemein freizügiges Leben führten, bevor sie an eine feste Bindung dachten.

»Ich bin Bruder Charles«, sagte er und deutete eine Verbeugung an. Ja, sie war wirklich schön, fremd, aber schön. Er konnte Mussa verstehen. Sie war zudem groß und schlank, nur ihre Hände hätten weniger grob sein können – obwohl sie sicher nur selten in ihrem Leben arbeitete.

Sie hatte in einem Tonkrug Milch mitgebracht und reichte sie Bruder Charles. »Trink!« sagte sie und sah ihn unbefangen an. Sie hatte überraschend helle Augen. Er trank einen Schluck und noch einen und wagte gar nicht, abzusetzen, so ungeniert verfolgte sie jede seiner Bewegungen. »Sie ist von einem unserer besten Schafe«, sagte sie, sichtlich befriedigt, daß er den Krug halb leer getrunken hatte. Dann wandte sie sich dem Eingang zu und deutete auf die Lehmmauer. »Was ist das?«

»Damit keine Hornviper hereinkommt.«

»Ihr habt Angst vor Hornvipern?«

»Nicht gerade Angst. Ich möchte nur nicht gebissen werden.«

Sie schüttelte den Kopf, so daß ihre großen Ohrgehänge klirrten, dann aber schien die Sache für sie abgetan, sie raffte ihre weiten, wallenden Röcke und stieg über die Mauer. Sie blieb stehen, um ihn vorzulassen, er sollte ihr alles erklären. Der winzige Raum von etwa fünf Quadratmetern Bodenfläche war vollgestopft mit Proviant und all den Dingen, die Dinaux zurückgelassen hatte. Bruder Charles mußte sich an ihr vorbeizwängen, was sie nicht im geringsten zu genieren schien. Der Vorhang zwischen diesem und dem nächsten Raum interessierte sie, und er hob ihn auf, damit sie weitergehen konnte.

Dieser zweite Raum, die Kapelle, war ziemlich leer. Foucauld beugte das Knie vor dem Altar und schlug ein Kreuz, und trotz seiner Andacht, in die er augenblicklich versank, merkte er, wie sie instinktiv oder aus Freude, ihn nachzuahmen, die gleichen Bewegungen machte. Es erschien ihm gar nicht respektlos, obwohl sie ja nur Äußerlichkeiten nachahmte, ohne deren Sinn zu kennen. Es störte ihn nicht einmal, daß er die Anmut ihrer Bewegungen bewunderte.

Sie kam öfter, fast jeden Tag, und bald wie zu einem Freund. Sie brachte ihm Milch und zwang ihn zu trinken, es war schon ein Ritual. Paul, der sich mit den Harratin angefreundet hatte, erzählte, Dassine habe sich vor kurzer Zeit verlobt, aber nicht mit Mussa, und Foucauld fragte sich, was der Verlobte wohl dachte, wenn seine Braut einen fremden Mann in seinem Haus besuchte. Auch wenn er ein Marabut war, wurde er als Mann wie jeder andere angesehen, davon zeugte nicht zuletzt, daß ein Hartani ihm seine Tochter zur Frau angeboten hatte. Er hätte es dann um vieles leichter, immer Ordnung im Haus, und für die Kinder könnte man die Khaua ja entsprechend vergrößern.

Eines Tages sah er am Hals ihres Kamels eine Imzad hängen, die einsaitige Geige der Tuareg, und da er sie früher nicht gesehen hatte, nahm er es als Aufforderung und bat sie, ihm etwas vorzusingen. Sie zierte sich erst, wie sich das offenbar gehörte, und ließ sich mehrmals bitten, dann sang sie. Es war eher ein Sprechgesang, ein wenig monoton, man mußte sich erst daran gewöhnen. Aber der Text gefiel ihm sofort, er handelte von einem weißen Mehari, das so wunderschön war, daß man es lieben mußte wie einen Menschen.

Er fragte sich, ob es sie kränken würde, wenn er ihr gestand, daß er den Text aufschreiben wollte. Sie war nicht gekränkt sondern eher geschmeichelt und machte Pausen, wenn sie merkte, daß er mit dem Schreiben nicht nachkam.

Der Bann war gebrochen, Dassine lud ihn in ihr Zelt zum Tee ein und machte ihn mit ihren Freundinnen bekannt.

Es war ein glückliches Jahr. Die Tuareg, Frauen und Männer, gewannen Vertrauen zu ihm. Er kam in ihre Zelte, und sie saßen mit ihm unter seinem Baum, in dessen Zweigen die Instrumente hingen. Auch sie brauchten Medikamente, und er konnte manches Leben retten. Er erwies ihnen kleine Gefälligkeiten und gab ihnen gute Ratschläge, er machte sie sich auf behutsame Weise zu Freunden.

Er wollte ihnen zeigen, daß die Christen anders waren, als sie glaubten, daß sie keine Heiden waren, daß sie die Tuareg liebten. Er war der, der den Weg bereiten wollte, er studierte von früh bis spät ihre Sprache und legte sich Hefte an, die später einmal ein Lexikon Tamaschek-Französisch und Französisch-Tamaschek werden sollten. Er fragte nach jedem Wort, das er hörte, und nach seiner Bedeutung, er ließ sich Lieder und Balladen von Dassine und den anderen vorsingen. Er wollte Tamaschek nicht nur sprechen, um sich mit ihnen zu unterhalten, er wollte die Sprache von Grund auf kennenlernen, er wollte in ihrer Sprache denken und empfinden können. Er wollte ihnen ein Targi sein, wie Paulus den Juden ein Jude gewesen war, wie er allen alles geworden war, um wenigstens einige zu retten. Bald zog er auch mit den Frauen, Kindern und Greisen auf der Suche nach Weideplätzen für das Vieh mit und half ihnen, die Zelte aufzustellen, indes die Männer ihre Kamele zum fruchtbaren Niger führten oder im Tidikelt Handel trieben. Sie lebten wie die Seeleute und verbrachten oft nur wenige Tage bei ihren Familien.

Gegen Ende des Jahres kam auch Mussa aus dem Sudan zurück, froh, daß sein Freund sich so gut eingelebt hatte. Sie besuchten einander, und Foucauld begleitete den Amenokal auf seinen weiten Ritten durch das Gebiet seines Stammes. Mussa war kein Christ, aber er betete wie Foucauld den Gott des Sinai an. Beide strebten sie danach, den ihnen gemeinsamen Glauben zu vertiefen, und so oft es möglich war, drang der Priester in den Amenokal, sich zu bemühen, den göttlichen Willen so klar wie möglich zu erkennen. Denn je mehr man ihn kannte, desto mehr liebte man ihn, und je mehr man ihn liebte, desto treuer vermochte man seinen Willen zu erfüllen. Er sprach vom Gebet, vom immerwährenden Gespräch mit Gott, vom Fasten und vom Almosen-Geben, daß man die Tugenden üben und das Böse bekämpfen müsse und daß Arbeit nichts Verächtliches sei, wie die adeligen Tuareg glaubten. Er sprach vom Wert der Familie, die bei ihnen so geringgeschätzt wurde, und wie wichtig es sei, sich um die Kinder zu kümmern.

Aber er versuchte Mussa auch in praktischen Dingen zu beraten, was man bei Landwirtschaft und Viehzucht verbessern könne, um die schrecklichen Hungersnöte zu mildern, die immer wieder über den Hoggar hereinbrachen. Er gab Ratschläge, um das Verhältnis zu den Franzosen zu verbessern. »Je mehr du Frieden und Wohlstand sicherst in deinem Land, desto weniger werden sie sich einmischen. Ihr solltet auch Französisch lernen, damit ihr keine Dolmetscher braucht, die euch betrügen können. Lernt die Welt kennen, fahrt nach Mekka oder Paris, damit sie euch nichts vormachen können.«

Wochenlang redete er auf seinen Freund Mussa ein, er kämpfte um ihn. Er sah genau dessen Fehler, den Ehrgeiz, den Jähzorn, den Haß und die Verachtung, die der Moslem im Grunde seines Herzens gegen jeden Andersgläubigen trug. Aber er glaubte auch, genügend Klugheit, genügend

Frömmigkeit in ihm zu spüren, so daß persönliche Interessen einmal hinter dem Interesse der Allgemeinheit zurücktreten könnten. Er war überzeugt, daß Mussa, was falsch und schlecht in ihm war, eines Tages zum Guten wenden werde.

Es war ein glückliches Jahr, auch wenn das Leben der Anbetung zumeist in die Stunden der Nacht gedrängt werden mußte, da der Tag von wissenschaftlicher Tätigkeit und dem Dienst an den Menschen übervoll war. Eines Tages kam auch der ehemalige Dolmetschoffizier Motylinski von den Chasseurs d'Afrique, unter dem Foucauld in Nordafrika Arabisch und den Koran studiert hatte, nach Tamanrasset. Er war eine Autorität für Geschichte und Dialekte des Mzab und seit einigen Jahren Professor für arabische Sprache in Konstantinopel, jetzt wollte er seine Kenntnisse des Tamaschek vervollständigen. Foucauld war überglücklich, und die Arbeit an seinem Wörterbuch und einer Tamaschek-Grammatik unter Anleitung eines Fachmannes wurde ein gutes Stück vorangetrieben. Drei Monate lang zogen sie gemeinsam durch das Land und studierten das Leben der Tuareg, sie zeichneten eine Unzahl von Geschichten und Anekdoten auf, die später einmal veröffentlicht werden sollten – auf Foucaulds ausdrücklichen Wunsch unter Motylinskis Namen. Er selbst wollte für die Welt gestorben sein.

Die schöne Zeit war allerdings von der Krankheit des Freundes überschattet, die ihn Anfang September, »zum Sterben«, wie er sagte, wieder zu seiner Frau nach Algier zurücktrieb. Foucauld zögerte, ob er mitziehen solle, er hatte Sehnsucht nach Beni Abbes und Ghardaia, er hatte beinahe zwei Jahre schon mit keinem Priester gesprochen. Aber ließ er dann nicht die Tuareg im Stich, wie er schon die Bewohner von Beni Abbes im Stich gelassen hatte?

Da kam mit der letzten Post ein Brief aus Maison Carrée, und jetzt gab es kein Zögern mehr. Monseigneur Guérin schrieb, Bruder Michel von den Weißen Vätern, ein junger Bretone, habe gebeten, Bruder Charles in den Hoggar folgen zu dürfen. Waren seine Gebete nun endlich erhört worden?

Bruder Michel:

»Ich habe in den drei Jahren bei den Weißen Vätern so viel von Charles de Foucaulds heiligmäßigem Leben gehört, daß ich mich entschloß, mit ihm zu gehen. Vielleicht war das der richtige Weg. Ich bin ziemlich erschrocken, als er gekommen ist, und unsere Schwestern haben sich gleich über seine verwahrlosten Kleider hergemacht. Sie haben ihm auch ein paar Hemden genäht und Sandalen gekauft.

Wir sind am 10. September 1906 von Algier aufgebrochen, und ich war überglücklich, daß ich mit ihm habe gehen dürfen – ich hab ja noch nichts gewußt. Wir sollten bis Béchar mit der Bahn fahren, wo damals die Endstation war. Aber schon vorher in Ain Sefra bin ich fast in Ohnmacht gefallen: da stehen fünfzehn Offiziere am Bahnsteig und ein General dazu, General Lyautey, der bald danach Marokko erobert hat, und die begrüßen den Bruder Charles, als ob er der Marschall von Frankreich wäre. Dann das Festessen, fast die ganze Nacht durch, und ich mitten unter ihnen, ein ehemaliger Zuave. Ich hab immer aufspringen wollen, wenn mich einer angeredet hat. Aber Bruder Charles hat darauf bestanden, daß auch ich meine Trüffelpastete krieg und meinen Champagner. Er selbst hat fast nichts getrunken, nur ein Glas, und das hat er so schnell hinuntergeschüttet, damit er nichts von dem guten Geschmack mitbekommt.

Der General hat ihn immer ein bißchen spöttisch angeschaut, und einmal hat er fast verächtlich gesagt: Was aus unserem Freund de Foucauld geworden ist! Das war richtig gemein, wo er ihn doch dauernd über Marokko ausgefragt hat und lauter Sachen, die er selber nicht gewußt hat. Am nächsten Tag sind sie auch stundenlang beisammengesessen. Also, ich wäre in die Luft gegangen, das habe ich ihm auch gesagt. Er hat nur die Achseln gezuckt. Aber die Offiziere, die verehren ihn richtig.

In Béchar war dann Endstation, und da ist der erste Schreck gekommen. Er hat zwei Kamele für das Gepäck gekauft, und wie ich ihn frage, warum er kein drittes Kamel als Reittier kauft, sagt er, er lebt auf Kosten seiner Familie, und alles, was wir ausgeben, nehmen wir den Armen weg. Er hat dann doch noch einen Esel für mich gekauft. Ich hab mich sehr geniert, er ist den ganzen Weg zu Fuß gegangen, aber ich war doch froh über den Esel. Wir sind mit fünf oder sechs Goumiers und einem Sergeanten losgezogen, und die Soldaten haben immer eine Strecke vor uns jedes Gebüsch und jedes Felsenstück nach Wegelagerern untersucht. Die Grenze zu Marokko ist ja ganz nah.

Nach drei Tagen waren wir in Beni Abbes, und die Soldaten haben ihn begeistert empfangen. Die Oasenbewohner sind gekommen und haben ihm den Saum seiner Gandura geküßt. Seine Khaua ist sehr primitiv, aus Lehm und Holz wie alle Hütten hier. Kein Vergleich mit Maison Carrée. Die Zellen für die Mönche, auf die er wartet, sind so niedrig, daß schon er mit der Hand die Decke erreicht, und wenn man die Arme ausstreckt, stößt man links und rechts an die Wand. Kein Bett, kein Stuhl, kein Tisch, kein Betschemel, auch die Kapelle schaut nicht viel anders aus. Ein paar Bilder. Wir haben dort Weihnachten verbracht, und über hundert Offiziere und Soldaten sind bei der Weih- 1
nachtsmesse dagewesen. Wie die Salzheringe haben sie sich gedrängt, auch in der Sakristei und in den andern Räumen. Eine alte blinde Mulattin war die einzige Frau, sie ist bei jeder Messe zur Kommunion gegangen, und bei unserem Abschied hat sie laut geschrien und unsere Hände zu küssen versucht.

Um Kerzen und Petroleum zu sparen, sind wir mit der Sonne schlafen gegangen und aufgestanden. Er war immer früher auf und hat mich geweckt. Dann in der Kapelle bis zu vier Stunden Gebet, Meditation und Messe. Dann die Arbeit, er hat sich in die Sakristei zurückgezogen, Briefe geschrieben, an seinem Wörterbuch gearbeitet oder sonst was, ich hab ein Buch gelesen, das er mir gegeben hat, Korn mit einem Stein gemahlen, Datteln zerstampft oder Brot in der Asche gebacken. Bettler sind auch gekommen, jeden Tag mehr, und immer haben sie etwas bekommen.

Um elf Uhr war Mittagessen, vorher ein Kapitel aus dem Neuen Testament, Gewissenserforschung und ein paar Stellen aus der Imitatio. Dann haben wir gegessen, aus einem Topf, es war meistens Reis, manchmal Steckrüben, dazu Karotten, die im Wüstensand wachsen. Manchmal auch eine Art Marmelade aus Mehlbrei und zerdrückten Datteln. Das Essen war sehr eintönig, einige Offiziere, die er einmal eingeladen hat, haben aus Höflichkeit ein paar Bissen hinuntergewürgt und sich dann rasch wieder davongemacht. Nach einer Viertelstunde, länger hat das Essen nie gedauert, sangen wir in der Kapelle das Miserere und lasen geistliche Texte, dann gingen wir wieder an unsere Arbeit bis sechs. Dann wieder Abendessen, meistens das gleiche, dann Gebet bis zum Sonnenuntergang.

Nach einer Woche haben wir Beni Abbes verlassen. Es war Winter und hatte zu Mittag höchstens zwanzig Grad, in der Nacht aber bis fünf oder sechs Kältegrade. Wir schwitzten über Tag, weil Bruder Charles ziemlich schnell ging und mein Esel mich nicht immer tragen konnte, und wir haben in der Nacht entsetzlich gefroren. Wir haben uns mit den Händen in den Sand gegraben, wie das die Tuareg tun, aber es hat wenig genützt. Wir haben uns immerfort hin- und hergeworfen, damit uns warm wird, aber wir haben wenig geschlafen. Am Morgen bei der Messe war das Wasser im Kännchen oft gefroren, und der ganze Erdboden war mit einer dünnen Eiskruste bedeckt. Manchmal sind wir auch stundenlang hocken geblieben, wenn Sturm war, der uns den Sand in die Augen getrieben hat, bis alles entzündet war, und die winzigen Steinchen haben uns an Wangen und Stirn gestochen wie Nadeln.

Ich habe als Soldat viele Strapazen mitgemacht und bin schon als Junge mit meinem Vater zur See gefahren, aber so qualvolle Wochen habe ich noch nicht erlebt. Meine Füße waren wund, und ich hatte Brustschmerzen. Bald nach Beni Abbes konnte ich keinen Schluck Wasser mehr halten.

Aber die Väter haben mich ja gewarnt, bei Foucauld geht es zwanzigmal so streng zu wie bei uns, haben sie gesagt, und fünfmal so hart wie bei den Trappisten. Wie sie das ausgerechnet haben! Ich begreife nicht, wie er das alles aushält, er ist doppelt so alt wie ich und sicher nicht gesund. Ich weiß nicht, was es ist, das seine Haut und seine Knochen zusammenhält, viel mehr ist ja nicht dran an ihm. Aber ich glaube, wenn er will, kann er fliegen wie die neuen Flugmaschinen. Ich denk mir manchmal, bei ihm ist alles verkehrt. Wenn ihm etwas wehtut, dann ist er glücklich, seine Zehen waren schon ganz verkrüppelt und voll Narben. Wenn ihn einer quält, dann wird er heiter wie unsereiner, wenn man gut zu ihm ist.

Aber er hat mir nie Vorwürfe gemacht. Er war immer gut zu mir. Er hat mir oft seinen Burnus aufgedrängt, damit ich ein paar Stunden schlafen kann. Er hat mir zum Frühstück immer Kaffee gekocht, und ich hab ein Stück Brot essen müssen. Er hat in Adrar sogar noch ein Kamel gekauft, obwohl er nicht viel Geld hatte. Er hat zweimal an seine Cousine geschrieben, obwohl er das nicht gern tat.

Ja, ungeduldig war er manchmal, das stimmt. Aber das ist vielleicht das einzige, was man ihm vorwerfen kann. Außer daß er einen schindet, als ob man sein Todfeind wäre. Aber er hat immer wieder um Verzeihung gebeten, wenn er ungeduldig war. Er kann's halt nicht verstehen, daß einer nicht so viel aushält wie er. Wenn man liebt, kann man alles ertragen, hat er gesagt. Er ist bewundernswert, aber nachahmen kann ihn keiner. Er ist unerbittlich gegen sich selbst. Ich hätte schon viel früher aufgegeben, bei jedem anderen nach einer Woche. Aber er hat mich so mitgerissen – er hat alle mitgerissen. Er hat nie gepredigt, er war einfach er, er hat einfach zeigen wollen, was Christsein ist.

In Adrar hat ihn Oberst Laperrine begrüßt, das ist ein ganz anderer Mensch als der General, ganz voll Hochachtung und Liebe für Bruder Charles. Aber Bruder Charles war auch ein Herr, das hat man immer gespürt, trotz seiner Lumpen. Er ist Leutnant und ein Vicomte, aber er hat mich das nie fühlen lassen. Er war mein Oberer und hat hundertmal mehr für mich getan als ich für ihn. Nur wenn ich neugierig war und ihn gedrängt habe, hat er mir etwas von früher erzählt, von seiner Familie und was er in Marokko getan hat. So bescheiden war er.

In Ain Salah bin ich dann zusammengebrochen. Dysenterie, völlige Entkräftung, der Arzt hat Bruder Charles davor gewarnt, mich weiter mitzunehmen. Es wäre lebensgefährlich. Aber ich hätte ohnehin keinen Schritt mehr machen können. Er hat mir eine Hütte gemietet, er hat mir Geld gegeben und Lebensmittel. Er hat mich gepflegt.

Einmal, ich war noch ganz schwach, hab ich bemerkt, wie er mich immer anschaut. Vielleicht hab ich geschlafen, und er hat mich schon lange so angeschaut. Er hat immer wieder ›Bruder‹ gesagt, ganz leise: ›Bruder‹. Ich habe ihm sagen wollen, ich heiß doch Michel, er hat es nicht bemerkt. ›Bruder‹. Da hab ich's verstanden: er will einen Bruder haben. ›Die Welt ist doch so groß‹, hat er einmal gesagt. Ja, am Anfang hab ich eine richtige Wut auf ihn gehabt. Diese Schinderei! Das ist ja kein Mensch! Jetzt hab ich keine Wut mehr gehabt. Ich hab mich nur geschämt, daß ich ihn so enttäuschen muß. Da hat er jahrelang um einen gebetet – und dann muß gerade ich das sein.«

*

Er hatte es vorausgesehen. Er hatte ihnen immer gesagt: ›Ihr dürft so nicht weiterleben. Ich habe euch Samen aus Algier gebracht und noch andere aus Paris bestellt, die flache ägyptische Rübe und kubanische Bohnen, brasilianische Kürbisse und Pariser Gurken, die wachsen im warmen Sand. Die Chautenay-Karotten sind kurz und fleischig und brauchen keinen tiefen Boden.‹ Aber sie hatten nicht auf ihn gehört. Die aristokratischen Herren zogen lieber auf Raub aus, immer noch, trotz der Gesetze der Franzosen, und ihre Untergebenen, die Dag Rali und die Harratin, hatten ihr Sprichwort: ›Betteln ist ehrlicher als Arbeit‹.

›Bei wem wollt ihr betteln, wenn niemand etwas hat?‹ hatte er ihnen vor Augen gehalten, aber wie die Araber Kismet sagten, hatten auch sie als Ausrede ihr Sprichwort: ›Keine Hand kann die Sonne verdunkeln.‹ Und die Sonne, gegen die man nichts tun konnte, verbrannte ihnen die genügsamsten Pflanzen, die Guettaf, die algerische Salzwurz, und das Tiss, das schilfartige Gras, aus dem sie ihre Körbe und Matten flochten. Keine Rede davon, daß noch ein Halm Gerste wuchs, und die mageren Ziegen, die keine Nahrung mehr fanden, gaben keine Milch mehr, es hatte schon mehr als vier Jahre nicht geregnet.

Bald mußte der Winter kommen, und sie lebten dahin wie die Kinder im Paradies. Bis in den Herbst hinein verbrannten sie, was sie für die Kälte hätten sparen sollen, das bißchen Geäst und Buschwerk und den getrockneten Kameldung, um ihre nächtlichen Ahals zu illuminieren. Er hatte sie gewarnt, aber sie hatten nur die Achseln gezuckt, und Mussa, der sonst in vielen Dingen so vernünftig war, hatte nur spöttisch gelächelt. »Sidi Marabut mag unsere Ahals nicht.«

Diese Ahals, die ihn so anzogen und zugleich abstießen, Liebeshöfe, wie die Europäer sie nannten, diese seltsame Mischung aus reinster Poesie und derber Erotik – für dieses Vergnügen gaben sie alles hin, dafür kamen sie aus hundert Meilen entfernten Dörfern geritten. Und ganz verrückt wurden sie, wenn Dassine einlud. Kaum ein Krieger, der etwas gelten wollte, der nicht auch im Gedicht seine Heldentaten, ob im Kampf oder bei einem Raubüberfall, der nicht seine Angebetete oder sein Mehari in schönen Versen besang. Und zu Dassines Anziehungskraft gehörte wie ihre Schönheit auch ihre Begabung, die sie zur berühmtesten Dichterin des Hoggar machte.

Die besten von ihnen trafen sich dann bei diesen Ahals, wie einst Griechenlands Dichter in Olympia, wie die Sänger auf mittelalterlichen Höfen, um in diesem edlen Wettstreit die Siegespalme zu erringen. Und das war es, was ihn so faszinierte und zugleich abstieß: daß die Poesie, das Schönste, was dieses Volk besaß, hier nur als Vorwand für wilde Ausschweifungen mißbraucht wurde. Die Ahals waren trotz ihres poetischen Rahmens nichts als ein Liebesmarkt, zu dem die Jüngeren, aber auch ältere Unverheiratete, Verwitwete und Geschiedene kamen, um Beziehungen anzuknüpfen und sich bei gegenseitigem Einverständnis dann irgendwo ins Dunkel außerhalb der Feuerstellen zurückzuziehen. Was beileibe noch nicht der Beginn einer festeren Bindung oder gar einer Ehe sein mußte – die im übrigen auch leichter geschieden als geschlossen werden konnte.

Laperrine hatte einmal vorgeschlagen, die Ahals generell zu verbieten, tat es aber aus politischen Rücksichten dann doch nicht. Auch Foucauld durfte angesichts der Bordelle für die französischen Soldaten nicht viel dagegen sagen. Auch wenn ihn davor ekelte, auch wenn er ansehen mußte, wie Ba Hammon sich vor solchen Abenden benahm. Ba Hammon, Mussas Sekretär und Koranlehrer in einer Person, wurde als exzellenter Tamaschek-Kenner von Foucauld für drei Francs täglich beschäftigt, aber an solchen Tagen erinnerte er ihn an jene vor Erregung schwitzenden Mitschüler aus Saint-Cyr vor ihrem ersten Bordellbesuch. Foucauld selbst war einer von ihnen gewesen. Aber auch Mussa, der fromme Moslem, ließ kaum einen dieser Abende aus, und er machte sich noch das Vergnügen, Foucauld, der doch ein solcher Liebhaber der Tuareg-Poesie sei, immer wieder dazu einzuladen. ›Mann und Frau sollen einander Augenweide und Herzenstrost sein, nicht allein Bettgenossen‹, zitierte er zu seiner Verteidigung, und dazu betonte er grinsend, auf ein Gespräch zu Anfang ihrer Freundschaft anspielend, daß er dabei noch nie einer Frau Gewalt angetan habe. Er konnte es nicht ertragen, daß Foucauld so offen zeigte, wie er diese Lustbarkeiten verabscheute.

Und nicht nur bei solchen Gelegenheiten, auch in ihrem chaotischen Familienleben zeigte sich der maßlose Egoismus der Tuareg und ihre Mißachtung des Mitmenschen. Treue in der Ehe galt praktisch nichts, und da die Tuareg so oft mit wechselnden Partnern umherzogen, kümmerte sich auch keiner um die Kinder, die oft völlig verwahrlost dahinvegetierten. Ein Menschenleben galt überhaupt wenig, kleine Kinder, besonders Mädchen, wurden ohne weiteres getötet, wenn man sie nicht brauchen konnte. Auch Mord und Totschlag an Erwachsenen waren an der Tagesordnung. El Madani, ein Hartani aus Tamanrasset, hatte wegen eines Schafes seinen Bruder umgebracht, und Aflan, Dassines Verlobter und späterer Gatte, hatte seinen schärfsten Rivalen in ihrer Gunst, Suri ag-Shikkat, aus dem Weg geräumt. Grausamkeiten, Verstümmelungen, Betrügereien gehörten zum Alltag – auch wenn die Sklaven hier ein wenig besser behandelt wurden als bei den Arabern.

Aber die Saharapolizei konnte nicht überall sein, um ihren Gesetzen Achtung zu verschaffen, und Mussa tat auch nicht sehr viel dazu. Foucauld war völlig allein. Selbst Dassine schien nur wenig zu begreifen, und wenn sie einmal ihren ganzen Einfluß geltend machte, um etwas abzustellen, das ihn störte, dann mußte er bald merken, daß sie es nur ihm zuliebe tat und nicht, weil sie es für ein Unrecht hielt.

Bald nach dem letzten Ahal des Jahres 1907 brach die Hungersnot mit aller Gewalt über die Menschen des Hoggar herein. Die Tuareg zogen verzweifelt von einem Weideplatz zum anderen, aber ihre Tiere fanden nichts mehr. Die Ziegen gaben keine Milch, ganze Schafherden verendeten, wenn sie nicht schon vorher geschlachtet worden waren. Auch immer mehr Kamele, die größten Geschenke Allahs, die alles ertrugen, brachen unvermittelt zusammen und waren nach wenigen Minuten tot.

Foucauld hatte die Katastrophe vorausgesehen und einige Vorräte im ersten Raum seiner Khaua angesammelt, aber das reichte nicht lange. Er schrieb Briefe und Appelle nach Ain Salah und Ghardaia und Maison-Carrée und schickte den vertrauenswürdigsten Krieger mit dem schnellsten Mehari auf den Weg. Er schrieb an seine Familie um mehr Geld, als er bisher je erbeten hatte, er schickte ihnen Listen der Dinge, die er am nötigsten brauchte. Im Harratin-Dorf und später in den Zelten der Nomaden merkte er, was er in den letzten Wochen seiner unermüdlichen Arbeit an der Grammatik übersehen hatte, und auch Paul hatte ihm keine Nachricht bringen können. Der hatte sich wieder einmal aus dem Staub gemacht.

»Warum habt ihr mir nicht früher gesagt, wie es um euch steht!« herrschte er sie an, und das gleiche sagte er zu Dassine. Die Leute waren schon völlig entkräftet, manche so krank, daß sie nicht mehr aufstehen konnten. Wie viele Wochen würde es dauern, bis der Kurier in Ain Salah ankam, wenn er überhaupt ankam, bis der Transport mit den Hilfsgütern Tamanrasset erreichte? Wenn er es erreichte. Bruder Charles teilte seine Reserven genauestens ein, damit sie noch einige Wochen vorhielten. Er ließ neben seiner Einsiedelei ein Zelt aufbauen und die Kranken hierherbringen. Er mobilisierte die Geschicktesten und brachte ihnen die wichtigsten Handgriffe bei, und Dassine wählte ein paar vertrauenswürdige Männer aus, die die Einsiedelei Tag und Nacht bewachten. Er hätte nie gedacht, daß sie sich so bewähren würde. Sie war nicht nur anmutig und charmant, sie konnte nicht nur befehlen und Kamelreiterstaffeln organisieren, die täglich in den Hoggar ritten, um von einer kleinen Ziegenherde, die einige Tuareg dort oben versteckt hielten, regelmäßig Milch für die schwächsten Kinder herunterzubringen. Sie packte auch selber mit an bei der Verteilung des Essens und merkte sich nach den Farben der Medikamentenschachteln, welchem Kranken welche Medizin zu verabreichen war. Sie konnte nur sehr schlecht lesen.

Bruder Charles hatte schon seit langem versucht, den Tuareg die Grundbegriffe der Hygiene beizubringen, aber außer Dassine, die auf alles Unbekannte neugierig war, hatte sich niemand dafür interessiert. Da sie sich nie wuschen und auch ihre Kinder nicht reinigten, stank es in ihren Zelten und besonders in den gedeckten Häusern, die zu bauen er ihnen geholfen hatte, derart, daß er sich nur mit Mühe beherrschen konnte, nicht davonzulaufen. Und jetzt, da der Hunger sie noch stumpfer machte, war es überhaupt nicht mehr zu ertragen. Um Krankheiten oder gar Seuchen zu verhindern, mußte er wenigstens die Kinder halbwegs sauber bekommen, aber es war eine mühselige Arbeit. Es dauerte Stunden, bis die halbvertrockneten Brunnen ein paar Krüge schlammigen Wassers hergaben.

Ende November kam dann die Kälte und setzte den entkräfteten Körpern noch stärker zu. Sie froren so sehr, daß sie sich schon bei Sonnenuntergang mit ihren Speeren Löcher in den Sand gruben, um sich darin zu verkriechen, und wenn Foucauld sie am Morgen besuchen kam, war mancher schon tot. Am schlimmsten war es mit den Kindern, und er trug die Ärmsten oft in seine Einsiedelei, legte sie in seine beiden Räume eng aneinander und versuchte, sie mit seinem eigenen Körper zu wärmen. Und wenn eines starb, starb es ungetröstet, mit keiner Gnadengabe versehen. Alles, was er geben konnte, war ein freundlicher Blick, ein Lächeln, er rührte sie an und ließ sich anrühren. Aber war das für einen Menschen genug?

Weihnachten kam, und Foucauld fühlte sich elend und verlassen wie noch nie. Nicht nur, weil er mit keinem Freund reden konnte, er liebte die Einsamkeit und war oft monatelang allein gewesen. Aber es war eine andere Einsamkeit, von früh bis in die Nacht hinein unter Menschen zu sein, sie zu berühren, mit ihnen zu reden und gleichzeitig zu spüren, wie fern sie von Jesus waren. Und das schlimmste: seit Paul wieder fort war, durfte er keine Messe mehr lesen. Er kniete vor dem Altar, aber der Tabernakel war leer. Oft in der Nacht wachte er vom Hall der Worte auf, die er nicht sprechen durfte: dies ist mein Leib . . . dies ist mein Blut. Durfte Jesus diesen unseligen Ort nicht mehr heiligen?

Ende des Jahres kamen endlich Soldaten mit drei vollbepackten Lastkamelen aus Ain Salah. Wer noch die Kraft hatte, ging ihnen jubelnd entgegen, und Foucauld und Dassine und ihre Sklavinnen mahlten tagelang den Weizen zu Mehl und füllten die leeren Vorratsgefäße. Er ließ alle Kinder, die im Umkreis einer Tagesreise von Tamanrasset lebten, herbeischaffen, um ihnen wenigsten einmal im Tag ein Essen vorzusetzen.

Aber er hatte sich zuviel zugemutet, zuviel Mühe und zuviel Hunger, zuviel Arbeit an seinem Lexikon, zu viele Gebete vor dem leeren Altar. »Wer weiß, wie lange ich noch Zeit habe«, entgegnete er auf Dassines Vorhaltungen, er möge sich etwas schonen. Dann kam endlich der Tag, den er seit Wochen ersehnt hatte: sein Ansuchen, die Messe auch ohne Ministranten feiern zu dürfen, war in Rom endlich bewilligt worden, und die Nachricht wurde über Algier in allergrößter Eile zur apostolischen Präfektur in Ghardaia weitergeleitet. Ein geistlicher Kurier jagte nach el-Goléa, ein militärischer Kurier nach Ain Salah, wo Laperrine persönlich den besten Mehari-Reiter und das schnellste Kamel aussuchte. Als Foucauld das Papier mit dem päpstlichen Siegel öffnete, strahlte es in seinem verwüsteten Gesicht auf, dann brach er zusammen.

Dassine Ult Khemma:

»Ich, Dassine Ult Khemma, Tochter eines Targi und einer Targia aus dem Stamm der Kel Ahaggar, habe ihn gekannt, so gut ihn einer kennen konnte. Ach, mein kleiner Marabut, wer begreift dich wirklich! Nicht einmal die Menschen in deinem Land, so hat mir Mussa erzählt, der doch in den Häusern gewesen ist, die du verlassen hast. Mussa hat die blühenden Gärten gesehen, den Überfluß an Wasser, Oasen ganz ohne Wüste. Ach, hätte ich Mussa zum Mann genommen, vielleicht wäre alles anders gekommen, vielleicht wäre doch weniger Blut geflossen! Aber wer hat damals daran gedacht! Ich habe ihn zurückgewiesen, wie jeden, den ich nicht wollte. Das ist unser altes Recht. Er war am Anfang ganz vernarrt in den kleinen Marabut.

Auch ich war ganz vernarrt in ihn, ich habe noch nie einen so seltsamen kleinen Mann gesehen, nicht im Hoggar, nicht im Tuat, auch nicht im Tidikelt. Wäre er ein Kamel oder ein Sklave gewesen – wer hätte ihn gekauft? Viele haben damals gefragt, ob in seinem Land so wenige Kinder geboren werden, daß seine Eltern dieses magere kleine

Wesen aufgezogen haben. Aber er war gar nicht schwach, o nein, er hat Dinge getan, die unsere Männer zu Boden geworfen hätten. Aber was war bei ihm schon so wie bei anderen Menschen! Er hat den Überfluß verlassen und ist gekommen, um mit uns zu hungern. Seinem Gott zuliebe! Er wollte nichts von dem annehmen, was sein Gott ihm gegeben hat. Als ob nicht genug Elend auf der Welt wäre! Hat Allah uns Freuden geschenkt, daß wir sie ihm vor die Füße werfen?

Aber er war der bezauberndste Mann, dem ich je begegnet bin, auch ohne Haare und ohne Zähne. Auch Aischa hat ihm schöne Augen gemacht, und was ist ihr Talal für ein prächtiger Mann gegen ihn! Und sie war nicht die einzige. Ich kann mir gut vorstellen, daß er sich mit Frauen immer verstanden hat und daß er sich von ihnen holte, was er brauchte. Vielleicht war es nicht immer das, was *sie* ihm geben wollten. Leider. Wenn er in meinem Zelt gesessen ist beim Tee und unsere Lieder aufgeschrieben hat, wenn er mit seinen ungeschickten Fingern die Stricknadeln hervorgeholt hat, um uns zwei glatt zwei verkehrt beizubringen – ›Ich kann keine Fersen stricken‹, sagte er immer wieder und sah dabei so verzweifelt drein. Oh, ich hätte ihn lieben können wie den schönsten Jüngling! Er muß auch Gott bezaubert haben.

Und immer war seine Tür offen, jeder konnte eintreten. Ich glaube, er wollte, daß wir ihm zusahen, wie er lebt und wie er betet und wie ihm die Zähne ausfallen. Er hat uns gesagt, wir sollen keine Sklaven halten und hat uns Nähnadeln geschenkt, Zündhölzer und Scheren. Er hat gesagt, gleich nach der Gottesliebe kommt die Reinlichkeit. ›Wasch dir deine Pfoten, Dassine, bevor du in die Schüssel greifst‹, hat er gesagt. Alle waren entzückt.

Er war so klug und doch so unvernünftig manchmal. Nicht einmal auf sich selber konnte er aufpassen. Manchmal fühlte ich mich ganz als seine Mutter. ›Du wirst krank werden, Marabut‹, sagte ich. ›Iß mehr! Bleib nicht so lange auf! Sei doch kein dummes Kind!‹ Und sein Lächeln, dieses

Lächeln! ›Ich bin das Kind des Kindes, Dassine‹, sagte er! ›Es sorgt für mich.‹ Dann war er wieder vernünftig und ein großer Herr. Mein Cousin Mussa, der Amenokal, hat ihn oft um Rat gefragt. Sie sind richtige Freunde geworden, auch wenn es später nicht mehr ganz so war. Und wenn Mussa fort war, oft gleich ein halbes Jahr, dann habe ich den ganzen Hoggar regiert. Und er ist mir zur Seite gestanden. Es war eine schöne Zeit.

Dann ist die große Hungersnot gekommen, es hat ja mehr als vier Jahre nicht mehr geregnet. Wer nicht verhungern wollte, ging zu ihm, und er gab alles, was er hatte. Ich glaube, er gab noch viel mehr. Zuviel. Für sich behielt er nur einen winzigen Fladen und ein paar Schluck Wasser täglich, seine Beinchen waren schon ganz dürr. Und er hat auch noch nächtelang gebetet und an seinem Buch geschrieben wie ein Verrückter. Ich konnte nicht lesen, was in dem Brief aus Ain Salah gestanden ist, aber er war für einen Augenblick so unsagbar glücklich, daß sich seine letzte Kraft aufgezehrt hat. Er war gerade dabei, el-Madani irgend etwas einzuflößen, diesem Kerl, diesem Hund, den Allah in die tiefste Hölle verstoßen möge. Ich hab ihm immer gesagt, laß den Kerl sterben, der verdient es nicht, der hat dich schon dreimal bestohlen! Der Marabut war schon so schwach, aber er hat noch streiten müssen. ›Zweimal‹ hat er gesagt, ›nur zweimal‹. ›Er ist in der Finsternis aufgewachsen‹, hat er gesagt. Dann ist der Kamelreiter mit dem Brief gekommen, und er ist direkt in meine Arme gefallen.

Wir haben ihn in sein Haus getragen, er war ganz leicht. Er muß schreckliche Schmerzen in der Brust gehabt haben, und die Haare sind ihm ausgefallen, und die restlichen Zähne, bis auf drei. ›Ich brauche Milch‹, hat er gesagt, zum ersten Mal, daß er etwas für sich verlangte. Und die Witwe des Amenokal, Ahitagguen, hat von weit im Norden eine Kuh kommen lassen. Ich habe meinen kräftigsten Krieger nach Ain Salah geschickt. Der kleine Marabut hat bei jeder Bewegung so gehustet, daß ich glaubte, er bricht auseinander. Ain besten war es, wenn er ganz flach und ohne Bewegung gelegen ist. Aber er hat unentwegt gebetet, ich habe nie einen Menschen so gesehen. Ich hab in ihn hineingestopft, was ich hatte.

Dann ist das Fieber gekommen. Ich habe die ganze Zeit bei ihm gelebt. Sie lachen über mich, sie sind herzlos. Manchmal, wenn er ganz heiß war, habe ich für ihn gesungen. Er darf nicht lieben, aber er liebt meine Liebeslieder. Auch über die Liebe hat er so seltsam gedacht. Gott zuliebe verzichten – was soll Gott davon haben? Er hat über meine Frage gelacht. ›Du wirst es einmal wissen, Dassine. Gott möge dir gnädig sein.‹ Ich würde eine ganze Schafherde verschenken, wenn er noch da wäre! Und mein weißes Kamel dazu.

Er redete oft im Fieber, er nannte Frauennamen, er sagte ›Verzeih, Mimi!‹ Er sprach zu Marie, das ist die alte Frau aus Paris, von der Mussa erzählt hat. Die hat er deshalb, sagt Mussa, damit er den anderen widerstehen kann. Ich bin neben ihm gesessen und hab ihm den Schweiß abgewischt. Manchmal hat er's gemerkt, aber er hat sich nicht gewehrt. Er hat sich angeklagt, was er für ein schlechtes Leben führt und daß seine Brüder deshalb nicht kommen. Daß er zuwenig liebt. Manchmal hat er geschrien: ›Lyautey!‹ Das ist der General von Marokko. Daß alles schlecht ist, was er tut. Daß man sie eines Tages über das Meer zurückjagen wird, auch ihre Priester, und daß dann alles noch schlimmer sein wird als früher. Ich habe nicht alles verstanden, manchmal sprach er französisch, manchmal in unserer Sprache. Manchmal hat er etwas übersetzt, hat gesagt: ›Das Wort paßt nicht genau, da muß ein anderes her. Ich muß es finden, ihr müßt mich doch verstehen.‹ Und immer hat er von Brüdern geredet und von Schwestern, die nicht kommen. Er hat sie gerufen, er hat geschrien, daß alles viel zu schwer ist für ihn allein. Und daß sie in der Wüste leben sollen und was sie tun sollen, wenn er nicht mehr ist. Und daß sie sich scheren lassen sollen wie die Schafe. Daß sie sich schlachten lassen sollen, das hat er mehrmals gesagt. Aber ich hab nicht verstanden, was er damit meint.

Er hat sich entsetzlich gequält, es war ein Jammer, ihm zuzuschauen. Ich habe ihm Milch gegeben und Tabletten, von denen er mir gesagt hat, sie machen gesund. Ich bin in den Hoggar gegangen, wo ein Palmenhain steht, der einem Dschinn gehört. Ich bin zu einem alten Grab gepilgert und hab auf den Traum gewartet, in dem Antwort gegeben wird auf alle Fragen. Er hat gesagt, das ist Unsinn, Dassine, Heidentum. Aber der Prophet sagt doch, daß Gott die Dschinns aus rauchlosem Feuer geschaffen hat. Und wenn ihm sein Gott nicht helfen will – ich hab ihm auch das Messer heimlich unter den Polster gelegt.

Einmal, es war in der Nacht, fand ich ihn im zweiten Raum liegen. Er ist zu der Kiste mit seinem Jesus hingekrochen, auf dem Boden wie eine Schlange. Er hat die Kiste fest umklammert und immerfort etwas gemurmelt. Er war zu schwach, um aufzustehen, und seine Hände sind in der Luft herumgeirrt. Ich hab sie genommen und gespürt, wie sie mich führen. Zu einem Buch, zu einem Gefäß mit winzig kleinen, flachen Weizenfladen, zu zwei Bechern mit Wasser und Wein. Ein Tüchlein, ich hab es ihm aufgebreitet, direkt vor seinem Kinn. Er hat einen kleinen Fladen herausgenommen und daraufgelegt, er war nur noch mit ihm beschäftigt. Er hat ihm etwas zugeflüstert, er hat ihn geküßt, er hat ihm etwas aus dem Buch vorgelesen. Er hat ihn mit den Fingern gehalten und liebkost – diese Zärtlichkeit! Das hab ich noch bei keinem Mann gesehen. Dann hat er die Augen geschlossen und etwas gemurmelt, dann hat er den Fladen aus den Fingern fallen lassen. Ich wollte ihn aufheben, aber er hat mich wild weggestoßen. Als wollte er ihn vor mir schützen. Das ist sein Gott, dieser Fladen, hat mir Mussa erzählt, er weiß das aus Frankreich. Was ist das für ein Gott? hab ich ihn gefragt, aber das weiß er nicht.

Der kleine Marabut weiß es. Er hat ihn von nun an nicht mehr angerührt. Er hat ihn nur angesehen, mit Tränen in den Augen, er hat immerfort mit ihm geredet. In einer Sprache, die ich noch nie gehört habe. Er hat auch immer wieder die rechte Hand von der Stirn zum Mund hinunterbewegt, zu den Schultern. Dann wollte er mit dem Mund zu ihm, aber der Fladen war zu weit weg. Er wagte ihn nicht mehr zu berühren, er hatte schmutzige Hände. So zog er den ganzen Körper mit den Ellenbogen nach vorn, es war qualvoll zu sehen, wie er sich mühte. Aber ich durfte ihm nicht helfen, ich durfte nicht hingreifen, um ihm das Blättchen zuzuschieben. Endlich erreichte er es und leckte mit der Zunge danach, zärtlich und gierig. So geliebt sein! Es hat mir den ganzen Körper durchgeschüttelt. Dann klebte das Blättchen endlich an seiner Zunge fest, und er schloß rasch den Mund, um es nicht wieder zu verlieren. Er hat Gott gegessen, und der hat sich essen lassen. Er hat den kleinen Marabut nur gewürgt, er hat ihn mehrere Male schlucken lassen, er hat ihn sich aufbäumen lassen, als wäre eine große Pulverkugel in ihm explodiert. Dann ist er lange still gelegen wie ein Toter, und ich bekam schon Angst um ihn, aber ich hatte eine Scheu, ihn zu berühren. Erst viel später bemerkte ich, daß er ruhig eingeschlafen war. Zum ersten Mal seit langer Zeit.

Ich habe noch ein paar Jahre mit ihm beisammensein dürfen. Er hat uns in allem geholfen, Tamanrasset ist ein schönes Dorf geworden, mit richtigen Häusern, Gemüsegärten und Feldern. Er ist noch ein paarmal fortgegangen, nach Beni Abbes, zu den Weißen Vätern, sogar nach Frankreich zu seiner Familie. Aber er ist immer wieder zu uns zurückgekommen. Und jetzt ist er tot und hat alles mitgenommen, seinen Charme, seine wunden Füße, seine Güte. Daß einer so leben kann! Da ist irgendein Geheimnis dahinter. Mussa hat mir von seinem schönen Haus in Frankreich erzählt, von den Gärten, in denen das Wasser aus der Erde springt. Und so einer lebt bei uns in Tamanrasset mit nichts als seiner Hütte und seinen Lumpen! Mussa hat gesagt, daß er für uns gelebt hat. Das kann ich verstehen. Aber daß er auch für uns gestorben sein soll, wie Mussa meint – wir sind so arm ohne ihn . . .«

*

Dassine hatte die Tür und die Fensterlöcher geschlossen gehalten, damit die bösen Geister ausgesperrt blieben. Jetzt war alles offen, und die Morgensonne leuchtete in sein abgezehrtes Gesicht. Er war aufgewacht und wunderte sich, die Frau neben sich sitzen zu sehen.

»Wo bin ich gewesen? Es war alles so schön.«

»Du hast geträumt, Marabut«, sagte sie. »Von deinen Brüdern.« Auch ihr Gesicht lag im Schein der Morgensonne.

»Warum lachst du so?« fragte er.

»Weil du wieder bei uns bist.«

»Ja, das ist gut, Dassine.«

Die Sonne blendete ihn, und er wollte sich ein wenig zur Seite drehen, da merkte er, daß irgend etwas anders war.

»Was ist da so seltsam? Träum ich noch?«

Dassine mußte wieder lachen. Er merkte nicht, daß er zum ersten Mal in dieser Einsiedelei in einem Bett lag. »Oberst Laperrine ist dagewesen. Sie wollen irgendwo in der Nähe ein Fort bauen.«

»Ein Fort? Wozu?«

»Ich weiß es nicht. Aber er hat gute Medikamente mitgebracht. Und Briefe.« Sie zögerte. »Und – das Bett.«

»Ein Bett?« Er fuhr entsetzt hoch, und der weiche Drahteinsatz vervielfachte seine Bewegung. Dassine aber hielt ihm rasch einen Zettel vor die Augen.

»Kannst du mir das vorlesen? Es ist französisch.«

Foucauld blickte widerstrebend auf die verschwommenen Buchstaben, die allmählich klar wurden. ›Dieses Bett ist zum Liegen da‹, las er. ›Für dich. Und – das ist ein Befehl. Henri.‹ »So ein Luxus«, sagte er vorwurfsvoll und wandte sich ab. Aber er vergrub sich dennoch in die weiche Matratze und zog die Decke bis zum Kinn herauf. Er glaubte zu spüren, daß er Jesus damit nicht verriet. Jesus liebte ihn.

*

Der junge Herr sei noch nicht zurück, erklärte die Concierge, während sie diensteifrig die enge Treppe zum dritten Stock hinaufhumpelte. Er sei gerade auf dem Markt, um frische Artischocken zu holen. Der hochwürdige Herr könne aber ruhig im Herrenzimmer Platz nehmen, es werde nicht mehr lange dauern. Ihm könne sie ja vertrauen, auch wenn sie ihn nicht kenne, es sei das erste Mal, daß zu Monsieur ein Priester zu Besuch käme. Bisher seien es eher Leute aus anderen Kreisen gewesen.

Foucauld ließ sie reden und sah sich in dem ›Herrenzimmer‹ um. Es war nicht gerade das 8. Arrondissement, in dem sich das Haus befand, und Neffe François hatte auch nicht viel dazu getan, um wenigstens seine Zimmer dem Niveau eines de Bondy entsprechend einzurichten. Dazu fehlte wohl das Geld, die wenigen besseren Stücke, die der Wohnung einen vornehmen Anstrich geben sollten, stammten sichtlich aus dem Leihhaus, zweite Garnitur, wenn nicht gar billige Imitation. Es war Foucauld peinlich, wie rasch er das registrierte. Kaum war er in der alten Welt, begann er sofort, sich ihrer Maßstäbe zu bedienen. Nur die wenigen persönlichen Erinnerungsstücke, die Uhr am Kamin, eine Rauchgarnitur und ein paar alte Photos in ovalen Rahmen, milderten den unpersönlichen Mietzimmereindruck.

Foucauld sah sich die Bilder an, Familienbilder, Eltern, Tante Inès und immer wieder François als Kind. Das Unangenehmste aber an diesem dunklen, eher strengen ›Herrenzimmer‹ war, daß die persönlichsten Dinge von einer Frau stammten: gehäkelte Deckchen und Nippesfiguren, der geschmacklose Kerzenleuchter, an dem ein silberner Ballettschuh hing, Straußenfedern, Puderquasten und ähnliches Zeug. Als Fremdkörper hing auch ein völlig neues, braunes Holzkästchen mit Hörer und Kurbel an der Wand. Foucauld ging hin und griff neugierig nach dem Hörer – da hörte er ein Geräusch, und François stand in der offenen Tür. Erschrocken, peinlich berührt. Aber er ließ sich nichts anmerken.

»Onkel Charles!« rief er überschwenglich, »ist das eine Überraschung!« Er setzte den Gemüsekorb ab und schüttelte dem kahlköpfigen Mann mit dem schlecht gestutzten

Bart die Hände. Er hatte erst unlängst ein Photo von seinem Onkel gesehen, auch trug dieser jetzt eine ganz gewöhnliche Soutane ohne Flicken und ohne Rosenkranz. »Wie hast du mich gefunden?«

Foucauld zuckte die Achseln. »Wenn du von Adrar nach Tamanrasset findest, dann macht dir Paris keine Schwierigkeiten.«

»Das kann ich mir denken«, rief François, aber es war ihm anzumerken, wie wenig ihn die Antwort befriedigte. Sie saßen am Tisch, und François brachte Likör und Gläser. Er fragte, wie die Überfahrt gewesen sei, und beneidete den Onkel um die gesunde Gesichtsfarbe. »Da kann man noch so viel schwimmen und Tennis spielen, in Paris kriegt man die nie.«

Aber er hielt die Rolle des unbefangenen Neffen, dem nichts lieber war, als seinem Onkel die Hand zu drücken, nicht lange durch. Er spürte wohl auch bald, daß der Onkel an einem oberflächlichen Gesellschaftstratsch wenig Interesse hatte. Er hatte es ja selber nicht. »Ja, Mama hält mich kurz«, sagte er plötzlich, als er einen Blick Foucaulds auf die abgestoßene Tischkante auffing. Und dann, fast ängstlich:

»Hast du sie gesehen?«

Foucauld nickte. Er wohnte im Hotel, er wollte unabhängig sein, aber er hatte Cousine Marie schon zweimal gesehen. Erst beim zweiten Mal hatte sie ihm gestanden, daß sie ihrem ältesten Sohn das Haus verboten und einen Vormundschaftsrat über ihn hatte einsetzen lassen. Darum war Foucauld auch hier. Das Dienstmädchen hatte ihm heimlich die Adresse gegeben.

»Ist es immer noch Onkel Latouche?«

François lachte. »Nein, dafür gibt's jetzt genug andere.« Er schilderte den Familienrat, es war nicht viel anders gewesen als damals bei Charles, nur ein paar Personen hatten gewechselt. Frau Moitessier etwa, ihren Platz hatte jetzt Cousine Marie eingenommen, und sie war härter als die schöne Tante Inès. Ein Hausverbot hatte es für den Leutnant der Chasseurs nie gegeben.

Aber François war nicht böse, er nahm das Ganze gleichmütig hin wie einst Onkel Charles. Man konnte auch mit wenig auskommen, so wichtig waren die Dinge nicht. Und letzten Endes – was konnte einem Foucauld oder de Bondy schon passieren! Irgendwo war immer noch Geld da, sogar für den Mann in der Sahara. Nur dahinter, hinter der Munterkeit des Neffen war noch etwas zu spüren, etwas Undefinierbares, das diese Munterkeit allzu aufgesetzt erscheinen ließ. Angst vielleicht, was aus diesem Leben noch werden konnte?

»Nimm noch ein Glas, Onkel Charles! Ich bin froh, daß du da bist.« Es klang echt, erschreckend echt. Er war vierunddreißig Jahre alt, in dem Alter hatte der Onkel, der zu nichts taugte, schon seinen Leutnant hinter sich und Mimi und die Goldmedaille der Geographischen Gesellschaft. Wo stand François heute?

»Sie ist Tänzerin in den Folies Bergères«, sagte François fast entschuldigend, als er merkte, wie Foucauld den Ballettschuh fixierte. »Aber sie tanzt auch Spitze. Sie wäre beinahe in der Oper untergekommen.«

»Schön. Meine Mimi hat es nicht so weit gebracht.«

Er sagte ›meine Mimi‹, er wollte nichts entschuldigen, nichts in seinem Leben und nichts in dem seines Neffen. Er wollte François nur für ein paar Augenblicke aus seiner Verlassenheit herausreißen – und womit sonst konnte er eine Gemeinsamkeit herstellen? Mit vierunddreißig war er nach Notre-Dame des Neiges gegangen, um Mönch zu werden. Hand in Hand waren sie durch Paris gewandert, er und Marie. Gemeinsam waren sie im Park von Le Tuquet gesessen, und er hatte gewußt, daß sie in der Dorfkirche kniete, um für ihn zu beten. Sie hatte ihn mit Abbé Huvelin bekannt gemacht. Er war lange fern gewesen, von ihr und von Gott, aber sie hatte seine Seele aufbewahrt, damit diese Seele die gottfernen Jahre ohne Schaden überstehe. Sie hatte sie ihm wieder zurückgegeben, als er reif dazu war.

Ihren eigenen Sohn aber hatte sie verstoßen, weil er geworden war wie sein Onkel. Ohne zu fragen, ob nicht gerade dieser Onkel, der vielbesprochene Lebemann und Abenteurer, dem unreifen Jungen zum Vorbild geworden war. Ohne zu fragen, ob das viele Frommsein, das langweilige Stillsitzen auf Kirchenbänken, nicht schon das Kind abgestoßen hatte. Und das Beispiel des Vaters, der, wie jeder Heranwachsende sehen konnte, nichts anderes tat, als die meisten Herren der Gesellschaft taten, in der man sich bewegte.

François wurde unruhig, er blickte auf die Uhr und zu seinem Gemüsekorb hinüber. Er ging zum Fenster und sah auf die Straße hinunter. Plötzlich kam ihm eine Idee: ob sie einander nicht in irgendeinem Lokal treffen könnten? Foucauld aber hatte am Abend schon etwas anderes vor. Aber morgen vielleicht? Nein, morgen war er schon auf dem Weg nach Marseille. Er merkte, daß François ihn loswerden wollte, und wußte auch, warum. Eine köstliche Vaudevillesituation: leichtsinniger Neffe will dem frommen Onkel seine Mätresse vorenthalten und versucht nun alles mögliche, ihn loszuwerden. Jetzt erzählte er prompt, daß er sich umziehen müsse, da er um – er blickte auf die Uhr – ja, um zwei eine Verabredung habe. Auch das hatte Foucauld schon im Theater gesehen.

»Gut, ich warte hier, bis du fertig bist«, sagte er. »Wir können dann gemeinsam hinuntergehen.«

Die Situation und das ratlose Gesicht des Neffen dazu machten ihm immer mehr Spaß. Bald aber sah er auch, wie sehr er den armen Kerl damit quälte, und es wurde ihm klar, daß es ihm gar nicht so sehr um den Spaß ging. Nein, es war die plötzliche Hoffnung: diese Frau, die offenbar das einzige war, das François besaß, vielleicht konnte sie . . .? Revuetheater besagte noch lange nichts, Mimi hätte eine perfekte und liebevolle Vicomtesse abgeben können, ebenso die brave Mademoiselle Titre aus Algier. Ein Mann hatte viele Möglichkeiten, es mußte ja nicht unbedingt etwas so Extremes sein wie ein Mönchsleben inmitten der Sahara. Ja, er mußte das Mädchen sehen, der arme François brauchte deshalb nicht länger zu leiden.

»Ich könnte mich heute abend schon freimachen«, sagte Foucauld. »Aber willst du mir wirklich zumuten, in diesem Habit in die Folies zu gehen?«

»Ich – dir zumuten?« fragte François entgeistert. Nein, das war zu fein gesponnen.

»Aber irgendwo möcht ich sie doch sehen,« fragte Foucauld direkter. »Oder willst du deinem Onkel den hübschen Anblick nicht gönnen?«

»Ich?«

»Und wenn ich sie jetzt nicht sehen darf – «

Endlich begriff François. »Du hast erraten, daß sie jetzt kommt?«

»Das war nicht schwer.« Foucauld setzte sein gewinnendstes Lächeln auf. »Es tut mir nur leid, daß deine Artischokken jetzt nicht mehr weich werden.«

»Ach, das macht gar nichts«, rief François erleichtert aus. »Wenn Louise sieht, daß du da bist – sie wird rasch ein paar kalte Sachen machen, sie ist da sehr geschickt.« Rührend, wie er sofort zu werben begann!

»Ich kann euch auch helfen«, bot Charles dem Neffen an. »Was glaubst du, was ich in meinem Junggesellendasein alles gelernt habe! Wäschewaschen, Zimmer säubern, kochen – im letzten Winter hab ich in Tamanrasset für mehr als hundert Kinder täglich gekocht. Und stell dir vor, es hat ihnen sogar geschmeckt.« Er nahm den Gemüsekorb vom Tisch, aber François ließ ihn nicht weit damit kommen.

»Das mach schon ich!« Auch die Küche schien nicht sehr präsentabel zu sein.

»Hast du keinen Diener?«

»Diener?« rief François. »Bei dem Salär? Was glaubst du, was die heute verlangen!«

Foucauld ließ sich den Korb wieder aus der Hand nehmen. »Na ja«, er zuckte die Achseln. »Ein Glück, daß du eine tüchtige Freundin hast.«

Dann erschien Louise. Eben von der Vormittagsprobe kommend, stand sie dekorativ in der Tür. Es war kein schlechter Auftritt, aber François vergaß völlig, ihn zu würdigen. »Das ist Onkel Charles«, sagte er, nun wieder verlegen wie vorher.

»Der Onkel Charles?« Sie fiel aus ihrer Pose und maß den Besucher erstaunt von oben bis unten.

»Genau der«, sagte Foucauld und lächelte ihr freundlich zu. Sie mußte schon einiges von ihm gehört haben, und es war wohl auch der Priesterhabit, der ihr etwas von ihrer Unbefangenheit nahm. Sie hatte ein recht hübsches Gesicht, was ihr an Persönlichem fehlte, konnte man bei näherer Bekanntschaft vielleicht noch entdecken. Mimi war sie keine, das sah er auf einen Blick. Sie zog die Nadel aus dem Hut und warf ihn auf die Chaiselongue. François sagte etwas von Essen, aber sie hatte keinen Hunger. Auch ihr Interesse an der Küche schien nicht groß zu sein, sie stürzte sich lieber auf den berühmten Onkel aus Afrika – und auf den Likör, der ihr rasch wieder ihre Selbstsicherheit zurückgab.

›Armer François‹, dachte Foucauld, während er irgendwelche Fragen irgendwie beantwortete. Das war keine, die man so leicht wieder loswurde, wenn man so weich war wie er. Der Likör tat bald seine Wirkung, umso mehr, als weder die Artischocken noch irgendwelche ›kalte Sachen‹ als Unterlage aufgetischt wurden. Aber das Mädchen wurde nicht etwa unverschämt, wie Foucauld befürchtet hatte, eher zutraulich, und er mußte seinen Stoßseufzer von vorhin ein wenig zurücknehmen. Es mochte schon sein, daß es schwer sein würde, sie loszuwerden, aber nicht, weil sie sich da einen Goldfisch geangelt hatte, den man ausnehmen konnte. Sie schien sich über seine Lage völlig im klaren zu sein, und doch würde sie alle ihre Energien aufwenden, ihn nicht zu verlieren. Vielleicht weil er weich war, vielleicht weil er gut war, weil er in all seiner Armseligkeit ihr etwas versprach, das sie zum Leben brauchte. Das war zweifellos sympathischer, und dennoch, wie sollte ihm dieses Geschöpf helfen können?

Er begann zu erzählen. Nein, das war nicht die, die er sich für François einen Augenblick erhofft hatte, und das deprimierte ihn. Er fürchtete den Moment, da die belebende

Wirkung des klebrigen Getränks vorzeitig in einen Katzenjammer umschlagen würde, darum redete er. Das übliche Repertoire aus Saumur, Pont-à-Mousson und Setif, das die Soldaten in der Sahara schon auswendig kannten. Wie armselig das alles war! Aber die beiden sollten keinen Augenblick das Gefühl haben, daß er sie geringschätzte, darum erzählte er und brachte das Mädchen zum Lachen, bis es rote Flecken im Gesicht bekam. Darum ließ er den Lieblingsneffen lachen, dem er einst seinen Tschako und den arabischen Burnus geschenkt hatte. Wenigstens das sollte er bekommen, wenn er schon sonst nichts von dem haben durfte, was seinem Onkel im Übermaß geschenkt worden war: dieses Brennen, das eines Tages zum Feuer wurde.

»Weißt du, Louise, daß Onkel Charles ein exzellenter Koch ist?« rief François mitten in ihr Lachen hinein. »Hundert Tuaregkinder hat er verpflegt.«

»Und am Sonntag gab's zum Nachtisch Marmelade«, setzte Foucauld hinzu.

»Marmelade?«

»Ja. Man nimmt Datteln, entkernt sie und zerstößt sie in einem Mörser zu Brei – «

Und plötzlich kam ihm der Gedanke: wozu ging er ins tiefste Afrika, wenn es hier, in diesem Zimmer, in den anliegenden Häusern, wenn es in der ganzen riesigen Stadt so viel Elend gab? Warum war er nicht Kaplan in einem Proletarierviertel geworden? Nur weil ihn die Wüste bezaubert hatte? Er erzählte von den Ahals und von Mussa und der schönen Dassine, und dabei kam ihm Mademoiselle Titre wieder in den Sinn, der er vor einigen Jahren in Algier begegnet war. Sie war immer noch schön, das hatte sie zu konservieren vermocht. Aber sonst war nichts geblieben. Eine gutbürgerlich verheiratete, ein bißchen füllig gewordene Madame Doucet oder so ähnlich, die wußte, wie man sich in ihren Kreisen kleidete, und sich immerfort ängstlich umsah, solange sie mit ihm beisammenstand. Genierte sie sich für ihn? Sie, die einst gegen ihre Familie rebelliert und ihr ganzes Vermögen für ihren Glauben aufgegeben hatte? Jetzt hatte sie diesen Glauben aufgegeben, sie haßte die Religion. War er auch an ihr schuldig geworden? Er hatte damals ein Gelübde ›für die Bekehrung einer Freundin‹ abgelegt, aber was war das für eine armselige Buße für ein zerstörtes Leben! Was überhaupt war zu tun, um etwas so unwiederbringlich Verlorenes wieder zurückzugewinnen? Und was war mit Mimi geschehen? Und mit den vielen anderen? Und Cousine Marie, die jetzt so hart geworden war? Opfer eines Mannes, der ihr vier Kinder aufgeladen und sie dauernd betrogen hatte? Opfer eines anderen, den sie zu Gott geführt hatte und der sie dann um Gottes willen verließ und mit billigen Beteuerungen seiner Liebe, seiner Verehrung, seiner Dankbarkeit abspeiste? Und all das für nichts weiter, als daß er mit irgendwelchen Nomaden herumzog, die im Grunde nichts von ihm wissen wollten, die sich beschenken ließen und ihn belächelten. Deren Beste für ihn betete, daß er endlich ein gläubiger Moslem werde, um nicht in die Hölle zu kommen.

»Ich muß weg«, sagte er und stand auf. Er konnte seine lächerlichen Geschichten nicht mehr hören, und die beiden waren so konsterniert, daß sie ihn widerstandslos gehen ließen. ›Was haben wir getan?‹ stand in ihren Augen, er sah es nicht. Erst später, schon auf dem Schiff von Marseille merkte er, zu spät merkte er es, was er ihnen angetan hatte. Hatte er wieder versagt?

*

Tamanrasset war aufgeblüht in den letzten Jahren, zu den armseligen Strohhütten kam eine Anzahl gemauerter Häuser, deren etliche trotz der Trockenheit von Gemüsegärten umgeben waren, als befänden sie sich in einer Oase. Mussa hatte den Ort sogar zu seinem Regierungssitz gemacht, wie er das nannte. Er war zwar Nomade, aber einen festen Punkt, zu dem er zurückkehren konnte, wünschte er sich doch. Dem Amenokal war es auch gelungen, eine große Versammlung der Stämme des Hoggar einzuberufen, und der einstige große Gegner der Franzosen, Sidi ag Othmane, hatte sich ihm angeschlossen. Für weitere Sicherheit sorgte das Fort Motylinski, das inzwischen fertiggestellt war und Tamanrasset gegen den Süden zu absicherte.

Auch die Verbindung mit der Heimat war besser geworden, die Straße aus dem Norden reichte immerhin schon bis Ain Salah. Und wenn man den Gerüchten glauben konnte, dann sollten auch bald Radiostationen eingerichtet werden. Mit dem wochenlangen Warten auf eine wichtige Nachricht war es dann endlich vorbei.

Durch das Fort Motylinski, das mit etwa fünfzig Soldaten besetzt war, kamen auch immer mehr Franzosen nach Tamanrasset, und Bruder Charles tat alles dazu, sie mit den Tuareg und deren Lebensgewohnheiten bekanntzumachen. Die wertvollste Hilfe dabei war wieder Dassine, die ihrem Marabut zuliebe, aber auch zu ihrem eigenen Vergnügen, ein Gesellschaftsleben aufzog, wie es amüsanter in keinem Pariser Salon sein konnte. Auch wenn dabei nur grüner Tee mit Minze und irgendein undefinierbares Gebäck gereicht wurde.

Dassine war es auch, die ihn dank ihrer Neugier auf alles Unbekannte bei seinen Versuchen, den Tuareg so etwas wie europäische Zivilisation beizubringen, kräftig unterstützte. Sie nahm als erste Messer und Gabel in die Hand und verwendete die Seife, die Bruder Charles aus Frankreich mitgebracht hatte, sie steckte sich als erste eine Zahnbürste in den Mund, obwohl sie deren Wirksamkeit in Zweifel zog, wenn sie sich Bruder Charles' Zähne ansah. Sie demonstrierte ihren Freundinnen die Wirkungsweise von Scheren, Sicherheitsnadeln und allerlei Patentverschlüssen, wobei sie eifersüchtig darauf bedacht war, daß sie diese Wunderdinge aus dem fernen Kontinent als erste von ihrem Marabut vorgeführt bekam. Sie hatte seit Foucaulds Ankunft eine Menge gelernt und sich fast so etwas wie europäisches Denken angeeignet. Nur bei einem gab es Schwierigkeiten mit den vornehmen Tuareg-Damen: bevor sie sich von einem fremden Doktor impfen ließen, nahmen sie jedes Gesundheitsrisiko auf sich.

Ein Glück, daß Stabsarzt Doktor Herisson, den Bruder Charles seinem Freund Laperrine für die Tuareg abgebettelt hatte, auch ein leidenschaftlicher Cellospieler war und sein Instrument über Tausende von Kilometern durch die Wüste mitschleppte. Und als Charles den großen Kasten sah, hatte er auch die Königsidee:

»Sie werden die Damen impfen.«

Schon am nächsten Tag wanderten die beiden, von einer Schar Neugieriger verfolgt, mit dem geheimnisvollen Cellokasten zu Dassines Zelt. Bruder Charles stellte den neuen Arzt vor, und als dieser auf seinen Wink den Kasten öffnete, klatschte die Schöne begeistert in die Hände. »Das ist ja der Vater aller Imzads«, rief sie, entzückt über die Größe des Instruments, und auch die Nachbarinnen, die ins Zelt drängten, baten, er solle doch spielen.

»Ich spiele euch gern ein paar französische Lieder«, sagte der Arzt. »Aber unter einer Bedingung: daß ihr euch gegen die Pocken impfen laßt.«

Die Frauen sahen einander erschrocken an, nur Dassine blickte lächelnd zu Bruder Charles hinüber, als wüßte sie genau, wer sich das ausgedacht hatte. »Gut. Impfen Sie mich!« forderte sie den Doktor auf und entblößte ihren Arm. »Aber wehe, wenn Sie schlecht spielen!«

Doktor Herissons Impfaktion war ein voller Erfolg, und die Damen erwiesen sich als ein höchst musikverständiges Publikum. Auch die Männer ließen sich widerstandslos impfen, und ihnen mußte der Arzt nicht einmal etwas vorspielen. Doktor Herisson war aber auch auf anderen Gebieten recht brauchbar, und als Bruder Charles der Teegesellschaft das Stricken beibrachte, ab nun die Lieblingsbeschäftigung der Tuareg-Aristokratinnen, entwickelte er sich zum begabten Assistenten und Demonstrator. Er war auch der erste in der Runde, der eine perfekte Ferse stricken konnte, was Bruder Charles zu seinem Kummer nie gelang.

Herisson blieb fast ein Jahr im Hoggar und war eine große Hilfe. Bald aber mußte Bruder Charles erkennen: was ihm ein ernsthaftes Anliegen war, für den Arzt war es nicht mehr als ein amüsanter Zeitvertreib. Bruder Charles war überzeugt davon, daß diese Stämme nur bestehen konnten, wenn sie sich der Fortschritte der europäischen Zivilisation bedienten und den Europäern halbwegs ebenbürtig wurden. Doktor Herisson aber hatte bestenfalls liebevollen Spott für die Ungeschicklichkeit seiner Schülerinnen – Dassine natürlich ausgenommen, ihr hätte er für sein Leben gern einmal die Lunge abgehorcht.

Bruder Charles war sich völlig im klaren, daß seine Teenachmittage mit Pulloverstricken und Aufklärungsunterricht über Hygiene und Körperpflege nur ein dilettantischer Versuch mit höchst untauglichen Mitteln waren. Aber es war immerhin ein Anfang, alles, was er hier tat, war nur ein Anfang. Es gab ja sonst niemanden, der ihm half, und er hätte Hunderte gebraucht, um das Elend dieser Menschen, die wirklich nur aus entsprechender Entfernung die stolzen, würdevollen Ritter der Wüste darstellten, ein wenig zu lindern. Nicht einmal die wenigen Laienschwestern, um die er gebeten hatte, damit wenigstens sie sich um die völlig verwahrlosten Kinder kümmerten, wurden ihm zugestanden. Und kein Bruder, der mit ihm ein Beispiel christlichen Lebens gegeben hätte! Was für eine seltsame ›Missionierung‹, wenn Bruder Charles, der katholische Priester, diesen Menschen eine Art Rosenkranz aus durchbohrten Olivenkernen schenkte und sie anwies, bei jedem Kern, der ihnen durch die Finger glitt, ein Stoßgebet zu Allah emporzuschicken!

»Wir haben auch Jahrtausende gebraucht, bis wir halbwegs so weit waren«, sagte Doktor Herisson achselzuckend. Er war sicher einer der Besseren, dennoch gehörte auch er zu jenen, für die die Kolonialvölker keine menschliche Verpflichtung waren, sondern Untertanen, denen man zuerst ihre Freiheit und dann ihre Würde nahm, und die man dann zum Proletariat verkommen ließ. Mit Schaudern erinnerte

Bruder Charles sich noch an seine erste Begegnung mit diesen entwurzelten Existenzen im Hafen von Bône, denen alles genommen worden war, weil sie sich nicht rechtzeitig hatten wehren können.

Oft und oft debattierten sie miteinander, der Arzt und der Priester, dem vor den Zukunftsvorstellungen des ›Realisten‹, wie dieser sich nannte, zuletzt nur die Flucht zu seinem Jesus im Tabernakel blieb. Gab es denn keinen Ausweg für diese Menschen, für die er von früh bis in die Nacht hinein lebte, arbeitete und betete? Und wie viele Jahrzehnte, Jahrhunderte würde es erst dauern, um die ungeheure Distanz von diesem Teestundengebet als Gesellschaftsspiel mit Olivensteinchen bis zu einem Leben durch Christus und mit Christus und in Christus zu überwinden?

*

Mussa war aus Frankreich zurückgekommen, und sie veranstalteten eine feierliche Parade, fünfhundert Tuareg-Reiter in ihren blauen Gewändern, ihnen voran der Amenokal. Sie schossen in die Luft, daß der Widerhall noch von den entferntesten Bergwänden zurückschlug, und auch die Garnison des Forts Motylinski war angerückt. Dazu eine Gruppe von Laperrines Saharapolizei.

Nach der Parade saßen sie einander gegenüber, der Amenokal und Bruder Charles, aber sie hatten noch kein persönliches Wort gesprochen seit Mussas Rückkehr. Bruder Charles hatte es mehrmals versucht, aber Mussa wich ihm immer wieder aus. Erst jetzt, da er sich offenbar geschützt fühlte durch einige vornehme Tuareg, durch Hauptmann Sigonney und die drei Korporale, die rund um den niedrigen Teetisch auf dem Boden saßen, sprach er ihn direkt an:

»Dein Frankreich ist sehr schön, edler Marabut«, sagte er. »Ich habe noch nie ein so schönes Land gesehen. Ich habe euer Meer bewundert und eure Flüsse, in die man nur hineingreifen muß, um mehr Wasser zu haben, als unter unseren Wüsten jemals geflossen ist.«

Er sprach ein edles Tamaschek, und Bruder Charles, den er dabei immer fixierte, fühlte sich gezwungen, es ins Französische zu übersetzen. »Die Regierungsmitglieder, die mit großer Hochachtung von Vicomte Charles de Foucauld sprachen, haben sich sehr um ihren Gast aus dem Hoggar bemüht – und indem sie dich grüßen lassen, edler Marabut, hoffen sie, daß du mit der Auswahl dessen, was sie mir gezeigt haben, zufrieden sein wirst.«

Hauptmann Sigonney nickte beifällig, Bruder Charles aber glaubte nicht recht zu hören. Verstand Mussa, was er redete? Er zählte auf, welche Auswahl die Regierungsstellen getroffen hatten: eine feierliche Truppenparade zu Ehren des Gastes und ein Pferderennen in Longchamp, Besuche mehrerer Gestüte und der Waffenfabrik in Le Creusot – und die anwesenden Franzosen hörten mit leuchtenden Augen zu, was ihnen Bruder Charles übersetzte. Dazu Biarritz und etliche Kurorte am Ärmelkanal, ein überwältigendes Touristenprogramm für die bessere Gesellschaft mit entsprechender Börse. Bruder Charles spürte, wie ihm das Blut zu Kopf stieg, und je mehr sein Mund übersetzte, Versailles und Napoleons Grabmal, Casino de Paris und die Cafés Chantants mit Akrobaten, dressierten Hunden und halbnackten Chansonetten, desto mehr war er überzeugt: das konnte nur Hohn sein!

Schon lange hatte er sich mit dem Plan getragen, Mussa nach Frankreich zu bringen. Er hatte dem Targi erzählt, was dieses Frankreich für das Christentum bedeutete, er hatte ihm vorführen wollen, wie christliche Familien dort lebten. Aber dieses Frankreich hatte ihm das Oberflächlichste, das Sinnloseste gezeigt, das es zu bieten hatte, Bankhäuser und die Börse, Modeschauen, Nobelrestaurants und den neuesten Expreßzug Paris–Bordeaux, in dessen Speisewagen Champagner und Kaviar serviert wurden. Und Mussa? Spielte er mit? Der gläubige Moslem und die laizistische Regierung von Paris gegen Bruder Charles, der in seiner Naivität geglaubt hatte, Frankreichs Geistigkeit, die doch immer mehr im Materialismus erstickte, könnte noch irgend jemanden beeindrucken, der auf der Suche nach anderen Werten war? Oder war Mussa wirklich so blöde, daß er nur nachplapperte, wie schön alles war, was er schön finden sollte, damit er seinen Landsleuten vorschwärmen konnte, welches Paradies sie erwartete, wenn sie nur brav bei der Stange blieben?

Foucauld wäre am liebsten aufgesprungen, aber er hielt sich zurück. Er sah, daß Mussa nur darauf wartete, und Mussa war eitel und rasch gekränkt. Foucauld durfte nicht gefährden, was Laperrine in all den Jahren mühsam aufgebaut hatte, nur weil er dem Targi seinen Triumph mißgönnte. Er übersetzte also weiter, was seine Landsleute, von ihren Erinnerungen überwältigt, bejubelten. Er gab den Orden der Ehrenlegion weiter, den Mussa stolz herumreichen ließ, und erklärte den Sinn des fünfarmigen weißen Kreuzes auf dem grünen Lorbeerkranz.

Aber Mussa genügten diese Reaktionen des Priesters nicht. Er sagte: »Ich werde aus Tamanrasset ein zweites Paris machen, mit großen Häusern und Boulevards, über die die Kutschen fahren«, und Foucauld sah mit Schrecken, wie ihm jetzt unverhüllter Haß entgegenschlug. »Aber in einem werden wir Paris überflügeln«, rief er. »Wir werden eine Moschee bauen, eine schöne Moschee mit einer riesigen Kuppel und einem Minarett, und im Innern der Predigtstuhl und der Mihrab, reicher geschmückt als die Djemaa el Kebir in Algier . . .«

Mussa trug diesen Plan schon lange mit sich herum, Bruder Charles wußte aber auch, daß die anderen Stammeshäuptlinge sich geweigert hatten, auch nur einen einzigen Piaster beizusteuern. Aber etwas anderes war ihm wichtiger: auch wenn niemand von den Anwesenden begriff, warum Mussa das alles von sich gab, was Bruder Charles mit selbstquälerischer Akribie ins Französische übersetzte, auch wenn es für jeden anderen die lächerliche Prahlerei eines kindischen Mannes sein konnte – für ihn war das eine offene Kampfansage des Moslems gegen den Christen, des Freundes gegen den Freund. –

Gegen Abend kam Dassine zur Einsiedelei herauf. Sie hatte sich geschmückt wie zu einem Fest, die Handflächen mit Henna gefärbt, die Augen dunkel umrandet. »Was ist zwischen euch, Marabut?« fragte sie, als er ihr entgegentrat. »Mussa ist so anders. Er ist gleich fortgeritten, obwohl schon die Nacht kommt.«

»Wie anders ist er denn?« fragte Foucauld.

Sie zuckte die Achseln und blickte zu Boden. »Ich weiß es nicht. Anders.«

Er wußte nicht, was er sagen sollte, und ging wieder in den Raum zurück. Er war die ganze Zeit auf den Knien vor dem Tabernakel gelegen, noch ganz betäubt von dem Haßausbruch des Amenokal, und wollte wieder allein sein. Aber Dassine blieb, sie setzte sich auf das Mäuerchen vor der Tür, das die giftigen Hornvipern daran hindern sollte, hineinzukriechen, wenn es nachts kalt wurde.

»Mussa ist doch dein Freund«, sagte sie nach einer Weile. Er sah sie im Rahmen der Tür, hell und weich von der Abendsonne angestrahlt. Sie war älter geworden seit damals, als sie ihn zum ersten Mal besucht hatte, unbefangen und selbstbewußt. Aber ihre Ratlosigkeit heute verlieh ihr etwas rührend Mädchenhaftes. Es tat gut, sie so zu sehen.

»Ich bin auch sein Freund, Dassine«, zwang er sich zu sagen. Er sah Mussa wieder vor sich, wie er seine großartigen Erlebnisse aufzählte. Er sah die Gesten und hörte die Worte, die er selber französisch nachgesprochen hatte – aber er war inzwischen vor seinem Heiland gekniet und sah auch in Dassines ratloses Gesicht. Nein, es war kindisch zu glauben, Mussa stecke mit denen in Paris unter einer Decke. Er war auch nicht blöde. Sicher hatte es ihm in Frankreich gefallen, das Schloß von Versailles und ein Pferderennen in Longchamp waren doch etwas Schönes. Bruder Charles tat den Menschen unrecht, die schöne Dinge um sich haben wollten – auch wenn er selber anders war. Ja, Mussa hatte ihn demütigen wollen, und er hatte ihn an seinem wundesten Punkt getroffen. Wie entsetzlich enttäuscht mußte der Targi gewesen sein! Was hatte ihm sein Marabut alles versprochen!

Mussa hatte recht gehabt, ihn zu demütigen. Mussa war keiner, der sich durch schöne Dinge von den wesentlichen ablenken ließ, und er hatte lange genug in der Wüste gelebt, um zu wissen, was das Wesentliche war. Nein, er war nicht blöde. Millionen Dummköpfe wären auf den billigen Glanz hereingefallen, er nicht. Vielleicht hatte er mit der Moschee nur in kindischem Trotz auftrumpfen wollen. Vielleicht hatte er wirklich darauf gewartet, daß sein Marabut alle Diplomatie außer acht lassen und aufspringen und schreien würde: ›Die haben dir nicht mein Frankreich gezeigt! Die haben dir eine Welt gezeigt, die auch ich verachte, hübsches Rankenwerk bestenfalls! Ich hätte mitkommen müssen, Mussa, verzeih!‹ Alles wäre gut gewesen, und Mussa wäre noch hier.

»Ja, ich bin sein Freund, Dassine«, sagte er noch einmal und trat näher an sie heran. Mehr würde sie wohl von all dem nicht verstehen. Sie fragte auch, völlig unpassend, wie es ihm erschien:

»Du willst uns nicht verlassen?«

»Ich euch verlassen? Was hast du für verrückte Ideen, Dassine!«

Sein Lachen war wie eine Erlösung für sie beide. Sie sprang auf, und er sah ihre Tränen und spürte, wie der letzte Rest von Verhärtung sich in ihm auflöste. Erst als er bemerkte, wie nahe sie daran war, ihn zu umarmen, wandte er sich dem Raum zu. »Wo ist er eigentlich hingeritten?« fragte er und beschäftigte sich angelegentlich mit dem Lampendocht. Es war ja auch schon dämmrig geworden.

»In den Hoggar. Zu seinen Herden«, sagte sie. »Ich werde ihm morgen folgen.«

»Morgen?« fragte er. »Warum nicht übermorgen?«

»Warum übermorgen?« Dassine sah ihn unsicher an.

»Weil ich dann mitkommen könnte.«

*

Es war ein Jahr des Abschiednehmens. Abbé Huvelin war gestorben, und Bruder Charles fühlte sich verloren bis hin zum Tabernakel. Bei wem sollte er jetzt anfragen, was Gott von ihm wollte? Er ging in dem kleinen Raum umher und kramte in Dingen, die sich in all den Jahren angehäuft hatten. Er fand ein paar alte Briefe des Abbé, er hätte sie längst weggeworfen, aber die Rückseiten waren noch leer. Er beschrieb jede freie Stelle und heftete die Blätter zusammen, auch die Kuverts beschrieb er, innen und außen, sein Tagebuch. Seine Manie, Papier zu sparen, er wollte niemandem etwas wegnehmen. Nur Maries Briefe hatte er alle verbrannt, die gingen nur ihn und Gott etwas an.

Auch Major Lacroix war gestorben, auch einer aus Saint-Cyr, »meine Frau ist schon avisiert«, hatte er gesagt, »sie kocht gut«. Ohne ihn wäre Bruder Charles vielleicht nie hierhergekommen. Und Monseigneur Guérin, sein »afrikanischer Seelenvater«, war nicht einmal vierzig geworden. Und Laperrine hatte gar nicht erst sterben müssen, um ihm genommen zu werden – er befehligte jetzt eine Brigade in Frankreich.

Aber es war keine Flucht, daß Bruder Charles sich plötzlich entschloß, mit Dassine ins Zentrum des Hoggar hinaufzuziehen – auch wenn es so aussehen mochte. Er hatte es längst vorgehabt und schon vergangenen Herbst mit Hilfe einiger Arbeiter vom Fort Motylinski eine Einsiedelei gebaut. Ein Steinhaus auf dem Assekrem, noch kleiner als das in Tamanrasset, eine Kapelle und ein Nebenraum, das genügte. Jeden Sommer, wenn das dürftige Gras rund um Tamanrasset in der Sonne verbrannte, zogen die Tuareg mit ihren Herden in die Kudia hinauf, in das Herz des Hoggar, um das kühlere Klima und die nahrhafteren Sommerweiden aufzusuchen. Und diesmal zog Bruder Charles mit ihnen. Es war ein mühseliger Marsch durch felsige Schluchten und an steilen Klippen vorbei bis auf das zweitausendsechshundert Meter hohe, kahle Gipfelplateau hinauf. Aber der überwältigende Blick auf die umliegenden, nur noch wenig höheren Berge, die wie die Türme einer Festung den Assekrem umstanden, auf das Chaos bizarrer Felsnadeln, die in den Himmel stachen und deren schwarzes, blaues, grünes, rotes

Gestein jede Stunde in anderen Farben glühte, entschädigte für alles. Es war der schönste Ort, um Gott anzubeten, schrieb er nach Hause.

Er wollte seinen ›Pfarrkindern‹, wie er sie nannte, nahe sein, er wollte Mussa die Möglichkeit geben, sich mit ihm zu versöhnen. Und so abgelegen seine Einsiedelei auch war – er mußte eine Stunde über gefährliche Felssteige klettern, um zur nächsten Wasserstelle zu kommen –, kaum hatten sie in Erfahrung gebracht, daß der christliche Marabut sich hier eingerichtet hatte, kamen sie auch schon zu Besuch. Tagelang und in ganzen Gruppen kampierten sie in ihren Zelten neben der Einsiedelei, die Männer schlachteten ein Schaf, und die Frauen mahlten Hirse und luden den Marabut ein, mit ihnen zu essen. Und hörten ihm zu, wie er von Gott sprach.

Mussa, der Freund, kam nicht. Er schickte nur hin und wieder einen Boten mit einem Krug Milch oder einem Gedicht herauf, das er geschrieben hatte, und das konnte man als Zeichen der Freundschaft verstehen. Er hatte Bruder Charles sogar Ba Hammon, seinen Sekretär überlassen. Ba Hammon war kein angenehmer Bursche, manche sagten, er sei ein Spion der Senussi in Tripolitanien. Aber die Arbeit an dem großen Lexikon mußte weitergehen, und für einen so exzellenten Tamaschek-Kenner nahm Bruder Charles jede Unannehmlichkeit auf sich.

General Lyautey war in Marokko einmarschiert, in allen Zeitungen war er zu sehen, wie er hoch zu Roß in das eroberte Marrakesch einzog. Die Anhänger von Frankreichs Kolonialpolitik träumten von einem Großreich Marokko, Algerien, Tunis, aber das zerbrechliche Gebilde war gefährdeter denn je: Aufstände in Tunis und in Kabylien, Ende 1911 brach der Konflikt zwischen Italien und der Türkei um Tripolis und Benghasi offen aus. Räuberbanden zogen durchs Land und bedrohten die neu gegründeten Forts Flatters, Polignac, Djanet und Motylinski an der Grenze gegen den Osten. Die fanatische Moslembruderschaft der Senussi, der Vertreter eines Fundamentalismus, der den

Islam in seiner ursprünglichen Reinheit wiederherstellen wollte und alles bekämpfte, was dem entgegenwirkte, gewann immer mehr Anhänger. Auch aus dem Süden Marokkos kamen Rezzus über die Grenze und drangen südlich von Beni Abbes manchmal bis in den Tuat vor.

Noch war im Hoggar Frieden, aber der allgemeine Aufruhr war auch hier schon zu spüren. Abtrünnige Tuareg schlossen sich zu Gruppen zusammen und griffen französische Patrouillen an, die alte Feindschaft zwischen den Kel Ahaggar und den Taitoq brach wieder auf, nur die Anwesenheit der Franzosen konnte offene Kämpfe verhindern. Und die Anwesenheit des Marabut Bruder Charles. Er war unermüdlich unterwegs, Streitigkeiten zu schlichten, Feinde zu versöhnen oder Übergriffe der Franzosen, die immer nervöser wurden, zu verhindern. Noch vertrauten sie ihm, die einen wie die anderen, noch wußten sie, daß er es gut mit ihnen meinte. Noch. –

Er war mit Mussa zusammengetroffen, und Mussa hatte sich für seinen Auftritt entschuldigt. Vielleicht steckte Dassine hinter dieser Wandlung. Sie ritten Hunderte Meilen von einem Lager zum andern, sie kampierten gemeinsam im Zelt oder unter freiem Himmel. Sie aßen gemeinsam und schlichteten Streitfälle, jeder tat das, was er am besten verstand. Sie waren freundlich zueinander wie Freunde. Waren sie Freunde?

Sie waren schon früher lange Strecken miteinander geritten. Sie waren von Weide zu Weide am Fuß des Assekrem gezogen, auf dem er sich später seine Einsiedelei bauen sollte. Bis zum Niger waren sie gekommen, und Bruder Charles hatte den Jüngeren ermahnt: »Beute deine Imghad nicht so aus! Verschwende nicht dein Geld! Mach dich klein! Gott allein ist groß. Nimm keine Geschenke an! Wer das tut, macht sich zum Sklaven der Schurken. Die erste Pflicht ist, Gott zu lieben, die zweite, die Menschen zu lieben wie sich selbst. Setz die Zahl deiner Sklaven herab! Laß sie frei!« Er hatte gemahnt und gepredigt, wie er nie predigen wollte, und unablässig von Gott gesprochen – jetzt ritten sie schweigend nebeneinander her. Nur ein stummer Dialog war zwischen ihnen, nur hin und wieder eine Bemerkung, wenn einer die Stille nicht mehr ertrug.

»Ich hab es selbst gesehen, Marabut. Die Soldaten eurer Regierung sind in eure Kirchen eingedrungen. Sie müssen alles registrieren. Sie behaupten, ihr habt Schätze aufgehäuft und wollt keine Steuern zahlen.«

Und Foucauld schloß die Augen, er spürte den Spott. Oder die Trauer? ›Wer uns kennt, muß uns hassen‹, dachte er. ›Mit welchem Anspruch sind wir gekommen! Die Sendboten des christlichen Abendlandes, das längst nicht mehr christlich ist.‹ War es ein Wunder, daß Mussa sich mehr und mehr dem Islam zuwandte, dessen Gläubige das, was Foucauld von ihm forderte, viel überzeugender lebten?

»Du nennst uns Barbaren, Marabut, weil wir Kinder töten, wenn sie zu schwach sind. Aber was tut ihr. Ihr habt Strafen, also tut ihr es im geheimen. Eure vornehmen Damen wie eure Dienstmädchen. Wir setzen sie in der Wüste aus – ihr laßt sie nicht einmal den ersten Schrei tun. Ihr seht nur nicht, was ihr tötet, darum glaubt ihr, ihr dürft ein gutes Gewissen haben.«

Aber wenn Mussa betete, dann kniete Bruder Charles neben ihm. Wenn Bruder Charles seine Messe las, saß Mussa in der Nähe und sah ihm zu.

Die Angriffe der Franzosengegner wurden zahlreicher und heftiger. Seit die Türken sich aus Tripolis zurückgezogen hatten, verbündeten sie sich mit den Senussi und lieferten ihnen Waffen. Am 8. April 1913 wurde Oberleutnant Gardel mit seinen Spahis in der Nähe des Forts von Djanet von Ajjer-Tuareg angegriffen. Sie waren mit modernsten Schnellfeuerwaffen ausgerüstet, und der Kampf dauerte bis in die Nacht hinein. Viele Tote und Verwundete blieben zurück. Bruder Charles, der auf dem Ritt zum Assekrem war, jagte nach Djanet, und Mussa sah ihm zu, wie er diese seltsamen weißen Scheiben aus dem Täschchen holte, das er immerfort an seiner Brust trug.

Sie hätten gar nicht so oft beisammen sein müssen, aber es war, als hielte sich jetzt einer am anderen fest. Wenn sie getrennt waren, schickten sie einander Botschaften und Situationsberichte zu. Kein persönliches Wort an den Freund. Mussa, das war für Bruder Charles der Hoggar – hatte er Mussa verloren?

*

Dreimal war Bruder Charles in Frankreich gewesen. Hauptmann Dinaux' Frage nach einem Dritten Orden, dem er sofort beitreten würde, hatte ihm keine Ruhe gelassen. Wenn er schon keine Gefährten fand, dann wollte er wenigstens seine ›Union der Brüder und Schwestern Jesu‹ gründen. Vielleicht konnten aus ihnen eines Tages Nachfolger kommen. Er war durch das ganze Land gereist, um Menschen zu finden, aber er fand sie nicht. Sein Plan war, daß hervorragende Christen jedes Standes, Bauern, Handwerker, Ingenieure, Grundbesitzer, sich in Afrika niederlassen sollten, um als Laien den Missionaren eine Hilfe zu sein. Um den Tuareg in der Landwirtschaft, beim Häuserbau und beim Brunnengraben zu helfen und ihnen durch ihr vorbildliches Leben ein Beispiel zu geben. Aber er war offenbar weltfremd geworden in seinem Afrika. So etwas von Laienchristen irgendeines Standes zu verlangen war für sie absurd. Dazu waren die Priester da, dazu warf man ein paar Francs ins Körbchen. Das Beispiel von Aquila und Priscilla, das er ihnen vorhielt, jenes Ehepaar, das mit Paulus auf Missionsreise gegangen war, rührte keinen. Wenn einer von ihnen in die Kolonien ging, dann, um Geschäfte zu machen, und das beste Geschäft war der Handel mit Alkohol. Die anderen blieben lieber in ihrem behaglichen Frankreich, das immer wohlhabender wurde. Lediglich einige wenige waren bereit, sich einer Gebetsgemeinschaft anzuschließen. –

»Rasch bist du zurückgekommen, Marabut«, spöttelte Mussa. »Gefällt es dir in deinem Frankreich nicht mehr?«

»Nein, es gefällt mir nicht«, gab er zu.

Sie kamen durch Tit, wo die Tuareg vor elf Jahren den Nimbus ihrer Unbesiegbarkeit verloren hatten. Bruder Charles spürte den Haß der Moslems an seiner Seite gegen alles, was nicht von Mohammed kam. Und seine Ohnmacht. Wie sollte er ihnen begreiflich machen, was so chaotisch war? Wie sollte er sie dazu bringen, zu unterscheiden: das ist die Kolonialmacht, und das ist die Lehre Christi?

Der Sand hatte noch nicht alle Grabhügel bedeckt, und Foucauld kniete vor einem nieder. Er wußte nicht, ob ein Christ oder ein Moslem darunter lag – aber war das nicht gleichgültig?

›Ihr wollt uns zu Sklaven machen, schlimmer noch, zu Franzosen.‹ Er hörte noch Mussas Worte von ihrer ersten Begegnung. Er hörte auch seine eigenen: ›Die Europäer werden auf jeden Fall kommen – und ihr sollt gewappnet sein.‹ Aber hatten sie sich wappnen lassen? Und was hatte er dazu getan? Diese dilettantischen Versuche mit Seife und Stricknadeln und Doktor Herissons Cellokasten? Da hatten die Weißen Väter mit ihren Schulen und Spitälern hundertmal mehr fertiggebracht.

›Mussa‹, redete er zu ihm, der irgendwo vor einem anderen Grab stand. ›Die Zeit läuft uns davon, dir und mir. Viel rascher, als wir beide gedacht haben. Du träumst immer noch von den Tuareg, wie auch ich einmal von ihnen geträumt habe. Du träumst von einer Freiheit, die es nicht gibt, die es gar nicht geben darf. Jahrhunderte seid ihr durch die Wüste gezogen – aber um welchen Preis? Nicht nur um den des Hungers, Mussa, wenn kein Regen mehr fällt. Um den Preis von Menschenleben, die ihr geopfert habt. Ihr habt geraubt und gestohlen, ihr habt Karawanen überfallen, um eure Freiheit möglich zu machen. Ihr habt eure Kinder getötet, wenn sie euch lästig waren. Ihr habt eure Vasallenstämme ausgebeutet, ihr habt eure Sklaven auf den Feldern schuften lassen. Aber wie lange werdet ihr noch die Herren sein? Immer ärmer werden eure Herden, eure Ziegen geben immer weniger Milch. Seit sechs Jahren hat es fast nicht mehr geregnet. Und auch die Imghad werden bald nicht mehr einsehen, warum sie für euch roboten sollen, für euer romantisches Reiterleben, für eure Feste und eure Ahals. Ihr seid die Aristokraten der Wüste, aber die Zeit der Aristokraten ist längst vorbei, Mussa. Bei uns wie bei euch. Auch ihr werdet einmal die Opfer einer Revolution werden, und ihr werdet es genauso verdienen, wie wir es verdient haben. Und ihr werdet genauso weinen wie ich, ich kann mein Erbteil nicht verleugnen. Ihr werdet von den Meharis steigen müssen und die Äcker bebauen, wenn ihr nicht in der Wüste verkommen wollt oder in den Städten, die alles an sich ziehen.

Ja, Mussa, ihr seid schön, wenn ihr über die Dünen reitet, man glaubt, Gott zu spüren in eurem Stolz. Ich habe euch bewundert, als ich euch zum ersten Mal sah. Ich habe euch noch bewundert, als ich schon die Armut sah, mit der ihr eure Freiheit und eure Würde und euren Stolz bezahlt. Aber es gibt noch eine andere Würde, Mussa, und eine andere Freiheit und einen anderen Stolz: sich Gott hinzugeben. Ganz. Ich wollte sie euch geben, Mussa, diese Würde, darum bin ich von Beni Abbes fortgegangen und zu euch gekommen. Weil ich gespürt habe, daß ihr das braucht, vielleicht mehr als die andern. Weil ihr verletzlicher seid, weil ihr vielleicht mehr zu verlieren habt. Ich weiß, ich tu den anderen unrecht, wenn ich euch so bevorzuge, das ist der Vicomte in mir. Mussa! Tit war das erste Signal! Ihr müßt etwas tun!‹

Er wußte, er kämpfte vergebens.

Die Sonne schüttete ihr letztes Gold über die Dünen, bevor sie hinter dem Horizont verschwand. Der Muezzin aus Tit rief zum Gebet, und das war auch ein Zeichen für ihn, knien zu bleiben. Aber als er bemerkte, daß zwei Männer aus dem Gefolge des Amenokal ruhig weiterplauderten, sprang er erregt auf und lief zu ihnen hinüber.

»Kennt ihr das Gebot eures Propheten nicht mehr?« herrschte er sie an, und sie ließen sich beschämt zu Boden fallen. –

»Unser Prophet?« sagte Mussa später. »Du willst uns doch bekehren.«

»Euer Prophet«, sagte Bruder Charles. »Besser als alles das, was jetzt auf euch zukommt. Gott wird auch Mohammeds Diener willkommen heißen.«

*

1914, ein Jahr der Feste. Oberst Meynier, der neue Kommandant der Oasengebiete, machte eine Inspektionsreise in den Hoggar. Anlaß zu prächtigen Paraden, Reiterspielen und feierlichen Empfängen mit langem Palaver und den Beteuerungen ewiger Freundschaft. Dassine und ihre Damen empfingen zum Tee, Charles de Foucauld war Dolmetscher und heimlicher Mittelpunkt.

Im Sommer kamen noch andere, Hauptmann de Saint-Léger, Ben Messis und Mussa mit seinen Tuareg-Reitern, um im Fort Motylinski den 14. Juli zu feiern. Von der Ermordung des österreichischen Thronfolgers in Sarajewo wußte noch keiner.

»Komm doch mit, Marabut!« bettelte Dassine. Er saß schon seit Monaten nur noch über seinem großen Lexikon, er kam nur an die frische Luft, wenn ein Kranker im Dorf nach ihm verlangte. Er widerstand der Verlockung, er mußte weiterkommen. Vor einem Jahr hatte er der philosophischen Fakultät in Algier ein Manuskript des gekürzten Tamaschek-Französisch-Lexikons zur Veröffentlichung übergeben, und der Dekan war voll des Lobes über die wissenschaftliche Leistung. Aber noch war so vieles nicht fertig: das Große Lexikon und das Lexikon der Eigennamen, die Sammlung der Prosatexte der Tuareg, ihre Gedichte und Sprichwörter – alles in Tamaschek mit französischer Übersetzung. Die große Grammatik. Tausende Seiten lagen kreuz und quer in den engen Räumen aufgestapelt, bis zum Altartisch, vor dem er betete. Sie mußten noch durchgesehen, überarbeitet, korrigiert werden. Er hatte das Gefühl, die Zeit lief ihm davon.

Aber am nächsten Tag kamen sie feierlich und mit klingenden Hörnern in die Ebene von Tamanrasset eingezogen. Die Meharisten in Paradeuniform und die Tuareg im wilden Galopp, mit Kriegsgeheul und knatternden Gewehren. Abordnungen verschiedener Vasallenstämme hatten sich eingefunden, das ganze Tal war von Zelten voll. Im Hauptzelt das feierliche Bankett, das sich über Stunden hinzog, unterbrochen von neuerlichen Paraden und Reiterspielen. Auf Matten und niedrigen Tischen, was die karge Wüste aufbieten konnte: Kuskus in Butter, Mechui aus Ziegenfleisch, Honiggebäck und Tee, Kaffee und der Champagner aus den Vorräten der Gäste.

Bruder Charles mitten unter ihnen, der Dolmetscher, auf dessen wohlgesetzte Worte es ankam, daß sie einander nicht mißverstanden. Ansprachen, Trinksprüche, ein Wort zur Erinnerung an Oberst Laperrine, der jetzt in Frankreich war. Mussa wurde um ein Gedicht gebeten, es war ein schönes Gedicht, die Schilderung eines Kampfes und die Heimkehr des Helden zur Dame seines Herzens. Jeder wußte, daß es Dassine war, immer noch sie. Dann wieder das Hornsignal: eine Reiterdarbietung. So mancher schwankte schon, als er vor das Zelt trat.

›Die sind alle verrückt‹, dachte Foucauld. ›Was hab ich hier noch zu suchen? Da feiern sie und betrinken sich, bevor das große Elend kommt. In Europa spricht man von Krieg, und dann werden sie uns alle davonjagen, die Soldaten, die Weißen Väter und mich.‹

Mussas Sprechgesang war hübsch, der metallene Klang der Sprache bezauberte Oberst Meynier wie eine fremde Musik.

›Ja, Mussa, ich bin Franzose‹, dachte er, während seine Lippen dessen Verse übersetzten. ›Und bin doch keiner. Das meiste, was ihr von Frankreich kennengelernt habt, lehne ich ab wie ihr. Mehr noch, Mussa, ich lehne auch ab, was euch, wie vom Teufel versucht, zu gefallen beginnt: Gewehre, Straßen, Maschinen, die die Befehle zum Töten noch rascher übermitteln als bisher. Ich weiß, es klingt absurd, ich wollte euch zu Franzosen machen und euch alles in die Hand geben, was ich verachte, damit ihr euch wehren könnt gegen uns, damit ihr uns ebenbürtig werdet. Den ganzen Kram unserer Zivilisation wollte ich euch in die Hand geben, alle die Belanglosigkeiten, denen wir immer mehr verfallen. Weil ich glaubte, daß sie derselben Wurzel entstammen, aus der das andere Frankreich wachsen könnte, jenes Frankreich, nach dem wir uns vergeblich sehnen. Die viel zitierte ›erste Tochter der Kirche‹ war nur ein Zerrbild von ihm. Auch unsere schönsten Kathedralen sind nur unwesentliches Rankenwerk, Museen einer streitbaren Kirche, die sich mit der Welt verbündete und immer weltlicher wurde, angefüllt mit Prunk und goldenen Monstranzen und Orgelgebraus. Was für ein Irrtum! Christus muß anders verherrlicht werden als mit Maurerkelle und Schwert, es muß ein neues Christentum werden, wenn nicht alles verlorengehen soll!

Ja, Mussa, auch Laperrine will euch zu Franzosen machen, damit ihr Christen werdet, er glaubt noch an die Möglichkeit, er weiß nicht, daß es die Franzosen, zu denen ihr werden sollt, noch gar nicht gibt. Daß es sie vielleicht in Ideen und Träumen gibt, in Büchern und Manifesten – in den ganz wenigen Menschen, die es vermocht haben, dem Leben Jesu zu folgen. Vielleicht bin ich ein Phantast, Mussa, aber ich habe in Augenblicken wirklich geglaubt, ich könnte in meiner ganzen Armseligkeit einem von euch, vielleicht dir, eine Spur dessen zu erkennen geben, was Jesus für seine Jünger war. Verzeih, Mussa, wenn ich versagt habe!‹

Er ging auf den Amenokal zu und umarmte ihn heftig. Er spürte, wie auch Mussa ihn umarmte, und riß sich los und lief aus dem Zelt. Sie feierten weiter, mit genügend Champagner im Kopf verstanden sie einander auch ohne Dolmetsch.

»Ich möchte dort begraben werden, wo ich sterbe«, schrieb er in sein Testament. »Das Begräbnis soll einfach sein wie das Grab, kein Sarg, kein Gedenkstein, nur ein hölzernes Kreuz.«

*

Endredaktion des großen Wörterbuchs, es mußte fertig werden, er saß Tag und Nacht darüber. Mit wem lief er um die Wette? Von el-Goléa konnte man bereits nach Paris telegraphieren, aber von el-Goléa nach Tamanrasset brauchte der schnellste Kamelreiter noch Wochen. Am 28. Juli erklärte Österreich Serbien den Krieg, am 31. schrieb Bruder Charles in sein Tagebuch: »Bin schon auf Seite 385.« Als vier Wochen später die deutschen Truppen an der Marne standen, jubelte Charles: »Ich habe Seite 550 erreicht!« Aber er mußte noch mehr tun, viel mehr. Wie sollten die Tuareg die Franzosen annehmen und umgekehrt, wenn sie einander nicht einmal verbal verstanden? Sein Lexikon war der erste Schritt – aber kam er damit nicht schon zu spät? War es nicht absurd, in den paar Jahren nachholen zu wollen, was sich in Europa in vielen Jahrhunderten allmählich entwickelt hatte? Indes die französischen Soldaten Jahr um Jahr tiefer in das Land eindrangen? Und was würden die Araber und die Berber und die Tuareg als erstes von ihnen annehmen? Die neuen Straßen? Die gepanzerten Lastwagen? Die geheimnisvollen Apparaturen des Telegraphen? Hatte sich nicht schon Bou Amama europäischer Waffen bedient? Wie viele Franzosen würden unter den Kugeln des prachtvollen Gewehres sterben, das man Mussa bei seinem Besuch in Frankreich geschenkt hatte – wenn es einmal soweit war?

Am 3. September erfuhren sie: es war soweit. Krieg. Die Kadetten von Saint-Cyr hatten endlich ihre Revanche.

Auch der frühere Leutnant Charles de Foucauld wurde in den Krieg hineingezogen. Von allen Seiten traten die Feinde Frankreichs zum Angriff an. Aus dem Westen fielen die plündernden Marokkaner ein und drangen bis in den Adrar vor, im Osten riefen die Senussi Araber und Tuareg zum gemeinsamen Kampf gegen die geschwächte Kolonialmacht auf. Selbst Mussas Männer sannen auf Rache für Tit.

Foucauld saß tagtäglich im Sattel, um die verbündeten Tuareg bei der Stange zu halten, um ihre Streitigkeiten zu schlichten. Seine Klausur war jetzt die ganze Wüste. Auch wenn Frankreich kein christliches Land mehr war, hier in der Sahara war es seine einzige Hoffnung gegen das Chaos. Die große Dürre tat das Ihre dazu, die Herden siechten dahin, und die Nomaden suchten das Land verzweifelt nach Weiden ab.

Frankreich, sein geliebtes Frankreich, erlitt in Europa schwere Verluste, aber es verlor auch in Algerien einen Stützpunkt nach dem anderen: Fort Flatters, Fort Polignac, Fort Djanet. Der Weg nach Tamanrasset war frei, und es war fast ein Wunder, daß sie noch nicht kamen, um ihn zu holen. Nach und nach schlossen sich auch die Tuareg-Stämme den Feinden an. Nur Mussa blieb treu.

Als 1916 die Lage immer gefährlicher wurde, drängten die Offiziere Foucauld, sich nach Beni Abbes zurückzuziehen. Aber er blieb. Die meisten Frauen, Kinder und Greise der Tuareg waren in die Berge geflüchtet, aber die Harratin aus Tamanrasset hatten sie nicht mitgenommen, und sie wollte er nicht allein lassen. Sie mußte er schützen. Er baute mit ihrer Hilfe ein kleines Fort, in das sie sich bei Gefahr zurückziehen konnten, bis vom Fort Motylinski Entsatz kam. Es war ein klobiger, quadratischer Bau aus ungebrannten Lehmziegeln, mit Wachttürmen an den Ecken, Zinnen und bis zu zwei Meter dicken Mauern, größer als alle seine Behausungen bisher. Ohne Artillerie war das Fort nicht leicht einzunehmen, wenn die Besatzung wachsam war. Ein halbes Jahr baute er daran, und die Franzosen ließen ihm dreißig alte Gras-Gewehre zurück, die er noch aus seiner Soldatenzeit kannte, und einige Kisten Munition.

Er schämte sich. Nicht weil er sich in diese Festung einsperrte wie ein Soldat – er hatte alles aus der ›Fregatte‹ mitgenommen, den Altar und die Reliquien, Meßgeräte, Bücher, Schriften und alle Vorräte. Er tat es ja nicht für sich, von seinen Schutzbefohlenen aus Tamanrasset konnte er nicht verlangen, auch die linke Backe hinzuhalten. Da konnte er sich sogar mit dem Gedanken an die befestigten Kirchen und Klöster des Mittelalters trösten. Aber er schämte sich, daß der Krieg der Christen in Europa, dieser schrecklichste Krieg, seit die Menschheit bestand, diese Festung notwendig machte. Er schämte sich, daß der glaubenslose Staat, der jetzt, in äußerster Not, sich gnädig herbeiließ, seinen Soldaten wenigstens ein paar Seelsorger an die Front zu schicken, ihn, den Verkünder Christi, mit seinen Waffen schützte. Es war nicht anders als in Cheiklé, als die Türken die europäischen Mönche bewacht hatten. Damals hatte er es zum ersten Mal gespürt, daß er sich nicht nur mit seinem Jesus einsperren durfte, und er hatte sich immer mehr den Menschen geöffnet. Noch jetzt ging er, trotz aller Warnungen, jeden Tag hinunter ins Dorf. »Eine Gruppe Senussi treibt sich in Hadriane herum«, warnten sie ihn, »el-Madani ist wieder aufgetaucht.« Die Senussi glaubten an den bösen Marabut, der die Schwarze Magie ausüben konnte und am Tag des Gerichts ins ewige Feuer geworfen werden sollte.

Er saß in seiner Festung und schrieb. Er arbeitete an seinen Büchern. Wer würde sie je brauchen können? Er schrieb an seiner Regel für die Brüder. Würde je einer kommen? Sein Leben war ein einziger Strom von Gedanken, die er zu Papier bringen mußte, immer wieder, in immer neuen Formulierungen, um nichts zu verlieren, was ihm vielleicht einmal den richtigen Weg zeigen konnte.

Er schrieb Briefe, Unmengen von Briefen, die einzige Verbindung zwischen dem Maulwurfshügel, in dem er sich verkroch, und der Welt. Er schrieb an Marie und fragte nach den Söhnen an der Front. Er schrieb an Freunde, um sie zu trösten, er beruhigte und ermahnte, er forderte, er bettelte. Er schrieb: »Ich schäme mich für unser Land, wenn ich sehe, wie wenig es tut.« Er schrieb: »Verlaßt euch nicht auf die Priester, die sind viel zu wenige. Ihr Laien, tretet aus euren Kirchenbänken heraus! Gebt vom Evangelium Zeugnis durch eure Menschlichkeit und euer Beispiel!«

Wofür schrieb er das alles? Für welche Zukunft? Schrieb er nicht in eine echolose Leere hinein? Wer konnte ihn hören? Wer hatte ihn jemals gehört? Hatten sie ihn je verstanden, die Araber, die Tuareg, die Kameraden, die nächsten Verwandten? Den Narren im Narrenkostüm?

»Unsere Selbsthingabe ist das wirksamste Mittel, um uns mit Jesus zu vereinigen und den Menschen Gutes zu tun«, schrieb er. Aber lag es nicht allein in der Hand des Sämanns, das Weizenkorn über steinigen Grund zu streuen oder der fruchtbaren Erde anzuvertrauen? Damit es sterbe und Frucht bringe?

Tamanrasset, 1. Dezember 1916:

Es war ein schöner Tag gewesen. Bruder Charles hatte sein Wörterbuch beendet, auf der letzten Seite stand ein seltsames Wort: Tawanghu = getötet werden, eines gewaltsamen Todes sterben. »Hier herrscht vollkommene Ruhe«, schrieb er an Laperrine. Gegen Abend sollte der Postbote vom Fort Motylinski kommen. »Die Haltung der Bevölkerung ist ausgezeichnet«, schrieb er. »Hab ich dir schon gesagt, daß ich die Abschrift der Gedichte und Sprichwörter für den Druck beendet habe?«

Er hatte an seine Schwester Marie geschrieben und an Louis de Massignon, der als Dolmetscher in den Orient abgestellt worden war. Er schrieb an die ehemalige Oberin der Klarissinnen, Mutter Marie de Saint-Michel. Paris – Cheiklé – Nazareth – Tamanrasset: auf wenigen Papierblättern sein Leben. Der Hunger nach Genuß, der Hunger nach Wissen, der Hunger nach Gott. »Von dem Augenblick an, da ich glaubte, daß es ihn gibt, hab ich gewußt, daß ich nur noch für ihn leben kann«, hatte er geschrieben. Dreißig Jahre waren seither vergangen. Dreißig Jahre hatte Jesus in Nazareth sein verborgenes Leben der Vorbereitung gelebt. Dann hatte er sich zu erkennen gegeben. Wann würde das verborgene Leben des Bruder Charles zu Ende sein?

Er hatte am Morgen die Messe gefeiert, der ganze Tag war geheiligt. Und Paul hatte ministriert, er war wieder zurückgekommen, eines Tages war er vor der Tür gesessen wie ein Bettler. »Was tust du hier, Paul?« Charles hatte den Heimkehrer heftig umarmt.

Jetzt kehrte Paul die Kapelle und wirbelte den Staub auf, daß man husten mußte. Er würde es nie lernen. Aber was tat's!

»Du kannst heimgehen«, sagte er und begleitete Paul zum Tor. Es war mit dicken Balken verrammelt und so klein, daß sie nur mit Mühe einzeln durchschlüpfen konnten.

»Geben Sie acht, Tabîb«, sagte Paul. »Man hat sie schon wieder gesehen.« Er wohnte jetzt im Dorf, er hatte dort eine Frau, und die kochte auch besser. Nur untertags war er im Fort, räumte zusammen, kochte Gerstenbrei oder stand auf den Zinnen und sah in die Wüste hinaus. Warum Paul wohl zurückgekommen war, fragte sich Bruder Charles. Vor den Marokkanern war er davongelaufen und dann, weil ihm das Essen nicht schmeckte, und dann noch einmal ... Und es war nicht aus ihm herauszukriegen, warum er jetzt blieb. Paul, der ewige Anwärter auf die heilige Taufe. Hatte der Lehrer versagt? Paul tat alles, was ein guter Ministrant tun konnte, er reichte die Kännchen, er läutete die Glocke, er trug das Buch von einer Seite zur andern. Er sprach schon das Stufengebet in Latein, und doch war nichts davon in sein Inneres gedrungen. Armer Paul! Aber wie sollte er zum Ziel gelangen, wenn so viele andere, mit ungleich mehr Mitteln ausgestattet, nicht einmal noch auf dem Weg dorthin waren? War das Christentum etwas so Ungeheures, daß auch die zweitausend Jahre seit Jesus noch nicht genügten, damit die Menschen es annahmen – und auch lebten?

Bruder Charles blieb vor dem Tor stehen, bis Paul hinter den ersten Häusern verschwand. Er hatte sich noch einmal umgedreht, als sorgte er sich um den alten Mann. Bruder Charles zuckte hilflos die Achseln. Was wußten die Seelsorger schon von ihren Schafen!

In einer Stunde sollte die Post kommen, und er hatte noch nicht alle Briefe fertiggeschrieben. Staub lag auf den halbbeschriebenen Blättern, und Bruder Charles mußte lächeln.

Es war ein friedlicher Tag gewesen, und er schrieb vom Frieden, der in ihm war. Die Messe hatte den ganzen Tag geheiligt, er spürte Jesus in sich. Der allein konnte aus der Vernichtung die Auferstehung, aus dem vollkommenen Scheitern einen Triumph machen. »Wir werden nie genug lieben«, schrieb er an Cousine Marie. »Aber Gott, der weiß, aus welchem Stoff er uns geformt hat, und der uns mehr liebt, als eine Mutter ihr Kind lieben kann, er, der nicht lügt, hat uns gesagt: ich werde keinen von euch, der zu mir kommt, zurückweisen . . .«

Es klopfte, und er raffte die Blätter zusammen und steckte sie in die Kuverts. Es klopfte wieder.

»Ich komm schon«, sagte er unwillkürlich, obwohl ihn hier niemand hören konnte. Er hastete die Stufen hinunter und lief über den Hof, der schon im Dämmerlicht lag. »Wer ist da?«

»Die Post aus Motylinski.«

Bruder Charles horchte. War das nicht die Stimme von el-Madani? Aber er konnte sich irren, er schob den schweren Riegel zurück, öffnete die Tür aber nur einen schmalen Spalt.

Er war zu wenig vorsichtig gewesen, Männerhände packten ihn und zerrten ihn brutal hinaus. Er wehrte sich nicht.

General Henri de Laperrine:

»Es waren an die dreißig Tuareg vom Stamm der Kel Ajjer und der Kel Djanet sowie einige Harratin, die sich ihnen angeschlossen hatten. Alle aus der Bruderschaft der Senussi. Sie kamen im Auftrag des Häuptlings Si Mohammed Labet und sollten Charles de Foucauld als Gefangenen oder Geisel nach Ghat bringen. Sie versprachen sich davon Ansehen, Geld vom Sultan und den Abfall Mussas, der, wie sie glaubten, unter dem unheilvollen Einfluß des ungläubigen Marabuts stand.

Da sie fürchteten, den Bordj im Angriff nicht erobern zu können, bedienten sie sich einer List. El-Madani spielte den Judas, obwohl ihn Charles erst vor wenigen Monaten vor fünfzig Stockschlägen bewahrt hatte, die er für einen

Diebstahl bei der Übersiedlung in das Fort hätte bekommen sollen. Er wußte, daß um diese Stunde der kurzen Dämmerung die Meharisten die Post abholen sollten, und tat, als würde er ihnen helfen. Als Charles de Foucauld die Tür öffnete, wurde er gepackt, herausgerissen und in kniender Stellung gefesselt. Auch Paul Embarek wurde aus seiner Zeriba im Dorf geholt und mußte sich, nicht weit von Foucauld, an der Tür hinkauern. Die anderen Banditen plünderten inzwischen das Fort, schleppten Nahrungsmittel und die Waffen heraus und zerstörten, was sie nicht interessierte. Die wertvollen Schriften sind gottlob zum größten Teil unversehrt geblieben. Charles de Foucauld wurde von einem fünfzehnjährigen Burschen vom Stamm der Kel Ajjer bewacht und sprach, wie Paul mir später berichtete, kein Wort. Er betete nur und wartete auf seinen Tod.

Plötzlich gab es Alarm, die beiden ahnungslosen Meharisten kamen angeritten, um die Post zu holen. Die Senussi schossen sie sofort nieder. Zur gleichen Zeit verlor der junge Targi offenbar die Nerven und gab aus nächster Nähe auf Charles de Foucauld einen Schuß ab. Die Kugel drang am rechten Ohr in den Kopf und trat durch das linke Auge wieder aus. Er sank zusammen und war sofort tot. Das Geschoß soll in der Mauer des Turms links vom Eingang heute noch stecken.

Die Senussi feierten ihren ›Sieg‹ die ganze Nacht und brieten im Hof des Bordj das Fleisch eines der beiden Meharis. Paul Embarek wurde gerettet, er verdankt sein Leben der Fürsprache eines gewissen Mohammed ben Barka. Am nächsten Morgen verschwanden die Mörder in Richtung Tripolitanien, und Paul Embarek und die verstörten Harratin begruben ihren Marabut, ohne ihm die Fesseln zu lösen, im Graben des Bordj. Sein Tod wurde – außer von dem engen Kreis seiner Freunde und seiner Familie – kaum beachtet. Frankreich stand noch unter dem Schock der verheerenden Schlachten an der Somme und vor Verdun.

Charles de Foucauld hat zu mir einmal gesagt, ich sei einer der wenigen Menschen, die ihn verstehen könnten. Ich